# 医院管理学

# Hospital Management

## 医学装备管理分册

### 第 2 版

主　　编　曹荣桂

主　　审　白知朋　刘殿奎

分 册 主 编　赵自林

分册副主编　刘　魁　孟建国　唐日晶

编　　委（以姓氏笔画为序）

白知朋　刘　魁　刘殿奎　许　锋　孙喜文

孙晓伟　严汉民　应亚珍　沈晨阳　张　淳

陈超一　罗京全　孟建国　赵自林　唐日晶

曹德森　崔泽实　韩春雷　谭碧竹

人民卫生出版社

**图书在版编目（CIP）数据**

医院管理学. 医学装备管理分册/赵自林分册主编.
—2 版. —北京：人民卫生出版社，2011.6
ISBN 978-7-117-13790-4

Ⅰ.①医…　Ⅱ.①赵…　Ⅲ.①医院-管理②医疗
器械-设备管理　Ⅳ.①R197.32②R197.39

中国版本图书馆 CIP 数据核字（2011）第 006292 号

| | |
|---|---|
| 门户网：www.pmph.com | 出版物查询、网上书店 |
| 卫人网：www.ipmph.com | 护士、医师、药师、中医<br>师、卫生资格考试培训 |

医 院 管 理 学
医学装备管理分册
第 2 版

主　　编：曹荣桂
分册主编：赵自林
出版发行：人民卫生出版社（中继线 010-59780011）
地　　址：北京市朝阳区潘家园南里 19 号
邮　　编：100021
E - mail：pmph @ pmph.com
购书热线：010-67605754　010-65264830
　　　　　010-59787586　010-59787592
印　　刷：三河市富华印刷包装有限公司
经　　销：新华书店
开　　本：787×1092　1/16　　印张：20
字　　数：499 千字
版　　次：2003 年 5 月第 1 版　　2011 年 6 月第 2 版第 6 次印刷
标准书号：ISBN 978-7-117-13790-4/R·13791
定　　价：42.00 元

打击盗版举报电话：010-59787491　E-mail：WQ @ pmph.com
（凡属印装质量问题请与本社销售中心联系退换）

# 《医院管理学》第2版编委名单

顾　　问：张文康　　黄洁夫　　张雁灵　　马晓伟　　王陇德　　郭子恒
　　　　　顾英奇　　殷大奎　　朱庆生　　张立平　　白书忠　　李建华
　　　　　傅　征　　张自宽　　迟宝兰　　吴明江　　刘益清
主　　编：曹荣桂
副 主 编：王　羽　　张宗久　　潘学田　　张衍浩　　朱士俊　　戴建平
　　　　　张宝库　　胡国臣
编　　委（按姓氏笔画为序）：

| | | | | | |
|---|---|---|---|---|---|
| 么　莉 | 于　冬 | 马　军 | 马家润 | 方素珍 | 王　农 |
| 王　羽 | 王　彤 | 王发强 | 王玉琦 | 王吉善 | 王治国 |
| 王树峰 | 王晓钟 | 邓利强 | 代　涛 | 冯晓源 | 叶文琴 |
| 田文军 | 刘　魁 | 刘义成 | 刘金峰 | 刘晓勤 | 刘海一 |
| 刘爱民 | 吕玉波 | 巩玉秀 | 成翼娟 | 朱士俊 | 朱同玉 |
| 祁　吉 | 何雨生 | 吴永佩 | 吴欣娟 | 张　钧 | 张宗久 |
| 张宝库 | 张衍浩 | 张焕春 | 张鹭鹭 | 李月东 | 李包罗 |
| 李淑迦 | 李清杰 | 杨炳生 | 沈　韬 | 肖十力 | 肖传实 |
| 陈　洁 | 陈文祥 | 陈励先 | 陈征友 | 陈春林 | 陈晓红 |
| 周凤鸣 | 孟建国 | 郑一宁 | 郑雪倩 | 胡国臣 | 胡燕生 |
| 赵自林 | 唐日晶 | 夏京辉 | 诸葛立荣 | 郭启勇 | 郭积勇 |
| 高树宽 | 曹荣桂 | 梁铭会 | 阎作勤 | 董　军 | 谢　红 |
| 韩全意 | 蒲　卫 | 潘学田 | 颜　青 | 薛万国 | 戴建平 |

# 《医院管理学》第2版总序

《医院管理学》第一版于2003年5月由人民卫生出版社出版,是在卫生部、解放军总后勤部卫生部数届领导的关怀下,由中国医院协会的前身中华医院管理学会和卫生部医院管理研究所组织全国医院管理界200多位专家学者,参考了大量文献资料,历时一年时间编写而成的。全书包括15个分册,总字数600多万字。这部专著密切结合我国医院管理实际,根据医院改革创新和发展建设的客观需求,系统总结了我国医院管理的理论、经验和方法,全面系统地介绍了当时国内外医院管理领域的最新理论和进展。本书出版后,受到业界广泛关注和广大医院管理工作者好评。多次重印,各个分册累计发行量达到17万册。

《医院管理学》第一版出版以来,我国医院管理与改革取得了很大的进展。医药卫生体制改革,尤其是公立医院改革与发展得到了党中央、国务院以及各级政府的高度重视,医疗服务的公平、效率和质量受到了全社会的广泛关注。特别是2009年4月发布的《中共中央国务院关于深化医药卫生体制改革的意见》及其配套文件,对于医药卫生体制改革,特别是医疗服务体系建设和公立医院改革提出了新的要求。自2005年起在全国开展的"以病人为中心,以提高医疗服务质量为主题"的医院管理年活动显著提升了我国医院管理水平。几年来,医院经营管理的内外环境发生了显著变化,医疗保险、患者安全、医患关系、医疗法制建设、医院文化、门急诊管理、医院社会工作乃至医院管理的各个方面都有了新的进展。医院改革的深入和医院管理学科领域的进展都要求对医院管理的新理论、新思想进行系统阐述,需要对成功的医院管理实践进行系统总结。在这种背景下,我们应人民卫生出版社之约,决定组织专家在第一版的基础上对《医院管理学》进行修订再版,同时应读者要求、医院管理学科的进展和医院经营管理实践的需要增设了《医院医院法律事务分册》。

作为本书的主编,在第二版的编写中始终强调把握三个问题:一是注意把握读者定位。据《2010年中国卫生统计年鉴》资料,2009年我国医院管理人员达到23.75万人,医院管理队伍人数众多;由于医院组织的特点和复杂性,医院管理往往涉及诸多学科领域,培训、教育和信息需求量大。作为一部面向整个行业机构管理人员的专著,既要作为医院管理领域各个专业管理人员岗位培训、继续教育的教材,也要作为医学院校卫生管理专业的教学参考,又要供广大医院管理人员日常工作中参考。所以要求所有参与编写的作者在编写中力图全面系统地反映国内外医院管理领域的最新进展,密切结合我国国情和医院管理实际情况,贴近医院管理实践。二是注意把握创新与袭承的关系。由于本次修订再版是在第一版基础上进行的,要根据第一版存在的问题和近年相应学科领域的进展情况进一步充实和完善,保持全书的系统性、权威性和实用性,使之继续保持该书作为中国医院管理领域的权威性著作的地位。三是注意把握分册之间的衔接与协调。医院管理是一项系统工程,医院管理涉及诸多要素和资源,实施多种手段和措施,经历许多环节和过程,协调多项人际和人机关系。因此各分册间在根据本学科领域的特点,相互清晰界定,内容协调的同时,从学科完整性和系统性的角度出发,允许内容有少量的交叉或重复。

在本书第二版即将付梓之际,再次感谢医院管理领域众多的专家、学者和实际工作者,大家的理论研究和实践成果为本书提供了丰富的信息资源;感谢对本书第一版提出宝贵意见和建议的有识之士,大家的真知灼见使本书更趋于充实和完善;感谢给本书修订和编写予以热情关心和大力支持的有关领导和朋友,大家的鼓励和鞭策激发了我们的工作热情和信心;感谢为本书出版、印制和发行做出贡献的出版社同仁和工作人员,大家的辛勤工作使本书如期呈现在读者面前。

我们有充分的理由相信,伴随着医药卫生体制改革的逐步深化,中国医院管理学科一定会生机蓬勃,中国医疗卫生事业一定会繁荣昌盛。

曹荣桂

2011年3月

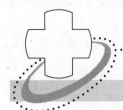

# 前　言

　　20世纪后期,现代科学的新技术、新成果迅速渗入生命科学领域。医学装备的发展吸纳了近代科研各领域的最新成果,各种高新技术设备全方位地进入医院诊断、治疗、监护乃至管理的各个方面,使医院各项工作发生了显著的改变。实践证明,医院现代化离不开医学装备现代化,多年来医学上许多重大成果都同先进医学装备技术的应用密不可分,每一项新的医学装备先进技术的出现都推动着医学新技术的发展,推动着医学诊断治疗方面的新突破,影响和推动着医学科学的发展以及新学科的形成。毫无疑问,医学装备在医学的发展中有着重要地位和关键性作用。医学装备管理现代化及其专业技术性特征日益凸显,它不但为医院医疗、教学、科学研究提供物质、技术保障,而且与医学的发展相互促进,成为医院发展中的推动力和重要支柱之一。随着我国卫生事业的改革和发展,医学装备管理工作的地位和作用日趋重要。

　　在我国社会主义建设事业飞速发展,人民物质文化生活不断提高,在深入改革开放,经济发展取得令世人瞩目成就的时候,医学装备管理工作如何适应新时期我国卫生事业改革和发展的新形势,促进现代医院建设,使医院向"以比较低廉的费用,提供比较优质的医疗服务,努力满足人民群众基本服务需求"的目标迈进,乃是摆在我们面前的重要课题。中国医学装备协会受中国医院学会、卫生部医院管理研究所的委托,组织相关编写人员,在参考《医学技术装备管理概论》(卫生部《医学技术装备管理概论》编写组1992年版)等著作的基础上,结合研究总结我国医学装备工作的丰富经验,借鉴国际科学管理和现代管理模式,适应新时期卫生改革与发展需要的新形势,群策群力编撰了《医院管理学——医学装备管理分册》一书,就医学装备管理的基本概念、特点及其在现代医院管理中的地位、作用,并从宏观管理、购置管理、技术管理、应用管理、质量管理、经济管理、融资管理、信息管理以及组织结构与人力资源管理诸方面进行了比较系统的论述,力图对在社会主义市场经济形势下现代医学装备管理理论、管理技术、管理方法作一些探讨。本书的修订是对原版的继承和发展。希望本书对从事医学装备管理工作的同仁们能有所裨益。

　　本书编撰过程中,得到了国家卫生部主管部门领导的高度重视和具体指导。编写人员中有从事医学装备工作几十年经验丰富的专家、教授、工程技术人员、管理工作者,也有在第一线工作精明强干勇于创新的年轻人,齐心协力共同为本书的编写付出了辛勤的劳动并注入了特色和新意。特别是史毓阶、刘秋望两位教授担任主审,他们治学严谨为本书认真修改,严格把关。初稿在送交《医院管理学》大编委会审稿时,承蒙有关专家、学者提出了许多宝贵的意见,使本书内容进一步完善。本书在编写过程中,还得到了北京大学医学部的大力支持,在此一并致谢。

　　本书是《医院管理学》医学装备管理分册,可作为全国各级各类医院领导和医学装备管理、技术人员工作参考用书或培训教材。对医药卫生系统高等院校、科研机构、工矿企业从事医学装备管理工作的人员也有参考价值。

随着我国改革开放事业的深入发展,医学装备管理工作也具有较强的政策时效性。故在本书中若有与现时政策不符之处,当以国家颁布的最新管理政策、法规、办法为准。

由于我们水平有限,加之时间仓促,书中缺点、错误在所难免。恳请广大读者批评指正!相信在今后的管理实践中,定能不断完善、不断提高,使医学装备管理日臻成熟。

编　者
2011 年 4 月

# 目 录

# 第一章

# 绪　论

　　医学装备（medical devices）在由静态属性—物资向动态属性—医学装备技术（medical device technology）转化的过程中与相关医学技术程序、知识体系、组织管理体系、支撑体系等联动产生巨大的医学科技生产力；在推进卫生事业整体发展的同时，从促进医学新学科生成、转变医学模式和带动医学流程改革等方面改变着医学科学面貌。

　　在医学装备的配置、开发、应用、工程维护、安全质控、技术评价等围绕装备技术生命周期展开的理论与实践探索系列活动中，孕育了一个新的学科。医学装备管理学正是在总结我国医学装备管理历史经验的基础上，借鉴国外医学装备管理的先进理论和方法，探讨研究适应我国卫生事业和医学科学技术发展需要的医学装备管理全过程的科学机制及其规律，而逐步发展起来的一门集管理工程学、经济学、医学工程学等相关学科的边缘学科。并且在我国深化医药体制改革的实践中，不断完善、创新卫生装备技术管理的概念、理论和方法，历练出一支医学装备管理的专业队伍。

## 第一节　医学装备的基本定义

　　对医学装备概念、内涵的认知是一个不断深入和发展的过程：

　　多年来，我国对用于医学领域的技术装备没有一个统一的名称，常称作"医疗器械"、"医疗设备"或"医疗卫生装备"，或把用于医学教学和科学研究的技术装备统称为"医学实验仪器设备"。

　　1983年，郭子恒主编的《医院管理学》一书中，对医疗设备和医院后勤设备（包括水、电、制热、制冷设施及运输、通信设备）进行了论述。

　　1988年，彭俊芳主编的《实用医院管理学》一书将医学装备归入医院后勤保障管理，分为医疗设备和后勤设备两节进行阐述。

　　1996年，钱信忠主编的《现代医院管理实务全书》中，将医学装备内容渗透在医院后勤管理的建筑设备和医院设备两章中。

　　1996年，我国医疗器械主管部门发布了《医疗器械产品注册管理办法》，该文件采用了国际标准化组织（ISO 13485 *Medical Device Quality System Certification*）在有关医疗器械的标准中对医疗器械的定义："为下列目的用于人体的，不论是单独使用还是组合使用的，包括使用所需软件在内的任何仪器、设备、器具、材料或者其他物品。这些目的是：疾病的诊断、预防、监督、治疗或缓解；损伤或残疾的诊断、监护、治疗、缓解或补偿；解剖或生理过程的研究,替代或者是调节;妊娠控制。其对于人体体表及体内的主要预期作用不是用药理学、免疫学或代谢的手段获得,但可能有这些手段参与并起一定的辅助作用"。

2000 年 4 月,中华人民共和国国务院令第 276 号发布了《医疗器械监督管理条例》。其中,对医疗器械的定义与《医疗器械产品注册管理办法》及欧盟(93/42/EEC,1993)中的表述基本相同。

鉴于国内发表的文本中对医疗器械、医疗设备或医学装备的中文词意没有明确的界定,因此,截至目前仍不乏有关讨论医学装备分类与界定的报道。

美国 FDA 的定义(21 United States Code[321](h)1993)为:医学装备是仪器、装置、器具、机器、置入物、机械装置、体外试剂及其他类似或相关产品,包括任何部件(component)、零件(part)或附件(accessory),并符合下列要求:①在正式的国家药品集、美国药典或其补充文本中被认定;②用于人或动物疾病或其他情况的诊断,疾病的治疗、缓解、处理或预防;③用于影响人或动物的结构或功能,且不是通过在人或动物的体内或体外的化学作用,也不依赖其本身被代谢来达到主要应用目的。

(A medical device is an instrument, apparatus, implement, machine, contrivance, implant, in vitro reagent, or other similar or related article, including a component part, or accessory which is: recognized in the official National Formulary, or the United States Pharmacopoeia, or any supplement to them, intended for use in the diagnosis of disease or other conditions, or in the cure, mitigation, treatment, or prevention of disease, in human or other animals, or intended to affect the structure or any function of the body of man or other animals, and which does not achieve any of its primary intended purposes through chemical action within or on the body of man or other animals and which is not dependent upon being metabolized for the achievement of any of its primary intended purposes.)

日本的药事法(Pharmaceutical Affairs Law,PAL)中对医学装备(medical device)的定义为:用于人或动物的疾病诊断、治疗或预防,或用于影响(affect)人体或动物的结构或功能,且由内阁命令指定。

值得注意的是 ISO 13485、欧盟 93/42/EEC 及美国 FDA 21 United States Code[321](h) 1993 定义中医学装备的英语原文均为 medical device,但美国 FDA 定义的内涵中还包括了体外诊断试剂。如果 medical device 不单纯是物理性质的器械,还集合了与之相配置的化学、生物性质试剂或材料、软件等(即支持其运行的相关装备),译为"医学装备"更为贴切。英国用 health devices(卫生装备)一词表示。

另外,以上对医学装备的表述更多是强调装备的物质属性,涉及的管理内容也多是针对物资管理而言。从医学装备管理学角度,中文装备一词将体现两个内涵,一是物质属性,采用"医学装备"一词与国际上趋于统一的名词"medical device"接轨;另兼具装备管理操作(to equip),常用语如对某医学领域"进行装备"。

1992 年,卫生部组织编写的《医学技术装备管理概论》绪论(霍侯、庄京杰)以及 2003 年出版的本书第一版绪论(孙家霖、李桂芬、杨虎)中对医学装备的技术性质和专业特点进行了论述,并首先在国内建议采用"医学技术装备"一词,强化医学装备的专业技术特征,定义概括为"指所有专用于医学的仪器、器材、器具、机械、装置、置入物、体外试剂及其他产品(包括元器件和附件)。即医学技术装备的含义是指用于医学领域的、具有显著专业技术特征物资的总称,主要包括医疗器械、仪器设备、卫生装备、实验装置等",对其所进行的专业管理及相关理论知识体系称为"医学技术装备管理学"。

继《医学技术装备管理概论》之后,卫生部《医学技术装备丛书》编辑委员会在工作中,特别是通过编撰辞书,逐步统一了认识,把"医学技术装备"这一名词简化为"医学装备"。这一见解很快在李寿礼教授编著的《最新英汉医学装备词典》(山西人民出版社出版,1995年)中采用。中国医学装备协会组织编写的《汉英医学装备科学仪器分类词典》(张文康部长为编委会名誉主任,曹荣桂、朱庆生副部长为编委会主任,史毓阶、霍侯教授主编,中国医药科技出版社出版,2000年)也采用了"医学装备"这一名称。2001年,中国医学装备协会,正式启用了"医学装备"这个词。

2009年11月,卫生部医管司关于征求《综合医院评价标准(修订稿)》中专门设置六十三条医学装备管理,进一步明确了医学装备管理在医院工作中的定位和工作准则。

从医学技术角度讨论医学装备,医学装备属医学技术范畴(the medical devices are included in the category medical technology)。1998年,世界卫生组织在美国技术评估局(office of technology assessment,OTA)定义的基础上进一步阐明卫生技术是"用于医疗保健的药物、装备、内外科程序及其相关知识和组织管理系统、支持系统(The drugs,devices,and medical and surgical procedures,the knowledge associated with these,and the organizational and supportive systems within which such as care is provided)"。该定义进一步强调了两个重要内容,一是在医疗卫生成功实施技术的过程中技术与医学专业知识、技术相关基础知识、支撑操作程序的科学原理与方法等的"联动(nuts and bolts)"作用是至关重要的;二是技术的范围不仅包括传统认识的医学技术,还包括了环境、食物、信息等支持技术,后者在医学模式由偏重疾病治疗向重视预防的转变中的作用越显突出。由此可见,医学装备是卫生技术的重要组成部分,医学装备的效应与效益发生在医学技术流程上,医学装备管理实质上是医学装备技术管理。

基于以上认识,按照《医院管理学》编委会安排,本书论述的"医学装备"范畴之外的也用于医学领域的其他装备、设施则分别归入建筑管理分册和后勤管理分册论述。

医学装备作为预防、诊治、保健、康复、研究、教育等领域应用的装备技术是随着综合科技及医学的发展而产生。随着人类文明和综合科学技术进步,医学装备得到令世人瞩目的成就。1895年,用于诊断的X射线机的出现标志着医学装备技术进入了新的发展时期;20世纪中叶开始,各门类综合科技向医学领域转移,大量新技术新材料应用于装备技术的研发、生产,以光、声、电、磁、核素、机械为基础,进而吸纳了计算机、影像、微电子、材料科学、组织工程、信号数据处理等新科技成分,发展十分迅速,同时基础医学研究成果向临床医学的转化以及医学各学科间技术的相互渗透、融合也促进了技术的推广、转移、扩散,驱动着医学各领域的发展,使整个医学科学技术和装备水平面貌发生了根本改观。

在研究医学装备技术发展趋势的同时,我们更注意到世界范围内的卫生革命使人类疾病谱、医学模式、防治重点发生了很大的变化。迄今为止,人类社会大致经历了三次卫生革命或阶段。第一次卫生革命(1900—1950年)主要是防治急慢性传染病;第二次卫生革命(1950—1999年)是以解决非传染性疾病的防治为主的阶段;第三次卫生革命(2000年至今)是在继续防治非传染性疾病的基础上,全面提高生命质量。尽管在不同国家、地区的死因排序不全相同,癌症、心脑血管疾病、意外事故已成为人类的主要致死原因,攻克这些医学难关成为21世纪的主要任务。为了实现人人能享受基本医疗保健的目标,把过去的以城市大医院为轴心的医疗服务体系逐步过渡到兼顾社区卫生服务体系、农村卫生服务体系已成为必然的发展趋势。医学已由原来单一的生物模式发展为生物 - 心理 - 社会医学模式。医学作为一种应用科学,由原来仅从基础科学中的生物科学取得知识,发展到同时也从社会科学中的心理学与社会学中获得知识。这是各学科之间更高层次的相互渗透和融合。目前国际上公认 21 世纪的医学发展中要重点考虑的问题是:促进健康;预防疾病;诊断和治疗;残疾福利、残疾康复;急救医疗(社区医疗、医疗信息);家庭医疗。因此,未来医学装备的发展也必将与之相适应,医学装备管理的改革也势在必行。

为了做好医学装备的科学管理和改革,使其更有效地服务于我国卫生事业发展的需要,对医学装备管理学需要有全面的认知。首先,应对医学装备的分类及分类方法有一个梗概了解,以便医学装备信息交互能够顺利进行。医学装备分类方法要有一定的科学依据,并具有共通性、系统性、实用性,以便从不同的专业角度、不同的技术层面充实医学装备管理学内涵。我国编制物资编码标准工作起步较晚,尚未达到统一,现存的编码体系大体上有国家、行业(部门)、地方和企业四种。本书仅就目前常用在医院管理、数据库管理及产业与市场准入监管的几种分类方法作一介绍。

**(一)按主要用途分类**

1. 诊断装备类　包括医用 X 射线、功能检查、超声、核医学、内镜、临床检验与临床病理、专科特殊诊察等。

2. 治疗装备类　包括病房护理、手术治疗、放射治疗、核医学治疗、物理治疗、激光治疗、其他治疗等。

3. 辅助装备类　包括消毒灭菌设备、空气调节设备、制冷系统、血液冷藏贮存设备、中心吸引系统、中心供气系统、超声波洗涤装置、制剂及制药设备、医用数据处理设备、医学音像设备、图书情报设备、电子计算机等。

**(二)按工程学技术及应用范畴分类**

1. 医学测量　包括生物电测量(心电、脑电、肌电、胃电等),声、光、力的测量,流量、流速测量,位移、压力测量,化学、电化学、生物化学测量,放射线测量,超声测量,生物磁测量,高、低温度测量等。

2. 医学信息传递和处理　包括生物医学信息处理、医用电子计算机、图像识别和处理、图形识别和处理、生物医学数据处理和传递等。

3. 医学图像显示　包括光学显微镜、电镜、光学纤维内镜、显微电视、监视电视、X 线显示、B 型超声仪器、教学电视、X 线、CT、ECT、MRI 等。

4. 功能辅助和修复　包括人工器官、生物电动假肢、感官辅助装置、器官保存以及人体系统模拟装置等。

5. 生物刺激及治疗　包括电磁场治疗仪器、电化学治疗仪器、光疗仪器、超声治疗仪器、放射线治疗仪器、激光及等离子体治疗仪器、高温、低温治疗设备、高压氧治疗设备、水疗设备、负离子发生器以及各种康复治疗设备等。

6. 生物医学材料　包括生物材料、医用高分子材料、医用金属材料、非金属材料及其制品等。

7. 医用器件　包括医用电极、医用传感器、医用电源、医用仪器模具、机电配件及其制品等。

8. 医学信息管理控制系统　包括医院自动化管理、自动保健随诊、地区医疗网络、环境监控系统、医学教育工程、安全标准化监测装置等。

**（三）按医院临床或卫生机构科目分类**

如妇产科、儿科、眼科、耳鼻喉、口腔科、血库等装备，此种分类法常用于医学装备管理。

**（四）按医学装备的安全性或对人体可能产生的危害程度分类**

国务院 2000 年发布的《医疗器械监督管理条例》，2000 年 4 月 10 日起施行的国家药品监督管理局《医疗器械分类规则》（局令第 15 号），欧盟（93/42/EEC，1993），美国 FDA SEC. 201.［21 U.S.C. 321］1976 等均采用了这种分类法。

这些分类方法的特点是以保证医学装备的安全性和有效性所需的控制程度为基础建立了Ⅰ~Ⅲ三级管理分类，Ⅰ类是指通过常规管理足以保证其安全性、有效性的医学装备；Ⅱ类是指对其安全性、有效性应当加以控制的医学装备；Ⅲ类是指用于支持、维持生命对人体具有潜在危险，对其安全性、有效性必须严格控制的医学装备。在三个大类项下，进一步按应用领域和工程学再细分亚类，如国家药品监督管理局《医疗器械分类规则》分为 44 个亚类。

**（五）其他国际分类**

IEC/ISO 分为医用电气、输液、灌注、注射、牙科、麻醉、呼吸、假肢与矫形、节育、外科置入、消毒灭菌 11 个大类。

全球协力组织（Global Harmonization Task Force，GHTF）分为 A、B、C、D 4 个大类。

**（六）《全国卫生行业医疗器械、仪器设备（商品、物资）分类与代码》（WS/T 118—1999）**

在国家标准局分类与代码（GB 7635—87）的框架下，卫生部组织专家从 1987 年开始经三年努力编制出《全国卫生行业医疗器械、仪器设备（物资）分类与代码》（WZB 01—90），1990 年由卫生部和中医药局批准发布试行；1999 年进行了修订，经与国家标准化与信息分类编码研究所协定，定名为中华人民共和国行业标准《全国卫生行业医疗器械、仪器设备（商品、物资）分类与代码》（WS/T 118—1999），于 1999 年 1 月由卫生部批准颁布实施（详见本书第九章）。作为卫生行业标准，此编码按物品的基本属性和使用方法分类，适当兼顾部门管理的需要和当前管理现状和生产流通领域的需求，适宜于医学装备管理，应广为宣传、贯彻执行。

# 第二节　医学装备管理理论概述

管理是一个科学的理论与实践相结合的运作过程，是人们在认识客观事物的内在联系和外在环境及其相互关系的基础上，遵循相关理论与知识，通过计划、决策、组织、控制等基础职能，有效地利用人力、财力、物力等要素，以达到预定目标的实施过程。

医学装备管理之所以是一门科学，是因为它和其他学科一样具有其客观规律性。

按我国现存学科分类与代码（国家技术监督局 GB/T 13745—92《学科分类与代码》），医学装备管理学是卫生管理学（330.81）的一个分支学科，除具备自身的独特的理论与实践操作体系外还集成了多学科理论和方法学。装备管理工作目标和发展方向的确定离不开卫生事业管理学和医学诸学科理论的指导；装备的配置、物资与应用管理、技术评估需要运用设备管理学（630.4050）、物资管理学（630.4045）、技术工程学、技术经济学（790.41）、卫生经济学（330.71）、技术评估学（630.6030）、安全管理学（620.2060）、计量学、信息学、统计学、伦理学、物流学等学科知识；装备的安全、质量控制、维修保养需要生物医学工程学与临床工程学等技术支持。在此基础上，装备管理工作者不断探索与借鉴现代管理理论充实和丰富我国医学装备管理的理论研究和实践。

### (一) 医学装备寿命周期管理

装备技术从需求评估(assess needs)→ 研究、开发(research and development,R & D)→可行性分析(feasibility analysis)→ 作出决策 → 生产 → 市场 → 管理 → 采购 → 计划实施(开发、推广)→ 维修保养 → 评价 → 追踪评价 →升级更新、延续(或报废、淘汰)→ 进入下一周期的滚动过程称为寿命周期(life cycle)。这就意味着医学装备管理是以医学装备的"一生"为对象、沿着生命周期的不同阶段展开的动员全员参加的一项系统工程。在不断实践中生成了两个重要管理体系,一是全程、全员、全方位管理;二是寻求装备的寿命周期费用最经济为目的,讲究效率的综合管理,即寿命周期费用(life cycle cost,LCC)管理。

装备综合工程学:英国人丹·派克斯(Dennis Parkes)于1971年提出设备综合管理学(terotechnology)又称装备全面管理,英国工商部称之为装备综合工程学。该理论把装备看作一个体系来进行管理,是研究装备从研制到使用的"一生"的全面管理工作,以追求装备的寿命周期费用(指装备一生总费用,由装备的购置费和维修费两项组成)达到最佳的经济效果。在传统的装备管理中,装备管理被人为割裂为技术管理和经济管理两大方面,并且往往片面强调技术管理,不重视经济管理。设备综合管理学主张把有关技术、经济与管理诸方面综合起来,强调各学科综合研究,建立横向装备管理体系。要求从事装备管理的人员,既要具备与装备相关的各种工程技术知识,又要具备现代经济管理的知识,通过设立矩阵管理机构使有关装备管理机构发生横向联系,克服传统管理中按专业及职能分工垂直纵向管理造成的各自为政、相互脱节的弊端,装备综合工程学的产生是装备管理工作的一次革命。

后勤学:在美国一般用"装备工程"或"装备工程管理"的名称。他们把有关装备寿命周期费用的学说体系称为后勤学。这一概念是在美国进行可靠性研究过程中形成的。美国国防部曾对已购装备系统进行调查,发现它们的使用维修费在五年内竟达购置费用的5倍。于是,出现了将两者进行综合考虑的"设备寿命周期费用"的新概念。

我国一些医院采用装备综合工程学和LCC对规划立项、采购、使用与保养维修、效益分析、耗材、档案、计量、数据信息等医学装备环节实施全程管理,取得了较好的效果。

### (二) 医学装备项目管理

项目管理(project management,PM)是"管理科学与工程"学科的一个分支,是介于自然科学和社会科学之间的一门边缘学科。

项目即"为完成某一特定事物(设计)所进行地有序的系列工作"。卫生装备之项目管理就是从评估、装备、开发、应用、推广、评价等环节入手,以推动某个或某几个医学领域(学科)发展为目的(包括医学流程改革)所进行地有组织、有活动领域、有活动内容、有评价指标体系的实施过程。

1. 医学装备项目管理的基本内涵 尽管对项目管理的定义及基本架构有诸多阐述,但医学装备项目管理应具有以下基本内涵及特征:

(1) 有明确的项目目标:医学装备技术项目管理的主要特征是驱动装备技术与医学发展间的相互作用,以学科为落脚点的医学领域建设,所追求的项目效应是在可能的项目投入(项目成本)和可行的时限内完成确定的人力资源开发、医疗保健综合指标等。在项目总目标下,可设置若干子项目和阶段性目标。项目管理与常规装备工作之间的明显区别就在于不仅仅是单纯采购、安装了设备,后者在具体的装备计划中叫做品目,不能盲目称之为项目。

(2) 规范的项目活动领域：项目活动(实施)领域是项目组织架构及规模的体现,是实现技术装备由静态属性(物资)向动态属性(技术)转化的工作位点,该转化环节与相关的知识、组织管理系统、支持系统联动将符合卫生技术的定义。就学科建设而言,学科或学科群及相关的技术操作流程体系、支持体系等就是项目活动领域。鉴于技术装备项目具有一定的硬件及软件的性质,故也可把项目活动领域视作项目的软件对应部分,决不能习惯性地简单认为是设备安装的地点。项目活动领域是依据项目目标来确定的,但也要视项目资金的投入力度、运作成本、人力资源、项目单位的技术定位等因素来加以规范。

(3) 充实的项目活动内容：项目活动内容是为实现项目目标所从事的操作过程,必须依据项目目标制定相关的技术路线。作为技术装备项目的项目内容是围绕技术装备的评估、装备、开发、应用、推广、评价等为主线展开,但更多的注意力应放在与此相伴随的软件建设方面,切忌单纯提供了硬件就认为结束了大部分项目工作,要坚持完成项目中期乃至后期的项目活动。配置评估是技术装备项目活动的一项重要内容,这需要研究项目目标、领域、活动需求与技术装备间的界面效应,分解列出两者的功能配置阵列,评估功能利用效率、确定配置权重、拟合分析需求 - 配置等序贯方法来完成。

(4) 科学的项目实施计划及评价指标体系：区别于常规品目装备管理,项目管理的实施计划应体现技术(装备)工程学观点,更着重于学科建设和技术装备双向指标的落实,为保证项目计划切实可行,总体计划和分布计划、实施步骤要尽可能细化、量化。因技术装备项目管理是以发展防治领域的综合效益为出发点,所以评价指标体系应当是综合性的,渗透卫生经济管理、综合效益评价、技术评价等内容。

2. 医学装备项目管理的操作体系　我国开展医学装备项目管理已获许多成功的实践。1991 年卫生部率先对部属医院实施"加强危重病医学装备"(1991—1993)项目,随后又实施了"加强临床检验学与临床病理学"(1994—1995)、"加强外科学技术"(1996—1997)、"加强口腔医学卫生技术流程"(1998—1999)、加强急诊医学(2000—2002)等项目;为推动临床医学学科建设、促进临床医学研究成果向医疗服务转化,卫生部从 1996 年至今连续滚动实施"卫生部直属医疗机构临床学科重点项目";为促进基础医学实验教学改革,卫生部于 1999 年对部属 11 所院校实施"加强基础医学实验室建设与实验教学改革"项目。项目管理在增强医院以医疗服务质量和水平为标志的综合能力、促进临床学科发展、扶植相关新临床医学学科进步、带动医学模式和技术流程改革、优化医学装备技术资源配置等方面取得了显著成效;同时为深化卫生技术评价以及探索医学装备理论提供了一个可操作的运行载体。项目管理经验的推广产生了辐射、指导效应,越来越受到各级卫生事业管理部门和医疗卫生单位的重视,并扩展到医疗卫生管理的其他领域,带动了各省市医疗卫生管理部门和医学装备管理工作,与医院发展、学科建设结合开展医学装备项目管理取得了良好效果。医学装备项目管理的操作体系与基本原则如下：

(1) 项目目标的确定：在技术飞速发展的今天,要求我们要站在医学前沿看待医学技术装备管理工作,追踪医学技术装备趋势、善于整合分析医学发展动态、开拓技术装备管理的思路、找出项目管理的入手点,服务于学科建设和医学进步。①研究疾病谱的变化及医学体系的转变：通过技术装备项目管理加强临床学科建设的主要目的是要提高项目相关学科的医疗服务能力和质量,在防病、治病的卫生实践中体现项目效益。故而,研究疾病谱的变化及医学体系的转变也将成为医学技术装备工作者的一项议题,如果我们总是习惯在一个固有的静态管理模式中考虑问题则找不出合适的技术装备项目。20 世纪中末期,危重病成为仅次于癌症和心血管病后的第三大疾病,而生理学监测、心肺复苏、输液管理等技术的发展使危重病学学科的形成成为可能,1991年卫生部对所属医院实施加强危重病学技术装备项目。经历抗击 SARS,在紧急救治体系等项目的建设上也获得启示;②注意边缘学科的发展及学科群体建设:近代医学装备技术应用的一个显著特点是带动了学科间的相互融合、相互渗透,促进了一些边缘学科的形成。因此,必须注意在引入某项技术的过程中可能不仅支持了某一学科的工作,而且还会带动相关学科或者学科群的建设。例如,脏器移植技术的开展涉及若干学科的协同,如果在装备项目上不考虑相关学科群体建设,脏器移植工作就不可能得到良性发展;③追踪医学装备技术的发展趋势:21世纪医学技术装备的发展趋势就其原动力技术表述值得注意的领域是:生物技术、家庭保健技术、人工辅助功能替代技术、纳米技术、环境和食品技术、管理、信息和通信技术等。在常规技术方面,则逐渐趋向于与近代人类疾病谱的变化、新学科的形成和发展相适应。除此之外,与体现医护技能劳动密切相关的技术装备(如外科学技术及手术室装备)可能会成为中国卫生技术装备市场的一个重要组成部分。因此,要追踪医学装备技术的发展趋势,使得拟定的项目更好地适应我国卫生改革需求,并发挥项目管理对技术市场的导向、监控作用。

临床医学领域里要进行装备项目管理的方面很多,现阶段建议的入手点是:

首先,技术装备项目管理更应密切与我国的卫生体制改革相结合,把人们关注的卫生改革的热点问题作为装备项目管理考虑的内容。优选适应医疗卫生总体发展及卫生体制改革需要的学科建设及相对有一定基础在适当支持下能尽快在临床、预防等领域产生辐射且有推广价值和效益的技术体系。

必要的技术装备。虽然赋有常规技术特征,处在临床流程的中心位置(瓶颈),但在装备工作中不受重视的学科领域和技术内容,有助于推动临床学科的基础建设。WHO已着手应用基本卫生技术包(essential healthcare technology package,EHTP)在某些国家进行技术评价的试点研究。

符合卫生发展趋势,与国际或国内的某些医疗单位相比尚缺乏,对防治综合质量提高构成影响的技术。

在发展防治布局上具有潜在意义、战略意义的技术,甚至可能是支撑的技术项目。

项目目标的确立,要坚持科学管理、论证评估。建议应遵循的评估原则及程序是:查阅文献、搜集信息,充分调查研究(要有足够的样本数),广泛征求各方面意见(特别是一线医护、防保人员),复核审查项目的可行性、可操作性,对拟实施装备项目管理的各单位逐一进行评估,据其实际情况确定项目分解目标和子项目目标。

(2) 项目活动领域的选择:选择项目领域要注意的是,主项目领域和相关领域、直接技术和间接技术或支持技术等问题。以技术装备为介导的学科建设项目可能涉及一个或多个学科/学科群。例如要在一家有800张病床的医院实施加强危重病医学项目,如何确定项目活动领域呢?至少需考虑的因素有:院内为主还是院外为主,或是两者兼顾;哪些科室与项目直接相关,哪些科室与项目间接相关;ICU床位与医院总床位数的比例设置,建立综合ICU还是专科ICU,若需要建立专科ICU,哪些专科ICU应优先考虑;需否需要建立二级患者监测体系;急诊抢救床和监测床的数量;项目引入技术与医院现有或将要发展的技术之间的关系,项目支持学科的医学流程与医院总体流程之间的关系;哪些现有条件可以利用。还要考虑与临床医学的教学、科研改革结合,扩大项目效应。卫生部实施的加强危重病学技术装备项目中在加强ICU的同时,还加强了急诊重症抢救、麻醉与术中监测、术后复苏等环节,使相关临床领域同步得到加强。

(3) 项目活动内容的制订:临床学科建设的技术装备项目其活动内容应包括四个主要方面:①合理配置项目装备:项目管理的技术装备要做到优化资源配置,所遵循的原则是:要与完成项目目标和开展活动内容的技术定位结合,要与实施项目的技术功能结合。总结各方面的认识可归纳为:满足需要、时机成熟、布局合理、技术适宜、配套条件支持;②人员配套及培训:人力资源利用和建设是项目能否成功的关键,是项目运行及学科建设的重要内涵。当一项新的技术进入防治工作流程之后必然需要加强人员配备或产生人员的重新分布,在项目实施的初期就要抓紧此项工作,针对项目拟装备的技术组织好人员力量,搭配合作班子,进行必要的技术培训。培训内容不仅仅是围绕引进技术所进行的器材使用、维护,更重要的是在于有目的地安排该项技术所涉及的防治理论及应用意义之系统内容方面的培训,使硬件与软件做到有机地衔接,保证器材到位后即可投入使用,逐步与项目领域里的防治工作流程接轨;③制定技术使用、管理规范,推广技术:这是一项重要的项目活动内容,是巩固项目成果的重要环节,也是项目的滚动建设过程,特别是在具有改革临床技术流程内容的项目。一项新技术有一个让更多人接受的过程,但首先是要将新技术加以规范总结,使之能与防治实践密切结合。在以举办学习班等形式推广技术的同时,要注意搜集来自各方面的意见,不断修正,使其日臻完善。例如卫生部在实施加强口腔门诊卫生流程技术项目后,于2005年颁布了《医疗机构口腔诊疗器械消毒技术操作规范》;④体制保证及基建配套:一旦项目活动领域确定就要组成项目组织机构并保证执行人员到位、责任清楚。要充分发挥项目建设学科学术带头人及与装备技术相关的各类人员的作用,使他们明确项目目标、活动内容、实施计划,提高执行项目的自觉性。

必要的基建配套要落到实处,特别是由管理部门与项目单位双向承担项目资金的项目,项目执行单位必须有明确的配套计划并刻意实施。

另需注意的是,随着项目技术的引入、开发、扩展,聚集其技术特征、技术含量、技术辐射、工作量等元素可能会促使一个新的防治技术单元生成,并逐步形成一个亚学科,这时则需要在有关人事、科室建制等方面给予保障。除此之外,必要的奖惩、分配制度等也要与之配套。这样,才能达到通过装备项目促进学科建设甚至形成新学科的目的。

(4) 项目评价指标体系的生成及监管:评价理念应贯穿于项目管理始终,包括对项目实施期间的前期、中期及终期评价和项目结束后的追踪评价。因此,要根据项目目标、项目内容建立评价指标体系和项目监管体系;要避免设定指标过于空洞没有统计学意义,提取数据过程也要遵循科学方法,不能盲目以个别例子说明整体;为使数据有可比性,要对调研得到的原始数据逐一进行核定;综合运用循证医学、统计学、卫生技术评估、经济计量学等方法进行科学评价。项目追踪评价要拓展至项目装备技术的寿命周期,为下一项目周期提供科学依据。

医学装备项目管理产生于积极探索优化卫生资源配置、提高资源利用效率的改革实践中,以优化医学装备技术的选择、着眼于推广评价为运行载体,强调对医学装备实施全程管理,以促进医学学科领域建设及防治综合质量提高为检验工作成效的标准。因此,需要不断提高医学装备管理工作素质,站在推动卫生事业发展的高度,积极研究细化医学装备管理科学内涵,积极实践、发挥医学装备项目管理在我国卫生事业伟大进程中应有的推动作用。

国际上,成立有国际项目管理协会(International Project Management Association,IPMA),并通过国际项目管理专业资质认证(international project management professional,IPMP)在全

球推行四级项目管理专业资质认证体系。IPMP 对从事项目管理人员知识、经验和能力水平(负责大型国际项目、大型复杂项目、一般复杂项目或具有从事项目管理专业工作能力)进行综合评定,IPMA 依据国际项目管理专业资质标准(IPMA Competence Baseline,ICB)授予 A 级、B 级、C 级、D 级证书。

中国项目管理研究委员会(Project Management Research Committee,PMRC)是 IPMA 的成员国组织,IPMA 授权 PMRC 在中国进行 IPMP 的认证工作,建立了中国项目管理知识体系(C-PMBOK)及国际项目管理专业资质认证中国标准(C-NCB),于 2001 年在中国推行国际项目管理专业资质认证工作。

### (三) 医学技术评估

医学技术评估(medical technology assessment,MTA)广义上称为卫生技术评估(healthcare technology assessment,HTA),是适应医学技术特别是医学装备技术迅猛发展,在 20 世纪 70 年代发展起来的。最初,美国在 OTA 中建立了 HTA,随后一些发达国家如瑞典、法国、荷兰等国家相继建立起医学技术评估制度和相应机构。1985 年国际卫生保健技术评估协会(the International Society of Technology Assessment in Healthcare,ISTAHC)正式成立,到 1998 年,已有来自 40 多个国家的 1200 个成员单位,1993 年又建立了国际卫生技术评估机构网络(the International Network of Agencies for Health Technology Assessment,INAHTA),1996 年,成立了国际卫生技术评估协会(IHTA),总部设在加拿大。HTA 的研究内容是从安全性、有效性、经济性(成果 - 效益/效果分析)、社会适应性(社会、伦理、道德、法律问题)四个方面对技术进行评估,HTA 的目的是对技术的开发、应用、推广与淘汰实行政策干预提供依据。

由于医学装备技术是医学技术中发展速度快、作用影响凸显的领域,因而成为 HTA 研究的热点。在我国,1988 年卫生部计财司、医政司委托上海医科大学陈洁教授等人开展了《中国医疗仪器设备发展的政策研究》课题,对医学技术评估和政策研究进行了初步尝试。根据 HTA 结果,提出了 5 个观点:一是在购置或引进先进医学装备时应根据成本 - 效益原则进行充分论证;二是在国内建立医学装备资料信息库,以提供可靠的信息,指导基层医疗机构合理购置;三是配备医学装备应根据区域卫生规划中卫生需求,合理分配装备的种类和数量,逐步建立和完善装备标准;四是医疗服务价格的制定应建立在装备利用的成本核算基础上,服务价格应基本符合于服务成本;五是我国应积极开展医学技术评估工作,以促进卫生保健事业向着"低成本 - 适宜技术 - 高效益"的中国之路发展。

在我国开展医学装备技术评估的进程中,不断有介绍 HTA 在医学装备领域里的应用、意义、方法学、基本步骤等报道;在 HTA 的实践研究方面多体现在医学装备技术的安全性和有效性评价、技术利用效率、成本及成本效益评价上,如:医院大型医用设备利用效率现况分析,CT、磁共振成本及效率服务分析,腹腔镜手术的安全性与有效性评价,终末期肾病治疗的成本效果分析,ICU 护理成本,MRI 安全性有效性及成本与效益评价,伽马刀运行成本及效率,PET 运行成本及服务效率分析,产前超声诊断的技术评估等;运用 HTA 成本分析的理念,研究建立了医学装备技术成本效益分析模型,并载入 HIS 平台。近年来,循证医学的发展也对 HTA 起到了协同作用。

### (四) 循证医学

循证医学(evidence based medicine,EBM),是自 20 世纪 70 年代后期开始形成和发展的、派生于临床流行病学的一门新兴学科。20 世纪 80 年代初期,以加拿大麦克马斯特大学(McMaster University)著名内科学家 David L.Sackett 为首的临床流行病学家,率先对住院医师举办了循证医学培训,开创了循证医学实践。20 世纪 90 年代在国际医学领域达成共识。我国于 1996 年成立了中国循证医学中心(四川大学华西医院),开展循证医学知识的推广和普及工作,并成为国际 Cochrane 协作网成员之一,出版了《中国循证医学杂志》。EBM 的含义是指慎重、准确和明智地应用当前所能获得最好的研究依据,同时结合医生的个人专业技能和多年临床经验,考虑患者价值和愿望,将三者完美结合制定出患者的治疗措施。其核心思想是:在临床医疗实践中,对患者的医疗决策都应尽量以客观的科学研究结果为证据。EBM 的出现使临床医学发生了巨大变化,逐步成为治疗疾病和医疗科学决策的最新思维方法和模式。同时,EBM 在医疗卫生决策、卫生管理等方面也得以广泛应用。

医学装备的规划、采购、验收、建档、培训、交付使用、维护维修、使用管理、评估、撤出使用、报废等全程管理的每个环节也应基于相应的证据。另外,医学装备技术直接参与临床医学和预防医学流程(特别是提供循证数据的装备,如医学信号测量、实验室检验等),因此,在循证研究某些防治干预措施时必然涉及医学装备,反馈指导制定相应的管理计划和持续改善质量管理,以确保医学装备的安全、准确、有效和经济。进而提出医学装备循证管理的理念。

鉴于医学装备的认证管理和应用质量管理已经成为社会各界关注的焦点,循证医学也逐步在医学装备的安全性有效性及其质量控制方面发挥作用。国家的法律法规也正在加强。逐步建立起医学装备循证管理体系对有效发挥医学装备保障作用是非常必要的。医学装备质量循证管理,并不意味着将循证医学简单地照搬于医学装备质量管理领域,而是基于标准、计量检测充分收集和利用科学证据,按循证医学研究方法进行科学分析,提升医学装备管理质量。

目前,包括我国在内的一些国家或地区的组织机构、国际组织,如国际标准化组织(International Standards Organization,ISO)、国际电工委员会(International Electro Technical Commission,IEC)、欧盟(94/42/EEC)、美国 FDA、美国医疗机构认证联合委员会(Joint Commission on Accreditation of Healthcare Organizations,JCAHO)及其国际部(JCI)、美国医学仪器促进协会(Association for the Advancement of Medical Instrumentation,AAMI )、美国国家质量保证委员会(National Committee for Quality Assurance,NCQA)等相继开展以证据为基础的医学装备市场准入、风险管理、临床评估研究、不良事件通报、召回、应用质量监测与控制及相关数据信息的采集分析等也可以认为是循证管理理念的体现。

由此可见,循证医学贯穿于医学装备的认证、规划、配置、应用、计量、维护、报废等生命周期环节,有助于医学装备管理的科学发展,提高管理水平。

### (五) PDCA 循环管理

PDCA 循环是管理学中的一个通用模型,最早的构想是由休哈特(Walter A. Shewhart)于 1930 年提出,后来被美国质量管理专家戴明(Edwards Deming)博士在 1950 年再度整理挖掘,并广泛运用于持续改善产品质量的过程中,成为全面质量管理所推荐的科学程序。全面质量管理活动的全部过程是质量计划的制订和组织实施的过程,要求把各项工作按照设定的计划予以执行,再检查其结果,将成功的方案纳入标准,将不成功的方案留待下一个循环去解决。该过程按照 PDCA 循环周而复始地运转,又称"戴明环"。

PDCA 意指四个阶段:

P(plan):计划,包括方针和目标的确定以及活动计划的制定。要分析现状,发现问题,分析问题中各种影响因素及主要原因,针对主要原因需采取解决的措施(例如,为什么要制定这个措施？达到什么目标？在何处执行？由谁负责完成？什么时间完成？怎样执行？等等）。

D（do）：执行，具体运作，实现计划中的内容。

C（check）：检查，总结执行计划的结果，把执行结果与要求达到的目标进行对比，分清哪些对了，哪些错了，明确效果，找出问题。

A（action）：行动（或处置），对总结检查的结果进行处理，成功的经验加以肯定并适时推广、标准化，便于以后工作时遵循；对于失败的教训要总结，以免重现。对于没有解决的问题，应提交下一个 PDCA 循环去解决。

实施 PDCA 循环管理需要搜集大量的数据资料并综合运用各种管理技术和方法。有四个明显的特点：① PDCA 循环的四个过程不是运行一次就完结，是一个前进的循环，一个循环结束了，解决了一部分问题，可能还有问题没有解决或者又出现了新的问题，再进行下一个 PDCA 循环，依此类推，不断循环。它存在于各级层面，使质量管理的车轮不断前进，质量水平不断提高；②类似行星轮系，一个单位或项目的整体运行的体系与其内部各子体系的关系是大环带小环的有机逻辑组合体；③ PDCA 循环不是停留在一个水平上的循环，不断解决问题的过程就是水平逐步上升的过程；④ PDCA 循环应用了科学的统计观念和处理方法作为推动工作、发现问题和解决问题的有效工具。

有报道对医学装备的配置论证、应用规范、检测维护与效果评价、改进方案等一系列质量控制过程实践 PDCA 循环管理，提高了医学装备质量，减低了医学装备安全事件的发生概率。

### (六) 风险管理

由于医学装备在设计生产可能存在的某些缺陷、市场前验证的局限性、使用环境问题或错误操作等原因，会导致不安全风险事件发生。20 世纪 60 年代，美国《时代》周刊报道：在美国每年有 1200 个电死事故是由于医疗装备问题引发，20 世纪 90 年代欧美国家在医学装备管理中引入了风险管理概念即基于风险分析的医学装备管理。他们将风险定义为："在规定的使用条件下，对医疗技术用于解决特定的医疗问题相关人员所造成伤害的可能性程度"。并将风险归纳为三种类型，即物理风险（如电击、机械损伤、易燃易爆物失控造成的损伤等）、临床风险（如操纵错误或不合理操作、技术应用不当等）、技术风险（如测量误差或性能指标的下降等），这些风险的表现形式反映出设备发生故障的信息，对风险进行评估量化就是抓住了装备维修和管理工作的主要矛盾。风险管理包括一套应付风险的政策和程序，也包括风险分析、风险评估和风险控制三方面实务工作，为装备管理工作提供了理论依据。风险管理与安全及质量控制实践是密切相关的，在各国医学装备管理立法或管理文本中均将安全管理放在首位。美国于 1990 年专门制定了《医学装备安全法令》（*Safe Medical Devices Act of 1990*，SMDA'90），按医学装备的潜在风险进行分类也说明此点。欧盟（92/42/EEC）分为四类（Ⅲ、Ⅱb、Ⅱa 和 I/Is/Im），我国卫生部刚刚发布的《医疗器械临床使用安全管理规范（试行）》则更进一步强化了风险管理。目前，风险管理的举措展现在市场准入、安全监测控制、不良事件产品召回三个环节。关于风险管理的具体内容，本书有章节作较深入研讨。

另有研究报道，运用 ABC 管理方法加强医学装备的采购、库房、档案、维修等管理；采取"5S"管理法改善库房管理质量；从物流学角度探索供应链管理；对提高新时期医学装备管理的水平起到积极的推动作用。

其他国家在装备管理上也有值得借鉴的管理理论和经验。如日本1950年推出的全面生产维护(total productive maintenance,TPM)制度,可概括为三全:全效率、全系统、全员参加。即全员参加的装备维护,涉及装备的计划、使用、保养。各个部门整个装备管理流程,从最高负责人到第一线使用人员共同参与,加强维修保养教育,把装备综合效率提高到最高。TPM最初主要用于产业领域,随后为其他领域借鉴。前苏联推行有计划的预防性维修和使用制度,即Л.Л.Р.制度。第一个Л.的含意为计划;第二个Л.为预防性的;Р.的含意为修理。Л.Л.Р.制度的定义是:为防止意外损坏而按照预定的计划进行一系列预防性的修理、维护和管理的组织措施和技术措施。该管理模式延长了装备修理间隔期,降低了修理成本,提高了维修质量。

管理科学理论产生于管理实践。从科学技术发展的历史来看,一门新学科的形成与发展,都是先有实践,经过不断地研究、总结,把感性认识上升为理性认识,形成新的概念,推动理论的形成和发展,同时在理论的指导下,在实践中逐渐形成较为实用的方法和技术。一门新学科的形成与发展都要经历从诞生到发展成熟的过程,也还有一个被学术界和社会所公认的过程。医学装备管理学作为一门新的学科,正处在初步形成的阶段,这是我国卫生事业改革和发展的需要所决定的。我们在当前所面临的历史任务是共同努力,逐步完善具有中国特色的医学装备管理学。

## 第三节 医学装备管理的基本原则和特征

医学装备是卫生资源的核心要素之一,是医学技术的重要组成部分。因此,医学装备管理的总体工作目标可概括为资源的"合理配置"及其技术的"有效利用"。围绕这一主题,改革开放30年来,我国政府医药卫生管理部门高度重视医学装备管理,陆续制定了一系列政策、法规指导医学装备实践,为医学装备管理学发展和队伍建设提供了指导思想和行动准则;我国医学装备管理工作者和相关协会、学会等团体组织在积极的工作实践中积累了大量经验,在丰富医学装备管理理论的同时,总结出医学装备管理工作必须坚持的若干原则。掌握医学装备管理的原则与法规对科学发展医学装备管理学有着重要意义。

**(一) 医学装备管理的基本原则**

1. 合理配置 优化卫生资源配置是深化我国医药卫生改革及医疗卫生体系建设的支撑系统和基础条件,其目的是要达到医学装备资源配置的合理性、公平性、可及性,提高装备配置效率。合理配置需要依据科学的配置评估模式及定性、定量两个操作体系。能级原则是配置管理的一个基本观点,就是指所要配置的装备应当与医疗机构承担的功能、提供的服务量、服务范围、技术能力等相适宜。医疗机构既不能配置超出其功能定位的装备,也不能配置过于落后,不能满足实际工作需要的装备。举例来讲,对于一个普通的200张床位的县级医院如果配置伽马刀显然不符合能级原则的要求,而如果这样的县级医院尚未配置超声诊断仪则不符合能级原则。能级原则要求装备的配置必须要依据医疗机构功能和技术力量的不同而配置不同的装备,以满足不同需求。卫生部颁布的《大型医用设备配置与使用管理办法》(卫规财发〔2004〕474号),对大型医学装备实施阶梯配置,以及建立各级医疗单位装备标准等,均体现了合理配置中能级配置原则。

2. 安全有效 医学装备的使用效果直接关系到患者的身体健康和生命安全,因而装备的质量可靠性和安全有效性必须放在管理工作的首位。为此,国务院制定并发布了《医疗器械监督管理条例》,将医疗器械实行分类管理。

2009 年 11 月 19 日卫生部召开加强医疗质量安全管理视频会议,会议强调:医疗安全工作,责任重于泰山!医疗质量和医疗安全是医疗工作的核心和根本所在,医疗安全工作事关人民群众生命安全和身体健康,是关系到人民群众根本利益的重要工作。

2010 年 1 月 18 日卫生部下发《医疗器械临床使用安全管理规范(试行)》,明确提出要"加强医疗器械临床使用安全管理工作,降低医疗器械临床使用风险,提高医疗质量,保障医患双方合法权益";对临床准入与评价管理、临床使用管理、临床保障管理及监督提出规范。

当今生物医学发展十分迅猛,新技术、新装备不断涌现,装备技术在帮助人类战胜疾病、赢得健康的同时,也不同程度地存在对人体的损害。所以国际社会十分重视对于医学装备的安全控制,从防护、技术、机械、性能等角度来审查装备的安全性有效性。医学装备在投放市场前需要通过有关产品质量管理部门的认证许可。尽管如此,也不能完全杜绝不安全的装备进入市场。所以,不少国家成立了专门的组织来评估审查装备的安全性有效性,以协助政府和医疗机构配置装备。国际上也出版有卫生技术评估方面的学术期刊交流这方面的信息。

3. 经济适宜　医学装备要按照客观经济规律和国家的相关法律、法规并结合医疗服务的要求,对装备运行中的全过程采用经济学原则进行管理和评价。主要包括需求评估、技术论证、效益/效果评价三个环节。经济原则体现两个内涵:一是经济管理,实行市场经济的一些国家有很强的经济核算系统,而在计划经济体制下往往忽视进行相关成本的监测、评价、进行单机核算等。经济管理是国有资产保值、增值工作的基础,实行经济核算的另一个目的就是要为预算医学装备维护所需消耗、支持等费用提供依据,安排好所需资金,保证装备正常运行,使整个装备管理工作进入良性循环。二是经济学评估,即要开展与我国卫生体制改革相配套的以成本效益分析(cost benefit analysis,CBA)、成本效果分析(cost effectiveness analysis,CEA)为基本内容的卫生技术评估,为最合理的成本、最适宜的装备提供依据。

随着生命科学和现代信息技术的融合,越来越多的高新技术被应用于医学装备。在新技术的推动下,医学装备的价格也随之高涨,出现了几百万美元甚至是上千万美元昂贵的高技术装备。同时由于卫生费用的持续上升和卫生筹资形势的紧张,无论是强制性的社会医疗保险还是商业性的医疗保险都采用了相对严格的结算和付费方式,对于某些高技术医学装备采用了限制保险等手段。医疗机构和卫生主管部门面对层出不穷的高技术和日益严峻的筹资形势,在配置新装备之前必须进行周密的论证,根据医学发展的需要、居民支付能力和医疗需求以及保险规定等因素,选择适当的装备类型,在装备投入和产出之间寻求一个平衡点,使得装备的投资回收期达到一个在经济上可接受的水平。经济原则对于营利性和非营利性医疗机构来讲都具有重要意义。

4. 质量与效率　质量是医学装备服务于医疗卫生的根本,是安全有效的保证,是利用效率、效益的基础,源于企业管理和医疗机构双方。

美国食品药品管理局早在 1978 年即已颁布了"医学装备生产质量管理规范(GMP)"(21CFR820),随后又多次进行了修改和完善。1997 年,FDA 公布了新的"医学装备 GMP 规范",更名为"医学装备质量题词规范(QSR)",包括了生产企业从设计开发到服务全过程控制的要求,使该规范与国际标准化组织 ISO9000 系列标准更加一致。它要求所有医学装备生产企业建立并保持一个完整有效的质量体系,建立下列过程:①识别和限定器械和部件的要求;②选择和验证试验方法确保器械性能得到准确测量;③检验和验证器械的设计符合性能要求;④评估和降低与设计、生产和用户错误使用有关的风险和危害;⑤评估和审查与设计和生产有关的供应商,如原料、配件等供应商;⑥收集、审查和评估投诉,并识别必要的纠正和预防措施;⑦评估和验证产品在设计、标签和生产方面的改变。FDA 要求生产企业必须执行 QSR,并派员对生产企业及其产品实施文件审查和现场审查,以进行医学装备上市前许可和上市后监督。获准上市后,FDA 主要通过对企业进行质量体系检查来进行上市后监督。对Ⅱ、Ⅲ类产品一般每两年检查一次,Ⅰ类产品每 4 年检查一次。若发现存在安全隐患或其他可疑问题,FDA 随时可对企业进行检查。

欧盟先后发布了 3 个与医学装备有关的重要指令,即《有源置入医疗器械指令》(AIMD,Council Directive 90/385/EEC)、《医学装备指令》(MDD,Council Directive 93/42/EEC)和《体外诊断医学装备指令》(IVDD,Directive 98/79/EEC)。2005 年,欧盟对这 3 个指令又发布了修改指令。欧盟在 3 个指令中都规定了有关质量体系的要求,并将对质量体系的保证作为产品上市控制的主要手段。按欧盟指令规定,对不同类别的医学装备,采用不同的上市审查方式。Ⅰ类产品由生产企业自行负责其质量、安全性和有效性,并在生产所在国主管部门备案;Ⅱa 类产品由通告机构审查,其中产品设计由生产企业负责,通告机构主要检查其质量体系;Ⅱb 类产品由通告机构审查,检查质量体系、抽检样品,同时生产企业应提交产品设计文件;Ⅲ类产品由通告机构审查,需要检查质量体系、抽检样品,并审查产品设计文件,特别是要审查产品风险分析报告。在生产企业取得 CE 标志后,通告机构仍然每隔两年去检查一次质量体系,以确保生产企业持续生产质量合格、安全有效的医学装备。

日本厚生省药务局于 1987 年借鉴美国"医学装备 GMP"制定颁布了"自愿性医用用具质量体系规范(GMP)"。1994 年 12 月,发布了"自愿性医疗用具品质保证系统标准"。1995 年 6 月,正式发布了"医疗用具 GMP"。从 1999 年 8 月 1 日起,执行"医疗用具 GMP"正式成为核发医疗器械执照的必须要求。

医疗器械国际协力会议:1992 年,来自美国、欧盟、日本、加拿大和澳大利亚等国家医学装备主管部门和产业界的代表召开了首次"全球医学装备协调力会议"(GHTF),其目的是交流各国医学装备监督管理情况,对有关法规和技术标准进行研讨。GHTF 下设 4 个研究工作组具体负责有关协调文件的起草和讨论工作,其中,第 3 研究工作组主要负责医疗器械质量体系,包括设计控制、风险评估及计算软件方面的协调工作。经过近年来的协商讨论,大家对医学装备质量管理的认识逐步趋于统一,从而使美国 QSR 规范、欧盟 EN46000标准与 ISO 13485 标准已基本达成一致。第 4 研究工作组主要负责医学装备质量体系审核的协调工作,并发布了"医学装备生产企业质量体系审核指南"等文件。

国际标准化组织(ISO)于 1979 年成立了"质量管理和质量保证技术委员会"(ISO/TC 176),组织起草质量管理和质量保证标准。1987 年,ISO 发布了 ISO 9000 系列标准,并于1994 年、2000 年先后发布了修订版,我国均于当年等同转化为 GB/T 19000 族标准。1994年,ISO 成立了"医学装备质量管理和通用要求技术委员会"(ISO/TC 210),负责有关医学装备质量管理标准的制定工作。在 1994 版 ISO 9000 标准发布后,ISO 于 1996 年制定发布了ISO 13485:1996《质量体系——医学装备 ISO 9001 应用的专用要求》和 ISO 13488:1996《质量体系——医学装备 ISO 9002 应用的专用要求》,作为非独立标准与 ISO 9001、9002 结合使用。这两个标准在我国被转化为行业标准 YY/T 0287-1996 和 YY/T 0288-1996。2003 年 7 月,ISO 发布了 ISO 13485:2003《医学装备—质量管理体系—用于法规的要求》,作为独立标准用于医学装备行业,在我国被等同转化为行业标准 YY/T 0287-2003。

卫生部《医疗器械临床使用安全管理规范(试行)》中强调要"开展医疗器械临床使用过程中的质量控制、操作规程等相关培训,建立培训档案,定期检查评价"。我国医院相继在院内实施医学装备质量控制体系,逐步建立起质量管理的技术框架,发挥医学装备管理保障功能。随着进一步贯彻《医疗器械临床使用安全管理规范(试行)》,这一赋予临床工程学内涵的医学装备管理工作将越来越受到关注。

技术利用效率是医学装备有效利用的重要指标。装备资源总体配置效率与装备技术利用效率双重低下是我国装备管理亟待解决的突出矛盾,有效提高装备的技术利用效率成为医学装备管理的主要任务。在以往装备配置中,管理和技术人员往往将主要精力集中于设备性能等硬性指标上,对于装备购置后的使用效率问题关注不够。这就导致了许多装备在配置管理后闲置甚至是低效率使用,造成了卫生资源的浪费。有研究表明,我国 CT 的年能力使用利用率(年实际检查量与可完成的满负荷检查量之间的百分比)不足 40%,磁共振成像装置(MRI)的能力利用率只有 43%。集中利用装备资源、面向社会提供装备技术支持,是服务于社区卫生建设、提高装备技术利用效率的必然途径。

**(二) 医学装备管理的基本特征**

1. 社会化 中心化有效利用装备资源、社会化服务提高技术利用效率是医学装备管理一贯原则。我国医院内对呼吸机、患者监测仪、医学研究装备进行中心化管理、统一调配,收到了集约资源的良好效果;国家对大型医学装备实行区域规划布局、阶梯配置旨在加强区域内卫生资源共享。2000 年 2 月,国务院办公厅转发了国务院体改办等部门共同制定的《关于城镇医药卫生体制改革指导意见》等文件,明确指出:建立适应社会主义市场经济要求的城镇医药卫生体制,促进卫生机构和医药行业健康发展。让群众享有价格合理,质量优良的医疗服务,提高人民的健康水平。为我国各级各类医院的建设和发展指明了方向。医学装备涉及以下核心问题:

加强卫生资源配置宏观管理,严格审批大型医用设备配置,调整现有设备分布,提高使用率,加强医疗机构的经济管理进行成本核算,有效利用人力、物力、财力等资源,提高效率,降低成本,实行医院后勤服务社会化。

医学装备的配置必须与医疗机构层次、功能相适应,提倡应用适宜技术和常规设备,大型医用设备要按照地域卫生规划的要求,严格控制总量,合理布局,资源共享。

发展社区卫生服务要引进竞争,合理配置和充分利用现有卫生资源,努力提高卫生服务的可及性,做到低成本、广覆盖、高效益,方便群众。

企业卫生机构是卫生资源的重要组成部分,随着现代企业制度建立,要积极推进企业卫生机构的社会化。

军队对地方开放的卫生资源全部纳入地域卫生规划的范围,接受卫生主管部门的行业管理。

在我国卫生改革不断深入发展的形势下,医学装备管理工作也必然要逐步改变封闭式的管理模式和管理方法,实行社会化以提高装备的利用率,取得最佳的社会效益。

2. 标准化 标准化的含义是在经济、技术、科学及管理等社会实践中,对重复性事物和概念通过制定、实施标准,达到统一,以获得最佳程序和社会效益的过程。医学装备用途特殊,使用时直接或间接影响到人身健康和生命安全,其标准化引起人们的高度重视。

1987 年,ISO、IEC 等国际组织制定长远规划特别工作组在进行全球调查时确定,生命科学和医疗保健都分别是未来国际标准化工作的重点专业之一。

1988年12月,第七届全国人民代表大会常务委员会第五次会议审议通过了《中华人民共和国标准化法》,1990年4月,国务院又发布了《标准化法实施条例》,充分说明了在医学装备管理工作中实行标准化管理的重要性和必要性。

医学装备管理标准化体现在三个方面:

(1) 贯彻执行、推广标准化:学习、掌握、贯彻、执行、推广国内、国际与医学装备管理相关的各类标准,是加强医学装备管理学学科建设的需要,是促进行业间交流、协作与国际接轨的需要,是在医学装备管理领域坚持以科学发展观为指导拓展工作的需要。

改革开放以来,国家政府部门及有关机构在加强医学装备管理的进程中,从产品市场准入,生产企业资格审查,日常的产品质量监督和使用监督这四个环节着手,陆续颁布了一系列相关标准、规范,本书将在相关章节做详细介绍。

另外,也需要了解相关国际行业标准和其他国家标准及法规,进行参考、比较:

ISO 9001质量标准体系:20世纪90年代,国际标准化组织在总结世界发达国家先进的质量管理和质量保证经验的基础上利用现代管理理论编制并发布了一套管理标准。其结构以2000年版为例包括:ISO 9000质量管理体系——基础和术语;ISO 9001质量管理体系——要求;ISO 9004质量管理体系——业绩改进指南。在我国,不少企业首先采用了此标准,以加强并改进其生产和经营管理,取得了较好的效果。

我国一些医院也开始推行,并通过了ISO 9000标准认证。尽管医院医学装备管理不同于企业,有其行业的特殊性,广泛推行ISO 9000族标准,将原标准的同一概念在医院管理范围内等同理解,逐条款诠释、实施是否可行有待进一步探讨,但其严格的质量管理思想和标准化程式无疑是可以借鉴的。

(2) 建立医学装备管理标准化操作流程:标准化操作流程(standard operation procedure, SOP)是各行各业的行为准则,在医学装备管理领域实施医学装备管理标准化操作流程首先要认真贯彻执行卫生部、国家发展和改革委员会、财政部联合下发的《大型医用设备配置与使用管理办法》(卫规财发〔2004〕474号)及2009年全国卫生系统基本建设与装备管理工作会议精神等政策法规。另外,卫生部大型医学装备岗前培训和上岗许可证制度的执行也是强化医学装备技术操作标准化的实际步骤,随着我国各类医疗卫生技术流程规范、临床路径等专业技术标准规范的推广也将促进医学装备管理标准化建设进程。

我国广大从事医学装备管理人员在长期医学装备管理实践中对标准化工作进行了大量卓有成效的探索,在医学装备的论证评估、采购、安装调试、库房管理、材料供应、计量检验、安全质控、维修保养、报废等工作逐步总结形成了一系列标准、规范,为进一步建立全国性的行业医学装备管理管理工作规范及各类医学装备技术的操作技术规范、工程维护管理规范奠定了基础。

(3) 建立标准化评估、监控技术体系:如何保证医学装备应用与管理达到标准,其安全有效是建立在标准化和质量保障体系基础上的。因此,医学装备的标准计量不是一个被动受检过程,在医学装备管理工作中要建立健全标准评估与质量控制体系,这是现代医院建设和医疗卫生保障体系建设的需要。卫生部《医疗器械临床使用安全管理规范(试行)》中明确规定"第二十三条 医疗机构应当制定医疗器械安装、验收(包括商务、技术、临床)使用中的管理制度与技术规范。第二十四条 医疗机构应当对在用设备类医疗器械的预防性维护、检测与校准、临床应用效果等信息进行分析与风险评估,以保证在用设备类医疗器械处于完好与待用状态、保障所获临床信息的质量。第二十六条 医疗机构应当遵照医疗器械技术指南和有关国家标准与规程,定期对医疗器械使用环境进行测试、评估和维护"。根据卫生部规范要求,建立标准化评估、以计量学为基础的标准检测流程及监控技术体系是医学装备管理迫切需要拓展的工作内容,做好这项工作需要临床工程学、计量学、技术评估学支持、协同。

3. 信息化 信息时代与信息化技术的快速发展为医学装备管理新辟两个领域:

一是医学装备的信息管理与利用。实际上,我国加强医学装备管理的起步阶段就非常注重装备信息的管理。1988 年,卫生部组织编制医学装备管理数据库软件和管理代码,首先在部直属单位应用,总结经验后向全国卫生机构推广。基层医学装备管理部门对实施信息化管理进行了积极推进,在库房、发放、档案管理乃至质量控制等工作环节实现了计算机管理,促进了单位内部、单位间医学装备信息交互。某些单位还进行了数字装备技术资源库的大胆尝试,借助网络搭载数字媒体信息资源实现高新技术的推广转移、通报不良事件等也成为或正在成为医学装备管理的快捷工具。各种医学装备信息网站的建立,集成医学装备管理网络体系。中国医学装备协会、中国医院管理协会等行业组织分别建有网站发布信息。

装备信息交互与集成是医学装备管理信息化发展的新理念。在医院发展过程中,不同的阶段建设了多个不同的信息系统,造成了系统之间的数据格式不一致、数据库类型不尽统一,形成了所谓"信息孤岛"问题。如何在同一规划与统一规范下实现医院各种系统的综合集成,医学企业信息集成(integrating healthcare enterprise,IHE)技术就是为适应综合集成阶段的需要迅速发展起来的。IHE 是北美放射医学协会(RSNA)和美国医疗卫生信息与管理系统协会(HIMSS)于 1998 年成立的组织,目标是促进医疗信息系统的集成,为不同系统之间的互联提供集成方案。IHE 基于现有成熟的标准(例如 DICOM、HL7 和其他一些系统集成的行业标准)制定了若干集成方案很规范的流程,通过 DICOM、HL7 等消息系统实现这种流程,以达成不同系统间的互联互通和信息集成。在 2001—2002 年度,有 30 家公司通过了测试,并在 RSNA 和 HIMSS 年会上演示。

中国医学装备协会在我国开展了 IHE 测试等的工作,2008 年 5 月 26～28 日在北京天坛医院进行了首次 IHE 测试。随后在 2009 年和 2010 年都开展了 IHE 测试和研讨。

二是发挥医学装备管理在数字医学发展及数字化医院建设中的突出作用。随着数字化技术的普及,数字医学(digital medicine)的概念引入到医学领域。数字医学是以数字技术为核心,以信息技术、计算机技术、通信技术、电子技术、人工智能和虚拟现实等技术为基础,辅以激光技术、先进制造技术和新材料技术,全方位渗透到医学各个学科和专业,并辐射到医学科研教学、临床医疗、疾病控制、康复保健等诸领域,改变了原有的理论知识、技术方法、工作流程、业务模式和运行机制。许多具有数字化特征的新理论、新知识、新技术、新方法和新产品问世,构建了一系列以数字化技术为的信息系统和装备技术系统,如医学影像存档与通信系统(picture archiving and communication system,PACS)、临床检验信息系统(laboratory information system,LIS)、医院信息系统(hospital information system,HIS)、远程医学系统(telemedicine)、神经外科手术导航系统(computer assisted stereotactic neurosurgery navigation system)等,促成了数字化医院、数字化手术等表现形式,极大地提高了医疗、科研、教学、管理的质量、效率及水平。

医学装备管理需适应这一技术发展趋势,充实自身的学科理论知识,适时合理配置数字化医学装备,加强数字化医学装备管理,在数字医学发展及数字化医院建设中发挥作用。

4. 超前性 超前性是装备技术促进医学发展和新学科生成的效应特征,也是作为一个医学装备管理者在思想观念上应该具备的管理意识。应密切地关注医学科学的发展,及时分析医学装备的发展动向和市场信息,把握好方向和时机,做到适时装备。

1997 年,美国 FDA 所属的医学装备与放射中心(center for devices and radiological health,CDRH)曾以未来十年医疗仪器技术主要发展趋势为题,组织相关方面的专家学者进行研讨,预测未来医疗器械发展将有以下四大特点:医疗器械将变得更小,将反映出智能化作用带来更为综合的性能;更小更简易的产品将使分散性护理蓬勃发展起来;产品的发展将极大冲破目前的界限,使生物系统和物理及工程设计之间的区别不再分明;技术进展将促进临床手术中的空间、时间、精度大为提高。

同年,国家医药管理局科教司以"我国医疗器械工业科技发展战略简述"为题就现代医疗器械发展趋势的特点进行了较为全面的评述,认为:

(1) 临床医疗手段、技术及观念的发展和更新带动了大批新型医疗器械产品的开发和传统产品的更新换代:现代临床医疗不仅要求有快速、准确的诊治结果,同时,要求更多采用无创、低创、低痛苦的治疗手段,而且要利于治疗后的康复,有利于提高治疗后的生存质量。所以在临床越来越多的介入性、低创性、无创性诊治技术得以迅速发展,从而带动了大量相关的新型医疗器械的开发与应用。如介入式导管技术,立体精确定位放疗系统等。

现代的医疗卫生事业已从单纯的医院内临床医疗为主的模式逐步发展为院前预防、急救、院内治疗、院外治疗、康复及家庭保健的多元化,多层次的现代医疗保健体系,特别是国际上很受重视的"家庭医疗保健工程"(home health care,HHC)在降低患者和社会的医疗费用,提高人们的健康及生活质量方面都具有重要意义。这些领域的发展需要大批新型、小型化、高精度、高可靠的救护器材,医疗设备,院外及家庭的监测、治疗、康复仪器、设备及信息传递,处理系统的开发应用。

(2) 现代高新技术的飞速发展,促进了新型医疗器械的开发及传统产品的更新换代:大量新型医用材料开发利用成功,使得在人体组织器官的替代、移植方面有了很大的发展,涉及金属材料,高分子材料,无机材料及生物材料许多领域。新型医用材料的不断开发与应用,推动了医疗技术水平及患者康复水平的提高。

现代信息处理技术,计算机程控技术在医学装备的广泛应用,推动了产品的更新换代及医疗器械产品水平的提高。各类影像设备都相继具备了先进的图像处理技术,包括各类生理信息记录、监护设备、分析设备在内的诊断仪器,由于运用了先进的数字化信息分析处理技术,扩展了辅助诊断功能,大大提高了诊断的精度与效率,使诊断更快、更精确、功能更齐备。同时,具有医疗专家分析系统的智能化医学相继开发应用,极大地提高了临床诊断水平,先进的计算机自动控制技术的应用,有力促进了设备类产品功能的扩展和技术的升级换代。

越来越多的高新技术在临床医疗中应用,拓宽了传统医疗诊治手段,促进了医疗技术的发展,也带动了一大批新型医疗器械产品的开发。例如:激光,超声波在诊断、治疗中的应用;高能物理,核医学技术在肿瘤治疗中的应用;以及红外线成像、微波探测治疗手段的开发应用等等。

实际上,现代医学装备几乎涉及当今所有技术领域,已成为一个国家高技术水平和整体工业水平的缩影。

有报道提出"中国急需发展医疗卫生第四支柱产业",认为以往医疗卫生事业通常是由医务工作者、药物、医疗器械这三大支柱组成。如今,另一支柱产业即称之为国际医疗卫生领域第四大支柱产业——医疗环境配套工程,医用家具及辅助护理设备产业已蔚然兴起。现代医疗环境医用家具及辅助护理设备其目的是与医疗环境相配套,改善患者和医护人员的居住和工作条件。

总之,医学装备管理工作者不断熟悉和掌握现代科学技术知识及其发展动向是十分重要的,这无疑将使医学装备管理工作更具有预见性。医学装备管理工作的超前性主要体现在充分利用文献评阅、调查研究等手段对新技术、未来技术进行前瞻性评估。

医学装备管理是一项政策性很强的工作,以上仅就医学装备管理的原则和特点以及基本框架作简要阐述。在实际工作中,要坚持以国家方针政策为导向,以服务于医学事业发展为目标,统筹兼顾多方面的因素,结合医学装备管理的学科特点,从事医学装备管理的具体实践。

# 第四节　医学装备管理在现代医疗服务中的地位和作用

医学装备是深化我国医药卫生改革与发展的重要支撑条件。步入 21 世纪,生命科学将成为人类历史新纪元的标志,现代科学技术带动着医学装备的发展,人们以"高、新、特"来描述现代医学装备技术发展趋势和技术特点,与卫生事业间发生着明确的相互作用效应,从质量、效应和社会影响三个方面给社会带来新的挑战。

**(一)医学装备技术与卫生事业发展间的相互作用效应**

从医学装备技术与卫生事业发展间的相互作用效应的讨论中,可进一步明确现代医学装备管理在现代医疗服务中的地位和作用:

1. 装备技术革命推动着卫生事业的进步　早期医学是建立在经验医学的基础上,医生水平的高低在相当程度上依赖于经验的积累。进入 19 世纪,随着相关门类自然科学学科的发展,带动人们从自然科学的视角、理论、方法及手段来研究发展医学。现代医学更强调经验与应用技术的结合,不断问世的医学装备技术极大地丰富了临床诊治、预防保健以及医学研究的手段,极大地推动了卫生事业的发展。对一些新兴学科或边缘学科的作用则更为显著,近年来问世的重大医学成果大多与装备技术的作用密不可分且不乏发明装备技术而获得诺贝尔奖的事例。医学对装备技术的依赖程度也越来越高。

2. 新装备技术带动了医学新学科的生成和发展　在通过选用、推广新装备技术的过程中带动了一些新的医学学科形成,这是装备技术对医学驱动效应的更突出表现。总结技术与医学的发展史,不难得出这一结论。最典型的例子是诊断放射学,现今 CT、MRI、核素成像、超声等技术的发展又提升为医学影像学;医用直线加速器、后装治疗机等放射治疗装备的问世造就了放射治疗学(radiology therapy);借助光学显微镜的发明医学观测的视野拓展到微观世界,自动化学分析、血细胞计数等装备技术的联合应用不断巩固着临床医学检验学的学科地位;手术显微镜、显微手术器械的发明又产生了显微外科;多参数整合的生理生化监测、心肺复苏等技术的问世对促进急救医学(emergency medicine,EM)和危重病医学(critical care medicine,CCM)的发展起到重要作用。随着使用各式腔镜开展微创外科术,逐步形成了腔镜外科或最小侵伤外科(minimally invasive surgery,MIS)这一新兴学科。医学成像技术与核素、激光、射频消融等物理学手段及特种生物材料、药物结合,使得可对某一特定体腔内病灶实施介入或定向治疗,产生了介入医学(interventional medicine)及立体定向放射治疗外科(stereotactic radiological surgery)等新学科。

3. 装备技术改变了对医学模式的传统认识和固有格局 体外震波碎石技术的发明使得医生可开展"体外手术",以及通过内镜、导管所进行的碎石术、ERCP、PTCA 等,在这些技术未推出前相关的工作是由外科来完成的,现今内科医生也涉足于此,从技术形式上打破了传统的学科界限,改变了传统外科"一把刀"的局面。借助影像、介入、体外循环、心脏辅助支持系统等装备技术的运用,提出冠心病治疗"一站式"或称"杂交术"这一全新的医疗模式,更加强了多学科在以"患者为中心"的技术流程上的融合。若干年前,对远程放射学这个术语可能还陌生,但现在远程医学已成为一种日臻成熟的医学模式,诸如辅以虚拟切片技术的远程病理学、远程心电学等。计算机信息处理技术及电讯技术的发展,为相关疾病的诊治提供了快捷手段,同时也拓展了学科范围,极大地丰富了远程医学教育、医学情报信息专业的内涵。

医院计算机管理系统并入 Internet 为城市大医院的发展赋予新的概念,如数字医学。其潜在意义在于促进了医院等医疗部门间的合作与交流,把医疗卫生工作推向社会化,带动社区医学、家庭保健医学等各项工作,打破了以医院为单元的封闭格局。相信不久的将来,会有更多的以网络为载体的医疗方式问世。

4. 装备技术牵动着某些医学程序的改革 引入一项新的装备技术或系列装备技术会引发某种医学程序改革,带动医疗卫生工作质量的提高。如电热高压预真空消毒、清洗、养护、包装材料等装备技术的推广,在口腔门诊和诊所引发了如何有效地利用这些技术防止院内交叉感染的思考。1999 年卫生部率先对部属 32 家医院实施"加强口腔学卫生流程技术"项目,无疑是对原口腔门诊诊治流程的一次改革。2005 年卫生部下达《医疗机构口腔诊疗器械消毒技术操作规范》,推动该项卫生技术流程的水准迅速赶上发达国家。另外,技术发展使得某些器材的操作简便易行,这样就有可能把原来本应放在医疗机构、需由专门人员使用的器材放到可能发生意外疾病的场所,用于应付突发事件(如自动除颤器)。家庭保健医学以及近年来市场份额逐年增长的 POC 等装备技术产品的开发,使得某些简单的诊断和治疗可在家中自行处置。使医院诊治病例的病种、病况发生改变,将潜在改变着原来的医学框架,医疗卫生体系建设需顺应这一趋势。

近年来,医学装备在研发投入和市场上保持着高于其他产业的增长率,在发挥上述正向效应同时,随之而来的是配置与应用管理不当所产生的负向效应,多数国家在分析引起卫生费用上涨的若干因素中均把卫生装备技术的配置不当和昂贵装备技术的滥用放在重要位置。对此双向效应人们形容为"双刃剑",而如何通过优化配置评估最大限度地控制医学装备的负向效应已成为国际化课题。

分析上述医学装备与卫生事业发展间的正向相互作用,具有以下显著特征和规律。

转化:医学装备必须实现静态属性——物资向动态属性——医学装备技术的转化,并与相关医学技术流程联动才能产生医学科技生产力,发挥效应;

超前:技术装备往往产生于学科和学科理论建立以及某项卫生程序的改革之前或者说综合技术的发展为卫生的进步提供了契机,两者呈联动效应;

驱动:有效、适时地装备技术将会扶植新学科的生成、促进学科发展;

联动:学科及其理论的发展将推动技术装备更新;

扩散:市场驱动的技术转移快于循证推广;

依赖:卫生发展对技术存在着一定的依赖性,某些学科表现得较为突出;

诱导:技术市场的渗透性和依赖性左右医学装备的运作程序,市场作用与卫生实际配置需求失衡,市场诱导需求(demand reduced)在发展中国家尤为突出。

医学装备技术与卫生事业间相互作用的效应特征与规律提示了医学装备管理学的位点、范围、时限,医学装备技术需要进行实时评估、评价。因此,必须从上述视角去看待医学装备管理在现代医疗服务中的作用,明确今后的任务。

### (二)我国医学装备管理历史进程回顾及启示

医学装备管理模式的形成、发展与不同历史时期的意识形态、政治经济、科学技术、特别是医学科学的发展有着密切的联系,但也有其自身相对独特的继承和发展规律。回顾历史,我国的医学装备管理模式是与本国的政治、经济状况及医学模式相一致的,在我国医学事业和医疗卫生服务的发展进程中发挥了巨大作用。

在战争年代,严格执行各项行政规章制度,按各级权限审批。医学装备管理工作的指导思想是,一切为了战争,克服种种困难和艰险,以革命精神完成任务。

新中国成立后整个国民经济实行计划体制,在科学地、及时地预测的基础上,通过计划编制、执行、检查、修订来组织与调节各项经营管理活动,以保证计划的顺利完成。而且原来的计划体制在很大程度上照搬了前苏联的模式,存在着不少的缺陷和弊病。这种传统的管理模式其主要特点是以行政管理为主,比较重视社会效益而对经济效益的考虑较少。在医学装备工作上的突出问题是"重供轻管"或"只供不管"。

改革开放后,我国国情发生了很大的变化,国家经济由计划经济体制开始转轨实行社会主义市场经济体制;同时,随着"大卫生"观念的普及,人们改变了对卫生事业的传统观念,对卫生事业的理解有了新的发展。卫生事业不再仅限于单纯的防病治病,也不再是一个地区或一个国家的防病治病的活动。卫生事业已成为全世界范围的一项大的系统工程。在"人人享有卫生保健"的新形势下,全世界对卫生事业提出了更高的要求,加速了医学科学的发展,与之相适应的医学装备管理也必须同步发展,客观形势迫使医学装备管理必须改变传统的管理模式,使传统的经验管理模式转变为现代科学管理模式,从以行政管理为主的管理模式过渡到与国际同步的现代科学管理模式。管理人员应充分认识和重视管理理论对管理活动的指导意义和导向作用,使医学装备管理逐渐定量化、程序化、标准化。把医学装备管理对象作为一个动态系统,通过信息反馈,既重视社会效益又重视经济效益,对管理对象进行整体优化控制。当然,这个转变是渐进式的。我们可以从数十年来我国医学装备管理工作的发展历史轨迹得到印证。

1981年5月,卫生部科技司在北京召开了全国医学科研仪器设备管理工作会议。会议就以下几个问题取得共识:①医学科研仪器管理是科研管理不可分割的主要组成部分,科研仪器管理是一门技术性很强的学科;②仪器设备是搞好科研的重要手段和技术条件,要加强科研仪器的管理工作;③把科研仪器管理工作从后勤管理中分离出来,加强器材管理人员的培养、提高、充实、壮大这支队伍。会议通过了《中华人民共和国医学科研仪器设备管理暂行办法》,还成立了卫生部医学科学委员会科研仪器专题委员会。这是新中国成立以来卫生部召开的第一次医学装备管理工作会议。在总结历史经验的基础上,正式明确了医学装备工作的性质、作用、地位。医学装备管理从此步入了专业化管理的发展之路。

1987年7月和1988年12月,卫生部计划财务司分别在上海、湖南长沙两次召开部直属单位设备管理工作会议,审议颁发了《卫生事业单位仪器设备管理办法(暂行)》,同时,决定在医学装备管理方面启动标准化工作,组织研制出医学装备管理计算机数据库软件和管理代码。

1990年5月5日,卫生部和国家中医药管理局联合发布了《全国卫生系统医疗器械仪器设备(商品、物资)分类与代码》(标识代号:WZB 01—90),作为全国卫生系统物资管理的专业标准。(1999年1月修订再版为《全国卫生行业医疗器械仪器设备(商品、物资)分类与代码》(标识代号:WS/T 118—1999),同时启用了与其配套的计算机辅助管理软件;同年1月计划财务司决定成立编写小组,着手编写《医学技术装备管理概论》,该书于1992年8月正式出版,作为卫生系统培训医学装备管理人员的基本教材。

在装备技术的配置管理方面,20世纪80年代初期就开展了科学论证、专家评估工作,多次举办大型卫生装备技术引进论证评估会;1991年组建了卫生部大型医学装备专家组,对CT、MRI、PET等大型医学装备技术实行了阶梯配置评估。

1991年3月,卫生部召开全国卫生厅(局)长工作会议。明确指出:"重视软科学在卫生事业宏观管理与科学决策中的地位与作用,加强卫生发展与改革中新情况、新问题的调查研究,探讨卫生政策与管理的理论和方法,以促进卫生政策和管理的科学化、民主化、规范化"。在这一思想指导之下,多年来通过理论研究和实践探索,逐渐改变把医学装备管理单纯地视为行政事务的传统观念。医学装备管理工作逐步加强政策监管、建立科学管理机制,陆续出台管理部分、政策、医院建设标准、上岗认证等政策、法规,实现了规范化、标准化。

1995年通过卫生部令[43号]下发《大型医用设备配置与应用管理暂行办法》。

1995年11月,卫生部计划财务司在北京召开全国卫生装备管理工作会议,这是卫生行政部门在改革开放新形势下,多年来第一次召开的全国性医疗卫生装备工作会议。这次会议的中心任务是以贯彻执行1995年卫生部第43号令(《大型医用设备配置与应用管理暂行办法》)为中心,研究新形势下出现的新情况、新问题,总结交流各地医学装备管理工作的经验,探讨医学装备管理工作如何尽快适应社会主义市场经济体制的要求,促进卫生事业的发展。同年,卫生部还先后颁发了《卫生部直属单位仪器设备管理制度》和《医疗卫生机构仪器设备管理办法》。值得指出的是,1996年12月,中共中央,国务院召开了全国卫生工作会议,1997年1月15日颁发了《中共中央国务院关于卫生改革与发展的决定》(以下简称《决定》)。《决定》为我国卫生事业改革与发展指明了努力方向、奋斗目标以及应遵循的基本原则。同年8月,卫生部计划财务司在厦门召开卫生装备管理工作会议。会议遵照《决定》精神,总结、交流近两年来在贯彻执行卫生部第43号令,加强大型医用设备管理,做好医学装备管理工作的情况和经验,并结合国外一些发达国家医学装备管理的情况和经验,研讨新形势下如何加快医学装备工作的改革和发展等问题。在此基础上,会议强调了医学装备管理工作要深入贯彻中央《决定》的精神,认真执行卫生部第43号令和各项法律、法规的重要性,并提出应用现代科学的理论和方法,提高医学装备管理计划、组织、控制的能力,实现管理目标的最优化,管理水平达到国际上的先进水平。这期间国务院又颁发了《医疗器械监督管理条例》,规定国家对医疗器械实行分类管理并明确要求在中华人民共和国境内从事医疗器械的研制、生产、经营、使用、监督管理的单位或个人,均应遵守该条例。这体现了国家对我国医学装备行业的重视,同时也说明我国医学装备管理工作开始走上了现代化、法制化的发展道路。

1999年,卫生部、国家发展和改革委员会、财政部联合下发《关于开展区域卫生规划工作的指导意见》。

2000 年 8 月,卫生部规划财务司在北京召开卫生装备管理工作会议,这次会议是在卫生部机构改革后首次召开的全国卫生装备管理工作专题会议,是在全国深入贯彻《决定》和《关于城镇医药卫生体制改革的指导意见》及其 13 个配套文件精神,开创卫生改革与发展新局面的形势下召开的,会议明确了在医学装备管理工作中要注意转变三个观念,处理好三个关系:即计划经济向市场经济转变;办卫生向管卫生转变;条条管理向全行业管理转变;处理好中央-地方-部队之间的关系。面临新的形势,医学装备工作的改革也随之不断深入和发展。2001 年我国成功地加入了世界贸易组织(WTO),从此,我国对外开放进入了一个崭新的阶段。入世给我国带来了全方位、多层次和宽领域的对外开放。就卫生系统的局部而言,依照入世承诺,我国将实施 WTO 与医疗卫生领域相关的协定,直接对现行的医疗卫生政策、法规等提出改革和完善的要求。因此,进一步深化卫生管理体制、机制和机构的改革势在必行。例如:医疗服务筹资日益多元化,以公立医疗机构为主体、私营与个体医疗机构、中外合资合作医疗机构等多种所有制与经营方式并存,公平竞争、共同发展的医疗服务体系新格局将逐步形成;公立医疗机构现行的管理体制和经营模式将受到冲击,新的管理体制和经营模式的探索将解决公立医院运行机制不活、资源利用效率不高等问题;中外合资医疗机构的发展有利于引进先进的设备和技术、新的管理体制、经营模式和服务理念,并通过竞争带动和示范作用,促进我国医疗机构技术水平、服务水平,尤其是管理水平的提高。诚然,对于医学装备管理工作来说也不例外。面对入世的新形势必须认真学习并熟悉、掌握 WTO 的基本原则和有关规则,分析其对我国卫生事业发展的影响,不断探索,勇于实践,解决新问题,总结新经验,我国医学装备工作的改革和发展任重道远。

在总结经验的基础上,2004 年卫生部、国家发展和改革委员会、财政部联合下发《大型医用设备配置与应用管理办法》;2005 年,卫生部、国家发展和改革委员会、财政部联合下发《全国乙类大型医用设备配置规划指导意见》。

综上所述,通过多年的理论研究和实践探索,我国的医学装备技术管理在实现现代科学管理的征途上已初步显示出以下特征:

加强对卫生资源合理配置研究与宏观管理;

加强对卫生服务的成本效益/效果评价;

加强对医学装备的质量检测和安全管理;

加强法制建设,强化目标管理和规范管理;

加强管理信息标准化;

加强管理、技术人员的培训和继续教育。

当然,现代管理模式与传统管理模式具有明显的不同特征,但在实际工作中,很难截然分开,往往是相互交叉,渐进式发展。因此,我们应以历史的、辩证的观点看待和借鉴医学装备管理模式的演变。

## 第五节　医学装备管理为我国医疗卫生改革发展服务

### (一)医学装备管理指导思想与定位

胡锦涛总书记在党的十七大报告中明确指出"建设覆盖城乡居民的公共卫生服务体系、医疗服务体系、医疗保障体系、药品供应保障体系,为群众提供安全、有效、方便、价廉的医疗卫生服务"，为医学装备管理服务于我国医疗卫生改革发展指明了工作方向、确定了指导思想；而"为群众提供安全、有效、方便、价廉的医疗卫生服务"可认为是衡量医学装备是否达到合理优化配置、安全有效、技术适宜的工作准则。卫生部部长陈竺强调："要健全和完善城乡卫生体系，优先发展基本卫生设施，配备基本卫生人力，装备基本卫生技术，采用基本药物，满足城乡居民基本的卫生服务需求，用有限的卫生资源创造尽可能高的健康水平"，进一步明确了卫生装备技术管理及其研究工作的定位。

### (二) 机遇与挑战

我国深化医药卫生改革的大趋势，为医学装备管理学提供了发展机遇，但基于下述问题也面临着新的挑战。

对医学装备技术的资源配置效率（包括分布）和技术利用效率评价两个方面的分析研究表明，我国在医学装备技术的配置与应用方面不可回避的现状是装备资源紧缺与资源浪费、个别地区个别品目装备过度配置与整体资源配置不均衡、高端装备技术利用效率低下与基本装备技术配置不足（甚至难以支持基本医疗服务）、合理配置与片面追求经济效益等矛盾相伴随，而且是引发"看病难、看病贵"等社会问题的主要因素之一，受到各界普遍关注。合理配置装备技术资源，成为解决卫生装备技术资源浪费、缓解社会矛盾的瓶颈问题。

20世纪90年代后，我国陆续有对特定卫生区域和大型医学装备技术配置效率的调研报道，结果提示我国卫生装备技术配置呈区域和品目极化现象。一是大型装备技术增长率居高不下，受经济利益的驱使，诱发不合理的竞争采购，盲目攀比，过度集中配置或不合理地超前配置，造成资源浪费；同时存在着配置分布不均衡、公平性差。有学者采用Lorenz曲线和Gini系数研究了某些省份大型医用设备地理分布公平性，结论是总体上存在着不公平，人口配置公平性好于地理配置公平性，CT机的配置公平性稍优于其他大型装备技术；一项研究指出在我国"总体布局不合理也进一步显现。以1999年为例，50%以上的大型医用设备都集中配置在了经济发达的东部地区，其每百万人口是西部地区的将近3倍"；进行"国际间比较也发现我国部分大型医用设备的配置数量已经远远超过了大多数发达国家水平"；"从人均水平来看，虽然仍不能与发达国家相比，但是考虑到国民生产总值这一反映国家综合发展状况的因素，也不能说是落后"。二是忽视基本医学装备技术配置，以致某些基层卫生部门难以开展基本的卫生服务。有研究认为乡镇卫生院的基本卫生装备虽已有所改善，但从总体上看仍存在短缺和不配套的现象。据一项2000年发表的对某西部省份126个乡镇卫生院的装备情况调查显示"至今仍依靠老三件诊断疾病的问题还相当突出，仅10.24%的乡镇卫生院配有X线机，13.39%的乡镇卫生院配有心电图机，23.62%的乡镇卫生院配有B超"。可见，乡镇卫生院现有装备技术难以支持和完成与其功能定位相符的医疗任务、不能适应广大农民对医疗卫生的基本需求。

医学装备技术利用效率是检验技术有效利用状况的评价指标，同时也可为配置评估是否合理反馈信息。文献显示，我国现已配置的大型医学装备技术的利用效率尽管在个别地区、个别医院、个别装备品目有较高的利用效率，但总体上低下，处于"吃不饱"状态。一项对全国大型医用设备技术效率的研究分析了CT、彩色超声多普勒仪、ECT、眼科准分子激光治疗仪、直线加速器、MRI、大型X线机（≥800mA）和X刀8种装备技术，均未达到理想效率水平，其中CT的平均利用效率不足40%，"说明配置总量已大于实际需求"。但个别地区个别医院或个别装备技术却存在过度使用，利用效率虽然较高，但存在盲目滥用、有效性差、阳性率低。有人利用probit模型对CT检查中的过度使用进行多因素分析，结果表明过度使用是多因素的,经济激励机制是主要因素;进一步指出"有些医院和卫生行政部门对某些大型医学仪器的功能定位存在偏差,致使高科技设备变成了纯体检性质的检查"。

上述问题产生的原因,可主要归结为以下因素:

1. 医学装备市场的影响　这是一个极易受忽视的方面。装备技术市场可以说是一个具有潜在发展能力且最为活跃的市场,有两个主要因素对其起重要作用。一是随着社会的不断进步,各国对医疗保健事业的投入增加,必然吸引生产部门开发产品及促销热点的转移。二是科学技术突飞猛进地发展带动了装备技术产品的工业革命。装备技术的发展在给卫生领域带来进步的同时,也使医疗保健费用大幅度提高。

2. 新技术、新产品的诱惑和其他相关因素影响　实际上,这也是市场诱导需求作用的一个方面。热衷于选择新技术新机型对进行有效地装备来说隐含着一定风险,即:该技术是否适宜,工程学上是否成熟稳定,消耗材料等维持费用是否支持等。

3. 决策者的主观臆断　由于缺乏评估机制及监督机制,决策者的主观臆断。专家参与咨询、评估改变了装备审批程序的状况,但专家评审的指标体系尚需健全、完善。

4. 片面追求经济效益　在装备技术工作上片面追求经济效益而忽视社会效益,生搬企业管理经验而忽略卫生机构特点,必然导致装备技术发展不系统、不均衡,影响学科建设,也影响防治工作内在综合能力的提高。

我国是一个发展中国家,随着国民经济水平的增长、社会的进步,医疗卫生事业也相应得到长足地发展。但是,据 2005 年发布的数字显示我国医疗卫生费用占 GDP 的 4.7%(2009年为 4.96%),美国占 15.2%,日本占 8.2%、英国占 8.2%、德国占 10.7%,巴西占 7.9%;我国人均医疗费用 81 美元(2009 年为人民币 1192 元),美国 6350 美元,日本 2936 美元,英国 3064美元,德国 3628 美元,巴西 371 美元;与发达国家相比仍存在较大差距,且医疗保健资源的分布也很不均衡。同时由于以下因素影响,我们必须比其他国家更加重视医学装备配置管理问题:

(1) 虽然国产医疗卫生器材有一定的产品覆盖面,但在高新技术领域尚缺乏竞争性,在一定时期内仍依赖于从国外转移(引进)技术。

(2) 我国处在一个卫生体制变革的历史时期,技术市场的诱导性、渗透性强等因素决定着技术装备管理不能滞后,必须与改革的需要相适应,加强前瞻性研究。

(3) 缺乏健全的能被各级卫生管理部门所接受的技术评估机制和达成共识的医学装备技术信息互联网络及其管理协调体系,忽视对医学装备的认定及其效用的研究,亟待研究装备管理的科学手段,并积极开拓实践。

上述问题,必须在为我国医疗卫生改革发展服务的工作中逐步解决。

**(三) 展望**

进一步加强医学装备管理,服务于我国医疗卫生改革,应重视以下三个方面:

一是在管理领域,要转变观念。医疗卫生单位片面地追求装备技术的经济效益导致卫生装备技术配置不良,阻碍了配置评估研究的进展和推广。因此,医学装备管理首先存在着一个要尽快转变认识的问题,即实现由片面追求经济效益向注重配置适宜方面转变,过分追求装备技术的经济效益无疑是与我国建设医疗卫生体系"为群众提供安全、有效、方便、价廉的医疗卫生服务"的宗旨相违背的。

二是在学术研究领域,决策优化配置医学装备技术。做到合理、有效、适宜、适时,需要将卫生经济学、技术工程学等学科指导下的综合配置理论和配置操作体系付诸实施,其中配置管理的机制、指标、模式及其操作体系核心,也因此成为近年来国内外研究的热点。医学装备技术配置评估研究应当坚持从服务于我国医疗卫生体系建设的实际出发,对配置评估的理论进行深入研究,创新性地建立适合我国国情的医学装备技术资源配置评估机制。关键在于装备配置评估机制如何与国家卫生装备技术项目(或赋予装备技术内涵的项目)、区域卫生规划、各级各类卫生单位建设的界面匹配定位,并贯穿于整个装备流程。

在实施装备技术配置规划和配置标准操作环节,尚需要配套与装备单位实际需求相关的监管评估模式和指标体系,以防止诱导不切实际的装备驱动。

三是建立健全应用医学装备的安全、质量控制体系,实施全程管理。从现代医院科学管理要求来看,医院是一个系统,医学装备管理是它的一个子系统。要处理好医院系统的常规运行,也必须运用一系列科学管理的技术和方法,使医学装备管理系统处于良好的运行状态。所以医学装备管理应是医院管理的一个重要组成部分。

医学装备管理的职责是为医疗、科研、教学工作及时提供优良的技术物资装备,使医疗、科研、教学活动建立在最佳的物质基础上。其任务有两项:一是供应,一是管理。供应就是要从本医院的实际出发,以有利于医院建设发展、促进诊断治疗水平提高、优化卫生医疗职能为目的,利用多种渠道和方式向各科室提供安全、有效、适宜、质量优良、价格合理的医学装备。管理就是用现代管理理论、管理技术和方法,以安全有效为起点,以质量管理为核心,与临床紧密结合,强化技术管理和应用管理于医学装备全寿命的整个过程,使其达到高效、低耗,发挥最佳效益的总体目标。诚然,供应和管理工作将随着医学装备工作的改革和发展还会不断注入新的科学内涵。具体任务可分为五个方面:

第一,根据经济实用的原则,为医院提供品种适宜、数量合理,性能指标适当的医学技术装备,以满足医疗、科研、教学工作的需求。

第二,在保证供应的基础上,力求最佳的经济效益,充分发挥投资的作用,并合理使用,避免闲置、积压浪费,提高装备的使用率。

第三,确保质量和安全。开展风险管理与预防性维修,使装备始终处于最佳技术状态,提高装备的完好率。

第四,建立健全规章制度,加强人才培训和继续教育,利用现代管理理论、管理技术和方法实行科学管理,使医学装备工作流程处于良性循环。

第五,与临床和医技各科室紧密配合,在临床实践中,不断开展新技术,适时引进新装备,支持、促进医学科学技术的发展和学科的建设。

医学装备具有高科技含量大、多学科交叉渗透、发展速度快等特点。因此医学装备管理具有很强的政策性、专业性和技术性,不应该被认为只是一般买进来发出去的单纯事务性工作,在管理工作中无疑应该强化应用技术管理。在整个装备寿命周期内的管理不能仅仅依靠少数专职设备管理人员去承担,而应该是全员全面地参与。特别是工作在一线的工程技术、采购、库管、财务、计量等人员都应担负起装备管理的责任。对此,医院的领导应当给予足够的重视,要重视人员和组织机构的建设。

作为医学装备工作者应当牢固树立专业思想,敬业爱岗,廉洁奉公,刻苦钻研业务技术,努力做好本职工作。为此,医学装备工作者还应具备以下基本条件:

第一,熟悉医疗卫生改革与发展的总体目标和近期计划,以及医疗、科研、教学等工作的基本情况。

第二,了解医学各学科的基本知识,工作目的和需求。

第三,了解国家医药卫生体制改革与发展的基本情况,熟悉并能自觉贯彻执行党和国家相关的方针、政策、法律、法规。

第四,了解现代医学科学技术、医学装备的现状和发展趋势,以及国内外市场信息。

第五,具备从事本职工作的专业知识、技能、外语、计算机 应用技术等。

总之,随着高新科学技术在医学科学技术中的综合应用,我国医疗卫生体制改革逐步深化和人民群众对物质、文化生活需求的快速提高,医学装备从数量、质量和科技含量上将会得到迅猛发展,日新月异。医学装备在医院乃至医学科学技术中的支撑作用也会日趋重要。无论从客观形势发展,还是主观要求都需要建立和完善医学装备管理学方面专门的、系统的理论体系。这既是时代的要求,也是历史赋予一切从事医学装备管理和技术工作同志们的责任。让我们加倍努力,为建立、丰富和发展具有中国特色的医学装备管理学、更好地为我国医疗卫生改革发展服务作出应有的贡献!

# 第二章

# 医学装备的配置与管理

加强医学装备管理,必须从宏观角度着手来了解我国有关医学装备管理的重要政策、目前主要医用设备的配置和利用现况以及如何提高装备资源的使用效益。由于大型医用设备在我国医学装备中具有突出的地位,是近年来国家重点加强和规范的领域,因此,本章将主要围绕大型医用设备的配置和管理、适宜装备技术推广、医学装备评估选型展开论述。

## 第一节　大型医用设备的配置与管理

### 一、大型医用设备的含义

#### (一) 大型医用设备定义

大型医用设备是指列入国家卫生行政部门管理品目的医用设备,以及尚未列入管理品目、省级卫生区域内首次配置的单套价格在 500 万元人民币以上的医用设备。

大型医用设备是一种特殊的卫生资源,具有资金投入量大,运行成本高、应用技术复杂、检查治疗收费价格昂贵等特点,与医疗费用和人民群众的健康利益密切相关。

#### (二) 大型医用设备品目划分

大型医用设备管理品目由国务院卫生行政部门协同有关部门确定、调整和公布。根据 2005 年实施的《大型医用设备配置与使用管理办法》,大型医用设备管理品目分为甲类和乙类。资金投入量大、运行成本高、使用技术复杂、对卫生费用增长影响大的为甲类大型医用设备,由国务院卫生行政部门管理;管理品目中的其他大型医用设备为乙类大型设备,由省级卫生行政部门管理。

甲类大型医用设备包括:PET-CT、伽马射线立体定位治疗系统(刀)、医用电子回旋加速治疗系统(MM50)、质子治疗系统、其他未列入管理品目、区域内首次配置的单价在 500 万元以上的医用设备。

乙类大型医用设备包括:X 线电子计算机断层扫描装备(CT)、医用磁共振成像设备(MRI)、800 毫安以上数字减影血管造影 X 线机(DSA)、单光子发射型电子计算机断层扫描仪(SPECT)、医用直线电子加速器(LA)。

### 二、大型医用设备配置原则和管理办法

我国大型医用设备的管理实行配置规划和配置证制度。甲类大型设备的配置许可证

由卫生部颁发;乙类大型医用设备的配置许可证由省级卫生行政部门颁发。

### (一) 大型医用设备配置管理原则

大型医用设备配置管理,应符合总量控制、布局调整、严格准入、有效使用的原则,不断优化全国大型医用设备区域布局,促进合理使用,提高使用效率,基本满足临床诊疗和科研工作的合理需要,控制卫生费用的不合理增长,为人民健康提供技术保障,为实现卫生事业科学发展服务。大型医用设备配置管理具体原则如下:

1. 立足于基本国情,与国民经济和社会发展相协调、与人民群众健康需求和承受能力相适应。

2. 引导医疗机构优先配置和使用普通设备,应用适宜装备技术。

3. 根据医学科技进步和临床诊疗工作需要,实行动态调整。

4. 鼓励资源共享,建立区域性医学影像、放射治疗中心。

### (二) 大型医用设备分级管理

我国大型医用设备实行按品目分级管理,按高低阶梯分型为科学研究型、临床科研型和临床实用型 3 类。医疗机构配置大型医用设备应符合阶梯配置的原则,即医疗机构配置大型医用设备机型应当根据医疗机构的功能定位、医疗技术水平、服务量、学科发展和群众健康需求等因素按阶梯逐级有序对应配置。

科学研究型指同类设备中的尖端设备,主要用于领先科学研究和临床新技术开发,应配置在省级及以上区域内科研、临床水平居于前列的三级甲等综合或特定专科医院。配置医疗机构近三年相关学科曾获省部级科研二等奖以上或承担国家自然科学基金项目以上的研究工作。

临床研究型指同类设备中能满足特定临床和研究工作需要的先进设备。原则上配置在省级区域内临床、科研水平处于领先的三级甲等医疗机构,以及相关学科临床和科研水平达到三级甲等医疗机构同等水平的医疗机构。

临床实用型指同类设备中能满足日常工作需要,临床上广泛应用,性价比较高的设备。原则上地市级及以下医疗机构,以及首次配置该类设备的医疗机构应配置此机型。

### (三) 乙类大型医用设备具体分型

以乙类大型医用设备中的 CT、MRI 和 LA 为例,具体分型标准如下:

1. X 线电子计算机断层扫描仪(CT)

(1) 科学研究型:128 排及以上、双源 CT 和能谱成像 CT。

(2) 临床科研型:64 排及以下。

(3) 临床实用型:16 排及以下。

2. 医用磁共振成像设备(MRI)

(1) 科学研究型:3.0T 及以上。

(2) 临床科研型:1.5T。

(3) 临床实用型:1.0T 及以下。

3. 医用直线加速器(LA)(含配置要求)

(1) 科学研究型:容积调强(旋转调强)放疗设备。医疗机构应开展调强放疗工作 3 年以上。

(2) 临床科研型:图像引导放疗设备、调强放疗设备。医疗机构应开展三维适形放疗工作 5 年以上,具备上岗资质的正高级放射治疗专业技术职称医师、高级职称放射物理师;配备 CT 模拟定位机、剂量验证系统、治疗计划系统等配套设备。

（3）临床实用型：常规放疗设备、三维适形放疗设备、立体定向放疗设备。医疗机构应有具备上岗资质的放疗专业副主任医师、中级职称放射物理师和技师，并同时配备CT模拟定位机、剂量验证系统、治疗计划系统等配套设备。

### 三、大型医用设备配置规划

#### （一）大型医用设备配置规划制度

卫生部会同国家发展和改革委员会，依据我国国民经济的发展、医学科学技术的进步，以及社会多层次的医疗服务需求，编制甲类大型医用设备配置规划，提出乙类大型医用设备配置规划指导意见。

省级卫生行政部门会同省级有关部门根据卫生部下发的乙类大型医用设备配置规划指导意见，结合本地区卫生资源配置标准制定乙类大型医用设备配置规划，上报卫生部核准后实施。

卫生部委托中国医学装备协会等中介组织对大型医用设备的先进性、经济性、适宜性进行专业技术论证，定期发布接替配置入选机型，指导配置工作。卫生部根据大型医用设备临床使用情况，结合技术发展和我国国情适时淘汰机型。

#### （二）大型医用设备配置规划原则

1. 坚持区域卫生规划原则　大型医用设备合理配置纳入到各地区域卫生规划，并与当地医疗机构设置规划和专业技术人才队伍建设协调一致。

2. 坚持分类规划的原则　从实际情况出发，与当地国民经济和社会发展水平相适应，与人民群众健康需求相协调，对不同经济社会发展水平地区分类指导，分别制定不同性质医疗机构配置要求。

3. 坚持阶梯配置原则　优先发展和配置常规医用设备，注重大型医用设备配置和使用的成本效果，防止盲目、超前、重复装备，要引导医疗机构根据功能定位、医疗技术水平、学科发展和群众健康需要合理配置适宜机型的大型医用设备。

4. 坚持统筹兼顾的原则　统筹兼顾保障群众看病就医的公平性和提高设备利用率，统筹考虑改善存量设备利用和适度新增配置，统筹协调发展高精尖技术与保障基础医疗的关系，统筹处理医疗机构局部利益与卫生事业发展整体利益的关系。

#### （三）大型医用设备配置规划内容

大型医用设备配置规划应根据地区经济社会发展、人口密度、居民健康状况、医疗卫生服务需求、卫生资源的实际情况，在充分考虑并总结现有大型设备配置与使用状况的基础上，统筹考虑、科学预测，明确提出规划期内大型医用设备配置规划总量和配置标准。以乙类大型设备为例，区域新增配置的大型医用设备的使用率原则上不得低于本省（区、市）平均水平的8%。

大型医用设备配置规划制定要注意对不同区域、不同类型和不同性质的医疗机构分类指导。医疗机构配置大型医用设备必须符合以下基本要求：配置医疗机构必须具备卫生行政部门批准开设的相应诊疗科目；使用大型医用设备的医师、操作人员、工程技术人员及其他相关业务人员必须接受相应的岗位培训，取得与所使用的大型设备相关的资质方可上岗；医疗机构的业务用房、水电、环保、防护等基础设施条件应满足设备配置要求；设备选型要经济适用，医疗机构应依据阶梯配置原则购置适宜机型，提高设备利用率。以乙类设备为例，地市级及以下医疗机构配置机型应以临床实用型为主，配置研究型机型的医疗机构要具备高水平的相应重点学科和人才队伍。

配置规划编制要充分考虑当地医疗机构数量和布局、现有设备利用率、人口密度、地区类别、经济社会发展等因素。重点考察医疗机构的床位数、年门诊量、年住院床日、住院手术量、适应证、诊疗年人次及诊疗水平,相关配套硬件设施情况和业务人员资质。

### 四、大型医用设备配置审批

#### (一)大型医用设备配置审批制度

大型医用设备的审批必须遵循科学、合理、公正、透明的原则,严格依照配置规划,经过专家论证,按照管理权限分级审批。

大型医用设备审评程序是:甲类大型医用设备的配置,由医疗机构按属地化原则向所在地卫生行政部门提出申请,逐级上报,经省级卫生行政部门审核后报国家卫生部审批。乙类大型医用设备的配置,由医疗机构按属地化原则向所在地卫生行政部门提出申请,逐级上报至省级卫生行政部门审批。

2004年出台的《卫生部甲型大型医用设备配置审批工作制度》中规定:卫生部依据甲类大型设备配置规划和相应配置标准,组织全国甲类大型医用设备配置及更新审批工作,并由卫生部组织专家开展大型医用设备规划配置评审工作,提高大型医用设备配置及更新工作决策水平。

#### (二)甲类大型医用设备审理流程

甲类大型医用设备配置审批程序包括申报、受理、论证审批和配置许可证印发:

1. 申报

(1)医疗机构申请配置甲类大型医用设备,应对设备适用性、先进性和可行性等进行论证,提交申请材料。申请材料主要包括:甲类大型医用设备配置申请表;甲类大型医用设备配置可行性研究报告;医疗机构执业许可证复印件;申请配置大型医用设备相应的技术人员资格证(包括执业医师资格证、专业技术职称证、上岗资质证明等复印件);医疗机构上年度财务报表;资金来源证明(如购置资金来源为财政拨款,需提供政府部门资金批复文件)。

(2)区域内首次配置单价在500万元以上的医用设备,医疗机构应提供该设备有效性、安全性、经济性(包括成本构成、诊疗收费价格和成本-效益分析)详细情况;若设备为国外引进,医疗机构还应提供该设备国外应用、发展的具体情况。

(3)按照属地化管理原则,申请配置大型医用设备的医疗机构应通过所在地卫生行政部门逐级申报至省级卫生行政部门。

2. 受理　省级卫生行政部门审核同意后统一报卫生部。卫生部受理甲类大型医用设备配置申请时间为每年4月和7月,受理后下发《甲类大型医用设备配置申请受理通知书》。

卫生部不受理医疗机构自行送达的申请材料。

3. 论证审批

(1)卫生部每年5月和8月组织专家评审。省级卫生行政部门和医疗机构须共同参加论证评审。论证评审的主要程序为:专家组推举组长主持论证评审会、省级卫生行政部门介绍本省规划配置有关情况、医疗机构陈述及答辩、专家评分并提交评审报告。评审专家实行回避制度,与参评医疗机构存在利害关系的专家应予回避。根据评审工作需要,卫生部可组织专家对医疗机构进行现场查验。

(2)卫生部综合专家意见和省级卫生行政部门建议,依据配置规划,在专家评审工作结束后 20~30 个工作日内批复省级卫生行政部门。

（3）配置批复有效期为 2 年,逾期未装备的,批复自动失效。医疗机构仍计划配置该品目大型医用设备的,需重新履行报批程序。

（4）区域内首次配置单价在 500 万元以上的医用设备,经专家评审通过,给予临时配置许可,准予医疗机构试用。医疗机构要严格执行有关部门按成本核定的诊疗服务价格。试用 1~2 年后,卫生部组织专家进行评估。经专家评估,有效性和安全性高的设备,可列入甲类大型医用设备管理品目,编制全国配置规划;符合配置规划的,予以正式配置许可。经评估有效性和安全性不高的设备,经专家论证,延长试用时间或撤销临时配置许可。延长试用时间不得超过 1 年,1 年后经专家论证有效性和安全性仍然不高的,撤销临时配置许可。

卫生部甲类大型医用设备配置审批流程见图 2-1。

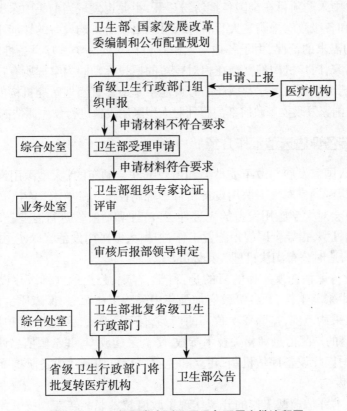

图 2-1 卫生部甲类大型医用设备配置审批流程图

4. 配置许可证印发 医疗机构收到配置计划,按照医疗器械集中采购程序进行采购。设备到货安装、调试、验收合格后,将购置合同复印件、发票复印件、验收合格证明复印件以及《甲类大型医用设备信息登记表》一并送交省级卫生行政部门审核通过后,转报卫生部。

卫生部制发甲类大型医用设备配置许可证,实行岗位负责制,承办人填写《甲类大型医用设备配置许可证印发审核表》,核实配置机构批复有关情况和医疗机构相关信息,经审核签发后,再印制配置许可证。

**（三）大型医用设备使用管理**

大型医用设备上岗人员,包括医生、操作人员、工程技术人员等,要接受岗位培训,取得相应的上岗资质。大型医用设备必须达到计(剂)量准确、安全防护、性能指标合格后方可使用。

甲、乙类大型医用设备检查治疗收费项目,由国家价格主管部门会同卫生部制定,并列入《全国医疗服务价格项目规范》。国家价格主管部门会同卫生部制定大型医用设备检查治疗收费的作价办法,指导地方的作价行为。营利性医疗机构的收费实行市场调节。

严禁医疗机构购置进口二手大型医用设备。购置其他医疗机构更新替换下来的大型医用设备,必须按照国家有关规定程序办理审批手续。严禁使用国家已公布的淘汰机型。

# 第二节　医学装备技术评估选型推荐

近年来,中国政府对医疗卫生事业投入成倍增加,使得我国卫生事业取得了巨大进步。中央专项资金集中采购项目在全国各地纷纷展开,由此也发现当前集中采购中存在的问题和不足:如中央和各级政府采购量大、品目多,可能出现所采购设备的性能不能完全符合各地医疗卫生机构需求的情况,由于各地基层医疗机构对同一类医疗设备性能、规格要求不同,政府部门、专家、医疗机构都很难在相对较短的招投标期间内掌握所有投标产品客观准确的信息,因此选出中标的医疗器械产品有可能不是最适宜当地医疗机构的设备。面对这种情况,卫生部、国家发改委等政府部门感到对大型医用设备进行预先评估的工作日趋紧迫。

## 一、医学装备评估选型工作介绍

根据卫生部、国家发展与改革委员会和财政部联合颁布的《大型医用设备配置与使用管理办法》中所提到国家对大型医用设备实行宏观调控工作的要求,卫生部于 2006 年委托中国医学装备协会对大型医用设备的先进性、经济性和适宜性进行专业技术论证,定期发布阶梯配置入选机型,指导全国规划配置工作;根据大型医用设备临床使用情况,结合技术发展和我国国情,适时公布淘汰机型等具体办法。

大型医用设备评估选型工作的目的是:科学、客观、公正地进行医疗设备评估选型工作,指导全国集中采购工作,为各级政府加强集中采购工作服务,保障质量优良、价格合理的医疗设备进入采购范围,排除质次价高的产品,保证采购产品质量,维护用户、企业的合法利益,提供丰富的产品信息和相关技术参数,降低采购成本,并希望依靠评估选型建立起比较完善、科学的医疗设备评估机制,建立和完善医疗机构医疗设备阶梯配置制度和设备配置技术准入制度。

大型设备技术评估选型工作的开展体现了政府技术职能转变。技术评估选型在对基层医疗机构进行设备配置指导的同时,不但为企业做了宣传,还有利于科学合理地配置设备,克服医疗资源配置的不平衡,从根本上解决看病贵、看病难的问题;规范市场,提倡诚信,营造公平有序的竞争环境;保护医疗卫生事业中的先进生产,先进的医疗装备与高水平的医疗人员相匹配使效率最大化,从而促进我国医疗卫生技术的进步,并激发我国医疗器械企业进行自主创新。

在评估选型过程中生产企业自主决定是否参加医疗设备评估选型工作,政府部门或中介组织不得以各种方式强制企业参加。专家从医疗设备、经济、技术各领域产生,忠实履行职责。评估结果做到客观准确,真实反映产品的质量性能。评估选型机会和过程公平、公开、公正,凡愿意参与评估的企业、产品,都有同等机会参与,评估方无正当理由,不得随意拒绝产品评估申请。对参与评估的同一类产品,评估标准、程序、方式一致,不得随意更改评估方法。标准和结果公开,评估采用的标准、指标体系向企业公布,并接受企业咨询和合理质疑。评估结果及时向社会公布,引入社会监督,确保评估结果客观真实。

目前,医疗设备评估选型工作重点是:一是农村卫生服务体系建设中各级医疗卫生机构装备品目评估选型,健全医疗卫生服务体系,重点加强农村三级卫生服务网络和以社区卫生服务为基础的新型城市卫生服务体系建设。二是大型医用设备阶梯配置入选机型指导配置工作,对检查类设备如 CT、MRI 进行重点管理,适时将诊疗类设备如 DSA、LA 引入重点评估。

技术评估选型具体方法:医学装备技术评估选型品目繁多,类别复杂,为了使技术评估选型方法更加科学和严密,采用了打分评定法,就是依先行制定的技术评估标准,分项定出不同的分值,最后评定出总分加以比较进行推荐。除了用这种评估方法以外,对部分推荐产品拟实施检测手段,使技术评估选型工作更科学、更准确。

## 二、医学装备评估选型原则和方法

自 2006 年开始,卫生部规划财务司委托中国医学装备协会进行评估选型工作。中国医学装备协会组织了 160 多名临床应用型专家、工程技术类专家和管理类专家开展各大型设备的技术评估选型工作。对上千种医疗器械品目进行了评估,为了确保评估选型质量,中国医学装备协会在卫生部的领导下,在业务部门的指导下,制定出以下工作原则和方法:

### (一) 建立评估机构,充实完善专家库

为了作好医学装备技术评估选型工作,中国医学装备协会专门成立了技术评估部,对技术评估部划分了工作范围,并制定了工作规程。其主要职责是:①根据政府主管部门对各级医疗机构设备配置和集中采购品目的需要,确定评估选型品目;②制订技术评估选型工作计划、工作程序、工作制度;③组织专家制定技术评估选型标准,技术评估选型办法;④组织专家进行技术评估,提出阶梯配置和推荐品目;⑤上报并公布评估选型结果。

评估选型专家库由医学工程技术、临床应用、装备管理、卫生经济专家组成。在技术评估选型工作中,专家组可做到高年资和中年专家相结合,专业知识得到互补,目前专家队伍已基本建成多学科、广覆盖、业务精、作风好的优秀团队。通过考核遴选专家库总数已达到1000 余名。同时修订了专家工作守则,完善专家工作制度。

### (二) 制定技术评估选型标准

中国医学装备协会组织 60 多位专家召开座谈会、研讨会、评估会等多种会议近 30 次,制订了 45 个医学装备技术评估标准和评估选型方法,并在媒体公示,以接受生产厂商和医疗卫生单位评议。

专家按照设备不同类别制定的技术评估标准,从医疗单位的需求出发,根据产品技术理论、构造设计、应用技术、性能安全有效等方面来确定评估标准;选择质量价格比相对适宜,继发费用少的优秀产品。在技术评估标准制定的过程中,采取专家、医疗机构、生产厂商相结合的方法,反复论证、广泛征求意见,最后形成各类阶梯配置,科学规范,可操作的量化技术评估标准。

### (三) 严格技术评估选型程序

评估选型有着严格的操作实施程序以确保评估选型的客观性和科学性。具体步骤分以下六步:

1. 深入调研,确定并公示评估选型的范围和品目    组织专家开展调查研究,掌握供需双方的情况,实地了解需求和使用情况。组织专家到展览会现场收集产品信息,核实产品性能,为评估选型工作奠定了良好基础。

2. 组成相关技术评估专家组    根据技术评估品目组成专家组,每组专家成员包括临床应用、工程技术、卫生经济管理人员。在评估农村医疗卫生装备时还聘请乡镇卫生院院长、有关省卫生厅规财处领导参加,广泛听取意见和建议。

3. 组织专家制定技术评估选型标准。

4. 企业申报评估材料    生产经营企业按规定填写和提交评估选型申报表及相关资料。

5. 组织专家按照制定的评估标准和评估方法对报送的产品进行评估    依据产品性能、质量、适用性和经济性等主要因素论证评审,反复比较,从申报的品目中筛选出好的产品为入选产品。

6. 专家评估推荐结果上报政府主管部门审批,并将入选产品进行公示。

### 三、医学装备评估选型工作实施及入选品目

#### (一) 医学装备评估选型工作实施

为了确保评估选型入选产品在基层医疗机构日常使用中的质量,进一步完善评估选型工作,2010 年初,中国医学装备协会受卫生部委托开展对评估选型入选在用产品的质量调查评价。质量评价工作主旨是对评估选型入选产品在医疗机构中的使用情况进行了解和考察,对评估选型入选产品实际质量、应用过程中的反映、售后服务和厂家对操作人员培训等情况是评价工作的重点。

评价工作采用现场调查和书面评价相结合的方式,在省、市、县级医院以及中心乡镇卫生院中进行。书面评价由上述医疗机构填写调查表;现场调查、实地考察,在各级医院组织相关科室人员参加的座谈会,深入各设备科室了解设备临床使用情况。

通过质量调查评价活动保证评估选型入选产品是名副其实的优秀医疗器械产品,对于在评价活动中所遇到的在使用过程中存在重大问题的产品,将对该产品的生产经营企业进行书面通知,问题严重并且补救不及时的将取消其评估选型入选产品资格。

通过在评估选型过程中严格把关,在质量调查评价工作中的客观评价,使得评估选型入选产品不但各项产品技术参数指标合格,在日常使用中也能保证其优秀的质量以及售后服务。

通过这样严格的审评机制,评估选型工作在日后将发挥更大作用。

#### (二) 医学装备评估选型入选品目举例

评估选型工作展开的四年中,17 个品目的近 1300 个规格型号的产品成为评估选型入选产品,这些产品为各地医疗机构招标采购,医疗设备配备以及在政府应对自然灾害的应急采购提供了准确的产品信息,达到了评估选型工作的预期目标。

# 第三节    医学装备适宜技术推广与应用

## 一、适宜装备技术的概念

适宜装备技术是指适合于基层医疗卫生机构业务开展的医学装备技术,它包括适宜的

装备以及与之配套的技术。适宜装备技术必须与基层医疗机构的功能任务相匹配,对提高基层医疗机构诊疗水平有明显效果;技术比较简便易操作,通过短期培训即能掌握;技术安全性、可靠性好,诊断准确,治疗效果明显;技术科技含量较高,具有一定的先进性;适宜装备技术一般以国内自主创新产品为主,价格合理便于基层承受。

卫生部开展"面向农村和城市社区适宜卫生技术推广十年百项计划",计划到2015年遴选、推广100项左右适宜卫生技术。制定专门的行动计划,不断扩大适宜卫生技术推广工作的覆盖面。通过有针对性地推广一大批效益明显的适宜卫生技术,使大部分乡镇卫生院和社区卫生服务中心能够规范应用常见疾病的筛查诊断、转诊指征、社区治疗和康复、多发性肿瘤的社区筛查、常见传染性疾病的基层防控等适宜装备技术,使常见疾病基层适宜卫生技术应用率等有较大幅度提高,基层医疗卫生技术服务能力明显加强。该项计划包括了卫生技术、人才培养和适宜装备等。中国医学装备协会根据自身优势和特点把其中的装备技术部分单列,向基层医院推广适宜装备技术,以实现基层医疗机构装备的改善和技术的提高。

中国医学装备协会于2009年制定医学装备技术推广"五年十项计划",即利用2009—2013年五年的时间,面向农村和城市社区医疗机构分别推广十项适宜的医学装备技术。中国医学装备协会负责制定适宜医学装备技术推广应用规划;组织专家评估遴选筛查适宜的医学装备技术;推广应用适宜的医学装备技术;监督检查适宜医学装备技术推广应用工作;跟踪调查适宜装备技术应用效果并进行评估。

该项计划旨在通过开展面向农村和城市基层医疗机构的适宜装备技术推广,提升农村和城市基层医疗机构的医学装备技术与管理水平、医学装备应用和管理人员的综合素质,为行业内装备技术科技成果转化推广作出积极有益的探索,促进了基层卫生事业健康可持续发展。

## 二、适宜装备技术筛选原则和条件

### (一)适宜装备技术筛选原则

适宜装备技术筛选的总体原则是:坚持以基层诊疗需求为导向,以适宜装备技术推广为手段,以提高基层医疗机构服务能力为目标,以强化服务为宗旨,促进安全、有效、方便、价廉的适宜装备技术在农村和城市社区医疗机构的推广普及和规范应用,优化基层医疗机构技术装备水平,提高基层卫生服务能力,为方便群众看病就医和建立基本医疗卫生制度提供技术支撑和装备保障。

### (二)适宜装备技术筛选条件

适宜装备技术的遴选应以基层医疗卫生服务需求为导向,充分考虑基层医疗卫生机构的可接受性与适用性。针对农村和城市社区医疗卫生工作特点和服务需求,建立完善、科学、合理的适宜装备技术筛选方法和指标体系,完善筛选工作机制,建立分级分类的适宜医学装备信息库,并不断充实更新,扩大适宜装备技术的储备。

适宜装备技术筛选要符合质量合格、技术适宜、服务完善、价格合理的条件。要保证适宜装备技术的安全性。医疗技术是一把双刃剑,应确保遴选技术的安全性、有效性,符合伦理原则和经济性原则。适宜装备技术的售后服务要完善,能够保证基层医疗机构具有设备使用的技术能力和人员配备。优先选择成熟的技术规范、指南、标准以及集成技术项目。

### 三、适宜装备技术申报、评估和立项

#### (一) 适宜装备技术的申报条件

生产企业和有关机构可以按照自愿的原则申报面向农村和基层医疗机构的适宜装备技术。申报的装备技术必须符合以下条件：

1. 申报项目要与我国农村卫生和城市社区卫生工作重点相适应,具有一定的普遍性和较好的社会效益。

2. 申报项目经实践证明具有安全、有效、经济、成熟并相对先进的特性,适合县级及以下农村及城市社区医疗卫生单位使用。

3. 申报项目已在一定范围内推广应用两年以上,并取得良好效果。

4. 申报项目的配套产品必须是符合国家有关规定,经相关部门审批同意生产并进入市场。

5. 申报适宜装备技术推广的单位(以下简称装备技术推广单位)应为应用该项技术的医疗卫生机构,提供相应的技术和条件,能够保证推广工作的顺利开展。

#### (二) 适宜装备技术的评估

生产企业和有关机构申报的适宜医学装备技术项目必须填报面向农村和基层医疗机构推广适宜装备技术"五年十项"计划任务书,包括以下内容:推广装备技术的要点、装备技术指标、装备技术安全性和有效性分析、国内外本领域技术水平分析、项目推广可行性(技术评价、经济评价、技术使用的必要性等)、成本效益分析(预期的社会、经济效益)。此外,还应提交推广项目的鉴定证书、获奖证书、专利证书、有关法律法规要求该项目及配套产品的市场准入文件。提交推广计划,包括:推广应用范围、推广应用方式、已推广应用情况的总结报告等。

中国医学装备协会组织专家根据计划任务书等填报资料,以适宜装备技术筛选原则和条件为指标,评估装备技术的适宜性和推广的可行性。

#### (三) 适宜装备技术的立项

符合适宜医学装备技术的推广项目要求的,经中国医学装备协会组织专家论证评估后,批准正式纳入适宜装备技术推广项目管理。纳入适宜装备技术推广管理的项目,由项目单位和中国医学装备协会双方签订协议,并按协议逐项落实。

### 四、适宜装备技术的推广

全面加强适宜装备技术推广工作,是促进卫生服务水平提高的技术支撑,是建立覆盖城乡的基本医疗卫生制度的必然要求。有组织、有计划地将安全、有效、方便、价廉的装备技术推广到农村和城市社区卫生服务机构,应用到防病治病第一线,是提高城乡基层医疗卫生技术服务能力,保障城乡居民健康的重要举措。

#### (一) 适宜装备技术推广目标

充分发挥中国医学装备协会在行业内的资源优势,加强适宜装备技术的研究开发和引导评价,有目的地将成熟先进、生产质量合格、售后服务完善、经济合理,并具有科学、社会和经济价值的医学装备技术成果,通过示范、培训、指导、咨询、交流、展览、实施、技术转让等方式,扩大其应用范围。

充分发挥政府引导和市场机制作用,逐步推动建立健全适合我国国情的适宜装备技术

推广体系和模式。通过多种形式的适宜装备技术推广活动,促进安全、有效、方便、廉价的医学装备技术在基层医疗机构规范、合理应用,增强农村和城市社区医疗机构对适宜医学装备技术的引进、消化、吸收和应用能力,有效地提高基层医疗机构医学装备水平和卫生服务能力,为基层卫生服务体系建设和发展提供技术支撑和技术服务。

**(二) 适宜装备技术推广原则**

1. 坚持政府主导和多方参与相结合 在坚持卫生事业公益性原则和政府主导的基础上,充分发挥市场机制作用,鼓励多方参与,调动各方积极性,引导适宜装备技术研发和推广实现健康、可持续发展。鼓励、支持、引导有关各级医疗卫生机构、企业和科技人员等力量广泛参与,按照效率优先原则,优化技术结构,合理配置资源,科学组织实施,多形式开展推广工作。

卫生行政管理部门积极支持适宜装备技术推广工作。根据基层卫生发展需求,统筹规划适宜装备技术的开发、推广和应用,完善相关政策,加大经费投入,把适宜装备技术推广工作纳入农村和城市社区卫生服务发展规划和卫生科技发展规划中,促进医学装备事业协调发展。

2. 坚持面向长远和解决急需相结合 认真研究农村和城市社区卫生服务长远发展需求,探索建立适宜医学装备技术研发、推广、引进和应用的机制与体系,加强解决常见病、多发病防治实用技术集成创新的研究开发,不断增加技术储备;提高基层医疗卫生机构对装备技术的引进、消化、吸收和再创新能力,逐步构建适宜装备技术推广应用的长效机制。同时,着力解决当前农村和城市社区卫生服务的薄弱环节和迫切问题,综合考虑各地的特色和差异,有针对性地开展推广工作,重点推广技术成熟、实用有效、操作简单、费用低廉的装备技术,全面增强基层医疗机构卫生服务能力。

3. 坚持科学筛选和合理应用相结合 建立适宜医学装备技术筛选指标体系,突出装备技术的安全性、有效性、规范性和适宜性,科学合理地选择适合基层卫生实际的适宜装备技术,逐步建立适宜装备技术库,不断完善适宜装备技术规范。将注重科研成果的技术指标转向引进、消化、吸收、应用和再创新,加速科技成果转化和复杂技术适宜化发展,注重装备技术整合方案的规范性、集成性、可操作性和经济性,加强对适宜装备技术规范、合理应用的政策指导,完善适宜装备技术推广应用过程和效果、效益评价体系。

4. 坚持装备技术推广和人才培养相结合 在加强适宜医学装备技术推广工作中,应注重适宜装备技术人才的培养,将适宜装备技术推广与农村和城市社区卫生人才队伍建设紧密结合,将基层医疗机构技术人员培训作为装备技术推广的重要内容,制订协调统一的培训方案,确保各项装备技术推得开、有人用、用得起、起作用。

**(三) 适宜装备技术推广对象**

推广对象主要有五类,即县级医院、乡镇卫生院(含中心卫生院)、村卫生室、城市社区卫生服务中心、城市社区卫生服务站。西部地区是适宜装备技术推广的重点地区,应制定面向西部地区的优惠条件。

**(四) 适宜装备技术推广模式**

要按照适宜装备技术推广工作整体要求,完善相关制度和措施,创造性地开展工作。要不断加大对于适宜装备技术遴选、推广和应用工作的科学性和规范性,调动并引导基层卫生服务机构应用适宜装备技术的主动性和能动性,建立健全适宜装备技术推广模式,完善推广服务体系建设,强化推广效果。

中国医学装备协会通过专项应用培训的方式将评估遴选的各项适宜装备技术逐步推广到农村和城市社区基层医疗机构,为农村基层医疗机构提供专业咨询、专家指导等服务,促进基层医疗机构医学装备技术的可持续发展。纳入适宜的医学装备技术推广应用的项目以"一刊一网"作为信息媒介,开设宣传服务专栏、专版、专题,面向医疗机构及相关厂商开展宣传推广和培训工作。

中国医学装备协会面向基层医疗机构推广适宜装备技术过程中将提供标准化的专项技术设备;组织专项技术培训;提供专项技术专著、专项技术继续教育 VCD/DVD,组织网络讲堂远程培训;提供专项技术推广指南;派出专家指导专项技术。

严格适宜装备技术推广的管理工作。要求技术推广组织严密、服务体系完善、推广措施得力、推广方法得当,主管单位要加强适宜装备技术推广过程的督导和成效评估。定期组织专家对项目推广工作进行督导、检查,评估项目进展、推广效果和应用效益,及时总结推广经验,对在适宜装备技术推广工作中成效显著的单位进行表彰,并注重加强对推广工作的宣传报道。对工作进展缓慢、工作成效不大、积极性不高的单位提出警告,必要时撤销该项目。

### 五、促进适宜装备技术推广

针对当前医药卫生体制改革的需要,在适宜装备技术推广机制和政策的研究基础上,有针对性地开展适宜装备技术推广工作。把适宜装备技术推广与国家科技发展规划、卫生人员培训等工作紧密结合,积极探索新形势下适宜装备技术推广模式和机制,保证适宜装备技术推广工作持续、稳定开展,切实发挥适宜装备技术推广工作对提高基层医疗卫生机构服务能力和水平的支撑作用,真正发挥实效、服务医改。

**(一)加强适宜医学装备技术研究开发**

根据农村和城市社区卫生服务特点和需求,各级卫生行政部门要将适宜医学装备技术的研究开发纳入卫生科研工作中统筹安排,充分利用各类卫生科技研究项目,围绕农村和城市社区常见疾病和健康问题,针对心脑血管、消化系统、呼吸系统和代谢性疾病的诊断、社区治疗及康复技术,急诊急救和中毒抢救技术,多发性肿瘤的社区筛查技术,妇女、儿童、老年人等重点人群社区保健技术,常见传染性疾病的社区预防和控制技术,社区健康教育与健康促进技术等进行适宜装备的科学研究和开发。鼓励相关医疗单位、科研院所等机构研究开发适宜医学装备技术,逐步建立并完善适宜医学装备技术研究开发和转化推广的平台。

**(二)强化适宜医学装备技术推广机制和体系建设**

强化政府主导作用,进一步完善相关政策和配套措施,多渠道加大经费投入力度,加强组织、协调、管理和效益评价。针对适宜医学装备技术推广工作的各个环节,不断探索优化推广方式和手段,创新激励机制,充分发挥市场机制作用,有效整合技术研究者、技术推广者和技术应用者等多方力量,实现适宜装备技术推广要素的合理配置。逐步建立起"政府指导与自主推广相结合、机制建立与专项活动相结合、区域推广与建立示范相结合、技术筛选与效果评价相结合、技术引进与研发创新相结合"的推广工作机制和技术应用保障机制,形成适合我国国情的适宜医学装备技术推广应用体系。

**(三)强化适宜医学装备技术筛选和储备**

各地应针对本地区农村和城市社区卫生工作特点和服务需求,建立完善科学合理的适宜医学装备技术筛选方法和指标体系,完善筛选工作机制,逐步建立分级分类的适宜装备技术项目资源库,并不断充实更新,及时发布技术信息,扩大适宜装备技术储备。

### (四) 强化适宜医学装备技术推广应用

重点加强疾病筛查、诊疗规范、急诊急救、康复保健等方面的适宜医学装备技术推广应用工作,通过组织开展专项推广活动、组织技术推广会、卫生人员技术培训、新技术应用研讨、适宜技术信息发布、推广示范、技术咨询、对口帮扶等多种形式,切实有效地开展推广工作。

### (五) 强化适宜医学装备技术推广综合示范

各地应采取积极措施,培育农村和城市社区适宜医学装备技术推广应用示范区和示范机构,紧密结合卫生部"万名医师支援农村卫生工程"、"中西部地区城市社区和农村卫生人员培训项目"等工作,不断加强城市医疗卫生机构对基层的技术指导和帮扶,提高基层卫生服务机构引进、消化吸收和应用卫生技术的能力。

### (六) 强化适宜装备技术推广网络建设

遵循技术适宜化、形式多样化、服务专业化、推广网络化的发展原则,逐步建立适合我国国情的适宜医学装备技术转化和推广网络。充分利用现有卫生、科技和教育资源,进一步培育专业化的技术转化推广组织和机构,建立各级技术推广基地,完善推广工作的技术支撑体系和运行机制。

### (七) 强化医学装备技术推广人才队伍建设

建立各级各类卫生技术专家库,培养一支适宜医学装备技术研发和应用人才队伍,充分发挥技术专家的指导作用,引导他们深入农村和城市社区开展推广活动,确保适宜装备技术向基层医疗机构的有效转移。

# 第三章

# 医学装备的购置

医学装备是医院开展医疗、科研、教学工作的物质基础,装备购置工作涵盖计划与选型、采购和供应等多个环节,这些环节奠定了医学装备的水平。装备购置工作具备很强的政策性、系统性、科学性和专业性,不仅要考虑区域卫生规划对合理配置医疗、卫生资源的要求以及医院的综合定位和发展,还要关注医疗质量、医疗安全、运营效益和对患者经济支出的影响。所以说购置管理是医学装备管理中最重要的基础环节。

## 第一节 医学装备购置的基础

医学装备购置需以管理理论和相关国家政策为指导,以物质条件和工作原则为工作实践的基础,从而保证购置工作的政策性、方向性和严谨性。

### 一、采购工作的理论基础

购置行为包括采购和配置。采购(purchasing),是指通过交换获取物料和服务的购买行为,为实体经营在合适的时间、地点、价格获取质量、数量合适的资源。医学装备的购置不仅包括购买,还包括规划和分配,是一项内容丰富、环节缜密、运作严谨、操作细致的工作。

从运作流程的层面来说,采购管理是计划下达、采购单集成、采购单执行、到货接收、检验入库、采购发票的收集到采购结算等采购活动的全过程。对采购过程中,物流运动的各环节状态,进行严密跟踪、监管,实现对采购活动执行过程的科学管理。从战略的层面来说,采购管理是计划、执行、评价和控制采购战略的一种过程。

此外,现代的采购管理中越来越多地使用电子商务模式,新趋势下需要考虑电子商务与采购管理结合后,采购中如何更好地使用电子商务等。这些都给采购管理赋予新的内涵。

医疗设备是医院进行医疗、科研和教学,实现现代化建设重要的硬件基础,在医疗设备采购活动中,要处理好购置与管理之间的关系。医院添置装备应在考虑自身的发展同时也应考虑社会效益,既考虑提高医疗质量、效益和科研水平,也应考虑如何能解决患者看病难、看病贵的问题,购置先进的医疗设备的最终目的是为了提高和完善医疗水平,为患者提供最优质服务。

### 二、采购工作的政策基础

医疗机构装备采购应遵循国家法律法规和单位规章制度,特别是公立医疗机构购置活动还要遵从政府采购相关法规政策。在购置过程中涉及的主要政策法规见表3-1。

表3-1 医学装备购置过程中涉及的主要政策法规

| 序号 | 政策法规 | 实施时间 | 重要内容 |
|---|---|---|---|
| 1 | 《中华人民共和国政府采购法》 | 2003年1月1日 | 涉及政府采购方式、程序、合同等 |
| 2 | 《中华人民共和国招投标法》 | 2000年1月1日 | 关于招标、开标、评标、和中标的相关规定 |
| 3 | 《中华人民共和国进口计量器具监督管理办法》 | 1989年11月4日 | 办理计量器具许可证、型式批准和进口计量器具检定 |
| 4 | 《医疗器械监督管理条例》 | 2000年4月1日 | 涉及医疗器械的生产、经营和使用 |
| 5 | 节能产品的相关规定 | 2004年至今 | 节能产品目录（不断更新） |
| 6 | 《政府采购进口产品管理办法》 | 2007年12月27日 | 涉及财政资金采购进口产品的核准工作 |

## （一）项目采购管理

1. 中央预算单位项目的采购　中央预算单位的采购项目应按照财政部下发的《中央预算单位政府集中采购目录及标准》文件执行。在文件中规定了集中采购机构采购项目内容。

（1）按规定必须委托集中采购机构代理采购的项目（表3-2）。

表3-2 需委托集中采购机构代理采购项目

| 目录项目 | 适用范围 | 备 注 |
|---|---|---|
| 货物类： | | |
| 　台式计算机 | | |
| 　便携式计算机 | | |
| 　计算机通用软件 | 京内单位 | 指直接从市场可以购买的标准软件等非定制开发的商业软件 |
| 　服务器 | | |
| 　网络设备 | | |
| 　复印机 | | |
| 　文印设备 | | 指速印机、胶印机、数码印刷机、装订机 |
| 　多功能一体机 | | |
| 　打印机 | | |
| 　传真机 | | |
| 　扫描仪 | | |
| 　投影机 | | |
| 　碎纸机 | 京内单位 | |
| 　摄像机 | 京内单位 | |

续表

| 目录项目 | 适用范围 | 备　注 |
|---|---|---|
| 电视机 | 京内单位 | |
| 电冰箱 | 京内单位 | |
| 复印纸 | 京内单位 | |
| 移动存储设备 | | |
| 照相机 | | 指单台或批量金额在 3000 元以上 |
| 汽车 | | 指单价在 5 万元以上的轿车、越野汽车、面包车、大客车 |
| 电梯 | 京内单位 | 指单价在 10 万元以上 |
| 供暖锅炉 | 京内单位 | |
| 空调机 | | 指中央空调、商用空调、民用空调、精密空调 |
| 办公家具 | 京内单位 | 指单项或批量金额在 2 万元以上 |
| 变配电设备 | 京内单位 | |
| 工程类： | | |
| 统一组织的房屋(含宿舍)修缮、装修 | 京内单位 | |
| 服务类： | | |
| 汽车维修 | 京内单位 | |
| 汽车保险 | | |
| 汽车加油 | 京内单位 | |
| 印刷项目 | 京内单位 | 指单项或批量金额在 2 万元以上 |
| 会议服务 | 京内单位 | 指单项会议金额在 2 万元以上 |
| 工程监理 | 京内单位 | |
| 机关办公场所物业管理 | 京内单位 | 指单项或批量金额在 50 万元以上 |

注:表中"适用范围"栏中未注明的,均适用于所有中央预算单位

(2) 列入财政部等有关部门下发的节能环保政府采购清单中的产品应当委托集中采购机构实行集中采购。

2. 部门集中采购项目　以下项目原则上应当实行部门集中采购。部门集中采购由部门自行组织,可以委托集中采购机构采购,也可以委托社会采购代理机构采购,其中涉及集中采购机构采购的项目,必须委托集中采购机构组织采购。

(1) 货物类:救灾物资、防汛物资、抗旱物资、农用物资、储备物资、医疗设备和器械、计划生育设备、交通管理监控设备、港口设备、农用机械设备、气象专用仪器设备、人工影响天气作业设备、测绘专业仪器设备、消防设备、警用设备和用品、专用教学设备、广播电视和影像设备及专业摄影器材、文艺设备、体育设备、海关专用物资设备、税务专用物资装备、边界勘界和联检专用设备、质检专用仪器设备、金融系统专用设备及有价单证和凭证、救助船舶和直升机、执法船艇、检察诉讼设备、法庭内部装备、特种车辆(事先在车内装有固定专用仪

器设备,从事监测、消防、医疗、电视转播、雷达等专业工作的车辆)、缉私船、地震专用仪器设备、水利专用仪器设备(水保、水文专用仪器设备)。

(2) 工程类:部门确定的本系统单位公用房建设及修缮和装修工程。

(3) 服务类:本部门或本系统信息管理系统开发及维护项目,部门确定的其他有特殊要求的专用服务项目。

使用财政性资金的购置项目还应按照部门规定执行,2007 年卫生部下发了《卫生部关于进一步加强医疗器械集中采购管理的通知》(卫规财发[ 2007 ]208 号)文件,医疗器械集中采购由卫生部负责组织,至今已实施了 PET/CT、头部伽马刀、心血管、神经、外周介入器材等器械的集中采购。

并且在《大型医用设备配置与使用管理办法》(卫规财发[ 2004 ]474 号)中要求管理品目中的甲类大型医用设备配置工作由卫生部审批,其集中采购由卫生部统一负责组织,乙类大型医用设备由地方卫生行政部门审批。

3. 分散采购限额标准 除集中采购机构采购项目和部门集中采购项目外,各部门自行采购单项或批量达到 50 万元以上的货物和服务的项目、60 万元以上的工程项目应执行《中华人民共和国政府采购法》和《中华人民共和国招标投标法》有关规定。

4. 政府采购货物和服务公开招标数额标准 政府采购货物或服务的项目,单项或批量采购金额一次性达到 120 万元以上的,必须采用公开招标方式。政府采购工程公开招标数额标准按照国务院有关规定执行。200 万元以上的工程项目应采用公开招标方式。

**(二) 大型医用设备的配置管理**

1. 大型医用设备的配置原则 大型医用设备的配置原则应符合区域卫生资源的配置规划。配置规划是具有一定强制性和限定性的行政法规,由国务院卫生行政部门和各省、自治区、直辖市卫生行政部门制定,实行两级管理。卫生部对大型医用设备按品目实行规划管理。目前对被列入管理品目的 8 种大型医用设备实行配置许可管理,需取得卫生部颁发的《大型医用设备配置许可证》后,方可进行购置。

自 2005 年 3 月 1 日起施行的《大型医用设备配置与使用管理办法》(卫规财发[ 2004 ]474 号)的通知将列入国务院卫生行政部门管理品目的医用设备,以及尚未列入管理品目、省级区域内首次配置的整套单价在 500 万元人民币以上的医用设备定义为大型医用设备,具体目录见表 3-3。其中资金投入量大、运行成本高、使用技术复杂、对卫生费用增长影响大的为甲类大型医用设备(以下简称甲类),由国务院卫生行政部门管理。管理品目中的其他大型医用设备为乙类大型医用设备(以下简称乙类),由省级卫生行政部门管理。国务院卫生行政部门委托中介组织对大型医用设备的先进性、经济性和适宜性进行专业技术论证,定期发布阶梯配置入选机型,指导配置工作,并适时公布淘汰机型。医疗机构获得《大型医用设备配置许可证》后,方可购置大型医用设备(表 3-3)。

2. 新增大型医用设备申请材料及主要内容

(1) 申请报告:主要内容包括申请机构基本情况,拟申请设备名称、规格和主要配件,相关辅助配套设备名称、数量和使用人员取得岗位培训证书情况。

(2) 可行性论证报告、需求分析:主要内容包括配置的主要理由;所申请设备的技术发展前景;在临床、科研中的作用;预期使用率;人员取得岗位资质情况;购置经费来源以及经济分析等。

3. 更新大型医用设备

表 3-3　大型医用设备管理目录

| 管理类别 | 管理目录批次 | 发布时间 | 具体名称 |
|---|---|---|---|
| 甲类 | 第一批甲类 | 2005 年 3 月 1 日 | X 线 - 正电子发射计算机断层扫描仪（PET-CT，包括正电子发射型断层仪即 PET） |
| | | | 伽马射线立体定位治疗系统（γ 刀） |
| | | | 医用电子回旋加速治疗系统（MM50） |
| | | | 质子治疗系统 |
| | | | 其他未列入管理品目、区域内首次配置的单价在 500 万元以上的医用设备 |
| | 第二批甲类 | 2009 年 5 月 6 日 | X 线立体定向放射治疗系统（英文名为 CyberKnife） |
| | | | 断层放射治疗系统（英文名为 Tomo Therapy） |
| | | | 306 道脑磁图 |
| | | | 内窥镜手术器械控制系统（英文名为 da Vnici S） |
| 乙类 | 第一批乙类 | 2005 年 3 月 1 日 | X 线电子计算机断层扫描装置（CT） |
| | | | 医用磁共振成像设备（MRI） |
| | | | 800 毫安以上数字减影血管造影 X 线机（DSA） |
| | | | 单光子发射型电子计算机断层扫描仪（SPECT） |
| | | | 医用电子直线加速器（LA） |

（1）设备的更新理由、购置时间；

（2）申请更新设备的《大型医用设备配置许可证》复印件；

（3）使用情况：包括每年的检查治疗人次，开机天数，故障停机天数；

（4）更新设备的处理意见和拟购设备档次。

### 三、采购工作的工作原则

　　医学装备的购置不仅要将主观需要与客观可能紧密结合，而且要正确理解和掌握国家的有关方针政策、法律法规。首先明确采购价格是由供应商成本的高低，规格与品质，采购物料的供需关系，生产季节和采购时机，交货条件和付款条件等因素构成的，而采购商品成本是由工程或制造的方法，所需的特殊工具、设备，直接及间接材料成本，直接及间接人工成本，制造费用或外包费用，营销费及税捐、利润等因素构成。采购人员需负责采购计划与需求确认、供应商选择与管理、采购数量控制、采购品质控制、采购价格控制、交货期控制、采购成本控制、采购合同管理、采购记录管理等工作责任，其具体的工作原则如下：

　　1. 严格执行区域卫生资源配置规划　　区域卫生资源的配置规划，是由中国的具体国情决定的。作为满足人民群众福利需求的公立非营利性医院，只有严格执行规划以减少不必要的重复购置，尤其是要控制大型医用设备的重复购置，才能使有限的卫生资源得到合理利用，充分发挥卫生资源的综合效益。

　　2. 紧密结合医院的中长期发展战略　　即符合医院发展的阶段性计划。在编写医学装备购置计划时,不能只考虑眼前的需要,也要考虑到今后的应用发展。同时,又必须以发展战略为基础随着医疗市场的需求变化,进行适当的调整和补充。以保证实施中的计划,既要有前瞻性,又要有可行性。

3. 依据医院特色,突出重点学科建设,合理配置通用平台　在医疗改革的进程中,医院生存和发展的关键在于能否"专"和"精",以优质服务和精湛技艺赢得患者的信任。通过重点科室的孵化效应和榜样作用,带动其他科室的快速发展,优先保证重点学科的装备更新和添置,保证通用平台装备质量可靠,运转高效,是尽快形成医院特色的重要举措。

4. 准确掌握市场信息,及时引进新技术新设备　随着现代科学的发展和医疗服务市场竞争的加剧,医学装备的更新换代也越来越快,长则5、6年,短则2、3年。因此,进行医学装备购置时,要准确掌握市场信息,不轻信广告宣传,要从全国性的大型展览会、网上信息、外商办事处或厂家等多渠道取得第一手材料,以便能在紧密结合医院的实际需要和技术人员的实际业务水平的基础上,及时引进新技术新设备。

5. 廉洁奉公,严谨认真履行审批程序　公开、公正、公平操作,保持廉洁奉公的品质,抵制住腐败等不良风气的渗透和侵蚀。通过公开竞争、公正对比、实现公平交易,运用经济的规律"货比三家",依靠专家把关,实行严格审批程序,避免操作者的失误和渎职。

6. 采购目录定期更新,采购资料完善留存　采购工作的顺利完成有赖于采购信息的积累,对于每次采购,采购人员应保留其工作独特的信息记录,内容如下:

(1) 供货商产品的细目(品牌、型号档次、功能等);

(2) 供货商联系方式,资质、规模和实力的评价记录;

(3) 谈判的内容和周期;

(4) 5个时间点:供货商签订合同的时间、到货时间、安装时间、验收时间、结算时间;

(5) 本次采购的问题和解决的记录:前两项时间点作为采购目录需要定期更新,而后三项时间点为采购资料完善留存,便于后期的查阅和参考。

7. 各岗位的设定和职责

(1) 采购主管的工作职责主要有:①新产品、新材料供应商的寻找、资料收集及开发工作;②对新供应商品质体系状况(产能、设备、交期、技术、品质等)的评估及认证,以保证供应商的优良性;③与供应商的比价、议价谈判工作;④对旧供应商的价格、产能、品质、交期的审核工作,以确定原供应商的稳定供货能力;⑤及时跟踪掌握原材料市场价格行情变化及品质情况,以期提升产品品质及降低采购成本;⑥采购计划编排、物料订购及交付期限控制;⑦部门员工的管理培训工作;⑧与供应商以及其他部门的沟通协调等。

(2) 采购工程师的职责主要有:①主要原材料的估价;②供应商材料的品质初步确认;③采购部门有关技术、品质文件的拟制;④与技术、品质部门有关技术、品质问题的沟通与协调;⑤与供应商有关技术、品质问题的沟通与协调。

(3) 采购员的工作职责主要有:①订购单的下达;②商品交付期限的控制;③材料市场行情的调查;④查证进料的品质和数量;⑤进料品质和数量异常的处理;⑥与供应商有关交付期限、交付数量等方面的沟通协调。

## 四、采购工作的人员素质

采购是落实购置计划最具体、最直接、最重要的工作,不仅涉及国家的政策法规、具体设备的功能、性能、结构和原理,而且要与厂商打交道,要与各方面的人员沟通和协调,必须廉洁奉公、遵纪守法。因此,采购人员需要具备多方面的素质和修养,还需具备成本意识与价值分析能力、预测能力、表达能力、良好的人际沟通与协调能力、专业知识。

**(一) 政策法规方面的素质**

采购工作是落实和实施购置计划中不可缺少的重要环节。如果采购人员对党的方针政策和国家的法律法规不了解、不熟悉,就不知道采购工作需遵循哪些原则,就容易自以为是地随意操作,甚至会出现违反政策和法规的事件发生,给医院的经费和患者的安全带来不应有的损失。因此,采购人员一定要重视政治理论和党的方针政策的学习,努力提高自己的政策水平和遵纪守法意识。

**(二) 专业知识方面的素质**

医学装备是一种融多学科知识为一体的高科技产品,不仅涉及医学、电子、机械和计算机技术,而且涉及激光、超导、信息控制和传感技术等多学科专业知识。作好采购工作,必须具备相应的专业理论知识,否则,就无法为领导当好参谋、为科室把好质量关。因此,采购人员必须具备一定的实际工作经验、多学科知识和外语能力,还要善于学习和积累,才能胜任所承担的采购工作。

**(三) 市场经济方面的素质**

我国尚处于社会主义初级阶段,我们正处于从计划经济向社会主义市场经济过渡时期,这是我国的基本国情。卫生事业改革与发展必须要符合这个基本国情,必须适应社会主义市场经济的要求,必须与国民经济和社会发展相协调,人民健康保障的福利水平也必须与经济发展水平相适应。卫生事业是我国经济和社会发展中的重要组成部分,面对入世的新形势,必须认真学习并熟悉、掌握 WTO 的基本原则和有关规则。因此,采购人员必须具备国际贸易、进出口管理、价格规律、以及市场准入规则、市场竞争规则、市场交易规则等与市场经济相关的理论和知识,才能适应市场经济条件下采购工作的要求。

**(四) 工作作风方面的素质**

采购工作不仅是一项涉及多学科专业知识的技术性工作,也是一项很烦琐的工作,在实际工作中头绪多、矛盾大、时间跨度长。因此,采购人员需要具有作风严谨、办事认真、讲究实效、实事求是的工作态度和敬业精神。一切从认真入手,认真准备、认真计划、认真分析、认真落实、认真总结。严谨办事的工作作风来自于对本职工作的热爱和默默无闻的奉献精神,是采购人员必须具备的重要素质和品格。

**(五) 组织观念方面的素质**

采购人员的职责就是按照领导的要求落实购置计划。所以,要求具备很强的组织观念。在与厂商销售人员的接触中,不要透露购置项目和经费预算,要注意保守在经济活动中的秘密,要多请示、勤汇报。因此,一个高素质的采购人员不仅能时刻提醒自己、约束自己,而且贵在说真话、办实事、恪尽职守、遵纪守法。

在行业内平均生产条件和技术水平不变的情况下,质量水平和成本水平是成反比的,供应商投入品质保证和管理的成本必然会附加到最终产品成本内。所以采购所能做的只是在满足基本品质要求的前提下去尽量追求较低的成本。对采购品成本构成的认知是采购人员最基本的素质要求。即了解总成本＝原材料成本＋制造加工成本(设备成本(折旧)＋辅助物料成本＋直接人员工资)＋管理成本(间接人员工资)＋运输物料成本＋合理利润。首先采购人员要承认必须允许供应商有正常的利润空间;其次要通过合理科学的分析,尽量接近供应商的合理成本的底线,从而为价格谈判打下坚实的基础。

# 第二节　采购方式与运作程序

随着我国社会主义市场经济的发展和入世后关税的下调,国外厂商生产的医学装备产品会更多、更快地涌进国内市场;国内厂商的产品在质量、价格和售后服务方面也会发生新的变化。整个医学设备市场将出现产品更丰富、渠道更畅通、成交更活跃的景象。这些给采购工作带来了很多有利条件,也对采购工作提出了更高要求。选择合适的采购方式,不光是方法和技巧问题,而且是遵守国家的有关法律法规,防止腐败、减少工作差错和失误的政策性问题。

## 一、几种常用的采购方式

根据《中华人民共和国招标投标法》、《机电产品国际招标管理办法》、《机电产品国际招标投标实施办法》、《政府采购管理暂行办法》和《中华人民共和国采购法》等有关法规和文件的规定,医院在进行装备购置时,可选择下列相应的采购方式:①公开招标;②邀请招标;③竞争性谈判;④单一来源采购;⑤询价。

### (一)公开招标采购方式

公开招标采购是采购计划公开,向社会发布招标公告,凡是符合投标条件的生产厂商都可以参加投标,公平竞争。好处是能将市场竞争机制最大可能地引入到医学装备的购置中。国家对外贸易经济合作部在《机电产品国际招标投标实施办法》中,明确规定了10类89种设备必须实行公开招标采购。其中第九类为医疗卫生项目,它们分别是:

75　X射线计算机和体层摄影装置(CT)

76　医用直线加速器

77　超声波诊断仪

78　数字X射线摄影装置(digital radiography,DR)

79　单光子发射计算机断层扫描装置(SPECT)

80　伽马刀($\gamma$-刀)

81　磁共振成像装置(MRI)

这些项目有的与卫生部规定实行配置管理的大型医用设备品目吻合。这些设备都是高技术、大型、精密、贵重的设备。为了能够保证质量、降低成本、便于监督管理,所以购置时要求采取公开招标、集中采购的方式进行。

### (二)邀请招标采购方式

货物或者服务项目采取邀请招标方式采购的,采购人应当从符合相应资格条件的供应商中,通过随机方式选择三家以上的供应商,并向其发出投标邀请书。好处是目标比较集中、产品档次比较接近、竞争相对激烈。尤其适合同一类性能和功能相近设备、厂商较少的医学装备的招标采购。它的基本程序和要求与公开招标采购相同,只不过是将标书选择性地寄发给相关的厂商,而不是以公告的形式发布。符合下列情形之一的货物或者服务,向商务部备案后,可以依照本法采用邀请招标方式采购:

1.具有特殊性,只能从有限范围的供应商处采购的。

2. 采用公开招标方式的费用占政府采购项目总价值的比例过大的。

**(三) 竞争性谈判采购方式**

竞争性谈判采购是指采购机关直接邀请三家以上的供应商就采购事宜进行谈判的采购方式,好处是程序简单,不需要编写招标文件,也不需要发布招标公告。根据《政府采购管理暂行办法》、《中华人民共和国采购法》,当有下列情况之一的,经财政部门批准,可以采用竞争性谈判采购方式:

1. 招标后,没有供应商投标或者没有合格标的;
2. 出现了不可预见的急需采购,而无法按招标方式得到的;
3. 投标文件的准备需较长时间才能完成的;
4. 供应商准备投标文件需要高额费用的;
5. 对高技术含量有特别要求的;
6. 财政部门认定的其他情况。

只要明确采购要求,掌握好谈判的策略和技巧,应用竞争性谈判采购方式,也能做到花较少的钱买到满意的设备。

采用竞争性谈判方式采购的,应当遵循下列程序:

(1) 成立谈判小组:谈判小组由采购人的代表和有关专家共三人以上的单数组成,其中专家的人数不得少于成员总数的三分之二。

(2) 制定谈判文件:谈判文件应当明确谈判程序、谈判内容、合同草案的条款以及评定成交的标准等事项。

(3) 确定邀请参加谈判的供应商名单:谈判小组从符合相应资格条件的供应商名单中确定不少于三家的供应商参加谈判,并向其提供谈判文件。

(4) 谈判:谈判小组所有成员集中与单一供应商分别进行谈判。在谈判中,谈判的任何一方不得透露与谈判有关的其他供应商的技术资料、价格和其他信息。谈判文件有实质性变动的,谈判小组应当以书面形式通知所有参加谈判的供应商。

(5) 确定成交供应商:谈判结束后,谈判小组应当要求所有参加谈判的供应商在规定时间内进行最后报价,采购人从谈判小组提出的成交候选人中根据符合采购需求、质量和服务相等且报价最低的原则确定成交供应商,并将结果通知所有参加谈判的未成交的供应商。

**(四) 询价采购方式**

询价采购是指对三家以上的供应商提供的报价进行比较,以确保价格具有竞争性的采购方式,好处是简便客观、机动性强,可广泛地应用于医学装备的购置过程中,尤其适合于急诊抢救设备和单价万元以下常规医疗设备的采购。它可以方便地通过"货比三家",对同一种设备不同厂商的报价或相同报价的不同设备,进行性能和价格比较,灵活地选择信誉好的厂商和性能价格比适宜的设备,签订现货供应合同。另外,经财政部门批准,达到限额以上的单项或批量采购的现货,属于标准规格且价格弹性不大的,也可以采用询价采购方式。其适用条件如下:采购的货物规格、标准统一、现货货源充足且价格变化幅度小的政府采购项目,可以采用询价方式采购。

采取询价方式采购的,应当遵循下列程序:

1. 成立询价小组    询价小组由采购人的代表和有关专家共三人以上的单数组成,其中专家的人数不得少于成员总数的三分之二。询价小组应当对采购项目的价格构成和评定成交的标准等事项作出规定。

2. 确定被询价的供应商名单 询价小组根据采购需求,从符合相应资格条件的供应商名单中确定不少于三家的供应商,并向其发出询价通知书让其报价。

3. 询价 询价小组要求被询价的供应商一次报出不得更改的价格。

4. 确定成交供应商 采购人根据符合采购需求、质量和服务相等且报价最低的原则确定成交供应商,并将结果通知所有被询价的未成交的供应商。

### (五) 单一来源采购方式

单一来源采购是指采购机关向供应商直接购买的采购方式,好处是谈判时间短、采购速度快、手续较简单,可直接与厂商签订供货合同,不足之处是缺乏竞争性和选择性。在医学装备的购置中,虽然不提倡采取,但也不可避免。《中华人民共和国政府采购法》中规定,属于下列情况之一的,经财政部门批准,可以采取单一来源采购方式:

1. 只能从特定供应商处采购,或供应商拥有专利权,且无其他合适替代标的;

2. 原采购的后续维修、零配件供应、更换或扩充,必须向原供应商采购的;

3. 在原招标目的范围内,补充合同的价格不超过原合同价格 50% 的工程,必须与原供应商签约的;

4. 预先声明需对原有采购进行后续扩充的;

5. 采购机关有充足理由认为只有从特定供应商处进行采购,才能促进实施相关政策目标的;

6. 从残疾人、慈善等机构采购的;

7. 财政部门认定的其他情形。

鉴于上述情况,在早期调研和谈判时,要为后续的工作创造条件,争取获得最大的让利,并签订相应的协议书或备忘录。

采购的方式甚多,采用哪种方式应视设备的规格、技术含量、合同金额、资金来源以及政策法规、审批程序等情况而定。但是,无论采用哪种采购方式,都必须按照政策法规并遵循市场规律和价格规律,按采购程序和相关的手续办理。

招标采购是国际上把竞争机制引入到商品流通领域的一种交易方法;是通过招标机构发布招标公告,待众多的投标厂商前来投标后,从中择优选定最佳供应商或合作者的一种经济行为;是市场经济国家普遍采用的、反映现代化大生产规律的先进经营管理手段。医学装备作为一种特殊商品,其质量与人民的生命、健康息息相关,而价格却关系到患者的支出费用和医院的运行成本。努力降低医疗价格成本,既是深化卫生体制改革、强化成本管理的迫切需要,也是医院增强市场竞争力和促进医疗市场健康发展的需要。2000 年 1 月 1 日正式实施的《中华人民共和国招标投标法》,标志着我国已将大额经济的采购活动纳入到法制化轨道。其最显著的特点是将竞争机制引入到交易过程,为探索医学装备有效的采购途径开辟了思路,规范了程序。

招标采购不仅可以规范市场,而且对于有效地利用资金引进先进技术和先进设备,提高采购活动的透明度和监管力度,防范和堵塞暗箱操作,杜绝人情关系的干扰和腐败行为的滋生有着积极的作用。同时对供应厂商产生一定的心理影响,促使他们把最好的产品推介给医院、把满意的服务奉献给医生、把最大的实惠让给患者。①用户有着更大的挑选产品余地和更多的购买不同厂商产品的机会,卖方则要为促进产品的销售而彼此间展开竞争;②厂商之间的竞争促使他们积极采用新技术、新工艺,提高产品质量、降低成本,使用户可以得到更多的实惠;③用户享有较大的产品选择权,迫使厂商按需生产、注重售后服务,从而能更好地满足医疗卫生事业发展的需要;④可以提高市场的信息传导效率,刺激短线产品的生产,使长线产品的生产受到抑制,有助于我国医疗器械产业结构的调整。

总之,在市场经济条件下,竞争是提高市场活动效率的关键,公平竞争则是市场经济的本质特征。为了推进我国医学装备市场的规范化、标准化、科学化,必须由卖方市场转向买方市场。医学装备的招标采购正是实现这种转变的动力,因此,具有十分重要的意义。

## 二、采购工作的购置流程

### (一) 购置计划的编写

编写购置计划是一项复杂、细致的技术性工作,要明确重点兼顾全局,择优支持、合理配置,使计划与目标保持一致,需要与可能紧密结合。

1. 从需要的角度来考虑

(1) 符合区域卫生资源的配置规划:配置规划是具有一定强制性和限定性的行政法规,由国务院卫生行政部门和各省、自治区、直辖市卫生行政部门制定,实行两级管理。卫生部对大型医用设备按品目实行规划管理。目前对被列入管理品目的 8 种大型医用设备实行配置许可管理,需取得卫生部颁发的《大型医用设备配置许可证》后,方可进行购置。

(2) 符合各级各类医学装备配置标准:配置标准是带有指导和规范性质的行业法规,由卫生部有关主管部门负责制定和修订,目的是为了科学、合理地配置医学装备,提高装备使用的综合效益。但在具体实施中,各医院可以根据实际情况作适当地削减或增补。

(3) 符合医院发展规划:医院发展规划是指医院根据自己的医疗特色和服务范围,拟定的发展步骤和预期目标。纳入规划中的医学装备应按计划购置,应与其他相配套的设施同步进行。

(4) 全院急需加强的设备:此类设备既可能是常规设备,也可能是特殊设备。主要包括影像诊断设备、功能检查设备、急诊抢救设备和手术室设备。这些设备的好坏和是否配套,关系到全院医疗工作的开展、医疗服务质量的提高,因此,要及时更新和加强。

(5) 重点科室需要保障的设备:重点科室体现着医院的特色,在一定程度上代表了医疗水平。其关键性的设备是保证该科室处于优势地位和学术水平快速发展的重要物质基础,也是医院的专业重点。因此,在编写购置计划时必须明确体现,认真予以落实。

(6) 属于各科室年度申请购置的设备:这部分设备多属于正常添置和更新的设备,需求量大、品种多。应当按照"轻、重、缓、急"有序进行。通过更新使现有设备在技术上升级和功能上提高,以实现全院整体发展目标。

2. 从可能的角度来考虑

(1) 上级财政部门经费支持力度:随着城镇和农村卫生改革的不断深入,各级人民政府逐步规范了对医疗机构的财政补贴办法,但对非营利性医院来说,仍然是一个重要的经费来源。支持重点应在改善就医环境和基本医疗设施方面。因此,在编制这部分设备的购置计划时,应根据经费落实情况,专款专用。

(2) 现有固定资产折旧提成额度:按照国有资产管理主管部门的规定,使用中的固定资产要提取折旧费,并规定医院专用设备的提取年限视不同类别分为 5 年、6 年、8 年和10 年。因此,折旧提成将是用于医疗设备维修、更新和购置的重要经费来源,要纳入规划、合理使用。

（3）医院计划用于装备购置的经费：该项经费也称为医院自筹资金，视医院在不同时期的不同重点而有所侧重和增减，设备管理部门应及时掌握变动情况，并积极争取可用于设备购置的经费。

（4）其他可利用的经费：争取财政补助，利用财政贴息贷款、建立医院发展专项资金等，经费来源是多渠道的，存在着偶然性和不可预知性。我们只能多争取一部分经费能用于医学装备的购置，因此，必须向医院领导多请示、多汇报，得到医院领导的支持。

购置计划的编写以及明确医学装备购置工作的依据与原则，是开展采购工作的前提。装备管理部门一定要把握好这个环节，制定出切实可行的购置计划，为医院领导的决策提供参考。

购置工作是一项复杂、细致的技术性工作，要明确重点兼顾全局，择优支持、合理配置，使计划与目标保持一致，需要与可能紧密结合。

**（二）购置前期分析**

在按照购置工作的依据与原则编写了采购计划后，还有很多具体问题需要进一步分析、研究和论证。从以下五个主要方面进行阐述：

1. 投资效益预测　购买的目的是为了使用，并通过使用来改善就医条件、提高医院的整体水平，满足人民群众的就医需要。同时，通过扩大医疗服务范围，来增加经济收入，促进自身发展。因此，一定要认真地对拟购置设备的投资效益进行综合分析和评估。要从能否促进医院整体医疗水平的提高，权衡投资的必要性、可行性和可能性。

2. 市场调研与选型　认真地进行市场调研，是掌握信息、考察产品、了解需求的有效途径之一。究竟哪一种产品更适合医院的实际情况和医疗保险服务对象的需要，必须在调查研究的基础上进行分析。医院的规模、专业及水平的差异，决定了对装备的功能、性能和先进性要求的不同。因此，要与医院的实际需要和现有的技术水平相适应，不要相互攀比，避免造成卫生资源的浪费。

3. 配套设施条件　配套设施是指设备安装时对环境和条件如房屋、水、电、气等的要求，关系到设备到货后能否及时开箱验收，能否尽快投入临床使用。不同的设备需要不同的安置环境和条件，如果不能满足所要求的环境条件，就会影响设备的功能、性能的发挥，不能正常使用甚至造成设备的损坏。因此，在设备购置之前应对场地做到心中有数，必须在货到之前解决好。假如配套设施条件不具备或条件欠具备，则应当推迟该设备的购置，以免造成设备搁置，影响功能和效益的发挥。

4. 使用人员与技术　设备购置后操作人员的技术水平与能力是否适应，是否需要进行培训，都必须提前考虑周到。否则，设备到货之后再临时安排人员，不仅使用人员在思想上没有准备，在技术上也不胜任，就必然无法使用好所购置的设备，更没有能力及时应用于临床。因此，要将人才培训与设备购置同步进行，以保证设备到货后能够很快地使用起来，既满足临床急需，也能取得较好的社会效益和经济效益。

5. 售后服务与费用　质量是产品的生命，服务是企业的命脉。在考察产品和厂商资质时，要注意从质量、服务、价格等不同方面来综合评估。厂商维修工程师的素质和零配件的保障能力，直接影响着售后服务的质量，影响到设备的正常使用和效益的发挥。因此，在选择产品型号时，除了技术先进性和价格合理性考虑之外，要透过价格看产品质量和售后服务与维修费用。

除上述以外，还可以从利用率、可靠性、寿命周期费用等方面进行分析与评估，为采购工作的开展提供科学、有效的依据,掌握设备购置的主动权,减少盲目性。

**(三) 购置中期执行**

1. 供应商的选择　可以从以下几个方面对供货商进行评估:信誉、规模、资质、产品质量、交货承诺、价格合理性等方面。

在选择和评估供应商时,医疗设备质量应该被视为至关重要的因素。医疗设备的质量关系到患者和医护人员的安全;同时还存在着耗材供货稳定性问题,如果没有了稳定的交货,势必造成医疗工作的混乱和停顿,以上这两方面关系到医院的医疗质量和安全。

采购最重要的要素交货、质量、价格和服务,其实很大程度上是由开发、选择和评估供应商的情况所决定的,而开发、选择和评估供应商则与自身的议价能力和采购人员的专业水平有密切的联系。所以采购工作的成败体现在交货、质量、价格和服务这些指标上,而真正深层的决定性因素却在于行业和医院的具体情况和采购人员自身的专业素质情况。

供应商的管理:将所有的供应商定期对其品质、交期情况、配合度进行评审,并列入评审资料中,根据评审结果可对供应商进行淘汰或更换。

怎么样判断采购价格是否合理? 可以进行成本分析,价格分析,市场调研,多家厂商报价。

寻找适合的供应商:可利用现有的资料,公开征求的方式,收集行业信息,阅读专业刊物,通过协会或采购专业顾问公司,参加产品展示会等。

供应商分类:原材料供应商,小额服务性供应商,临时性供应商。

合格供应商的标准:优秀的企业领导人,高素质的管理人员,稳定的员工群体,良好的技术,良好的管理制度。

2. 招标采购的运作程序　医学装备的招标采购是一项严肃、认真、细致的工作,涉及面宽、政策性强。为了保证招标工作的顺利开展,应严格按照《机电产品国际招标投标实施办法》中的有关规定执行。

(1) 确定招标项目:招标项目由医院根据需要确定,按照《机电产品国际招标投标实施办法》的规定,下列机电产品的采购必须进行国际招标:①关系社会公共利益、公众安全的基础设施、公用事业等项目中进行国际采购的机电产品:68X 射线断层检查仪(CT)、69 直线加速器、70 超声波诊断仪、71X 射线诊断装置(含 DR)、72 单光子发射计算机断层扫描装置(ECT)、73 伽马刀、74 磁共振成像装置(MRI);②全部或者部分使用国有资金投资项目中进行国际采购的机电产品;③全部或者部分使用国家融资项目中进行国际采购的机电产品;④使用国际金融组织或者外国政府贷款、援助资金(以下简称国外贷款)项目中进行国际采购的机电产品;⑤政府采购项目中进行国际采购的机电产品;⑥其他依照法律、行政法规的规定需要国际招标采购的机电产品。当涉及卫生部规定实行配置许可证制度的大型医用设备时,还必须在取得配置许可证后,方可安排招标采购,以保证招标项目的确定性。当涉及使用财政性资金应首先进行进口产品报批后才能进入采购程序。

(2) 签订招标委托书:当需要委托具有机电设备招标资格的招标机构进行招标时,医院应与招标方签订招标委托书。内容包括:招标委托须知、招标委托、法人代表授权书、招标设备清单、招标设备技术要求填写提纲以及推荐厂商表等。并提交项目建议书的批准文件、项目可行性研究报告及其批准文件、资金落实证明等文件资料。一旦委托书签订,无特殊情况,委托方不可要求撤销招标委托。

(3) 编制招标文件:招标文件由招标方和委托方共同编制,并请有关专家审核。内容包括:投标邀请、投标资料表、合同条款资料表、货物需求一览表及技术规格、售后服务承诺、整机分项报价及随机配件清单、选配件清单、运费、保险费报价单等项。对其中重要条款要加注"*"号,若其中一条不满足将导致废标。但不得要求或者标明特定的供应商,以及含有倾向或者排斥潜在投标人的内容。

(4) 发布招标公告:招标方采用公开招标采购方式时,应当通过财政部及省(市)级人民政府指定的报刊、信息网络或者其他媒介发布招标公告。按照《机电产品国际招标实施办法》的规定,投标期限自招标文件发售之日起,一般不得少于 20 个工作日,对大型设备或成套设备不得少于 50 个工作日。投标方应在规定投标截止时间前,将投标文件送达投标地点,允许在规定时间内对标书进行补充、修改或撤回。

(5) 开标与评标:按照招标文件上确定的开标时间和地点公开进行开标,邀请审计、监察、财政等相关部门和参加投标厂商的代表出席开标仪式,进行公正和监督,当投标方少于三个时应停止开标。评标由依法组建的评标委员会负责,该委员会由具有高级职称或同等专业水平的相关领域专家、招标方和委托方代表等五人以上单数组成。其中专家评委不得少于半数。评标依据客观公正、公平竞争的原则和招标文件的要求,分商务、技术、价格三大部分进行。在商务、技术参数条件满足的前提下,以评标最低价中标。

(6) 签订供货合同:评标结束后,委托方或指定的贸易代理机构应在中标通知发出之日起 30 日内与中标方签订供货合同。需要办理机电产品进口登记证或审批证时,应由招标机构负责联系办理有关进口手续。委托方可就合同的有关细节与中标方进行磋商,并将评标过程中的质疑与答复以协议书或备忘录的形式予以确认。另外,也可以对随机附件和选配件在允许的范围内进行适当调整,以便更好地满足临床需要。

3. 招标时应注意的问题　近年来,公开招标采购已越来越显示出社会主义市场经济的优越性,公开、公平、公正竞争的原则,对促进医院发展、加强廉政建设起到了较好的推动作用。但是,由于医院的规模、专业和特长的不同,尤其是医学装备的特殊性,使得在招标过程中出现了一些按《招标投标法》不大好解决的问题,必须予以重视。

(1) 技术参数设置的科学性:医学装备品种杂、技术参数多。不同的医院、不同的使用人员都可以站在不同的角度,提出不同的要求。即使是同一种设备,在招标时也常出现不同的技术参数设置,给公正评标带来一定的困难。因此,应强调以满足实际工作需要为原则,以国标或国际标准为依据,来设置相关的技术参数,决不能以某个品牌产品的性能指标来设置参数,使得招标失去可比性和竞争性。

(2) 招标文件的规范性:招标文件是投标方投标的依据,若文件编写的不明确、不规范,就可能造成评标时材料不全或格式不统一。尤其是投标方的资质证明、售后服务保证和合同条款,未按要求准备,将可能导致废标。招标文件不规范直接影响到整个招标工作的进展,因此,招标方在编写招标文件时,应严格按照《机电产品国际招标投标实施办法》中规定的内容和要求进行。

(3) 招标采购的及时性:招标采购从受理委托到签订供货合同至少需一个半月时间,供货期一般多为 2 个月,加上确定购置计划前的市场调研等运作时间,共计需要近一年时间。由于医学装备产品更新换代很快,长则六年,短则二、三年,使得谈判的时候是投放市场不久的新技术、新产品,到安装使用时就几乎成为换代的产品了。所以,没有特别规定和要求的设备,宜采取竞争性谈判采购或询价采购为好,以便能尽量缩短采购时间,更及时地满足医疗工作开展的需要。

(4) 投标价格的真实性:评标时常会发现,有些设备的投标价格往往高于市场价。分析其原因,大多因为招标文件中技术参数设置带有潜在的倾向性或排斥性。另有一些厂商为了以最低价中标,又可能在随机附件和软件功能上做手脚,致使投标价格出现不真实性。因此,强调招标期间委托方应在招标方的组织下与国内外厂商进行交流和谈判,尤其是使用人员不得与厂商私下密切接触,是保证招标公平竞争的重要措施。

(5) 评标人员观点的被动性:评标人员虽然是各方面的专家,因要考虑委托方利益,承担设备使用好坏的责任,致使评标时处于被动地位。当招标方与委托方在最低评标价中标的产品上出现分歧时,为避开自己应承担的责任,往往倾向于委托方,而失去评标的公正。尤其是当在场的使用人员对产品型号过分强调时,更让评标人员左右为难。所以,评标过程中不应有相关的使用人员在场,以便专家们能客观公正地发表意见。

(6) 最低评标价的合理性:虽然最低评标价不等于最低报价,能够比较全面地反映产品的性能和质量,具有一定的可比性。但是,医疗设备不同于通用设备和基建设备,尤其是故障率、可靠性、使用寿命等是无法通过标书来评定的。售后服务问题也受多种因素制约,存在着较大的特殊性,还有品牌价值等。总之,对于医学装备这个特殊的商品来说,招标只能买到性能价格比最好的,但不一定买到性能质量最好的。

为了解决好上述问题,在购置医学装备时,一方面应科学地选择不同的采购方式,另一方面要慎重地设置技术参数,既不要随意地打"*"号,又要在需要强调的关键地方打上"*"号。同时,应减少委托方参加评标过程的人员,以保证招标结果的公正性、合理性和科学性。

4. 招标文件的编写 招标文件也称标书,既是用户对拟购产品和厂商要求的集中体现;也是投标人投标和评标人评标的重要依据,在招标投标过程中具有十分重要的作用。编写一份内容完整、要求合理、条款清楚、标注准确的标书,不是很容易的事,但又是必须努力去做好的事。本节重点阐述标书编写的要领与技巧,供医院自行编写招标文件时参考。

(1) 标书的内容:为了规范招标投标行为,建立公开、公平的招标投标竞争机制和公正的评标准则,根据国家有关法规和要求,一份完整的标书应包括下列主要内容:

投标邀请:邀请函由招标单位负责人签发,仅简单说明招标单位的名称、地点、招标项目、标书发布的时间。被邀请单位收到邀请后,应回复说明是否愿意参与投标。

投标人须知:该部分应详细说明对投标人在准备和提供货物配置与报价方面的要求,如供货日期、到货时间、最终用户地点等,以及着重指出的说明文件和说明资料。

招标产品的名称、数量、技术规格:这部分是招标文件中最重要的内容,是保证通过招标获得所需要合格产品的关键。技术规格的设置应符合国内或国际通用标准与术语,详述设备应具备的功能、用途,以及对售后服务、消耗品和配件长期供应的要求。

合同条款:合同是经济活动的法律依据,由双方当事人共同签署。因此,招标文件中的合同条款应与定标后签订的合同内容相一致,并确认双方在合同实施过程中所享有的权利、承担的责任和义务。

合同格式:招标文件中提出的合同格式也是今后签订合同的草案,应最大限度地采用国际通用的标准合同格式,以保证合同条款在应用和理解中的一致性。

附件:虽然是作为招标文件的附件提出,但对投标人来说,则是编写投标文件中最关键、最具体的内容,尤其是技术规格偏离表和商务条款偏离表,将是评标的重要依据。投标人必须按下列要求,逐条逐项去准备,否则就有可能成为废标:①投标书;②投标一览表;③投标分项报价表;④货物说明一览表;⑤技术规格偏离表;⑥商务条款偏离表;⑦投标保证金保函格式;⑧法人授权书格式;⑨资格证明文件格式;⑩履行保证金保函格式;⑪预付款银行保函格式;⑫信用证样本。

除上述内容外,标书还应包括对制造商的业绩要求和明确评标依据,对其中重要条款要加注"*"号。但是,不得设立不合理的条件或歧视条件。应允许投标人在规定投标截止时间前,对已提交的投标文件进行补充、修改或撤回。

(2) 标书编写的要领与技巧:《中华人民共和国政府采购法》于 2003 年 1 月 1 日起实施。根据《政府采购法》的规定,今后"各级国家机关、事业单位和团体组织,使用财政性资金采购依法制定的集中采购目录以内的或者采购限额标准以上的货物、工程和服务",应以公开招标作为主要采购方式。医疗设备涉及多学科的专业知识,更新换代快、技术要求高,不同的设备又有各自的特点和要求,给标书的编写带来了一定的复杂性。虽然编写标书时可以借鉴范本,但由于各个医院自身的特色和需求存在着差异,要想通过招标买到自己满意的产品,编写标书时仍然要掌握好一定的要领与技巧。

标书编写的要领:编写标书时,需要统筹考虑的事项很多,既要协调各方面的关系和要求,又要把握住原则和政策。最关键的是能使招标后中标的产品是用户想要购买的或愿意购买的品牌,且性能质量高、售后服务好、价格合理、市场具有一定的占有率。这个要求似乎与《招标投标实施办法》中对标书内容"招标文件不得设立歧视性条款"的规定相悖,其实不然,因为在《招标投标实施办法》中还规定"对招标文件中的重要商务和技术条款(参数)要加注星号("*"),并注明若不满足任何一条带星号("*")的条款(参数)将导致废标。"

在标书中,"*"号具有体现招标人的意愿、规范投标人的选择、限定产品档次的作用。如何加注"*"号、利用"*"号把产品限制在一定的档次、一定的厂商,缩小可比范围,但又要能容纳三至五家,以便调动欲投标厂商的积极性,增加竞争力度,保证达到开标时必需的厂商(投标方)数。因此,在哪些规格指标上加注"*"号,必须慎重考虑、认真对待。既要考虑到技术上的先进性、产品的成熟性,也要从实际出发,贯彻"实用、先进、合理"的原则。

标书编写的技巧:标书编写的难点主要是产品技术规格的相关条款和加注"*"号的部位,前者体现了需要什么样的性能和功能,后者标明了产品的档次和质量。实践证明,只要善于从下列几个方面入手,就能编写出高质量的标书:

1) 根据医院的实际工作需要和资金状况,拟定产品的技术规格和配置标准,确定档次和价格范围;

2) 选择数家相应档次产品的生产厂商,进行摸底和商谈、索取样本、标准套和选购件的报价,了解其主要指标和特点;

3) 认真进行市场调研、走访有代表性的用户,以便能准确掌握产品质量的真实性、可靠性和售后服务的能力与保障;

4) 仔细分析和比较各厂商产品的技术规格、配置和性能,弄清同档次产品高端和低端的差异性;编写出招标产品的技术规格一览表;

5) 请有关专家对拟定的技术规格进行审查和修改,虚心听取有关方面的意见,再次进行补充、修正和完善;

6) 对体现拟招标产品主要性能的关键指标和同档次高端产品的重点参数加注"*"号,以防不够档次的产品参与竞标。

编写中应注意的问题:自 1981 年在深圳特区率先试行招标承包制以来,我国的招标投标工作已经走过二十多个年头。它的特点是由唯一的买主招请若干个卖主,通过秘密报价进行竞争,从中选择优胜者与之达成交易协议,随后按协议签订供货合同实现采购的目的。

多年的经验和教训告诉我们,无论是国际招标或国内招标,其成败关键往往取决于招标前准备工作的好坏。对于医学装备的招标采购来说,编写招标文件更是准备工作中的重要环节。因为,标书是向投标者提出任务、条件、要求的综合性文件。为了避免差错、减少纠纷,在标书编写中应注意解决好各部分之间的矛盾与交叉,尤其是技术参数和商务条款方面的规定和要求。为此,必须注意下面几个问题:

1) 语言精练、条理清楚、内容明晰;而不要含含糊糊、模棱两可、拖泥带水。

2) 技术参数的设置不要贪多求全、不要乱拆细分;要有针对性、选择性和合理性。

3) 要善于综合归纳各家之长、突出重点、把握要点、不要过分攀高。

4) 要善于通过标书来调动厂商的积极性和相互竞争的激烈性;而不要把倾向性的心理体现在标书的条款中。

5) 要运用标书的编写技巧来调动投标方竞标的积极性,打攻心战;不要让厂商看出我们的用意、摸出我们的意向。

总之,编写中对各种条款不可要求不严、也不可要求太严,做到掌握分寸、合情合理为佳。既要能限制对方、保护自己的权利,又要符合国际惯例公平交易、承担应尽的责任。一份高质量的标书的内容应该明了、准确、完整,能为投标人编制投标文件提供所需的全部资料和要求。

为了统一机电产品招标文件的内容和格式,减轻编写的工作量,规范各个招标机构的标书编写要求,便于投标人准备各种相关材料,中华人民共和国商务部机电和科技产业司编写了"机电产品采购国际竞争性招标文件",共八章分装两册,内容如下:

第一章　投标人须知　　　　第五章　投标邀请
第二章　合同通用条款　　　第六章　投标资料表
第三章　合同格式　　　　　第七章　合同专用条款
第四章　投标文件格式　　　第八章　货物需求一览表及技术规格

考虑到第一册各章内容已规范,适用于各种设备的招投标,所以招标时只需按第二册的内容编写招标文件。第一册中若有需要强调、明确、补充和修改的内容,则在"投标资料表"和"合同条款资料表"相对应的条款号中列出,附件也可根据需要增加相应内容。具体的编写工作可参照该文件办理。

招标文件范文参见附录一。

(3) 谈判签约过程及注意事项:在医学装备购置过程中,谈判是一个非常重要、极其复杂的环节,必须要有充分的思想准备,不能急于求成。这里既有许多实质性问题需要探讨和协商,也有很多策略和技巧需要灵活地运用和掌握。

1) 谈判前的准备工作:在医学装备购置的谈判中,事先必须做到知己知彼。通过调查研究、广泛收集各种资料,获得有用的信息,做到了解对方、熟悉对方,就能掌握谈判的主动权。

2) 广泛收集各种资料:收集资料是一个长时间的积累过程,可利用的渠道很多。所谓广泛收集,就是正面的要收集,反面的也要收集;厂商提供的要收集,用户反映的也要收集;早期接触时的材料要收集,谈判中的材料也要收集。不仅要收集标准套的配置和报价,还要收集不同配置时的配置和报价;不仅要收集可选配件的种类和功能介绍,还要收集这些可选配件的性能指标和报价。不仅要收集同一产品不同时期的报价和售价,而且还要收集不同厂商相近产品的报价和售价;等等。总之,需要收集的资料很多,尤其要善于从用户的言谈和竞争对手提供的材料中,去收集所需的资料和信息。

3）认真进行分析研究:认真地对所收集的资料进行分析研究,是为了能对拟购置设备的功能、性能和价位进行更深入地了解,发现隐含的问题和需要进一步明确和确认的内容。如何从众多杂乱的资料中,获得有利于谈判的信息,是一个艰苦而烦琐的劳动过程。首先,必须进行去粗取精、去伪存真的筛选,并在筛选的基础上进行分类,然后列表进行直观比较。由于获得资料的渠道不一样,所站的角度不一样,分析和认识的方法不一样,有时可能会出现矛盾和分歧。需要注意的是,当医院内部出现观点不一致时,不要轻易地否定另一方,也不要在厂商面前流露出来,而要更加认真地进行分析研究和协调。

4）找出对方薄弱环节:对拥有的资料进行分析研究,一方面是为了防止认识的片面而造成失误,另一方面则是为了能从这些从不同渠道获得的资料中,找出各厂商产品的优点与不足及厂商提供产品的薄弱环节,并以此为切入点进行突破,使用科室和设备管理部门通力合作,力争在性能和价格上取得更加有利于医院的配置。

5）草拟出协议条款:能否在谈判前草拟出协议条款,以保证谈判时重点突出、目标明确,是一个必须认真思考的问题。它一方面在于把双方已协商好的内容,进一步加以明确和确认,另一方面则对未协调好的事项进一步加以强调,还可以根据有关专家的建议提出一些新的要求或条件,事先草拟合理的协议草案,以求达到满意谈判结果。尤其是通过招标采购方式确定了配置和价格之后,设备型号和价格是不能随意变动的,但用户可以在配套外的可选配件赠送、保质期的确定、维修收费和人员培训等方面提出一些明确的要求,进行最后的协商和确认。

# 第三节　合同管理

## 一、合同定义

我国《合同法》第2条规定:"本法所称合同是平等主体的自然人、法人、其他组织之间设立、变更、终止民事权利义务关系的协议。",合同具有以下法律特征:①合同是平等主体之间的民事法律关系。合同当事人的法律地位平等,一方不得凭借行政权力、经济实力等优势地位将自己的意志强加给另一方;②合同是多方当事人的法律行为。合同的主体必须有两个或两个以上,合同的成立是各方当事人意思表示一致的结果;③合同是从法律上明确当事人之间特定权利与义务关系的文件。合同在当事人之间设立、变更、终止民事权利义务关系,以实现当事人的特定经济目的;④合同是具有相应法律效力的协议。合同依法成立生效之后,对当事人就有了法律上的约束力。

合同的形式,是合同当事人意思表示一致的外在表现形式。我国合同法规定当事人订立合同可以采用口头形式、书面形式和其他形式。合同的口头形式指当事人只有口头语言为意思表示订立合同,而不用文字表达协议内容的合同形式。口头形式优点在于方便快捷,缺点在于发生合同纠纷时难以取证,不易分清责任。口头形式适用于能即时结清的合同关系。书面形式是指当事人以合同书或者电报、电传、电子邮件等数据电文形式等各种可以有形地表现所载内容的形式订立合同。书面形式有利于交易的安全,重要的合同应该采用书面形式。书面形式又可分为下列几种形式:①由当事人双方依法就合同的主要条款协商一致并达成书面协议,并由双方当事人的法定代表人或其授权的人签字盖章;②格式合同;③双方当事来往的信件、电报、电传等也是合同的组成部分。

合同的内容,即合同的当事人订立合同的各项具体意思表示,具体体现为合同的各项条款。《合同法》第12条规定:"合同的内容由当事人约定,一般应包括以下条款:①当事人的名称或者姓名和住所;②标的;③数量;④质量;⑤价款或者报酬;⑥履行期限、地点和方式;⑦违约责任;⑧解决争议的方法。当事人可以参照各类合同的示范文本订立合同。"

合同生效后,当事人就质量、价款或者报酬、履行地点等内容没有约定或者约定不明确的,可以补充协议;不能达成补充协议的,按照合同有关条款或者交易习惯确定。当事人就有关合同内容约定不明确,依照前述规定仍不能确定的,适用下列规定:

1. 质量要求不明确的,按照国家标准、行业标准履行;没有国家标准、行业标准的,按照通常标准或者符合合同目的的特定标准履行。

2. 价款或者报酬不明确的,按照订立合同时履行地的市场价格履行;依法应当执行政府定价或者政府指导价的,按照规定履行。

3. 履行地点不明确,给付货币的,在接受货币一方所在地履行;交付不动产的,在不动产所在地履行;其他标的,在履行义务一方所在地履行。

4. 履行期限不明确的,债务人可以随时履行,债权人也可以随时要求履行,但应当给对方必要的准备时间。

5. 履行方式不明确的,按照有利于实现合同目的的方式履行。

6. 履行费用的负担不明确的,由履行义务一方负担。

传统合同法上的八大条款并非是每个合同都必须具备的"必备条款"、"主要条款",缺少其中的一个或几个条款,不会导致一个合同不成立或者不生效。事实上,每个合同应具备哪些条款依合同情形不同而各不相同。第12条的规定仅具有提示性意义,并无任何强制效力。

各医疗机构可根据本单位具体情况,编制自己的标准采购合同、维修合同模板,提高日常的采购工作效率。

## 二、合同前期管理(签订、包括注意事项等)

### (一) 签约时应注意的问题

经过招标或谈判双方达成协议后,就要签订供货合同。虽然《合同法》已明确地规定了各种合同的条款、格式和内容,但是,仍然有一些值得重视和强调的问题,需要认真推敲,细心斟酌,慎重处理。

1. 推敲协议内容　协议一般是原则性的规定,既具有合同的作用和效力,又可以作为双方进一步签订合同的基础,还能作为合同的附件,对合同中某些具体问题进行详细补充。所以,签订时要反复推敲,明确各自的责任和义务。在医学装备的购置过程中,一般都是先签订协议,再签订合同,协议作为合同内容的补充。因为合同有标准格式条款,必须符合《合同法》的有关规定,有些内容只是双方的约定,没有必要写在合同中,同时要对第三者保密。因此,往往通过协议书的形式,将某些特殊内容加以明确,如人员培训和售后服务等。尤其是涉及软硬件升级和零配件等需要较高费用的项目,要明确规定解决的办法和支付的费用。同时,协议对今后双方的合作具有指导和限定的作用。

2. 认真签订合同　合同是进行商品交换活动的基本形式和必需的法律契约,由两个独立的主体,在双方自愿的基础上签订,以明确规定各自的权利、义务和责任。合同一经签订就具有法律效力,签订双方要对合同负责,任何一方违反合同规定,应受到经济和法律制裁。因此,在购置医学装备时一定要认真签订供货合同,细心审查有关条款是否符合要求和规定,收货单位、到达口岸、标的名称、违约责任要明确,尤其是型号拼写的准确性,不同的型号尾数不仅性能上有差异,价格上也会有很大差别。附件应明确列出清单、运费和保险费由谁支付。到货日期和付款方式也是很重要的条款,要特别小心期货,以免上当。

### (二) 支付款项

预付货款又叫定金,是合同履行的一种担保。《合同法》规定当事人一方可以向对方给付定金,是否采用这种担保方式,由合同当事人自行决定。因此,对于用人民币付款的内贸合同,要坚持货到验收合格、正常使用一段时间后付款。外贸合同对方需收到信用证后才能发货,但也必须装运时给付 60%~70% 货款,验收合格后再付 20%~30%,留下 10% 待保质期过后再付清,以利保质期内缺损零部件的及时更换与维修。应尽量少用托收承付方式,即使是验货付款,从运输部门向收货(付款)单位发出提货通知的次日起算,承付期限只有短短的 10 天,对于医学装备这样的特殊商品,很难保证质量和性能的验收。因此,用什么方式和怎样付款,必须慎重。

### (三) 保质期与保修期

保质是质量的保证,在保质期内若出现产品质量问题,应无偿予以更换。保修是维修的保证,在保修期内出现设备工作不正常,负责免费予以修理。由此可见,保质和保修是两个截然不同的概念,前者强调的是品质,后者主要是服务。一台品质不好的设备,尽管十分认真地去维护,也难以改变它品质上的缺陷。因为这种先天性的不足,光靠维修是不能彻底解决的,即使凑合过了保修期,以后的问题也会越来越多。因此,在签订涉及售后服务的条款时,一定要强调是保质期,而不是仅仅一年的保修期。同时,在设备验收合格后要及时地启用和多用,以便能在保质期内及时发现潜在的质量问题。

## 三、合同中期管理(执行、包括进口等)

引进国外先进的医学装备和技术,以改善我国的医疗保健条件,提高服务质量,促进医学科学技术的发展,推动国内医学装备工业的创新,具有十分重要的意义。但是,涉及办理货物进口与付款、运输与保险、报关与免税、商检与索赔等一系列手续,是一项极其复杂、极其重要、极其专业的工作,而且技术要求高、风险大、政策性强、法律严。因此,必须严格按照有关政策法规办理。

### (一) 进口管理与外贸合同

医院进口医学装备时,不能直接跟外商签订供货合同,必须按照国家对机电产品进口管理的规定和要求,办妥各种相关的进口手续后,委托获得进出口经营权的外贸专业公司,才能对外签订进口的贸易合同,简称外贸合同。

1. 医学装备的进口原则　国外先进的医学装备具有质量好、功能强、自动化程度高等优点,但是价格贵、费用高、进口手续复杂、周期长,并涉及卫生资源的合理配置与保护和发展国内医疗器械工业等问题。因此,在引进时要权衡利弊、慎重考虑。

(1) 避免盲目争购和重复引进:引进国外医学装备必须适度,否则好事也能变坏事。例如 20 世纪 80 年代我国曾出现引进体外碎石机热,20 世纪 90 年代又出现了 CT 热。因此,各级医院都必须遵循卫生部制定的医学装备配置标准和发展规划,严肃申报制度,严格审批手续,以避免盲目争购和重复引进。

(2) 切实作好可行性论证:可行性论证是一项技术性要求高、政策性要求强的复杂工作,论证工作进行的好坏,将直接影响设备的使用、维修和更新,影响医院的发展和效益。因此,引进大型医用设备时要特别注意使用人员的技术状况、设备的技术水平、患者的来源以及安装环境条件等方面的系统论证。总的要求是技术上先进、功能上适用、经济上合理。

(3) 引进适宜的技术和设备:引进时应注意设备的档次、功能等要与自己医院的规模、任务和技术水平相适应,并能在最短的时间内充分开发利用设备的全部功能。那种盲目攀高超前,其结果设备功能长期得不到开发利用,甚至用最精密的仪器去做最简单的工作,是得不偿失的。

(4) 提倡使用国内替代产品:我国的医疗器械工业经过 50 多年的发展,很多设备已经接近或达到国外同类产品的先进水平。因此,引进时要注意选择解决临床问题的关键部分,与其配套的辅助设备和器械,应积极寻找国内替代产品。这样不仅能节省大量经费,而且可促进我国医疗器械工业的发展。

2. 机电设备进口的管理　为了适应社会主义市场经济发展的需要,贯彻国家的产业政策,积极引进国外的先进技术设备,合理调整进口结构,我国对机电设备进口实行国家和地区、各部门两级管理制度。国家对外贸易经济合作部机电设备进出口办公室(简称国家机电进出口办)负责全国机电产品进口的协调、管理和监督检查工作,各省、直辖市、自治区、计划单列市以及各部委的审查管理机构,负责本地区、本部门机电产品的进出口管理工作,并实行配额管理和非配额管理两种办法。

(1) 配额管理:根据产业政策和行业发展规划,参照国际惯例,国家对尚需适当进口以调节市场供应,但过量进口会严重损害国内相关工业发展的机电产品,实行配额管理。列入配额管理的医疗设备有 X 射线计算机体层摄影装置(CT)、医用直线加速器、磁共振成像装置(MRI)等,进口单位取得配额证明后,国家机电进出口办公室才能给予办理进口许可证。

(2) 非配额管理:非配额管理的产品又分为特定产品和自动登记产品。国家对需要加速发展的机电产品,列入特定产品目录,实行公开招标,国家机电进出口办公室凭中标结果发放进口证明。对一般医疗设备和实验仪器实行自动登记制,授权地区、部门机电产品管理机构进行登记管理。

3. 外贸合同的主要内容　外贸合同涉及的法律关系复杂,牵扯到运输、保险、国际支付和海关、商检、外贸管制等方面,具有一定的风险。为了防止内容或文字上的疏漏,普遍使用标准合同,也称"格式合同",其主要内容可分成三个部分。

第一部分,有序言、合同名称、合同编号、签约的日期和地点、缔约双方的名称、地址和电话等。

第二部分,是合同核心内容的全部具体条款,包括以下内容:

(1) 品名、规格、数量、单价、总价;

(2) 交货期限、装运口岸、目的口岸、生产国别及厂商;

(3) 包装、保险、装运条件、装运通知;

(4) 付款条件、单据(给付款银行以凭议付);

(5) 检验和索赔、人力不可抗拒;

(6) 罚则、仲裁以及补充条款。

第三部分,主要是文本份数、使用文字及生效期,以及有关的说明等,末尾是合同当事人的签字和盖章。

4. 外贸合同的签订　外贸合同在用户办理齐全机电产品进口手续后,由所委托的外贸专业公司负责签订。合同的条款必须结构严谨、层次清楚、内容完整、逻辑性强,把谈判中所包括的内容准确地反映在合同中。对合同条款中的一些法律问题,如税款、不可抗力、专利、侵权、双方国家的政策和法律、发生争议有什么国际惯例可以参考、如何进行仲裁等,事先都要作好沟通,以保证合同的正常履行。

合同的正本由外贸专业公司存档,而将副本(或复印件)交给用户保存。用户收到后要及时认真细致地与原申报的订货卡片核对,发现问题应尽快向签订合同的外贸专业公司反映并要求更改。应重视合同的审查和管理工作,重点核对合同号、货物名称、规格、价格、生产国别、包装、到达口岸、保险和装运通知等项内容。同时,要按技术条件着手准备安装环境和验收测试工具,货到口岸后的索赔期只有 90 天,应尽快调试好,投入使用。

5. 外贸合同的履行　外贸合同是对外经济交往中的一种基本的和重要的法律文件,可有效地预防纠纷,保护签约双方的正当权利和合法利益。因此,双方当事人必须严格按照合同的规定,认真履行各自的义务,否则将承担法律责任。

(1) 外贸合同的法律依据:外贸合同标的涉及货物、资金、技术等跨国境的转移,受有关国家的对外经贸管制措施和国家之间的政治经济关系的密切制约和影响。尤其是凝聚着高科技含量的医学装备,受到进出口国家许可证配额、海关、商检、外汇管制和知识产权等法规的管理约束。合同的内容或当事人履行合同的行为,如果触犯了有关国家的这类强制性法规,就可能导致合同无效、不能履行或受到相应的行政处罚的严重法律后果。

我国已经加入 WTO,医院将有更多的机会购买国外先进的医学装备。但是,外贸合同在法律上比国内合同具有更多的复杂性,不但要通晓我国有关对外经贸政策法规,尤其是涉外经济合同法律制度,还要了解熟悉与各种涉外经济合同有关的国际条约、公约和国际惯例,以及有关外国的合同、仲裁和诉讼法律的基本内容。这样,在签订购置医学装备的外贸合同时,就能做到心中有数。

(2) 外贸合同的履行原则:外贸合同的履行原则,既是合同当事人在完成合同义务,实现合同权利的过程中应遵循的准则,也是仲裁机构或法庭公平、合理地处理合同履行中所发生争议的依据。在我国对外贸易的实践中,历来倡导并奉行"重合同、守信用"的原则。

"重合同"体现为合同的全面履行原则。当事人在签订合同之后,应当按照合同所约定的标的、期限、地点和方式,全面地履行各自所承担的合同义务,非经对方同意或符合法律要求,不得擅自变更或解除合同。"守信用"体现为当事人信守诺言,相互信任的诚实信用原则。道德规范与法律规定合为一体,兼有法律调整和道德调节的双重功能,使合同当事人以及仲裁机构或法庭能够根据有关事实,在公平衡量双方当事人利益的基础上,正确对待和处理合同的履行,因此"重合同,守信用"已成为指导和判断涉外经济合同的基本原则。

(3) 外贸合同的结算方式:外贸合同的结算方式,根据结算程序的不同,一般分为信用证(L/C)、托收、汇款和保函(L/G)四种方式。

1) 信用证结算:信用证是进口医疗设备时最常用的结算方式,由买方(代理公司)向当地银行申请,并向银行交纳押金或保证,银行开出信用证使商业信用变成银行信用的一种证书,分为可撤销信用证和不可撤销信用证。

2) 托收结算:托收是指卖方在货物运出后,按合同规定的装运单据、品质证明等开立汇票委托当地银行通知在国外代理行向买方收款的一种结算方式。根据委托签发的汇票是否有单据,可分为跟单托收和光票托收。

3) 汇款结算:汇款是银行客户委托银行使用某种方式将资金汇往国外清偿债务或履行其他义务的一种结算方式。按照银行汇款时使用的结算工具的不同,可分为电汇、信汇和票汇。由于存在一定的风险,一般很少使用。

4) 保函结算:保函又称银行保证书,是银行签发的对第三者负债、违约或失误等行为向受益人负责的书面担保文件。若委托人未能履行应尽的义务,受益人可向银行索赔,一般用于大型或成套设备的进口结算。

6. 合同当事人的权利与义务    根据《中华人民共和国涉外经济合同法》和《联合国国际货物销售公约》的有关规定,合同依法成立后即具有法律约束力,当事人必须履行合同中规定的义务,并享受合同中规定的权利。

(1) 卖方应按照合同和公约的规定,在指定的时间、地点交付货物,移交一切与货物有关的单据,移交货物的所有权,并对货物承担担保义务,包括对货物质量和完全所有权的保证。

(2) 买方应依据合同规定支付货款和受领货物,并采取一切理应采取的行动以期卖方能提交货物,承担为接受货物而支付的各项费用和风险。

(3) 任何一方不得擅自变更、解除合同。如果由于情况变化需要变更或解除合同时,要按照有关法律规定,经双方当事人协商同意后,才能变更或解除合同。

(4) 当事人不按合同规定全面履行义务时(不可抗力事件除外),应承担违约责任,向受害方偿付违约金和赔偿金。当不能完全弥补损失时,受害方仍然有权要求赔偿损失。

(5) 若违约方不承担责任,受害方可以依据合同中的仲裁条款或事后达成的书面仲裁协议,提交中国仲裁机构或者其他仲裁机构仲裁,也可以直接向人民法院起诉。

外贸合同的履行过程就是当事人权利和义务的实现过程,双方的权利和义务是对等的,一方的权利就是另一方的义务,反之亦然。

**(二) 关税和关税减免**

关税是国家根据经济和政治的需要,按照国家制定的方针政策,用法律手段确定,由海关对进出国境的货物和物品所稽征的一种税种,是国家进行宏观调控的重要经济杠杆之一。通过征收和调节关税税率,可以限制商品的进口与出口,以利民族经济的发展。

1. 我国的关税税则    《中华人民共和国海关进出口税则》是《中华人民共和国进出口关税条例》的重要组成部分,由国务院税则委员会负责审议、提出、制定或修改。我国税则从 1992 年 1 月 1 日起采用了国际上通用的《商品名称及编码协调制度》(即 HS)目录,参加了《国际商品名称及编码协调制度公约》,1996 年 1 月 1 日《海关进出口税则》采用世界海关组织新修订的 1996 年版《协调制度》目录。

我国进口关税设普通税率和优惠税率,优惠税率适用于原产于与中华人民共和国订有关税互惠协议的国家或地区的进口货物,其他进口货物适用普通税率。进口的医疗设备主要来自与我国订有关税互惠条款的国家,因而绝大多数执行的是优惠税率。计税公式为:

$$进口关税税额 = 到岸价格 \times 进口关税税率$$

到岸价格包括货价、货物运抵中华人民共和国境内输入地点起卸前的包装费、运费、保险费和其他劳务费等费用。海关对进口货物征收关税的依据为进口货物的完税价格。海关可依据在海关总署备案的知识产权权利人的申请,对即将进出国境的侵权嫌疑货物予以扣留,以对与进出境货物有关的知识产权实施保护。同时,海关有权依照有关法律、法规的规定,在一定时限内对有关企事业单位保存的与进出口货物相关的账册、资料、有效凭证等进行检查。

2. 免税物品的种类 1997年4月10日海关总署发布了经国务院批准(国函[1997]3号)的《科学研究和教学用品免征进口税收的暂行规定》,对免征关税和进口环节增值税、消费税的科学研究和教学用品作了明确的界定,其中涉及医学院校和医疗科研机构的免税物品种类有:

(1) 科学研究、科学试验和教学用的分析、测量、检查、计量、观测、发生信号的仪器、仪表及其附件;

(2) 为科学研究和教学提供必要条件的实验室设备(不包括中试设备);

(3) 计算机工作站、小型、中型、大型计算机和可编程序控制器;

(4) 在海关监管期内用于维修依照本规定已免税进口的仪器、仪表和设备或者用于改进、扩充该仪器、仪表和设备的功能而单独进口的、金额不超过整机价值10%的专用零部件及配件;

(5) 各种载体形式的图书、报刊、讲稿、计算机软件;

(6) 标本、模型;

(7) 教学用幻灯片;

(8) 化学、生化和医疗实验用原料;

(9) 实验用动物;

(10) 科学研究、科学试验和教学用的医疗仪器及其附件(限于医药类院校、专业和医药类科学研究机构)。

除上述以外,根据国家有关规定,医疗卫生机构接受国际组织、外国政府、华侨和港澳同胞捐赠的医用物资,以及利用国际金融组织贷款和外国政府贷款引进的医疗设备,可申请免税。

3. 办理减免税的依据与手续 根据海关总署的有关文件和规定,承担科研、教学任务的医学院校和医疗机构,申请进口医疗设备免税时应根据海关总署是"署税[1997]227号"、征免性质为"科教用品/401"的规定办理以下手续:

(1) 委托外贸专业进出口总公司签订进口合同的科教用品,有关院校和科研机构需填写"进出口货物征免税申请表",随附进口合同、机电产品进口许可证(或登记表)、设备用途说明、配套清单和样本,向海关总署申请。经核准免税后,签发"进出口货物征免税证明"一式两联,送各外贸专业进出口总公司,凭此证明免征关税和工商税。

(2) 委托外贸进出口分公司、工贸公司以及院校和科研机构批准自行进口的科教用品,有关院校和科研机构应于合同签订后即填写"进出口货物征免税申请表",随附进口合同、机电产品进口许可证(或登记表)、设备用途说明、配套清单、样本以及科研任务书复印件,向所在地海关(所在地未设海关的可向指定的分工管理海关)申请免税。经海关审核批准后,签发"进出口货物征免税证明"一式两联,外贸专业公司报关时凭此证向进口地海关办理免税手续。

经批准免税进口的科教用品管理年限为5年。在管理年限以内不得擅自出售、转让或移作他用。如有特殊情况,经海关或规定的主管部门批准出售、转让或移作他用时,应按其使用年限折旧作为完税价格补税。具体计算公式为:

补税的完税价格 = 原到岸价格 × [ 1– 实际使用月份 /（管理年限 × 12）]

**（三）运输保险与索赔**

运输保险是保险方同被保险方之间的一种契约关系,保险方在收取保险费后,对所保进口医疗设备承担运输过程中的风险责任。运输过程中一旦遭到属于保险责任范围内的损失时,通过联合检验出证或商品检验机构出证,可获得保险公司的经济赔偿。

1. **运输保险的险别与种类**　运输保险属于以物质财富以及与其相关的利益作为标的物的财产保险。通过支付保险费的方式,将医疗设备运输过程可能发生的不固定的经济损失固定下来,一旦受损由保险公司给予经济补偿或赔偿。运输保险的种类和险别较多,根据运输手段的不同,分为4种主要保险。

（1）海洋运输保险:指由远洋船舶运输的货物的保险,包括经由陆上或空中邮包的海陆空联运货物的保险,含平安险、水渍险和一切险。

（2）陆上运输保险:是火车、汽车承运投保货物,在途中发生自然灾害或意外事故的保险,含陆运险和陆运一切险。

（3）航空运输保险:是运输货物的飞机在空中发生自然灾害或意外事故的保险,含空运险和空运一切险。

（4）邮包运输险:是交运的邮包在邮运过程中发生自然灾害或意外事故造成损失的保险,含邮包险和邮包一切险。

除平安险外,水渍险和一切险在4种保险中负责的原则范围是一致的。附加险不区分海、陆、空和邮包运输,共有11项(即短量险、沾污险、渗透险、串味险、锈损险、钩损险、偷窃提货不着险、碰损破碎险、受潮受热险、包装破损险),均包含在一切险中。特别附加险主要是舱面险、战争险和罢工险。

2. **办理运输保险的手续**　运输保险的投保,除带保险直接成交（CIF 价）的外,可以由两种方式办理保险。

（1）预约保险方式:各种外贸专业公司可以与保险公司签订预约保险合同,事前商讨好有关保险条款。如来不及办理投保手续,保险公司有自动承担责任。但代替投保保单的凭证,必须具备下列项目:船名、开船日期及航线;货物名称和数量;货价(原币)及价格条件、订货合同号。

（2）一般投保方式:对于只有一次或连续几次从国外进口货物的单位,则须逐笔向保险公司投保,填写《进口货物国际运输保险起运通知单》送保险公司盖章并交纳保险费,即完成了手续。

对于价值较高的医疗设备和精密性要求高、易损坏的特种设备或专用设备,在选择投保险别时,可选用一切险种外还可增加相应的附加险别,并在运输包装方面提出建议或要求。

3. **投保医疗设备的索赔**　投保的设备在运输过程中发生损失的情况很复杂,涉及的责任人也很多。当发现设备受损或投保人得知运输过程遭险,应依法确定致损原因,划分责任归属和估算损失,并按保险单的规定向保险公司办理索赔手续。

（1）损失责任的归属:根据中国人民保险公司与各外贸专业公司签订的《海运进口货物预约保险合同》和国际惯例的有关规定,原残是属于发货人责任的货物残损;船残及短卸是船方责任的货物损失;工残是港方(或第三者)责任。至于开箱后发现型号不符、数量短缺、质量低劣等情况的索赔,将在本书技术管理一章中介绍。

(2) 损失程度的检验：到达目的港（地）的进口医疗设备，发现残损时应及时向有关方面联系进行检验，查明致损原因，分清责任归属，确定损失数量和程度，提出证明。通常根据货物残损程度可以采用港口联合检验方式或异地联合检验方式进行联合检验，出据联合检验报告。需要商检出证明时，应通知商检部门参加联合检验。

(3) 损失设备的赔偿：受损的投保设备经过检验办妥向承运人等第三者追偿的手续后，应向保险公司及其代理人提请赔偿。货损、货差证明，既是索赔证明，也是追偿证明。保险索赔的有效期，从保险货物运达目的地港卸离海轮之日起，不得超过两年。

### （四）报关与纳税

进口医疗设备（以下统称为货物）到岸后，由外贸专业公司或外运公司根据进口单据填写"进出口货物报关单"向海关申报，并随附发票、提货单、保险单、免税证明和进口批准文件。也可申请监管转运，由收货单位在当地报关。

1. 报关的原则与规定　报关是一项政策性、专业性和知识性很强的工作，根据《中华人民共和国海关法》等有关法律、法规的规定，进境运输工具的负责人、进口货物的收货人或其他代理人，向海关申报办理进口货物手续时应严格遵循下列原则：

(1) 中华人民共和国海关是进境货物报关的管理机关，进口货物自进境起到办结海关手续止，应当接受海关监督。

(2) 海关依法独立行使进境货物报关的管理工作，向海关总署负责。并鼓励、支持报关服务专业化、社会化。

(3) 必须经由海关批准注册登记的报关企业或有权经营进出口业务的企业负责办理报关纳税手续。

(4) 没有办理注册登记的企业之进口货物，需要委托报关企业办理报关纳税手续。

2. 为了加强对报关工作的监督管理，规范报关行为，办理报关时应遵守如下规定：

(1) 专业报关企业和代理报关单位在接受委托办理报关纳税等事宜时，应按照《中华人民共和国海关法》和其他有关法律、法规的规定，对所报货物的品名、规格、价格、数量、原产国别、贸易方式、贸易国别及其他应报各项的真实性、合法性负责，承担相当的法律和经济责任。

(2) 代理报关单位只能在所在关区各口岸接受有权进出口货物的单位的委托，办理本企业承揽、承运货物的报关纳税等事宜。特殊情况，经所在地上级海关和异地海关同意，报海关总署核准，方可在异地办理报关业务。

(3) 自理报关单位只能办理本单位进出口的报关业务，不能代理其他单位报关，如需在其他海关关区口岸进出口货物，应委托当地代理报关单位向海关报关。经海关核准，也可申请异地报关备案。

(4) 报关的企业和单位，应当按照海关的规定和要求设立报关员，并对本单位报关员的报关行为承担法律责任。报关员需经海关或海关委托的单位培训合格，经主管海关审查认可发给《报关员证》后，方可成为报关员。

3. 纳税的依据与要求　根据海关有关法规的规定，准许进出口的货物，除国家另有规定的以外，海关依据《中华人民共和国海关进出口税则》征收进出口关税。具体要求如下：

(1) 进口货物可以由货物收货人自行办理报关纳税手续，也可以由进口货物收货人委托海关准予注册登记的报关企业办理报关纳税手续。

(2) 办理报关纳税手续时，进口货物的收货人应当向海关如实申报，交验进口许可证等有关单证。国家限制进口的货物,没有进口许可证件的,不予放行。

(3) 进口货物的收货人应当自运输工具申报进境之日起 14 日内,向海关申报。超过规定时限申报的,由海关征收滞报金。超过 3 个月未申报的,其进口货物由海关提取,依法变卖处理。

(4) 进口货物的收货人或者他们的代理人,在向海关递交进口货物报关单时,应当交验载明货物的真实价格、运费、保险费和其他费用的发票、包装清单和其他有关单证。

(5) 进口货物以海关审定的成交价格为基础的到岸价格作为完税价格。到岸价包括货价、加上货物抵达中华人民共和国境内输入地点起卸前的包装费、运费、保险费和其他劳务费等费用。

(6) 进口货物的收货人或者他们的代理人,应当在海关填写税款缴纳证的次日起 7 日内(星期日和法定的节假日除外),向指定银行缴纳税款。逾期交纳的,按日加收欠缴税款 1% 的滞纳金。

(7) 专业报关企业申报进口的货物,自海关填发税款缴纳证的次日起 7 日内应代委托人缴纳税款,逾期由海关按规定征收滞纳金。超过 3 个月未缴纳税款的,由海关依法处理。

(8) 进口货物的到岸价格以外币计价的,由海关按照填发税款缴纳证之日国家外汇管理部门公布的《人民币外汇牌价表》的买卖中间价,折合人民币计征关税。

进口货物的纳税标准:从 1994 年 1 月 1 日起,根据国务院颁布的《中华人民共和国增值税暂行条例》和《中华人民共和国消费税暂行条例》等有关规定,申报进入中华人民共和国境内的货物除缴纳进口关税外,应缴纳增值税,部分货物还应同时缴纳消费税,由海关代收。计税公式如下:

增值税税额 =(到岸价 + 进口关税税额 + 消费税额)× 增值税税率

从价消费税税额 = [(到岸价 + 进口关税税额)/(1– 消费税税率)] × 消费税税率

从量消费税税额 = 应税消费的数量 × 消费税单位税额

为便于用户计算进口环节应付的税款,根据关税、消费税、增值税的计税公式计算得出的进口环节的总税率,到岸价乘以综合税率即为总的应付税款。具体计算如下:

进口环节总税额 = 到岸价 × 综合税率

　　　　　　 = 关税税额 + 增值税税额 + 消费税额

　　　　　　 = 到岸价 ×{[(1+ 关税税率)× (从价消费税税率 + 增值税税率)]/(1– 从价消费税税率)}

但是,综合税率仅作为用户计检时的参考,不作为海关计税的依据。由于医疗设备属于特殊用途的商品,进口纳税时不需要交纳消费税,且多数享受最低关税税率。因此,进口医疗设备实际征收的税费额应为:

总税额 = 关税税额 + 增值税额

　　　 = [到岸价 ×(1+ 关税税率)] × 增值税税率

**(五) 进口产品的商检**

为了加强进出口商品的抽查检验工作,规范进出口商品的抽查检验和监督管理行为,维护社会公共利益,根据《中华人民共和国进出口商品检验法》(以下简称《商检法》)及其实施条例的有关规定,进出口商品是指按照《商检法》规定的进出口商品,必须实施检验。

国务院设立进出口商品检验部门(以下简称国家商检部门),主管全国进出口商品检验工作。国家商检部门设在各地的进出口商品检验机构(以下简称商检机构)管理所辖地区的进出口商品检验工作。

商检机构和经国家商检部门许可的检验机构,依法对进出口商品实施检验。必须经商检机构检验的进口商品的收货人或者其代理人,应当向报关地的商检机构报检。列入检验检疫法检目录的进出境商品,必须经出入境检验检疫机构实施检验检疫和监管,海关凭出入境检验检疫机构签发的《入境货物通关单》和《出境货物通关单》办理进出口放行手续。

规定必须经商检机构检验的进口商品的收货人或者其代理人,应当在商检机构规定的地点和期限内,接受商检机构对进口商品的检验。商检机构应当在国家商检部门统一规定的期限内检验完毕,并出具检验证单。

规定必须经商检机构检验的进口商品以外的进口商品的收货人,发现进口商品质量不合格或者残损短缺,需要由商检机构出证索赔的,应当向商检机构申请检验出证。对重要的进口商品和大型的成套设备,收货人应当依据对外贸易合同的约定在出口国装运前进行预检验、监造或者监装,主管部门应当加强监督;商检机构根据需要可以派出检验人员参加。

检验检疫机构对进口医疗器械实施现场检验和监督检验的内容可以包括:

1. 产品与相关证书一致性的核查;

2. 数量、规格型号、外观的检验;

3. 包装、标签及标志的检验,如使用木质包装的,须实施检疫;

4. 说明书、随机文件资料的核查;

5. 机械、电气、电磁兼容等安全方面的检验;

6. 辐射、噪声、生化等卫生方面的检验;

7. 有毒有害物质排放、残留以及材料等环保方面的检验;

8. 涉及诊断、治疗的医疗器械性能方面的检验;

9. 产品标识、标志以及中文说明书的核查。

进口医疗器械经检验未发现不合格的,检验检疫机构应当出具《入境货物检验检疫证明》。

违反商检法规定,将必须经商检机构检验的进口商品未报经检验而擅自销售或者使用的,或者将必须经商检机构检验的出口商品未报经检验合格而擅自出口的,由商检机构没收违法所得,并处货值金额 5% 以上 20% 以下的罚款;构成犯罪的,依法追究刑事责任。

附录:《出入境检验检疫机构实施检验检疫的进入境商品目录》(2005 年 1 月 1 日起实施)摘录

第十八类 光学、照相、电影、计量、检验、医疗或外科用仪器及设备、精密仪器及设备;钟表;乐器;上述物品的零件、附件。

第九十章 光学、照相、电影、计量、检验、医疗或外科用仪器及设备、精密仪器及设备;上述物品的零件、附件。

各类商品的海关监管条件及检验检疫类别见表 3-4。

入境货物检验检疫、鉴定流程图见图 3-1。

表 3-4　各类商品的海关监管条件及检验检疫类别

| 商品编码 | 商品名称及备注 | 计量单位 | 海关监管条件 | 检验检疫类别 |
|---|---|---|---|---|
| 9002119010 | 彩色液晶摄影机的镜头零件及数码相机的镜头 | 千克/个 | A/ | M/ |
| 9002119090 | 其他照相机,投影仪等用物镜(包括照片放大机用物镜) | 千克/个 | A/ | M/ |
| 9006109000 | 其他制版照相机 | 台 | A/B | M/N |
| 9006510000 | 通过镜头取景的照相机(单镜头反光式(SLR),使用胶片宽度≤35mm) | 架 | A/B | M/N |
| 9006520000 | 使用胶片宽<35mm的其他照相机 | 架 | A/B | M/N |
| 9006530000 | 其他照相机(使用胶片宽度35nm) | 架 | A/B | M/N |
| 9006591000 | 激光照相排版设备(使用胶片宽>35nm) | 台 | A/B | M/N |
| 9006599010 | 分幅相机(记录速率超过每秒225 000帧) | 架 | A/B | M/N |
| 9006599020 | 电子(或电子快门)分幅相机(帧曝光时间为51纳秒或更短) | 架 | A/B | M/N |
| 9006599030 | 条纹相机(书写速度超过每微秒0.5mm) | 架 | A/B | M/N |
| 9006599040 | 电子条纹相机(时间分辨率为51纳秒或更小) | 架 | A/B | M/N |
| 9018121010 | B型超升波诊断仪零件 | 千克 | A/ | M/ |
| 9018121090 | B型超声波诊断仪 | 台 | A/ | M/ |
| 9018129100 | 彩色超声波诊断仪 | 台 | A/ | M/ |
| 9018129900 | 其他超声波扫描诊断装置 | 台 | A/ | M/ |
| 9018130010 | 核磁共振成像装置零件 | 千克 | A/ | M/ |
| 9018130090 | 磁共振成像装置 | 台 | A/ | M/ |
| 9018140000 | 闪烁摄影装置 | 台 | A/ | M/ |
| 9018193000 | 病员监护仪 | 台 | A/ | M/ |
| 9018199000 | 其他电气诊断装置(编号90181000未列名的) | 台 | A/ | M/ |
| 9018200000 | 紫外线及红外线装置 | 台/千克 | A/ | M/ |
| 9018310000 | 注射器(不论是否装有针头) | 个 | A/ | M/ |
| 9018321000 | 管状金属枕头 | 千克 | A/ | M/ |
| 9018322000 | 缝合用针 | 千克 | A/ | M/ |

续表

| 商品编码 | 商品名称及备注 | 计量单位 | 海关监管条件 | 检验检疫类别 |
|---|---|---|---|---|
| 9018390000 | 导管、插管及类似品 | 个 | A/ | M/ |
| 9018410000 | 牙钻机(不论是否与其他牙科设备组装在同一底座上) | 台/千克 | A/ | M/ |
| 9018491000 | 装有牙科设备的牙科用椅 | 台 | A/ | M/ |
| 9018499000 | 牙科用其他仪器及器具(但不包括牙钻机或牙科用椅) | 台 | A/ | M/ |
| 9018500000 | 眼科用其他仪器及器具 | 千克 | A/ | M/ |
| 9018902000 | 血压测量仪器及器具 | 个 | A/ | M/ |
| 9018903000 | 内镜 | 台 | A/ | M/ |
| 9018904000 | 肾脏透析设备(人工肾) | 台 | A/ | L.M/ |
| 9018905000 | 透热疗法设备 | 台 | A/ | M/ |
| 9018906000 | 输血设备 | 台 | A/ | M/ |
| 9018907000 | 麻醉设备 | 台 | A/ | M/ |
| 9018908000 | 宫内节育器 | 台 | A/ | M/ |
| 9018909000 | 其他医疗、外科或兽医用仪器器具 | 台 | A/ | L.M/ |
| 9019101000 | 按摩器具 | 台/千克 | A/B | M/N |
| 9021500000 | 心脏起搏器,不包括零件、附件 | 个 | A/ | L.M/ |
| 9022120000 | X射线断层检查仪 | 台 | A/ | L.M/ |
| 9022130000 | 其他牙科用X射线应用设备 | 台 | A/ | L.M/ |
| 9022140010 | 医用直线加速器 | 台 | | L.M/ |
| 9022140090 | 其他医疗或兽医用X射线应用设备 | 台 | | L.M/ |
| 9022191000 | 低剂量X射线安全检查设备 | 台 | A/ | M/ |
| 9022199000 | 其他X射线应用设备 | 台 | A/ | M/ |
| 9022210000 | 医疗用 α、β、γ 射线设备(外科、牙科或兽医用) | 台 | A/ | M/ |
| 9022290000 | 其他非医疗用 α、β、γ 射线设备 | 台 | A/ | M/ |
| 9022300010 | X射线断层检查仪专用球管 | 个 | A/ | M/ |
| 9022300090 | 其他X射线管 | 个 | A/ | M/ |
| 9022901000 | X射线影像增强器 | 个/千克 | A/ | M/ |
| 9018110000 | 心电图记录仪 | 台 | A/ | L/ |

续表

| 商品编码 | 商品名称及备注 | 计量单位 | 海关监管条件 | 检验检疫类别 |
|---|---|---|---|---|
| 9006599090 | 使用胶片宽 >35mm 的其他照相机 | 架 | A/B | /N |
| 9011100000 | 立体显微镜 | 台 | /B | /N |
| 9011800000 | 其他显微镜 | 台 | /B | /N |
| 9015300000 | 水平仪 | 台 | /B | /N |
| 9017300000 | 千分尺、卡尺及量规 | 个 | /B | /N |
| 9017800000 | 其他手用测量长度的器具(仅指 90 章其他编号未列名的) | 个 | /B | /N |
| 9028201000 | 水表(包括它们的校准仪表) | 个 | /B | /N |
| 9028209000 | 其他液量计(包括它们的校准仪表) | 个 | /B | /N |
| 9028301000 | 电度表(包括它们的校准仪表) | 个 | /B | /N |
| 9028309000 | 其他电量计(包括它们的校准仪表) | 个 | /B | /N |
| 9030311000 | 五位半及以下的数字万用表 | 台 | /B | /N |
| 9030319000 | 其他万用表(五位半及以下的数字万用表除外) | 台 | /B | /N |
| 9030391000 | 五位半及以下的数字电流,电压表 | 台 | /B | /N |
| 9030399000 | 检测电压、电流及功率的其他仪器 | 台 | /B | /N |

目录中"海关监管条件"项下的代码分别表示:

    A:实施进境检验检疫

    B:实施出境检验检疫

目录中"检验检疫类别"项下的代码分别表示:

    M:进口商品检验

    N:出口商品检验

    L:民用商品入境验证

## 四、合同后期管理(档案)

医学装备管理档案内容主要包括:

### (一)申购资料

申请报告、论证报告、批复文件、招投标文件、购置合同、安装验收报告等。

### (二)技术资料

操作规程、使用和维修说明、线路图及其他相关技术资料。

### (三)使用资料

使用维修、检测计量、调剂报废等记录。

对单价 1 万元以下的医学装备,医疗卫生机构可根据实际情况确定具体管理方式。

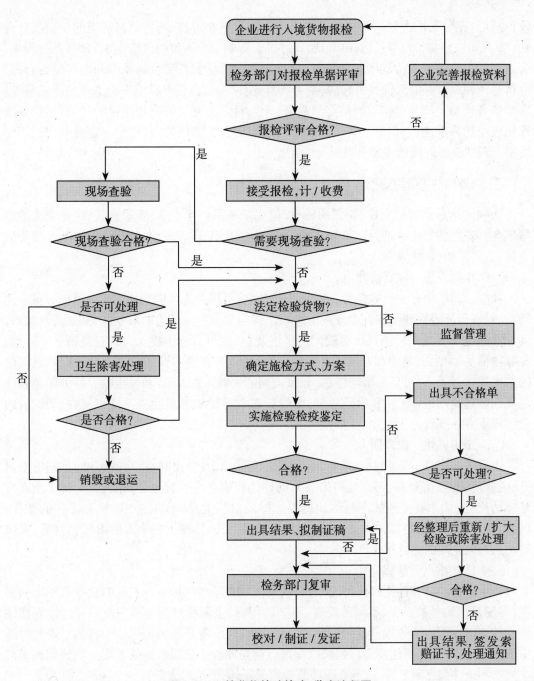

图 3-1 入境货物检验检疫、鉴定流程图

# 第四节 购置技巧和注意事项

## 一、谈判技巧

合理降低采购成本的技巧：采购前制定合理的采购计划，查询当前市场行情，掌握影响成本的因素和事件；采购过程中比较多家合格厂商的报价，合理制作底价或预算，充分运用

议价技巧;充分利用大宗采购销售折扣或付款现金折扣定价,选择价格适当的厂商签订合约。专业知识、判断力、责任感、时间观、口才都会影响最后的签约价格。在常规采购过程中,会遇到供应商突然涨价的问题。此时,要重点确定医学装备涨价的原因和幅度是否合理。分析是何种原材料的涨价而引起的,是否有其他替代品,是否有其他采购渠道的供应商等。医学装备价格上涨是经济发展的必然趋势,个人是无法完全解决和应付的,但要尽量寻求涨幅较小的采购途径,借助签订协议和库存管理等方法加以控制(规定一定时间内的固定价格。预期涨的时候就多买一点材料库存)。

## 二、谈判时遵循的原则

谈判虽然是语言的交锋,智谋的较量,但也是增强相互了解、展示自我、彼此交流的感情聚会。谈判的目的不是为了争吵,而是为了达成共识、谋求发展。因此,谈判时必须坦诚布公、态度谦和、以礼服人。

### (一) 平等互惠　友好协商

社会心理学中有一个称之为"首因效应"的名词,讲的是人们交往中初次见面时留下的印象,对以后能否顺利交往有着直接地影响。买与卖虽然是矛盾的对立体,又是需求关系,具有互融性。要想通过谈判获得较大的经济效益,就得有感情投入。只有遵循平等互惠、友好协商的原则,去建立相互之间的信任,才能使谈判在真心诚意的基础上进行。以强硬的态度逼迫对手压价,只能事与愿违,导致谈判的失败。古人云:和气生财。好的印象和感觉往往能起到用语言无法获得的效果,即使双方差距太大,也能生意不成仁义在,为以后的合作打下良好基础。

### (二) 谦虚谨慎　以理服人

用谦虚的态度、严谨的推理,来剖析问题、阐述理由、提出观点、明确态度,达到折服对方、说服对方、取信对方,必然会迎来对方的好感和欢心。人与人之间的交往,就本质而言是感情交往,从你要买他的产品到他想跟你做成这笔生意,矛盾的主体就有了质的变化。可见,在谈判中能否遵循谦虚谨慎、以理服人的原则,既体现了一个人的素质和修养,又体现了人与人之间的感情和尊严。

### (三) 抓住重点　掌握分寸

一台设备功能和性能的要害之处,是谈判时双方矛盾的焦点。不同的设备有不同的重点,即使是同型号的设备,不同的配置、不同的用户,强调的重点也不完全一样。能否抓住重点的关键在于对所购置设备的熟悉和了解程度,对准备开展的工作心中有数。谈判时最忌讳分不清重点、抓不住要害。强调抓住重点就是要善于把握事物的本质。当谈判到了基本要求和条件都已满足后,就不要在枝节上纠缠不休,而给对方保留一个体面的印象。

### (四) 遵纪守法　廉洁奉公

谈判是商业活动的必经过程,体现了市场经济条件下买卖双方的公平性和合理性。由于矛盾的焦点是利润和利益,在某种程度上涉及个人得失,因而时常会出现欺诈与诱骗、行贿与受贿等违规行为。任何一个商家都不会做亏本生意,即使是让步到底价,那也是为了再做后面的生意。因此,我们一定要警惕上当,决不能因小利而失大节。古人曰:"贪欲不除,如蛾扑火,焚身乃止。"有把柄掌握在别人手里,也就失去了做人的尊严。只有遵纪守法廉洁奉公,才能以国家、集体的利益为重,不搞歪门邪道,不收受贿赂,敢于面对现实,理直气壮地去谈判。

在谈判过程中,常会出现这样一些情况,开始接触的厂商有的半途开始退却,眼看剩下的已不足三家,正在为难之际,可能又有另外厂商加入。退却的厂商多半是产品的性能指标离要求的差距较大,价格上又没有多大的优势。而后入围的厂商多半具有一定的优势,并致力于一搏,甚至产品正是我们想要的某个品牌,只因价格太贵而敢想不敢为。所以,我们一定要抓住这个机遇,调整谈判的策略,对后来者施之以礼,即使觉得不是我们所期望的产品,也要以极大的热情进行接洽,从而对那些坚持不让利的厂商构成一种无形的压力,或许能使他们由强硬态度转为积极配合,并在价格上作出让步。

# 第五节 案例分析

案例:医院 PACS/RIS 系统建设经验总结

分析:

## (一) 面临的挑战和机遇

在建立和谐社会的主导下,医院面临的是如何建立和谐的医患关系、院内和谐的同事关系、和谐的师生关系、和谐的科室关系、和谐的供应商关系等多种挑战。我院是一家以骨科、运动医学为特色的综合性医院,日门诊量近 7000 人次,共有 1200 张床位。科室多,门诊量大。其中放射科每天都有 600~800 名患者需要进行检查。患者过多和医疗资源的不足是一个主要的矛盾。

同时,为了提高医院的管理质量,把事后处理的管理模式,过渡到关注过程,及时监控,及时处理的新型管理模式,也是院方需要面临的重要挑战。

院内有很多经验丰富的老专家,老教授,如何有效地共享他们的经验,提升整个医院的医疗水平,也是一个重大的课题。

在医院 IT 的建设方面,选择市场上产品相对成熟的 PACS 系统,作为医院整个 IT 建设规划的阶段突破口。同时,IT 技术的发展,使以前昂贵的存储的价格,快速地下降到大家能够承受的水平。医院医学工程和信息人才,也有了相当的储备,具备了实施全院 PACS 系统的条件。

## (二) 充分的需求调研

在确定 PACS 建设的方向上,2005 年初医院决定启动医院 PACS/RIS 项目。作为医院整体信息化建设的一部分,院领导给予了充分地重视。医院成立了 PACS 项目组,项目组负责 PACS/RIS 项目的调研、考察、实施、验收全过程。

在目前鱼龙混杂的 PACS 市场上,院方首先通过了解内部需求,待选公司根据医院需求拿出系统设计方案,公司宣讲结合实际案例考察的方式,在明确了项目范围后,充分考虑了医院未来信息化建设的整体规划,为避免产生信息孤岛,着重考察了 PACS/RIS 产品的扩展性,即与医院 HIS 系统、未来临床医生工作站及院内其他临床信息系统的融合。

## (三) 严格的厂商选择

市场上有着大量良莠不齐的 PACS 系统供应商,如何选对合作伙伴是 PACS 系统项目成功的关键。目前主要有本地的开发商和国际跨国公司开发商。本地开发上的优势在于快速的需求响应速度,灵活的商务策略,但在标准化、项目管理以及持续发展能力上存在不足,而跨国公司给人的印象是中文支持能力差,二次开发困难,以及缓慢的响应速度。

在医院项目组和院外专家组的严格甄选下,医院最终选择 A 公司作为医院信息化的战略发展伙伴之一。A公司在北京设有研发中心,与医院流程密切相关的 RIS 产品在本地研发。同时,A 也有与国内大医院共同发展 PACS/RIS 产品的愿望。A 公司是一家拥有大量国际标准,大量的医院用户,同时能进行持续产品研发的公司,符合医院的战略发展要求。

### (四)持之以恒的项目管理

良好的项目管理是项目成功的一个重要因素。医院也在此次 PACS/RIS 系统建设项目上投入了大量的管理精力。

1. 完善的项目团队　与 A 公司签约后,医院成立了 PACS/RIS 项目实施组,该实施组以院长牵头,主管信息的副院长为项目组组长,包括医学工程处、信息管理中心、放射科、骨科、手术室的相关领导和实施人员;A 公司针对该项目也成立了包括项目经理、ITPS 系统实施人员、培训人员、销售等在内的项目团队。双方项目组的成立便于商务、实施、研发等各个层次的交流。

2. 合理的实施计划　由于项目实施前期与厂商的合作充分,在制定的实施计划中,充分考虑了可能出现的问题,因此整个项目基本按时完成。

3. 持之以恒的交流　从正式签订合同后,双方项目组每周定时召开项目例会,一直持续到整个项目结束。同时,为了防止例会流于形式,在例会的时间选择上,也从每周五变为每周一,防止例会成为总结会,而成为真正指导每周工作的例会。

4. 完善的文档总结　每周例会的内容,要发送到每一个项目成员手中,任务到人,下周有回顾的追踪。

### (五)灵活的上线策略

系统的上线,是项目过程中一个重要的环节。这个环节解决得好坏,极大地影响项目的成败,围绕上线,整个项目组进行了大量的工作:

1. Smoke testing(烟雾测试)　借鉴计算机出厂检查的经验,在系统实际上线以前,围绕 PACS/RIS 系统的实际使用流程,设计了登记、设备检查列表、图像匹配、书写报告、打印分发等步骤,进行了模拟测试。

2. 充分的培训　在临床工作繁忙的情况下,双方项目组在上线前组织放射科登记员、技师、报告医生以及系统管理员进行了多次培训。同时,在每个岗位指定 1~2 名骨干人员,能回答和解决常见的问题。

3. 合理的上线时机　选择周五进行上线(患者量不是最大),一旦出现问题,可利用周末解决。

4. 分步上线的模式　在放射科首先选择患者量相对较少的 CT 和 MR 设备加入 PACS/RIS 系统,在 CT 和 MR 上线一段时间并稳定之后,再将患者量最大的普放设备加入系统。待放射科全部上线且运行稳定后,再把图像发布到临床试点科室,如骨科、运动医学科、VIP 病房、手术室。

5. 缓步推进的策略　考虑到放射科有许多老教授、老专家的实际情况,在 CT 和 MR 系统上线后的一段时间内,PACS 软阅读和胶片同时保留,给放射科工作人员留出一个熟悉系统的过渡期。

### (六)成果和未来规划

1. 提高了整个放射科的报告水平　PACS/RIS 系统的建立,实现了教授随时指导学生工作,医生随时互相交流,大大提高了放射科报告的质量。

2. 在放射科建立了一个基于 IT 系统的完整电子化流程　实现了登记、检查、报告、图像发布、存储的一体化,极大地方便了图像和知识的共享。同时该电子化流程提高了放射科报告的发放速度,特别是电子签名和报告批量打印两个功能的实施,减少了患者等待报告的时间。

3. 培养了医院 IT 人才 在 PACS/RIS 系统建设过程中,培养了一批熟悉医疗 IT 系统的人才,为医院的 IT 发展奠定了很好的基础。

4. 提高了效益,节约了医院成本 2006 年,放射科共使用干片 1293 盒(每盒胶片 125 张)、湿片 1690 盒(每盒胶片为 100 张),若没有使用 PACS/RIS 系统,则每个患者的影像需打印两份胶片(一份交给患者,一份留院存档),而留院存档的胶片不能收取患者费用,如果没有使用 PACS 系统,每年将会亏损上百万元,有了 PACS/RIS 系统每年胶片收支基本持平。

PACS/RIS 系统建设的成功,为医院的 IT 战略性规划发展,奠定了一个很好的基础。目前,放射科系统的需求,不但深入地得到挖掘和发展(例如教学、科研、管理等),而且进一步丰富了 PACS/RIS 系统模块。同时,HIS 与 PACS/RIS 的集成,将极大地促进流程优化,消除系统孤岛,患者能够享有更优质的医疗服务,为建立和谐医患关系,作出了贡献。

# 第四章

# 医学装备的技术管理

20 世纪 60 年代以来,数学、物理、化学、机械、电子、微电子、计算机科学技术和工程学迅速向生物医学渗透并融合,形成了一门崭新的应用科学技术——生物医学工程。

生物医学工程(Biomedical Engineering,简称 BME)是一门由理、工、医相结合的边缘学科,它是运用现代自然科学和工程技术的原理和方法,从工程学的角度,在多层次上研究人体的结构、功能及其相互关系,揭示生命现象,为防病、治病提供新的技术手段的一门综合性、高技术的学科,有着广阔的发展前景。医学装备是生物医学工程的重要组成部分,它的技术管理贯穿医学装备的全寿命过程。

## 第一节 技术管理的意义和任务

### 一、技术管理的意义

就医学装备而言,各种生物医学传感器,医学检验分析仪器,医用电子仪器,医用超声仪器,X 射线成像和磁共振成像等信息处理和诊断,由不知到可知,大大地提高了人们对疾病检查诊断的准确率。信息处理技术在医学领域广泛应用,人体信息的提取、传输、分析、储存、控制、反馈等监护和急救装备的不断涌现和技术创新,使抢救的成功率提高到空前水平。电视技术也在医学中发挥了越来越大的作用。介入治疗、X 刀、γ 刀、中子刀、激光刀、超声刀和各种器官内镜相继出现和发展大大提高了对各种疾病,如肿瘤、心脑血管疾病等的治疗水平。随着大规模集成电路技术的发展及电子计算机技术在医学装备中的应用,医学装备小型化、自动化、智能化和多功能的程度大为提高。

现代医学装备的迅猛发展,促进了医学的进步和医学技术的不断创新和发展。新的医学装备的出现,顺应了社会进步和人类需求。而新的一些装备在医院中开展应用,又冲击着医学科学的每一个领域。围绕着新型医学装备的应用,现代医院中的一些学科开始重新整合,一些新的包括交叉边缘性的学科相继组建。同时为了适应新型医学装备功能效用的发挥,促进了与之技术条件和技术要求相适应的技术人才建设以及配套管理制度、管理形式等方方面面的建设。现代医学装备是现代高新科技与现代医学科学紧密结合的产物。现代医学装备在医院中的应用是现代医院功能和层次水平的集中体现,解决了医学科学领域中一个又一个难以解决的问题,为疾病诊断和治疗争取了时间,大大提高了疾病诊治的效率,推进了医学科学的发展,加速了医院现代化的进程,是医院现代化的主要标志之一。

现代医学装备的特点鲜明。一是高新科技的含量大。它包含了现代最活跃的信息科学和微电子技术、最先进的新型材料科学技术、最完善和最可靠的自动控制科学技术。二是多学科立体交叉相互渗透。涉及数学、物理、化学、电子计算机技术、工程学、分子生物学、现代医学科学、机械学、材料学和社会学、经济学、心理学等等，"硬""软"结合，综合应用。三是发展迅猛，进步飞快。新型医学装备日新月异，层出不穷，推陈出新更新换代的速度很快。

客观实际要求我们对现代医院中的医学装备必须强化技术管理。只有搞好医学装备的技术管理，才能完成装备的最大利用程度，充分发挥装备的技术水准，产生装备的最优经济效应，实现装备的各项技术经济指标。尽快完成由数量规模型向质量效能型和由人力密集型向科学技术型的转变，推动并保证医院现代化建设和可持续发展。

## 二、技术管理的任务

技术管理是装备在医院储存保管和应用期间，按照设计要求的技术标准，协调其技术各组成要素之间和内在机制的关系，保持和发挥其应有技术水平和经济效能的全部技术活动及其管理行为的总和。

医学装备技术管理主要包括装备的验收、安装调试、技术档案的建立，维护保养、检查修理、技术队伍的培训和组织分工以及相关经费的运用等内容。

医学装备技术管理的关键要素是可靠性、安全性和全寿命费用分析。

### (一) 可靠性

可靠性是指装备处于准确无误的工作状态。医学装备的可靠性是指在规定的条件下、规定的时间内、完成规定功能的能力。可靠性的评价可以使用概率指标或时间指标。这些指标有：可靠度、失效率、平均无故障工作时间、平均失效前时间、有效度等。典型的失效率曲线是澡盆曲线，分为三个阶段：早期失效区、偶然失效区、耗损失效区。早期失效区的失效率为递减形式，即新产品失效率很高，但经过磨合期，失效率会迅速下降。偶然失效区的失效率为一个平稳值，意味着产品进入了一个稳定的使用期。耗损失效区的失效率为递增形式，即产品进入老年期，失效率呈递增状态，产品需要更新。可靠性技术作为一门工程学，起始于第二次世界大战期间，对军事装备进行的各种可靠性研究。美国在 20 世纪 60 年代末开始把可靠性技术研究应用于医学装备。1969 年起从军事与航天领域内借鉴了可靠性增长的概念应用于医学装备中。随着医学装备的快速发展，医学装备可靠性技术的研究也获得很大发展。

可靠性技术是一个系统工程，包括产品的研制设计、生产制造和有效应用。我国可靠性技术的研究和应用同样最先出现在航空航天和电子工业领域，后来逐渐扩展到其他行业系统。国产彩色电视接收机运用可靠性技术后，大大提高了使用质量和寿命。

随着医学科学技术飞快发展，医学装备的任何相关部分出现问题都会导致整个系统出现故障。高新科技不断涌现，新材料应用速度大大加快，也带来了不可靠因素的增多。现代新型装备高精度、自动化、智能化程度愈来愈强，对应用操作人员的要求也愈来愈高，责任愈来愈重，人为失误而引起差错事故的可能性也随之加大。

一所现代医院要有成千上万种不同的装备，从简单的听诊器、血压计，到要求极高的心脏起搏器、CT、MRI、γ 刀等等。其可靠性要求各不相同，而具体操作使用的一般医生护士由于装备的专业知识和工程技术知识较少,对装备的原理构造知之不多,对装备的维护保养很难到位,失误的现象也会增多。

医学装备的可靠性按照对患者的影响程度可分为三个等级:

第一等级,此类装备会直接影响到患者的生命或可能造成严重伤害。如呼吸机、麻醉机、心脏除颤器、人工心肺、血液透析等。

第二等级,此类装备用于临床诊断或治疗。如心电图、脑电图、肌电图、B超、便携式监护仪,这类装备发生故障需要一定时间修理排除故障或调换使用,可靠性要求比第一等级低。

第三等级,此类装备出现故障不会危及患者生命,一般不会造成严重伤害。如听诊器、血压计、体温计、雾化吸入器、经皮血氧分析仪等,可靠性要求不严格。

医学装备的可靠性要求不能单纯用装备的价格高低来划分,有的价格并不昂贵,但可靠性要求却很高,非常重要,有着性命关天的重要程度。近些年来,很多新型医学装备都引入了计算机技术,嵌入式微型计算机技术在医学装备中应用十分广泛,这不仅改善了装备的性能,而且还增加和扩展了装备的功能。随着计算机应用技术的进步和发展,具有更高智能的专家系统将不断涌现。然而从装备的可靠性角度来看,系统越复杂,可靠性技术需要解决的问题就越多,特别是系统软件的可靠性问题就显得越发重要。

软件本质上是一种把一组离散输入变成一种离散输出的工具。软件是要人来编制的,存在着软件完成的工作与用户或计算环境要求它完成的工作之间的差异,而这些差异就是软件错误。

软件错误可能在规范、软件系统设计和编码过程中产生,共分为5种:语法错误、语义错误、运行错误、规范错误、性能错误。

## (二) 安全性

安全指没有危险,不受威胁,不出事故。

医学装备的安全性与可靠性是相互关联、相互影响、相互依存、密不可分的关系,是医学科学与工程技术之间相互结合的重要课题。一般来讲可靠性程度愈高,安全性愈强。

在现代医院很多医学装备都是组合起来使用,在实际应用时又都需要人来操作。所以,考虑设备的安全性和可靠性时,应从系统上来分析,操作者 - 设备组合 - 患者三者之间组成了一个装备应用系统,任何一个环节出现安全问题或不可靠的因素都会影响装备的安全和可靠。例如,操作者的技术素养与品质素养决定了他是否能正确无误、一丝不苟地操作设备;组合设备之间的影响或干扰使其中某些设备工作不正常;患者的不配合致使检测到的信息不真实。所以医学装备的安全性要从广义上来考虑,即从装备与人体整个系统的可靠性安全性考虑。应强调的是,不仅有故障的装备是不可靠不安全的,而且精密度不高的装备也是不可靠不安全的。精密度不高,可能导致错误的诊断和不准确的治疗。医学装备的安全性首先要考虑准确性。

1. 安全性的总体考虑　医学装备大部分都是和患者身体紧密相连一起工作的。心电图机要把多个电极放在人体上,胃镜肠镜要把镜管放进入人体脏器,心导管检查要把导管通过血管置入人的心脏。医学装备的工作对象是患者,而患者一般都处于对外来作用非常脆弱的被动状态,他们在医院内一般都不能自我判断有无危险,即便意识到危险也不容易自我摆脱。因此医院必须保证患者的绝对安全,必须严肃认真地对待装备的可靠性,防止或尽量减少装备之间的相互影响,避免外界环境的干扰,防止诱发自身或其他装备发生故障和危险。

医学装备自身可能产生的危险,主要来自四个方面:

(1) 能量引起的事故:为了诊断和治疗,需要通过装备给患者体内输送一定能量,如 X 射线、γ 射线、除颤器电流、激光等等,这些都是蕴藏着危险的设备,操作不当或者装备发生故障就可能对患者造成伤害,引发严重事故。

(2) 性能缺陷或突然停止工作引起的事故:有的装备是要代替患者人体的部分功能来维持生命,如血液透析、人工心肺、呼吸机等。在心脏直视手术中,如果人工心肺机停止工作,不仅会影响手术成功,甚至导致患者死亡。

(3) 性能恶化引起的事故:医学装备性能逐渐衰退恶化往往不容易被发现,需要特别注意。如影像设备的图像质量下降会引起漏诊或误诊。

(4) 有害物质引起的事故:装备的耐水、耐高温、耐化学药性能较弱,因而消毒灭菌困难较大。消毒不彻底容易引起患者交叉感染,而消毒方法不当又容易损坏装备。

2. 预防电击事故　为了防止医学装备电击事故,首要方法是把装备的电路部分进行绝缘,又称之为基础绝缘。同时还要防止基础绝缘老化,增大电击的可能性,所以必须引入保护措施。为了确保防止电击事故可以采取双重保护措施,即冗余保护技术。这样一种保护措施发生故障时,不会诱发另一种保护措施出故障。

装备附加保护措施主要有四种:

(1) 保护接地:是使用接地办法来防止电击的保护措施。IEC 安全通则中把满足这种条件的装备叫做 I 级装备。

(2) 辅助绝缘:是在基础绝缘的基础上再加一绝缘层,用于增强基础绝缘的作用,称为辅助绝缘,又叫做双层绝缘。这类装备称为 II 级装备。此类装备即使外壳是导电的,原则上也不需要接地,只是为了防止微电击,需要进行等电位接地时,才有必要接地。

(3) 选用安全超低压电源:选用特别低的电源电压,即使人体接触电路也没有损伤危险。这种电压值叫做容许接触电压,一般为 15~50V。医学装备安全标准把对接地点浮地的交流电压为 24V 以下,直流电压 50V 以下的电源叫做医用安全超低压,此类装备称为 III 级装备。

(4) 内部电源型装备:电源藏在装备内部,和装备外壳部分毫无关系,即使人体接触装备外壳,一般也不会发生电击危险。此类设备称为 IV 级装备。

为了保证电子医学装备的安全,国际上制定了统一的 ME 装备安全标准 IEC (International Electrotechnical Commissions),对于一些特殊的装备,除通则以外,医院还需根据实际情况制定特定规则,以确保医学装备的安全性。

3. 患者的保护　医学装备是要和患者接触的,特别是有的要把装备或器械的部分或全部埋植或插入患者体内,如心脏起搏器,导管等,如果出现漏电流会直接刺激心肌,而引起心室颤动,所以要把触体漏电流限制在极小范围内,以免引起心室颤动。这就需要将连接心脏的触体部分同其他部分和接地点绝缘,也称之为浮动触体部分。绝缘触体部分可以依靠绝缘阻抗限制漏电流,特别是限制从外部经过触体部分流入装备的漏电流。

虽然在触体部分和其他部分进行了绝缘,但还必须能够有效地传递信号,实现这个任务的就是信号偶合器。信号偶合器可以采用电磁偶合和光偶合来传递信号,也可以用声波、超声波、机械震动等方式来传递信号。

对于长期埋入患者体内的器械还必须考虑它与人体的相容性,避免引起溶血或产生破坏组织的危险。还要防止机械性物理损伤和诱发身体的不良反应。所以体内器械要比体外装备器械有更高的安全性要求。

4. 治疗用装备的安全性　不少医院治疗装备是以能量或某种作用因子给予患者,使其解除病痛,恢复健康。它直接作用于人体,如发生意外,就可能造成危险。

(1) 作为医学装备首先要防止电击,包括微电击和强电击。

(2) 防止输出过量的危险,对患者供给的输出量超出治疗正常需要的水平就会发生意外,甚至对非治疗部分产生损害。如除颤器输出过大可造成胸壁烧伤和心肌障碍。核医学装备因辐射过量或泄漏不仅对患者有危害,还可能对操作者和第三者造成损害。

(3) 装备的功能停止也具有危险,如呼吸机在没有发出报警的情况下意外停机。

(4) 防止机械性损伤,如胃镜、肠镜的插入端容易损伤食管及胃肠内壁,需谨慎操作。

(5) 治疗用装备能产生很强的能量时,要防止对其他装备产生不良影响造成误动作,误输出,而引起的差错事故。如除颤器、高频电刀等设备工作时都能产生较强的能量,应防止对其他设备的干扰。

5. 装备组合使用的安全性　医学装备日益增多,两个和两个以上装备同时使用的情况也越来越多。在 ICU 中常把心电图机、直接型血压测量仪和体外心脏起搏器等同时并用。在抢救室、手术室,各种监测装备、呼吸机、麻醉机、除颤器和电刀等同时使用的情况更多。这时需要考虑的不仅有装备本身的安全,还有因组合使用而派生出的新问题。信号提取和传输的干扰、微电击、烫伤甚至烧伤等都是特别注意防止的差错事故。

6. 医学装备的系统安全性　现代医院中种类繁多的装备、计算机等,它们和医护技术人员、患者,组成了一个复杂的系统。忽略了任何一部分都可能出现危险。

随着医学理论和医疗技术以及医学装备的发展,现代医院分科愈来愈细,医疗辅助人员增多。医疗工作的专业化和多科协作已成为现代医院的一个特征,差错事故的原因也出现了多样化。

计算机的引入促进了医护工作的自动化和系统化,同时也带来了操作技术发展不完善,可靠性下降的问题。根据系统工程学的观点,随着组合因素增多,系统安全性的比例则下降。

技术使用周期缩短及新产品的不断涌现,这是个进步,但同时也使我们对新技术的预测很困难,制定标准也很困难,形成了安全标准多样化,差错事故原因多样化,责任问题复杂化。

所以,考虑装备的安全性问题,必须把医院整个系统的安全性问题提到日程上来加以研究解决。基本原则是排除人为错误,在人与装备组合上保持高度的安全性。

(三) 全寿命费用分析

装备的全寿命过程是指装备自论证、研制、设计、制造、使用、维修直到报废退役的全过程。全寿命费用就是装备寿命周期过程中各阶段的费用总和。主要包括两大部分。其一是以装备的研制和生产成本并加上利润和医院采购开支的费用,叫获取费用。一般是一次投资,所以又叫做非再现费用。其二是装备在使用过程中与使用、保障(包括维护、保养、修理)有关的人员、动力、物资、器材等费用,叫使用保障费用或使用维修费用,又叫做继生费用。通常可以按年度计算,所以又叫做再现费用。第三是装备的报废退役费用,因为用的很少,可以不专门列入。

以上各项费用之和,就是该装备的全寿命费用。用公式表示如下:

全寿命费用 =(研制费用 + 生产费用 + 利润)+ 使用保障费用

= 购置获取费用 + 使用期费用

从公式可以看出装备的全寿命费用主要是购置费和使用维修费。这无论对设计研制生产的厂家还是使用的医院都是很有意义的。因为它提供可正确衡量装备费用消耗的全面评价。它使厂商认识到只有降低全寿命费用,才是真正降低了装备的总费用,以便全面研究和考虑研制生产费用成本与使用期费用的分配问题,提高装备的可靠性和可维修性,减少能源消耗,降低使用保障费用,而增强竞争力。而医院一旦决定购买某种装备就意味着担负该装备的全寿命费用。所以作出购买某种装备的决策不仅要考虑装备的先进性,同时要考虑是否"买得起",还要考虑整个使用期间是否能"用得起",有的进口大型装备仅保修每年就要付出百万元以上的高额费用。

衡量是否既买得起又用得起的尺度就是全寿命费用。有的医院只重视装备的性能和购置费,而轻视使用维修费,这是因为以往的装备比较简单,使用维修费少,这种观念在现代高新技术装备大大发展的今天一定要加以纠正。

装备的使用维修费用,主要取决于装备的可靠性和维修性。装备的使用方提出最低的全寿命费用要求,能促使设计生产部门在研制时重点考虑改进可靠性和维修性设计。

医院应用全寿命费用分析管理装备的优点在于:第一,能明确提出装备在其全寿命各阶段的费用,从而为管理者提供有效的决策信息,使其能从真正意义上对资产进行全方位、多角度的深度管理。第二,能有效地促进研制生产厂家改进装备的可靠性和维修性,为成功研制未来装备打下良好基础。如果厂家不改进可靠性和维修性,不降低使用保障费用,最低全寿命费用就无法实现。第三,促进医院加强装备的技术管理、减少装备的差错、杜绝事故,提高装备的使用率,千方百计延长装备的寿命,保证装备系统本身和维修保障分系统的整体最优化,从而降低装备的全寿命费用。

# 第二节 验收、安装和调试

医学装备验收是装备购置合同执行中最后一个关键环节,是购置管理与使用管理结合部分的第一个环节。验收过程一般由卖方、合同签订部门、使用科室以及其他相关部门等诸多部门和人员共同进行交接的过程。医院医学工程技术管理部门将起主导把关协调作用,责任重大。作为医学装备技术和管理部门,验收环节必须极为重视,为医院把好关。保证严格按合同办事,把合格的装备引入医院,尽快发挥其效能为医院服务。

## 一、验收的前期准备

验收设备是一个多方合作的工作。作为医院,特别是装备技术部门(医学工程部门)和使用科室一定要安排好前期准备工作,不管装备贵重精密与否和价格高低都必须认真对待,把好关口。必须严格按"订货合同"及具同等效力和相互制约的"协议附则"及"招标文件"等认真对待逐项落实。

### (一) 验收工作首先是选配合适验收人员

一般常规的验收应由装备技术部门管理人员、技术人员、采购人员和使用科室人员组成。若为大型或特大型精密仪器一般由医院领导或主管部门统一组织。包括管理、技术、使用以及相关工作部门(如水、电、房屋装修等)人员组成精干队伍,分工协作,全力以赴集中搞好验收。

**(二) 参加验收工作的人员,必须详细阅读订货合同,相关文件及技术资料**

熟悉装备的各项技术性能,特别是安装条件及配套要求,参考厂家验收规程制定验收程序与技术验收方案,对需要检验的技术指标检测方法等要认真研究。对国家规定需要由有关的执法机关认定的放射装备,压力容器等,应提前与有关部门联系。

**(三) 机房要按厂方提供的安装图纸作好布局改造**

室内装修、水、电、气、防护的准备:上下水要了解流量、压力,装备用电要求是三相电或单相电、电压、功率,是否需配备稳压电源或不间断电源,电源电阻有无特殊要求等;防护要求分两个方面,一是机器本身的防护,如很多精密仪器要求距离变电站50m,有的要求隔音、防震、防磁等。另一方面是对机器周围环境干扰的防护,如放射防护,磁屏蔽等。需要防护的机房在正式施工前需要将施工改造的方案和拟安装设备的技术参数报相关技术部门预评审和行政部门审查,通过后再进行施工。此外,最好事先到使用同类或同型仪器的单位调查了解,选择最佳的解决方案。如设备安装工期较长或附件配件较多,还应准备相关的库房作为存放场地,并作好安全保卫工作。

**(四) 根据实际情况建立相关规章制度**

验收工作应根据实际情况,制定相关规章制度,使验收过程更加规范和易于操作。同时,医院应设计一种通用的验收记录单,记录单的格式和项目种类应满足对各种医疗设备进行验收的需要。货物验收完毕后,经参与验收的相关人员签字后,保存到该设备的购置档案中去。

## 二、货物验收

货物验收是指对装备的自然情况按订货的要求进行检查。主要目的是检查装备是否按计划要求购入,并对装备的包装及装备外观完好程度进行检查,核对订货数量及零件、配件、消耗品、资料数量,相关手续是否完整齐全。

货物验收时应根据订货合同核对其标签、合同号、货箱总件数及分号、收货单位名称、品名、货号、外包装及货物批次是否相符。目前多以物流公司直接送货方式。他们只负责运输及核对数量,因此,如有可能应与厂方共同清点验收。

首先清点数量并查看外包装有无破损修补、水渍油污等,应作好现场记录。如有疑问要保留现场并及时与口岸联系,共同签证记录,必要时拍照或录像。如是国际贸易应迅速联系商检部门,不可盲目认可接收。尤其当卖方催促时一定要坚持原则,说明情况,以签证记录、拍照为据,不可听信卖方代表口头承诺。国内贸易,可由买卖双方协商开箱,开箱后如机器正常则可验收,不正常则由卖方换货。国际贸易比较复杂,原则是坚持货到医院开箱前一切由贸易公司或卖方负责的原则。发现问题应立即上报有关领导,与卖方协调解决方案。

开箱清点物品是货物验收的重要环节,要根据装箱单和合同认真核对货物、无论是进口装备还是国产装备,总数量均以订货合同等买卖双方签署的合法有效文件为准。厂方的承诺或与用户的协议一般可作为主合同附件,均为有效文件。由物流公司运达使用单位的,一般物流公司仅负责中途某一段运输责任,其他责任不在此内。因此接货时最好是买卖双方共同在场。卖方不在场时,买方在运输单上签收时原则上仅签收到货几件,并注明货号以备查询。同时通知卖方尽快来开箱点验。已到货的外包装完好的货物,应按合同开箱。开箱时一般应由卖方、买方必要时请有关商检部门到场共同开箱点验。

开箱前应再次检验核对装备的标签、货号、件数等是否与收货单据订货合同相符。清点装备品名、规格、数量、外观及是否有运输中的倒置、碰撞等损伤等。在货物清点过程中作好原始记录,尤其发现有不符合合同规定或损坏磕碰时应作好原始记录和鉴别工作,并保护现场,必要时照相或录像以备查。此时由买方、贸易公司双方会签的原始记录将作为向厂家或第三方索赔的依据。若问题较大双方不能达成一致意见时,提供原始记录及订货合同、协议、装箱单,向商检机构提出申请复验以便下一步进行索赔。有些问题比较严重还要请权威部门复验。

开箱时应避免过重敲、撬、震动尤其不得以铁器插入箱内,保护装备内包装、衬垫完好,以备发生问题退货换货时用。货物清点要细致耐心,对主机和附件,配套设备要详细核对品名、规格、厂别、出厂日期、出厂编号等。除数量之外还要检查是否有以次充好或以二手设备充数的现象。对配件备件及消耗品由于品种复杂,有的可能数量多品种少,有的可能品种多数量少,但包装相似极易混淆,也仍然要本着耐心细致认真负责的工作态度,一丝不苟认真核对,防止差错,特别要看清小包装上所注明型号数量。由于目前高技术不断发展,常有订货的型号已不再生产。厂方常以新型号新产品代替,这时一方面要注明并征求使用科室意见,同时详细核对价格。有的消耗品还应注意其重量、生产日期、保质期或保用期。对国内订货,厂方在本地不具备办事机构的,同意由买方自行开箱的装备应有医学装备技术部门和使用科室共同开箱。如有规格数量质量问题,作好原始记录,恢复包装。验收后双方签字并及时通知厂家。

### 三、安装和调试

货物验收是设备验收的第一个环节,而安装与调试则是第二个环节。在这两个环节中,起主导作用的都是医学装备工程技术管理部门,公司厂家和医学工程部门根据装备的具体要求,并与使用科室密切合作,在院领导的支持下应提前准备好安装地点、相关条件,抓紧进行安装调试工作,以便使装备尽快发挥效益。特别是大型精密设备和仪器是多参数、多功能指标的技术装备,不仅硬件而且软件也必须安装调试。随着医学装备及其软件功能设计的进步,在同样硬件或硬件配置基本相似的情况下,由于软件配置不同,甚至由于软件版本不同在使用效果上会有很大差异。在调试中要认真查对。一般医院对同类大型装备引进两台的可能性很小,不可能对大型装备软硬件很熟悉。因此,必要时应进行临床试验或请同行组成专家组对安装调试以及技术校验工作进行全面细致地验收。

由于进行了验收的前期准备,使安装具备了基本条件,但正式安装时必须按装备技术要求使环境条件尽量满足。

（一）一般条件

包括场地面积、房屋高度、大型装备吊装进入通道、人员安全通道、防尘防潮、防毒防震、温度湿度、消防、通风等。

（二）配套条件

水（流量、压力）、电源（电压、功率、相数、稳压及净化要求、UPS 等）、地线（接地电阻）、防护(电磁屏蔽、放射防护)、特殊用气、地面承重(悬吊式、壁挂式拉力)、实验台桌的水平、防震功能、防护处理(污水、污物、废气)。

**(三) 特殊条件**

有些设备除一般条件外,还有一些特殊要求。如双路供电、专用接地、直线加速器的放射防护等特殊要求、高精密和标准计量仪器宜放在楼房底层等,均须仔细阅读说明书与厂家安装工程师协商尽力保证条件落实。

由于厂家与使用单位所站角度不同,对于厂家一些不切实际的要求或打出过大的安全保险系数,也不应一味地不分情况地提高标准,要按照国家有关规定或常规进行协调,做到既能满足装备要求又能尽力为单位节省资金。

在安装阶段以厂家操作为主,作为医院方面仅负责提供条件,监督检查安装程序、质量,尽量不进行操作,此时机器未作正式验收签字,发现问题均由卖方(厂家公司)负责。如果确需医院协助,应听从卖方人员指导,以免发生损坏时事故责任不清。

另外,以下两方面应多加注意:

1. 硬件安装

在硬件安装过程中,医学装备技术部门人员要随时监督检查安装质量,登记主机,配件编号,检查是否是新品,各种配件电路板、插头安装是否安全,防止厂家草率从事,对于不明白、不明确或感到不对的地方要实事求是随时询问清楚,严格按机器技术文件安装。如要求打地角螺栓固定、电缆平直理顺,无拐死角,悬吊、安全防护等。对于精密仪器尤其光学,微量分析测试等设备安装更要监督检查,以便为长期稳定运行打下基础,把种种隐患消除在安装之时。

2. 软件安装

软件安装主要注意两个方面:一是单片机或一些单板机为固定程序,软件固化在 ROM 或 EPROM 中,该芯片如焊接或插接在板上,一般不会出现故障;二是有些程序拷贝在硬盘上,要特别注意了解,最好掌握其软件安装方法,保存好安装盘和程序软件备份,以备将来有故障时不能事事找厂家。如厂家不给安装盘和程序软件应查对原合同条款,一般厂家应将安装盘、源程序及简单维修测试软件密码开放,交给用户。

在安装过程中包括有调试内容。调试是使机器达到正常技术指标而进行的操作过程,调试过程也包括校验,调试与校验很难界定。

在安装调试阶段,医院的工程技术人员可尝试从以下几个方面进行工作:

1. 第一步,可以跟着厂家工程师"走"一圈,在这个过程中用户主要是"看、学、问、想"。"看"是否达到厂家提出的指标,"学"调试方法,"问"为什么这样调试……"想"这种调试与日常使用的关系,这种调试是否可涵盖所有主要技术性能指标。

2. 独立自主在厂家指导下按厂家方法(或其主要操作步骤,要具体而定)"走"一圈,同时要多做多学一些与临床使用实践相关的操作技术。

3. 对于放射或标准计量等需由国家有关权威部门检测的设备,应按相关规定通知相关部门检测校验,对于自己尚不全了解,可请同行专家协助检测试用。

安装调试中需注意:

1. 硬件调试中要按技术说明进行规范测试,如升降高度,水平移动,前后倾角等均应按指标测试到位,并按规范全程监听噪声。

2. 软件功能调试也要规范测试,特别要多点测试,不要试一点就认为可以,多参数多功能更要不怕麻烦亲手操作。

### 四、验收

新装备经过货物验收、安装和调试后,将对设备进行功能和性能检测,这些性能指标来自设备使用说明书、技术手册、合同、招标文件和国家的技术标准等。检测方法常见的有设备自带的检测方法;国家或相关部门制定的检测方法;有资质的生产厂家提供的检测设备和方法等。设备自带的检测方法是生产厂家为了保证设备性能指标,所配有的设备性能检测功能和手段,一般以自检软件为多。由于这种方法通常无须额外费用,它的针对性强、操作方便,是设备验收时性能检测的重要手段。实际应用中要了解和掌握检测条件,指标含义及与其他检测标准的一致性和关系。国家或相关部门制定的检测方法具有权威性,当与其他检测方法不一致时,应以国家或相关部门制定的检测方法的结果为准。技术验收规定:如生产国有标准可按生产国标准,生产国没有或不提供标准的可按国际通用标准,我国有国标的按国标。要认真地查阅技术资料,抽样检查并要注意抽样的代表性。有些必须预先备留必要的复检样品供商检部门复检。凡国家规定必须经过有关政府职能部门检测的,如 X 线机等及商检局规定必须商检的品种则应严格按国家规定执行。性能正常的另一方面是医院必须坚持临床验证。既符合厂家的承诺又通过了临床验证方为性能正常。曾有典型例子:某名牌公司向某医院提供的一台磁共振成像装置,注明该装备可作心脏冠脉功能检测,但由于当时无患者验证,后来临床发现作不出其功能检测时,厂方派人来也解决不了,一直悬而未决成为憾事。当然所有的功能不可能逐一检查,但主要功能必须检测,必要时请兄弟医院专家协助技术验收。除进行模拟临床或其他模拟试验外,必要时进行一段时间临床应用,医学工程人员与使用人员对应用结果进行评估,合格后再正式验收。

在正式使用前,部分设备(如 DSA、CT 等)需通过相关部门(如 CDC、质检局)的检定并取得合格证,使用人员需经过专业培训,取得相关的资质证件之后,设备方可投入使用。

## 第三节　医学装备的档案管理

医学装备的档案管理是医学装备管理的重要内容,同时档案的内容,档案的管理水平,档案的应用程度,也反映了一所医院的医学装备管理水平。医学装备价格几千元至几百万元,大型医学装备价值达数千万元,其使用年限一般为 5~10 年,少数设备可用 10 年以上。无论从国有固定资产角度还是从装备本身由新到旧,出现局部故障直至无法修复,或因科技发展其技术落后而淘汰,这样一个长期过程必须有完整详细的档案。医学装备的档案是医学装备购入时的原始资料以及在使用过程中的有关情况进行记载备案的资料。医学装备档案应当做到:真实、完整、动态,从而达到无论人员交接,装备更迭,所在单位均能从档案了解其历史以及电路及其他零部件维修情况,尤其是结构修改,零件更新,逐年使用率及其他情况。使装备维护保管符合技术要求,使用期间性能良好,以最好的技术性能服务于医疗工作。

### 一、档案管理的基本要求

医学装备档案应建立总账和使用科室分账户,在进入计算机时代的今天,其总账、分账均应使用计算机管理。但计算机总账不能完全取代医学装备档案,很多原始数据、文件、资料必须以纸质形式存档备查。医学装备档案要求如下:

**(一) 真实**

医学装备档案必须真实,在设备从购进直至淘汰报废的全过程中,应将各种购置、验收、安装、调试、培训、使用、维修、管理等原始资料存入备查。医学装备档案使用,借用应严格手续,原始资料除确因资料篇幅过大难以复印外,一般原始资料不应外借而以复印件形式借出。原始资料必须借阅时应严格借阅手续,限期归还。

**(二) 完整**

医学装备档案必须是保持其寿命周期全过程的完整资料。

**(三) 动态**

动态管理是较难操作的环节。尤其在医学装备使用的中后期故障较多,软件升级,零件更换较多,配件增加,尤其修改电路或结构必须真实入档。

医学装备档案中的资料必须经过审阅加工,整理并编号建册。

## 二、医学装备档案的形成

根据卫生部《医疗卫生机构仪器设备管理办法》有关规定,医疗卫生机构应认真作好医学装备档案管理。

**(一) 医学装备账目**

应当以新修订的《全国卫生行业医疗器械仪器设备(商品、物资)分类与代码》(WS/T118-1999)为依据,同时建立总账和分账户,并使用相应的计算机辅助管理软件,实行计算机管理。

**(二) 装备归档范围**

包括硬件部分和软件部分。属于固定资产,价格在 1000 元以上的物品,及其他特殊装备均应归档。

**(三) 医学装备档案内容**

管理性文件和技术性文件,涉及多种文字,多种载体如纸张、照片、录音带、录像带、光盘等。

1. 筹购资料 申请报告,论证报告,批复文件,招标的有关材料,卫生资源配置许可资料,投资文件,生产厂家或经销商的资质证明,如营业执照、税务登记证、生产或销售许可证、产品注册证等,订货单据,订货合同,发票复印件(原件保存在财务档案中),装箱单,运输单据,机电设备进口证明,海关免税证明,报关单,外贸合同,质量保证书,商检报告,索赔文件,验收记录等。

2. 管理资料 操作规程、维护保管制度,维修和改进工作中形成的材料,应用质量检测,计量、使用记录及调剂报废处置情况记载,人员培训记录,设备的维修电话和联系人,每年的经济效益分析、使用率与完好率统计等(大型医用设备还应有配置许可证)。

3. 装备随机资料 产品样本,装箱清单,使用和维修手册,设备布置平面图,线路图及其他相关资料。

**(四) 档案登记表参考格式**

档案登记表(主页):见表 4-1。

表4-1　医学装备档案登记表

| 主机 | 中文名称 | | 档案编号 | |
|---|---|---|---|---|
| | 外文名称 | | 主机编号 | |
| | 型号规格 | | 出厂日期 | |
| | 国别厂家 | | 启用日期 | |
| | 合同号 | | 引进方式 | |
| 单价 | 人民币 | | 上级拨款 | |
| | 美元 | | 自筹资金 | |
| 附属设备 | | 型号规格 | 数量 | 出厂编号 |
| | | | | |
| 使用科室 | | 设备质量情况 | 移交科室签名 | 接收科室签名 |

第二页:验收安装登记表【主要内容包括设备名称(中英文)、国别厂家、出厂日期、出厂编号、验收安装时间、机器包装、开箱、开机验收主要情况、试机过程、验收结论、参加人员及上级批复等】。

第三页:操作规程(按机器设备说明书编写)。

第四页:检修记录(检修时间、故障现象、排除经过、更换零件或、改装电路详细说明、检修人员、使用人员、验收等内容)。

第五页:年度质量鉴定(年度鉴定时间、质量定级、评定人员签字)。

第六页:使用管理登记本(使用科室逐日使用人次或时间登记、机器质量情况操作人员签名)。

第七页:装备卡。

接收各类资料时应当严格交接手续,没有完整、准确的记录,不予接收,不予归档上报。特别注意电子文档的索取和收集。

### 三、医学装备档案管理的实施

医学装备档案的管理是根据卫生行政主管部门的规定,结合本单位的具体情况按照"统一建立,分级管理"的原则加强管理。档案的各种表册,各医院可参照卫生部《医疗卫生机构仪器设备管理办法》有关附表格式制定,同时制作便于保管,检索方便的档案盒,统一本单位编号,在盒封面、脊背上标明分类编号,设备名称,规格型号等。

1. 医学装备档案由医学工程科(处)或相应管理部门负责建立和保管。实行医院、科室、操作人员三级管理网络。

2. 医学装备档案必须由专人负责管理,档案管理人员调动工作时,办理医学装备档案移交手续,交接双方在清单上签字后,方可离职。

3. 医学装备分户账,使用管理登记本和装备卡,随装备发给使用科室,专人管理,定期检查。

4. 档案按台(套)为一卷或若干卷,不同装备不能混淆。材料放入档案盒内,并按档案卷号编排方法注明设备类别、名称、建档时间、使用科室。材料按时间排列,用铅笔编写页号,正面编在右上角,背面写在左上角,然后填写好卷内目录和填写人及填写时间。

5. 档案管理人员按照档案整理相关要求及时进行分类、装订、排序、编号。

6. 维护维修资料每年由主管人员整理归档。

7. 每个科室的主管领导均有本科室设备台账,同时有实际管理负责人,台账与总档案和实物对应,如出现人事变动,办理相应交账手续。

8. 建立严格的借阅制度,保证案卷完整、安全,按期归还,如有损坏、遗失,由借阅人负责;原版说明书和线路图等重要资料一般不外借,可复印;仪器设备在报废三年后,档案予以撤销。

9. 档案资料备份,既保护了原始资料又方便了使用,对重要资料的备份如合同,出借时也要登记备案回收。

10. 编制适合现代化管理需要的检索工具,实行计算机管理,提高科学管理水平和服务质量。

11. 档案库房应当配有专用档案柜,并有防盗、防火、防水、防尘、防虫等措施;应编制档案柜顺序号;案卷排列也应自左至右、从上而下地顺序进行,排列要整齐、美观。

12. 库房内要经常保持清洁、禁止乱放杂物,库房内外要设温湿度计,每周要测试记录一次。

13. 每个月要对库房进行一次全面检查,作好检查记录,发现问题及时解决。

14. 档案管理人员严格遵守保密法和有关纪律,不丢失、不泄密,私人谈话不得涉及档案内容,不得在库房会客。

15. 档案管理人员应当熟悉设备档案,以便根据需要,积极地为各项工作服务,利用档案,既要尽力服务周到,又要注意安全。根据实际需要,努力创新档案管理工作。

# 第四节　装备维修工程的基础理论和基本方法

## 一、概述

维修工程是研究维修保障的一门学科,是对装备进行维修的系统工程,是装备设计与使用保障之间的纽带,是装备技术管理的主要组成部分。

它以追求装备的最佳整体效益为目的,以全系统全寿命的维修管理思想为指导,把维修看作为装备全寿命过程中的重要环节,看作为是装备研制,生产的延续,对装备实施全系统全寿命的维修管理,为装备提供经济、有效的维修保障分系统,保证以最小的全寿命费用实现装备的完全性要求,以提高装备的完好率和有效使用率。

它的作用主要表现在两个方面,一是可以获取明显的经济效益,减缓医学装备损耗和老化的速度,减少由于故障而引起的损失,提高完好率,使装备得到最好的应用。二是作为现代医院管理的重要组成部分,能尽快恢复医院系统的最佳运转功能,取得明显的社会效益。

维修工程包括科学合理的安排制定医学装备的保养与维修计划,研究维修保障策略,改进保养维修方式,培养训练维修技术人员、管理人员,提高保养维修技术,并及时将高新科学技术成果运用到维修保障工作中。

## 二、维修工程学的形成与发展

### (一)维修工程学的形成

维修工程最早应用于军事装备,是最近几十年发展起来的新兴学科。20 世纪 50 年代,美国国防部发现,军事装备在实用阶段,历年开支的保障费用逐年上升,它的总和甚至超过采购费用的几倍。20 世纪 60 年代中期,他们着手研究全寿命费用问题,结论认为要使装备在寿命周期内的全寿命费用优化,就要谋求维修保障的优化,要在装备设计的早期,就考虑到装备的可靠性、维修性以及与此紧密相关的维修保障分系统。因此在致力于提高装备性能的同时,可靠性和维修性相继登上了设计舞台,从而产生了一系列有待于解决和进一步开发的新课题。新的研究成果,使装备的发展产生了新的飞跃,并使装备的维修保障发生了根本性变革。随着这些研究的扩展和深化,先后形成了一系列新的工程学科,作为系统的应用理论指导着装备发展与维修保障变革的实践,成为系统的应用理论,赋予工程学科的名称,这就是维修工程。其诞生是人们在维修工作领域通过长期实践,特别是在近几十年科学技术迅猛发展的情况下,为保障装备在现代战争中充分发挥其系统效能,减轻保障负担,节约开支的迫切需要而产生的必然结果。

1975 年美国航天局编写出版了《维修工程技术》(maintenance engineering techniques)一书。这本书的问世,标志着维修工程已经形成一套系统的理论和方法。

1970 年在英国形成了一门新的学科,叫做设备综合工程学(terotechnology),其内容与维修工程大同小异,只是研究和涉及的范围更广一些,对象更侧重于企业的设备。

1973 年日本国在欧洲考察综合工程后,也提出了适合自己国情的"全员生产维修",更加强调企业全体人员参与装备管理的作用。

我国自 20 世纪 70 年代以来引入维修工程,20 世纪 80 年代中国设备管理协会根据引进的设备综合工程,培训人员,并以此理论指导我国各民用企业推行设备综合管理,取得了显著的成效。20 世纪 90 年代开始逐步对医学装备进行技术管理。在理论与实践的结合上还需要不断总结,拓展和改革,以建立我国系统全面的医学装备维修工程。

### (二)维修工程的发展

维修工程学形成以来,作为装备维修保障的系统工程,在装备的维修保障领域中的作用愈来愈大,取得了显著的社会效益和经济效益。随着人们实际应用经验的积累和总结,研究的不断深入,维修工程还将在以下三个方面得到进一步的拓展:

1. 维修工程的理论基础将更加充实　维修工程是一门新兴的综合性工程技术学科。它以多门学科作为理论基础。随着这些基础理论的进一步发展,维修工程还会吸取其中有关的营养成分,使自身的理论基础进一步充实,成熟和深化。

2. 维修工程应用的手段将日趋完善　高新科技成果的应用转化,使装备的精密化、自动化、智能化程度与多功能日趋强化,需要维修工程处理的各种参数和需要解决的问题必然更加繁多,设计的因素也更加多样和复杂,但是维修工程所应用的各种技术手段特别是信息技术和传播手段日新月异,这不仅适应了维修工程应用的需要,而且使处理各种复杂的维修保障问题应用的手段日益完善。

3. 维修工程研究设计的不断扩展　事物发展的规律都是由低级向高级,由浅入深地不断发展。以装备的维修性而言,以往一直是把测试性包括在内的,但近些年来监测、鉴别、认定故障对装备的技术管理和维修保障日益重要,故障监测、鉴别、认定的技术不断发展,有些高档医学装备已将测试性作为单独的一种设计特别加以研究确定。可以预见在未来,维修工程学研究涉及的领域和内容将不断丰富扩展。

**(三) 医学装备维修工程的基础理论和基本方法**

医学装备维修工程是一门年轻的学科,还需要发展、丰富和深化。现将医学装备维修工程的基础理论和基本方法作一介绍,并对其中一些重要内容加以简单解释。

1. 维修工程设计　以保证装备完好率,降低全寿命费用为总目标,按照技术管理的总体要求,对维修保障筹谋设法,制定具体标准提出实施方案,进而用全系统全寿命观点对方案进行评估、修订和完善。如此反复筹划,实践总结的若干循环,以求得最佳设计方案并加以确认,实现维修保障的科学性、经济性、创新性,并以此指导和规范实施程序和具体措施方法。

2. 维修保障的基本条件

(1) 维修保障技术人员的基本素质:应具备扎实的专业基础知识,熟练的基本技能,良好的思想作风工作作风,较强的奉献精神敬业精神和较好的服务意识。

(2) 工具和测试仪器:除必要的场地设施以外,还应具备常用的机械拆装工具:如电工工具、真空压力表、万用表、兆欧表、电容/电感表、示波器、信号发生器、稳压电源、逻辑分析仪、智能在线分析仪和各种医学装备计量测试仪器等。

(3) 技术资料:装备的技术说明书、维修手册、结构图、装配图、电原理图、印刷电路板图、元器件零配件明细表、元器件手册和相关的参考仪器等。

(4) 器材和元器件:常用的维修器材和必要的元器件、零配件。

3. 装备故障原因种类和规律　装备产生故障的原因是多种多样的,大体可分为四类:

(1) 人为引起的故障:多为操作人员对使用操作规程不熟悉而造成。

(2) 装备可靠性维修性缺陷造成的故障:包括元器件质量较差,装备工艺有疏漏,设计不完全合理等原因。

(3) 元器件造成的故障:装备长期使用后,元器件磨损、疲劳、衰老所造成的。

(4) 装备使用环境不良造成故障:装备使用的环境条件不符合要求,包括动力电压、温度、湿度、电场、磁场、振动等。

4. 故障判断认定的常用测试技术

(1) 测量:测量是一种为确定被测装备的全部或部分量值而进行的实验过程。测量要借助专用的仪器仪表来完成,将被测对象结果与原设计标准进行对比,或与正常运行的相同相类似的装备进行比较,以此认定故障的原因并定位。要保证测量的准确性,减少误差,提高测量效率,降低成本。还应学习并采用新的测量方式方法。

(2) 计量:计量与测量是密不可分的,但又有区别。计量是为了保证采用不同测量手段能使量值统一和准确一致。计量工作主要是把未知量与经过准确确定并经国家有关质量监督部门认可的基准或标准相比较来加以测量,是一种量值传递的过程,它具有统一性、准确性和法制性特征。

测量数据的准确可靠,要求计量予以保证。没有计量,测量将没有依据,测量也就失去价值。

（3）测量技术要点：在测量前必须目的明确：测量什么参数、在什么部位测量、怎样进行测量、测量的精密度、采用什么仪器仪表和方法、测量结果能否得到需要的信息。

在测量时要正确使用测试仪器仪表，采用正确的方法，尽量减少人为误差。近年研制成功的全自动测试系统（automatic test system，ATS）比较以前的人工测试既准确又快捷，更适应大规模集成电路组成的医学装备，在维修保障中发挥了事半功倍的作用。

5. 装备故障检查认定的步骤与方法　装备故障的检查认定是排除故障的前提与关键，要放在维修保障中的首位。严格程序，方法得当，才能使故障检查认定的速度快、效率高。

（1）故障情况调查：认真对故障现象和装备情况进行调查，切忌盲目动手、仓促拆卸。第一要向操作使用人员了解装备使用时间、环境情况、外界影响、产生故障过程中的现象。第二询问装备的使用和维修史，查阅维修技术档案。第三掌握装备的工作原理、性能结构特点、技术指标、操作使用方法。

（2）外部检查：外部检查可分为通电前检查，通电瞬间检查和操作检查。有时要再现故障过程，以便判断认定是否有虚假故障，是否外部附件或元件损坏而造成故障，初步认定产生故障的大致部位和原因。

（3）分级（段）检查；分级分段检查的目的在于判断故障发生在哪个模块系统，然后分步缩小范围，直至最终找出产生故障的直接原因和部位。

（4）检查认定电路故障的几种方法：对装备电路部分故障的检查认定常用的方法有参数测量法，信号跟踪法、逐级分割法，等级取代法、整机对照法，电路焊点清理法、电容旁路法、故障点暴露法、在线测试检查法和程序检查法等。

装备故障的检查认定方法很多，并非一次检查一种方法就可以完成故障认定，有时需要两种甚至几种方法反复验证才能正确判断认定。这些方法互相关联，通过多次实践，反复摸索总结，提高综合分析能力，就可以用简洁的方法，快速地判断认定故障的原因和部位。

6. 故障的探查、隔离与定位　由于计算机技术和微电子电路技术的发展及广泛应用，许多医学装备已经是机、光、电一体化，描述此类医学装备结构和工作原理的好方法是用功能框图法（functional block diagrams）。尤其遇到有些装备没有详尽完备的维修手册和线路图，就要靠"由表及里，有粗到细、逐步深入"的细致观察，划分功能模块，用功能图来描述。如图 4-1 所示。

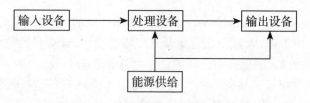

图 4-1　医学装备维修基本结构框图

按照这个装备基本结构框图（图 4-1）的描述，可以把装备分成输入设备、处理设备、输出设备、能源供给四个大部分，还可以将功能框图细化，再分成若干功能模块，这种方法，便于故障现象的探查分析和测试，也有利于故障的定位和隔离。

很多医学装备的电路构成非常复杂，既有串联电路、并联支路，还有反馈环路等等，对于分支、汇合点和反馈等复杂电路构成按照功能模块 - 电路 - 元器件三个层次的故障检查程序。采用割断方法，化繁为简，分而治之，更容易对故障的分析判断和认定。检查故障部位损坏的元器件时，必须熟悉常用元器件的工作特性，了解电路中哪些元器件不可靠最容易损坏、首先检查这些元器件、分清层次先易后难地找出造成故障的元器件。

7. 医学装备中的干扰、噪声及其控制　医学装备因外界环境和装备之间相互影响，造成干扰，输出信噪比下降的情况愈来愈多。危害严重，必须引起足够重视。

形成干扰的原因可分为两大类：第一是装备外部存在干扰源，干扰源通过导体（包括人体）的传导性偶合进入装备，干扰装备的正常运行。第二是装备内部存在对干扰的敏感元件和电路，形成内部干扰源。

装备的干扰和噪声的控制，首先要寻找认定干扰源、噪声源，然后对症下药，分别不同情况采用相应的方法。如更换造成干扰的元器件、排除干扰源或采用电磁屏蔽、滤波、良好的接地、完善的调剂编码等措施，控制装备内部和外部的干扰和噪声。

8. 故障认定失误的归类总结　类似临床医学中的"误诊学"，为了减少维修保障中对故障判断认定的失误，提高故障认定的准确率，对维修保障实践工作中发生错误判断，认定失误的事例进行归类总结十分必要。通过对典型事例深入剖析，有利于提高故障鉴别水平，改革传统模式，开创新的维修保障方式。

另外医学装备维修工程还涉及医学装备计量检测与维修，一般维修与维修管理等，应该努力做到"检""修"紧密结合；"管""修"紧密结合。

# 第五节　装备维修工程的内容

维修（maintenance）是指装备在应用和储备过程中，使其保持或恢复有关技术文件所规定和要求的状态，以达到预期工作效能所进行的全部技术活动和管理活动。

传统的维修仅指修理而言，长时间来说修理被认为是徒承师传的一种技艺，登不上科学的殿堂。人们对装备维修的认识也仅局限于事后维修，即在装备出现故障后再进行修理。从 20 世纪 60 年代开始，随着科学技术的高速发展，维修已融入了管理科学和技术科学的许多最新研究成果，逐渐发展成为一个既有理论指导又有具体方法的学科体系。维修包括了预防性维修和故障性维修两项既有紧密联系又有区别的工作。

## 一、装备的预防性维修

预防性维修（preventive maintenance，PM）是按照一定的计划，周期性地对医学装备进行系统检查、保养、维护工作，以减少或避免偶然故障的发生，延缓必然故障的发生，达到消除隐患，防患于未然的目的，确保装备性能的稳定可靠和安全有效。

预防性维修应贯穿于装备运行的全过程，无论从提高装备的有效使用率，还是从延长装备使用寿命减少全寿命周期费用，预防性维修都显然优于消极的事后维修。

### （一）预防性维修的意义

众所周知，医学装备是医院医疗工作的主要技术资源，医学装备的质量好坏直接关系着医院医疗质量和医疗水平的提高。预防性维修作为医学装备质量控制的主要手段，在医院医学装备管理工作中越来越受到重视，并为越来越多的医院所接受。这种周期性的预防保养和维护能够确保装备处于最佳工作状态，大大提高装备运行的可靠性和有效性，减少故障时间,减少维修工作负荷,起到防患于未然的作用,同时还能延长设备的使用寿命,降低维修成本。

### (二) 预防性维修的工作内容

1. 定期对医学装备进行全面的使用状况评估 包括其主要性能指标表现(如影像设备的图像质量)、使用频率、操作正确性,设备故障代码及关键部件的工作状态。

2. 对设备本身及外围设备的安全保护装置逐一进行安全检查 尽早发现并从根本上杜绝隐患,避免重大事故。

3. 外观检查 对各种旋钮、开关、参数显示(指示)部件、接插件、连接线、接地线等的可靠性、有效性进行检查,及时排除隐患,保证其正常工作。

4. 定期对仪器设备表面与内部电气部分、机械部分进行清洁、保养、防锈及润滑处理 以增强设备的稳定性、可靠性,延长其使用寿命。

5. 根据使用期限的要求及时更换消耗性部件 如 CR 使用的 IP 板,检验仪器中的电极,超声诊断仪中的探头,避免因这些部件的指标下降而影响主机的性能和使用质量。

6. 定期校准和调整设备的技术参数 包括测试和校正电气参数、机械参数、动力学参数等。有条件的要用标准检测仪器对装备的技术指标进行检测分析,发现有偏离之处及时进行调校,以保证仪器设备各项指标达到应有的技术标准,确保其在检查诊断和治疗中的质量要求。

由于医学装备的种类很多,它们的功能、原理、结构和电路各不相同,复杂程度也千差万别,因此,它们所需要的预防性维修工作内容也是有很大差别的。显然,一台数字式血压计与一台 CT 机的预防性维修内容、要求及工作量是大不相同的。作好医学装备的预防性维修工作,应在掌握设备的原理、特点,故障与磨损规律的基础上,合理地制定设备检查、维护、保养、维修的具体作业内容。特别强调的是,PM 是技术性和管理性极强的工作,参加该项工作的成员必须是具有一定专业技术素养,经过培训的医学工程人员或医技人员。

### (三) 预防性维修的周期设计

预防性维修的周期制定应根据医学装备具体的使用场合、具体的使用环境、具体的使用频率、具体的性能特点以及在临床诊断(或治疗)中的重要程度等因素综合加以分析,确定预防性维修的优先等级。例如,同样一台监护仪,放在 ICU 使用时就比在普通病房使用时预防性维修的优先等级高;雨季装备的预防性维修优先等级高于其他季节;超负荷运行的设备,其预防性维修等级显然高于正常运行的设备。因此,认真权衡、分析诸多影响预防性维修等级的因素,我们就能制定出符合医院实际情况的、科学合理的预防性维修周期。

一般来说,制定预防性维修计划、特别是设计预防性维修周期,应根据医学装备使用中的风险程度、安全要求、使用频率、重要程度、自身电路和结构的设计特点、环境因素等指标进行量化打分,最后把所有指标获得的分值相加,总分越高者,则 PM 优先等级越高,其周期也越短。如高风险的呼吸机、麻醉机、高频电刀、除颤器等以及医院的大型、重要设备如 MRI、CT 等是预防性维修周期最短的。

### (四) 装备的预防性维修与日常维护保养工作的关系

装备的预防性维修计划中虽然也包含了除尘、清洁、润滑等维护保养性工作,但由于是定期进行的,所以并不能代替日常的维护保养工作。日常的维护保养工作包括观察装备的运行状态(如自检能否通过,是否有报警发生等)、装备表面及机房、控制室的清洁卫生,机房的温度、湿度、电源的工作状态(如稳压电源的指示值、UPS 运转状况)等。这些工作主要应由装备的使用、操作人员去完成,当然,医学工程专业技术人员对一些风险大、故障频发、使用频率过高、需要重点监控的设备要加强日常巡视、维护保养及质量控制工作。对于一些安全要求特别高的装备如手术室的仪器设备、急诊抢救室仪器设备、ICU 的呼吸机、除颤仪等每天都应进行检查、检测,以保证这些装备在手术、抢救及重症患者治疗中不发生任何质量问题。

### (五) 现代预防性维修中的高科技手段

随着生物医学工程技术和信息科学技术的高速发展,医学装备的预防性维修手段在原有基础上又增加了许多高科技的成分:如现代化的智能监测系统和远程显示和预警系统,它们能实时、自动监控医学装备的运行状况,能第一时间监测到故障隐患(如指标偏高、参数超差、数据有误等),并立即把信息传送到医学装备运行保障中心,通过对相关信息的处理分析,能准确地判断出设备当前的基本状况并确定最佳解决方案。这样,装备中潜在的错误和功能缺失在其尚未产生故障行为前就被准确预报出来。譬如,CT 的球管在设计阶段就内置了十余个传感器,可以持续监测 CT 系统运转中的重要功能。通过复杂的软件运算和处理,能判断球管剩余的生命周期,并能预测球管故障可能发生的时段。

## 二、装备的故障性维修

维修是在装备出现故障或预测将出现故障前采取的修复措施,是由经过培训的专业人员采用特有的技术手段,检查出装备非正常运行或停止运行的原因,然后以特有的方法和技术将其修复,使装备再投入正常使用,这种从检查到修复后正常运行的过程叫做装备的故障性维修。

装备的维修与维护保养是有区别的,又是紧密联系的。维护保养是装备正常运行的情况下,为了延长其寿命,保持性能,最大限度保证装备正常运行而采取的保护性预防性措施;而检修是在装备出现故障或预测出现故障而采取的修复措施。它的主要任务是修复损坏的部件或即将损坏的部件,使装备的功能和技术指标得到恢复,以保证装备的正常运行。因此装备的维护保养要同维修结合起来。

根据不同情况,按照维修活动的目的与时机可以划分为三大类:

### (一) 修复性维修

修复性维修一般也叫做排除故障或故障修复。它是装备发生故障后,使其恢复到规定的各项技术指标和正常运行状态所进行的全部技术活动。它的具体工作步骤可分为:故障检查、故障认定、故障定位、故障隔离、整机分解、器件修复(更换)、整机再装、调整校正、实验运行、性能检测等。

### (二) 改进性维修

改进性维修是利用完成装备维修任务的时机,以提高其性能、可靠性、维修性或适合某种特殊用途要求为目的,对装备进行某些必要的而且是经过批准的改进或改装。改进性维修是一般维修工作的扩展,它实质上是修改了原装备的设计并付诸实施,达到维修与改进的目的。

对改进性维修要十分慎重,在实施以前要经过反复论证、检查测试、方案设计、结果预测和必要实验等步骤,并报请上级审批后方可实施,以免造成装备损坏和经济损失。

### (三) 应急性维修

在故障定位后,目前常用更换电路板的办法,但一所医院一般不可能备齐所有电路板,因备件不齐和其他条件限制,不能及时修复,影响装备的正常运行而造成损失。因此维修人员在熟悉装备性能特点、结构原理、常见故障的基础上还应掌握应急性修理的方法和技巧,在没有完全一致的元器件替代损坏元器件时,可采用以下几种常用的等效替代方法:

1. 并联替代法　将两个或两个以上的元件并联后替代某个元器件。电阻、电容、二极管、三极管、电源变压器等均可采用此种方法。两个或两个以上元件并联后,其参数将发生变化,电阻并联后其阻值比最小的电阻数值小,但功率会增大,电容并联后,总容量增大,二极管及三极管并联(通常加均流电阻后),会增大功率。

2. 串联替代法　将两个或两个以上元器件串联后,可替代某个元件。电阻串联后,可增加阻值,电容串联后,容量减少,但耐压增加,二极管串联后,可增加耐压值。

3. 应急拆除法　某些用来减少纹波的元件、电路调整用元器件等辅助性功能元件一旦击穿后,不但不起辅助作用,反而会影响电路甚至整机工作,可采用应急拆除方法恢复电路及整机工作。应急拆除某些辅性元件,可能会使装备部分功能丧失,应引起足够注意。

4. 临时短路法　某些在电路中起某种辅助作用的元器件,例如限流用的低值电阻器、滤波用电感线圈、电源扼流圈及三极管等,这些元器件损坏后可能会导致电源中断信号中止,如果将损坏的元器件两端短路,装备可恢复工作,但临时短路法不适宜用于电容器和集成电路。

5. 变通使用法　两个或两个以上的部分输入功能损坏的元器件,可充分利用其尚未损坏的功能,重新组合,作为一个功能齐全的元器件使用。例如用三极管的一个结代替二极管使用,损坏的大功率三极管如果一个结果是好的,可作整流二极管使用。

6. 主次电路元件相互交换法　某些主要电路中的元器件部分损坏,会影响装备的正常工作,可由性能要求不高对整机相对影响不大的次要电路中的元器代替或与之交换使用,使装备的主要工作恢复正常。

7. 电击修复法　某些线径较小的电感线圈、变压器断路后,可用较高的电压将断路两端重新焊接。一些陶瓷滤波器漏电后,亦可用高压产生的火花使漏电处烧断。显像管的电极漏电时,查出两个漏电电极,可在电极上串联一个 15~100W 的灯泡,使两电极断续接通 220V 交流电,亦可能消除某些杂质而引起的漏电。电击修复法要采用合适的电压和电流。

8. 降压使用法　为了使某些性能变差的元器件继续使用,可采取调整电源的取样电阻,使直流稳压电源的输出电压适当降低,降低工作电压有时还可以克服电路的自激。

9. 加接散热片法　某些未加散热片的发热元件过热,可加接散热片提高元器件工作质量,并延长其使用寿命。

10. 自制元件法　如果没有合适的元器件替代,可自制某些元器件,例如低值电阻器、电感线圈、扼流圈和变压器等。

在应急性维修中有几点需要特别注意:一是应急性维修有很大的局限性,要慎重运用,防止扩大故障。二是应急性维修多数是临时或短时的,同时要积极创造条件如与厂商联系购置合适的元器件,为完成永久性修复作好准备,待条件具备立即修复。三是由于环境不符合要求而造成的装备故障,既要治标更要治本,解决环境问题,以免装备屡修屡坏。

维修工作作为维修保障系统的主要组成部分,成功地将故障定位,更换替代的故障元器件,并不意味着维修工作的完成。一次完整的维修过程,应当还包括对正确操作使用和装备性能的校准,记录整个维修过程,填写必要的表格,最后将完好的装备交给使用者。

# 第六节　维修资源的确定与优化

维修资源是保障装备维修所需要的资源,也可以叫做维修保障资源。资源确定、优化的要求、内容及方法是建立装备维修保障系统的基础。

## 一、维修资源的主要内容

### (一) 专业技术人员及其培训

1. 确定装备使用、维修和管理人员的要求,人员比例和数量。
2. 明确各类人员培训的计划、内容、时间和周期。

### (二) 技术资料和软件

1. 各种技术资料,包括使用说明书、安装图纸、维修手册及各项技术指标。
2. 装备运行操作的软件、调试软件、自动检测软件及使用方法。
3. 各种清单,包括设备清单、零配件清单,专用工具清单。

### (三) 测试和保障设备设施

1. 装备维修保障所需要的测试与保障设备,包括测试、检修与校准的设备仪器仪表。
2. 装备需要的特殊保障设施,包括贮存、检修、试验的场所,防护及搬运、安装的设备设施。

### (四) 备件的供应

1. 装备规定的备件种类,年需要量和贮存要求。
2. 备件和维修保障器材的来源及供应渠道。

## 二、维修资源确定与优化的必要性

### (一) 是建立及时、高效的维修保障系统的关键

装备的维修任务、维修级别和维修资源,构成了装备维修保障分系统。维修保障分系统还包括与维修资源密切相关的管理机制,如维修标准、维修计划、规章制度、激励政策等。在以往比较长的一段时间里维修保障在许多医院里不太受重视,突出表现为装备的可靠性、维修性等设计特性与维修保障分系统不相称、不匹配。大量实践证明装备的固有性能如各项技术指标是由设计、生产制造部门保证的,装备的可靠性维修性和维修保障系统也是由设计、生产制造者保证和规定的。如果某种装备先天可靠性维修性差,维修保障系统的保障能力低,那么后天即使投入再多的人力、物力想要对其性能进行大的改进很难,很费钱。相反,如果装备先天可靠性维修性好,维修保障能力强,后天使用单位不按规定建立维修保障分系统也会减少装备寿命甚至出现不应该的损坏事故。所以,在装备安装开始就应该确定各项维修资源,并随着使用过程不断地总结提高、完善、优化装备的各项维修资源。

### (二) 是达到装备费用效果目标的关键

装备的维修保障费用超过其采购费用的情况时有发生。使保障分系统的保障能力与装备的设计要求匹配不仅可以提高装备的效能,而且可以大大降低装备的全寿命费用。

### (三) 是保证装备效益的重要因素

有效而经济的维修保障系统既可以保证其发挥良好的社会效益,同时又带来良好的经济效益。

### 三、对维修资源确定与优化的要求

#### (一) 确定原则

确定医学装备维修保障资源时,一般应遵循以下原则:

1. 各种技术条件成熟时,应采用无维修设计,即便用维修设计也应以维修设计内容愈少愈好,这样可以简化和最大限度减少维修保障。

2. 维修的部位和内容,应尽可能地采用简便、快速、可靠的方法,认定故障、隔离故障和排除故障。

3. 确定维修保障设施时,应力求使装备就地得到维修,不需要另外场所,并尽可能用换件修理。

4. 要求保障设备仪器仪表的通用性、简易性。

5. 在确定装备预防性检修时,应以保持装备的固有可靠性为目的,选择既适用又有效的维修方式,如状态监控定时维修或视情维修。如果装备需要定时维修,则应规定定时维修的范围和周期。

#### (二) 约束条件

在确定装备维修保障资源时,应考虑以下约束条件:

1. 环境条件　装备的维修保障应与装备的工作要求和工作环境相适应。

2. 资源条件　尽可能地根据现有的维修保障机构、人员、物资确定装备的维修保障。尽可能避免使用贵重资源,如贵重的保障设备、仪器、仪表和备件以及高级维修人员等。

3. 费用条件　应在全寿命费用最低的原则下,确定装备的维修保障。

#### (三) 人员的配置与训练

要以最低全寿命费用达到装备系统使用目标,必须要有经过严格培训合格的操作使用与维修技术人员。对于大多数医学装备,维修资源中费用最高的是维修和使用操作的技术人员。

1. 对于高档复杂医学装备维修和操作使用人员的数量、技术等级的配备和培训,必须从分析维修要求时就进行策划研究,以便使人员配置和培训与系统设计、维修方案和保障系统的要求相一致,以保证装备正常使用后维修保障系统的完好运行。而维修人员的技能等级及数量,由维修保障分析得出的任务频数和复杂程度来确定。装备经过一段时间的正式运行,必须对装备系统工作每一个岗位的相应特长和技术等级要求与最初规定的人员数量和技术等级要求相比较,不同部分要通过修改维修保障分析加以纠正。

2. 在维修资源中,费用最高的是维修和使用操作技术人员,所以要降低装备全寿命费用,在人员配置的数量和技术等级确定之后,要注意就低不就高,如果低级技术人员能履行岗位任务就不要用中高级技术人员,这是减少全寿命费用的重要一点。

人员培训既有早期培训,又有持续培训和装备新知识新技能的培训。

拟定培训大纲,包括制订培训目标、培训计划;有针对性地编写培训教材;筹措培训器材;并按培训大纲要求严格组织实施;最后进行培训考核评议。要注意不同类型不同维修级别人员培训的区别,注重实际效果。

#### (四) 检测

检测是完成医学装备系统的测试、故障认定、故障定位等。测试与保障设备仪器分为自动和手动两大类,有专用的、通用的或标准的。对测试与保障设备仪器的要求来源于装备系统的要求,特别是装备系统可用度要求。

随着科学技术的进步,医学装备的技术性能愈来愈先进,结构愈来愈复杂,因此要求现代医学装备在设计时,除了应赋予技术性能外,还应具备故障自动检查功能,优秀的自动检测系统应能监视装备的运行,识别装备的技术状态,出现异常则以高置信度发出故障警报;分离故障来源,确定故障位置的影响,减少或消除由软故障(性能参数不符合要求,但能自动调整修复)所造成的损失;记录由于硬故障(不能自动修复)而失败的原因,便于事后故障分析。这种自动检测系统,一般称作装备的"自析设备"或"机内测试设备"(bite built-in-test equipment)它与装备主系统结合在一起,有联机在线和脱机(离线)两种测试方式,联机测试状态以时分的方式与工作状态穿插进行,主要用于性能监测,发现故障并重新组织结构,把故障的影响减少到最少,但不能完成故障隔离。脱机测试状态,是指在装备不进行诊断治疗时,由操作人员启动,对装备进行全面或重点测试,检查故障,实现故障分离、定位、进行修复。一个好的自检系统,应能避免具有危险性后果的故障发生,尽量能发现早期故障,尤其是那些发生故障后,排除起来很费时,很费钱的单元部件。在自检系统能查找的故障中,应不漏掉任何一种重要的故障模式。

另外一种自动测试系统叫做自动测试设备(ATE-automate test equipment),它配属在维修单位可以检查和修理从装备上替换下来的"单列可更换单元"(LRU-line replaceable unit)所谓"单列可更换单元"就是一个功能模块或一组功能模块,作为一个整体更换时,不需要调整系统的其他模块,只需要使用简单的分离技术,在医院使用部门即可快速完成,是近年来医学装备测试和检修最优设计的一大进步。

机内测试设备仪器和维修单位的自动测试设备仪器相互配合与恰当分工,必将大大提高装备的可靠性,增加利用率,简化维修程序,简便维修技术,降低对维修人员的要求,从而使装备的全寿命费用大幅度地降低。

**(五) 备件和供应**

备件的筹措与供应是医学装备系统全寿命中一项很重要的经常性的工作。备件的品种和数量,既影响医学装备的可用度,又影响医学装备的全寿命费用。

1. 综合权衡分析,确定每种维修类别所需的备件供应贮存的种类和数量。以装备故障率或预期的损坏率为依据,应用统计学方法,计算出一定置信水平下的备件估计值,随着使用时间的增长,有效数值增多,及时分析,不断修改各维修级别所需的备件种类和数量,做到最佳的费用效果。

2. 备件的种类数量　根据技术资料要求:如排除故障所需的备件、周期预防性更换所需要的备件、可修复单元所需的备件。按维修任务和维修计划分析研究确定影响备件需求率的内部因素和外部因素,达到贮存最小,效果最好,降低全寿命费用的总要求。

## 四、维修资源的外部承包及其管理

近年来,随着我国医疗卫生事业的蓬勃发展和医疗水平的不断提高,国内各大医院大量引进国外先进的医疗装备。目前三级以上的医院平均约80%的装备是从国外进口的,医院引进先进的医学装备,对医疗技术的进步,医疗质量的提高无疑会起到很重要的作用。然而,设备投入使用以后,如何作好技术保障和技术支持,保证它的安全、可靠、有效,往往成为各家医院普遍感到头痛的问题。

之所以如此,有如下几个原因:

1. 随着电子技术,计算机技术与生物医学工程技术的不断融合与渗透,现代医学装备不断向高、精、尖方向发展。医疗机构现有的工程技术人员由于技术水平普遍较低，很难承担起技术保障的重任，加之生产厂家为获取最大利润不惜采用技术垄断和控制维修配件的手段，使得医疗机构自我维修的难度越来越大，尤其是大型设备及技术密集型的中小型设备，几乎百分之百由厂家进行售后维修服务。

2. 国外厂商在技术上的垄断行为和非公平竞争手段，致使用户在签订售后技术保障服务协议时，总是处于被动和弱势地位，在服务价格、质量、服务方式等内容上无法与有关厂商达成相对公平的条款。很多医院是本着"花钱买平安"的心理，被动地去签订保修合同。一个三级甲等医院每年用于医疗设备技术保障方面的经费往往高达一千万元以上！这大大提高了医院的医疗成本，也是"看病贵"问题难以解决的一个重要因素。

3. 医院在与设备供应商签订技术保障合同后，有一部分供应商不能很好地履行合同条款，售后服务质量达不到用户的要求，产生种种矛盾。

医学装备技术保障和售后服务市场所出现的种种问题是医疗卫生事业改革、发展过程中必然会产生的现象。要解决好以上出现的矛盾和问题，一要靠政府出台相关政策、法规，二要靠市场的调节功能，三要靠卫生体制进一步地深化改革。

在目前医学装备技术保障和售后服务领域基本由国外厂商垄断的大环境下，如何作好医学装备的技术管理工作是一个十分重要的现实问题。

首先，要选择一个信誉好、技术保障实力强，服务价格相对合理的维修资源外部承包商。当前，提供设备维护、维修服务的供应商有三种类型：一种是生产厂商直接提供的服务；一种是厂商授权的代理商提供的服务；还有一种是社会第三方提供的服务。不管是哪种类型的服务商，首先要按照医学装备使用中对"安全、质量、性能"的要求，制定准入条件，在"合理的价格"和"优良的服务质量"二者间找到一个最佳的平衡点。

其次，是要制定一个售后技术保障的规范或评价标准，"规范"或"标准"不应局限于设备的开机率、减少故障时间等，应以设备应用中的安全性、有效性、稳定性、可靠性要求为核心，充分体现医疗设备售后服务的宗旨：保证医疗设备的应用质量，进而保证医院的医疗质量。

因此，对医学装备维修资源外部承包商的要求应考虑以下几个方面：

1. 承包商的售后维修服务模式不应局限于被动的故障维修模式　应该定期地检查、检测、维护、保养，制定严格的预防性维修计划。

2. 承包商必须提供合格的售后使用培训　应使所有操作人员都熟悉操作规程，并能熟练地使用设备，避免操作人员因不了解操作规程，出现操作错误，从而导致故障或事故的发生。培训内容还应包含新技术（如新开发的软件）应用及使用过程中质量控制方法等。

3. 应定期对所承包的设备实施质量控制与质量保证工作　如进行医疗设备的性能指标再评估和定期的检测与校准。医疗设备在使用周期中不可避免地会出现功能和性能指标的"退化"，只有通过检测和性能指标再评估的手段才能及时发现并采取相应补救对策，以保证在用设备处于完好与待用状态。与此同时，还应对临床应用效果等信息进行分析与风险评估，保障所获临床信息的质量。

4. 对承包商的维修服务质量评价应有定量的标准和可信的记录　如报修后的响应时间、维修效率、零配件到货速度、无故障时间保证、备用机承诺等。

5. 医疗机构的医学工程技术人员对维修承包商的服务质量负有监理的责任　应定期对在用设备状态进行抽查，包括指标检测、效果分析与风险评估，这样既保证了在用设备的安全、有效，也对承包商的服务态度和服务质量起到督促和鞭策的作用。

# 第(五)章

# 医学装备的应用管理

医学装备是临床诊断、治疗的科学技术基础和重要资源。医学装备临床应用管理和质量保证是其整个寿命周期中最重要、延续时间最长、体现和产生价值的关键环节。医学装备的安全性、有效性、经济性关系着医疗质量和安全，关系着广大患者的医疗安全和生命健康，也关系到医院运营的效率、效益和广大医护人员自身的安全和利益。所以，医学装备应用管理是医院医学装备管理的重中之重，是医疗质量管理和医院运营管理的重要组成部分。医学装备应用管理是个系统工程，组织体系上涉及医院决策部门和管理层、临床科室、医技科室、实验室、医学装备管理部门和医学工程部门，管理体系上涉及医院战略、运营决策、医疗管理制度、经济管理制度、安全管理制度、医疗护理操作常规，技术体系上涉及采购、风险管理、技术评估、临床使用管理与规范化培训、计量检测、感染控制、维护保障和物流管理等方方面面。因此，医学装备管理需要医院建章立制，实行全面质量管理，建立人员准入、设备准入和过程控制的质量管理体系，并实行信息化管理。

## 第一节　医学装备临床安全管理

医疗安全是医疗质量管理的基础，医学装备临床安全是医疗质量管理的重要内容之一。随着生物医学工程技术的发展，医学装备在医院中的地位和作用日益突出，已成为医疗技术发展和进步的动力源泉，对医院医疗质量和技术水平的提高起了重要的推动作用，但医学装备的广泛应用也是一把"双刃剑"，在给医院带来技术进步和利益的同时，也带来了高昂的运营成本，一定的技术风险和安全隐患，如果处理不好，也会给医院带来经济和形象方面的巨大损失。

医学装备安全管理贯穿于医学装备的整个寿命周期，涉及生产者、使用单位、职能监督和行政管理部门。医院医学装备安全管理包括临床准入安全、临床使用安全和临床保障安全三个方面，涉及人员、设备和环境等要素，通常以风险管理为手段，对医学装备存在的潜在风险进行分析、评估和控制。

### 一、国内外医学装备安全管理现状

医学装备直接或间接作用于人体，对健康和生命安全有重大影响，所以，无论是国内还是国外对其安全管理都很重视。

## （一）美国医学装备安全管理情况

美国是世界上最早立法管理医学装备的国家，所以，美国对医学装备管理的方式、方法和标准、安全管理文化为全世界各国职能管理部门所认同和借鉴。美国医学装备管理的职能部门是食品药品管理局（FDA）。1976年，美国国会通过《医疗器械修正案》，授权FDA管理医疗设备，强化医疗器械上市前的监督管理，保护公众健康。1984年，启动医疗器械不良事件监测制度。1990年，美国正式颁布了《医疗器械安全法令》，医疗器械安全管理法制化。1996年，FDA发布《医疗器械报告规章》，要求厂商和用户及时报告医疗器械不良事件，强化上市后的监督。

目前，FDA把2000多种医学装备分成三类进行市场准入监管：

Ⅰ类：一般性管理。对于危险性比较低的装置，只要能够遵守其制定的管理条例和生产规范即可。如：外科普通手术器械、体温计、听诊器、血压计等属于此范畴，种类约占27%~30%。

Ⅱ类：实施标准管理。除了遵守一般性管理外，还必须建立一整套企业生产标准，以确保装置的安全性和有效性。如：心电图机、X线机等，种类约占65%。

Ⅲ类：售前批准管理。必须遵守Ⅰ类和Ⅱ类的管理条例，而且在出售前还要把各种证明安全性、有效性的数据和材料报送FDA评定。如：起搏器、置入人体的材料和人工器官等，约占5%~8%。

可见，该分类是依据医学装备发生故障或失效对人体可能造成危害的程度来分的，分类管理的好处是便于管理权限的划分，使各级管理部门职责明确，任务均衡，繁简适度，轻重缓急，有的放矢。通过上市前和上市后两个监管法规的建立，完善了医疗器械安全监控体系。

## （二）国内医学装备安全管理情况

我国医学装备的安全管理也借鉴了FDA的管理办法。国家为了加强对医学装备的监督管理，保证医学装备的安全、有效，保障人体健康和生命安全，制定了《医疗器械监督管理条例》，并于1999年12月28日，国务院第24次常务会议上通过，自2000年4月1日起施行。2008年又启动了修订工作，新的《条例》有望在2010年出台。《医疗器械监督管理条例》适用于在中华人民共和国境内从事医学装备的研制、生产、经营、使用和监督管理的单位或者个人，贯穿于医学装备的整个寿命周期，是国家目前对医学装备实施监督管理尤其是市场准入管理的法律依据，《条例》中规定医学装备实行分类管理和生产审查注册制度，分类方法与FDA相似。

第一类是指通过常规管理足以保证其安全性、有效性的医疗器械。

第二类是指对其安全性、有效性应当加以控制的医疗器械。

第三类是指置入人体，用于支持、维持生命，对人体具有潜在危险，对其安全性、有效性必须严格控制的医疗器械。厂家在生产二类、三类医疗器械时，应当通过临床验证，第三类医疗器械还要经国务院药品监督管理部门审查批准。

国家《医疗器械分类规则》已于2000年2月17日经国家药品监督管理局局务会审议通过，自2000年4月10日起施行。分类目录需要医疗器械生产、进口经销商和医院职能管理部门动态跟踪。

医疗器械使用管理主要是医院对医疗器械的合理有效使用管理。使用管理是保证健康和人身安全的一个重要环节。医院上级职能监督管理部门是卫生部和各级卫生行政管理机构,为了加强医疗器械的管理有效使用,卫生部于 1995 年 7 月 7 日,发布了《大型医用设备配置与应用管理暂行办法》,强调对大型设备实行二级管理和三证制度(即国家和地方两级管理,实行《大型医用设备配置许可证》、《大型医用设备应用质量合格证》、《大型医用设备上岗人员技术合格证》),对合理化大型设备的区域性布局和管理有促进作用。该《办法》在 2004 年进行了修订、发布,并于 2005 年 3 月 1 日起施行,同时 1995 年卫生部令第 43 号废止。1996 年 9 月 20 日,国家卫生部又发布《医疗卫生机构仪器设备管理办法》,1999 年 1 月又修订再版了 WS/T 118—1999《全国卫生行业医疗器械仪器设备(商品、物质)分类与代码》对促进医学装备的管理程序化、标准化、科学化和法制化也会有一定的指导作用。但根本上并未引起各医院的重视,宣传也不够,患者的常识和意识也跟不上,所以急需建立健全医疗器械使用安全评价机制,建立安全评价和监测的政府或学术组织机构,作好医学装备售前、采购、售后评价、监测、使用标准化和指导工作。

近年来,随着医疗器械相关医疗责任事故的增多,医疗器械上市后的监督也越来越引起国家卫生行政部门和医院的重视。2004 年,国家食品药品监督管理局颁布了《器械不良事件管理办法》,并在全国范围内建立器械不良事件监测报告网络,弥补了市场准入监管的漏洞和不足;2008 年,国家食品药品监督管理局并入卫生部,同时卫生部成立了医疗质量安全监管司;2010 年 1 月 18 日,卫生部颁布了《医疗器械临床使用安全管理规范》,将医疗器械安全纳入医疗质量管理范畴,标志着国家医疗器械安全管理即将走向完善和成熟。

国家卫生部和总后卫生部对大型医用设备和高风险医疗器械采取强制性安全管理和性能质量的监测评价工作,有利于提高国内医疗器械质量安全水平,促进医学装备行业管理水平和技术进步,推动医疗设备维修、技术协作、临床使用安全与操作培训、效益研究、绩效考核、合理配置、调剂租赁、情报信息网建设等方面的法规制度的完善和微观管理,以及国内临床工程教育、考试标准和执业准入和技术准入制度建立等,这应该是今后中国医学装备协会和有关学会与其所属分会发展和工作的切入点。

## 二、医学装备风险分析

医学装备在临床使用过程中,之所以存在各种安全问题,是因为其存在各种静态和动态风险,通常这些风险是有规律可循的,换言之风险是可以进行分析和评价的,如果风险来源找到了,分析清楚了轻重缓急,就可以分级控制。为此国外提出了风险管理理论,包括风险分析、风险评估和风险控制三个组成部分。国际标准化组织(ISO)2003 年提出了 ISO14971 医用装置风险管理指南,该指南要求引入风险分析、判断临界控制点、确定临界极限、建立监测程序、制定纠正措施、建立验证程序、形成记录和程序文件等,但该标准以定性分析为主,不便于医院对医学装备进行分级控制和管理。

### (一) 设计生产方面存在的缺陷

医疗器械在设计过程中,由于受技术条件、认知水平和工艺等因素限制,不同程度地存在着设计目的单纯、考虑单一、设计与临床实际不匹配、应用定位模糊等问题,造成难以回避的设计缺陷。同时,由于许多材料源自于工业,将不可避免地要面临着生物相容性、放射性、微生物污染、化学物质残留、降解等实际问题的考验;并且无论是材料选择,还是临床应用,在技术和使用环境方面的跨度都非常大;而人体自身也承受着多种内、外部环境的影响。而更多的化学材料,对人体安全性的评价,往往不是短时间内能够完成的。在生产过程中,材料、元器件的筛选和老练,生产设备、工艺或装配过程的质量控制,生产与设计要求的一致性保证,环境条件控制,后处理及包装、储运等不可控因素引入的风险等,此外,产品标签和使用说明书中可能存在错误或欠缺带来的风险等。因此,国家要求器械厂家在产品设计和生产过程中,要建立质量管理体系,对生产的各个环节和诸多要素都要加强质量控制和质量保证。

### (二) 上市前研究验证的局限性

医疗器械和药品一样,在上市前是由国家统一实行注册审批制度,对其安全性、有效性以及质量进行评价,以便尽可能地克服设计和生产缺陷。其安全性评价包括物理评价、化学评价、生物学评价和临床评价。物理评价相对明确、客观、易掌握与操作,化学评价一般体现在对材料中的残留单体、有害金属元素、各种添加剂等进行规范,理化评价存在的局限性需要通过生物和临床评价进行弥补。在生物学评价过程中,由于存在大量不可控制的因素,使生物学评价虽然已经能够达到器官、组织、细胞甚至分子水平,但仍然有残留物或降解产物释放等无法确定和控制的现象存在。另外,由于动物实验模型与人体反应的差异,加之人体的个体差异,使生物学评价阶段的动物实验也存在一定的局限性。所以,医疗器械必然要有临床评价阶段。国际标准化组织技术委员会(ISO/TC 210)把医疗器械的生物学评价和临床评价分别定为 "设计验证" 和 "设计确认" 两个不同的阶段。受伦理、道德、法规、社会因素的限制,临床试验仍存在着一些缺陷、不足。主要体现在:时间太短、例数太少、对象太窄、针对性太强,而且与临床应用容易脱节、临床定位也不够准确。

### (三) 临床使用过程存在的风险

在器械临床应用过程中,一些风险性比较大的Ⅲ类器械和急救医疗设备,如人工心脏瓣膜、血管内支架和呼吸机等在使用过程中的临床风险相对高一些。这包括手术操作过程、与其他器械协同、应用人群特性、医生对新器械熟知程度或操作水平等。美国医疗产业促进会(Association for the Advancement of Medical Instrumentation, AAMI)指出,每年器械不良事件报告的8000多例中,有1/3属于使用问题[2]。此外,一些医院还存在过度装备和设备滥用现象。例如近年来在放疗方面出现了伽马刀、X刀、诺力刀、赛博刀、中子刀、质子刀和重离子治疗等不少新技术,用于肿瘤常规放疗、三维适形放疗(普遍使用)或立体定向放疗。由于在技术上概念不清及经济利益的驱动,在一些单位和地区出现了伽马刀、X刀等立体定向放疗技术滥用的情况,不仅浪费了患者大量资金,而且未达到治疗目的甚至是带来了严重后果。所以,放射治疗技术的应用需要医院培养一批技术和临床经验丰富的放射肿瘤学专家来支撑。

### (四) 装备性能退化、故障或损坏

医疗设备安装或投入临床后,并不能一劳永逸,需要不断投入人力、物力资源,始终维持其运行环境条件,以保证其效能的发挥。前期采购投入只是冰山一角,如后期保障条件不到位,就会引起设备物理性能退化、故障或损坏。设备带病工作是风险的一大来源,尤其是无专职医学工程人员作设备质量控制的医院。设备带病工作既伤害了患者,也影响了医院的效益和品牌,所以,医疗设备的预防性维护、维修、计量与质量控制非常重要。医院需要一批高水平的医学工程人员,但近年来,医院医工部门萎缩,人员青黄不接。美国医院医工部门的保障活动完全围绕着患者的安全进行,其采购、验收、预防性维护、检测、修理、校准等完全从临床风险的角度分析、计划和组织实施。从人员比例看,美国医院医学工程人员约占其医疗卫生技术人员的15%~20%(临床工程师、物理师、放射工程师、信息工程师和技师),而国内三甲医院的比例不到1%~3%,差距明显。所以,先进医疗设备的大量运用和普及同样需要一批高水平的、临床工程经验丰富的医学工程师队伍来支撑。

### 三、医学装备风险评估

为了提高风险管理理论的实用价值,必须找到定量评估的方法。实际应用过程中,有了定量评估,就可根据风险分值进行分类分级控制,解决风险控制成本和效益的平衡问题。据风险管理理论,Mike Capuane 提出了医疗设备风险分析与评估六维度模型。该模型从设备属性、物理风险、设备特性、安全性能、致死状态和使用频度六个方面识别医疗环境下医疗设备的不安全因素并对其进行量化分析。

#### (一) 应用类型

应用类型是指医学装备在临床用途以及和患者的相互作用关系。例如可依据风险从高到低将医疗设备分为生命支持类设备、治疗用设备、监护用设备、诊断用设备、较多与患者直接接触设备、使用但与患者无接触设备和与患者诊疗无关的设备 7 类,并给出经验分值。

(1) 生命支持类设备:12 分,如呼吸机、心肺机;

(2) 治疗用设备:6 分,如电刀、输液泵;

(3) 监护用设备:5 分,如多功能监护仪、麻醉监护仪;

(4) 诊断用设备:3 分,如心电图机、超声诊断仪;

(5) 较多与患者直接接触设备:2 分,如 X 线机、CT 和 MR;

(6) 使用但与患者无接触设备:1 分,如紫外线灯、无影灯、护士站设备;

(7) 与患者诊疗无关的设备:0 分,如空调机、计算机、电风扇、微波炉。

#### (二) 临床危害

临床危害指医疗设备一旦发生故障可能导致的结果,可以分为死亡、伤害、治疗差错、不舒适感、延误诊疗和不会产生影响六种情况。

(1) 死亡:12 分,如呼吸机、起搏器;

(2) 伤害:6 分,如血管造影机;

(3) 治疗差错:3 分,如手术显微镜、监护仪;

(4) 不舒适感:2 分,如电动床;

(5) 延误诊疗:1 分,如 X 线机、B 超;

(6) 不产生任何影响:0 分,如实验室单纯用于研究的设备。

#### (三) 设备特性

设备特性主要指设备的电气和机械特性,如电子类设备、机械类设备、有活动部件的设备、需定期更换零部件的设备、有明显的使用人员干预的设备、存在系统性关联停机的设备和需定期清洁的设备等。同一台设备可有多项选择,每选中一项增加 2 分,最高不超过 12 分,如有明显的使用人员干预则需从总分里扣除 2 分。

#### (四) 安全报警

安全报警是指医疗设备的安全保护、故障报警以及报警等级的设计及提示情况,可分为九种情况,分别是没有患者情况报警、没有故障报警、无声光报警、没有故障代码显示、没有连续的后备测试、没有机械安全保护、没有连续的操作警告、没有启动自检和没有手动自检等,每缺少一项累计 1 分,最高为 9 分。

#### (五) 致死状态

致死状态指由设备故障可能引起的致死是直接的,还是间接的。如果是直接的 5 分;间接的 3 分;不发生为 0 分。

**（六）使用频度**

使用频度可分为高、较高、低和几乎不用几种情况。使用频度高 5 分;使用频度较高 4 分;使用频度低 2 分;使用频度很低 0 分。

有了六维度模型,便可将每一种医疗设备,从六个维度界定其特性,然后,对六个维度的分值求和,即获得该医疗设备的风险分值,该值可以作为风险等级评定和风险控制实施的依据。六维度医疗设备风险分析与评估模型给出了一种分析医疗设备风险的有效模式,其实每个维度的评分标准并非一成不变,而是可以根据医疗设备管理、维护、使用方面相关数据和经验对不同维度在风险中所占权重的进行调整。依据上述评估方法对常见医疗设备进行初步评估,得出风险值高于 40 分的为高风险医疗设备,如呼吸机、麻醉机、除颤器、监护仪、加速器、起搏器、高频电刀、体外循环、血透机、高压消毒锅等;风险值在 20 分到 40 分之间的为中风险医疗设备,如复苏器、导管机、各种影像诊断设备、非电生理类监护设备、生化与临检类设备等;风险值在 20 分以下的为低风险医疗设备,如无影灯、手术床和实验室非诊断类仪器以及计算机等,见表 5-1。风险分析的目的在于进行风险控制,风险分值不同,风险控制的等级和投入的资源成本也不一样,量化的结果便于医院根据轻重缓急,采取相应的安全和质量保证措施。

表 5-1　常见医疗设备风险分值

| 医疗设备名称 | 风险分值 | 定性表述 |
| --- | --- | --- |
| 急救呼吸机、麻醉机、除颤监护、加速器、起搏器 | $RL \geqslant 40$ | 超高风险 |
| 心肺机、电刀、复苏器、监护仪、血液透析机、导管机 | $40 < RL \leqslant 30$ | 高风险 |
| 各种 X 线机、CT、MRI、ECT、PET | $30 < RL \leqslant 20$ | 中风险 |
| B 超、肺功能、血气分析仪、多数生化和临检仪器 | $20 < RL \leqslant 10$ | 低风险 |
| 无影灯、手术床、实验室非诊断仪器 | $RL < 10$ | 无风险 |

## 四、医学装备风险控制

医务工作者只有树立医学装备风险意识,才能够识别风险、认识风险,评估和控制风险,提高医疗安全,避免不必要的损失。

**（一）树立医学装备风险意识**

风险是一种客观存在,风险在现实环境中无处不在,无时不有,只是我们对它缺乏足够的认识和重视。作为人员、设备和技术密集的医院环境,以及关系到人的生命安全的职业,每一个医务工作者都应树立良好的风险意识,提高对风险的认知、评估和控制、规避能力,尤其是对医学装备风险的识别和规避能力,有利于自己的职业安全。管理学上常讲,人的意识决定观念,观念决定行动,因此控制医学装备的风险,首先要从树立风险意识开始,并把它转化为一种理念、方法论和实际行动,才能控制和规避风险。

**（二）将安全文化提升为质量文化**

1. 安全文化　医学装备安全文化的概念产生于 20 世纪 80 年代的美国。当时全美医院因电击引起伤亡的事故较多,为此,人们开始鼓励医学工程人员进入医院,解决医院用电安全问题,由此揭开了医学工程学科在医院发展的序幕。医院的安全行动首先从医用电气安全开始,人们采取了一系列的管理和技术措施,降低医院宏电击和微电击的风险,收到显著的效果。目前,国际电工委员会推出的用电安全系列标准广为全球采纳,经过几十年的努力,医用电安全问题终于从工程上得到了很好的解决。但保证安全仅仅是一个底线,尤其是在医院这样高风险的行业。进入 20 世纪 90 年代,人们发现如果仅考虑安全,那么规避风险就是首选,但这并不符合人们更高的价值追求,尤其是随着国际 ISO9000 质量管理体系标准的推出,质量管理发展的标准化和国际化时代到来,人们不再拘泥于安全文化,而是把它作为质量管理的基础和起点,并基于全员、全要素和全过程的整体质量管理思想,将质量管理推向更新的高度,于是没有最好,只有更好的质量文化由此产生。可见,质量文化是质量管理的核心,所谓质量文化,是指组织和社会在长期的生产和服务活动中形成的一系列有关质量问题的意识、规范、价值取向、道德观念、信誉等。

2. 安全与质量的关系 安全有底线,没有安全,质量将成为奢谈;而质量没有尽头,仅有安全,质量水平也将徘徊不前。所以,质量文化的发展,是组织追求卓越的必然。然而,在我们这样一个整体缺乏质量文化的国度,公民鲜有质量意识,更少有主动追求质量的行为,要想构建类似于 ISO9000 的质量管理体系的社会根基还很薄弱。因此,构建质量管理体系需要一个循序渐进的过程,需要强制甚至是高压推动,直至习惯养成。否则,中国人的惰性和质量文化的欠缺有可能会扼杀部分人对质量的追求。

### (三) 构建医学装备风险控制体系

医学装备风险分析与评估六维度模型的建立,很好地解决了医疗设备风险评估长期无法实现量化评估的难题,使医疗设备风险分析从定性走向定量,按六维度模型计算医疗设备的量化分值后,可以根据分值范围将其划分为高风险、中风险和低风险三个等级。例如可将风险分值在 35~55 的呼吸机、麻醉机、除颤器和高频电刀等列为高风险装备,风险分值在 15~35 的心电图机、验光仪、多功能监护和生化分析仪等可列为中风险装备,而风险分值在 15 以下的无影灯、手术床等则列为低风险装备。由此,可以根据风险等级建立一个医学装备三级质量控制目录,见表 5-2 至表 5-4。在医学装备的采购、使用和保障环节,医院可以针对不同的风险等级实施相应的风险控制和 质量管理。

表 5-2 医学装备三级质量控制目录(高风险医学装备)

| 医疗设备名称 | 风险等级 | 使用 | 保障 |
|---|---|---|---|
| 急救呼吸机、多功能呼吸机 | 高风险 | 规范化管 | 周期计量检定 |
| 除颤器、除颤起搏器 | 实施一级质量 | 理、规范化 | + |
| 置入式起搏器 | 控制和临床准 | 使用: | 定期 |
| 加速器 | 入制度 | 三基培训 | 检测 |
| γ 刀 | | + | + |
| X 刀 | | 操作上岗 | 预防性维护 PM |
| 麻醉机、麻醉工作站 | | 证制度 | + |
| 导管机 | | + | 修后 |
| 体外循环系统 | | 用前检查 | 检定 |
| 离心式血泵 | | | |
| 高频电刀、氩气刀、电凝器 | | | |
| 高压氧舱 | | | |
| 体外起搏器 | | | |
| X 线机、DR、DSA、CR | | | |

续表

| 医疗设备名称 | 风险等级 | 使用 | 保障 |
|---|---|---|---|
| CT、PET-CT | | | |
| ECT、SPECT、PET | | | |
| 输液泵、注射泵 | | | |
| 血液透析机、血滤机 | | | |
| 超声碎石机、超声手术刀 | | | |
| 高压消毒锅、消毒柜 | | | |
| 激光手术刀、介入激光治疗机 | | | |
| MRI | | | |
| 微波治疗仪 | | | |
| 射频治疗仪 | | | |
| 模拟定位机、CT 定位机 | | | |
| 婴儿培养箱 | | | |

表 5-3　医学装备三级质量控制目录（中风险医学装备）

| 医疗设备名称 | 风险等级 | 使用 | 保障 |
|---|---|---|---|
| 生化分析仪 | 中风险 | 规范化管 | 定期 |
| 血气分析仪 | 实施二级质量 | 理、规范化 | 检测 |
| 流式细胞分析仪、血细胞计数器 | 控制 | 使用: | + |
| 酸度计、 | | 三基培训 | 预防性维护 PM |
| 分光光度计 | | + | + |
| 酶标分析仪、酶联检测仪 | | 用前检查 | 修后 |
| 旋光仪 | | + | 检测 |
| 血液粘度计 | | 每日标定 | |
| 血糖测定仪 | | + | |
| 尿液分析仪 | | 室间比对 | |
| 免疫分析仪、荧光免疫分析仪 | | | |
| 心电图机、心电 Holter、平板 | 中风险 | 规范化管 | 定期 |
| 多功能监护仪(心电、血氧、血压、体温、呼吸) | 实施二级质量控制 | 理、规范化使用: | 检测 + |
| 激光诊断设备、普通激光治疗 | | 三基培训 | 预防性维护 PM |
| 电刺激器、神经刺激器 | | + | + |
| 玻璃水银体温计、电子体温计 | | 用前检查 | 修后 |
| 水银式血压计、电子血压计 | | | 检测 |
| 血压 Holter | | | |
| 听力计、听觉诱发电位 | | | |
| B 型超声诊断仪、三维超声 | | | |
| 肌电图机肺功能仪、肺活量计 | | | |
| 电磁流量计、脑血流图仪 | | | |
| 胎儿监护仪 | | | |
| $CO_2$ 培养箱 | | | |

续表

| 医疗设备名称 | 风险等级 | 使用 | 保障 |
|---|---|---|---|
| 全部理疗类设备(声、热、磁、光、电、微波) | | | |
| 浮标式氧吸入器 | | | |
| 压力表、氧气压力表及减压器 | | | |
| 医用压缩机 | | | |
| 负压吸引器、负压表 | | | |
| 中心负压系统 | | | |
| 心肺复苏器 | | | |
| 电子内窥镜 | | | |

表 5-4　医学装备三级质量控制目录(低风险医学装备)

| 医疗设备名称 | 风险等级 | 使用 | 保障 |
|---|---|---|---|
| 无影灯、多功能手术床 | 低风险 | 用前检查 | 事后 |
| 实验室非诊断仪器 | 实施三级质量 | | 维修 |
| 化学消毒、清洗设备 | 控制 | | |
| 其他大批医用辅助设备 | | | |

构建医学装备风险控制体系是一项复杂的系统工程,其发展是一个循序渐进的过程。既需要医院领导高度重视,也需要全员参与并树立良好的质量意识、培养良好的质量习惯。同时,医院还要加大人力、物力和资金的投入,建设好医学工程部门。另外,还需要一个良好的外部环境,如行业管理部门的监管、国家医学计量组织的发展等,更需要各相关行业和学术团体间跨专业、跨学科密切合作。相信,只要解放思想、集思广益、取长补短、共同努力,医院医疗器械的应用实现整体质量管理的日子为时不远。

### 五、医学装备电气安全

医学装备质量管理不仅仅是管理学本身的问题,它还具有很强的技术性、经济性和社会性。尤其是入世后医学装备技术支持面临着社会化、区域化,将迫使人们深入研究医学装备的维修策略和系统质量保障等问题,这些问题首当其冲是医院的用电安全。

#### (一) 电气安全的重要性

医院用电的安全性检查计划起始于 20 世纪 70 年代早期,它是根据这样一个前提提出的,即严重的电击危险在医学装备直接作用于患者的任何时候都可能发生。据美国用电安全倡导者说:"全美每年至少有 1200 人因触电而死,而有更多的人在医院非预期的电击事故中丧生或受伤"。虽然这种说法可能是夸大了事实真相,但它促进了美国临床工程部门的建立和发展。

目前,由于医学装备生产管理的严格性和规范化,电安全特性大大提高,因此而引起的不良事件逐渐减少,但有电源医用装置在使用过程中,电安全特性会发生变化的。如高频电刀电流会在使用过程中逐渐增大,甚至会很快超过国家规定的安全界限。如果一旦这种事故发生,其责任就在从事设备管理和设备维修的工程技术人员身上,所以,通过对医学装备电气安全性的测试,并建立相关的制度或质量保证测试程序,可以发现设备的安全隐患,减少、避免医疗风险。

**(二) 医用电气安全通用要求**

国际电工委员会(IEC)早在 1988 年就起草了一个著名的有关医用电气设备的通用安全标准,为全世界医学装备行业所推崇,我国在 1995 年发布的国家标准(GB 9706.1—1995)"医用电气设备第一部分:安全通用要求"就是等同采用 IEC (601.1-1998),适用于"与某一专门供电网有不多于一个的连接,对医疗监视下的患者进行诊断、治疗或监护,与患者有身体的或电气的接触,和(或)向患者传送或从患者取得能量,和(或)检测这些所传送或取得能量的电气设备"。该标准是医院工程技术人员手头应该必备和熟练掌握的重要的安全知识和常识,对提高自己的用电安全意识和维修、测试是有很大帮助的。鉴于医用电气设备与患者、操作者及周围其他人之间存在着特殊关系,该标准是设备在整个寿命周期内必须符合的安全基本要求,并且应该特别注意以下几个方面的问题:

1. 患者或操作者不能觉察存在的某些潜在危险,如电离或高频辐射等。

2. 患者可能因生病、不省人事、被麻醉、不能活动等原因而无正常反应。

3. 当患者皮肤因被穿刺或接受治疗而使皮肤电阻变得很低时,患者皮肤对电流无正常的防护功能。

4. 患者生命的维持或替代可能取决于设备的可靠性。

5. 患者同时与多台设备相连。

6. 高功率设备和灵敏的小信号设备组合使用的情况。

7. 通过与皮肤接触和(或)向内部器官插入探头,将电路直接应用于人体。

8. 特别的环境条件,如手术室里可能同时存在着湿气、水分和(或)由空气、氧或氧化亚氮与麻醉剂、乙醇、或清洁剂等易燃气体组合的混合气体场合,处理不好会引起烧伤、火灾甚至爆炸的危险。

对于这些应用场合或情形,无论是使用人员还是设备工程技术人员都应该引起足够的重视。使用和维护时应谨慎操作、严格遵守技术规程,防患于未然。国内已有通用电安全测试仪,医院可以购买后,建立测试实验室,开展测试活动或建立医院电安全的保障措施、机制等,测试仪每年必须送检。

**(三) 医用电气安全专用要求**

除了电气安全通用标准外,国标中已有十多个电气安全专用标准,包括:

GB 9706.2—1991 医用电气设备——血液透析装置安全专用要求。

GB 9706.3—1992 医用电气设备——诊断 X 射线发生装置高压发生器安全专用要求。

GB 9706.4—1992 医用电气设备——高频手术设备安全专用要求。

GB 9706.5—1992 医用电气设备——能量为 1~50MeV 医用电子加速器安全专用要求。

GB 9706.6—1992 医用电气设备——微波治疗设备安全专用要求。

GB 9706.7—1994 医用电气设备——超声治疗设备安全专用要求。

GB 9706.8—1995 医用电气设备——心脏除颤器和心脏除颤监护仪安全专用要求。

GB 9706.9—1997 医用电器设备——医用超诊断和监护设备安全专用要求。

GB 9706.10—1997 医用电器设备——第二部分:治疗 X 射线发生装置安全专用要求。

GB 9706.11—1997 医用电器设备——第二部分:医用 X 射线源和 X 射线管安全专用要求。

GB 9706.12—1997 医用电器设备——第一部分:安全通用要求三、并列标准 X 射线设备辐射防护通用要求。

GB 9706.13—1997 医用电器设备——第二部分:遥控制动驱动式 γ-射线后装设备安全专用要求。

GB 9706.14—1997 医用电器设备——第二部分:X 射线设备附属设备安全专用要求。

与以上专用安全标准相对应的医学装备,不但要符合通用要求,还要符合专用要求,且专用要求优先于通用要求。如国际和国内通用安全标准规定:医学装备的对地最大漏电流不能超过 100mA,带有隔离保护的设备对地最大漏电流不能超过 20μA,该项要求能保证在地线接触不良或出现断路故障时,设备本身的漏电流也不会对患者造成危险,而专用要求中对有导体与心脏直接接触的设备其最大漏电流不能超过 10μA。

## 六、医学装备环境安全

医院放射设备应用早期,由于放射病的频繁发生和对健康的明显危害使人们很快就对放射防护的问题引起了重视。目前,国家放射防护方面的安全管理和制定防护安全标准、检测仪器和监测防护技术等不断完善,大大降低了放射危害和放射事故的发生。近年来,电磁兼容性(electromagnetic compatibility, EMC)问题已逐渐成为国际和国内的一个技术热点,在医院由于大量医用有源电子设备充斥于临床,它们之间的电磁干扰(electromagnetic interference, EMI)和电磁兼容问题也日益引起人们的重视。

### (一) 放射防护

医院放射诊断和治疗设备如普通放射类的 X 线机、血管机 DSA,放射断层类的 CT,核医学成像类的 SPECT、PET 和 γ 相机,放免类的 γ 计数仪、放免分析仪,放疗类的直线加速器、后装机、模拟定位系统和钴$^{60}$放射治疗机等是放射防护与安全管理的主要对象,占医院设备总值的 60% 以上。这类设备国内外已有很成熟的防护标准和安全规范,不但要求生产厂家要遵守这些规范,医院也要很好地学习和落实这些规范。国内制定的主要规范有:γ射线卫生防护规定、医用治疗 X 线卫生防护规定、肿瘤放射治疗剂量学规定等。

1. γ射线卫生防护规定　卫生部制定的 GBW-3-80 医用远距治疗 γ 射线卫生防护规定共分六章 50 条,对放射防护方面的技术要求、检验方法、验收规则、防护设施、操作规则和管理办法等作了明确的规定和要求,适应于厂家、医院和监督管理部门。如对安装的规定:要求治疗室的设计,必须保证周围环境的安全;治疗室必须与控制室分开;治疗室应有足够的使用面积,一般应不小于 30 平方米;治疗室四周墙壁(多层建筑应包括天棚、地板等),应有足够的屏蔽防护厚度;凡有用线束投照方向的墙壁应按原射线屏蔽要求设计,其余方向可按漏射线及散射线屏蔽要求设计;凡是扩建、改建的 γ 治疗室,在地址选择和建筑物防护设施等方面也都必须遵守本规定;建筑的设计应预先经当地放射卫生防护部门审查。对操作方面要求放疗工作者必须经过放射卫生防护训练,掌握放射卫生防护知识,严格掌握适应证,正确合理使用 γ 线治疗;使用单位应设置专(兼)职人员,负责本单位的放射卫生防护工作。对检测方面要求有用线束测量的总不确定度应小于 5%,防护监测的总不确定度应小于 30%。

2. 医用治疗 X 线卫生防护规定　卫生部制定的 GBW-2-80 国家标准医用治疗 X 线卫生防护规定适用于医用治疗 X 线卫生防护管理。规范条款与 GBW-3-80 类似,对治疗 X 线防护方面的技术要求、检验方法、验收规则、防护设施、操作规则和管理办法等作了明确的规定和要求,适应于厂家、医院和监督管理部门。

(1) 安装质控方面规定：治疗室内有用线束投照方向的墙壁按原射线屏蔽要求设计，其余方向可按漏射线及散射线屏蔽要求设计；250kV 以下的深部治疗 X 线机的治疗室，非有用线束投照方向墙壁的防护厚度以 2mm 铅当量为宜；治疗室窗户，必须合理设置，观察窗可设置在非有用线束投照方向的墙壁上，并具有同侧墙的屏蔽防护效果；必须在治疗室门外安设工作指示灯，并安装连锁装置，只有在门关闭后才能实现照射；X 线机安装后，必须对 X 线输出量、线质、线束均匀性及稳定性等进行测量校准方可投入使用，使用过程中尚应定期检测，一般对 X 线输出量的检测至少每月一次。

(2) 使用操作方面规定：X 线机操作人员必须严格遵守各项操作规程，定期地检查 X 线机和防护设备的性能，发现问题，及时妥善处理后方可使用；按患者治疗具体情况，事先应认真确定和核对治疗方案，注意选取合适的照射方式和照射条件（包括 X 线管工作电压、电流，过滤条件、X 线管焦点与皮肤距离、照射野和照射时间等因素），并仔细定位，尽量使患者治疗部位的受照剂量控制在临床治疗需要的最小值，最大限度地减少不必要的照射和非照射部位的防护；浅层治疗 X 线机的操作人员必须利用局部屏蔽或距离防护；临床需要工作人员在最高电压不超过 50kV 的线管工作时，必须佩戴 X 线防护铅手套及不小于 0.25mm 铅当量的围裙，并只能由操作设备的工作人员控制 X 线管的通电；使用单位应设置专（兼）职人员，负责本单位的放射卫生防护工作。

3. 肿瘤放射治疗剂量学的规定　肿瘤放射治疗剂量学的规定包括 150~400kV X 线机产生的 X 射线、$^{60}$Co 和 $^{137}$Cs 治疗机的 γ 射线、加速器产生的 1~25kV X 线和高能电子束的剂量测定方法，以及关于治疗计划、记录和病例剂量报告的一些规定。由于临床剂量测定仍以电离室为主要测量工具，且国家已建立照射量基准和部分地区的次级标准。因此，该规定的内容只适用于电离室测量的剂量情况。肿瘤放射治疗剂量学的标准和规范是放射医师和物理师应该掌握的重要知识。

**（二）电磁兼容性**

电子产品的电磁兼容性已成为衡量产品品质的一大重要指标。国际电磁兼容性标准研制比较权威的组织是 IEC 下属的半独立组织国际无线电干扰特别委员会（CISPR），该委员会制定的标准涉及通信广播、家用电器、电子仪器、供电、导航、工业、科研、医疗设备和信息技术设备等行业，我国现行的电磁兼容性（electromagnetic compatibility，EMC）标准大部分是等同或等效采用 IEC/CISPR 国际标准。

1. EMC 标准概述　我国现行电磁兼容性国家标准有 55 个，分为基础标准 5 个、通用标准 6 个、产品类标准（产品族）31 个和系统间标准 13 个四类，这些标准大部分都是强制性标准。其中基础和通用标准规定了电磁兼容术语、电磁兼容环境、电磁兼容设备和基本（通用）测量方法等，产品标准规定了不同类型产品的电磁兼容性指标和共同的测量方法，系统间标准规定了无线电系统和非无线电系统之间经过协调的电磁兼容要求。

2. EMC 测量设备　EMC 测量设备包括准峰值测量接收机、峰值测量接收机、平均值测量接收机、均方根值测量接收机（其工作频率为 9kHz~1000MHz，A 频段：9kHz~150kHz，B 频段：150kHz~30MHz，C 频段：30MHz~300MHz，D 频段：300MHz~1000MHz）、频谱分析仪和扫描接收机（工作频率为 9kHz~1000MHz 和 1GHz~18GHz）、音频干扰电压表，外加一些辅助设备如人工电源网络、电流探头和电压探头、吸收式功率钳、干扰分析仪和用于无线电辐射测量的各种天线。

3. 电磁辐射防护规定　为防止电磁辐射污染、保护环境、保障患者健康、促进伴有电磁辐射电子产品的正当发展，国家制定了 GB 8702—1988 电磁辐射防护规定适用于境内产生电磁辐射污染的一切单位或个人、一切设施或设备。但本规定的防护限值不适用于为患者安排的医疗和诊断照射。电磁防护的基本限值：

职业照射：每8小时工作期间内，任意连续6分钟按全身平均的比吸收率（SAR）应小于 0.1W/kg。

患者照射：一天24小时内，任意连续6分钟按全身平均的比吸收率（SAR）应小于 0.02W/kg。

医院应注意理疗设备的防护问题，因电磁理疗设备的电磁辐射能量大大超过规定的最大辐射限值，应对理疗设备的操作人员和管理人员实施电磁辐射防护训练。内容包括：电磁辐射的性质及其危害性；常用防护措施、用具以及使用方法；个人防护用具及使用方法；电磁辐射防护规定等。

4. 工科医 ISM 射频设备使用频段　按工业、科研、医疗、家用或类似用途的要求而设计，用以产生并在局部使用无线电频率能量的设备或装置称为工、科、医（ISM）射频设备，不包括用于通信领域的设备。分配给工、科、医设备的频段称为 ISM 频段。见表5-5。

表5-5　工、科、医设备使用频率

| 中心频率（MHz） | 频率范围（MHz） | 最大辐射限值 |
| --- | --- | --- |
| 6.780 | 6.765~6.795 | 考虑中 |
| 13.560 | 13.553~13.567 | 不受限制 |
| 27.120 | 26.957~27.283 | 不受限制 |
| 40.680 | 40.660~40.700 | 不受限制 |
| 2450 | 2400~2500 | 不受限制 |
| 5800 | 5725~5875 | 不受限制 |
| 24 125 | 24 000~24 250 | 不受限制 |
| 61 250 | 61 000~61 500 | 考虑中 |
| 122 500 | 122 000~123 000 | 考虑中 |
| 245 000 | 244 000~246 000 | 考虑中 |

5. 电子测量仪器 EMC 试验规范　电子测量仪器电磁兼容性试验规范是电子测量仪器 EMC 设计的依据，目的是使这些仪器在一定的电磁环境中能兼容工作。该规范包括一组共10个标准：

GB 6833.1—1986 电子测量仪器电磁兼容性试验规范总则

GB 6833.2—1987 磁场敏感度试验

GB 6833.3—1987 静电放电敏感度试验

GB 6833.4—1987 电源瞬态敏感度试验

GB 6833.5—1987 辐射敏感度试验

GB 6833.6—1987 传导敏感度试验

GB 6833.7—1987 非工作状态磁场干扰试验

GB 6833.8—1987 工作状态磁场干扰试验

GB 6833.9—1987 传导干扰试验

GB 6833.10—1987 辐射干扰试验

以上各试验规范规定了电子测量仪器电磁兼容性试验的具体要求和方法,因绝大部分有源医用诊断或治疗装置都属于电子测量仪器类,所以,其设计和出厂检验都要按上述要求和方法进行 EMC 测试。医院作为众多电子产品的用户应该购买通过 EMC 测试的医疗产品,如果购入的电子产品在使用过程中发生 EMI 问题或出现相关的事故,也应该请具有相关资格的实验室进行现场 EMC 测试。国家技术监督局和相关部委正在积极筹划在我国实施电器、电子产品的电磁兼容的认证措施,准备全面开展电磁兼容的认证工作。

### 七、医学计量的职能作用

现代自然科学体系中,计量学是工程与技术基础科学下的二级学科,是研究有关测量理论和测量技术实践的一门科学,其范围涉及非常广泛的科技、生产、商贸和生活领域。20世纪 90 年代以来,随着高新技术的迅猛发展和经济全球化,计量这门古老的科学又焕发出了青春活力,不仅突破了传统的单纯物理量测量的范围,还扩展到了化学量、工程量乃至生理量和心理量测量的研究范畴,同时在管理学领域也发挥着重要作用。

计量学与医学相结合,便产生了医学计量,医学计量是以传统的计量管理和计量测试技术为基础,结合医学领域广泛使用的物理、化学参数及相关医疗设备建立起来的一种专用于医学的计量保障体系,它包括所建立的多层次的管理机构、技术机构和医学测量基准、标准和检定装置及管理制度和实验室认可标准等。前边讲到的性能检查、通用和专用电气安全测试、仪器的性能测试等质量保障所需要的检定装置、测量标准或基准、测试仪器的计量特性是由计量体系的量值的上下级间的传递和溯源来严格地保证的,计量是计量学的简称,是保证测量的量值准确、单位和数学表达统一的科学。可以说医学计量就是医学装备质量保障的坚实的技术基础,是质量保障的前提和后盾,医疗装备在其整个寿命周期内都离不开计量。

因此,医学工程部门建立以计量为基础的质量保障体系,并借鉴计量的质量管理和技术管理的手段、质量体系及计量法制上的保障性,从质量和安全的视角看待临床工程管理、操作培训、例行检查和预防性维护、修理等技术行为,会产生一个全新的管理模式和工作指导思想。

## 第二节　医学装备临床使用管理

医学装备的使用管理是临床科室和医学装备管理部门的共同任务,需要临床和医学装备管理部门之间密切联系与沟通,医学装备管理部门要吸收先进的管理思想,树立学科意识,与临床医疗、科研和教学相结合,借助于标准化手段实施现代化管理。装备的应用管理包括重点进行设备使用周期内的质量监督和控制、使用作业的标准化和建立记录制度、预防性维护、保养和检修、使用信息的统计分析和动态信息管理等。

### 一、医学装备寿命周期

医学装备从购置到使用,最终将予以报废处理之间的时间区间叫装备的"寿命周期"(life circle)。寿命周期可分为若干阶段:

**(一)寿命周期的阶段划分**

1. 概念和定义阶段　在此阶段中,把装备或产品需求确定下来。产品的寿命周期费用和可信性是在此阶段奠定的。该阶段的主要任务是提出正确的产品可信性需求,进行技术上的可行性分析和技术方案的研究,乃至未来的技术保障需求等。

2. 设计和开发阶段 在概念阶段形成明确需求的基础,形成装备的硬件和软件形式的原型机或实验样机。硬件要编制详细的生产规范,编制使用说明书、维修说明书和技术报告等产品支持文件。软件要编制企业标准或技术规范、使用与维护说明等。

3. 生产阶段 在此阶段,生产医学装备、复制软件及组装产品,并保持产品的可靠性。生产过程中应严格遵循质量保证体系规定的作业程序,以保证产品的技术性能不低于企业标准规定的水平。

4. 安装阶段 质量标准经检测或检验达到生产标准要求的注册产品在交付医院后大型设备还要进行现场安装,厂家应提供验收检验或测试的程序及指南,并验证或说明与产品标准和设计目标的一致性,提供操作说明书、维修说明等技术文件。

5. 运行和维护阶段

(1) 提供临床操作培训和指导考核。

(2) 临床维护和医学装备管理部门维修培训考核。

(3) 进行通用电安全测试和注意事项的总结提炼,尤其是风险高的医学装备。

(4) 常用维修配件的定购和耗材的保证渠道,单台或重点环节的设备,手头有现成的备件是非常必要的,各医院可以根据自己的情况制定备件标准。

(5) 使用科室应进行用前、用中、用后的检查和测试。同时医学装备管理部门要进行包括计量检定、测试、巡检、预防性维护、修理等技术行为和管理行为的系统质量保障,也可以建立经有关部门认证的质量保证体系,使作业技术更加规范化、制度化、信息化,达到较高层次的管理水平。

6. 处理阶段 产品已达到使用寿命(或经济寿命)或无使用价值,将其退役、处理、销毁或安全地储存起来(如后装机放射源)。

**(二) 决定寿命周期的因素**

医用材料和装备都具有各自的寿命周期特征。从寿命周期比较短的一次性耗材到寿命周期比较长的大型医用设备,在管理上要采用不同的方式,耗材可以采用封闭式的物流管理,高风险的设备要建立质量保障体系、大型设备除了保障体系外,还要采用一定经济手段进行调解和管理,而决定寿命周期长短的因素不是单一的,往往受物理、技术、经济和安全性等多方面的综合影响。

1. 物理因素 材料的物理特性决定其用途和物理上的寿命周期。通常耗材的寿命周期比较短,大多数都是一次性用品,短时间内使用完即可处理,如一次性注射器、输液器等。

电子元器件、机械零部件、组件和电极、传感器等机电一体化的医学装备其寿命是由电子元件的失效、机械磨损、材料老化、金属疲劳等物理因素决定。

故障率是决定装备使用寿命周期的重要因素。

2. 技术因素 由于电子技术和计算机与网络通信等信息技术的发展,使技术因素成为当今决定产品寿命周期的重要因素,用户更新产品的速度往往跟不上厂家淘汰落后技术开发新技术产品的速度,因为用户购买产品后,还是以物理和经济因素为主决定设备的寿命周期。受技术影响最大的产品就是计算机和以计算机为核心的医学装备,如 CT、MR 等医学影像诊断设备,其次是受传感器技术、试剂盒和基因芯片诊断技术影响的生化检验设备。

技术因素是决定医学装备有效性的重要因素,也是装备管理的一个客观性要素,是设备更新时应考虑的要素之一。

3. 经济因素 在医疗体制改革和医疗保险制度建立以后,经济实力是决定医院规模和发展的要素,也是衡量装备管理水平的指标,综合核算能够带来正的效益的设备就可以继续使用,因维持费用过高、诊治效率低下、安全因素或技术过时等原因给医院带来负的经济效益的设备就要提前结束其物理上的寿命周期,使其尽快报废。

4. 安全因素 安全因素与生活水平和健康需求相关,随着医护人员和患者安全意识的提高,有缺陷或严重安全隐患不能排除的设备就要提前更新立即报废。需要无菌保证的耗材和具有时限的设备耗材如果过了规定的安全期限,强检医学装备、试剂制品和质控液等超过效期,也要禁止使用。医院要靠完善的管理制度和质量保障体系保证患者和医护人员的安全。所以,安全管理是医学装备管理部门的重要工作,包括电气安全和设备的性能安全,在这方面应该遵循国家职能管理部门的政策、法规,跟踪国家强制性标准、企业标准或公认的质量检测标准,并借助于计量和质量管理标准认证等手段构筑自己的质量安全保障体系,及时淘汰掉无安全保障的设备。

## 二、装备临床使用管理

临床使用管理处于装备寿命周期的第五阶段,也是装备实现其使用价值的最重要阶段。装备不会自动实现价值,实现价值要靠有效地运作和管理,既有宏观上的管理,也有微观上的管理。本节从微观管理的角度出发,重点论述医学装备在使用过程中的质量控制问题,包括用前、用中和用后的管理和质量控制。这需要借助于管理制度、技术培训、技术规范和质量记录来推动实施。

### (一) 使用管理制度

装备的临床使用管理如果没有严格的制度作保障是不可能管好的。医院应该依托医疗管理和设备管理两个部门共同研究和制定有关装备使用方面的管理制度,并建立监督、检查和奖惩机制。医院制度应明确规定医学装备用前要进行例行检查、使用过程中要注意管理和维护、用后要保养和对废物进行处理的总的原则,各科室要根据这一总原则编写自己各类设备的作业技术规范及说明,然后报上述两个部门审核和院领导审批、备案并学习和贯彻执行,规范修改时要遵循同样的程序。国外大中型医院的临床技师、物理师和工程师已成为医疗卫生技术人员的一部分,使用和管理着拥有很高技术含量的医疗设备,为推动医院的医疗水平,提高医疗质量发挥着重要作用。

临床使用管理制度应该包括以下要素和要求:

1. 医学装备临床准入方面的程序和技术要求;
2. 医学装备临床科室的管理职责;
3. 使用科室医学装备分管主任和设备管理员的职责;
4. 医学装备使用人员资格及操作培训、考核与上岗证等方面的要求;
5. 医学装备规范化使用程序及操作要领方面的要求;
6. 医学装备操作使用记录和关键参数记入病历方面的要求;
7. 医学装备使用前、使用中和使用后维护管理方面的要求;
8. 医学装备损坏、配置不全或存在安全隐患不得继续使用的要求;
9. 医学装备定期检测、保养及其质量状态标识方面的要求等。

根据现代管理理论,制度能否有效实施,要看监督和检查是否严格,奖惩机制能否落到实处。在传统的管理不能有效实施的情况下,借助于标准化手段往往能够收到良好效果。据美国 1986 年 General Accounting Office 的报告,82% 的与医学装备相关的不良事件或医疗事故是由医护人员发现的。从这里我们可以看出,使用医疗设备的医护人员在设备的质量监督和管理中发挥着重要作用。医护人员一经发现设备故障或其他可能的问题,立即向医学装备管理部门报告,并由工程人员对问题、故障作出判断或维修。这种事后处理问题的方式不符合当今质量管理的潮流,需要引入风险管理的理论指导临床使用和预防性维护,并使全员树立风险意识,提高质量管理水平和医疗水平。

总之,装备的临床使用管理有很强的技术性、经济性和风险性,需要多方面的理论知识和医院多部门的支持与配合。医院只有从整体管理上明确医学装备各部门的分工和具体职责,并通过计划、执行、检查和提高过程管理手段来强化医学装备的使用管理,才能有效提高安全性、有效性和经济效益。

### (二) 使用记录制度

医学装备临床使用记录的规范化问题极其重要,因为记录是医学装备使用安全和质量的客观证据,是医学诊断、治疗的基础和法律依据,也是医院设备运营信息管理的基础,统计、分析、决策的依据。卫生行政管理部门曾要求 1 万元以上的设备,要建立《设备使用管理登记本》,并随设备发放到科室,作为规范科室设备管理的一种标志手段,内容包括设备登记卡片、操作规程、注意事项、维护保养简要说明。核准使用人员、管理人员和设备质量登记表、年完好率、使用率统计表和维护保养、故障情况及相关事项的登记表等。内容很全面,可问题是临床科室能否执行、执行的情况如何谁来监督、跟踪和验证,登记本填写文字的作业量很大,需要工程师和临床使用人员共同填写,设备少的部门好执行,多的部门有管理难度,而且其使用记录信息项目不全(不同类别的设备应有不同的使用记录形式),使用人员往往还不能够及时填写,即使填写了也可能是事后补填的,难以真实,提供的管理信息可用性差,失去管理的意义。所以,更重要的是使设备履历本的电子表格化、信息化,并与患者病历、化验单、诊断报告和收费记录等关联起来,自动地形成设备使用记录才更具可行性和容易达到管理目标。卫生部颁布的《医疗器械临床使用安全管理规范》中的第二十一条规定"临床使用的大型医用设备、置入与介入类医疗器械名称、关键性技术参数及唯一性标识信息应当记录到病历中。",这将标志着医疗器械作为临床一种重要的基础平台和技术手段,其基本信息和参数将成为医疗文书中不可或缺的重要信息。纳入病历管理也就意味着医疗器械安全和质量管理必将纳入医院医疗质量管理的范畴。随着人们认识的提高,相关的安全法规还将进一步严格和完善。该内容在后面的使用动态管理信息系统里将作进一步说明。

### (三) 使用维护制度

临床科室对其使用的医学装备除了要强化自身使用管理和维护外,还应该建立与医学装备保障部门协作和密切联系的定期维护、检测制度,以确保临床使用的设备安全、可靠,性能指标符合说明书或临床需求。周期的确定一般依据风险分析与评估获得风险分值计算。以呼吸机和监护仪的分析为例,说明预防性维修(PM)周期或间隔期的计算和调整方法。根据上一节风险评估的结果,已知呼吸机的 RL=45、监护仪 RL=30,基于风险评估的预防性维修经验公式(经过大量数据的统计分析得到的)如下:

$$\text{PM Freq.} = \text{RL}/15（次 / 年）\qquad\qquad 公式 \text{-}1$$

$$\text{PM Inter.} = 12/\text{PM Freq.} = 180/\text{RL}（月 / 次）\qquad\qquad 公式 \text{-}2$$

其中 PM Freq. 为年预维护频率,PM Inter. 为预维护间期。

用公式计算 PM 间隔,呼吸机的年预维护频率(PM Freq.)为 3~4 次/年、监护仪为 2 次/年,维护间期分别为 3~4 个月和 6 个月。此计算结果可以作为设备运行维护阶段制定预防性维护或计量巡检计划的时间基础,实际应用时还应根据某类或某台设备的平均无故障时间(MTBF)进行调整。根据计算可知,呼吸机每年作 3~4 次预防性维护即可,这与我们多年的维修统计情况相一致,但如果出现了某一台呼吸机 1 年发生了 6 次事后维修(科室电话请修)的情况,那么该台呼吸机 PM Freq. 应改为 6 次/年。

可见,引入风险管理的理念和管理模式,可以使临床和医学装备管理部门在设备的使用与维护管理阶段提高对风险或故障的预见性和处理问题的主动性。临床使用人员根据 PM 间期能够调整设备的使用时间,作出临床日常维护以外的周期性重大维护、检测和维修计划,并能够及时要求医学装备管理人员到现场检测和维修,如果本科室有工程技术人员和测试设备,科室也可以自己完成,还可以请院内外工程技术人员共同完成。

## 三、临床培训管理

医学装备使用与患者的正确诊断、有效治疗乃至生命安全密切相关。医学装备是医护人员手中的武器,医学技术就是人与武器装备的有机结合,其操作的安全性和规范性来自于规范的培训、考核与操作技术准入。

### (一) 临床培训制度

1. 培训的重要性　20 世纪 90 年代,电子和传感器技术日臻完善,计算机软硬件、通信及信息技术日新月异,医学装备技术迅猛发展。目前,医学装备固定资产过亿元的医院不胜枚举,有的甚至超过 5 亿元人民币。装备的增加过于迅速,加上管理和质量保障制度的不健全,致使临床使用问题突现出来。据医疗器械不良反应事件全球协调行动力量(global harmonization task force,GHTF)文件指出:医疗器械不良事件中,60%~70% 是由于使用错误造成的,这种错误被称之为"错误使用"、"操作失误"或"人为错误",也就是说医院医疗质量和安全因设备原因而存在很大风险和隐患。如不重视,在医疗保险制度建立和新的医疗事故处理中医院将处于被动局面。

设备的价值是在医、护、技等使用人员的手中实现,器械不良事件或事故等也是在他们手中发生,所以,操作设备是存在医疗风险的,尤其是生命支持类设备。由于我国的医学教育模式的缺陷,致使一些医护医技人员对现代工程技术和医学装备原理缺乏本质的深刻的了解,不能很好地驾驭手中的设备。所以,有关设备的临床培训几乎成了医护医技人员重新获得所需工程知识的唯一途径。

2. 建立技术培训制度　医院对有关医疗的培训很重视,也很规范,但对设备管理方面的培训往往不够重视和规范,没有形成常规和制度,培训的方式和途径仅理解为外商或厂家培训。

设备管理的培训应该借鉴于医院已有的医疗培训机制,因为医疗培训的机制比较健全。如毕业生入院的岗前教育和培训、病历书写、科室的三级查房和会诊制度、执业医师考核等,如果能够较好地将医疗设备的相关知识和技能纳入培训与考核,就能够使医护人员对设备的使用问题引起重视,积极学习这方面的知识。临床在设备使用方面存在的问题很多,也很普遍。常见的使用问题有:外科医生使用电刀时自己不踩脚踏开关让别人去踩、在接近麻醉气体和其他易燃物的场合使用电刀、在高电压模式下通过单极刀头和止血钳夹着出血点止血(会造成对自己的电击)等。这些都是因为没有培训和缺乏使用常识造成的。

对于呼吸机等高风险设备使用也存在较多问题,如有些科室完全交给护士,这种做法是不符合要求的。在美国针对呼吸机的使用问题早已建立了呼吸治疗师教育培训制度,具有相当于中专或大专水平的人员修完3年呼吸治疗专业教育和培训课程,获取呼吸治疗师资格后,方可在临床承担呼吸机使用和治疗方面的工作,从而降低了"错误使用"的发生概率。

目前,我国尚未建立与美国相类似的培训管理制度,也没有对住院医师和操作人员实施有关设备的操作水平考核,致使错误使用屡见报端。国家仅对医技科室大型医用设备的使用提出了考核、持证上岗的要求,但对于大批不那么抢眼的临床基础设备来说,恰恰是发生"使用错误"比率比较高的设备,其临床使用问题纳入监督管理更重要。所以,当务之急是国家行政职能管理部门应该要求医院建立一种培训管理制度和考核办法,陆续将诸如呼吸机、电刀等高风险设备的使用培训纳入相关专业医生护士的培训和考核之中,逐步覆盖全部设备。鼓励医院研究和编写出合理、可行的医疗设备使用技术规范和考核管理办法,编写培训教材、多媒体课件、建专业网站等。医院之间可以相互交流和共享这些培训资源,并以制度的形式加以保障。

3. 培训考核管理办法  培训考核管理办法应该由卫生部组织各专业学会的临床专家、医学工程专家和管理专家共同讨论、研究制定、审核批准、发布实施。目前,在国家没有临床使用培训考核管理办法的情况下,有一些医院已经做了许多工作,制定了培训考核管理办法,可以相互借鉴参考。

### (二)操作技术规范

医学装备使用《操作技术规范》包括具体的作业程序、文件和记录,要求简洁明了、可操作性强。一些技术规范是设备使用岗位技能培训的主要依据(也可作为实习教材)。编写规范时需要针对不同类别的设备具体分析:其信息来源主要有厂家的说明书、技术手册、维修手册,国家强制性标准、行业标准、产品注册标准,第三方的质量检测报告、检定规程,也可由专业学术团体制定或专家的推荐方法等。由于临床医护人员对机器的使用往往只重视操作方法或使用技术本身,而忽略了使用前后和使用过程中的一些检查、维护和安全问题,所以借助于这些标准化手段,可以克服传统习惯和惰性问题,提高医疗服务及设备使用和管理的质量水平,提高工作效率和工作的可继承性。

医学装备《操作技术规范》编写完成后,应在科室内学习和试运行一个月以上,再报医疗和医学装备管理管理部门审核、批准和备案,如有重要修改,修改后仍需试运行和审批、备案。

通用的技术规范及设备用前、用中、用后的基本要求包括:

1. 用前的例行检查  美国医院里的临床工程师或技术人员通常是非常辛苦的,他们需要对医院重点环节的全部设备如手术室、ICU、急诊科的设备在临床使用前,早早地进入现场,进行性能测试和检查确认,以保证设备用前是完好的。国内医院目前没有这方面的制度和要求,今后应引起重视,尽早建立和完善。

2. 使用中的管理和维护  医疗设备使用中的管理和维护是临床使用管理的核心。包括制定具体操作步骤、操作方法、注意事项、如何出具诊断或治疗报告、填写使用记录等。对于临床治疗设备,尤其是呼吸机、麻醉机、电刀和碎石机等风险值高、使用持续时间长的国家医疗器械分类管理目录中的二类或三类设备,其使用过程中的管理非常重要,和例行检查一样,需要具体问题具体分析,分类制定使用过程中的作业和维护管理规范。尤其要强调操作人员作好使用记录,项目内容包括使用目的、日期、时间、功能、参数设置、用前用后状态、配件是否齐全及说明、消耗品用量、操作人员等。特殊的设备还应该有特殊的记录项目,这些记录是装备应用管理的重要基础。

呼吸机是一种有时需要长时间持续使用的医疗设备,在使用过程中医师不可能一直守候在现场,所以,需要医护人员定时对患者进行精心观察、护理、作血气分析,定时根据血气分析结果调整呼吸机的参数。精心管理和维护机器,对报警原因进行分析及时排除。常见报警原因包括输入能源报警、控制回路报警和输出参数报警的分析及处理,可以参考厂家的用户手册或专家推荐的方法进行再提炼和总结,然后打印出来,作为学习资料或新手培训和处理应急的依据。

对于生化诊断类仪器除了重视操作技术,还要控制和监测使用环境,使其与定标时的环境条件一致或保持相对稳定,减小所出具实验结果的偏差。图像类诊断设备在使用过程中应防止患者运动,形成伪影。电生理诊断类设备在使用过程中除了注意用电安全、严谨操作外,还应特别防止电磁干扰(EMI)。放射、核素类设备要非常注意对患者非照射部位的防护。这些规范的形成、制度化和遵守执行也需要一个长期的发展和认识过程。

3. 装备用后的保养和消毒 用后的维护保养对延长机器的寿命周期,保证其性能和可靠性是必要的。消毒方法应符合医院感染控制的有关要求。

医学装备用后的保养包括如何使系统或整机复位、断水、断电、整理、维护或存放外部探头、传感器或贵重的易损件等,需要具体机器具体对待。对于呼吸机无论开机使用时间长短都要进行管路的消毒和预防性维护,包括机器内外回路的拆卸、清洗、消毒,回路的重新安装、检查和整机或系统的消耗品的定期更换,还要关断气源,如果氧气源不关断,可能会因氧气流到氧电池回路而加快氧传感器的消耗;放疗和图像设备用后每周定期进行一次预防性维护其至是检修是必要的;钴-60 等放射源用后回位和 2 个人的检查确认签字制度必须推行并定期监督检查;生化类仪器用后检查其电极和专用电解液是常识,尤其是较长的假期期间机器长期闲置时更重要。用后保养要作好保养记录,保养记录也是信息管理的内容之一。

## 四、使用管理信息系统

医学装备使用的动态管理系统应该是医院信息系统的一个拓展模块。目前医院信息网络系统已成为现代医学研究和临床医疗、保健、教学必不可少的技术支撑环境和基础设施,极大地提高了医院各部门的工作效率和质量,给医院经营管理带来了极大地方便。但目前大多数信息系统仍然是基于事务性的管理,如物品的出入库、患者的出入院、挂号、电子病历和财务等,这对于寿命周期比较长的医疗设备来说,仅仅账目管理是很不够的,要真正用好医疗设备还需要获取很多动态信息,为此,提出了医学装备使用的动态管理系统。

所谓的使用动态管理系统应该是医院信息系统和医疗设备信息管理系统的一个子系统,他是基于风险管理、数学模型和质量保障体系的思想提出的,是医疗设备运行和维护阶段的一种实时监测和动态统计分析系统,它不仅需要医院从管理制度其至是体制上作出调整,也需要临床医护人员、IT 人员、生物医学工程技术人员、财务和管理专家的参与与合作,共同创造出一种基于信息网络的新型管理模式。由于本书的其他章节已专门介绍了医疗设备信息管理系统,所以本节仅从使用管理的角度谈一谈该子系统的设想和规划,是一个超前的设计。

## （一）系统的组成

该系统管理的对象是分布在医院各个科室的医疗设备,可以在传统的医疗设备账目管理系统的基础上扩充,增加质量管理的项目指标(用前例行检查、预防性维护、测试、修理、计量、保障停机时间、质量状态等)、经济管理的项目指标(预期使用寿命、折旧率、日运行消耗、日开机小时数、日诊治患者数、日收费情况等)和风险管理的项目指标(风险类型、风险分值、风险保障措施、保障系数等),并通过对这些全面的、系统的数据、指标等输入信息的综合分析,建立数学评估模型,输出诸如预防性维护间期(PM inter)、计量测试周期、效益状况等二维信息和本身固有的一维信息给维修管理、计量管理、库房管理、采购管理等各基层部门的决策者,形成管理决策和工作任务,然后分配、执行、检查、跟踪验证、记录,并将记录再输入计算机,以修正模型和形成电子档案(设备电子化履历表)。下面是系统流程图 5-1。

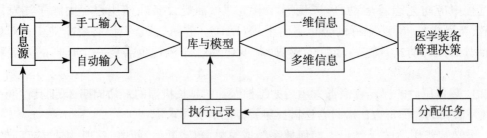

**图 5-1 信息流处理模式图**

1. 信息源项目尽可能地多、规范,必要时引入代码、名词和术语;

2. 为了减少信息输入的工作量,仍然要把原有的医学装备管理信息系统作为基础,新增加了技术保障信息和临床使用信息的输入,难点是临床使用信息的输入,必须有医院制度和收费核算系统的支持。采用计算机网络通信技术或远程监听技术自动获取信息,可以减少手工输入量。

3. 库包括信息库、决策库和决策数学模型,经过理论准备、统计分析、决策、实践验证和不断地修正,库的信息量和决策模型将越来越丰富和与实际情况相吻合,决策的可用性也越来越强。

4. 系统的价值在于它的功能和最终所提供的信息量,其目的之一是汇总各方面的信息,进行基本的账目管理、库存管理,提高办公自动化程度和减少脑力劳动量。能够输出不同时段的流水账(分账、总账)等简单的一元信息(经过加、减运算或乘、除一个系数的运算形式得到的一个自变量的信息),这些是一维信息,运行比较好的传统账目数据库就能提供这种信息。显然这对于高层次的医学装备的管理来说是不够的,如果将风险管理、系统质量保障、标准化、实验室认证和服务质量认证等引入医学装备管理之中,引入医学装备信息建设之中,深入临床,提高服务意识和理论技术水平并且有所创新,尤其是在信息管理上下大工夫,使系统能够提供由两个或两个以上的变量经过正确的理论决策模型推导的输出信息,即多维信息。多维信息对管理决策具有重大价值,如风险分值、预维修间期、平均停机维护时间和设备能工作时间等。多维信息具有很强的实时性,受政策、体制、临床和医学装备管理部门自身领导和员工个人素质等多方面的因素影响,所以,包括设备使用管理等医学装备管理部门的信息建设要借助于现代宽带网络、数据通信和媒体技术,依赖于内部外部的信息源和人员力量才能建设好。

5. 医学装备管理部门正确的管理决策首先取决于领导、员工的价值取向及对自身工作性质的认识与对待工作的态度,其次取决于数据库输出的决策信息,最后才是医院管理者的个人意志。对于管理水平低下的医学装备管理部门往往是院领导的个人意志甚至是医学装备管理部门领导的个人意志决定一切,所以,信息建设(包括引进、移植外部成熟的装备管理系统)是否能够发挥其价值还要看领导,领导是关键,但信息建设反过来也会促进领导开明、开放。

6. 有了正确的决策,在向各部门分配执行时,还要看部门队伍的素质建设,素质跟上了,管理的作用才能发挥出来。这些部门中,比较关键的是技术支持部门,通常是维修部门。以维修为主的技术支持和协调是盘活整个医学装备管理部门队伍的基础,其任务的形成既有常规的、基本的,也有很多临时的、突发的,所以,任务的来源并不是唯一的,但也是有依据的,不能主观臆断。

7. 任务执行过程中,作好记录工作是执行任务的重要内容之一。执行记录往往是评价工作的基础和证据,记录在任务形成时就开始产生,执行过程中增加,执行后如涉及其他部门的需有对方的签字确认。其他确认形式包括事实确认、领导直接确认等。

8. 执行记录作为信息源又重新输入系统,一方面作为管理的信息提供给领导,另一方面用来修正系统的评估数学模型,这样周而复始地提高系统的可用性和智能化程度。这需要多方面高素质的人员参加和共同努力,并且要与管理制度和工作流程或作业过程相结合,边用边建设、边增加、边修改、边提高。特别强调的是这绝非几个计算机编程人员和信息录入员所能完成的,没有思想的信息系统是没有生命力的,所以该系统有实现上的难度,尤其是系统规划上的难度,一旦实现了,应该是现代化管理和信息建设的理想模式。

**(二) 输入输出信息**

系统的输入信息包括静态信息和动态信息。静态信息输入管理容易一些,大部分都是常规的,只要信息化建设的程度比较高,那么在事务性的工作和管理过程中,就能够同时录入,如出入库和收费、发药等;而设备的临床开机、使用、维修、质量状况等动态信息没有和医院信息管理系统相融合,其作业和管理过程也没有计算机化,而且,这些信息每天都是变化的,仅靠几个管理人员收集整理是不可能的,信息量太大、工作量也太大,如果分阶段地让各部门填报表,数据的真实性值得怀疑,而且,从信息的输入上要求各相关部门在工作管理上要计算机化,在患者的病历中和收费系统中有设备、耗材的使用记录,维修、计量等工作信息甚至是科室的维修申请等记录都能和装备管理库相关联,所有各方的信息通过日常的工作程序就能保障其输入和汇集到装备管理系统中,这样才能解决动态信息的输入问题。

1. 静态信息　静态信息的内容比较少,主要包括使用单位(科室)、设备分类号、院内设备编号、出厂序列号、计量编号(可以统一成一个流水号,如设备条形码,但设备自身的出厂编号或序列号是不能少的)、设备原值(记录当时成交支付的币种和汇率,不要用乘积代替该字段)、管理类别(依据风险水平、重要性、价值等因素综合考虑划分)、仪器名称、型号、原理、主要技术指标、厂家、代理商、申请表、合同书、安装报告、前期管理的时间属性(各种作业的日期)等项目内容。

2. 动态信息　动态信息的内容比较多,主要包括使用记录、质量管理、经济管理和风险管理等项目内容。

(1) 使用记录:院内设备号、每日开机时间、诊治人数、诊断阳性率、治疗成功率、功能利用率、当时的操作人员、科室设备管理人员、有无不良事件及报告。

（2）质量管理的项目内容：用前例行检查、使用中的维护管理、使用后的保养、医学装备管理部门预防性维护执行记录（任务来源、更换的消耗品、发现的问题）、测试（自测还是分包）、修理（维修的性质、维修作业人员、内修外修、起止日期、次数、级别、配件、费用、结果、修后计量与否、故障原因、处理意见等）、计量记录（日期、检定证书号、检定员和结论）、不能工作时间（检查、维修、计量、缺乏耗材或故障等原因造成的不可用状态）和医学装备的整体质量状态、各科室设备质量状态以及具体到某一台设备的质量情况等。

（3）经济管理的项目内容：预期使用寿命、折旧率、日运行消耗（折旧分摊、人员工时费、用电量、用水量，用房面积、月消耗）、日开机小时数、日诊治患者数、诊治小时数、日收费等。

（4）风险管理的项目内容：风险类型、风险分值、风险应急保障措施、保障系数、错误使用记录和不良事件的发生情况等。

（5）损坏记录：日期及损坏情况、原因、肇事人、科室、损坏性质、承办人、处理意见等内容。

而对于实验室的设备除了常规的管理项目外，还应有承担课题的名称、用途、完成情况（成果、论文）等记录。

总之，要给医院内的主要诊治设备设计一个科学的电子履历，记载多方面的记录。记录信息要简明扼要，便于统计、分析和计算，避免重复记录、重复计算或用错模型。

### （三）决策数学模型

模型的建立需要有一个提炼、分析和验证的过程。可以借鉴国外的或其他成熟领域的设备管理经验，根据长期管理目标的需求，提出一些决策指标，然后通过全面的信息汇集、数据统计分析、推理、综合得到许多数学模型，然后通过多轮的信息输入和输出验证模型，筛选出可用的模型并加以实践。目前，已有一些有用的模型，如风险管理中根据设备属性、技术属性和使用频度等六个变量综合评估出来的设备风险分值 $RL$；在 $RL$ 的基础上计算出来的预防性维护间期（$PM$）和计量测试周期（$PV$）；一年中因常规的检查、保养、维修、测试、缺乏耗材和配件或故障等原因造成的设备不可用状态所占用的时间或设备平均不能工作时间，有时也叫年停机维护时间 $\bar{D}$，通常用天数表示，如果用 365 天减去 $\bar{D}$ 再乘以 24，能得到以小时为单位的设备能工作时间（$U_t$），通常用小时数来表示，这种表示会给应用带来很大方便。模型的应用决策价值以某医院院内所建的一个急救设备管理租赁中心的数据为例来说明。中心对呼吸机、监护仪和输液泵等急救和生命支持设备统一调配，实施专业化管理和维护，进行消毒、测试、调校和培训等，从而保证了临床借用设备的质量，提高了安全性和可靠性，保证了附件的齐全。以呼吸机的使用情况进行统计分析，结果如表 5-6：

表 5-6　呼吸机使用情况五年统计分析结果

| 统计年份 | 呼吸机（台） | 能工作时间 $U_t$(h) | 实际工作时间 $T_0$(h) | 使用效率 $T_0/U_t$(%) |
| --- | --- | --- | --- | --- |
| 2005 | 19 | 164 160 | 73 871 | 45 |
| 2006 | 21 | 181 440 | 92 535 | 51 |
| 2007 | 21 | 181 440 | 119 749 | 66 |
| 2008 | 33 | 285 120 | 145 411 | 51 |
| 2009 | 40 | 345 600 | 179 712 | 52 |

表中能工作时间（$U_t$）是指设备能够向临床租借的时间，不包括维护、修理和测试或配

套不全等原因造成的年平均停机维护时间 $\bar{D}$（$\bar{D}$ 的大小可以反映呼吸机的整体性能状态及医学工程人员的技术水平，该院呼吸机的 $\bar{D}$=5 天 / 台 / 年）。单台年度统计 $U_t$ 为 24 小时乘以 360 天，多台统计再乘以总台数。实际工作时间（$T_0$）是指临床向"中心"租借设备的时间，也是设备计价计算科室成本的时间。实际工作时间与机器能工作时间的比值 $T_0/U_t$ 可以简单、直观地反映"中心"内某类设备的使用效率。从表中还能看出，随着该"中心"的发展和临床对此依赖程度的提高，其装备设备的使用效率也随之提高。当 $T_0/U_t$ 大于 60% 时，临床来此租借设备而租不到的机会明显增加，通过增加配置数量后的前后对比，确认 $T_0/U_t$ 保持在 50% 左右较为适宜。因此，$\bar{D}$ 的大小和 $T_0/U_t$ 的百分比值是后续调整医学装备的质量和数量的客观依据。

医学装备的这种评价方法没有规定某类设备每个工作日应该开机的时间，因为规定带有很强的主观性，不科学，以此评价开机率，有时会超过 100%，给人造成误解。同时 100% 的开机率对管理并无多大意义，因为开机率是由患者的多少和医院的水平决定的。对于长时间使用的设备如监护仪和呼吸机，可以一天 24 小时连续地使用，那么额定时间就可以规定得长一些，可能会造成同样开机率的不同设备开机时间相同的印象，而实际上额定的时间不同，开机时间就不一样。所以，推荐采用不规定额定开机时间的评价方法，大家都采用同一个评价尺度，依据 $T_0/U_t$ 和 $\bar{D}$ 作决策。$\bar{D}$ 值过大，维护花费可能会增大，同时收入也会减少。如果年总收益（年总收益 = 年实际收费 – 年折旧费用 – 年运行消耗）为负数时，就应该考虑更新问题，尤其是设备超过预期使用寿命的时候。当然也不是所有的设备都仅仅看直接收益的正负情况，因为有的设备虽然收入是负，但带来的边际效益却很高，这样的设备即使在购买前评估为负效益，但为了某些原因，也会购买。

### （四）管理决策与输出修正

一维信息只能说明现象，不能说明本质，而在设备管理的决策过程中，需要对各种现象进行综合分析，究其本质。传统的信息系统对账目的管理十分有用，但对领导科学决策和管理帮助不大。领导需要从整体的工作方面观察和研究影响工作效率、工作质量、费用、经济收益的原因，掌握设备运行维护阶段的整体和科室局部质量状况、风险的大小与分布、人员工作量的动态分析与调配等。显然这需要使用基于数学模型的管理数据库，因为它能够提供上边提到的一些模型结果和数据，并能经过很快的实践反馈，得出模型输出数据和根据数据进行决策的临界值或范围。如前边提到的当 $T_0/U_t$ 大于 60% 时，临床来此租借设备而租不到的概率明显增加，那么这时候就要增加设备。增加多少台呢？实际确认 $T_0/U_t$ 保持在 50% 左右较为适宜，那么使 60% 降到 50% 的分母增加的小时数除以一台机器年平均能工作小时数并取整，就是应该购买的台数 N，因为已知原来的台数 $N_0$，可以用下面的公式表示：

$$N = \mathrm{int}N_0\left(\frac{60\%}{50\%} - 1\right)$$

所以，模型的好坏对于能否较快地得出规律，使管理人员提前决策，改进工作质量和制定质量目标，推出重大举措，实施科学管理非常重要。同时需要指出的是决策的数据指标也不是一成不变的，需要在实践中不断地调整，如同工程领域里的自动控制系统一样，需要通过实测反馈不断调整和跟踪目标。如预维修间期 PM，根据风险分析可知，一般多功能监护仪的 RL 为 30 分，那么其 PM 为 6 个月，平均一年 2 次预维修，如果某台监护仪一年发生了 3 次事后维修,那么该台机器的 PM 就调整为 3 次/年,相当于决策执行时,已对该模型的输出进行了微调。

# 第三节　医学装备临床绩效管理

传统的医学装备效能评估通常采用设备的完好率、设备质量等级、开机率、故障率、修复率和收益率等指标来进行,可以在一定程度上反映设备的整体、局部或具体的效能,为医学装备的绩效考核提供了基本信息。但因为评估的模型太简单,没有统一的评估标准,量化的程度也不够,所以,提供的信息比较粗,得出的结论没有可比性,如仅通过设备原值简单相加所得出的设备总值。

## 一、医学装备可用性及时间划分

### (一) 时间划分

装备的效能评估离不开时间量,时间量是物理上的一个持续性的通用量度。医疗设备安装后开始使用直到报废前的时间,叫"在编时间"(active time)。

医学装备被要求处于能完成规定的功能状态的时间叫"需求时间"(required time)。如急诊所使用的装备的需求时间为一天 24 小时。相反,不要求处于能完成规定的功能状态的时间叫"无须求时间"(non-required time),如非急诊设备的"无须求时间"可能为一天 8 小时至 16 小时。

医学装备处于能完成规定的功能状态的时间叫"能工作时间"(up time),记为 $U_t$,相反由于各种原因(不包括使用方的人为因素)致使装备处于不能或无法完成规定的功能状态的时间叫"不能工作时间"(down time),记为 $D_t$,包括装备因必要的常规保养、预修和测试及故障、修理、配套不全或管理延误等原因造成的停机时间,$U_t$ 和 $D_t$ 是在编时间的两个组成部分。

装备完成了规定的功能的时间叫"工作时间"(operating time),记为 $T_o$;装备能工作,但不要求其工作的时间叫"不工作时间"(not operating time),不工作时间与不能工作时间的含义不同,"工作时间"和"不工作时间"的代数和是 $U_t$(图 5-2)。

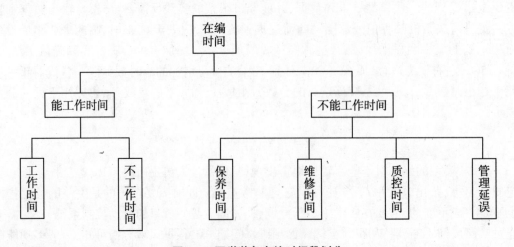

图 5-2　医学装备在编时间段划分

## (二) 可用性及参数

在外部资源得到保证的前提下,装备在规定的条件和规定的时刻或时间区间内处于可执行规定的功能状态的能力叫"可用性"(operational availability)。是与能工作时间 $U_t$ 和不能工作时间 $D_t$ 有关的一种可用性参数,评估方法之一是用 $U_t$ 与二者的和之比来表示可用性:

$$A_o = \frac{U_t}{U_t + D_t} \times 100\%$$

能工作时间和不能工作时间是一一对应的,如果在相当长的时间区间内,共有 $k$ 次能工作和不能工作时间,则将 $A_o$ 的分子、分母同时除以 $k$ 后得:

$$A_o = \frac{MUT}{MUT + MDT} \times 100\%$$

$MUT = U_t/k$ 是平均能工作时间,$MDT = D_t/k$ 是平均不能工作时间。

可用性很大程度上取决于 $MDT$ 或 $D_t$,而 $MDT$ 又取决于下列三个因素:

1. 维修时间　它取决于维修性设计、维修资料、测试设备、维修工具、工程人员的技术培训、人员水平及维修策略和临床操作人员的设备保养水平。

2. 管理延误时间　它取决于备件或耗材的可用性、供应保障、渠道和运输、维修管理、领导水平、工作程序、效率和人力资源等。

3. 质控时间　它取决于计量检定、性能验证、测试人员的水平、人数、工作效率、测试设备水平、自动化程度和设备整体质量状况。

因此,设备的可用性从根本上来说还是首先取决于设备自身的技术性能和质量状况,这是由厂家的设计和生产水平决定的;其次取决于用户自己的技术保障水平和策略,此方面同时也受厂家的维修保障策略制约。总之,可用性与采购部门的决策和医学工程部门的质量活动密切相关。

可用性是评价设备效能的主要指标,它和使用率或开机率是有区别的,使用率应该是设备工作时间在能工作时间中所占的百分比,见下式:

$$A_e = \frac{T_o}{U_t} \times 100\%$$

该计算方法得出的设备的使用率与科室使用人员的工作时间、工作态度、效率和医院病源的情况密切相关,与设备自身的功能或使用目的也相关。如呼吸机是生命支持设备,需要一天 24 小时不间断使用,监护仪也可能不间断使用,急救设备使用频度高,需要一天 24 小时待机,但持续使用时间不会太长,而大多数诊断设备只是上班时间使用,所以,评价设备的使用率用一个固定不变的标准来衡量是不科学的。

如果医学装备可用性 $A_o$ 和使用率 $A_e$ 同时提高,医疗设备的收益就高。收益与装备采购决策部门、管理保障部门、使用部门和病源等情况都有关,这种评价方法很显然是符合事实的。

## 二、医学装备效能评价

### (一) 装备系统效能的概念

效能是指一个装备系统能够或实际能够产生价值的大小,研究装备系统效能不但要研究系统的可用性、可靠性、使用效率和功能利用率,还要研究其直接或间接获得的经济效益,即以最小的费用取得最大的效果。不同的系统有不同的效能,如 CT 的扫描速度、成像质量和易操作性,呼吸机的功能、运行消耗、可靠性和可维修性等,每一种医疗设备都有自己的性能特征,如果知道了系统的全部性能特征值,并假设系统各主要部分工作良好,就可能计算出该系统完成规定任务的好坏程度。

**(二)装备效能的评价方法**

对医疗设备系统而言,其效能的评定是很复杂的,既可以评价其完成规定任务的好坏程度 $E_R$,也可以评价其自身功能发挥的好坏程度 $E_P$,还可以评价其实际效能发挥的好坏程度 $E_o$,它们与以下几个方面的因素有关:

1. 可用性 $A_o$。 可用性是指一旦需要,系统可以立即投入临床使用的能力。

2. 功能可靠性 $R(x)$　使用时间里,圆满实现其规定功能的情况,如果质量保证工作做得好,可以使 $R$ 接近1,如临床未发生使用失败或故障的情况,可暂时认为是1,其统计分析数据应来源于维修管理系统,用平均年工作时间 $T_o$ 减去平均年修复性维修时间 $T_R$(指排除故障所用的净工作时间,不包括日常的临床停机维护时间)再除以平均工作时间乘以100%,故障率越高,$R(x)$ 越小,见 $R(x)$ 的计算公式。

$$R(x) = \left(1 - \frac{T_R}{T_o}\right) \times 100\%$$

3. 功能利用比率 $P(x)$　年度内完成规定任务所使用的功能占全部独立功能的百分率,单一功能的设备 $P=1$,有 $n$ 个独立功能的设备,每个功能的使用率与其所占价格的比率之比小于0.3(大小可以设定),则认为该功能未使用,$n$ 减去未使用的功能的个数再除以 $n$ 就得到 $P$,独立(相关性小的)功能需要专家评定。

4. 使用率 $A_e$。 装备系统的工作时间与能工作时间之比,$A_e = T_o / U_t \times 100\%$。

上述各因素的关系可以用下面最简单的公式来表达:

(1) 完成规定任务的好坏程度 $E_R = A_o R(x)$

(2) 自身功能发挥得好坏程度 $E_P = A_o R(x) P(x)$

(3) 实际效能发挥得好坏程度 $E_o = A_o R(x) A_e$

5. 根据前边的分析和已知 $A_o = \frac{MUT}{MUT + MDT} \times 100\%$,我们可以得出以下计算方法和评估结论:

(1) 设备的质量等级是与 $R(x)$ 相关的,可以根据 $R(x)$ 的大小将设备的质量等级划分成若干等,设备更新和报废时可以参考该指标;

(2) 设备的完好率是统计分析样本 $R(x)$ 的总体平均值,反映设备整体质量状况,统计分析样本的区间是可以选择的;

(3) 设备完成规定任务的好坏程度 $E_R$ 的总体平均值反映设备技术保障水平;

(4) 临床设备的操作使用水平与 $E_P$ 相关,是统计分析样本 $E_P$ 的总体平均值;

(5) 设备使用率是统计分析样本 $A_e$ 的总体平均值,反映所统计部门的设备使用情况,可以看出设备还有多大潜能发挥,与经济效益直接相关;

(6) 设备效能实际发挥率是统计分析样本 $E_o$ 的总体平均值,反映医院设备管理和有效利用的能力,即对设备资源的利用效率和能力。

各考察指标的总体平均值可以通过下面的通用公式计算:

$$E(x) = \frac{1}{n}\sum_{i=1}^{n} E_i$$

$n$ 为统计分析区间的样本总数,$E_i$ 为单个样本的考察指标,$E(x)$ 为该指标的总体平均值,上边的（2）~（6）项指标都可以通过该公式计算。

如果考虑统计分析数据的科学性，显然把不同的设备混为一谈，不加以区分是不够严谨的，所以通过总体加权平均值的计算方法更合理一些：

$$E(x) = \frac{1}{n}\sum_{i=1}^{n} E_i P_i$$

$$其中 \quad \sum_{i=1}^{n} P_i = 1, \quad (0 \leqslant P_i \leqslant 1)$$

即依据医学装备的重要性或其他因素确定的各统计样本的权重，例如可以根据各种设备的原价值或折旧后的价值所占全部统计样本的总原价值或总折旧价值的百分比来确定权重 $P_i$ 的大小，而没有必要考虑的装备 $P_i$ 设为 0。

### （三）设备完好率的评估

设备完好率可以通过 $R(x) = \frac{1}{n}\sum_{i=1}^{n} R_i P_i$ 计算。如果没有维修管理信息系统的支持，是不容易获得完好率指标的，如果有了该系统，只要变换不同的样本空间就可以获得全院主要设备的整体完好率、科室主要设备的完好率。当 $n=1$ 时，获得的是具体某台设备的质量状况或对应的等级。

## 三、医学装备的经济效益评估

### （一）装备产生的经济效益的定义

医院因装备而产生的直接经济效益和间接经济效益的总和扣除折旧费用后的净值叫装备经济效益。所谓的直接经济效益是指通过设备的使用而产生的直接相关收费，如诊断收费、治疗收费；间接经济效益是指因设备的存在和使用而带来的间接相关收费，如设备使用的耗材或试剂等带来的附加收益（进出库价格不一致），因住院而带来的其他相关收益，装备的先进性对患者的吸引力等，这些收益在计算设备总的经济效益时，不能直接加上去，应该乘以一个相关系数函数 $r(x)$。由于间接收益的计算比较复杂，所以实际应用时，往往只计算设备所带来的直接收费情况。

### （二）经济效益的评估方法

计算评估经济效益应该首先分析投资成本或装备的费用，医学装备的费用是其消耗的资源的总和（人、财、物和时间），通常用货币度量。装备的"寿命周期费用"（life cycle cost, LCC）是在预期的寿命周期内，为装备购买、使用、保障、退役等所付出的一切费用的和。一般包括以下几项：

1. 购置费 主机、配套或辅助设备购置费用、手续费、安装费、初始人员培训费、初始布置保障费等。

2. 使用费 消耗品费用、水电等消耗、人员工时费用、使用管理费用。

3. 保障费 维修工时及配件费用、质量控制费用、技术改造费用等。

4. 退役费 退出使用处理的费用（某些设备的残值可抵消一部分费用）。

在费用计算时，用工程经济学（engineering economics）原理进行计算，把设备投入使用前的全部花费作为初始投资值 $P_0$，假设该设备预期使用寿命为 $n$ 年，投资利率为 $i$（国家经贸委目前规定国家投资 $i=1.0\%$），那么 $n$ 年后"现在价值"为 $P_0$ 的资金的"将来价值"为 $F$，$F=P_0(1+i)^n$，投资价值的计算与结算的具体时间相关。

如果按每年均匀收回现在价值为 $P_0$ 元的投资，那么年均回收资金为 $A$ 元，有下式成立：$P_0=A/(1+i)+A/(1+i)^2+\cdots+A/(1+i)^n$，其中 $A/(1+i)^n$ 为第 $n$ 年收回投资的现在价值，所以 $A=P_0\,i(1+i)^n/[(1+i)^n-1]$，即每年应收回投资 $A$ 元，第 $n$ 年后，收回初始投资 $P_0$ 元，$A$ 也叫"均匀年金"或"等额年金"。

实际上，仅有初始投资是不够的，还需要每年投入一定量的运行费用、人员费用和保障费用等总的年度消耗，才能保障设备有收益，设第 $k$ 年末再投入的总消耗为 $P_k$，则寿命周期费用 LCC 的现在的价值为：

$$LCC = P_0 + \frac{P_1}{1+i} + \frac{P_2}{(1+i)^2} + \cdots + \frac{P_k}{(1+i)^k} = \sum_{n=0}^{k} \frac{P_n}{(1+i)^n}$$

其中 $P_k$ 应该包含此时设备的残值 $S_k$，根据前边的推导可知，投资为 $P_0$ 元的均匀年金 $A=P_0\,i(1+i)^n/[(1+i)^n-1]$，那么把 LCC 转化成 $k$ 年的等效年金 $A$，则寿命周期总费用每年转化的年金 $A=LCC\,i(1+i)^k/[(1+i)^k-1]$，也就是说 $A$ 是等价年投入的费用。如果考虑通货膨胀，还要加入修正因子。

### (三) 装备投资收益率

有了 LCC 的分析，投资收益的计算就很简单了，可以采用两种方法：

(1) 利用初始投资 $P_0$ 的等额年金 $A$ 计算：年度收入 $\Delta C=C-(P+A)$，其中 $C$ 为某年直接收费总额、$P$ 为该年度总消耗。

(2) 利用寿命周期费用 LCC 的等价年金 $A$ 计算：年度收入 $\Delta C=C-A$，其中 $C$ 为某年直接收费总额。

显然，第二种方法更简捷，但 LCC 的很多分量是估算的，实际的运行消耗和维修等费用并不是每年都一致，而是越来越多，当年度总的投入大于实际收费时，收益为负，此时设备的经济寿命周期到了，应该报废。

实际情况是每年的运行消耗 $P_k$ 和该年度的等效年投入 $A_k$ 都不一样，通常每年的 $P_k$ 在年底结算时是已知的，为了计算该年度的收益，则需要知道该年度的等效年投入 $A_k$，有了 $A_k$ 就可以通过 $\Delta C=C-A_k$ 计算该年度的收入。为此，还需要引入折旧率(设备原值每年减少的比率)的概念，如果设备资产的折旧率为 $d$，那么第 $k$ 年结算时，设备的残值 $S_k=P_0(1-d)^k$。见表5-7。

表 5-7　医学装备寿命周期费用汇总表

| $k$ | 1 | 2 | 3 | 4 | 5 | 6 | 7 |
|---|---|---|---|---|---|---|---|
| $S_k$ | $S_1$ | $S_2$ | $S_3$ | $S_4$ | $S_5$ | $S_6$ | $S_7$ |
| $P_k$ | $P_1$ | $P_2$ | $P_3$ | $P_4$ | $P_5$ | $P_6$ | $P_7$ |
| $A_k$ | | | | | | | |
| $C$ | | | | | | | |
| $\Delta C$ | | | | | | | |

然后，再根据前面的公式计算 $A_k$ 和各年度的收入情况。

## 四、医学装备有效性与经济风险

### (一) 装备有效性的定义

有效性指装备完成规定的功能后，在患者身上产生的效应的一种评价，可以作为医院内部质量管理的一个指标。如诊断设备诊断的阳性率、漏诊率，治疗设备治疗的有效率、不良反应事件等，是医院对自己的设备用到患者身上产生的效果的一种动态评估，也是对设备上市后质量监督体系的再评价途径之一。

### (二) 有效性的评估方法

有效性评估更加复杂,因为评价有效性的指标量化困难,评估标准界定也困难,如一种疾病的确诊往往需要动用许多诊断设备和诊断方法,不好说明是哪一种设备发挥了效能。但通过建立多种指标的评价体系,也能说明一定的问题,如可以通过诊断设备检查结果的阳性率、平均单病种诊断花费、住院费用中设备相关费用所占的平均比率、治疗设备治疗的有效率、器械不良反应事件和错误使用情况年发生次数、体检患者比率等来评价医学装备使用和管理的有效性。

当以上各项统计指标累积到一定的程度时,通过不同医院间的横向比较,可以反映出设备的使用水平和有效性、公正性,阳性率高、花费相对少、不良反应投诉少的医院肯定受欢迎。而通过不同年度的纵向比较,也可以从各项指标的相对变化之中发现一些管理问题和规律,从而及时调整设备管理和使用策略。

### (三) 装备的经济风险

医学装备如果投资不当、使用管理不善,消耗和浪费过大,会造成医学装备方面的投资损失,即投资风险。医院应该依据工程经济学的客观规律仔细研究装备投资和投资收益、医院病源等问题,指导医学装备投资,目前,国产医学装备技术发展迅速,进口医学装备之间的竞争和垄断优势的削弱,加之入关后的关税降低,设备的初始投资也会大大降低,尽管使用和诊断费用也有不断降低的趋势,但随着人们对健康质量的追求和保健意识的提高,设备相关的收益还会有所提高的。如果医院自身对设备的技术保障能力缺乏,那么过高的保修费用也可能使设备的收益大打折扣,这也是一种潜在的经济风险。

医学装备使用过程中,如果不加强质量管理、提高风险意识,也会因错误使用等导致患者起诉,造成索赔等经济损失。另外,医院如果缺乏公正性,如为了追求经济效益而乱开检查单的问题等造成医疗保险部门拒付款,影响医院的声誉和形象等,实际上会损害医院长远的经济利益。

因此,医学装备的管理重点应该是通过管理信息系统的手段建立各种评估模型和评价指标,包括质量方面的、风险方面的、技术保障能力方面的和经济方面的各种指标,并借助于质量体系规范技术行为,以最大限度地发挥医学装备的绩效。

## 第四节　器械不良事件报告制度

先进医学装备在临床广泛应用,提高了医学诊断和治疗的水平,也提高了医院的工作效率和效益,尤其是在疾病的早期诊断和治疗方面,给患者带来了前所未有的健康效益。但高技术也是一把双刃剑,在给患者带来好处的同时,也带来了相关的技术风险和经济负担。临床常把与器械相关的医疗伤害、医疗责任事故统称为器械不良事件,随着医疗器械品类和规格的不断增多,在临床产生的器械不良事件也随之增长,国家建立器械不良事件报告制度和对医疗器械进行再评价是医疗器械上市后监管的重要环节,该制度是否有效实施,将直接影响患者的健康利益和医学装备临床应用的安全性和有效性。

### 一、器械不良事件监测概述

医疗器械不良事件是指由于医疗器械产品的设计缺陷或已注册审核的使用说明书不

准确或不充分等原因造成的临床患者伤害事件。该定义与医疗器械质量事故是有根本区别的。医疗器械质量事故是指质量不符合注册标准或说明书等规定的医疗器械在临床造成的医疗伤害或事故。可见,前者涉及的器械产品质量是合格的,而后者是不合格的。

## (一)国外监测情况

1984 年,美国食品药品管理局(FDA)要求生产厂家在产品注册时应提交医学装备不良事件报告,即医学装备导致的患者死亡和严重伤害的事故必须报告,并实施年度认证制度;1993 年和 1996 年又分别颁布实施了医疗器械销售商、制造商和用户的不良事件报告制度。与此同时,日本、澳大利亚、加拿大、欧共体也相继发布了相关制度。从 1992 年开始,上述国家医学装备管理机构和企业代表联合召开全球协调行动力量(GHTF)会议,进一步协调医学装备的管理,GHTF 会议专门成立了第二工作组(美国 FDA 为工作组主席国)负责协调医学装备警戒和上市后监督体系的文件审核,目前已发布了一系列指导性文件。在 1994 年、1995 年和 1996 年美国 FDA 和生物材料学会等机构还召开了有关置入体内的记录、报告和再评价国际会议,呼吁建立置入体内器械的数据库,进一步加强置入体内器械的管理。据美国食品药品管理局(FDA)统计:自 1992—2002 年的 10 年间,FDA 共收到 40 多万件医疗器械不良事件报告,其中死亡 6636 人。仅呼吸机召回事件,2002 年 5 月 1 日至 2009 年 5 月 19 日就达 98 起,平均每个月发生 1.2 起。其中 I 级召回 10 起,II 级召回 88 起。据美国国家医学院估测:全美医院每年因医疗差错导致 44 000 人到 98 000 死亡,超过交通事故死亡人数。其中医疗器械相关差错约占 30% 左右。

## (二)国内监测情况

中国国家食品药品监督管理局为了加强对医疗器械上市后的监督管理,提高医疗器械生产、销售企业和用户的风险意识,健全监督管理规章制度和规范监督管理行为,于 2005 年颁布了《医疗器械不良事件监测管理办法》(以下简称《办法》),该《办法》自 2005 年 7 月 1 日实施以来,有选择地监测和报告了部分医疗器械产品的不良事件情况,并随着监测范围的扩大,人员安全意识和监测水平的提高,对器械上市后的安全监管越来越引起国家卫生行政部门和医院的重视。2008 年,我国医疗器械不良事件报告数量明显增多,统计显示,从 2008 年 1 月 1 日至 12 月 31 日,国家药品不良反应监测中心共收到可疑医疗器械不良事件报告 40 940 份,是 2007 年报告数量的 3.3 倍,同比增长 230.9%,其中,可疑死亡事件报告 37 份。然而,报告数量与实际发生的不良事件的数量相比差距较大的现状并未改变,不良事件报告的评价能力和规范化水平依然有待提高。在医疗卫生安全事件频发、公众对药械安全高度关注的这样一个大背景下,这一数字说明了什么?说明了人们意识的提高和监测渠道及监测方式多元化。为了有效提高医疗器械不良事件监测水平,2008 年我国医疗器械不良事件监测工作立足创新,重点在信息反馈渠道、监测方式和思路、信息系统建设等方面下工夫,并有所突破。一是逐步拓宽了医疗器械安全性监测信息反馈渠道,定期发布《医疗器械不良事件信息通报》、召开药械安全性监测信息企业沟通会议、定期发布《医疗器械警戒快讯》等方式,不断拓宽医疗器械安全性监测信息反馈渠道,定期向社会公布医疗器械警戒信息。二是医疗器械不良事件监测工作方式和思路逐步多元化。不良事件监测方式和思路的多元化主要体现在两方面:一方面,积极开展严重不良事件调查。依据《严重医疗器械不良事件调查程序(试行)》,2008 年国家药品不良反应监测中心针对死亡事件、涉及同一企业同一规格型号产品多起严重不良事件开展深入调查,共发起调查 23 起,其中死亡事件调查 15 例,其他事件调查共 8 例;另一方面,积极推行"医疗器械不良事件监测工作推进行动"。提高不良事件报告的质量；形成重点监测品种的培训教案；对专业人员进行深入性培训，使相关专业人员熟练掌握医疗器械不良事件上报所需的各方面技能，培养医疗器械不良事件监测队伍；三是建立了医疗器械不良事件监测信息系统，提高医疗器械不良事件监测工作的规范性，提高工作效率，提高医疗器械不良事件监测系统的预警能力，2008年国家药品不良反应监测中心启动了医疗器械不良事件监测系统的建设工作。目前，该系统正在全国试点试运行，运行情况良好。2008年我国医疗器械不良事件监测工作取得很大进展，不仅仅表现在不良事件报告数量的大幅增长上，还表现在及时处理群体事件、有效开展上市后综合评价以及有效处理召回事件等方面。据统计，2008年，按照《关于印发〈药品和医疗器械突发性群体不良事件应急预案〉的通知》的规定，国家药品不良反应监测中心共收到并及时处理了12起突发群发事件，涉及壳聚糖类手术防粘连剂、一次性使用静脉输液针、外科手术缝合线、透析机、心电监护电极、人工晶体共6个品种；共对高能聚焦B超肿瘤治疗系统、经外周插入的中心静脉导管（PICC）、心脏起搏器、骨科置入物、医用分子筛制氧设备、临时起搏电极共6个品种开展了针对其他原因（投诉、再注册）的综合评价（有因评价）；共接收并处理召回报告30份，并根据国际医疗器械安全性信息监测的结果，发文要求相关企业在国内开展召回行动，对75起国际召回和警戒事件进行了全面落实。此外，国家药品不良反应监测中心还时刻注意工作规律的总结，及时形成标准化的工作程序、文件模板和工作方法，并在成熟的情况下形成规范化文件，以固化工作规律，如《医疗器械不良事件调查工作程序（试行）》等。

2008年，国家食品药品监督管理局在《医疗器械不良事件监测管理办法》的基础上，发布了《医疗器械不良事件监测和再评价管理办法》，增加了医疗器械再评价与控制等方面的内容，以全面完善和推动我国医学装备上市后监控和警戒体系的建立，避免和及时纠正医疗器械不良事件，提高医疗器械的安全性和有效性，保证进入临床或患者直接使用的医学装备产品的性能质量。

## 二、器械不良事件的界定

医院是发生不良事件的主要场所。医护人员和医院管理部门掌握不良事件的定义对处理问题和界定责任非常重要。在医学装备使用过程中，凡是发生下列情形之一，则被界定为器械不良事件：

1. 医疗器械导致患者、使用者或其他人员的死亡。

2. 医疗器械导致患者、使用者或其他人员的严重伤害。所谓的严重伤害（也称为对健康状况的严重损坏）是指：

（1）具有生命危险的疾病或伤害；

（2）对机体功能的永久性损伤或对其结构的永久性破坏；

（3）急需医药和手术介入以防止对机体功能的永久性损伤和对机体结构的永久性破坏。

上述表述中，"严重"一词需要进行一定程度的量化，需要医生、医学专业学会和医疗事故处理部门等一起协商，共同制定一个伤害程度的评估标准。术语"永久性"是指对机体结构和功能的不可恢复的损伤和破坏，不包括轻微的损伤或破坏。造成服用药物本身并不代表严重的伤害，然而导致服用药物的原因却可以被用来评估不良事件的可报告性。

3. 其他不良事件界定　虽然没有发生死亡或严重伤害，但如果此事件再次发生则可能导致患者、使用者或其他人员的死亡或严重伤害，也就是司法人员所说的"濒临事故"，此种情况亦被认为属于不良事件。

如果医学装备的测试和随机提供的信息（包括与医学装备相关的任何信息），表明有能够导致死亡或严重损伤的因素，也认为是不良事件。

### 三、不良事件可报告性区分

医院是不良事件报告和监督的主体，对维护患者的健康、生命安全和医学装备产品上市后的监督起重要作用，这不仅是一个责任问题，也是一个观念问题，如果是使用错误而导致的不良事件应该按事故处理程序处理，而由于产品原因或厂家提供的文件、培训等不足造成的不良反应，尤其是符合不良事件定义的任何一种情况发生，都应该及时按要求填报文件、表格并要求强制性上报职能管理部门。用户强制性报告的内容应该包括：患者资料、不良反应及产品问题、不良事件的医学信息、医学装备方面的信息和初始报告人等。

通常区分不良事件的可报告性是有一定难度的，需要认真调查、现场取证和仔细分析。下面举例说明可报告和不可报告的不良事件的区别。如果能够证实造成不良事件的原因主要在厂家和产品上，那么基本上是应该报告的，如果主要是医院使用管理、技术保障和计量等方面的原因，应该是不可报告的。

#### （一）可报告的不良事件举例

1. 心脏起搏器超过使用期限后失去作用，但其替换指示器没有按照其特性及时显示和提示这一信息。

2. 对患者进行血管 X 线造影检查时，C-臂 X 线诊断机发生不可控制的活动，使患者被影像增强器损伤，而整个系统均是按照制造商的说明来安装和维护。

3. 由于固定转轴的螺栓断裂，导致监护仪的悬挂系统从天花板上掉下来。当时没有人受伤，但有必要上报（濒临事故）。螺栓是制造商提供的，整个系统也都是按照制造商的说明来安装和维护。

4. 一次性无菌器械包装袋的标签上应注明"包装袋已打开或损坏后不得使用"，但标签如果被错误地印在内包装上，会导致拆掉具有防菌作用的外包装后而未使用的情况下又将之存贮起来的情况，但内包装不能提供足够的无菌屏障。

5. 制造商将一批不符合规定的血糖试纸投放市场，患者按照说明使用试纸，错误的读值导致使用了不当的胰岛素剂量，最终导致低血糖休克并入院。

6. 由于松脱而过早地更换了整形外科置入物，未能作出最后判断。

7. 输液泵由于故障而停机，但停机后没有发出报警，患者未能得到足够的所需液体，导致病情治疗延误或住院时间延长。

8. 心脏起搏器制造商认识到一种软件故障，早期的风险评估认为造成严重伤害的危险只是远期效果。后来使用的失败使得制造商重新作出风险评估，结果表明严重伤害的可能性并非远期。

9. 作子宫内膜切除手术的患者发生邻近器官损伤。由于子宫壁薄而引起的邻近器官的损伤是切除手术不可预料的并发症，但制造商在切除器械的说明中没有标注警告，当器械按规则使用时可能会产生副作用。

10. 厂家对脑外科中可重复使用的手术器械的清洗方法未能提供详细的说明，导致某些疾病可能传播的危险。

11. 在置入心脏瓣膜的过程中，发现缝合环有缺陷，于是放弃了这个心脏瓣膜而重新改用了一个新的瓣膜,导致手术过程中体外循环的时间延长。

12. 在使用体外除颤器过程中,由于除颤器未能释放所设定的能量,导致患者死亡。

13. 无隔离防护的心电图机开机工作时,导致患者微电击死亡。

14. 对人工生物心脏瓣膜进行的疲劳实验表明会发生早期损坏,对患者健康造成威胁。

15. 置入外科整形物之后,发现热处理不符合要求,导致材料性质不均,对患者健康造成威胁。

16. 心脏起搏器引线的顶端电极分离,从而对患者健康造成威胁,可通过对剩余样品进行测试得以确认。

## (二) 不必上报的不良事件举例

1. 使用者按照器械说明的要求,在将主动脉反搏气囊插管用于患者之前进行充气试验,充气试验出现故障,于是使用了另一个气囊,并没有对患者造成损伤。

2. 无菌一次性使用器械包装注明"若包装被打开或损坏则不得使用"。使用者在用前发现封口已经打开,所以未使用该器械。

3. 静脉输液器液滴壶顶端保护帽是为了调解液位和形成一个非无菌的液体给药途径,如果在操作过程中脱落,但还未给患者使用。

4. 当厂家得知不良事件由患者情况引起时,不良事件不必上报。这些患者情况可能会在器械使用之前或使用中存在。但厂家必须具有足够的信息证明医疗器械是按说明使用并且没有造成或引发死亡或严重伤害,同样有资格作出这种判断和结论的专业人员也可以提供这种证明。

5. 患者在置入了人工机械瓣膜 10 年后,患心内膜炎并死亡。

6. 整形外科置入了一个人工髋关节,要求康复后不得进行剧烈运动,但患者参加了滑冰,并由于没有遵从医嘱而导致过早地重新更换。

7. 由于患者骨质疏松的发展而造成整形置入物的松动和需要过早地更换。

8. 在血液透析治疗后患者死亡,患者患有晚期肾病而死于肾衰竭。

9. 如果造成不良事件的原因仅仅是医疗器械超过了厂家规定的使用期限,而且这种情况并不常见,则不必上报。

10. 医疗器械的使用期限必须由厂家规定并标注在技术文件或者使用说明书里。使用期限被定义为:医疗器械在被制造、投入使用和按规定维护之后,能够保持其规定功能的使用时限。可报告性评估应根据规定或说明书中的信息。

11. 重复使用了标明为一次性使用或单患者使用的医疗器械而引发的不良事件应归为"使用错误"。

12. 心脏起搏器在达到使用期限后失去作用。更换指示器已提示需手术取出心脏起搏器。

13. 由于使用了超出使用期限的钻头,在手术中钻头损坏,因为要修复损坏的部分而造成手术时间延长。

14. 由于设计中采取了能防止险情发生的有效措施(符合相关标准和设计文件),不良事件并没有造成死亡或严重损伤,则不必上报。

15. 输液泵因故障停机,但发出了适当的报警(与相关标准要求相符),所以没有对患者造成伤害。

16. 微处理器控制的辐射热源出现故障,但发出了适当的声、光报警(与相关标准要求相符),没有对患者造成伤害。

17. 在放射治疗过程中采取自动防护照射控制,如果治疗提前终止,患者虽然没有得到足够的最佳照射剂量,但也没有受到超量辐射。

18. 能够但还没有引起死亡或严重伤害的不良事件,具有造成远期死亡或严重伤害的可能性,但在风险评估之后认为可以接受,则不必上报。

19. 中央导管的置换导致了危象和呼吸急促,这种副作用厂家已说明存在。

20. 已投放市场的心脏起搏器制造厂家认识到了一个软件故障并认为对于特定设置造成严重损伤的可能性是远期的,没有对患者的健康发生不良影响。

21. 献血设备生产厂家总是遭到设备中有血液微量渗出的抱怨,但没有引起患者的失血或感染的报道,厂家重新评估了感染或失血的概率,证明为远期。

22. 在厂家的文件中明确标明或被认为是可预料的临床熟知的副作用,器械按规定使用过程中也出现了这些情况,不必上报。这些不良事件有许多是在医学、科学或技术领域所熟知的,也是在临床观察中容易识别的。

23. 有关副作用(包括危险性评估在内的文件)在不良事件发生之前已在器械的主要文件中可以查到,并有预先支持的技术资料。如不良事件是可预见的,厂家不得否认其存在。如:患者在使用体外除颤器的一次意外中被二度烧伤,危险性评估认为这样的烧伤对于患者急救来说是可以接受的,并且厂家也在使用说明书中给出了明确的警告。烧伤发生的概率在器械说明规定的范围之内。

24. 患者患有已知的组织反应(如,镍过敏)且厂家在技术文件中有记载。

25. 若不良事件已被厂家写在建议性提示中,那么不必上报。但厂家应提供一个总结性报告,说明不良事件的内容和发生频率和程度符合国家授权的职能管理部门的规定。

### 四、医学装备错误使用

医疗事故是指医疗机构及其医务人员在医疗活动中,违反医疗法律、行政法规、部门规章和诊疗护理规范、常规等,造成的患者人身伤害事故。医学装备错误使用造成的人身伤害既不属于器械不良事件,也不属于医疗器械质量事故,而是医疗器械相关的医疗责任事故。

#### (一) 错误使用的定义

根据国家授权管理机构的要求而定,"使用错误"包括无意识和有意识的两种。与使用错误相关的不良事件的报告在全球还未统一。欧美等国家立法要求医学装备的设计和制造必须考虑不得危害医疗环境、患者、使用者和其他人员的安全和健康,但同时也必须承受一些对于患者的利益更重要的可以接受的风险。EN 1441 和 ISO 14971-1 包含了降低风险的方法,其应用范围已经扩展了设备的整个寿命周期。该标准要求,为了达到应有的使用目的,应该进行风险分析并将其降低到可以接受的水平,也应该预料到合理的可预见性的临床错误使用问题,同时,与医学装备使用有关的错误被命名为使用错误,以避免对使用者或器械有谴责的含义。因此,使用错误的概念可以如下定义:一种造成了出乎于生产厂家意图之外或操作者预料之外的不同结果的行为,其原因可能是由于各方面因素之间不匹配造成的,如操作者、设备、目的或环境等。

#### (二) 错误使用与不良事件的区别

国内外对错误使用问题是否上报,存在争议。有些权威人士建议要上报那些未发生在应上报的不良事件范围之内的与错误使用相关的不良事件。国外授权管理机构一般也倾向于接收与使用错误相关的报告,尤其是导致死亡或严重伤害的报告,至少可以为其他使用人员避免错误使用提供经验教训。

发生错误使用最常见的是将厂家明确标注的单患者使用或一次性使用的医疗器械进行再加工或再使用,显然这不符合生产厂家的规定,所以与再次使用相关的潜在不良事件的报告应被认为是使用错误的报告。同样,将不合法生产厂家生产的医疗器械用于临床,也被认为是错误使用。

当临床错误使用的情况发生时,一般需要保持必要的现场、素材和证据,等待专家的调查、分析和判断,如果涉及医学装备的性能问题,还需要请法定或权威测试机构对其性能进行测试,给出合格或不合格的测试报告。反复测试和验证设备没有性能问题,可能要从环境和操作方面找原因。如果操作人员非常明显地运用了厂家明文禁止的或建议不采用的操作行为,则可以判定为使用错误。如高频电刀使用时应该远离麻醉剂、乙醇等易燃物,因为刀头的火花可以点燃易燃物。

经专家证明是错误使用后,应该按医学装备相关责任事故处理程序进行处理。

## 五、责任事故的处理

### (一)定义和分类

凡是因操作、维护不当或维修技术失误等造成的装备损坏情况视为人员责任事故,而因发生使用错误而造成患者死亡或受到严重伤害的情况视为医疗责任事故。所以,与装备相关的责任事故可分为因使用或技术保障行为不当造成装备损坏的人员责任事故、因厂家设计或制造缺陷等造成的不良反应事件和因使用人员发生使用错误而造成的医疗责任事故。

### (二)责任归属

国内职能管理部门并未出台责任归属问题的指导性文件或规定,通常认为因使用或技术保障行为不当造成装备损坏的责任归属于当事人,当事人应按医院的管理制度进行处分或赔偿;因厂家设计或制造缺陷等造成的不良反应事件应该按国家食品药品监督管理局的要求上报,同时厂家要承担相关的责任和赔偿,召回和履行改进有缺陷的产品的责任和义务;因使用错误而造成的医疗责任事故应按国家或本地区医疗事故处理的有关办法和程序进行处理,使用错误所造成的事故应该定性为技术事故,技术事故是医、护、技等医务人员在诊疗护理过程中因技术过失为主要原因所致的事故,也包括虽然按技术规程操作,但由于技术水平有限而造成的过失。

装备在使用期限内出现故障或失效且造成患者死亡或受到严重伤害的责任事故,如果故障的原因是偶然发生和不可抗拒的,而医院也按规范操作使用和定期进行了维护与计量测试,那么责任的归属和判断比较困难,需要深入地进行调查分析,找到故障的物理原因所在,然后再判断是维护方面的还是设计方面的。

### (三)责任事故的处理程序

医疗装备责任事故的处理应该有法律依据,目前应参照国务院发布的《医疗事故处理办法》。当认定为医疗装备责任事故后,一般先经过授权的专家和专业测试机构进行检测,根据检测的结果分清责任归属,再按医疗事故处理程序办理。通常其处理程序为:

1. 发生事故后,当事人要立即向本科室负责人报告,科室负责人应立即向本院负责人报告。科室要保留必要的现场和材料、证据或照片等,但应遵守患者生命优先的原则。

2. 医院应指定专门的机构妥善保管有关病案、原始资料、实物和标本等。

3. 医疗单位和卫生行政部门应组织人员进行现场调查、分析、研究和鉴定。

4. 对于无法分清是装备性能问题还是使用问题的,要请有资格或经授权的测试机构进行必要的测试,给出合格或不合格的结论。

5. 测试合格,按技术事故进行处理和请医疗事故技术鉴定委员会鉴定。

6. 根据事故等级、情节和患者情况给予一次性经济补偿,并处理好其他善后事宜。

7. 对事故责任人进行行政处分。

对于建立了质量管理体系的单位,应该进行内部审核与管理评审,发现更多的不足和隐患,进行整改,并制定预防和纠正措施。未建质量体系的单位要加强人员技术培训,完善管理制度,深究问题发生的原因并引以为戒、举一反三。

# 第五节　医学装备应用质量控制

生命科学将在 21 世纪的科技发展中获得重大突破。生物医学工程技术、计算机与信息技术和新兴的纳米技术在 21 世纪的发展很可能将彻底改变传统生物学和医学的面貌,改变现代医学的诊疗方式。尤其是近 60 年来,生物医学工程技术在医学领域的蓬勃发展,产生了一系列划时代的先进医疗科技,诸如 X- 射线计算机断层扫描技术(CT、DR)、断层放射治疗技术(Tomo therapy)、数字减影血管造影(DSA)、磁共振成像(MR)、超声成像(USI)、正电子发射断层扫描技术(PET)、患者监护、生化分析、显微成像、激光、心脏起搏器、人工肾和手术机器人等等大批新型诊断、监护、治疗设备和手术器械的出现和普及,使生物医学仪器成为现代医学诊治的重要物质基础和技术手段。医学装备应用质量控制已经成为现代化医院基础医疗质量、环节医疗质量和终末医疗质量管理不可或缺的重要组成部分。

## 一、医学装备质量控制体系

医学装备质量控制体系的建立是个系统工程,包括国家法律、行政规章、部门制度和医疗、护理规范、常规等不同层面,涉及人员、设备、环境、过程和信息等方面的要素。对医院而言,归纳起来主要有两个层面,一是管理层面的机构建设,授职、授权和资源保障;二是技术层面的资源配置、人员培训和技术标准、规范和信息系统的建设等。最后是两个层面的系统整合,包括优化管理和业务流程,疏通渠道,建立标准和作业规范,并上升到质量控制体系。

### (一) 管理层面

在医院医疗质量管理中,有关机构、人员和药品等管理法规基本建立,但与医学装备临床使用安全相关的法规(卫生部于 2010 年 1 月 18 日发布试行)颁布尚属首次。《医疗器械临床使用质量安全管理规范》(以下称《规范》)共 6 章、36 条、164 项质量管理要素。《规范》优先明确了医学装备质量安全管理的内涵,强调医疗机构应该建立医学装备安全管理体系,重点包括临床准入、临床使用和临床保障三个部分:在临床准入部分,明确了临床准入各环节的管理措施及技术要求;在临床使用部分首先明确了技术人员资格、培训与考核管理,其次明确了操作、感染控制、安全事件报告、评估和记录,以及耗材安全和唯一性标识的管理;在临床保障部分首先明确了预防性维护和质量检测要求以及环境测试要求和记录要求等,其次明确了大型医疗设备公示要求、库房管理和应急保障要求。行政监管方面,授权各级卫生行政部门定期进行医疗器械安全督查,并在适当时机,与医院管理评审挂钩。可以说,该《规范》将会成为医院医学装备管理制度制定的上位法和主要依据,医院应该仔细研读《规范》,将医学装备质量职责分解到医院医学装备采购、使用和保障部门,建立相应制度与流程、标准与规范,培训各方面的人员并实行上岗证制度,并进行落实、监督、检查和改进,从而不断提高医学装备的应用水平和管理保障水平,提高医学装备相关的工作绩效。

### (二) 技术层面

医学装备的论证、引进、安装、调试、使用、测试、维修和计量过程中都离不开技术问题,每一步都具有很强的技术性。其中维护、修理和计量、测试是医学工程部门最主要的两个方面的技术行为,提高这两个方面的能力,对保证设备的正常和安全运行是一种强有力的支持。维修和计量都是对设备实施的质量控制或质量保证行为,它们之间相辅相成,临床用前例行检查、巡检和预防性维护、计量、测试等发现设备出现问题或故障就要通过维修手段来恢复,而维修之后又要通过计量、测试的手段来确认或验证,可见,它们之间应该有机地结合起来发展,共同构筑一个技术保证体系,来保证医学装备的质量和使用安全。见图5-3。

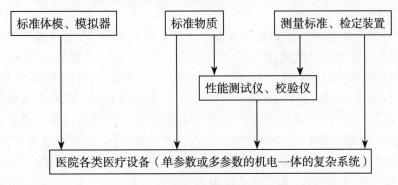

**图 5-3　医学装备质量验证技术手段**

医学装备质量验证的技术手段是多层次的。主要有用于功能检查的标准体模和模拟器、用于标定的标准物质、用于计量的测量标准和检定装置、用于测试和校验的性能测试仪和校验仪,对性能质量进行定量评价和采取相应的技术措施进行质量保证是质量控制的关键环节之一。

1. 标准体模和模拟器　常用的标准体模有检查超声用的仿组织超声体模;检查CT、MRI、SPECT、PET用的剂量体模和性能体模等;模拟负载有呼吸机、麻醉机用的模拟肺;自动验光仪用的模拟眼;测加速器电子束能量和均匀度用的三维水箱;模拟器有声、热、磁、光、电等信号源;心、脑、肌电模拟器;除颤器放电指示夹等。

2. 标准物质　标准物质包括化学成分标准物质、物理化学特性标准物质和工程技术特性标准物质,可以是气、液、固三态。如生化分析仪用的标准质控液,血细胞计数器用的标准血,酸度计用的标准 pH 液,医用气体监护仪、血气分析仪或各种气体分析仪、测试仪、校验仪用的标准气体($O_2$、$CO_2$、$N_2O$、AG)。

3. 性能测试仪和校验仪　医疗设备往往是一台多参数的、动态的、复杂的机电系统,需要进行各种动静态参数的综合测试。如呼吸机的测试就需要模拟肺、呼吸机测试仪、氧浓度测试仪和温湿度校验仪等才能完成其全面的综合测试。其他如除颤分析仪、电刀测试仪和输液泵分析仪等都是开展医疗设备质量保证活动必不可少的。只是测试依据的规范需要自己从不同的途径获得。

4. 测量标准、检定装置 医学计量体系下的各级计量站已经建立了很多测量标准和各种检定装置,国家也发布了相应的各类检定规程,规范着强制检定的医疗设备的检测活动,这是目前国内被认可的实施医疗设备售后质量监督的唯一技术行为,具有法制性。见本书有关医学计量的章节。

总之,除了检查、测试、维修和计量保证外,装备的有效运行还会涉及运行环境和布局的优化、临床装备保障模式(如急救设备的应急提供方式)、外围设施或条件的控制等,这些也是保证装备质量需要考虑的细微之处。

**(三) 构建质量控制体系**

通过风险来源分析,我们可以清楚地认识到医院是医疗器械风险控制的主战场,医院对实行医疗器械临床准入、操作使用人员和医学工程保障人员准入及应用过程的质量管理负有直接责任。要加强医疗器械整体质量管理(total quality management, TQM),医院必须把好医疗器械的采购关、临床使用关和医学工程保障关的质量控制(quality control, QC),并在此基础上逐步提高风险防范意识,累积安全文化和质量文化,最终构建覆盖医院各相关部门的质量管理体系。

1. 采购环节质量控制 采购事关医院的发展和全局利益,需要采购部门对医院的需求、技术发展和市场情况有全面地、深入地了解和掌握,并按一个客观、公正的管理制度和科学的操作程序进行,包括临床需求评估、计划制定、选型论证、招标采购、安装验收、尾款支付等过程。采购是医院经营的重要内容,经过长时间经营积累形成作业规范和采购管理信息系统。非常有必要建立合格供方名录和供应信息链并不断通过临床需求、功能验证、工程验收、维修、计量和市场反馈信息对其进行持续改进,进一步建立临床准入标准[8],形成综合评价能力,这种积累才能使采购选型的决策信息丰富、可信、科学。少走弯路、减少失误,有效降低医院运营成本,提高综合竞争力。

2. 使用环节质量控制 器械使用方面的质量控制涉及人员、制度和规范、标准等问题,需要医院、行业学会共同努力,制定操作规范、指南或手册,纳入医疗护理操作常规。国家建立从业人员培训、考核和认证制度,包括建立考核委员会、起草考核规范、建立各类题库等。医院应建立岗前培训和操作上岗证制度等。在当前内外部环境不成熟的条件下,首先推行器械用前检查制度,即由使用人员依据操作说明书、通用程序或技术规范来检查设备运行的环境条件、附件、耗材或系统的配置情况,并开机进行功能验证或完成设备的自检,以证实该设备是否处于良好的备用状态。这种院内的"用前检查"和使用培训及操作上岗证制度的逐步实行和推广有助于器械应用质量的提高,降低风险。另外,国家已建立和实行医疗器械不良事件监测报告和召回制度,医院有责任上报器械不良事件案例,如血管机C-臂发生不可控制活动,使患者受伤,且整个系统均按制造商的说明来安装和维护,这种情况属于典型不良事件,责任归属生产厂家,需厂家处理或召回。所以,不良事件报告事关患者、医院和厂家的长远利益,提倡各方应主动报告。

3. 保障环节质量控制 大中型医院基本上都设置了医学工程科或设备处(科),主要从事医疗器械装备论证、采购、安装、验收、预防性维护、巡检、故障修理和计量等。医学工程科是现代化医院有效运行的重要专业技术支撑部门,医疗服务越来越成为一种医疗、护理、医技、医学工程、医院管理和信息技术等多学科协同的知识密集型服务行业,医学工程部门职能发挥的好坏关系到医院运行效率、技术发展和经济利益。因此,医学工程部门的建设和学科发展不再是医学工程人员自身的事情,事关医院发展和全局利益。但目前国内医学工程部门职能大多数定位于采购、维修和供应,没有上升到一个学科和全院职能部门的战略高度,致使职能弱化、人才流失、能力不强,影响了医院的发展和效益。仅从医学工程保障的角度来说,医院需要医学工程人员做的事情就特别多,如场地工程规划、设备安装、验收管理、基础医疗设备维修、保修管理、三级质量确认制度、内外部培训管理、现代物流供应管理等。三级质量确认制度指用前检查制度、定期检测校准制度和周期计量检定制度[7]。用前检查备机属于日常操作规范的一部分,由操作人员完成;定期检测是对设备定期进行维护、保养以及理化性能或功能的测试验证,是一种常备质量控制手段,由医学工程人员完成;医疗设备的周期计量检定是由医学计量人员完成的一种严格的质量检测和确认形式,其周期通常为一年或两年,检测设备需要建标考核、人员需要资质、机构需要授权和认证(体现了法制性的一面)。以上三种质量确认方式层级不同,但互为补充,可以有效地提高医疗器械理化性能的可信性,促进其临床应用质量的提高。

4. 构建质量控制体系　医疗器械临床应用质量管理不是医院某个部门的问题,而是医院系统的问题,系统问题就应该通过全院性的政策、管理制度和系统的手段来解决。国外医学工程发展的经验和 ISO 9000 在全球的风靡提示我们,医疗器械应用质量管理的最有效的方式应该是构建一个覆盖器械全过程的质量体系,这种体系的建立不仅要减少医疗器械风险和相关医疗事故的发生,还要带动医院整体技术水平和医疗质量的提高,使医院的综合效益最大化。西方质量文化发展的经验告诉我们,构建质量管理体系需要一个为业内广泛接受的成熟的质量管理体系标准,ISO 9000 从 1987 年推出已经换了三版,而2000 版的 ISO 9000 用于医疗器械制造行业则成了 ISO 13485。医疗行业是一个法规、标准和技术规范密集的地方,推出适用于医院的医疗器械质量管理体系需要结合医院特点量身定做,需要医学工程部门和医院管理人员付出极大的努力,因为质量体系的推广和第三方认证需要达成广泛共识。如果不致力于推广,只进行内部认证,那么只要掌握质量管理体系的精髓,了解质量文化和质量管理的过程及各种要素,撰写出一个适用于本院内部的医疗器械质量管理体系标准相对更容易一些。有了这样的标准或形成一套较为成熟的管理作业规范,就可以组织相关部门,撰写《质量手册》、制定制度、流程或编写程序文件、作业文件和表单,构建一个文件化、数字化的管理体系,并不断强化对过程的控制,信息的挖掘、收集、分析处理和增值利用能力,使质量体系覆盖的各部门的工作由无序变为有序,由有序到习惯养成,由习惯养成上升到质量文化,最终会形成推动医院快速发展的强大软实力。

## 二、医学装备临床培训机制

随着科学技术的发展,医疗护理工作中使用的新设备、新材料、新方法迅速增加。为了提高医疗质量和医疗设备使用安全,应加强医学与护理专业医学工程教育,无论是职业教育或是健康教育,都应将医学工程学列为必修内容。对于医院尤其是 ICU 病房是医疗设备尤其是急救与生命支持设备密集的场所,目前国内医院各类 ICU 设备的操作几乎以医疗、护理知识为主,但医疗器械的相关知识、原理和操作技能尚未纳入医护职业教育和培训考核的范畴,致使国内医学装备使用很不规范,临床与器械操作相关的安全责任事故时有发生。因此,依据相关法规建立医学装备临床培训、考核与持证上岗制度势在必行。

### (一) 医学装备操作存在的安全问题

医学装备尤其是医院 ICU 配置的急救医学装备主要包括多功能监护仪、呼吸机、血糖仪、注射泵、输液泵、除颤仪、保温箱等。主要用于病情观察、疾病诊治及临床抢救。但在使用过程中,护士对仪器设备管理缺失引起的安全隐患的严重性和危害性认识不足,容易形成护理安全隐患,影响疾病的诊治和患者的医疗安全。据中国医疗器械网报道,2008 年国家药品不良反应监测中心共收到可疑医疗器械不良事件报告 40 940 份,是 2007 年数量的 3.3 倍,同比增长 230.9%,其中可疑死亡事件报告 37 份。

1. 违反操作规程 任何仪器设备都有严格的操作规程,违反操作规程,轻则影响诊断治疗,重则使人致残、致死。如:使用洗胃机时,应先吸出胃内药液,再向胃内注入蒸馏水冲洗,循环几次,才能达到抢救目的,注入液体过量,将把胃胀破。有时为了工作便利,不按程序进行用前检查或处理仪器的报警问题,致使仪器设备无法正常发挥功能。例如心电监护仪、呼吸机等设备,能够提供实时的生命参数,24 小时监测患者的病情变化。当患者病情发生变化时,可以发出报警,提醒医护人员发现异常情况时实施有效而迅速地救治。但工作中为了保持病室的安静,常未开启报警声或人为关闭,一旦患者的病情发生变化,则会延误抢救。

2. 使用管理不当 操作人员对新医疗设备操作使用不熟悉或缺乏使用经验,如呼吸机各参数调整不当;对使用设备进行诊断或治疗可能产生的并发症不明确,对使用设备出现的各种问题和异常情况无法识别或处理,例如呼吸电源报警,不知道是交流电源插头松动或接触不良;监护时置于演示模式下工作,还以为是患者的心电信号;除颤器不进行定期充放电维护,配件管理混乱,致使使用时,电池没电,配件找不到,而影响使用,贻误抢救时机。

3. 工作责任心不强 在工作中,由于责任心不强,存在串岗、脱岗、夜班睡觉,不按时巡视患者,不检查监护、抢救设备等情况。如:监护仪电极脱落较长时间,护士不知而被家属发现;输液泵、注射泵调好流量后未启动,液体配制浓度、剂量变更致使计算有误;冰毯降温时,传感器未接患者或中途脱落,致温度不降;电冰帽开机后传感器未接患者;呼吸机管路、雾化器、氧气吸入器及胃管、尿管、肛管,未使用一次性耗材或消毒不彻底导致感染等。

### (二) 医护人员医疗器械知识欠缺

医疗器械日常保养、维护工作,是医护人员面临的新知识和新技术,在医疗、护理专业教育中尚未涉及。过去一般病区医疗器械较少,且多设置于急诊科、ICU、CCU,专科护士、设备科人员基本能完成保养、维护工作。当临床科室医疗器械普遍增加时,在设备科人员未增加的情况下,医护人员又不具备医疗器械管理、维护的基本知识和技能,以致出现对医疗器械功能掌握不全,使用不当等问题。由于各地区医护人员的学历水平、接受能力参差不齐,而在医疗器械操作培训过程中未分层次因人施教,导致部分医护人员未能真正掌握仪器性能和操作要领,以致实际操作中不知所措,特别是全英文说明的器械,部分医护人员看不懂说明书,单独值班时往往操作错误,既延误抢救时机又可能损坏器械。

### (三) 医护人员医疗器械培训机制

北京和上海等地区少部分医院开始探讨在医护人员中开展急救医疗设备使用技术培训的方法和效果。北京军区总医院护理部与医工科合作,邀请工程师下临床,采用理论与实践相结合的形式进行培训。结果护士对该培训效果的满意度均在 94% 以上;护士培训后的理论考核合格率为 96%;监护仪、呼吸机和除颤器 3 种医疗设备的操作考核合格率分别为 100%、66%、91%[3]。因此,临床科室与医工科合作建立培训制度,并在医疗、护理队伍中开展急救医疗设备使用技术培训方法是十分必要的,既能提高医师、护士的操作能力,又可减少医学工程科工程技术人员的工作量,达到双赢。张建伟等对上海地区4所三级甲等综合性医院,22个ICU159名护士进行了调查,调查对象全部为女性,年龄18~38岁,工作年限1个月至16年,ICU工作年限1个月至16年,进ICU前工作时间0~5年。新进入ICU的护士,67%接受培训,其中92%的护士接受专业培训,包括急救知识、心电图识别、监护仪器使用、专科护理知识等。

### (四) 培训有利于减少器械相关医疗伤害

医疗器械使用不当,对患者可以产生不同程度的伤害。以监护设备为例,可以产生局部皮肤过敏、皮下淤血和指端皮肤损害等。

1. 局部皮肤过敏 电极膜中间的黏性物质在患者身体上粘贴时间过久造成粘贴电极片部位皮肤容易过敏,轻者局部皮肤瘙痒不适、发红,严重者局部皮肤可出现皮疹、水疱甚至溃疡。同一部位皮肤接触时间越长过敏者越多,其中女性多于男性,儿童多于成人。

2. 无创血压袖带引起皮下淤血 无创血压自动、定时监测是现在ICU中使用最为广泛的血压监测方法,它具有无创性、可重复性,操作简单、省时省力等特点。为减轻工作量,护士往往长时间不解袖带,重复测量不更换部位,从而影响静脉回流,出现肢体麻木、肿胀,严重时局部出现皮下淤血,尤以肢体血运障碍、低血压及老年人多见。

3. 血氧饱和度探头引起指端皮肤损害 血氧饱和度测定时探头指套套在患者指端甲床上。长时间套在同一个手指上,手指可出现缺血样损害,手指指腹变形,血运差,甲床皮肤发红、发黑,严重时可引起皮肤组织坏死。

4. 设备噪声对患者身体的影响 病房病床间无隔音装置,各种各样的声音均可成为噪声的来源。监护仪的报警声或其他声音给患者以异常的刺激,这些声音重复出现导致患者感官接受单一刺激;再加上持续的心电监护,患者渐渐丧失时间观念,无法确定时间,最终使患者心烦意乱,心率加快,血压升高,疼痛加剧,严重影响患者的休息和睡眠。

## 三、医学工程部门的职能作用

生物医学工程学(biomedical engineering,BME)是运用现代自然科学和工程技术的原理和方法,从工程学的角度,在多层次上研究生物体特别是人体的结构、功能和其他生命现象,研究和发展疾病的诊断与防治以及卫生保健的人工材料、制品、装置和系统的工程原理的学科。生物医学工程是以生物学、基础医学、临床医学、医学装备管理工程为背景的应用基础性研究学科,它所涉及的领域十分广泛且在不断扩展之中。国外工程师最早进入医院临床是在20世纪70年代,那时医院在技术装备方面开始出现重大发展。美国人首先认识到临床工程对医院医学工程的整体工作的重要性,所以美国卫生管理机构将全国分成一些生物医学工程区,每一个区配备一名主任生物医学工程师负责监视该地区医院中所有的工程活动;在一些大医院和医疗中心及300张以上床位的中型医院建立了集中的临床工程部门;同时越来越多的生物医学工程师进入这些部门,帮助医院使用和管理这些技术装备并不断地引进新的装备。

目前,国内医学工程技术人员为临床医疗保健所提供的维修和技术保障等服务已被广泛接纳和认同。医学和工程的结合与相互作用,改变了传统医疗保健人员的组成方式,临床工程师成为整个医院完成医疗保健任务的一部分。生物医学工程技术和临床工程师、技师也成为医院现代化的基石和保证。

医学工程人员要想发挥出自己的作用，强化自己的地位，必须与医学和临床相结合，与医院的建设和发展相结合：

1. 与医院管理相结合，进行装备方面的宏观调控和效益评估；
2. 与医院临床相结合，加强医学装备使用管理和安全与风险管理；
3. 与医院教学相结合，开设医学装备和电子技术方面的课程；
4. 与医院科研相结合，加强医学实验室建设和提高资源利用效率；
5. 与医学计量相结合，加强医学装备使用寿命周期内的质量管理；
6. 与医院房建相结合，加强医学装备环境布局结构的优化和管理。

目前，在这些结合之中，当务之急是作好与医学计量的结合，在医学装备质量建设的需求日益高涨的今天，作好与医学计量的结合，可以为我们开创新的技术保障模式，利用计量学的准确性、法制性和技术手段，开展巡检、维修、校准、测试等技术保障活动。

可以用图 5-4 描述医学工程部门的质量保障技术活动及其相互关系。

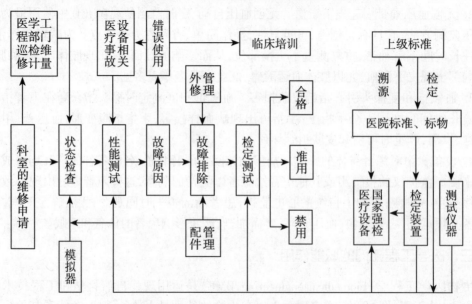

**图 5-4　医学工程部门质量保障活动**

医学工程部门的主要工作包括巡检、维修和计量。当接到科室通知和巡检发现故障时，首先是经过状态检查和性能测试。若需维修首先要判断故障原因，通过自己维修或申请外修排除故障，故障排除后要经过校准、检测来验证是否合格；如果故障分析发现是错误使用但未造成人员伤害，要对使用人员加强培训，造成伤害要按事故处理程序进行处理；如果是国家要求强检的医疗设备要定期检定，检定用的测试仪器或检定装置要定期进行溯源或接受上级测量标准的检定，状态检查和故障的发现也可以使用本章第二节讲的模拟器，还可以用医院所建的测量标准和测试仪器进行检测。可见，科室的用前例行检查、医学工程部门的维修和计量活动是密切联系和相互促进的。这几项工作是医学工程部门发挥作用的基础，做好了这些工作也是医学工程部门发展的前提。在这个前提下，有效地组织人力和物力资源，全面地开展与医、教、研、管理和房建相结合的技术活动、管理活动和质量建设活动，才能不断推动临床医学工程的发展，促进装备管理和应用水平的提高，从而促进我国整个生物医学工程产业和学科的发展。

生物医学工程学同生物医学材料、医用装置和医药产业有直接联系。我国生物医学工程应密切结合医用材料和装置发展的需要,结合医学装备的管理和应用特点,一方面为解决生产技术难关提供理论和技术基础;另一方面研究和发展新的理论和方法,包括生物医学工程的研究方法、应用实践和管理学的理论和经验;医院同时应完善、强化人才培训及引进机制,改善研究条件,加大资金投入,减少人才流失;并抓住 IT 产业迅猛发展的有利时机,建立起国内医院广泛交流与合作的信息资源网络和合作研究实体,迅速提升我国生物医学工程产业、教育、研究、应用和技术管理水平及竞争实力。

### 四、医学装备质量检测

国家《医疗器械监督管理条例》中规定,如果是生产和使用以提供具体量值为目的的医疗器械,特别强调应当符合计量法的规定。但列入国家计量强检范畴的医疗设备毕竟是有限的,还有大批的医疗设备不能通过一般的计量手段检测其售后使用过程中的性能。所以,为了提高设备质量的控制面,开展用前性能验证、自检和自测、修后测试等是对计量的补充。

#### (一) 性能测试的定义和特点

当医院添置新的设备时,需要对其性能进行测试和评价。同样,当设备维修后、巡检时、甚至是使用前,也要对其多项性能进行测试后才能使用或重新投入临床使用。如果性能达不到设计指标/出厂指标和国家相关标准的要求,会影响医疗保健效果甚至造成危及患者生命的医疗事故。

性能测试是有别于电气安全测试的,它是在电安全性基础上的医学装备的功能验证和测试评价,如生化临检等实验室诊断设备出具数据的准确性、影像设备的成像质量、放射治疗设备的输出能量准确度、均匀度和焦点、呼吸麻醉设备的机械通气性能等,所以性能测试是对医疗设备主要技术性能的测试、验证和评价,往往需要一台或多台专用的测试设备或多种技术手段来保障,而且多数是现场的测试,环境条件的控制和约束没有计量那么严格,满足机器的运行环境即可。测试的性能指标和技术方法可以参考国家检定规程、国家标准、国际流行标准、企业标准、注册标准甚至是厂家的出厂说明书,也可以参考专业学会、学术团体或专业实验室推荐的方法。

性能测试的技术层次因医院的情况不同而异,财务状况好的、设备规模大的医院可以配备高级的专用性能测试仪,如加速器的三维水箱、呼吸机的测试仪等。相反,状况一般的较小医院也应该重视其装备的质量,可以购买一些简单的、价廉的测试仪表或模拟器如潮气量表、心电、血氧模拟器和除颤放电测试夹等,多发挥人员的主观能动性,积极地开展性能验证、检查或关键指标的单项测试或静态测试等,也能排除大部分安全隐患,提高医院整个装备的质量和医疗水平。

#### (二) 常用测试仪及测试方法

1. 除颤起搏分析仪 临床使用除颤器抢救心脏纤颤或骤停的患者时,如果除颤器充电时间太长或和释放的能量与设定值不符,都可能造成抢救的失败。国际通用要求有许多衡量除颤器的指标和参数,如:能量精度(释放的能量应为设定值的 15% 或 4 焦耳)、能量损失率(充电后应保持能量的 85% 达 15 秒以上)、充电速率(在 5 分钟内至少应能释放其最大能量 15 次)、同步时间延迟(带同步功能的除颤器应在同步信号发生后 30 毫秒内自动释放能量),所以,除颤起搏分析仪应该能够测量经皮肤起搏脉冲的幅度和宽度,检测除颤能量、充电时间,检测起搏电流、起搏能量、起搏速率等技术指标。测试方法和指标可以参考 GB 9706.8-1995 中的专用安全要求。

2. 心电图机模拟器　心电图机可以准确地将患者的心电波形记录下来,国际标准规定心电图机的频率响应特性在不同频带范围(0.5~40Hz,40~100Hz,100~150Hz)和不同波形(正弦波、三角波、方波)下测试,其输出响应应在一定的误差范围内,并对心电图的共模信号抑制能力和系统中误差等作出要求,如果各项指标达不到要求,所记录的心电波形就不能体现患者实际的心电波形,造成诊断错误。所以,心电图机模拟器不仅可用于测试心电图机、监护系统,最好还应该可以用于多种波形的识别、临床教学,模拟噪声、血压、呼吸波形、心排出量等。测试方法和指标可以参考国家检定规程 JJG 543-1996 心脑电图机检定。

3. 监护系统的测试　现在的监护仪已经不再只是显示心电和心率,它同时能自动分析患者的心电波形,自动捕捉判断心律失常的波形,测量血氧、脉搏、体温、血压、呼吸和氧气、二氧化碳浓度等多项生理参数。所以,仅一个心电模拟器往往不能胜任测试,还需要配置无创血压分析仪、血氧模拟器和温度测试仪等测试仪器才能够完成测试。对监护系统的测试可保证其能准确无误地显示众多生理参数和波形,保证准确无误地分析、判断心律失常。测试方法和指标可以参考国家检定规程 JJG 760-1991 心电监护仪检定。

4. 通用电气安全测试仪　能够测试在正常和电源地线开路、极性颠倒情况下设备机壳对地漏电流,心电导联间的漏电流,导联隔离电流及接地阻抗等参数,同时还可以测试接地线路故障切断器的报警门限、触发点和模拟接地阻抗等。测试方法和指标可以参考国标 GB9706.1-1995 安全通用要求。

5. 无创血压分析仪　该分析仪应能够真实地模拟成人、婴幼儿的血压,通过机械模拟产生正常人血压、高血压患者及多种心律失常患者的血压波形。如果配听诊插件或接声音传感器,可检测用示波法和柯氏音法测量血压的全自动或半自动电子血压计、各种血压监护仪的性能,如血压测量的准确性、袖带峰值压力、充气和放气时间及速率等。国家目前尚无检定规程,可以参考说明书的技术指标检测。

6. 数字压力计　由于压力参数在医院使用比较广泛,所以,配备一台多功能的 0.1 级的数字压力计作为静态压力参数的校准是很必要的,如水银台式血压计、血压表、负压吸引器、心肺机、透析机和呼吸机、麻醉机的静态压力测试都用得上。可以参考 JJG 270-1995 血压计和血压表、JJG 692-1999 数字式电子血压计(静态)检定规程。

7. 高频电刀分析仪　高频电刀在医院中出的事故比较多,有时尽管是使用方面的问题,但医学工程部门进行性能上验证和测试是必要的,对于电刀的安全使用和医疗事故的责任区分是非常有用的。高频电刀分析仪采用可选择不同测试负载,使其能够正确地测试不同厂家生产的高频电刀的输出电流、峰值电压、输出功率、漏电流及射频泄漏电流等参数。可以参考 GB 9706.4—1992 高频手术设备专用安全要求检测。

8. 输液泵分析仪　测试输液泵、注射泵的流量控制精度、液滴速率、平均滴速和偏差等。国家无检定规程,可以参考 ISO 7886-2 和 IEC 60601-2-24 标准。

可见,将来医学装备管理人员、工程技术人员的主要任务之一就是定期对现有的装备进行电气安全检查和性能测试,及时发现和排除隐患,淘汰那些性能无法恢复的医学装备,同时也对新购的设备进行检测,拒收那些不符合标准要求的仪器设备。设备的电气安全测试和性能测试已成为衡量一个医院设备技术管理水平的重要标志。今后，加强这方面的工作是必然趋势，而做好这方面的工作则必须有制度和法律作保障。

## 五、质量控制管理与价值分析

在卫生部医管司的主持和推动下，国家《医疗器械临床安全管理规范》（以下简称《规范》）及其配套文件发布。在《规范》研讨中，不少院长认为，该《规范》起点太高，医院在实施方面存在难度，在资源投入上是否值得？经过认证分析，我们发现开展医学装备质量控制既有安全、质量效益，也有经济和社会效益。

### （一）医学装备质量控制背景

开展医学装备质量控制不是什么创新，而是补课，与欧美国家相比，我们至少落后 20 年。一是医疗机构在用医疗设备质量管理的相关法规尚在建立和完善中，医疗设备临床准入和质量控制标准缺失；二是在医院管理制度建设方面，没有将医疗设备质量管理纳入医疗质量管理的范畴；三是在人员管理方面，医疗设备操作人员和临床工程师资格认证制度尚未建立；四是在资金投入方面，重视医疗设备购置费用的投入，而对设备安全运行的保障条件和质量控制专用检测仪器缺乏相应的投入。长期以来，医疗质量管理一直存在医疗设备安全与应用质量管理这块"短板"，致使医疗器械相关医疗责任事故频频发生。据中国医疗器械网报道，2008 年国家药品不良反应监测中心共收到可疑医疗器械不良事件报告 40 940 份，是 2007 年报告数量的 3.3 倍，同比增长 230.9%，其中可疑死亡事件报告 37 份。在监测范围和品种有限，大量漏报、不报难以避免的情况下，表明实际发生的不良事件数量远非如此，该数量的快速增长说明对医疗器械不良事件应引起足够重视，加强监测。

现代医院是知识、技术和医疗设备密集型医疗服务实体，医院不仅承载着治病救人的重大责任，也担负着提高人民群众健康水平，促进社会和谐的光荣使命。生命第一，医疗质量和安全第一。在与医疗质量密切相关的质量链条上，我们应该及早补上医疗设备安全和应用质量管理这一环，医疗设备安全不仅影响着医疗基础质量，也影响着环节质量和终末质量。自 2005 年以来，我国军队医院率先进行了试点，获得了大量的有价值的数据和案例，证实了开展医疗设备质量控制不仅会给医院带来明显的安全和质量效益，也会带来可观的经济和社会效益。2008 年，军队 50 家医院全面启动了医疗设备质量控制工作，从医院运营管理和医疗质量管理的高度出发，进行了一系列的制度建设、人员培训和检测仪器购置等准备，并在医疗设备采购、使用和保障三大环节同时开展。2009 年，总后卫生部组建专家组，对质控工作进行了现场监督、检查和结果通报，取得了良好的效果，基本实现了预期目标。军队医院医疗设备质量控制工作今后将会步入常态化开展阶段。

### （二）开展质量控制的管理保障

医学装备质量控制在国际上虽然不是一项创新，但在国内仍然是一项开创性工作，在认识和管理上及开展的方式和方法上仍需探索。根据我们的体会，开展好这项工作，首先是院长重视，其次是在健全机构、建章立制和资源投入等方面，要有所作为。

1. 院长重视　在 ISO 9000 质量管理体系标准中，质量管理八大原则的第一条就是"领导重视"。卫生部陈竺部长也说："千难万难，只要领导重视就不难"。可见，开展好医疗设备质量控制还得从一把手重视入手，只要院长认识到了，重视了，其他问题都不是问题。当然也只有院长重视了，才能将医疗设备质量切实纳入医疗质量管理范畴，并从医院运营和医疗质量管理的全局出发，认清医疗设备质量控制的重大现实意义。医院可以建立由院长牵头的医疗器械管理委员会和办公室,负责医疗设备、器械和耗材安全供应、使用和保障的领导和组织工作,以完善医疗质量管理,降低安全成本,提升全面效益,实现由医疗设备资产管理向全面质量管理的转变。

2. 健全机构职责　传统医院管理中,没有明确赋予医疗管理部门、各临床科室和医学工程部门医疗器械安全和质量管理职责,有了《规范》以后,医院可以向各职能部门分解职责、落实任务。一是医疗管理部门应该将医疗器械安全和质量问题列入医院日常管理工作,组织宣传和贯彻国家、军队各项医疗器械法规,制定和完善医院各项器械管理制度、标准和医护操作常规;组织各科室操作使用人员和临床工程师的培训;为院领导提供器械安全、质量和绩效方面的数据。二是医疗器械采购供应部门应该执行国家、军队和医院各项法规、制度,遵守程序和规范,严把入口质量关;建立合格供方名录和质量跟踪评价制度,完善采购记录和档案管理;依法采购,科学管控物流,做到出入口统一,使台账、标识、配送、计价、成本核算管理科学,操作严密,信息记录完整,具有可追溯性。三是使用科室建立临床准入制度,严把使用质量管理关,不超范围使用医疗器械,禁用过期、故障、失效或技术上淘汰的医疗器械;建立科学的医护操作管理流程和规范,国家有规定的持证上岗,没有规定的医院自行建立操作考核制度,一律经过培训考核上岗,定期复查;严格器械消毒管理,防止交叉感染;保证医疗器械检查、治疗参数和信息记录的科学性和安全性。四是医学工程部门要建立定期预防性维护(PM)、巡查和质量检测制度,作好医疗设备自修和保修监管工作,持续保证在用设备的性能质量;定期对医疗设备运行环境条件,如医用电源条件、插头和插座及接地,医用气源条件、快速接头和气口,通风和防水等安全情况进行检查和测试,尤其是在新建楼房中,要对这些条件进行预控制;建立医疗设备、设施保障记录和质量档案,为医院管理部门、采购部门和医护人员提供质量安全信息和数据;五是有条件的医院还可以建立医疗器械不良事件监管办公室,负责医疗器械安全和不良事件信息的收集、分析和上报,参与医疗事故分析、调查和医疗质量管理工作,持续改进医疗服务质量。

3. 完善制度和监督机制　当前,医院医疗器械管理制度与药品管理制度相比,可谓少之又少,显然这是医疗质量管理严重缺失的一环,只是医院在主观上并没有意识到。现代医学的进步主要以先进仪器设备的发明和创新为主要特征,医疗装备就是医护人员手中的武器,医疗技术就是人与装备的有效结合,装备的安全性、有效性以及医护人员对装备认知和驾驭能力关乎医疗质量,直接或间接影响到患者的生命安全。因此,落实好《法规》,尽快制定出与其相配套的科学管理制度和医护操作常规,刻不容缓。首先,从临床使用角度,应制定医疗设备、器械和耗材安全使用制度,各类医疗设备培训、操作准入或技术准入制度,各类操作标准或操作规范,以及器械不良事件监测与报告,事故调查、分析与评价制度。其次,从运营管理角度,应制定医疗设备、器械和耗材采购、安装、验收制度,医疗设备分类、分级管理与评价制度,资产管理、成本核算、档案与信息系统管理制度。第三,从医学工程保障角度,应制定医疗设备自修、保修制度,大型设备、高风险设备、医用电源系统、医用供气系统的定期维护、保养与检测制度,临床工程师培训与准入制度等。同时,为了确保上述制度的有效落实,还应将其纳入医疗质量指标、各类科室的绩效考核范畴,持续检查,不断改进,形成监督机制。医疗设备质量控制与医院评审制度挂钩,将会起到更大的推动和促进作用。

4. 重视资源投入　资源方面主要是资金的投入。质量控制(quality control,QC)最早应用于工业领域,是指为提高产品质量而采取的一系列管理和技术措施,后来质量控制广泛地应用于企事业单位和各种服务业,对提高产品和服务的质量发挥了重要作用。质量控制活动通常包括确定质控对象、制定质控标准、编制质控方法、实施质量控制和进行监督评价等。该方法用于医疗行业,主要是要求医院把过去没有重视、没有做的事情做起来、做精细,克服粗放式管理、粗放式服务存在的种种弊端和安全隐患,因此在医疗设备质量控制实施上,也主要是对医院现有人力、物力和资金潜力的挖掘,尤其是对人力资源的质量意识、质量观念和质量行为能力的调动和挖掘。而在资金投入方面,重点是大型设备和高风险设备质量检测仪器的陆续投入,医疗设备安全运行所需的电源和气源等基础设施条件较差的医院,也需要在基础设施方面增加投入,这种投入是医院经营成本的重要组成部分。由于医院设备规模的不同,初期投入大约在 30 万到 100 万元之间,随后投入将在 10 万到 30 万元之间,而这种在安全和质量方面的投入往往具有更好的投入产出比。

### (三) 开展质量控制的价值分析

开展医学装备质量控制,完善医疗质量管理体系,给医院带来的安全效益和质量效益是不言而喻的,如果发生器械相关医疗事故,将会给医院带来直接的经济损失,也会牵扯医院大量的精力,更会损害医院的名誉、品牌、影响医患关系。据《参考消息报》转载,(美联社 2009 年 10 月 13 日电)洛杉矶锡达斯 - 赛奈医疗中心发生了严重的医疗失误:因 CT 计算机重启故障,接受扫描的 206 名患者受到辐射,辐射剂量超过正常剂量的 8 倍。这一医疗失误持续了一年半以后才被发现,导致约 40% 的患者出现了头发脱落现象。美国 FDA 已向全国发出警告,要求医院审查相关 CT 的安全规则。如果患者索赔胜诉,该医疗中心将支付天价的赔偿费用。所以,开展医学装备质量控制,不仅带来安全和质量效益,更能够带来社会效益,并直接或间接产生经济效益。无论是医疗设备采购环节,还是使用和保障环节,都是如此。

1. 采购环节质控绩效 采购环节质控绩效产生主要是避免采购性能质量比较差或不合格设备,造成先天不足,影响后期使用安全和开机率。另外,在设备保修期内,检测设备的性能质量,可以提前发现一些关键部件的质量状况,促使厂家在保修期内免费更换,避免损失。2006 年至 2008 年,中国人民解放军总医院新购大型医疗设备、呼吸机、麻醉机、除颤器、监护仪、高频电刀、注射泵、输液泵等设备验收总不合格率为 4.6%,2006 年至 2008 年新购体温计检测不合格率分别为 83%、79%、65%,累计避免经济损失 370 万元。更重要的是避免了不合格设备进入临床造成医疗器械相关的医疗责任事故的发生。

2. 使用环节质控绩效 新购设备和在用设备性能质量的持续保证、临床操作人员管理和操作设备水平的进步,提高了医疗基础质量、环节医疗和终末质量,减少了器械相关的误诊、误治、伤害和死亡等医疗责任事故的发生。2008 年,中国人民解放军总医院在用大型医疗设备合格率达 95% 以上,呼吸机、麻醉机和除颤器等高风险设备合格率达 85% 以上,高频电刀和监护仪等达到了 90% 以上,投入临床使用的体温计、血压计合格率达 100%。在用医疗设备合格率的提高是医疗质量的基本保证。医学装备质量控制还可以减少设备故障停机时间和停机率,降低停机损失,提高了设备的开机率和使用率,增加设备相关收益。同时,质量控制可以明显地减少器械相关责任事故、医疗纠纷带来的经济损失,有利于提高医院质量效益和经济效益,维护医院品牌形象,这方面的效益不是用金钱能衡量的。

3. 保障环节质控绩效 保障环节质控绩效产生于以下几个方面:一是通过预防性维护和质量检测,及早发现故障隐患,防止故障扩大化,降低医学装备维修成本;二是质量检测技术手段的进步提高了工程师的自修保障能力,直接节约维修经费;三是验收环节和保修期内对设备的定量检测与评价,避免了不合格医学装备进入临床,也减少了出保修期后所带来的经济损失。经中国人民解放军总医院财务部门核算审计:2007 年,医院投入质量控制经费约 48 万元,而自修节约经费约为 152.1 万元;2008 年,投入质量控制经费约 31 万元,而自修节约经费约 194.6 万元;2009 年,投入质量控制经费约 13 万元,而自修节约经费约 200.1 万元。三年累计投入质量控制经费约 92 万元,而节约维修经费约 546.8 万元,加之验收环节所节约的 370 万元费用,其投入产出比约为 1：10。可见,仅仅算经济账,医学装备质量控制投入产出效益也是很可观的。

总之,开展医学装备质量控制,其价值不仅体现在医院的安全效益、质量效益和经济效益方面。从全社会角度看,还有利于节约社会医疗卫生保健资源,促进医患关系与社会和谐,使医疗保健和服务工作向更科学、更安全、更人性化方向发展,符合科学发展观,也具有很深远的社会效益。

# 第六节　医学装备资源有效利用

医学装备是开展医疗卫生保健活动的重要资源,随着人们物质文化生活水平的提高,对装备的品质和数量要求也越来越高。2007 年,我国医疗设备总值已超过 5000 亿元人民币,许多医院医疗设备总值已占医院固定资产的 50% 或 50% 以上。医疗设备和器械耗材已成为医疗质量管理、医疗风险防范和医疗成本控制的重要一环。与欧美相比,国内医疗卫生行业法规和制度不够完善,器械市场准入、临床准入门槛太低,标准匮乏,监管乏力。有关临床使用的制度、使用人员和工程人员的资质、编配比例等问题缺乏依据。医学装备管理和资源配置管理还处于资产管理的初级阶段,各地区资源配置水平也很不均衡,这主要与地区的整体经济水平和医疗水平是密切相关的。北京、上海、广州和沿海等经济发达地区医院的装备水平高、技术先进,但由于存在重复和盲目引进的问题,尤其是大型设备,致使装备资源相对过剩,而西部等经济欠发达的广大地区装备资源相对匮乏和陈旧,所以,国家医学装备资源整体是有限的同时分布不均衡,局部相对过剩同时管理水平不太高。装备资源的有效利用问题对国家而言有两层含义:一是国内每年投入的用于装备采购和更新上的资金应该控制在一个合适的增长比例(既不能过快,也不能过慢),国家应从政策上作好宏观调控和宏观管理工作;二是为了使在编的医学装备得到合理有效地利用,国家应制定有效利用装备的科学管理指南,建立综合评价体系和信息化管理标准,指导医院在微观上管好、用好已装备的医疗设备。装备资源的有效利用问题对医院而言,就是不断地学习和引进先进的管理思想和管理方法,建立合理的机制和灵活的管理保障与供应模式。

## 一、国家的宏观管理

医学装备的生产厂家所提供的设备的品质直接影响着装备的有效利用,品质优良的装备是有效利用的前提和保障,因此,与装备的质量管理和安全管理一样,国家也应该从装备的源头抓起。厂家产品的设计思想、性能价格比、可靠性、工作效率和售后服务等都会对医院的有效利用产生重大影响。

### (一)装备资源的产业概况

1. 全球医疗器械产业发展情况　全球近 30 年来,医学装备产业发展异常迅速,每年都以 10% 左右的增长率发展,是快速增长的产业部门之一。国家食品药品监督管理局的资料表明,1997 年全世界医学装备的总产值达 1370 亿美元,其中美国为 577 亿美元(约占全球的 42.1%,人均每年 230 美元),欧共体为 370 亿美元(占 27.0%,人均每年 240 美元),日本为 198 亿美元(占 14.5%,人均每年 80 美元),加拿大为 28 亿美元(占 2.0%,人均每年 130 美元),澳大利亚为 11 亿美元(占 0.8%,人均每年 80 美元)。而我国 1997 年的产值约合 25 亿美元(占全球的 1.8%,人均每年 2.08 美元),人均不足发达国家的 1%。全球的高端医疗器械市场主要由美、德、日公司的产品占据统治地位。2009 年,全球医疗器械市场超过了 2500 亿美元,全球前 20 家企业销售收入 1400 亿美元,占 56%;行业平均增长速度为 6.5%,前 20 家的销售增长速度为 10%。在前 20 强中,美国占了 80%。这些企业的优势主要集中在高端的医疗器械市场,具有高、精、尖的技术是这些企业竞争的主要优势。

2. 国内医疗器械产业发展现状　我国医疗器械产业经过 30 多年的发展,已经有了相当的规模,并且保持较快的增长速度。目前,全国各类医疗器械生产企业有 3000 多家,如果把只生产一种医用产品的非专营性企业也包括在内,接近 6000 家。直接从业人数超过 15 万人,生产 47 大门类、3400 多个品种、1 万 1 千多种规格医用产品。包括医用驻波直线加速器、旋转式伽马刀、X-CT、MRI、彩超、动态心电、体外震波碎石机、纤维内镜、激光手术器械和多功能麻醉机等,但品种仅为美国的十分之一。故国内产业从产值和品种方面都与欧美存在着相当大的差距,"散、乱、小"的现象还存在,整体技术水平比国际落后 20 年。资金投入小、产品开发和更新速度慢、专业化分工程度差、系列化配套能力差、标准化程度不高。产品可靠性差,整体性能也落后,产品的寿命周期或平均无故障时间短。绝大多数机电类医疗器械产品没有可靠性、可维修性指标,甚至没有可靠性设计的内容,产品的品质落后于功能,工艺水平落后于设计水平,基础元器件、配件落后于整机的发展。总之,基础元器件、工艺和材料技术的落后已成为制约国内该行业生产水平提高的薄弱环节。但随着中国制造业能力的提高,原零部件和材料采购的全球化,近年来,中国医疗器械行业发展进一步提速,据中商情报网统计数据显示,截至 2009 年 11 月底,全国共有规模以上医疗器械企业 1168 家,医疗器械行业共实现销售收入 793.5 亿元,同比增长 18.53%。2005 年至 2009 年,我国医疗器械行业销售收入年均复合增长率(CAGR)27.7%。业内人士预测:2013 年,中国医疗器械行业收入可达 1300 亿元的产业规模。

**(二) 国家对产业的宏观管理**

为了改变国内装备资源的贫富不均和长期依赖于进口的现状,将有限的资金更好地用到提高人们健康和医疗保健水平上,国家应该加大投资力度,大力扶植医疗器械产业,具体应该从以下几个方面着手:

1. 对医疗器械企业在政策上给予优惠,如税收优惠、贷款优惠。

2. 在充分调研的基础上,国家投资控股,组建医疗器械生产集团公司,提高专业化分工程度和生产规模,并尽可能地使生产和经营模式国际化。

3. 优先实施基础件的国际化战略,建立国内外统一的元器件、配件配套市场,规范化管理,降低基础件价格。

4. 在产品标准和生产过程质量保证标准方面向国际高水平看齐,要求产品一定要有可靠性和可维修性方面的设计。医学装备不同于一般的工业品,它对可靠性和品质的追求是无止境的,可靠性提高了,才能塑造国产装备的形象。

5. 厂商的研发队伍不能仅局限于本单位的技术人员,应该是各种雇佣关系组合的联合体,该联合体包括临床专家、医学工程人员和各类电子技术、机械、结构工艺、计算机软硬件技术人员。

6. 鼓励厂家、医院和研究所组成联合体,这对缩短研发周期和快速打造出新产品是一种非常有益的模式,国家在科研立项和投资支持方面应给予多方合作的联合体尤其是有良好合作记录的联合体以政策上的倾斜。

只有国产医学装备工业水平上来了,进口的价格才会降下去,医院才能花更少的钱买更多的装备,使自己有限的资金得到合理地利用,人民群众也才能享受到价位合理的医疗保健,不用再花十几万甚至二十几万元装一个起搏器、几个血管支架,国家也可减少财政负担,有效抑制医疗费用过快增长。

**(三) 国家对医学装备管理的要求**

本书的其他章节已经介绍了国家对医学装备管理的部分规定,为医学装备的科学化管理发挥了一定的作用,但这些是远远不够的。国家虽然已经认识到了医学装备是医疗资源的一个重要组成部分,但如何管理好,人员如何配置,使用寿命周期内的质量如何保证,如何折旧和计算经济效益等问题,尚未进行深入调查研究,对医学装备的管理缺乏更好的指导,从而在一定程度上也限制了医学装备资源的有效利用。为此,提出如下建议:

1. 国家组织人员加强对医学装备管理方面的理论研究,引用和借鉴先进的管理理论、管理思想和管理模式,编写科学管理指南或管理标准。

2. 加强管理信息系统和医学装备信息标准化的基础建设,诸如名称和分类代码、故障代码、术语、标识和各种绩效评估指标或标准等。

3. 将医学工程人员正式作为医院医疗卫生技术人员的一部分,制定合理的工程人员编制和职称比例,理顺医技、医工和医疗的关系。

4. 定期统计国内各类医院有关设备和医工人员方面的信息,尽量详细,如医工部门人数及类别、医技科室和临床的技师人数和计算机软硬件工程师人数以及价值在多少元以上的设备总值、年耗材用量和床位数、设备使用率等等。国家目前委托装备协会正在组织制定的各类综合医院医疗装备配置标准将来会对装备的合理布局和有效利用起到一定的指导作用。

## 二、装备资源的有效利用

装备资源的有效利用就是使医院现有的装备资源得到合理的开发和利用,尽可能地发挥出设备的效能,从本章第三节的论述可以看出,一台性能优良的设备其效能是很大的,做好保障工作可以使其连续运转(全天 24 小时使用),但事实上设备的使用方式是不一样的:急诊设备 24 小时待机,但未必是 24 小时使用,使用效率并不高;监护和生命支持设备一旦用上,就要连续运转,甚至一刻也不能停机,使用效率很高,所以手头还要有备用的机器;诊断设备一般是 8 小时工作时间内使用,但有患者的时候可以加班加点,也就是说可以通过延长其工作时间来提高使用效率;而教学和科研设备与用于诊疗的医疗设备相比,往往使用率很低,也更具潜力可挖掘。

评价有效利用的尺度就是设备的功能利用比率 $P$ 和使用率 $A_e$。对于不同类别不同应用场合和不同的设备,衡量其功能利用比率和使用率高低的标准应该有所不同,否则在同一个医院不同类别的设备之间有效利用问题无可比性。同级同类型医院同类别的设备之间,只要建立了 $P$ 和 $A_e$ 的评估模型,就可以根据数据统计分析的结果进行横向比较,说明有效利用的水平。

**(一) 作好设备使用前期与有效利用相关的准备工作**

装备资源的有效利用贯穿于设备的整个使用寿命周期,从医院购买计划的制定时开始,到设备报废和残值利用后结束。所以,有效利用首先是个管理意识问题,比追求经济效益具有更广的含义。医院全员、全过程都要树立有效利用的管理意识,无论是在制订计划、讨论设备配置,还是在操作使用和维修过程中都要考虑资源的有效利用问题。设备使用前期有效利用的准备工作主要包括以下几个方面:

1. 制订装备计划的时候,要根据临床的实际需要、经费情况、人员技术水平和社会与经济效益等方面的因素进行综合分析,作出要购买什么类型的设备的决定,然后列入医院的年度装备计划,审批后执行。

2. 执行装备计划的时候,用户应该详细填写一张设备购置申请表,并开始购前的综合评估工作。评估的过程由下述几步组成:信息收集和整理;技术性能分析;拟选型号的实际调研或测试。调研或测试获取的信息要比代理商或厂家提供的信息可信得多。

3. 合同签署后执行合同过程中,要作好设备安装的前期准备工作,尤其是大型设备,房屋建筑的准备工作非常重要。准备工作做得越好,安装工期越短,对有效利用问题越有利,否则,拖延几个月甚至是一年的时间,其损失是无法估量的。其次就是操作人员的培训准备和知识准备。不要安装完毕以后再培训和学习,应该提前培训或进修,尤其是首次引进的新型设备,有设备没有高水平的人来使用同样是一种浪费。其他使用准备方面的细节性问题,如院内外的宣传工作,使用作业文件、表格、报告的编制工作等。

4. 安装验收时,无法进行购前性能测试的要严格安装验收的过程。不仅要看厂商提供的型号和配置是否符合合同的规定和要求,还要检查或测试其实际性能是否达到了厂家承诺的技术指标。验收测试的另外一个好处是为将来的维护和修理提供了一些参考基准和数据资料。验收是医学工程人员一定要严格把守的重要关口,如性能不符合要求或没有维修技术资料,绝不能在验收报告和安装报告上签字,尤其是在引进新型的和价格较高的医疗设备时。

总之,在设备使用的前期,就要树立有效管理的意识,作好有效利用的各种准备工作,为后续的有效利用奠定良好的基础。

**(二) 建立促进有效利用的合理机制**

医学装备安装到医院,各科室能不能管好用好,医院规章制度的制定和机制是关键。这些机制应该包括医院的行政机制、技术机制和经济机制等,同时这些机制间并不是孤立的,而是彼此促进和相辅相成地发挥作用。

1. 行政机制 首先,医院领导重视是关键。如果领导从思想上不重视装备的有效利用,那么其他人的意识就会更加淡漠,医院上上下下就会形成不重视设备的开发利用问题,在设备利用方面会大手大脚、铺张浪费,不利于形成有效利用资源的风气和习惯。而且引进的时候也不会精打细算、合理配置。所以,各级领导的重视是对有效利用最重要的因素,否则其他机制也无从谈起。

在领导重视的前提下,制定医院有关装备引进、使用和维修等各方面的管理制度、技术规范、作业程序和标准,并全体动员和发布实施,同时要发挥各科室的积极性、主动性,做到奖惩分明。这些行政手段是公有制医院必不可少的措施之一。其中作业程序的各环节一定要注意克服瓶颈的问题,如 CT 检查的速度很快,但由于看片子的人少,出报告的速度慢,而影响整体效率;或物流管理的某些环节不畅,耗材、配件的供应常常跟不上,也会限制效能发挥。

另外,将与临床各专业医师相关的设备方面的技术水平列入执业医师考核的范畴,并与职称晋升和提级挂钩,与医院的各种奖励挂钩;建立行政监督机制,定期进行院内外的各种检查和评比,公布检查和评定的结果,对好的给予表扬和奖励,或直接采取经济手段进行激励,也很重要。

2. 技术机制　前边几节所讲的使用管理与预防性维护、技术培训和安全管理等都是促进有效利用的技术基础,也可以称之为技术机制。在这些基础上再进一步建立使用动态管理信息系统和维修管理信息系统,并尽可能地加强信息化的基础性建设工作。如建立装备的效能评估参数和模型,然后经过一定的数据积累、信息统计和分析就可以获得装备有效利用的评价指标,有了这些指标也就为建立其他合理的激励机制奠定了信息基础。可见装备管理的信息化手段也是促进有效利用的技术机制,信息化建设的程度越高,对有效利用越能起到促进作用。因此,技术机制就是通过有效的技术管理所能够发挥的一种作用,既有别于行政管理和行政措施,又必须依赖于行政手段加以贯彻和落实,尤其是对公有制医院。而私立或私人医院经济机制能够很好地发挥作用。

3. 经济机制　良好的经济激励手段可以不断促进医学装备资源的优化和配置,促进有效合理地利用。

(1) 工作量定额:有些医院已经实施了设备工作量方面的定额,制定单机核算办法,超额完成部分给一个适当的奖金比例,这对装备的有效利用起到了一定的促进作用。但在制定单机核算办法实施过程中也遇到了一些实际问题。如定额不合理,奖金比例也不合理。有的科室拼命干但多拿不了多少奖金,而有的科室却能轻轻松松拿到很多奖金。所以,有必要制定一个合理的适合于本医院情况的定额标准和奖金比例。如果将设备盈利作为尺度,那么可以用本章第三节讲到的该台或该类设备的折算年金加上该年度的总消耗作分子($T$),用每例患者检查或治疗的净收益作分母($G$),然后对相除后的结果取整,再除以 12 就是每月应该完成的定额。

该定额是作为实施经济手段管理的最初依据,至于合理与否,还要根据不同医院不同科室的情况和不同时期患者的情况进行调整,对于不同类型的设备,基本工作量科学定额是经济手段激励的基础。

(2) 定奖金比例:奖金比例的大小似乎更具主观性,它与具体的设备类型应该是一个不相关的量,比例标准全院也只能有一个,不同的科室不能采取不同的标准。建议各医院根据所在城市的物价和生活水平以及城市居民的平均收入为参考,以能够刚好起到促进作用为准则。根据使用管理信息系统反映的情况,慢慢地提高奖金比例,过小了达不到激励目的,过大了对于长期的激励机制不利。

**(三) 建立促进有效利用的体系和供应保障模式**

科室建制体系和供应保障模式对装备效能的有效发挥影响巨大。体系和保障模式的问题应该是国家职能部门、医院领导和医工部门领导应该认真思考和研究的大问题。比如哪些科室、部门该分开和建设并赋予它相关的职能,哪些该合并或取消。对医院来说,占有资源但不发挥效能的就应该取消。

1. **专业科室的划分** 医学装备种类繁多,各种诊断、治疗和监护设备的应用范围和场合是不一样的,即使不存在电磁干扰(EMI)问题,也不能混在一起使用。有些相互矛盾,有的需要防护和隔离,有的需要水、气、电并存。所以,设备的发展也导致医院出现了许多新的医技科室,如激光科、超声科、放疗科、生化科等,这些医技科室的分工很细,可实行专业化管理、维护和使用,能够提高使用技术水平和工作效率。专业科室的标准化、程序化服务还为诊断数据的准确性、重复性和治疗的可靠性提供了保证。

专业化管理是设备集中管理的一种方式,但集中和分散是相对的。通常通用性强的诊断设备适合于集中,如 X 线机、血气分析仪、生化分析仪等;临床设备适合于分散,如病床、吸痰、吸氧和患者监护与护理方面的设备。对于某些临床科室所建的重症监护病房(ICU)也是分散管理的一种形式,因各类 ICU 所用的设备相差无几;有些类型的设备既有分散也有集中,如通用激光设备可能集中于激光科,但专用激光设备就会配置于各专业科室;而临床专科设备就是为专科量身定做的,无从谈集中还是分散,如耳鼻喉科、口腔科、眼科设备等。

专业科室体系的划分促进了设备的集中管理、专业化使用水平和资源的有效利用。划分的原则是以提高使用率、方便临床为根本,适合于集中,集中起来有利的就集中,否则就分散管理。总之,在遵守大原则的基础上灵活掌握。同时要以发展的眼光看待问题,如血气分析仪,随着技术的发展,出现了干式血气分析仪,其结构轻便、操作简单、诊断快捷,对环境条件要求也不高,所以,非常适合配置到临床、急诊和手术室,只要使用率高就可以。

2. **装备的供应保障模式** 对于急救设备和一些数量大、通用性强的常规设备,如呼吸机、床边监护仪、除颤器、输液泵、注射泵、冰毯、冰帽、气垫床等许多中小设备都适合以租赁保障的形式提供。

随着科室的专业化分工和设备配置规模的扩大,医院的设备供需矛盾也会越来越大,科室间争相抢夺有限的设备投资,力求配置齐备自己所需要的全部设备。对专科专用设备来说,配齐是合理的,但对上边列举的通用型设备(许多科室都可能用到的设备)来说是不合理的,也是不可能做到的。即使配齐了,在使用高峰期出现的时候,还是不够用,如果进行统计分析,可以发现,各科室使用高峰期出现的时间、季节是不一致的。所以,为了减少全院设备配置的总量,提高设备的有效利用,而在科室需要设备的时候又能马上提供,那么在大中型医院建立设备租赁保障中心是一种很好的解决方式。保障中心可以设 24 小时值班,由懂设备的专业人员管理和维护,定期为科室提供专业培训,而中心也尽量装备一些操作简单、功能单一、便于移动和可靠性高的产品,有利于设备的租赁和使用。

租赁中心启动的时候,可以循序渐进。先购买少量的适合租赁的设备,向科室计价租赁(租赁价格以刚好收回成本为宜),租赁情况每月统计汇总一次,计入科室成本,核算科室效益。然后再调查和了解科室该类设备的使用情况,对于使用率低的设备可将所有权调整到租赁中心,只给科室保留一个最基本数,对优化设备资源配置和提高设备资源利用率非常有利。

医疗设备的这种租赁保障模式既是提高使用率的一种方式,也是设备配置管理的一种方式,对院内租赁,所有权和使用权是一体的,而对院外租赁,所有权和使用权是分离的。因此,随着设备所有形式和租赁形式的多样化,在设备的经营管理、使用管理、安全管理和资源的有效利用方面,也将有更多的问题需要深思和探讨。

3. **有效的物流封闭式管理** 器械、耗材的物流管理对医院运营非常重要,约占药品采购成本的一半以上。如临床所需要的各种高值(导管、骨关节、电子耳蜗等置入性耗材)和低值耗材供应不畅可能会影响手术、CT管球未在即将达到预期寿命前备货可能会大大增加CT的停机时间,即物流管理不善会影响装备的效能,造成医疗质量事故和器械感染等情况的发生。

用现代物流管理的思想来看,传统的采购和库房工作人员就是物流管理人员,高级的物流管理人员对医院经济收益的影响至关重要,因医院每年物质的流动和消耗是非常大的,从大型医疗设备到耗材和药品等都比较适合纳入物流管理范畴。如何在占用有限资金的情况下,实现耗材的出入口以及物流、资金流和信息流等统一,将医院所需要的各种医疗物质快速提供到临床,并实现可视化和实时管理,是一个庞大管理系统工程问题,也是现代医院物流管理所要解决的关键问题之一。做好医院物流的现代化管理工作需要以下几个条件:一是高素质的物流管理人员;二是良好的信息基础设施;三是健全的物流管理制度和医院的体制机制。

目前,在医院搞物流管理还存在几个障碍:一是传统的采购供应关系所形成的利益群体和渠道仍然占据主导地位,缺乏公开、公平的原则,且传统物流管理人员的意识和素质也跟不上;二是物流的渠道太多,太分散,科室以各种方式明里暗里地与供货商勾结,严重损害医院和患者的利益;三是医院的财务制度不健全,条块分割,不利于实施物流管理;四是传统的供需双方,各部门间信息化建设的程度和交易透明度都比较差,物质分类、名称和代码等标准化建设落后。但无论怎样困难,实施物流管理都将是一种必然的趋势。如果目前的采购和库房等部门不加大力度转型,势必被新的潮流所冲垮,唯一的出路是改革。

改革的关键因素是人,首先将物流管理人员的结构改变为经济专家、临床专家、工程专家和文秘人员的一种组合,只要人的因素解决了,一切问题都迎刃而解。改革可能包括以下几个阶段:

第一阶段,应该学习现代化的物流管理理论、方法和作业程序,针对时弊,解决掉一些当务之急的影响医疗和装备效能的不良作风、习惯和办事程序。

第二阶段,从医院制度和财务上入手,逐步打掉其他物流渠道,使自己成为医疗物流的主渠道和唯一渠道。

第三阶段,踏踏实实地进行一些基础性建设,如对临床所需一切物资进行分类、编码并建医院需求资源数据库,掌握院内需求物质的流量和时间分布,可在传统的账目数据库的基础上提升,同时建立与之相对应的供货资源数据库,为实施物流管理打下基础。信息化建设要注意发挥工程专家和临床专家的智力和创造性,要注意与国内信息标准和国际接轨的问题,不能画地为牢,自搞一摊。

有了以上基础,就很容易实施物流管理。可以将传统的中心库房(一级)逐步改造成信息库房,以网络和信息为主,只保留一个最基本的库存(战略性库存除外)。但由于医疗需求的突发性和随机性,基本库存可以下放到科室,如可在手术室、急救中心或临床科室建立二级库房,业务上受中心库房的领导和控制,并使其保持一个最低的动态库存量,这样可以保证物质供应的及时性和先进性。

基本库存量控制好了但存什么也是一个值得系统研究的问题,因为医用品的种类繁多和型号的复杂性,不可能把所有耗材、所有型号的物品都准备齐全,尤其是对骨关节、瓣膜等高值的消耗品,备货齐全会占用大量资金,且有的型号可能很长时间内用不到,所以,可以考虑与某些公司签署协议,建立信任关系,让公司把多种型号的货物放在院里,医院每隔一段时间对用完了的货物进行结账,相当于建立了零资金库存。

另外,大中型医院医学工程部门的维修常用备件库的建立也很重要,医学工程人员应对全院的设备所需的耗材和常用配件进行统计、分析和建库,每年都要做出年度采购计划,如X-线球管、呼吸机消耗品、加速器的离子泵等在用的关键环节的重点设备的常用备件和消耗品一定要保证好,否则临时抱佛脚,会延长装备故障停机时间,影响装备资源的有效利用。

4. 设备的残值利用 报废是设备寿命周期的最后一个环节。当设备经过反复测试和维修仍不能满足安全要求和厂家的资料中声明的技术指标时,或已达到预期使用寿命,运行成本高、故障率高,对患者造成伤害的,没有维修价值的,都应该报废或退役。退役的设备如何处理呢?从经济学角度考虑,退役的设备还有残值,即还有使用价值,但建议不要将报废的设备卖给其他小医院,除非是提前更新换代或医院倒闭处理的设备。退役的设备可以在院内消化处理,如X-线机、呼吸机、体外循环泵等可以装备到医学实验室、动物实验室等,这些高级的临床设备配到一般的实验室后,可能还会很先进,又节约了资金,一举两得。如同型号的设备临床还有在用的,可以送到医学工程部门的库房当备件用。另外,退役医学装备作为临床医护人员的操作培训和进修、实习人员的示教装备使用。

### (四)建立开放的医学实验室

医学科研和教学的设备使用率比较低是目前国内普遍存在的问题。因某项研究所购置的设备在研究结束,可能就再也派不上用场了;研究生仅仅是为了应付毕业所做的短线小课题而购买的一些小设备更是数量多,质量差,再次被利用的可能性很小,加上国内科研许多项目重复,短期效应,缺乏长远规划,更导致了这些资源的浪费。所以,加强科研和教学设备的管理,研究有效利用的模式和对策迫在眉睫。

对于医学院校、医教研一体的综合医院和专门的医学研究机构,都涉及科研和教学设备的管理问题。这些部门的领导应该首先对资源的浪费现象有一个清醒的认识,最好深入实际、调查研究,分析问题的实质和原因所在,然后对症下药,制定切实可行的管理办法。可以从以下几个方面入手:

1. 统计调查用于科研、教学设备的数量、状态、总值,了解实验室、教研室的人员状况、科研教学任务、成果、培养学生的情况和设备使用记录等。

2. 建立实验室、教研室评价标准,根据任务、成果和文章等打分排队,对处于末位的停止投资和支持,连续2年处于末位的实验室淘汰。

3. 提倡建立开放的医学实验室,面向校内、院内或国内服务,提高设备资源的利用率,制定开放服务的规则和合理收费标准,赋予实验、教学设备对外开放使用的义务。

4. 限制实验室的数量,严禁重复建设和投资,没有项目、没有成果的实验室应及时合并或撤销,对使用率低的通用设备应及时转移所有权。

5. 提倡导师合理立项,有计划地指导学生连续地冲击一些有价值的难度大的长线课题,如无长远科研规划和项目的导师应禁止招生。

6. 国家应推进实验室市场化、私有化进程,加强实验室间的竞争。

总之,科研、教学设备的低使用率是实验室设置、科研管理体制、教学体制和科研、教学人员的思维观念等多方面的原因造成的。解决这些问题需要管理专家和医学工程人员在不同角度和层次上进行长期地努力,但随着国际化趋势的发展和人们思想观念的开放,科学管理尤其是信息化管理水平的日益提高,各医疗卫生机构医疗、科研和教学装备资源有效利用机制的建立为时不远。

# 第(六)章

# 医学装备的质量管理

## 第一节　质量管理概念及发展

### 一、质量概念

国际标准对质量的定义是："反映实体满足明确和隐含需要的能力和特性总和"。国家标准 GB/T 6583 对质量的定义是"产品、过程或服务满足规定或潜在要求（或需求）的特征和特性总和"。这里的实体是指产品、组织、体系、过程和人员等国际标准中的明确需要和国家标准中的规定要求都是指在合同环境下以书面形式规定的各项条款，主要有法律法规的要求、供需双方达成的协议、供方内部的各种规定等。明确规定的需求必须满足，隐含或潜在的需求往往是一些众所周知而没有或不必明确规定的一些需求，但会极大地影响对产品质量的认同和产品质量的进一步提升。医学装备的质量是指在规定的条件下和规定的时间内完成临床规定的功能的能力。能力是质量的核心，是装备所具有的特性。现代质量观念把装备质量内涵，从狭义概念扩展到包括性能、可靠性、维修性、安全性、保障性、经济性和售后服务等在内的广义质量概念，这些特性的综合就是质量。质量管理从抓生产过程，延伸到抓采购选型论证、采购合同、管理与使用的全过程；质量控制从检验为主转变为预防为主，实行预防与把关相结合的过程控制；强调不断改进和完善；强调质量责任由各相关职能部门分工负责，最高管理者负全责。现代质量观念着眼于装备的良好技术状态和最佳寿命周期费用，这对于现代高技术装备来说尤为重要。现代医学装备的复杂化、自动化、综合化和智能化，不仅要求具有优良技术状态，而且要有优良的综合效能和最佳寿命周期费用，提高可靠性、维修性、安全性和保障性是解决效能好和费用少矛盾的有效途径，并成为装备质量管理工作的重点内容。

### 二、质量特性

#### （一）装备质量特性的定义

医学装备与要求有关的固有特性，或者是装备所具有的满足临床需要的自然属性。

"固有"的就是指在某事或某物中本来就有的，尤其是那种永久性的特征；外界赋予装备的特征不是它们的质量特性。如：装备的价格、装备的编码等都不属于质量特征的研究范畴。

#### （二）质量特性参数

定量的质量特性，通常称为质量特性参数或质量适用性参数。包括设计、制造、使用质量和服务质量等方面。从保证使用质量出发,提出定量化的要求,以便明确质量责任,确保使用质量以满足临床的需要。

**(三) 真正质量特性与代用质量特性**

真正质量特性是临床所要求的使用质量特性。医学装备生产企业为了便于生产,往往将其转化为生产中用以衡量装备质量的标准或规格,由装备标准所反映的质量特性称为代用质量特性。在一段时期内代用质量特性具有相对的稳定性。因此,企业所制定的代用质量标准与临床实际使用质量的要求会随着时代的发展而出现差距。所以,我们应当经常研究质量标准和使用质量要求的符合程度,并作必要的调整和修改,尽可能使质量标准符合临床实际使用质量要求。

**(四) 质量特性值**

通常表现为各种数量指标,一台装备,常需用多个指标来反映它的质量。测量或测定质量指标所得的数值即质量特性值。习惯上称为质量特性数据,如长度、速度、功率、寿命、容量、体积等。根据质量指标性质的不同,质量特性值可分为计数值和计量值两大类。

1. 计数值　记数值是指用"个数"表示的并具有离散性质的数值。当质量特性值能取一组不连续的数值,而不能取这些数值之间的数时,这样的特性称为计数值。计数值可进一步分为计件值和计点值。计件值是指装备进行按件检查时所产生的属性,只能用件数表示合格或不合格,如一批装备中的合格数、不合格数等;计点值是指每件装备中质量参数缺陷的个数。

2. 计量值　计量值是指可以用测量仪器测定并具有连续性质的数值,当质量特性值可以取一定范围内的任何一个可能的数值时,这样的特性值称之为计量值。如长度、重量、温度、速度、平均寿命、化合物中某成分的含量等都是计量值。

不同种类的质量特性值所形成的统计规律是不同的,从而需要研究不同的控制方法。上述两类数值实际上是分别从数量属性和性质属性来描述产品质量特性的。不管是哪种属性的数值,所应用的数理统计的基本原理是相同的,只是在质量管理过程中采用的具体方法有所不同。计量值总体的统计规律一般由连续型的分布,如正态分布、$t$ 分布、$\chi^2$ 分布、$F$ 分布、指数分布等来描述;而计数值总体的统计规律一般由离散型的分布,如泊松分布、二项分布、超几何分布等来描述。

**(五) 质量特性的分类**

装备质量特性的含义非常广泛,它可以是技术的、经济的和社会的。通常把反映装备使用目的的各种技术参数作为质量特性。简单地说,质量特性就是我们要考察的装备的适用性要素。各种装备由于要求不同,质量特性可能有一个或几个。因此,根据不同装备的固有特性,可以将质量特性分为以下几个类型:

1. 物质方面　如物理性能、化学成分等。

2. 使用方面　如人机工效是否合理、操作是否简便,使用是否可靠、安全等。

3. 结构方面　如长度、构造机制、体积等是否合理、节约,是否便于维护和保养等。

4. 时间方面　如可靠性、可维修性、使用寿命等。

5. 经济方面　如效率、使用维护成本、保修期、售后服务期、前期培训等。

6. 外观方面　如外观造型、色彩搭配、包装质量等。

综合这些质量特性,还可以将它们的表现概括为以下七个方面:

1. 固有性能　装备所具有的性质和功能。比如,超声诊断仪的探测深度、纵向分辨力、横向分辨力，X射线诊断机的空间和时间分辨力等。

2. 实用性　装备实用的程度，性能价格比等。

3. 可信性　可信性一般包括装备的可用性、可靠性、维修性和维修保障性等内容。这些性能都是同时间因素有关系的。如可靠性，即是指装备在规定时间内、规定使用条件下完成规定工作任务而不发生故障的概率。一般地说，它指的是装备的稳定性、性能的持久性、零件的耐用性等。它是装备在使用过程中逐渐表现出来的一种质量特性。

4. 安全性　装备在使用过程中，其使用风险控制在患者可接受水平的状态，保证不会对人身健康带来损害，更不会对患者人身安全构成威胁或伤害。

5. 环境要求　装备的使用是绿色的。即装备在使用过程中不会产生公害、污染环境、影响人体身心健康等问题。

6. 经济性　是指装备的寿命周期成本。具体来说，是指装备使用和维护成本等，一般用它来衡量装备的经济效果。

7. 美学要求　讲究装备的设计结构合理、制造工艺的先进性以及外观造型的艺术性三者的和谐统一。装备尽量能体现功能美、工艺美、色彩美、形体美、和谐美、舒适美等要求。

总之，装备的质量特性可以包括许多内容，不同装备所关注的质量特性内容可以有很大的不同，应当结合使用目的、环境与适用性落实具体的质量特性指标，制定适当的质量特性标准。

### (六) 质量特性统计与控制方法的特点

质量特性统计与控制方法是应用数理统计原理，对装备的质量特性值进行检测，通过对装备质量特性值数据进行处理、分析，来推断装备质量特性的状况和质量特性未来可能的变化趋势，并借以预防和控制装备质量安全的一种有效方法。其主要特点如下：

1. 有利于实现全员参与质量管理工作，可以全面落实质量管理机制。由于提供了一套简捷明了的质量管理工具，便于质量控制人员掌握和使用，从而有利于鼓励员工积极参与全方位的质量控制活动。

2. 不仅仅是事后检查，而且可能是在使用过程中进行抽样检查，还可能是在使用之前对装备质量特性值进行检验。对检验中的数据及时进行整理分析，便于及早发现装备质量特性可能存在的异常，进而及时采取有效措施消除质量隐患，降低风险。

3. 严格质量控制标准，使质量特性维持在一定的限度内，以达到保证装备质量的目的。

## 三、质量管理的发展

20世纪以来，为了应对激烈的市场竞争，自然科学和管理科学都得到了迅速发展，特别是20世纪50年代以来，由于高度重视管理科学在物质生产中的研究和运用，发达国家的经济及国民生产总值取得了高速增长。其中工业企业是管理科学运用最成功的领域之一，质量管理也随着管理科学的发展而发展，人们称质量管理是20世纪以来管理科学领域最杰出的成就。

在发达国家中，几乎所有工业企业，都开展了质量保证活动，设立了各种形式的质量管理机构。在大学里，工程技术专业把质量管理课程列入教学计划，设置质量管理专业，培养质量工程师、质量管理和可靠性工程师等，还成立了各种专门的质量管理学会、协会等学术团体，推动着质量管理工作的开展。美国是开展质量管理工作最早的国家，早在20世纪20年代，休哈特（W.A.Shewart）博士就提出统计质量管理（SQC）的理论和方法。日本自20世纪50年代开始,就从美国引进了一整套质量管理技术和方法,并紧密结合本国国情加以实施,经过20多年的努力,已经形成一套崭新的质量管理体制,使质量管理走上了科学的发展道路。

随着管理科学理论和实践的发展,质量管理作为企业管理中的一个重要组成部分,在100多年时间里同企业管理的发展相一致。由于世界各国在不同时期解决质量问题的理论依据和方法不同,质量管理的发展大致经历了以下四个发展阶段:

### (一) 检验质量管理阶段

20世纪之前,世界各国科学技术落后,生产力低下,各国工人普遍在手工作坊中用手工进行生产,生产中靠人的技艺和经验进行质量控制。由操作工人自己生产、自己检验,这个时期称为"操作者质量管理"时期。

到20世纪初期,随着蒸汽机的发明,劳动生产力迅速提高,手工作坊式的管理已不能满足机器生产和复杂生产过程的要求。于是美国科学家泰勒总结前人经验,提出以计划、标准、统一管理三条原则来管理生产,主张计划与执行部门、检验与生产部门分开,成立了专职检验部门对产品进行检验,使质量管理由过去的"操作者质量管理"进入了"检验员的质量管理",即进入"检验质量管理阶段"。

这种以检验为中心的质量管理,实质上是"事后把关",管理的作用十分狭窄,只不过是剔除废品而已。它的主要缺点为:

1. 这种检验方法一旦发现废品则损失已无法弥补,经济性差,不能预防废品的产生。

2. 这种方法采用全数检验,在大批量生产中,要花费大量人力和费用,拖延了产品出产的时间,增加了生产成本,检验的可靠性不高。

针对以上存在问题,当时在美国贝尔电话研究所工作的休哈特认为:质量管理应该具有预防废品产生的职能。1924年他利用概率论的原理,提出了生产过程中控制产品质量的方法,创立了"质量控制图",并提出"预防缺陷"的概念。1931年他发表了《工业产品质量的经济控制》,该著作最早把数理统计方法引入质量管理中。与此同时,道奇和罗明两人又提出了"抽样检验表"。当时一些大公司,如威斯汀毫斯电气公司,在质量管理中运用休哈特的统计方法取得显著效果,但是由于20世纪30年代发生了经济危机,商品滞销、产品大量积压、生产力下降,使这种方法未能得到充分地运用和发挥。直到20世纪40年代初期,绝大多数企业仍然采用"事后检验"的质量管理方法。

### (二) 统计质量管理阶段

20世纪40年代第二次世界大战期间,美国大批生产民用品的公司转为生产军需品,当时面临的严重问题是:由于事先无法预防废品发生,经常发生质量事故,而且产品的可靠性和质量都很差,往往不能按时交货,极大地影响了部队的战斗力。为了解决这一难题,美国国防部要求生产军需品的各个公司普遍开展统计质量管理,并先后制定了战时质量管理三项标准,即 AWASZ 1.1—1941《质量管理指南》、AWASZ 1.2—1941《数据分析用控制图法》、AWASZ 1.3—1942《工序控制用控制图法》,责令生产军品的企业执行,并在全国宣传讲解这些标准。同时在军品交货检验时还采用了"抽样检查法",结果使美国战时生产在数量上、质量上、经济上都获得极大的成功。战后这种建立在统计学基础上的质量管理,被更加广泛地推广到工业界的各个生产企业中,并迅速地发展。

1946年美国成立了质量管理协会,创办了《工业产品质量管理》专刊,同年发表了格兰特(E.L.Grant)的著作《统计质量管理》。20世纪50年代初,联合国资助国际统计学会等组织大力推行数理统计方法,使统计质量管理进入兴旺发展的时期。

1950 年美国国防部公布了军用标准 MIL-STD-105A《计数抽样程序和抽样表》。1951 年出版了质量管理专家朱兰(J.M.Juran)主编的《质量控制手册》。1952 年成立电子设备可靠性顾问委员会(AGREE),开始研究可靠性问题。1954 年召开第一次可靠性及质量管理讨论会,一直发展到 20 世纪 60 年代,质量管理和可靠性形成一个专门学科,并在各国广为传播。

战后的日本,为了重建工业,也开始研究战时美国的管理方式。1950 年美国管理专家戴明(W.E.Deming)博士到日本讲学,为推动日本工业企业开展质量管理起到了重要的作用,但是当时仍偏重于统计方法的应用,并局限在制造现场开展质量管理。1954 年美国另一位质量管理专家朱兰博士到日本讲学,提出了经营质量管理,即为了确保企业的利益,根据消费者的要求来进行最经济生产的质量管理,戴明强调了质量管理的统计性,朱兰则强调了质量管理的经营性。

从 1950 年开始,日本许多工厂为了保证产品质量,都推行了统计质量控制,并迅速取得明显效果。日本质量管理专家石川馨教授在学习国外质量管理方法的基础上,结合本国实际情况,发明了因果分析图,并对各种类型的质量控制图进行简化,促使日本在战后短短 10 年时间中,产品质量得到大幅度提高,众多的日本产品打入国际市场,并获得良好的信誉。虽然统计质量管理较质量检验阶段的管理要科学和经济得多,但仍然存在许多缺点,主要为:

1. 统计质量控制仅仅是为了达到产品标准而已,并未考虑是否满足用户的需要。

2. 该管理仅限于对工序进行控制,而未考虑对质量形成的全过程进行控制,很难预防废品的产生,因而经济性仍然比较差。

3. 由于统计方法难度大,一般管理人员和工人难于掌握,他们认为这是数学家们干的事,因此这种管理方法推行困难。再加上这种方法未在组织、管理上落实,也没有引起领导的足够重视,影响了其应用范围和使用的广泛性。

### (三) 全面质量管理阶段

随着科学技术的迅速发展,对许多大型设备和复杂系统的质量要求越来越高,特别是对安全、可靠方面的要求,于是在产品质量中引入了可靠性概念。显然,要达到产品的质量要求,单纯依靠统计方法控制生产过程是不够的,还需要一系列的科学管理方法。20 世纪 50 年代后在统计质量和经营质量管理思想的基础上,美国通用电气公司(GE)的质量管理部长费根堡姆(A.V.Feigenbaum)等人提出"全面质量管理"(TQC)的概念,主张在企业内一切部门和一切生产活动中必须开展质量管理活动。提出要生产出高质量的产品,除采用数理统计方法控制工序外,还应从经营管理上对产品质量、成本、交货期和售后服务加以全面考虑,并要对产品质量形成的全过程进行控制。从 20 世纪 60 年代开始,经过大约 10 年的时间,全面质量管理逐步完善起来。全面质量管理的发展,大大提高了产品的可靠性,特别是对大型的系统工程项目效果更为突出。美国国防部和宇航局由于实施了新的质量管理和可靠性管理技术,成功地使阿波罗计划和空中实验室计划得以完成。

20 世纪 70 年代产品的安全问题也被提到了显著地位,为了保证"军工、核动力和压力等容器"生产和保证产品的安全性,各国又提出了"质量保证"的概念,各国企业采用制定出具有法规性的文件《质量保证手册》,并请第三方进行监督、贯彻执行,获得了显著效果。

20 世纪 60 年代以来,世界上已有 60 多个国家和地区推行了全面质量管理,取得的显著成效,促进了世界各国经济的复兴和发展。尤其是日本结合本国特点,提出了"全公司质量管理"的概念,并结合本国实际总结出一套较为完整、具有特色的质量管理思想、方法和体系,取得了巨大的效益,震动了全世界。人们赞誉全面质量管理是 20 世纪以来管理方面所取得的最杰出的成就。

### (四)质量创新管理阶段

随着生产力的发展,生产加工的机械化、自动化程度的进一步提高,质量概念从符合性发展为适用性。也就是说,质量的好坏优劣是以适用于顾客需求为标准。与此相适应,质量管理也发展为全面质量管理。20 世纪中叶以后的消费者运动,迫使各国纷纷立法以保护消费者的合法权益,加大加重了组织的质量责任。生产力的发展使产品供应充足,社会总供给大于总需求,任何产品都能在极短的时间内达到饱和。若组织的产品仅仅是"符合"某种要求,则很难在竞争中长期占领市场,人们不得不把质量管理前伸到营销、市场调查和用后处置等,形成了全员、全组织和全过程的质量管理模式。20 世纪 70 年代,日本以田口玄一博士所著的《质量工程学》为指导,创立了以顾客为关注焦点的质量管理新学说,正是依靠这种新的质量管理模式,日本的产品迅速占领了世界市场,并很快成为一个经济超级大国。我们所理解的质量管理或全面质量管理,实际上也是建立在"适用"这个质量概念上的。

## 第二节 质量管理的目的和意义

### 一、医学装备质量管理的目的

在医学领域,医学装备作为一种特殊产品,它的质量是一个国家科学技术和经济实力的集中体现,现代科学技术的发展,引起医疗卫生的巨大变革,大量高新精密医学装备的广泛应用,促进了医学科技的飞速发展,未来医疗卫生事业的发展将以高技术为特点,以高质量为标志。因此,提高医学装备质量已成为医学装备发展的核心。为了提高医学装备的质量,必须加强质量管理,实现医学装备建设由数量规模型向质量效能型的转变。医学装备作为开展医疗技术工作的重要物质基础,是医院现代化的重要标志。医学装备的量值准确与否,直接关系到诊断结果和治疗效果。因此,开展医学装备质量管理的根本目的是使医院诊断、治疗工作的质量得到保证。

### 二、医学装备质量管理的意义

20 世纪是生产力的世纪,21 世纪是质量的世纪,质量必将成为新世纪的主体。当前,世界经济的发展正经历着由数量型增长向质量型增长的转变,市场竞争也由以价格竞争为主向质量竞争为主,国际贸易和经济合作是任何国家发展经济所不可缺少的条件,国家间的相互依赖是当代世界的一个主要特点。在国际市场上,产品、服务、资源和技术的竞争十分激烈,而质量是进入市场参与竞争的通行证。各发达国家和许多发展中国家都高度重视产品和服务质量,并把赢得和保持质量优势作为经济发展战略管理的重要目标,争夺市场的主要武器。医学装备作为治病救人的技术和手段,其质量与安全直接关系到人民群众的安危,关系到医疗卫生事业发展的成败。必须达到和满足医疗救治、疾病预防和患者的需求水平,为社会和广大患者提供强有力的质量安全保障。如果达不到社会和广大就医患者要求的质量水平,就难以在竞争中生存,甚至难以在医疗卫生领域站稳脚跟。医学装备质量管理是医院质量管理的一项重要内容。医院质量管理主要是指医院在医疗服务质量保证方面的指挥、控制、协调等活动。通常包括制定医院质量方针和质量目标以及质量策划、质量控制、质量保证和质量改进。随着现代科学技术的发展,医学装备已成为临床医学、预防医学和基础医学领域所必需的工具。医院领导运用现代科学技术手段树立综合管理思想,重视医学装备质量,将装备质量管理纳入医院的全面质量管理体系,是医院应用医学装备最新技术,提高诊断治疗质量,实现医学科学现代化的重要保证。

### 三、医学装备质量管理的必要性

#### (一)医学模式转变的需要

随着市场经济的发展、人们物质生活的改善、老龄化及健康观念的变化,医学模式已由生物医学模式向生物 - 心理 - 社会医学模式转换,人们对以提高身体健康水平为主要目的的医疗保健装备需求会更加强烈,因此,医学装备质量管理已经成为医院质量管理的重要内容之一。

#### (二)医疗服务市场的需要

加入世界贸易组织后,我国将进一步开放医疗服务市场和健康相关产品的市场准入。以公立医院为主体、私营与个体医疗机构、中外合资合作医疗机构等多种所有制与经营方式并存局面的出现,加剧了医院之间服务的竞争。国家鼓励不同类型医疗机构的发展,鼓励社会投资发展医疗卫生事业,医学装备的质量和层次必将成为医院提升竞争力的重要手段。

#### (三)医疗保险社会化的需要

国家基本医疗保险制度,将符合一定条件的医疗技术劳务项目和采用医疗仪器、设备、医用材料进行的诊断治疗项目,列入基本医疗保险诊疗项目,使人们对医学装备的质量和层次将更加关注。

#### (四)医学装备技术发展的需要

医学装备技术为临床经验诊断治疗向定量规范诊断治疗提供了科学的手段,医学装备已广泛采用现代科学技术。由于数字化、智能化、影像化、多功能以及综合参数检测技术的发展,传统的质量管理模式已经不适应现代医学装备技术发展的需要,从而增加了对医学装备质量管理的难度。

#### (五)医学科学技术进步的需要

医学装备是医学科学技术发展的重要支撑条件,是开展医学工作的物质基础。医学管理装备不仅带动了新的医学学科的形成,而且从整体上推动了医学的进步,随着现代医学的发展,医学装备的位置将愈加突出,对医院医疗技术的发展同样起着极为重要的作用。医学装备精确程度直接影响病情诊断和治疗效果。重视医学装备质量,是促进医学科学技术发展的需要,医院必须重视医学装备的质量管理。

#### (六)计量技术监督的需要

随着国家对计量法的深入宣传和贯彻执行,各级计量监督部门加大了对医院设备强制检定的力度,人们的计量法制意识普遍增强,因医学装备质量引起的医疗纠纷也引起了人们对法制计量工作的重视,计量信得过单位已成为人们关注的目标。

# 第三节 质量管理的原则与内容

## 一、质量管理的原则

随着质量管理的深入发展,质量管理不仅形成了一套完整的理论和方法,而且形成了一套科学的管理思想。质量管理能否取得实效,关键在于能否正确掌握和运用其基本思想,并与医疗质量管理实践相结合。

### (一)质量安全第一的原则

任何医学装备都必须达到所要求的质量水平,否则就没有或未完全实现其使用价值,从而给就医者和社会带来损失。从这个意义上讲,质量是第一位的。我国医学装备质量安全的观念早已深入人心,这是付出了大量的人力、物力,甚至血的教训换来的,实践证明了"质量第一"原则的正确性和重要性。

贯彻"质量安全第一"就要求全体医务人员,尤其是领导层,要具有强烈的质量安全意识。要求医疗卫生机构在确立质量安全目标时,首先应根据患者或社会的需求,科学地确定质量目标,并安排人力、物力和财力予以保证。当质量与数量、社会效益与单位效益以及长远利益与眼前利益发生矛盾时,应把质量、社会效益和长远利益放在首位。

### (二)患者至上的原则

在医学装备质量管理中,这是一个十分重要的指导思想和原则。"患者至上"就是要树立以患者为中心,为患者服务的思想,要使医学装备的质量与安全尽可能满足患者的要求,医学装备质量的好坏最终应以患者的满意程度为标准。

作为医疗卫生机构就是要全心全意为患者服务,坚持"患者至上"的思想。它要求医疗卫生机构处处从患者的利益出发,想患者所想、急患者所急以及帮患者所需,认真听取患者意见,提供使患者满意的医学装备保障服务。为患者服务是质量管理的基本出发点和落脚点,离开了为患者服务,质量管理便失去了意义。

### (三)以人为本的原则

在影响医学装备质量安全的诸因素中,人的因素是首要因素,提高质量的根本途径在于不断提高医学装备使用、管理和保障人员的素质,充分调动和发挥人的积极性和创造性。质量管理倡导树立质量安全意识,创建质量文化,增强单位凝聚力,通过目标管理、质量管理委员会活动以及合理化建议活动等形式,使人人都了解单位的质量方针与质量目标,参与质量经营。国家质量管理标准指出:任何组织中最重要的资源是组织中的每一个人,因为每个人的行为和绩效都直接影响医学装备的质量安全。可见,现代质量管理与传统质量管理只注重发挥少数专家的作用和片面强调对人的活动加以严格限制的做法有着本质区别。

现代质量管理的观念认为,提高质量的关键是人而不是物。因为"物"是靠人去创造发明、靠人去使用的,人处于主动和积极的地位。美国戴明博士在讲课中反复强调,振兴美国经济靠计算机能行吗?靠自动化能行吗?靠机器人能行吗?统统不行!只有靠包括管理人员、科技人员和医务人员在内的全体职工。当然,管理人员中最主要的又是高层领导人员即质量的经营者。戴明认为,企业必须从过去"见物不见人"转变为充分发挥人的主观能动性、积极性和创造性。

**（四）预防为主的原则**

质量管理强调"预防为主"，这同传统质量管理有着重要区别。质量管理坚持"预防为主"，就是要预先分析影响质量安全的各种因素，找出主导性因素，采取措施加以控制，把"事后把关"为主变为"事前预防"为主，把质量安全隐患消灭在质量形成过程中，做到防患于未然。尽一切可能把不良事件消灭在发生以前，减少单位和社会的损失。

**（五）循证原则**

在质量管理工作中具有科学的工作作风，在研究问题时不能满足于一知半解和表面现象，对问题不仅要有定性分析，还应有定量分析，做到心中有"数"，这样可以避免主观盲目性。

所谓用数据说话的原则指的是以客观事实和数据为依据，通过反映、分析和解决质量安全问题，掌握质量安全运动规律的管理思想。质量管理主张用数据和事实对质量现象进行分析，依据分析的结果解决质量问题，反对凭主观印象、感觉进行质量管理。国家质量管理标准十分强调对事实和数据的收集、记录、分析和应用，指出："对数据的分析可以用于度量服务要求、发现质量改进机会和所提供服务的有效性等方面所取得的成绩。"在"质量文件和记录"体系要素中，要求对实现质量目标的进展情况、对医学装备保障质量的满意和不满意程度、审查质量体系和改进服务的结果以及纠正措施及其效果等方面进行全面翔实地记录，作为质量管理的依据。

**（六）持续改进的原则**

为了适应就医人员不断增长的对医学装备质量安全的需求，通过加强质量管理，在保持原有质量水平的基础上，不断提高质量的思想。质量管理认为，质量有产生、形成和实现的过程。质量的保持、改进和提高过程是螺旋上升过程，不能永远停留在原有水平上。使用与管理者不仅应该能够发现医学装备在医疗救治、疾病防护过程中存在的质量安全问题，还应该针对这些问题积极分析和寻找原因，采取有效的措施并加以实施，这一过程循环进行，从而使医学装备的质量安全不断提高。

**（七）协作的原则**

"协作"是确保质量安全的一项重要管理工作，是专业化生产发展的必然要求。医学装备的临床使用与管理工作分工越细，对协作的要求就越高。一个单位的管理工作搞得好不好，"协作"既是一个条件，又是一个标志。发达国家医疗质量体系的管理经验说明：管理成功的重要原因之一，就是全体医务人员懂得和保持了良好的协作。在质量管理工作中，如果没有相互良好的、主动的协作，质量问题就无法解决。所以强调协作，是推行质量管理的一条重要原则。

**（八）质量经济性原则**

质量经营管理思想，即单位质量经营管理活动的根本宗旨和指导思想。突出质量的经营管理思想是指单位在经营活动的全过程、所有环节中，必须确立质量安全的主导地位，坚持"质量安全第一"，始终不渝地把质量管理作为单位经营管理的中心环节。

突出质量安全是医疗卫生机构的重要发展战略。作为高风险行业，质量、安全与服务密不可分，必须坚决克服"重采购、轻管理、重效益、轻维护"的思想，始终把质量与安全作为单位的生命线。只有树立了这个思想，才能履行好自己的社会职责，在日趋激烈的市场竞争中立于不败之地。

医疗卫生机构在讲求质量的同时还必须讲求经济效益，否则，它就不能够得到发展。

但是,讲求经济效益必须以不断提高质量为前提,走质量效益型的发展道路。

质量效益型发展道路,是指确立质量优先的战略,以质量求效益、求发展,建立以质量为核心的经营管理体系,不断提高医疗卫生机构的整体素质。走质量效益型的发展道路,核心是处理好质量与效益的辩证统一关系。质量是效益的前提与核心,效益寓于质量中,求效益要以质量为中心。因此,效益是由质量决定的。走质量效益型的发展道路,是推行质量管理的宝贵经验和第一重要原则。

质量管理同时强调,讲质量不能脱离成本,要讲求质量经济性。一方面,不能脱离社会实际需要,不计成本盲目追求过剩的质量;另一方面,要在保证医患所需要的质量前提下,努力降低成本,使就医人员和医疗卫生机构都能从中获益。

### (九) 系统方法的原则

系统指的是"相互关联或相互作用的一组要素",是指由若干相互联系、相互影响和相互制约的因素(或单元)组成的有机整体,是一个过程网络。

质量管理把医疗卫生机构的质量管理活动看作为一个有机整体,必须从全局的高度,对影响质量的各种因素,从宏观、微观、人员、技术、管理、设备、方法和环境等方面进行综合治理,要求全员、全过程都开展质量管理,建立健全质量管理体系,充分体现系统管理思想。

### (十) 管理与技术并重的原则

这是指充分发挥专业技术和管理技术的作用,使两者相辅相成,以达到提高医学装备或服务质量和最佳经济效益的目的。在开展质量管理的过程中必须转变观念。

质量管理不仅仅是领导的事情,也是单位每个人的共同职责;质量管理不仅仅是质量部门的职责,同时也是医疗救治、护理、医学工程等各部门必须承担的义务。

医疗卫生机构在专业技术上应注意以下几个方面:

1. 在积极开发和采用新技术的同时,要注重技术的管理,以技术上水平,以管理保质量。

2. 要根据条件的可能,积极采用现代技术设备,提高设备、设施质量。

3. 随着计算机和信息技术的发展,把计算机应用于企业的主要管理环节,提高单位的管理水平。

医疗卫生机构的技术保障设备与手段还不能完全适应医学装备质量安全需求,已成为制约质量持续提高的重要因素。因此,必须在加强质量管理的同时积极采用现代技术设备,逐步实现基础设施的现代化和管理手段的现代化。总之,在质量管理中,要求技术和管理并重,以技术促发展,以管理出效益。

## 二、质量管理的内容

### (一) 标准化工作

标准是开展医学装备质量安全管理的重要技术依据,是综合了管理实践、数据信息分析和科技成果,研究制定并经过一定程序批准,在一定范围内共同遵守的技术规范。质量管理的过程就是对标准的采用与实施的过程,在实施过程中既要强调装备质量安全要求对标准的符合性,又要保持标准的统一性、权威性和约束力。装备质量管理标准是装备质量应达到的最低期望值,而不是最高水平。目前按照各级各类医疗卫生机构医学装备配备标准,国家现有有效质量管理标准覆盖率不足 10%。医学装备质量管理标准化工作任重道远,需要广大医学装备管理人员、临床应用人员和医学工程人员投入到医学装备标准化工作中去,借助现代管理理论、医学计量测试技术和医疗卫生科技创新成果,采用系统工程方法,研究制定适应现代医疗卫生需求的医学装备质量管理标准,对现行有效标准既保持标准的相对稳定,又应定期加以修改和提高,使医学装备质量管理标准与医学装备技术发展相协调。

**（二）计量工作**

医学装备的质量大多以定量化为特征。因此,计量工作就成为全面质量管理的重要基础工作之一。基础计量管理包括计量标准的贯彻、精密测量技术的推广、理化试验鉴定和技术分析等工作。基础计量管理工作的基本要求是:严格保持测量手段量值的统一、准确和一致,并符合国家标准;保证测量仪器和工具质量可靠稳定以及合理配套;定期对医学计量器具进行检定和维护,严禁不合格量具投入使用;完善测量技术、测量手段的技术改造和技术培训工作;逐步实现计量工作的科学化与现代化。

对于不能定量的质量特征,如外观、形态、包装及内部缺陷等要逐步改进评价指标及评价方法,使之更完善,更科学化。

**（三）质量信息工作**

质量信息是指反映装备质量形成及质量经营活动中的装备全寿命周期各阶段质量特性及其变化规律的数据、报告和资料的总称。质量信息包括采购选型论证、采购合同方案、检验验收和临床使用等全寿命周期内的所有质量信息。及时、正确、完整、连续和规范的质量信息是制定质量政策、目标和措施等的依据。质量信息的收集、分析、处理、存储和传递是各过程质量控制的必要条件。质量信息是多方面的,它包括国内外有关的科技发展状况,同类装备质量情况及发展趋势,市场需求的变化及质量反映等信息。应该建立质量信息管理系统并和医疗卫生机构内外的质量跟踪系统结合起来,使之成为本级管理信息系统的有机组成。要确定质量跟踪点、质量信息反馈程序和时限要求,以保证质量信息的及时性。做好质量信息工作还要和临床使用统计分析工作结合起来,要完善质量指标体系,使质量信息工作规范化、制度化和标准化。

**（四）质量教育工作**

日本质量管理的发展和产品质量提高的一个重要的原因就是广泛开展了质量教育和培训。二战以后的日本,其产品质量低劣,20世纪50年代美国质量管理学家戴明（Deming）和朱兰（Juran）到日本,从教育和培训入手,帮助日本企业提高产品质量,取得了巨大成功,通过质量教育和培训,提高了人们的质量意识和管理水平。日本企业以提高产品质量为起点,进行全面质量改革,使生产得到快速发展。到1980年,日本在汽车、家用电器、造船、钢铁和机械等主要领域超过当时处于霸主地位的美国。

目前,我国部分企业的质量管理已经接近世界先进水平,但医疗卫生机构质量安全意识仍存在严重的认识问题,重使用、轻质量管理的现象仍较普遍。为此,必须加强全员的质量教育和培训,提高人们的质量意识,积极采取先进国家各种成功的管理方法和有力的管理措施。目前在我国实行体系认证以及质量管理体系的建立和完善过程中,需要分层次、有针对性地开展内容广泛的质量教育,并加以考核,只有这样才能将质量工作做到实处,而不是流于形式。质量教育和培训的深度和广度在一定程度上反映了全面质量管理开展的力度。

质量管理活动既是一个工作过程,也是一个教育过程,要"始于教育,终于教育"。特别在当前,质量管理正面临新的挑战,要适应新的经济环境,加强教育至关重要。

### （五）质量责任制

建立健全质量责任制就是要明确规定质量形成各阶段、各过程中单位各个部门、每个程序、每个岗位和每个人的质量责任，明确其任务、职责、权限及考核等，使质量工作事事有人管，人人有职责，办事按程序，工作有要求、有监督、有检查、有考核，职责分明，奖惩有制，从而把与装备质量安全有关的各项工作和全员的积极性结合起来，建立起完善、严密的质量责任体系。

在实施的质量奖惩制度中，质量责任制要占主导地位，真正确立质量第一的地位。国内外不少企业在质量管理中实行了质量否决制，坚持有奖有罚，取得了较好的效果。

### （六）质量管理委员会

质量管理委员会是全面质量管理的群众基础，体现了质量管理的全员参与要求。它是以保证和提高质量为目的，围绕医学装备在日常管理、临床使用和维护保养等方面的质量安全问题，成立由医疗领导、专家、科室主任、临床医务人员和医学工程人员组成的质量管理委员会。开展质量管理活动，做到组织、人员、措施与效果的"四落实"，要把管理知识学习与管理模式创新相结合，管理考核与竞赛评比相结合，思想教育与物质鼓励相结合，稳步发展，不断提高。

日本受到我国鞍钢宪法三结合小组的启发，于1962年提出成立质量管理委员会。在日本和一些亚洲国家，质量管理委员会比较普及，并已成为日本质量管理的特色之一。

## 三、质量管理体系

20世纪60年代以来，质量管理进入全面质量管理的发展阶段。随着全面质量管理的普遍推广和深入发展，质量管理体系的概念应运而生。建立健全质量管理体系和开展质量管理体系认证等工作在世界范围内得到迅速推广和发展，使质量管理的有效性和效率发生了质的飞跃。全面质量管理认为：装备质量是过程的产物，过程包括构成装备寿命周期的采购选型论证、采购、临床应用等各个过程；必须使影响质量的全部因素在装备的全过程、全寿命中始终处于受控状态；使组织具有持续提供符合规定质量要求的装备保障能力；坚持进行质量改进，最终满足社会和患者的需求。这些管理思想和工作原理及其实践，都集中体现在建立并运行一个完善的质量管理体系上。

按照系统论的观点，体系是指"相互关联或相互作用的一组要素"。管理体系是指"建立质量方针和目标并实现这些目标的体系"。而质量管理体系则指"在质量方面指挥和控制组织的管理体系"。显然，质量管理体系是站在体系的高度对组织的质量管理进行优化和规范，包括建立质量方针和质量目标，为实现这些目标而相互关联和相互作用的一组过程。

医疗卫生机构建立质量管理体系的目的，就是通过构成质量管理体系的组织结构、过程、程序和资源有机的整体活动，使影响医学装备质量的全部因素，在管理、使用以及技术保障的全过程中始终处于受控状态，防止出现质量安全事故，从而长期稳定地满足医疗救治和疾病预防的需求，并通过持续改进使医学装备质量不断提高。质量管理体系为组织质量管理提供了系统的方法，同时也向使用方和其他相关方提供信任。其最终目的是使组织和使用方在成本、风险、效益三方面获得最佳利益。

## 四、质量管理工程

医学装备质量管理工程是对从事医学装备管理、使用和技术保障的有关人员、医疗仪器设备、器材、能源和信息等组成的整体系统进行设计、改进和实施应用于医学的一门学科。它利用数学、物理、医学和社会科学的专门知识与技能,并且应用工程分析和设计的原理与方法,对上述系统可能获得的成果予以阐述、预测和评估。

医学装备质量管理工程的任务是通过研究、分析和评估,对人 - 机系统的每个组成部分进行设计和重新设计,再将各个组成部分恰当地综合起来,设计出系统的整体。

装备管理工程的基本定义是:以装备全系统全寿命费用管理为对象,从充分发挥系统效能的整体目标出发,运用系统工作工程和并行工程等先进的管理理论和方法,研究装备的采办、使用和技术保障以及退役处理等管理问题,以实现装备费用 - 效益最优化的学科。

医学装备质量管理是一个系统的并行工程,其内容包含质量保证和质量控制。

**(一) 质量控制**

为达到质量要求所采取的作业技术和活动。其目的在于监视过程并排除整个质量管理活动中导致不满意的原因,以取得好的经济效益。在质量管理国际标准中质量控制是指质量管理的一部分,致力于满足质量要求。其含义如下:

1. 质量控制是质量管理的一部分,是指为了达到质量要求所采取的质量控制技术和活动,而不是组织中所有的质量管理活动。

2. 质量控制的目标是确保医学装备的质量满足社会、就医患者和法律法规等方面所提出的质量要求(如适用性、可靠性、维修性、保障性和安全性等),在于监控过程,使之处于受控状态,即对整个质量环中的所有阶段进行控制,消除导致装备失效和出现医疗安全事故的原因。也就是说,质量控制的范围涉及医学装备质量形成的全过程的各个环节。

3. 质量控制内容包括了作业技术和活动,围绕着质量形成的每一个阶段的工作,保证质量的实现。质量控制应对影响装备质量的人员、机制、标准法规、应用环境和计量测试等进行控制,并对质量活动的成果进行分阶段验证,以便及时发现问题,查明原因,采取相应纠正措施,防止不合格的装备应用于临床。同时为了使每项质量活动能够真正做好,质量控制必须对于干什么,为什么干,何时干,何地干及怎么干等作出规定,并对实际质量活动进行监控。

**(二) 质量保证**

为了提供足够的信任以表明医疗实体能够满足质量要求,而在质量体系中实施并根据需要进行证实的全部有计划、有系统的活动。质量保证的核心是提供信任,包括在组织内部向管理者提供信任,并向社会、患者和其他方提供信任。质量保证是为了对外取得社会对质量安全的信任,对内满足质量所提出的要求。为了提供这种信任,通常要对机构内部管理体系中的有关要素不断进行评价和审核,以证实该机构具有持续稳定的使装备满足规定要求的能力。质量保证的根本目的是确保装备的质量达到预先规定的标准。

质量保证功能的实现需要质量管理组织明确的质量管理目标和优先管理领域,需要建立严格的规章制度和指标评价系统,整个机构的质量保证渗透着严格、准确、科学、定量的管理理念和方法,形成一种必须依从标准的组织文化。

质量控制与质量保证的某些活动是相互关联的。随着数字化、智能化和大规模集成电路的应用,医学装备技术复杂程度越来越高,其综合技术、部件、元器件来源逐渐走向专业化和个性化。在这种条件下,无论医学装备管理机关还是医学工程部门,应把装备应用安全与质量控制作为质量管理的重中之重。显而易见,在综合技术保障中预防维护、校准与计量是保证应用安全和实施质量控制的关键任务和关键手段。医学装备的质量直接关系到医疗卫生工作的质量甚至人身安全,如何加强对医学装备质量的控制,是国内外一直关注的重要问题。特别是国家公布医疗事故处理办法及医疗仪器不良反应的监督条例后,医疗监督机构、医疗卫生系统及医务人员更加重视医疗设备的质量控制问题。

# 第四节　质量管理的方法与手段

随着医学工程及技术的发展,医学装备已经成为临床诊断和治疗疾病的必要工具。现代医学技术不仅依赖于医务人员的医学知识和实践经验,而且在很大程度上取决于先进的医学仪器设备和技术,因此,现代化的医学装备是医院现代化的重要标志。医学装备的质量管理贯穿于从设备计划申请到购置、使用、淘汰、报废等寿命周期的全过程。医学装备质量管理的主要手段包括以下内容。

## 一、风险分析与评估

风险是任何装备所固有的,医学装备更不例外。对医学装备在医疗救治、疾病预防等方面进行风险分析与评估,是保障医疗质量与安全的重要措施和手段。

### (一) 风险的概念

所谓风险,是活动或事件发生并产生不良后果的可能性。常言道,"天有不测风云"、"风险无处不在、风险无时不有",表明风险在客观上是普遍存在的。把风险看成是对成功的威胁,认为风险是"坏事",应该设法避免它,这是一种很自然的防御行动。但是这种认识有一定的局限性,应意识到不确定性也有积极的一面,它也提供了某种成功的机会,有时接受某些风险反过来可能产生更令人满意的结果。不仅要防范风险,避免风险,更要利用风险,驾驭风险。事物的发展,必须面对失败的威胁,不冒任何风险而取得成功的好事是不存在的。风险是由于人们未充分认识客观事物及其发展变化而引起的。因此,可以通过主动努力来提高预见性,将风险控制在可以接受的水平。从广义上理解,是指"特定的不希望事件发生的可能性(概率)及发生后果的综合"。

对于医学装备这一特定事物,风险是指在规定的医疗救治、疾病预防技术约束条件下,不能实现装备目标的可能性的一种度量。风险包括两个方面:一是不能实现装备功能的概率,或风险事件发生的概率;二是因不能实现装备功能所导致的后果,或风险事件发生后,其后果的严重程度。

风险等级是指依据对风险事件的发生概率和后果的分析而为该风险事件(或整个装备)确定的等级。如果是过程风险,则不是确定发生概率和后果的等级,而是度量该过程与已知最佳惯例的偏差。医学装备风险等级按可接受程度分为低、中、高三级。

1. 低风险医学装备　低风险医学装备是指通过常规管理与控制可以保障其安全性、有效性的医学仪器设备,进行正常的管理工作即可将风险控制在可接受的水平上。

2. 中风险医学装备　中风险医学装备是指通过特殊管理与技术控制手段可以保障其安全性、有效性的医学仪器设备。也就是需要采取专门措施和专门管理活动才能将风险控制在可接受的水平上。

3. 高风险医学装备　高风险医学装备是指具有较高潜在危险,必须严格管理与控制其安全性、有效性的医学仪器设备。也就是需要专门采取重要措施,需要管理方面的特别关注才能将风险控制在可接受的水平上。

### （二）风险管理

风险管理是指应对风险的管理活动。它是装备管理机关与医学工程部门通过制定完备的风险规划,采用完善的评估方法来辨识风险源,分析风险后果,再制定相应风险处理方案以缓解风险,同时监控所选用的风险处理方案的效果并建立风险文档(风险文档是指记录、维护和报告风险的评估、处理和监控的文件)等,为把装备的风险控制在可以接受的水平上而采取的全部管理活动。其组成结构如图 6-1 所示。

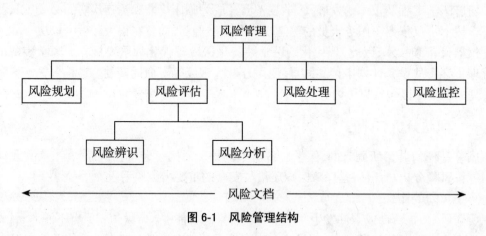

图 6-1　风险管理结构

风险管理的核心是辨识关键风险区和风险事件,并在其成为问题,造成严重的影响之前采取必要的处理措施。

风险管理过程是一个不断地规划(何事、何时做、如何做)、评估(辨识、分析风险)、处理(缓解风险)、监控(告知何事将要发生)的反复迭代过程,如图 6-2 所示。从监控过程获得的信息反馈,帮助进行再规划或再评估,并评价风险的处理活动,定期或不定期复评已知风险,并考察有无新的风险。如果某个风险区变为"低"风险区,则将其归入历史文档,不再跟踪,但装备使用单位仍须继续监控低风险,确保其始终处于低风险状态。风险管理是一个连续不断的过程,贯穿于装备的整个寿命周期。

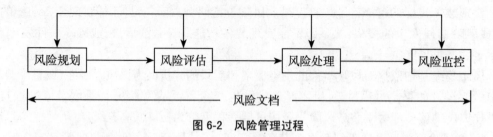

图 6-2　风险管理过程

### （三）风险管理技术

1. 风险规划　风险规划指确定一套结构完备、内容全面并相互协调的风险管理策略和方法并将其形成文件的过程。这套策略和方法用于辨识和跟踪风险,拟定风险解除方案;进行持续的风险评估,从而确定风险变化情况并配置充足的资源。

风险管理策略是指装备管理机关进行风险规划的指导方针和原则。确定风险管理的目标,度量性能、进度、费用的指标;规定评估过程、需要考虑的风险区和可能接受的风险水平;规定选择处理方案的程序;规定监控的衡量标准;确定报告和文档的要求。

风险规划包括成功进行风险管理工作所必需的各项前期活动,是装备管理的正常规划工作的组成部分。它应逐一规定风险管理工作,为评估、处理和监控风险形成一个完备有序的途径;还要明确各项风险管理活动的组织和职责,规定风险报告和文档记录要求;计划安排充足的资源。风险规划是一个迭代的过程。风险规划的结果是制订出风险管理计划。

2. **风险评估** 风险评估是指对装备各个方面的风险和关键性过程的风险进行辨识和分析的过程。其目的是促进装备更有把握地实现其性能、进度和费用目标。此处的关键性过程是指研制、生产和保障等过程。

风险评估可能是风险管理过程中最困难、最耗时的过程,无捷径可循。虽然也有一些方法可以帮助评估人员进行风险评估工作,但没有一种方法完全适用于所有装备。因为评估方法会随所用的技术、装备、所处的阶段以及装备本身性质而有所不同。

风险评估包括风险识别与风险分析。

(1) 风险识别:风险识别是对医学装备的各方面、各过程的风险进行识别,识别出有风险的区域或有风险的技术过程,确定风险事件,即找出医学装备哪个部分、哪个过程、哪些事件可能导致医学装备的某个装备功能、技术参数或整个系统发生问题。

风险识别是风险评估过程的第一步。它的基本任务是搜寻整个装备,找出那些会妨碍装备实现其目标的关键事件。

风险识别要从处理装备风险事件入手。风险事件是指可能对系统、分系统或组成部分产生不利影响的事件。搜寻风险事件最有效的方法之一是采用工作分解结构。它是将装备风险分解到全过程全寿命的每一个要素和环节,通过逐个考察分解,以此确定风险隐患。

(2) 风险分析:风险分析是对已识别出来的风险区域或风险技术过程进行进一步的研究,细化其描述,找出其原因,确定其影响,分析与其他风险的关系,并用风险发生概率和一旦发生所造成的综合后果来表示风险的大小。

风险分析从详细研究已识别的风险事件入手,目的是搜集这些风险的足够信息,以判断风险发生概率以及风险一旦发生将对整个医学救治过程和医患人员造成的后果。有了这些信息,就可以根据装备自身的准则确定风险事件的等级。

(3) 风险处理:风险处理是指风险经过评估后选择和实施应对方案的过程。目的是将风险控制在可接受的水平上。风险处理的主要措施是风险控制,通过消除或降低风险发生概率,减轻风险对医疗救治、疾病预防造成的损害和影响。

风险控制包括制订风险消除或降低计划,明确控制措施,重新安排资源和规定标准规程。同时要为降低每一风险事件规定成败判据。

(4) 风险监控:风险监控是指在装备全系统全寿命过程中按照既定的衡量标准对风险处理效果进行有计划的跟踪和评价的过程,必要时,还包括进一步提出风险处理备选方案。实质上,风险监控是将计划活动的预期结果与实际达到的结果作比较以判定状况,确定是否需要改变风险处理活动。

有效的风险监控工作可以判断出风险处理活动中有无异常之处。有的风险正在成为实际问题;有的活动可以成为新的风险。掌握这些情况,也为制定新的风险处理方案奠定基础。

风险监控过程的效果如何,取决于所制订的管理指标系统能否以明确易懂的形式提供准确、及时而关系密切的风险信息。为监控装备状况而选用的指标必须准确反映风险事件和处理活动的真实情况。否则,这些风险指标就有可能造成问题,且不易觉察。指标应能对潜在问题及早报警,提供装备状况和装备的某种趋势以及风险处理活动进展情况,对实施风险监控,保证装备质量安全至关重要。

## 二、技术评估

卫生技术评估是对卫生系统特定的知识体系,对药物、装备、诊疗程序、行政管理和后勤支持系统的功效、安全性、成本、效益和社会影响(伦理、道德)等进行系统的研究,并作出适宜选择的方法。卫生技术评估于 20 世纪 70 年代首先由美国提出,目前很多国家都相继制定了卫生技术评估规划并成立了相应的机构。医学装备的技术评估是卫生技术评估的一个重要组成部分,实践证明,技术评估是合理配置医学装备的需要,也是装备质量管理的有效方法。

## 三、招标采购

为保证医学装备质量,医院在采购前,必须按有关规定,特别是对列入特定产品目录的医学仪器设备进行招标。招标是国际上通用的一种采购手段,是保证采购设备质量并节省购置费用的有效途径。

## 四、检验验收

### (一)检验验收的基本概念

检验是全面质量管理的重要内容,是一种质量把关手段,也是一种评价装备质量的有效方法。对医学工程技术人员来说,对新采购装备进行检验验收,确保装备质量,防止不合格装备投入临床使用,是医学工程技术人员的重要任务,是质量管理赋予医学工程技术人员的基本职责。

质量检验有其特定的内涵。朱兰博士认为:"所谓检验,就是这样的业务活动,决定产品是否在下道工序使用时适合要求,或是在出厂检验场合,决定能否向消费者提供。"

国际标准化组织在《ISO、IEO 指南 2 标准化及有关的活动——通用词汇》中,对检验的定义是:"通过观察和判断,适当时结合测量、试验所进行的符合性评价。"

工业部门对质量检验的定义是:借助某种手段或方法,测定产品的质量特性,然后把测得的结果同规定的产品质量标准进行比较,从而对产品作出合格或不合格的判断。凡是符合标准的,称为合格品,检验后予以通过;凡是不符合标准的,称为不合格品或不良品,检验后予以返工、返修、报废或降级使用处理。而医学装备的质量检验就是依据装备采购合同,按照有关标准、技术和检验程序,对装备进行检查、测试和试验,根据其结果确定是否接收的过程。

医学工程技术人员的检验验收工作涵盖了检验和验收两部分内容。其中,检验是指对实体的一个或多个特性进行测量、检查、试验或度量,并将结果与规定要求进行比较,以确定每项特性合格情况所进行的活动;而验收则是指医学工程技术人员对新采购装备进行的检验,确认合格后予以接收的活动。

### (二)检验验收的基本作用

1. 把关作用　这是检验验收最基本的作用。它自质量检验方法一出现时就存在,因此,不管是过去还是现在,即使是科学技术高度发展的将来,这种把关的作用仍然不可缺少。

这里所说的把关，即对所检验的装备作出是否满足规定要求的判定，防止不合格装备投入临床使用。具体地讲，就是对临床使用有风险的医学装备进行检验，把住质量关，不合格产品不接收、不使用。

2. 预防作用　这是现代检验验收与传统检验验收的一个重要区别。传统的检验验收是单纯的事后把关，而现代检验验收，在保持"事后把关"的基本功能上，还同时具有预防作用。具体说是通过对装备的检验，将质量问题信息反馈给装备供应厂商、质量管理机关或相关职能部门，分析、查找质量问题的原因，采取有效措施，解决存在的问题。利用检验信息，改进医学工程技术人员对使用过程的质量监督工作，促使装备质量控制部门和装备使用单位加强过程质量控制，采取预防和（或）纠正措施，防止风险事故发生。

3. 报告作用　通过装备检验所获得的客观证据，对装备质量状况作出合格与否的判定；为质量装备质量安全分析与评估提供信息，以便掌握装备质量动态及变化趋势；为医学工程技术人员确定工作重点和质量管理机关工作谋划提供参谋；通过客观评价和分析装备质量状态、装备使用单位的质量管理绩效，为管理机关提高管理水平提供帮助。

**（三）检验验收的基本要求**

1. 依据标准，严格把关　检验验收的实质是对装备作出符合性判定，因此，要作好装备检验验收中的把关工作，医学工程技术人员应熟悉验收装备的技术规范（技术条件），正确理解装备的各项性能要求及技术指标；掌握装备的原理和结构以及操作使用方法；熟悉检验用的量具、仪器、仪表及设备，并通晓其工作原理使用方法；并具备对获取的检测信息进行分析、判别和处理的综合素质。

2. 履行程序，明确职责　检验验收工作是一项保证装备质量的关键性工作，也是一项负有直接重大责任的工作。与质量监督工作相比，在检验验收工作中，各项工作的规定更为明确，程序更为具体，要求更为严格。因此，在检验验收工作中，必须严明工作纪律，特别强调按程序办事。医学工程技术人员在检验验收工作中，无论是应用质量检验还是新品验收，都必须坚决按规定的程序办事。不能强调情况特殊，省略工作步骤；更不能擅作主张，超越权限行事。

3. 监检结合，保证可追溯性　如上所述，检验验收工作不仅具有把关功能，而且具有预防作用。在检验验收中，要确立系统观念，注重监检结合。

**（四）检验验收的依据**

医学工程技术人员检验验收工作是一项政策性和技术性很强的工作。检验验收产品装备的质量、项目、内容、方法和接收准则等都必须严格符合规定，而所符合的"规定"就是依据。检验验收的依据主要包括：

1. 订货合同和协议的质量特性约束条件。

2. 供应商提供的装备技术文件承诺的技术性能指标。

3. 批准并经国家行政管理部门认可的国家标准、行业标准和企业标准。

4. 国家有关法规、规章。

**（五）对不合格产品的处置**

1. 医院对进口的仪器设备在到货后，必须按规定及时报请国家商检部门进行商检，如发现质量问题，应凭商检证书及时通过外贸进口公司向国外厂商索赔。

2. 对国内产品，如经检验发现质量问题，应及时与厂家联系，进行修复、换货或退货。

### 五、计量保证

计量是医学装备的技术基础。医院要认真贯彻执行国家计量法,提高全员法制计量意识。全面采用国际单位制,保证计量单位制的统一和仪器设备量值的准确可靠。建立医学装备技术经济效益评价和设备配置、档案和人员管理制度。医院要把强制检定、设备测试作为一项经常性工作落到实处。计量是医学装备的技术基础和手段,设备商检、安装、调试、验收都需要通过计量检测验收才能保证设备质量;设备在使用期间要依据国家计量有关规定,定期进行计量检测(未列入强制检定项目的医院可自检);修理后只有经计量再测试、校准合格后方能投入使用。计量是医学装备技术保证的核心。

### 六、建立有效的测量控制体系

测量控制体系是医学装备质量管理的重要保证。医院技术检测部门应建立测量控制体系,以通过控制测量设备和测量过程,把影响医疗质量的不准确测量所造成的风险降到最低程度。主要依据文件为《GB-T 19022—2003 测量管理体系 测量过程和测量设备的要求》(等同采用国际标准 ISO 10012:2003 测量管理体系测量过程和测量设备的要求)。

## 第五节　质量管理的主要法律依据

医学装备质量管理主要是根据国家和部门的有关法律、法规和技术规定,其主要法律依据是:

### 一、《国务院关于在我国统一实行法定计量单位的命令》

《国务院关于在我国统一实行法定计量单位的命令》于 1984 年公布,命令明确规定了我国的法定计量单位为国际单位制。

### 二、《中华人民共和国计量法》

《中华人民共和国计量法》是一部加强计量监督管理的法律文件。《计量法》的宗旨是为了保证计量单位制的统一和量值的准确可靠,有利于生产、贸易和科学技术的发展,适应社会主义现代化建设的需要,维护国家和人民的利益。

医学计量是国家计量领域的一个重要组成部分,由于关系到人民的身体健康和生命安全,医学装备必须实施定期计量检定。

### 三、《中华人民共和国标准化法》

《中华人民共和国标准化法》是一部加强标准化管理的文件。目的是为了发展社会主义商品经济,促进技术进步,改进产品质量,提高社会经济效益,维护国家和人民的利益,使标准化工作适应社会主义建设和发展对外经济关系的需要,它规定了产品统一的技术标准。

### 四、《中华人民共和国进出口商品检验法》

《中华人民共和国进出口商品检验法》是国家关于进出口商品实施商品检验的有关法律。医院对医学设备的进口必须依法进行商品检验。

## 五、《中华人民共和国产品质量法》

《中华人民共和国产品质量法》是一部加强对产品质量监督管理的国家法规。医学装备的质量必须符合质量法的质量要求。

## 六、《中华人民共和国招标投标法》

《中华人民共和国招标投标法》是一部规定对重大工程项目及有关重要设备、材料等的采购必须进行招标、投标的国家法律。医院应根据国家招标投标法，按照有关部门的具体规定，对购置的医学装备实施招标采购。

## 七、《大型医用设备配置与使用管理办法》

2004年12月31日，卫生部、国家发展和改革委员会、财政部为合理配置和有效使用大型医用设备，控制卫生费用过快增长，维护患者权益，促进卫生事业的健康发展，发布《大型医用设备配置与使用管理办法》（[2004]474号文件），对大型医用设备的管理实行配置规划和配置证制度。大型医用设备管理品目分为甲、乙两类，其管理品目由国务院卫生行政部门商有关部门确定、调整和公布。根据《大型医用设备配置与使用管理办法》规定，卫生部、国家发展和改革委员会又相继制定了《全国乙类大型医用设备配置规划指导意见》。

## 八、《医疗卫生机构仪器设备管理办法》

《医疗卫生机构仪器设备管理办法》主要是为加强医院设备管理，明确规定了医院管理机构在计划管理、购置、保管、计量、维修等方面的职责任务。该办法是保证医学装备质量，并对设备进行考核、评价的重要依据。

## 九、《医疗器械监督管理条例》

《医疗器械监督管理条例》是对境内从事医疗器械研制、生产、经营、使用、监督管理的国务院条例，条例规定对医疗设备实行分类管理；对境内外医疗器械经营实行医疗器械生产企业许可证和经营企业许可证的制度，要求医疗机构不得使用未经注册、无合格证明、过期、失效或者淘汰的医疗器械；要求医疗机构对一次性使用的医疗器械不得重复使用。使用过的一次性医疗器械，应当按照国家有关规定销毁，并作记录。

# 第六节　医学计量是医学装备质量管理的技术基础

医学装备的质量管理贯穿于设备运行寿命周期的全过程，渗透于医学装备管理的各个方面。本节将在一般性论述的基础上着重在计量管理方面进行论述。

在医疗卫生领域，计量测试的作用越来越突出。人体各种生命体征参数的获得是通过医学计量技术而实现的，现代医学对疾病的预防、诊断和治疗都离不开计量测试。对体温、血压、心电图、脑电图、CT、MRI的检查，对放射剂量以及各种化验，均属计量测试范围。计量技术是保证医学装备量值准确可靠的技术基础。如果医学量值失准就会导致试验结果出现错误，从而直接影响到诊断、治疗结果的准确性与有效性，计量参数超过阈值还可能会危及人的健康和生命。随着现代科学技术的发展，医学装备采用高新技术，测试水平不断提高,计量保证能力已成为医学科学技术发展的先决条件。医学要发展,计量须先行,如果计量技术基础不好,就很难适应现代医学的发展。

### 一、医学计量是科学诊断的保证

现代医学的特点是应用各类医学装备,即医学计量测试仪器对人体组织进行检测。通过对病理、药理的定量测试分析,以数据为依据,进行诊断与治疗。医生从简单地运用米尺、体重秤测量人体高度、体重,使用血压计、体温计测量人体血压、体温,到复杂的心电图、脑电图机对人体心、脑疾病的诊断,都是通过医学设备的检测而完成的。超声、CT、MRI、PET等将检测通过数据转换为图像。现代化影像设备的问世,使医学从形态诊断发展到功能诊断,医学装备已成为医学发展的重要工具和科学诊断的手段。

### 二、医学计量是药物治疗的科学依据

无论是中药还是西药,现代医学都是通过医学计量器具,对药物进行组分测定,药理检验,确定治疗范围、服药方法、药量及注意事项等,显然,只有计量器具准确一致,才能对药物进行正确测定。如果药剂容器和计量器具不准确一致,用药量就会偏离药典及处方规定的分量,轻者影响治疗效果,重者还会导致其他病变,甚至危及生命。例如东北某县制药厂生产的抗癌药物曾因天平失准而导致实验动物死亡。

### 三、医学计量是理化治疗的有效保证

在理化治疗方面,计量器具是应用现代技术进行治疗和控制的重要手段,超声波治疗机、激光治疗技术输出功率的测量及控制对治疗效果起着直接作用。钴疗机、后装机、直线加速器对肿瘤的放射治疗剂量更需要准确的照射剂量与控制,才能进行安全有效地治疗。例如1985年某省肿瘤防治所在使用加速器投照时,由于照射剂量超标8倍,而造成6人死亡,24人肢体溃烂致残的严重后果。

### 四、医学计量是生化检验分析的基础

生化检验分析方面,无论是血、尿、便、痰常规检验,还是生化分析,都离不开计量测试仪器。计量是医学检验分析仪器的基础。检验数据的准确与否,直接关系到诊断治疗的效果。

### 五、医学计量是抢救重危患者的重要参数

心脏起搏装置、心肺复苏设备、多参数生理监护仪对挽救生命垂危患者起着非常重要的作用,但是如果设备失准或损坏,如起搏能量超值或不足,呼吸压力值不准,监护参数有误,也会造成患者生命危机甚至加速其死亡。

# 第七节　计量概述

### 一、计量与计量学基本概念

计量是实现单位制统一、量值准确可靠的活动,是计量学的简称。

计量学是关于测量的科学,是研究测量、保证测量统一和准确的科学。计量学包括测量的理论和实践各个方面,不论其不确定度如何及用于何种科学技术领域。计量学研究量与单位、测量原理和方法、测量标准的建立和溯源、测量器具及其特性、与测量有关的法制、技术和行政管理。计量学也研究物理常量(常数)、标准物质和材料特性的测量。

## 二、计量发展简史

### (一) 计量的起源

计量源于测量,计量是人类文明的一个重要组成部分,计量的发展与人类社会活动密切相关。测量起源于生产力的发展,人们在进行商品交换、水利、农耕、建筑等改造自然的活动中,不仅发展了"测量器具",而且要求用同一标准,对同一物体在不同地点或由不同人测量,能得到一致的测量结果,这就是"计量"的起源。中国古代以布手知尺,在中国历史博物馆和上海博物馆陈列的两只商代象牙尺,分别为 15.78cm 和 15.80cm,基本与人手张开时拇指到示指间的距离相符。大禹使用的"规"、"矩"和"准绳",古埃及以法老胳膊长度为标准的腕尺(长 46cm),皆是我国和世界计量发展的物证。计量的法制管理起源于商品交换,古代所称"度量衡",就是人们生活中测量所需要的长度、容量和重量,亦即尺、斗、秤。有人将计量的初始阶段称之为古典计量阶段,这一阶段的计量是以人体、自然物体为基准的。

### (二) 计量的发展

1. 国际单位制的建立 随着社会生产力的发展和科学技术的进步,计量基准已经摆脱了以人体、自然物体为基准的简陋基准,而发展为国际单位制。国际单位制是 1960 年之后,在米制公约基础上建立的。米制公约是 1875 年为统一各个国家计量单位,消除贸易壁垒而制定的第一个技术性的国际公约,米制公约的签订是经典计量阶段的开始。米制是法国科学家推荐的按地球子午线长度的四分之一的千万分之一作为 1m,并用铂铱合金制成米原器,故称为米制。

1960 年第一届国际计量大会决定采用"国际单位制"(英文缩写 SI),它是以长度、质量、时间、电流、热力学温度、物质的量和发光强度等七个量作为新的使用计量单位的基础。国际单位制(SI)基本上反映了 20 世纪中叶的世界整体科学技术水平。SI 具有简明、实用、定义严格、一贯性、十进制等特点,得到了全世界的普遍接受、推广和应用。根据国际单位制还出现了计量基本标准体系。随着科学的进步和计量水平的提高,国际单位制也在不断地充实和完善,由于实物原器定义米的准确度已经不能满足计量的需要,促使最终在 1983 年用光速——基本物理常数来表述,今后有可能出现以基本物理常数为基础的计量基本标准体系。

2. 国家计量体系的建立 由于现代工业的发展和贸易的需要,引起一些国家对计量工作的重视,世界上最早的现代国家计量体系机构是成立于 1875 年的德国计量院(PTB)。20 世纪初期,俄英美日相继将一些零星分散的计量部门充实、扩展、组建成为国家计量机构。到 20 世纪末叶,大多数国家,特别是工业发达国家和新兴工业国家已经形成了一个比较完整的计量体系。新中国成立以来,我国计量工作取得了很大发展。1955 年成立了国家计量局,统一管理全国的计量工作,1959 年国务院发布了《统一计量制度的命令》,计量制度基本达到统一,改变了旧中国计量制度混乱的局面。建立了经济建设、国防建设和科学研究所急需的国家计量基准和计量标准,进行了量值传递,基本上统一了全国的量值。1991 年,国家技术监督局颁布了《强制检定的工作计量器具的有关规定》，将用于贸易结算、安全防护、医疗卫生、环境监测的工作计量器具列入强制检定目录。我国的计量体系已经基本上建立起来。

从国家计量研制、保存国家基准，一直到量值传递、溯源体系，基本上发生在20世纪。计量体系是伴随着现代工业的发展和需要而产生的，而国家计量体系机构的建立又进一步促进了科学技术和现代工业的蓬勃发展。20世纪是人类历史上科学技术最为发达的时期，各国计量体系的形成已成为当代科技发展的重要技术基础。近年来，随着经济全球化趋势的发展，又为计量事业提供了广阔的发展前景，一种国际证书的互认制度正在形成，它体现了经济发展的要求和人类社会的进步。

3. 法制计量体制的建立，形成了一门新的学科——计量学  法制计量是随着现代科学技术的发展和计量领域的扩大，由度量衡演变而来。过去的度量衡主要是指对尺斗秤量度的统一和管理，现在大部分西方国家的计量组织虽然仍沿用这一名称，叫度量衡局，但其性质和领域已经发生了根本变化。20世纪中叶，已逐步在度量衡的基础上发展为一门新兴的学科——计量学，计量学是关于测量的科学，它涵盖了有关测量理论和实践的各个方面。为保证计量在国家的全面实施和管理，各个国家都将计量列入法制管理，法制计量实现了计量单位的统一、保证了量值的准确可靠。所以，凡是以实现计量单位统一和量值准确可靠为目的的活动，包括技术、法制、管理活动，都属于计量的范围。

度量衡是法制计量的前身，现代计量已出现了许多新的领域，从简单的尺斗秤扩展到贸易、工业、科技、医学、环保和人身安全等许多新的领域。医学计量已经成为法制计量的一个重要分支，最早的医学计量对象仅限于戥秤、温度计和血压计，但现在医学计量的领域已在不断扩大。

## 三、现代计量学研究的内容

计量学是研究测量理论和实践的领域，是现代科学的一个重要组成部分。随着生产力、科学技术和商贸的发展，计量的概念和内容也在不断扩展和充实，计量已成为一门科学。现代计量学研究的内容主要包括测量单位、测量标准、测量方法、测量设备的计量特性、测量数据的处理、测量结果的表述、标准物质、物理常数、材料特性的确定以及计量管理与法制等。现代计量学在科技、生产、商贸、医药卫生和生活领域，已经突破了传统的物理量测量的范畴，逐步扩展到化学量和工程量，直至生理量和心理量的测量。可以说，一切可测量的量皆属于计量学研究的范围。

计量专业通常分为十大类，即几何量计量、热学计量、力学计量、电磁学计量、无线电电子学计量、时间频率计量、光学计量、化学计量、声学计量、电离辐射计量，通称十大计量。计量专业的划分是相对的，随着现代科技的发展，一些新的计量分支正在形成，如微电子、光电子、医学、环保等专业的计量。有的国家将电磁学、无线电电子学及时间频率计量划为一类，统称为电子计量。许多实际的校准、测试问题往往会涉及很多个计量专业领域。

在医学计量领域，根据医学装备的计量参数特性又可划分为：医用热学、生物力学、医用电磁学、医用生物化学、医用声学、医用超声学、医用光学、医用激光学、医用放射学等九个专业。对于医院中的大型医疗设备，由于其技术复杂，参数多、涉及数据采集和图像处理、操作复杂，采取了应用质量检测与评审的方法加以保障，但其所依据的仍然是计量检定的技术基础。

### 四、计量的基本特点

计量与其他学科相比,有其自身的特点:

#### (一) 统一性

计量的基本任务是保证单位和量值的统一。如果测量单位不统一或对同一被测物测量结果不一致,则会造成严重后果:现代化大生产的分工不可能实现,商品交流与国内外贸易受阻,科学成果水平无法评价,技术交流时没有共同语言。就医学计量而言,还会危及人的健康和生命。为了实现统一性,就必须强调量值的溯源性。所有医院使用的测量设备给出的量值都应能溯源到国家最高测量标准。

#### (二) 准确性

保证测量结果的准确是计量的重要任务。各项计量研究项目的目的可以说最终是要达到所预期的某种程度的准确性。为了保证测量的准确,就必须用测量标准去校准所用的测量设备,计量部门要用证书形式将每台测量设备的计量结果通知受检单位。

#### (三) 广泛性

在工农业生产、科学技术研究开发、国防建设、医疗防护、商品交换与贸易等方面都离不开定量的测量和分析,因此计量工作渗透到各个学科领域和国民经济的各个部门,也渗透到人们的日常生活,计量具有极其广泛的社会性。

#### (四) 法制性

由于计量在国民经济中的重要地位,为了实现全国计量单位的统一和全国量值的准确一致,维护人民的利益,我国对计量实行法制管理,国家制定和颁布了计量的法律、法令、条例、办法等一系列法制性文件,作为必须共同遵守的准则。

#### (五) 保障性

计量测试在医学装备的使用维护中具有明显的技术保障作用,计量测试的准确程度对医学科学技术的发展和医疗工作的开展具有十分重要的意义。

### 五、计量的法制管理

#### (一) 计量的法律和法规

1. 计量的法制管理　计量的法制管理是指国家用法律、法规对计量进行的监督和管理。

2. 计量法　《中华人民共和国计量法》是我国的计量法律。《计量法》于 1985 年 9 月 6 日由第六届全国人民代表大会常务委员会第十二次会议通过,以中华人民共和国主席第 28 号令正式公布,自 1986 年 7 月 1 日起施行。在中华人民共和国境内,凡在建立测量标准,进行计量检定、制造、修理、销售和使用测量器具等方面必须遵守计量法的法律规定。

3. 计量法规　为了实施计量法,由国务院批准的条例、办法等称为计量法规。例如,《中华人民共和国计量法实施细则》、《中华人民共和国强制检定的工作计量器具明细目录》、《国务院关于在我国统一实行法定计量单位的命令》等都属于我国的计量法规。

4. 计量技术法规　为了统一量值传递的方法,由国家计量行政部门制定的"国家计量检定系统表(又称溯源等级图)"、"国家计量检定规程"以及在各地区生效的由省、市、自治区政府计量行政部门制定的地方计量检定规程和在部门内生效的由各部门制定的计量检定规程和测量器具量传或溯源的等级图都称为计量技术法规。计量技术法规是计量检定工作的技术依据。《计量法》规定:计量检定必须按照计量检定系统表进行,计量检定必须执行计量检定规程,没有国家计量检定规程的,可执行部门或地方计量检定规程。

5. 计量规章制度　由各计量行政部门按照《计量法》及计量法实施细则的原则而制定的各种计量管理办法称为计量规章制度。计量规章制度是各部门、各单位针对实际情况为实施计量法而制定的更详细和具体的规定。

**(二) 测量标准和计量检定的法制管理**

1. 国家测量标准(又称国家计量基准)是统一全国量值的最高依据,由国家质量技术监督部门负责考核、批准和颁发证书。

2. 部门和企业、事业单位的测量标准由国务院有关部门和省、自治区、直辖市政府有关主管部门,根据本部门的特殊需要,建立本部门使用的测量标准。其各项最高测量标准经同级政府计量行政部门主持考核合格后使用。

企业、事业单位根据需要可以建立本单位使用的测量标准,其各项最高标准经有关的政府计量行政部门主持考核合格后使用。

3. 强制检定的范围《计量法》规定对以下测量标准或测量器具实行强制检定:

- 社会公用测量标准。
- 部门和企业、事业单位使用的最高测量标准。
- 用于贸易结算、安全防护、医疗卫生、环境监测方面列入"计量器具强制检定目录"的工作测量器具。

(1) 社会公用测量标准:社会公用测量标准是指经过政府计量行政部门考核、批准、授权,作为统一本地区量值依据,在社会上实施计量监督具有公证作用的测量标准,因量值不一致而发生纠纷时,可以依据该标准进行仲裁检定,其数据具有权威性和法律效力。

(2) 部门最高测量标准和企业、事业单位最高测量标准:部门最高测量标准是指省级以上有关行政主管部门,依法根据本部门的专业特点和使用需要建立的,作为统一本部门量值依据的测量标准。企业、事业单位最高测量标准是指企业、事业单位依法根据本单位生产、科研和经营管理需要而建立的,作为统一本单位量值依据的测量标准。

(3) 强制检定和非强制检定:强制检定是指列入强制检定范围的测量标准和测量器具必须定期定点地送往法定计量检定机构或经授权的计量技术机构检定。凡未按规定申请检定或检定不合格的不得使用,否则属于违法行为,必要时予以处罚。

各部门、各单位的最高测量标准必须强制检定,而属于非最高测量标准的工作标准、测量器具或测量配套设备不属于强制检定的范围。

部门和企、事业单位的最高测量标准的强制检定应由主持考核该项测量标准的政府计量行政部门规定的计量技术机构实施周期检定。

使用应强制检定的工作测量器具的单位,应向计量行政部门指定的计量检定机构申请检定,若当地不能检定的,则向指定的上一级计量检定机构申请检定。

非强制检定是指对强制检定范围以外的工作测量标准或工作测量器具,可由使用单位自行依法进行定期检定,本单位自己不能检定的,可送到有权开展量值传递工作的其他计量技术机构检定。非强制检定的测量标准和测量器具也应进行周期检定。

对同一种测量器具,由于用途不同,则管理要求也不尽相同。例如,水银温度计,如果在医院用做患者临床测体温用,属医疗卫生使用,应该强制检定;当用于生产线工艺控制时,属于非强制检定,但为了保证产品的质量也必须进行周期检定。

《计量法》规定:"对社会公用计量标准器具,部门和企业、事业单位使用的最高标准计量器具，以及用于贸易结算、安全防护、医疗卫生、环境监测方面的列入强制检定目录的工作计量器具实行强制检定。"1987 年国务院发布了《中华人民共和国强制检定的工作计量器具检定管理办法》，对用于贸易结算、安全防护、医疗卫生、环境监测方面的工作计量器具55 项 110 种列入强制检定项目，1999 年又增加了 4 种，两次共计 55 项 115 种。作为其重要组成部分的医学计量，是医药卫生现代化建设中的一项必不可少的技术基础。由于医学计量大都涉及人身健康和生命安全，在国家强制检定目录中医学计量器具及相关品种达 50 种，几乎占强制检定目录的一半（表 6-1）。

表 6-1 强制检定工作计量器具目录

（医学工作计量器具及相关设备）

| 项别 | 种别 | 项别 | 种别 | 项别 | 种别 |
|------|------|------|------|------|------|
| 尺 | 钢卷尺 | 场强计 | 场强计 | 听力计 | 听力计 |
| 玻璃液体温度计 | 玻璃液体温度计 | 心、脑电图仪 | 心电图仪 脑电图仪 | 酸度计 | 酸度计 血气酸碱平衡分析仪 |
| 体温计 | 玻璃体温计 其他体温计 | 照射量计（含医用辐射源） | 照射量计 医用辐射源 | 火焰光度 | 火焰光度计 |
| 砝码 | 砝码 定量铊 | 电离辐射防护仪 | 射线监测仪 照射量率仪 放射性个人剂量仪 | 比色计 | 滤光光电比色计 |
| | | | 表面污染仪 个人剂量仪 | | 荧光光电比色计 |
| 天平 | 天平 | 活度计 | 活度计 | 分光光度计 | 可见分光光度计 紫外分光光度计 红外分光光度计 荧光分光光度计 原子吸收分光光度计 |
| 秤 | 戥秤 电子秤 | 激光能量 | 激光能量计 | 水质污染监测仪 | 水质监测仪 水质综合分析仪 测氰仪 溶氧测定仪 |
| 流量计 | 气体流量计 | 功率计（含医用激光源） | 激光功率计 医用激光源 | 屈光度计 | 光度计 |
| 压力表 | 压力表 氧气表 | 超声功率计（含医用超声源） | 超声功率计 医用超声源 | 验光仪 | 光度计 验光镜片组 |
| 血压计 | 血压计 血压表 | 血细胞计数器 | 电子血胞计数器 | | |
| 眼压计 | 眼压计 | 声级计 | 声级计 | | |

# 第八节 医院计量机构的作用和任务

近年来,通过《计量法》的贯彻执行和计量意识的提高,促进了计量工作在医院中的开展,医院相继建立了计量机构,使计量工作延伸到医疗管理和科研工作的各个环节,逐步形成了医院的计量管理模式。

## 一、计量机构的作用

医院计量机构是医院测量控制体系的执行机构。其任务是组织协调医院各科室开展计量工作,实现对医院设备的计量确认和测量过程控制,把计量工作纳入法制管理的轨道,保证医学装备计量特性满足质量要求,为医疗提供准确、可靠的测量数据,提高医疗诊断质量,充分发挥计量的技术基础保证作用。

## 二、计量机构的任务

贯彻《计量法》,监督检查本部门执行情况医院计量机构是贯彻国家计量法的基层机构,是在当地政府行政计量部门监督和指导下,执行计量法令的职能部门。

宣传计量法规,提高全院人员的法制计量意识,增强执法、守法的自觉性。

负责测量设备(指医学设备,计量术语亦称计量器具,下同)的管理,对本院各科室测量设备按强制检定和非强制检定项目造册登记,归档管理。

对列入强制检定目录的工作计量器具实施周期检定,医院未建计量技术机构的,应按就地就近的原则,送当地计量技术机构检定,以保证量值的准确、可靠。对非强制检定的工作计量器具,可根据医院情况,实施自检或送检。保证设备的正常运转,对维修后的医学设备,必须经检定后才能投入使用。

## 三、计量机构的设置模式

医院计量机构的设置有多种模式,具体模式要根据医院条件和可能而设定。常见模式是在医院设置计量管理委员会和计量室。

### (一) 医院计量管理委员会

1. 组成 由医院主管院长、医务处、设备处(医学工程科)、临床科室和医技科室主要领导,组成医院计量管理委员会。

2. 职责

(1) 贯彻执行国家《计量法》和有关规章制度,推行国家法定计量单位,制定本院医学计量工作方针、政策和制度。

(2) 制定并组织实施本院医学计量工作计划、规划。

(3) 负责确定并实施本院测量控制体系。对体系进行审核和评审,监督纠正措施的执行。

(4) 组织建立本院计量室和必要的测量标准。

(5) 在主要科室设置计量监督员,组成医院计量监督队伍,实施对医院设备的定期计量检定。

(6) 建立计量工作奖励、处罚制度,并组织执行。

## (二) 医院计量室

计量室在主管院长的领导下,统管全院计量工作。业务管理的含义也包括技术管理,两者一体,否则各行其是,会给工作带来很多困难。

计量室应接受当地政府计量行政部门的监督检查。

1. 组成 以医院设备处(医学工程科)为基础,由有关科室的医学工程技术人员组成。

2. 职责

(1) 负责对全院医学设备的计量技术监督管理工作。

(2) 负责对全院设备的计量检测(应由政府计量部门授权)或组织定期送检工作。

(3) 负责对全院设备的技术档案管理,并按强检与非强检项目分类造册登记。

(4) 按测量控制体系要求开展工作。

## 四、计量管理制度

计量管理制度是医学计量管理保证体系的重要组成部分。制订计量管理制度的目的是为改善计量工作秩序,提高计量工作质量和计量管理水平,保证计量工作全面、正常地开展。

### (一) 计量管理实施办法

1. 计量室是医院主管计量工作的职能部门,在医院主管院长的领导下或主管院长委托院设备处(医学工程科)负责本院计量及监督工作。

2. 计量器具必须建账。填写"计量器具登记台账"和"计量器具登记卡"做到账、卡、物相符。强制计量器具还必须单独建账。

3. 各科室和个人使用的计量器具都要严格按照规程的规定或法定计量技术机构规定的时间送检。一般计量送检率要达到100%。

4. 需要购置计量器具的各科室及个人,必须通过计量室报送医院审批后方可购置。新购置的计量器具,必须具有产品合格证书和产品注册证明。

5. 计量器具的报废或降级,须经计量主管部门同意后实施。

6. 严格按照计量器具使用说明书使用、保养,以保证其准确性。

7. 无检定证书的或超过检定周期的计量器具一律不准使用。凡因违反操作程序要求,而造成损坏或医疗事故者,要追究个人和所在科室领导的经济责任或法律责任。

8. 计量器具要有专人保管、使用,若因故损坏仪器,应酌情赔偿。使用者因更换工作或调离工作岗位,应事先通知计量室办理移交手续。

9. 建立计量检定人员档案。内容包括:计量人员考核登记造册,检定人员简历,专业技术培训成绩及检定差错(事故)记录等。

10. 各科室要把计量器具管理摆在议事日程上,及时总结计量管理经验,并把计量工作作为考核科室和医务工作者的一项主要内容。

### (二) 主管院长计量管理职责

1. 主持医院计量工作会议,布置医院计量工作任务,检查各科室的计量工作,贯彻执行国家计量法律、法规,计量方针和政策。

2. 负责审批医院计量工作发展规划和管理制度,签署有关计量工作文件。

3. 考核医院计量主管部门工作和专职计量人员,审定各科室兼职计量人员的资格审查,考核及培训计划。

4. 审批医院计量工作年度总结,表扬先进,对违反计量法规、玩忽职守,造成事故的科室与个人给予批评甚至必要的惩罚。

**(三) 专职计量人员职责**

1. 贯彻实施《计量法》和有关《计量法》的方针政策,推行法定计量单位。负责本医院计量工作。

2. 负责医学计量器具的订货、验收,建立账卡,做到账、卡、物相符。组织量值传递,周期送检,监督维护,审查报废以及调节内部计量纠纷。

3. 负责为改进医学计量技术,计量测试方法,选用新型计量器具技术服务。

4. 对违反计量法规、计量制度造成损失的科室和个人,计量人员有权查清情况,向领导或主管部门提出处理意见。

5. 指导兼职计量人员工作,负责开展计量技术知识教育和培训。主持计量工作总结、评比,提出对基层单位或个人计量工作奖惩的建议。

**(四) 医院兼职计量管理人员职责**

1. 负责实施医院及上级主管部门的计量管理制度,宣传计量普及技术。

2. 负责本科室计量管理工作。熟悉各种计量器具性能及使用方法,掌握一般的维护、检查、校正方法。

3. 落实专职计量人员传达、布置的各项工作任务。

4. 协助专职计量人员作好计量器具的周期检定工作。

5. 参加本院召开的计量管理工作会议,及时反映在医疗和护理工作中发生的涉及计量的有关问题。

6. 负责本科室在用计量器具的查核、建卡、领用、维护登记和报废初审工作。

**(五) 计量器具管理制度**

1. 计量器具管理制度

(1) 全院计量器具必须统一编号,入册,经检定合格后方可使用。

(2) 严格执行计量周期检定制度,未经检定合格的计量器具不准使用。

(3) 新购进的计量器具必须经检定、合格后方可入库。领用新计量器具必须经计量人员登记检定后方可使用。

2. 计量器具周期检定制度

(1) 周期检定表可根据检定规程制定。

(2) 所有计量器具必须按照计量检定机构下达的周期检定日程表,送到指定的计量检定机构检定。

(3) 各科室必须严格执行周期检定表的规定,及时送检,逾期不送者,计量人员可向主管院长提出适当处罚的建议。

(4) 周期检定时,应作好原始记录,填写好计量器具履历卡。对一些仪器必须建立重复性和稳定性考核记录。

(5) 对国家规定的强制检定的计量器具,周期检定率应达到100%。

3. 计量器具抽检制度

(1) 计量室制定抽检计划,由计量人员负责实施。一般每季度进行一次,每次不得少于10%。

(2) 使用者接到抽检通知后,应在规定时间将计量器具送到计量室。

（3）认真填写抽检记录，若发现不合格，应立即停止使用，进行检修，检定合格后方可使用。

（4）计量人员应及时将抽检合格率及抽检中发现的问题上报主管院长及当地政府行政计量部门备案。

**（六）计量器具购置、流转和报废制度**

1. 计量器具的购置和流转

（1）医院购置计量器具应由计量人员提出意见后，报主管院长审核批准后采购。

（2）入库：凡外购计量器具进库前，应由仓库管理人员先进行数量验收后，将清单送交计量室作入库前检定或委托检定。

（3）发放：个人或科室需要领取计量器具，需经审批后，到计量室办理开单手续，否则，仓库有权拒绝办理。

（4）凡领取计量器具者应到计量室登记、编号、立卡，并领取计量合格证书。发现无证使用者，计量室有权收缴。

（5）因故调离或其他因素，不再使用的计量器具应到计量室办理上交手续。

（6）转科或移动计量器具，要到计量室备案后方可流转。

2. 报废制度

（1）长期使用丧失准确度无法修复或本身质量不良，或有其他故障，无法修理的计量器具，经院长批准后应予报废，并注销账卡。

（2）对人为损坏的计量器具，应视情节轻重，由计量室提出处理意见。

（3）报废的计量器具应由计量室集中统一处理。

（4）擅自使用报废的计量器具产生的一切后果，由使用人和所在科室负责人负责。

## 五、计量器具的维护保养

1. 对新购置的仪器，安装前必须熟悉一切安装要求及使用说明书所述有关事项，以免损坏仪器设备的准确度和发生意外事故。

2. 仪器安装地点要符合说明书对环境条件的要求。

3. 仪器安装完毕，应组织有关部门人员进行验收，并认真填写验收记录归档备用。

4. 仪器要建立台账并专人保管，操作人员要经过培训合格后方准使用。

5. 检查接地装置，以防漏电引起人身事故。

6. 制定符合该设备特点的维护保养制度和操作规程。

7. 使用完毕，及时断电。

8. 坚持卫生制度，保持设备清洁。

## 六、计量工作奖惩制度

1. 凡认真遵守计量法规和各项管理制度，在工作中做出成绩者，应给予表扬和奖励。

2. 凡是在检定中发生问题，应根据实际情况，由计量室报医院给予处理。

3. 对违反计量法规和计量管理制度发生事故者，各科室要进行教育，并视其情节，给以适当处分。

4. 因维修不当，而造成计量器具损坏，要分清责任，赔偿损失。

5. 各科室、个人不得擅自拆卸计量器具，如有发现，视情节给予教育、警告直至行政处分。

## 七、计量室业务管理

### (一) 建立计量器具名细表

计量器具名细表包括强制检定计量器具及一般计量器具(包括配套仪器)全院建总册,各科室建分册。通过计量器具的登记统计,不仅使全院仪器家底清,同时也为计量器具的管理提供方便。其内容包括:计量器具名称及型号,测量范围、准确度等级、分度值、出厂编号、生产厂家、出厂日期和备注等项(表6-2)。

**表6-2　××医院计量器具及配套仪器台账**

年　月　日

| 序号 | 计量器具名称 | 型号规格 | 准确度等级 | 分度值 | 测量范围 | 出厂编号 | 生产厂家 | 出厂年月 | 备注 |
|------|------|------|------|------|------|------|------|------|------|
| | | | | | | | | | |

### (二) 编制计量器具周期检定表

编制和执行本单位的计量器具周期检定表是很重要的工作,国家计量检定规程中规定的周期最长时间,对于使用频繁的工作计量器具应根据本单位的实际情况制定出本单位的检定周期。

对照计量器具及配套仪器台账,作好顺序编号,按计量器具使用情况及结构特点定出检定周期,然后编制周期检定日程表(表6-3)。一般都要根据实践结果,对周期检定表进行反复修订,以便适应本单位的情况,达到最好的效能和经济效益。

**表6-3　计量器具计量检定表**

科室名称　　　　　联系人

| 序号 | 计量器具名称及型号 | 测量范围 | 检定周期(月) | 检定单位 | 数量 | 检定日期 计划检定日期/计划检定数量 | | | | | | | | | | | | 备注 |
|------|------|------|------|------|------|---|---|---|---|---|---|---|---|---|---|---|---|------|
| | | | | | | 1月 | 2月 | 3月 | 4月 | 5月 | 6月 | 7月 | 8月 | 9月 | 10月 | 11月 | 12月 | |

### (三) 编制计量器具履历表

计量器具履历表的作用有:为修订计量器具检定周期提供充分依据;为总结经验,提高计量工作的质量和效率;为分析医疗质量、分清责任提供依据。

检定计量器具时,按照国家颁发的计量检定规程对每一种计量器具的外观及各部分相互作用、检定结论,故障情况等等都要从履历表中反映出来(表6-4)。

表6-4 ×××医院计量器具履历表

单位: 本室编号

| 计量器具名称 | | | 使用地点 | | |
|---|---|---|---|---|---|
| 准确度等级 | | 分度值 | | 测量范围 | |
| 出厂编号 | | 生产厂家 | | 出厂年月 | |
| 检定周期(月) | | 购置价格 | | 启用时间 | |

周期检定(送检)记录

| 序号 | 年 月 日 | 证书编号 | 检定结论 | 检定单位 | 检定员 |
|---|---|---|---|---|---|
| | | | | | |
| | | | | | |

| 维 修 记 录 | | | 事 故 记 录 | | |
|---|---|---|---|---|---|
| 日期 | 摘 要 | 维修人 | 日期 | 摘 要 | 事故人 |
| | | | | | |
| | | | | | |

| 报废记录 | 报废原因: | | 批准人 | |
|---|---|---|---|---|
| | | | 批准日期 | |
| | | | 报废报告编号 | |
| | | | 接收人 | |
| | 申请人: 年 月 日 | | 接收日期 | |

### (四) 编制检定系统表

《计量法》规定:"计量检定必须按照国家计量检定系统表进行"。检定系统表是医院法制性的计量技术文件。制定检定系统表的根本目的是为了保证工作计量器具具备应有的准确度,在此基础上考虑量值传递的合理性。即制定检定系统表时,各计量标准的等级要求,必须从工作计量器具开始,由下向上逐级确定。

检定系统表基本上是按照各类计量器具分别制定的,其主要内容有:计量基准、计量标准、工作计量器具(表6-5)。

编制计量检定系统表之后要组织实施,要组织全体计量人员深入学习,弄清从计量基准到计量器具之间如何传递,设置多少等级的计量标准才算合理,这些计量标准建立在哪些技术机构等,以便决定本部门的计量器具送到哪一级计量检定机构检定,这就组成量值传递系统图。使人们对计量器具的管理应送哪一级检定机构及用什么方法检定一目了然。

表 6-5 ×××计量检定系统表

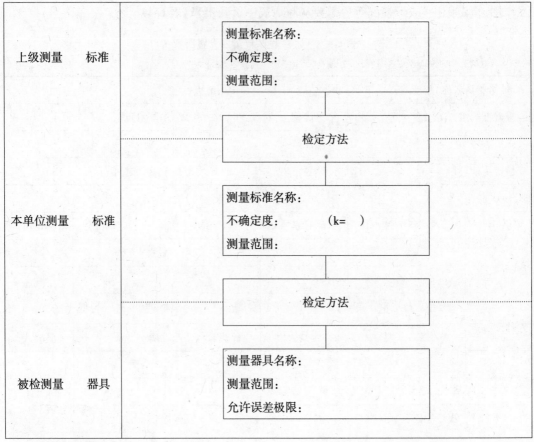

说明:k 为置信因子

### (五) 组织技术考核

医学计量人员应具备一般计量技术常识和操作技能,还应具备必要的医学基础知识。计量检定人员需经上一级计量机构考核发证后方准开展计量检定项目。

## 第九节 医院测量控制体系

ISO/IEC 17025:2005《检验和校准实验室能力认可准则》是国际标准化组织制定的适用于检验和校准实验室能力的准则,是证明其技术能力和所运作的有效性,以及证明实验室有能力出具有效的检验和校准结果的标准。

ISO 10012:2003《测量管理体系 测量过程和测量设备的要求》是目前国际上测量保证和计量管理方式的体现,是国际标准化组织以企业计量管理工作为核心的重要标准。我国推荐性标准为 GB/T 19022—2003《测量管理体系 测量过程和测量设备的要求》。

测量控制体系通过"计量确认过程"和"测量过程"实施控制,它既包括了对测量标准、标准物质的控制,也包括了对工作测量器具——医学测量设备的控制,因此,测量控制体系对于保证医学领域测量设备的计量特性也具有十分重要的现实意义。本节引用最新版本 ISO 10012:2003 阐述对医院医学装备的测量控制要求,以使医学装备质量保证逐步步入国际化质量管理的轨道。

医学装备的量值准确与否,直接影响对病情的诊断与治疗效果,关系到人民群众的身体健康和生命安全,建立医院测量控制体系,实施计量确认和测量过程控制,是实现医学装备质量要求的可靠保证。

## 一、建立测量控制体系的目的和作用

### （一）目的和作用

参照 ISO 10012—2003 测量管理体系测量过程和测量设备的要求,建立医院有效的测量控制体系,目的在于实现医学装备的质量目标,保证医学装备通过测量过程满足医学诊断治疗数据的准确、可靠,降低医疗风险,保证医疗质量。

测量控制体系所采用的方法是:从基本的测量设备的校准(检定)到测量设备的统计控制技术。

### （二）测量控制体系的总体要求

测量控制体系应能保证满足规定的计量要求,即最大允许误差、最大允许不确定度、测量范围、稳定性、分辨率、环境条件或操作技能要求。

1. 所有测量设备都应被计量确认。

2. 对重要的测量过程应加以监控,并保证长期处于受控状态,医院应对受控设备做出明确规定。

## 二、质量管理术语

### （一）测量控制体系

为完成质量确认并继续控制测量设备所必需的一组相互关联或相互作用的要素。

### （二）计量职能

组织中负责确定并实施测量控制体系的职能。

### （三）计量保证

用以保证计量可靠和适当的测量准确度的全部法规、技术手段及必要的各种运作。

### （四）测量器具

单独的或连同辅助仪器设备用以测量的装置。测量器具包括实物器具和测量仪器,在我国也称计量器具。测量器具在用途上又分为测量标准和工作测量器具,医学装备一般属工作测量器具。

### （五）测量设备

进行测量所需的测量器具、测量标准、标准物质、辅助设备及其技术资料的总称。从广义上讲,医学装备和对医学装备进行性能检测的设备都属于测量设备。

### （六）国际测量标准

经国际协议承认的测量标准,在国际上作为对有关量的其他测量标准定值的依据。在我国又称为国际计量标准。

### （七）国家测量标准

经国家决定承认的测量标准,在一个国家内作为对有关量的其他标准定值的依据。在我国又称为国家计量标准。

### （八）测量误差

测量结果减去被测量的真值。

### （九）测量器具的允许误差极限

对给定的测量器具,规范、规程等所允许的误差极限值。

### （十）溯源性

通过一条具有规定不确定度的不间断的比较链,使测量结果或标准的量值能够与规定的参照标准,通常是与国家测量标准或国际测量标准联系起来的特性。

### （十一）校准

在规定条件下,为确定测量仪器或测量系统所指示的量值,或实物量具或参考物质所代表的量值,与对应的由标准所赋现的量值之间关系的一组操作。

### （十二）检定

由法定计量技术机构确定并证实测量器具是否完全满足规定要求而做的全部工作。

1. 检定结果应对测量器具作出合格与不合格的结论。

2. 检定包括测量器具的示值与对应的测量标准所赋现的量值进行比较的一组操作。当它们偏差小于有关测量器具的检定规程、规范和标准中规定的最大允许误差视为合格。

### （十三）质量审核

为确定质量活动及其结果是否符合计划安排,以及这些安排是否有效地执行、是否适合于达到预定目标所作的系统的和独立的检查。

### （十四）质量体系评审

由最高管理者就质量方针和目标,对质量体系的现状和适应性进行的正式评价。

## 三、管理职责

### （一）建立医院测量控制体系

医院应制定维持并不断改进测量控制体系的文件,文件一经制定,不能随意改动,要保证文件的有效性和权威性。对不能满足计量要求,所造成的医疗风险和后果,应有足够的认识。

### （二）医院测量控制体系应满足患者对计量的要求

医院主管领导应确保将患者的需要和期望确定下来并转化成计量要求,并证明符合患者的要求。患者对计量的要求包括:对设备标准、技术规范的要求,对法律和法规设备安全性的要求,也包括患者对医院计量水平的要求。医院应能提供数据或标准文件满足患者要求。

### （三）制定医院工作质量目标

测量控制体系的工作质量目标应规定实施测量过程的程序和客观准则并对它们进行控制。工作质量目标应包括:

1. 体系能按规定的周期和时间完成医院所有装备的校准(检定)计量确认工作。

2. 体系保证确认的记录清楚而不能随意涂改。

3. 体系保证不能使用未经计量确认的测量设备。

4. 体系应制定减少设备停机时间的有效措施。

5. 根据管理评审结果,分析和纠正发现的问题。

### （四）资源管理要求

1. 人力资源管理　对人力资源的管理要求包括两个方面。一是提出对各类计量人员的职能和任务要求,二是对计量和临床使用人员的能力和培训要求,这里的各类计量人员包括计量管理人员、计量技术人员、临床使用人员以及在计量活动中的外部人员。

2. 信息资源管理　信息资源包括:程序、软件、记录、标识等。

(1) 对程序的要求:程序是指"为进行某项活动或进程所规定的途径"。程序包括管理程序和技术程序两种形式。程序要文件化,内容要详细、可靠,并保证能正确执行。程序修改要由经领导授权,具有资格的人员批准。技术程序可以依据国家、部门和地方公开发表的计量规程、技术标准、测量方法制定。

(2) 对软件的要求:医院软件主要指医院医学装备测量程序和测量结果计算中数据处理用软件。对软件的控制和使用应形成文件,修改程序要经有效性测试。软件使用前应被批准并存档。

(3) 对记录的要求:医院应建立并保存为运行测量控制体系所要求的信息的记录。应有文件化的程序以保证记录的编号、储存、防护、检索和处置,并规定保存期限。

(4) 对标识的要求:对测量控制体系的过程要素,应制定计量确认标记的使用和管理文件。计量确认标记应贴在设备正面或明显处。标记可以是不干胶,或带子系标签,或永久性标记。计量确认标记一般包括合格、限用、准用或禁用标签。不属于计量确认的设备应该与确认的设备标记清楚地区分开。

3. 物质资源　物质资源主要包括测量设备和环境设施。

(1) 对测量设备的要求

1) 对设备配置要求:医院应该配置与医院医疗任务相适应的,满足计量特性要求的设备。医院对所有测量设备进行登记,登记内容包括测量设备的计量特性在内的详细资料。

2) 设备的溯源与监控要求:医院设备应被校准(检定)、确认并在所要求的受控条件下使用,以保证测量结果的有效。

3) 设备的保存和维护要求:医院主管领导应制定接收、交接、搬运、保存和处置测量设备的程序文件,程序文件应贯彻实施并及时更新。

(2) 对环境条件要求:为保证测量结果的有效性,医院应对影响测量结果的环境温度、温度波动、湿度、照度、振动、洁净度、电磁干扰因素及有关设施要求形成文件并保证实施。

(3) 对提供设备和服务的外部供方的管理要求:医院主管领导应对外部为测量控制体系提供的产品和服务质量提出要求并形成文件。如果利用外部实验室进行校准服务,实验室应具备 ISO/IEC 17025 认证要求的技术服务能力。

## 四、测量控制体系的实施

在 ISO 9000 标准中,将"过程"定义为"一组将输入转换为输出的相互关联或相互作用的活动",并将"产品"定义为"过程的结果",可见"过程"的重要。在 ISO 9000 标准中提出的质量管理八原则之一为"过程方法"。并指出:将活动和相关联的资源作为过程进行管理,可以更高效地得到期望的结果。ISO 10012 测量控制体系依据这项原则提出了计量确认过程和测量过程。计量确认过程和测量过程是测量控制体系的核心。

### (一) 计量确认过程

1. 计量确认定义　计量确认是为保证测量设备处于能满足预期使用要求的状态所需要的一组操作。

计量确认通常包括校准(检定)、必要的调整或修理及随后的再校准(检定),以及要求的封缄和标签。

计量确认的目的是为了保证测量设备的计量特性能满足使用的要求。

2. 计量确认过程 计量确认过程的含义是把计量确认活动作为一个"过程"来对待。计量确认过程有两个输入:即使用者的使用要求和测量设备的计量特性。有一个输出,即测量设备的确认状态。

确认程序应包括为满足计量要求所需要的允许测量不确定度所要求的设备误差。

3. 确认间隔

(1) 应根据医学装备(包括测量标准)在测量过程中的记录,如稳定性、用途和使用情况等,在适当的时间间隔(通常是定期的)对其进行确认。计量确认间隔应能保证医院设备不超出允许误差极限。

(2) 对列入国家强制检定目录的医学装备,计量确认间隔一般按国家检定规程规定时间要求确定。

(3) 认为有必要,在计量确认间隔内可进行再校准(检定)。

**(二) 测量过程**

1. 测量过程定义 测量过程是确定量值的一组操作。测量过程亦即通常说的测量。

2. 测量过程的实施 医院应对每台医学装备使用要求的测量过程确定其性能特性,对其量化并进行监测和控制。性能特性包括:测量不确定度、稳定性、最大允许误差、重复性、复现性及操作者的技能水平。

3. 不合格设备的处理 有下列情况之一者,属不合格设备:

• 已经损坏;

• 过载或错误操作;

• 显示不正常;

• 功能出现疑问;

• 超过了规定的确认间隔;

• 封缄已被破坏。

(1) 不合格设备应隔离并给出明显标识,停止使用。

(2) 对多功能多参数医学设备,经证实能在一种或多种功能或量程内正常使用时,则在标签或标记上标明可使用的功能或量程,但应采取措施以防止在有故障的功能或量程内使用。

(3) 当发现设备不准确或有故障时,通常先进行调整、修理,直到又能准确工作为止,否则应考虑降级使用或报废。

(4) 当考虑以往测量有明显误差风险时,医院应采取纠正措施,并对以前测量诊断结果的有效性重新评估,直至追回患者重新诊断。

## 五、测量控制体系的分析与改进

### (一) 测量控制体系的审核

为确保测量控制体系的有效执行并符合要求,医院主管领导应组织进行测量控制体系的周期审核,一年一般安排 1 至 2 次,审核应由与被审核活动无关的人员进行。审核的结果应向医院上级领导报告,必要时要全院通报。

测量控制体系的审核计划和程序应用文件,根据审核结果和其他因素,诸如患者或有关单位的反馈意见,应组织评审,必要时进行修改以改进体系。所有测量控制体系的审核结果和对体系的修改应被记录。应组织研究不合格项的原因并提出纠正措施。

**（二）测量过程的监控**

被控制的过程应根据文件化的程序和规定的时间进行监控。体系应通过检测找出过程中的问题并采取纠正措施。

1. 测量过程的分析 对每一个要控制的测量过程,应识别要分析的过程要素,并规定要素的控制限。要素和控制限的选择应和出现不符合规定要求时产生的风险匹配。这些要素可能包括操作者的操作、设备、环境条件、影响量和所用方法等。例如,心电图的测量过程,可能选择定标电压作为分析要素。如果经检测定标电压准确,那就要分析电极的放置位置是否正确、电极与皮肤接触产生的极化电压、周围电子设备有无电磁干扰等环境条件。

2. 测量过程的改进措施 当发现有关的测量过程参数超过规定的控制限,或随后检查显示出一种不能接受的图形时,必须提出改进措施,使控制过程回到控制限以内,或确认仍维持在控制状态。

改进措施应形成文件。当测量过程的性能指标不能满足规定的要求时,改进措施应包括:

(1) 缩短测量过程的核查间隔或过程中所用设备的核查间隔;

(2) 修理或消除不稳定或不可靠的设备;

(3) 调整测量的延续时间;

(4) 降低测量结果的不确定度;

(5) 减少测量设备的最大允许误差;

(6) 增加被核查的影响量;

(7) 提高操作者技能水平;

(8) 设备重新定级。

**（三）测量控制体系的改进**

医院主管领导应通过对体系评审,制定计划,不断改进测量控制体系,使之日趋完善。

## 六、测量的实施

测量的实施是通过对测量结果不确定度的评定和溯源性是否符合计量要求而决定的。如果测量结果的不确定度在允许范围以内,其检测结果又能通过溯源链溯源到国家计量基准,则可被认为测量结果的准确。

**（一）测量不确定度**

1. 测量不确定度定义 测量不确定度是表征合理地赋予被测量值的分散性,与测量结果相关联的参数。

2. 关于测量不确定度的说明 测量不确定度是经典的误差理论发展和完善的产物,目的是为了澄清一些模糊的概念和便于使用。误差的定义是测量结果减去被测量的真值,按定义,误差应该是一个确定的值,但由于真值往往是不知道的,因此误差值无法准确得到。过去,给出测量结果的误差时,往往是通过误差分析给出一个测量值不能确定的范围,而不是真正的误差值。并且,在误差分析时,要区分随机误差和系统误差,要将随机误差和系统误差进行合成,在这类问题的处理上是不够严格和合理的。

"不确定度"的建议,是美国 NBS 的计量专家埃森哈特 1963 年首先提出,1980 年国际计量局在征求了 32 个国家的意见后,发出了向各国推荐使用测量不确定度的建议书,1981年该建议书由第 70 届国际计量委员会讨论通过并予以批准。为了促进在国际上的广泛应用,1986年国际计量委员会要求国际标准化组织起草一份推广应用测量不确定度的指南性文件,1993年以七个国际组织的名义联合发布了《测量不确定度表示指南》(简称GUM)。这七个组织是国际标准化组织(ISO)、国际电工委员会(IEC)、国际计量局(BIPM)、国际法制计量组织(OIML)、国际理论化学与应用化学联合会(IUPUC)、国际理论物理与应用物理联合会(IUPAP)、国际临床化学联合会(IFCC)。GUM采用当前国际通行的观点和方法,使设计测量的技术领域和部门可以用统一的准则对测量结果及其质量进行评定、表示和比较。实施GUM不仅是不同学科之间交往的需要,也是和国际接轨的需要。不确定度的评定和表示方法比经典的误差理论更为科学和实用,世界各国的计量界已经广泛采用,在出具校准证书、测试报告和技术报告中涉及测量结果时统一使用测量不确定度来表述。测量不确定度也适用于贸易结算、医疗卫生、安全防护、环境监测及资源测量领域的测量结果评价和国际学术技术交流。

3. 测量不确定度与测量误差的主要区别(表6-6)

表6-6 测量不确定度与测量误差的主要区别

| 序号 | 测量误差 | 测量不确定度 |
|---|---|---|
| 1 | 是一个有正号或负号的量值,其值为测量结果减去被测量的真值 | 是一个无符号的参数,用标准偏差或标准偏差的倍数表示该参数的值 |
| 2 | 误差表明测量结果偏离真值 | 测量不确定度表明测量值的分散性 |
| 3 | 误差是客观存在的,不以人的认识程度而改变 | 测量不确定度与人们对被测量和影响量及测量过程的认识有关 |
| 4 | 由于真值未知,往往不能准确得到测量误差的值,当用约定真值代替真值时,可以得到测量误差的估计值 | 测量不确定度可以由人们根据实验、资料、经验等信息评定,从而可以定量确定测量不确定度的值 |
| 5 | 测量误差按性质可分为随机误差和系统误差两类,按定义,随机误差和系统误差都是无穷多次测量时的理想概念 | 测量不确定度分量评定时一般不必区分其性质。若需要区分时应表述为:"由随机影响引入的测量不确定度分量"和"由系统影响引入的测量不确定度分量" |
| 6 | 已知系统误差的估计值时,可以对测量结果进行修正,得到已修正的测量结果 | 不能用测量不确定度对测量结果进行修正。已修正的测量结果的测量不确定度中应考虑修正不完善引入的测量不确定度分量 |

## (二) 溯源性

溯源性是通过一条具有规定不确定度的不间断的比较链,使测量结果或标准的量值能够与规定的参照标准,通常是与国家测量标准或国际测量标准联系起来的特性。医院要保证对医学装备溯源性的要求:

1. 所有测量都能通过国家计量校准实验室溯源到国际测量标准。如果不能通过国家计量校准实验室进行溯源时,或国际标准还没有建立,可采用由各方同意并有明确规定的参考标准进行校准,也可采用相互校准或比对方法。

2. 在计量确认过程中使用的所有测量标准都应附有证书、报告或数据资料,以证明其来源、日期、不确定度以及获得该结果时所处的环境条件,上述的每一份文件都应有被授权的人员的签字,以证明其内容的正确。

3. 医院应保存证明文件,保存时间应根据体系程序要求、规程要求或患者要求。

# 第十节 医学装备质量管理与质量控制管理规定

## 一、总体目标与要求

完善医学装备质量管理,是加强医疗机构质量管理体系的一项重要内容,它是保证临床医学装备量值准确可靠和安全有效,不断提高医学科学技术水平和医疗质量的重要保证。

医疗机构建立医学装备测试与评估实验室,保持医学装备始终处于良好技术状态的重要技术条件。其测试是指按照规定程序,由确定给定医学设备的一种或多种特性、进行处理或提供服务所组成的一组操作,评估是指对医学设备在给定医疗诊断和救治需求条件,其符合性、适应性、安全性、有效性的判定。

医学装备质量管理与质量控制应与医疗卫生机构质量管理相结合,以医学工程检测为技术基础开展工作。医学装备计量测试应保证计量单位制的统一和量值的准确可靠。

## 二、医学装备测试与评估实验室的责任与要求

为保证医学设备临床使用安全,医疗卫生机构应建立医学装备测试与评估实验室或医学工程部门。该实验室通过测试和评估医学设备的适用性、安全性和有效性以保证医院临床医学装备的质量要求。

### (一) 法律责任实体

医学装备测试与评估实验室或其所在组织应是一个能够承担法律责任的实体。实验室所在单位的领导重视检测工作,能解决实际问题。实验室负责人能全面负责检测管理工作和检测技术工作。

### (二) 组织形式与工作场所

医学测试与评估实验室应具有一定的组织形式,并设有工作场所,能承担规定范围内的医学检测管理和技术工作。

### (三) 工作职责

医学测试与评估实验室应规定医学检测人员的工作职责。

### (四) 出具数据

医学测试与评估实验室应保证出具的数据准确、客观、公正。

### (五) 自查与纠正

医学测试与评估实验室应定期对其检测工作进行自查,及时对发现的问题采取纠正措施,并通过验证或跟踪检查等方式,使不符合情况得到纠正。

### (六) 被检件的运转

医学测试与评估实验室应建立相应的规定和设施,以保证被检医学装备、部件在储存、处理和检测、校准过程中完好、无损。

### (七) 被检件的管理

医学测试与评估实验室应建立被检件或被校件的接收、发送的管理制度。

**（八）保守用户秘密**

医学测试与评估实验室应明文规定，保护用户利益。

**（九）安全和保密规定**

医学测试与评估实验室应有安全和保密规定，对于需要保密的文件、资料，证书及报告等，应确定其密级。

**（十）印章的使用和保管**

医学测试与评估实验室应有检测印章的使用、保存和管理制度。

**（十一）纠正措施和制度**

实验室应有对发现的问题采取纠正措施和制度。

**（十二）检测过程管理**

医学测试与评估实验室应建立相应的规定和设施，以保证被测试与评估医学设备、部件在储存、处理和检测、校准过程中完好、无损。

**（十三）不良事件报告制度**

实验室应建立医学设备危害事故和不良事件的报告制度。

## 三、测量标准和测量器具

医学测试与评估实验室应配置保证医学设备质量检测所必需的测量标准和配套设备。

**（一）测量设备流转管理**

医学测试与评估实验室所有测量标准和配套设备的管理、使用、维护应有规定，需要时，医学测试与评估实验室还应对测量设备的流转管理制定相应的规章。

**（二）标识管理**

医学测试与评估实验室对测量标准和测量器具（包括标准物质）及检测标识管理应有明文规定。

**（三）计量标识**

测量标准和测量器具应有明显的计量标识，以表明其所处的检定、检测、校准状态。标识一般分为合格（绿）、准用（橘黄）、限用（蓝）、禁用（红）等。

**（四）周期检定、校准制度**

测量标准和测量器具应有符合要求的周期检定、校准制度。必要时，应制定用前检定、校准的规章。

**（五）标准证书**

开展量值传递的测量标准必须具有《计量测量标准证书》，且在有效期内使用。

**（六）溯源性要求**

测量标准必须满足通过不间断的溯源链溯源到国家测量标准的溯源性要求。

**（七）计量测量标准技术报告**

测量标准应按规定要求编写《计量测量标准技术报告》。

**（八）测量标准技术要求**

测量标准及配套设备应满足所规定的技术要求，并且具有在有效期内的检定证书或有效的证明材料。

**（九）检测规程**

检定、校准、检测工作应按照现行有效的检定规程或校准方法或质量控制检测技术规范进行,自编的检定、校准或检测方法或检测技术规范需经审批后方可使用。

### (十) 测量范围和测量不确定度

每套测量标准的测量范围和测量不确定度(或允许误差极限)应满足量值传递的要求,并编制该标准溯源的测量器具等级图。

### (十一) 测量标准技术资料档案

每套测量标准应有完整的技术资料档案,其内容至少应包括:

1. 测量标准名称;
2. 档案目录;
3. 测量标准技术报告;
4. 仪器说明书;
5. 仪器履历本;
6. 操作规程或使用方法;
7. 有效期内历年的检定证书;
8. 检定规程、校准方法或测试方法;
9. 计量测量标准证书。

### (十二) 外场制度

测量标准用于外场时,应有相应的制度。

### (十三) 故障设备标识

医学测试与评估实验室应明文规定测量器具的故障、事故分析处理制度。有故障的测量器具,应立即停止使用,隔离存放,并有明确标识。

### (十四) 测量器具技术资料档案

每台测量器具应有技术资料档案,一般包括:

1. 测量器具名称;
2. 档案目录;
3. 仪器说明书;
4. 仪器履历本;
5. 操作规程或使用方法;
6. 最近 3 个周期的检定证书或有效的证明材料。

### (十五) 医学设备技术资料档案

每台医学设备应有技术资料档案,一般应包括:

1. 医学设备名称;
2. 档案目录;
3. 履历本;
4. 产品样本;
5. 采购论证报告;
6. 操作方法和维护说明;
7. 最近 3 个周期内的校准证书或测试报告。

### (十六) 医学设备技术资料档案保存

测量器具、医学设备的技术资料档案至少须保存到该设备报废;测量标准的技术资料档案至少须保存到该设备报废后两年。

## 四、记录、证书和报告

### (一) 记录、证书和报告的管理制度

医学测试与评估实验室应有记录、证书和报告的管理制度。必要时,还应制定计算机软件的管理制度。

### (二) 原始记录

检定、校准或检测的原始记录至少应包括:

1. 用户单位名称;

2. 被检定、校准或检测设备的名称、型号、序号(编号);

3. 测量标准的名称、测量范围和测量不确定度等信息;

4. 检定、校准或测试的环境条件;

5. 检定、校准或测试人员的数据和结论;

6. 检定、校准或测试人员、审核人员的签字;

7. 检定、校准或测试日期;

8. 相应证书、报告的编号。

### (三) 记录的修改

测试与评估记录要客观、真实。修改时,不应涂改,而应在错处划横线,把正确的写在横线上方,并有更改人的签章;严禁在事后补写、重抄原始记录。

### (四) 数据处理

数据的处理、表达和量的单位使用应符合规定。

### (五) 证书、报告

出具的测试与评估证书、报告应准确、清晰和客观,严禁涂改;必要时,应保留副本或复印件。证书、报告至少应包括以下内容:

1. 证书或报告的名称;

2. 唯一的编号;

3. 用户单位名称;

4. 被检件、被校件、被测件的名称、型号、序号(编号);

5. 测量标准的名称、测量范围和测量不确定度等信息;

6. 依据的检定规程、校准方法、质量控制检测技术规范等技术文件;

7. 检定、校准或检测日期、环境条件等;

8. 检定、校准或检测数据和结论;

9. 检测员、审核员和批准人的签字;

10. 页号、总页数及证书、报告结束处的终止号;

11. 检定、校准或检测专用印章。

### (六) 电子媒体记录

医学测试与评估实验室应有保护存入电子媒体记录的规定。一般应包括更改的授权、备份件的保留、对不允许更改部分的制度处理等,防止非授权接触或修改。

## 五、专职人员

医学测试与评估实验室应编配一定数量的专职检测技术人员。一般情况下,每一项测

试与评估标准或器具至少应编配 2 名专业技术人员。技术保障人员的数量也可通过下列技术保障人员的预计模型推算:

$$M = \left( \sum_{j=1}^{R} \sum_{i=1}^{K_j} N_j F_{ji} H_{ji} \right) \eta / H_0$$

式中:$M$——所需技术保障人员数;

$\quad\quad R$——技术保障的装备型号数;

$\quad\quad K_j$——$j$ 型号装备技术保障的项目数;

$\quad\quad N_j$——$j$ 型号装备的数量;

$\quad\quad F_{ji}$——$j$ 型号装备对第 $i$ 项技术保障工作的年均频次;

$\quad\quad H_{ji}$——完成 $j$ 型号装备第 $i$ 项技术保障工作所需的工时数;

$\quad\quad H_0$——年技术保障人员年 / 人规定完成的技术保障工时数;

$\quad\quad \eta$——技术保障修正系数(如考虑病假、其他非技术保障工作等所占用的时间,$\eta>1$)。

**(一) 检测人员**

医学测试与评估实验室的检测人员应满足检测管理和技术工作的要求。

**(二) 技术培训**

开展检定、校准、检测工作的人员应经过相应的专业技术培训,并经考核合格,取得相应证件或资质的人员;临床操作技术人员也必须经过专业技术培训,并经考核合格,取得相应证件或资质。从事测试与评估工作的专业技术人员应经过相应的专业技术培训,并经国家卫生行政管理部门授权的专业考核评定机构认证,取得执业准入资格。

**(三) 培训计划**

根据工作需要,每年应制定检测人员培训计划,并按计划执行。

**(四) 技术档案**

医学测试与评估实验室应保存检测人员的技术档案,技术档案至少应包括其学历、经历、培训、资格或技术职称等方面的内容。

## 六、设施和环境条件

**(一) 设施条件**

设施、场地以及能源、采光、温控和通风等设施应满足检定、校准或检测工作的要求。

**(二) 环境条件**

环境条件(温度、湿度、振动、电磁干扰、静电、电源、接地等)应满足检定、校准或检测工作的要求,并有相应的记录。

**(三) 控制条件**

对检定、校准或检测工作有影响的区域必须得到控制,并应采取有效的隔离措施。

**(四) 管理制度**

医学测试与评估实验室应有良好的内务管理制度。

## 七、测试与评估

实验室应按照医学设备的风险等级建立测试与评估制度。

**(一) 测试与评估要求**

一级风险的医学设备每次使用前应进行适应性、安全性、有效性测试与评估;

二级风险的医学设备每周应进行适应性、安全性、有效性测试与评估；

三级风险的医学设备每月应进行适应性、安全性、有效性测试与评估。

**（二）记录和报告要求**

测试评估的记录和报告应符合第四章记录、证书和报告的要求。

**（三）标示要求**

测试与评估后的医学设备应有安全性、有效性标识，内容至少应包括：

1. 医学设备的质量状态；

2. 使用过程中的约束条件；

3. 测试评估的日期；

4. 测试评估人员的签字；

**（四）测试与评估数据库**

实验室应建立医学设备测试评估数据库，定期对测试评估数据进行归纳、整理、分析。

**（五）归档管理**

测试评估过程中形成的所有技术资料应及时归档。

**（六）监控系统**

具有数据信息传递功能的医学设备在实验室应建立计算机网络适时监控系统。

# 第七章

# 医学装备的经济管理

随着我国社会主义市场经济体制的建立,适应其要求的卫生服务体系正在构建。医疗机构以非营利性医院为主体,营利性医院为辅助的格局逐渐形成,医院管理机制和运行机制亦在发生着深刻的变化,经济管理的地位和作用日趋明显。

医学装备的经济管理是医院管理的重要组成部分,它是在社会主义市场经济体制下,运用经济规律及方法对装备寿命周期全过程实施管理,以合理的成本,取得装备的最佳使用效益。

## 第一节 概 述

### 一、经济管理的意义

随着我国社会经济、文化的不断发展,人们对医疗保健服务的数量与质量需求日益增加和提高。基本医疗保健制度和医药卫生体制改革的总目标是:"用比较低廉的费用,提供比较优质的医疗服务,努力满足广大人民群众的基本医疗服务需要"。医学装备是医疗保健工作的物质基础,社会需求促使医院加大装备投入,不但要增加装备的数量,而且要更新和添置技术先进的装备,以提高医疗保健服务的质量和水平。

科学技术是第一生产力。随着科学技术的迅猛发展,医学装备更新换代速度加快,寿命周期缩短,特别是高科技、知识密集型智能化的大型医用设备,已成为医院诊断治疗疾病能力的重要标志。通常情况下,医学装备约占医院固定资产的 50% 左右,是医院资源的重要组成部分。上述现状,客观上要求医院尽快适应市场经济,并遵循经济规律,采用经济手段,对医学装备实施经济管理。

医学装备是现代医院物化劳动与活劳动的结合点,管理得当,可最大限度地发挥人和物的效能,经济效益明显,而且收效快。因此,加强医学装备经济管理,使这部分资产保值,进而增值,对医院的生存和发展具有重要意义。

### 二、经济管理的内容

医学装备经济管理的原则是以合理的投入,发挥装备最佳效能,获得尽可能大的社会效益和经济效益。

医学装备经济管理是对装备寿命周期全过程的管理,按时间顺序主要包括前期的市场调查研究,中期的运行管理,后期的残值回收和贯穿全过程的成本效益分析及内部审计。

## (一) 市场调查研究

前期,首要任务是进行市场调查研究,调查研究的目的是找准需求装备,把握投资方向。在我国社会主义市场经济体制逐步形成与发展时期,对拟引进装备进行市场调查研究,是区别与计划经济体制下医学装备管理的一项新的工作,是克服盲目购置、重复购置、避免浪费、保证投资获得正效益、减少或杜绝负效益的重要环节。

市场调查研究的内容主要有两个方面:一是医学装备需求的调查研究,包括社会需求,如在一定范围的地域内,当地经济及人们经济收入状况,收费标准、人口密度、患者数量及常发病、周边医院引进装备的现状及布局。二是拟引进装备的生产厂(商)家,装备的性能价格、安全性、先进性、寿命周期、售后服务、能源、材料消耗、环保要求、技术人员等。

## (二) 成本及效益预测

在市场调查研究的基础上,对拟购装备进行成本效益预测是决策引进装备的重要依据。成本效益预测其实质是对装备投入成本在充分考虑各种影响因素的情况下,与该装备可能产生的经济效益进行综合分析比较,预测出正负效益的资金盈亏数值,保证装备引进决策不失误。

## (三) 使用期的管理

装备引进后,经安装、调试、验收合格,即进入使用期,此期经济管理内容主要有:

1. 合同管理　装备合同包括经济合同和技术合同两部分,它是解决装备经济纠纷的法律凭证。签订合同时务必仔细审查,签订后务必妥善实行档案保管。特别是索赔期内,要使装备充分运行,以便及早发现问题,严格履行合同。

2. 财务管理　装备属固定资产管理范围者,应及时按装备的初始投入(购入价格、运输装卸费用、安装调试费用和进口装备的进口税金及商检等费用)凭发票入账、建卡(财务部门总账及一级明细分类账,财产管理部门二级明细分类账,使用部门建卡)。装备不足固定资产标准,属材料(低值品)者,要按财务制度规定记账管理。无论是固定资产或是材料,都应定期清产核资,做到账账相符,账卡相符,账物相符,保证医院资产不流失。

每年根据"医院专用设备提取年限表"的财务规定对装备进行折旧,按账面价值的一定比率提取修购基金。

3. 保证装备运行费　装备运行费主要包含能源、材料、药品消耗、保养维护及检修等费用。它是保证装备完好可用,延长装备寿命周期的重要条件,不可忽视。否则,发生不应有的停机或带"病"工作,将会造成较严重的经济损失和不良影响,甚至产生装备事故。

## (四) 残值回收

残值是装备失去现有使用价值,还可产生新的使用价值。如金属再加工成为新产品的材料等。装备残值多少,因装备不同,差异较大,平均为初始投入的 10% 左右。

装备按规定报废、报损后,应及时进行科学的分类处理,尽量提高残值回收率。处理时,少数需特殊管理的装备,如带有放射源的装备,必须严格按照国家有关规定执行。

## (五) 内部审计

审计是依法实施经济监督的一种重要手段。医学装备审计是医院内部审计的组成部分。审计内容包括财经法纪执行情况和经济效益。财经法纪审计主要是通过对装备实物清查(实物增减)和财务收支(资金增减)进行检查,监督医院遵纪守法,合理使用资源,以保证医院财产账物相符,完整保值。经济效益审计主要是通过对装备寿命周期全过程的经济活动进行检查、调查,而后综合分析,作出装备的经济效益评价并提出改进建议。

装备审计工作贯穿装备经济管理的全过程。现阶段,医院大多数实行内部审计,因此,装备管理部门要积极配合,实事求是地为审计部门提供有关信息;审计部门要主动熟悉医学装备管理的规律,注意收集审计信息,甚至参与重要的经济管理活动,如大型医用设备的可行性论证、采购、事故处理等。

## 三、经济管理的方法

### (一) 融资渠道

装备引进和运行,都需要强有力的资金保证,特别是引进大型精密贵重装备,初始投资量大,因此,装备经济管理的首要任务就是融资。现阶段融资主要有以下渠道:

1. 医院基金　随着医院改革的深化,医院收入(主要是业务收入)占医院总收入的比例会愈来愈大。因此,医院的发展基金中对装备的投资也应逐步提高,以保证医学装备的扩大再生产。

2. 政府投资　包括卫生事业费(含装备项目的专项资金)和科学研究费(争取到的政府投资的各类科学研究基金)。

3. 贷款　当医院急需装备又缺乏资金时,在医院无负债率(某一时点医院负债总额与医院资产总额之比,比率愈小,偿还能力愈强)或负债率容许的情况下,可以采取贷款方式筹措资金。

贷款有国内信贷和国际贷款。国内信贷由医院与选择的银行直接进行。国内信贷随机方便,但利率较高;国际贷款目前主要是世界银行贷款和国外政府贷款。国际贷款无利率或利率较低,但由政府统一管理,不能随机选择,特别是国外政府贷款,一般要求购买提供贷款国的产品,医院选择装备的自主权受较大限制。

4. 捐赠　利用医院优势,争取国内外企业、团体或个人的捐款或捐赠装备。

5. 折旧费和残值　在装备寿命周期内,将装备原值减去残值后的价值,按有效年限分期支出的费用即为装备折旧费。通常采用年限总折合法进行计算。

提取折旧费和回收残值,目的是让装备保值。待装备报废、报损后再新购同类装备,以保证再生产。

6. 实物融资　实物融资主要是指在装备初始投资时,医院无须一次性投资,采用装备租赁、有偿占用等方法,直接从所有权方获得装备,而后用装备产出的经济收入或科学研究成果对所有权方进行补偿。

实物融金的优势是可缓解医院财政流动资金不足,提前引进先进的医疗诊治装备(有关医学装备融资内容详见第八章)。

### (二) 合理配置资源

医学装备是经济资源。有限的经济资源与无限的需求是永恒的矛盾,合理配置资源是解决这一矛盾的前提和重要方法。装备配置合理就是有限的资源发挥了最大的效能。合理配置装备的关键是根据医院发展规划和医疗服务市场需求制定科学的装备年度计划。计划的失误是最大的浪费,后果极其严重。因此,年度计划要充分论证,准确作出需求评价和成本效益预测,排列轻重缓急,先后次序,根据经费可能逐步执行。严防盲目采购的短期行为,提高装备投入的效益。

### (三) 成本效益分析

装备成本指在装备寿命周期内投入的全部物质资源和劳动资源,并用货币计量:分为固定成本(维持医院重复生产必须支付的成本)和变动成本(维持医院重复生产和需要扩大再生产所追加的成本)。装备效益包括社会效益和经济效益。

成本效益分析是选好装备、合理分配装备、充分利用装备的常用方法。由于社会效益在微观上带有非经济性或不可能准确使用经济尺度进行计量的特征,因此,成本效益分析其实质是经济投入和经济效益的比较。它是装备经济管理的重要依据,但不是唯一的依据。

# 第二节　配置效率评估

资源配置效率(allocative efficiency)概念是由帕累托(Vilfredo Pareto)提出的。可以表述为"如果社会资源配置已经达到这样一种状态,即任何重新调整都不可能在不使其他任何人境况变坏的情况下,而使任何一个人的境况更好,那么这种资源配置的状况就是最佳的"。实现资源配置效率最大化(帕累托最优)的条件是配置在每一种物品(服务或劳务)上的资源的社会边际效益均等于社会边际成本。但是,现实生活中,帕累托效率不可能完全实现。帕累托效率准则的意义,在于提供了一种合理配置资源的判断标准。

从资源配置的层级看,配置效率可分为宏观层面、行业和企业三个层次。宏观经济意义上资源有效配置是指在合理经济机制作用下,实现资源在全社会的最合理分配,使资源的效用得到最大限度的发挥,并通过合理组织生产活动获得全社会产出的最大化。行业(或部门)资源有效配置是指在特定社会资源配置机制作用下,资源在产业内部的合理分配。主要有两层意义,其一,该行业能否高效和低成本地向社会提供消费者所需要的产品。其二,在各种制度和机制的安排下,资源能否流向行业内效率高的机构。机构层面的资源配置效率与技术效率相似,即各类资源在机构中能否得到合理安排和管理,实现成本一定时的产出最大化。

就医学装备而言,也可以从宏观、行业和机构层面分别考察其配置效率。其中,医学装备在不同地区、不同层级医疗机构之间的配置效率更具研究价值和实际意义。即通过分析医学装备配置在地区间、不同层级医疗机构间配置的合理性,对医学装备配置地区、机构存量进行比较和调整,以减少整个社会的资源消耗,并为消费者提供成本效益较高的服务。

## 一、医学装备配置效率的判断标准

帕累托效率从经济学角度为我们提供了一个判断资源配置是否有效的标准。它是衡量配置效率的基础标准。但在现实生活中,对资源配置有效性的判断不应仅仅局限于经济角度,因为在某些领域(如公共安全、公共事业等),如果仅以经济效率为标准,必然带来资源配置的不足,从而带来全社会的福利损失。因此,在市场失灵的领域,需要结合经济学、社会价值等综合判断,才能实现资源配置的合理化。

医学装备所属的医疗卫生服务行业,是广泛存在市场失灵的领域,且与公众福利高度相关。所以,研究其配置效率,需要结合卫生事业发展的目标,最大限度地调整医学装备在不同地区、不同层级医疗机构之间的配置,实现医学装备的真实需求量、合理利用量和标准供给量之间的动态平衡。

同时,医学装备配置是否有效是一个相对的概念,没有绝对的金标准,一般只能通过比较来衡量。并且,它是一个动态的概念,随着经济社会发展、医疗技术进步、疾病谱变化、健康水平和健康意识的不同,配置效率的标准也相应发生变化。

总体而言,判断医学装备配置的效率,应从社会效益、经济效益、不同层级机构间分布等角度综合衡量。

社会效益标准:这与医疗卫生行业的社会目标和一定的公益特性高度相关。医疗装备的社会效益指从经济学角度考察,可能投入产出比较差,但配置的结果,能满足居民卫生服务均等化、可及性等社会公共利益。如对老少边穷地区或者使用量较少的地区,就应从实现地区间卫生服务均等化的角度,来判断该地区是否需要配置某些医学装备。这种情况,就是更多地关注资源配置的社会效益。

经济效益标准:这与医疗服务领域兼具一定的市场经济性质有关。医疗服务市场是一个混合市场,同时存在市场失灵和竞争性。所以,在衡量配置效率时,也不能忽视医学装备配置的投入产出比。即某一地区,医学装备配置状况是否以一定的投入带来了尽量高的医疗服务质量和尽量好的医疗服务结果。这一判断结果将引导医学装备配置逐步向效率高的地区和机构流动。

医学装备在不同层级医疗机构的分布状况:这与医疗服务技术准入和发展相关。高层级的医疗机构,不仅服务半径大,服务人口多,有利于提高医学装备的经济效益。更重要的是,高层级医疗机构学科门类齐全,整体技术水平高,科室之间协作能力强,能更好地发挥医学装备的作用,同时也更能保证诊疗的规范和安全。

## 二、医学装备配置效率评估方法

国内外学者对配置效率有不同的研究方法,主要有以下五种:

### (一) 从机制角度分析医学装备配置效率

资源配置总是在一定机制下实现的。资源配置机制的科学合理是提高资源配置效率的基础性条件。因此,分析医学装备资源配置机制是分析资源配置效率的重要方法。

这类方法主要是以经济学理论为基础进行规范分析,集中回答市场主导还是政府主导的医学装备配置机制,何者更有效率? 通常认为市场配置机制更有利于提高效率,但是由于医学装备,特别是大型医学装备有较强的技术壁垒,医学装备市场是一个不完全竞争的市场,不能完全依靠市场配置机制保证医学装备的配置效率。

各国对医学装备在全国的布局、市场准入等实施严格的审批管理,同时制定严格的大型医用设备配置标准和设备购置审批制度、鼓励资源共享,提高设备利用效率等。如我国《大型医用设备配置与使用管理办法》、《全国乙类大型医用设备配置规划指导意见》和《乙类大型医用设备阶梯配置指导意见(2009—2011)》等就分别对上述内容进行了规范。

### (二) 比较分析法

大部分学者以定性分析方法为主,以医学装备资源配置规模、结构及运行模式作为指标,用横向比较方法(即以国外其他发展中国家或发达国家或以国内其他地区作为参照系)进行比较,或用不同时期的历史数据及对照国内外相似的医学装备配置阶段纵向地进行对照。从比较中找出差距、分析原因、寻求对策。例如通过分析不同地区 CT 和 MRI 等使用率和阳性率等,比较分析不同地区 CT 和 MRI 的配置效率。尽管此法比较简洁实用,但参照系或标准指标的可信度让人质疑,因为不同地区有自己特有的环境和条件,结果未必是可比的。但这一方法仍然是展开深入分析的基础和前提。

### (三) 现场调查结合专家咨询法

针对一定类别的大型医学装备,请国内专家测算推出相应设备如 CT、MRI、DSA、SPECT、LA 等大型医用设备单机工作量和工作量建议值,对这些设备配置与运行状况调查数据进行分析,从而衡量这类医学装备的利用效率和配置合理性。

这种方法的优点在于简单易行,有利于推广,缺点是严重依赖专家咨询的意见,质量好坏很大程度上依赖于专家的资质。

### (四) 配置能力分析法

配置能力分析这一方法的思路很简洁,试图构建一个能力指标来直接分析区域资源配置效率。为了量化区域医学装备资源配置能力,同时通过区域之间的横向比较揭示医学装备资源配置过程中存在的问题,在综合评价中,采用线性加权方法。即科技资源配置能力指数 $I_A$:

$$I_A = \frac{1}{m} \sum_j^m \sum_1^n w_{ij} x_{ij}$$

式中 $w_{ij}$、$x_{ij}$ 分别代表某地区各基础指标的权重和标准化值;$i$ 和 $j$ 分别代表基层指标和其上一级指标的某一类别(对应资源配置规模、结构)。

如果 $X_{ij}$ 为正向指标,则标准化公式为:

$$x_{ij} = \frac{X_{ij} - X_{ij(\min)}}{X_{ij(\max)} - X_{ij(\min)}}$$

如果 $X_{ij}$ 为逆向指标,则标准化公式为:

$$x_{ij} = \frac{X_{ij(\max)} - X_{ij}}{X_{ij(\max)} - X_{ij(\min)}}$$

$X_{ij(\max)}$、$X_{ij(\min)}$ 分别代表各地区医学装配配置中第 $i$ 个指标的最大、最小值。

虽然用此方法来表述很清楚,但在操作上还是存在指标的代表性及信息失真导致结果的可信度受到质疑。

### (五) 数据包络分析(data envelopment analysis)法

数据包络分析方法为目前在卫生经济学界广泛使用的方法。从起源上说,数据包络分析法主要用于分析卫生机构技术效率,但在实际工作中,也有学者应用数据包络分析方法分析军队医院系统的配置效率。目前还没有发现用数据包络分析方法分析医学装备配置效率的研究。

数据包络分析是一种非参数、确定性的计量经济学分析方法,主要运用线性规划技术,求得决策单元的效率评分。通常用来分析决策单元确定性的生产或成本的前沿,测量决策单元的技术效率和配置效率以及规模收益。分析配置效率的经典模型为 CCR 模型。其模型形式如下所示:

$$
\begin{cases}
min^\theta = V_D \\
s.t. \sum_{i=1}^n X_i \lambda_i + s^- = \theta X_0 \\
\sum_{i=1}^n Y_i \lambda_i - s^+ = Y_0 \\
\lambda_i \geq 0; j = 1, 2, \cdots, n; s^- \geq 0; s^- \geq 0
\end{cases}
$$

其中,$X$ 代表决策单元的投入,$Y$ 代表决策单元的产出,$s^+$ 和 $s^-$ 是松弛变量,$\theta$ 是决策单元的效率得分。

应用数据包络分析方法时,需要注意两个问题:一是决策单元与投入产出指标选择的条件十分严格。在选择被评价决策单元时,应该注意决策单元的数目不能太少,并且决策单元之间具有可比性,为保证可比性,可以应用病例构成指数、质量调整指数、风险调整指数、消费者价格指数、竞争压力指数指标等方法消除差异。另外,选择的投入、产出指标应具有可靠性、可度量性,绝对指标和相对指标搭配合理,主要选择绝对指标。二是数据包络分析 G 测量的是决策单元的相对效率。在抽样样本评价中有效率的决策单元仍然可能是低效率的,因此,测量结果的应用要慎重。

### 三、我国医学装备配置效率分析

根据卫生部财务年报资料,依据 2000 年和 2008 年专业设备资金在中部、东部和西部地区以及在城市医院、县医院、乡卫生院分配的变动情况,分析我国目前医学装备配置趋势。

#### (一)价值形态的医学装备配置

1. 医学装备在不同地区之间的配置变动趋势(表 7-1)

表 7-1 2000 年和 2008 年专业设备资金在不同地区的构成比(%)*

| 地区 | 2000 年 | 2008 年 |
|------|---------|---------|
| 东部 | 53.40 | 50.16 |
| 中部 | 27.75 | 28.61 |
| 西部 | 18.85 | 21.23 |
| 合计 | 100.00 | 100.00 |

*资料来源:2000、2008 年全国卫生财务决算年报资料(不包含上海市)

表 7-1 表明,尽管地区间专业设备配置依然不平衡,东部地区占了医学专业设备总资金的 50% 以上,但是,专业设备资金已经有从东部地区向中部和西部地区流动的趋势。与 2000 年相比,2008 年东部地区所占份额有所减小,中西部地区所占份额有扩大的趋势。

这一趋势表明,医学装备配置不单纯是市场配置的结果,而是与政府投入政策紧密相连。从经济发展水平、人口密度和人口流向等各因素分析,如果按照市场配置原则,医学装备应该进一步向东部地区集中,但是实际情况与此相反。近年来,中央政府对中西部、特别是西部地区的扶持力度加大,向这些地区安排了较多的医学专业设备配置专项资金,因此,西部地区专业设备增长速度最快。

资源配置在地区间的优化原则要求将资源配置到相对更稀缺的地区,提高资源的边际效益,从而增加整个社会福利。医学装备资源配置与卫生服务目标有较强的相关关系,评价地区间资源配置效率标准应更多地考虑卫生服务需要和可及性。中西部地区占有我国 86% 的面积和近 60% 的人口,而目前仅拥有不到 50% 的医学专用设备,因此,专业设备继续适度向中西部地区流动有利于改善配置效率。

2. 近 10 年来医学装备在不同层级医院之间的配置变动趋势(表 7-2)

表 7-2  2000 年和 2008 年专业设备资金在不同层级医疗机构的构成比（%）*

| 医院层级 | 2000 年 | 2008 年 |
|---|---|---|
| 城市医院 | 62.66 | 63.30 |
| 县医院 | 25.71 | 26.90 |
| 乡镇卫生院 | 11.63 | 9.80 |
| 合计 | 100.00 | 100.00 |

*资料来源：2000、2008 年全国卫生财务决算年报资料（不包含上海市）

从表 7-2 可以看出，近 10 年来，价值形态的医学专业设备配置在不同级别医疗机构间的比例基本稳定，略有向高层级医疗机构集中的趋势。城市医院和县医院专业设备资金所占份额均有所加大，而乡镇卫生院所占份额缩小的趋势比较明显。从增长速度看，城市医院、县医院和乡镇卫生院年均专业设备资金增长速度分别为 16.99%、17.49% 和 14.38%，卫生院专业设备资金增长速度最慢。

专业设备在不同层级医疗机构之间的配置需同时考虑两方面的因素。一方面有利于降低医学专业设备相关服务项目的平均成本；另一方面有利于划分各层级医疗机构之间的职责，提高卫生服务系统的整体效率。

一般来说，高层级医疗机构水平更高，更能吸引患者，因此技术效率更高，有利于降低服务成本；而低层级医疗机构的职能主要是提供基本卫生服务，基本只需要小型医学设备，高层级医疗机构提供第二、第三级服务，需要大型医学设备。

因此，可以认为，目前出现的专业设备逐步向高层级医疗机构集中有利于提高设备配置效率，也有利于促进各层级医疗机构间功能定位的优化。

**（二）实物形态的医学装备配置**

受数据来源所限，我们仅列示 2008 年实物形态的大型医学设备在不同层级机构间的配置现状（表 7-3）。

表 7-3  2008 年大型医学设备在不同层级医疗机构之间配置现状（台）*

| 设备名称 | 城市医院 | 县医院 | 社区卫生机构 | 乡镇卫生院 |
|---|---|---|---|---|
| PET-CT | 75 | 40 | 0 | 0 |
| γ 刀 | 43 | 7 | 0 | 7 |
| MM50 | 10 | 11 | 0 | 2 |
| 质子治疗系统 | 4 | 3 | 0 | 0 |
| CT | 4548 | 2741 | 45 | 548 |
| MRI | 2113 | 1948 | 44 | 515 |
| DSA | 867 | 493 | 0 | 19 |
| SPECT | 283 | 26 | 0 | 1 |
| LA | 431 | 86 | 0 | 2 |

*资料来源：2008 年全国卫生财务决算年报资料

从表 7-3 可以看出,大部分价值高、专业性强的设备集中配置在医学水平相对较高、承担重症救治、服务对象较广的城市医院中。县医院也占有了较多的大型医疗设备,这对于发挥县医院在农村卫生服务体系中的龙头作用,提高农村居民医疗服务利用的可及性,降低农民就医经济负担,具有重要意义。在社区卫生机构和乡镇卫生院,除了 CT 和 MRI 这两种最常见的大型设备外,很少配置大型医学设备。

因此,从实物形态大型设备的机构配置现状看,我国大型医疗设备配置,总体上符合配置效率原则,遵循了大型医疗设备配置的成本效益原则,也与不同层级医疗机构的功能定位相适应,有利于实现医疗服务体系的整体效率。

# 第三节　技术效率评估

技术效率(technical efficiency)是评价医院服务系统的重要组成部分。人们对技术效率有着不同的认识和理解。有人认为技术效率可以表示为"从任何给定的投入组合中获得的最大产出"。如一家医院的规模比其所服务地区的需求大,这家医院就为技术无效率(technical inefficiency)。1991 年,Pass 等认为技术效率就是既定产量的生产要素投入组合的最佳状态。1999 年,Folland 等认为技术效率是指生产既定投入组合产出最多。Hossey认为技术效率是指既定产出的成本最小或既定投入的产出最大。尽管不同研究者对技术效率的定义不尽相同,但总的来说,均强调技术效率是资源约束条件下的产出最大化,强调投入产出分析。

一般来说,技术效率评估属于微观层面的效率评估,用于测量每个决策单元的投入产出关系。当得到相同数量的产出而生产投入最少或者使用相同的生产投入获得的产出最大时,决策单元达到了技术效率。对医学装备而言,技术效率主要是测量医学装备每单位产出所需成本与前沿成本的差距。

技术效率是评估医学装备服务负荷程度、潜力、供给合理性和分布合理性的一项敏感指标,也是当前医院评估中研究的热点和难点问题。提高医院技术效率,建立适宜、安全和高效率的医学装备系统,以效率性、经济型增长方式,提高人们的健康程度,促进医院持续发展。

## 一、医学装备技术效率评估步骤

### (一) 确定技术评估的医学装备品目、目的和需要解决的关键问题

首先要确定需要技术评估的医学装备品目,但确定评估目的也至关重要,因为目的不同采用的方法也不同。同时还要抓准需要解决的关键问题,去确定评估的重点和方面。

### (二) 查阅资料

评估医学装备品目及目的确定后,就需查阅国内外有关这个品目装备资料。如其发生发展的背景、国内外应用情况、有关评估资料、提出一些什么问题,推广应用情况等。

### (三) 确定评估方案

确定评估方法和内容,评估时间安排、人员及分工、经费等。

### (四) 撰写评估报告

根据确定的目的和需要解决的关键问题,写出评估报告,包括医学装备的技术性、有效性、安全性、经济性和可能发生的社会影响等,提出政策性建议供决策部门参考。

**（五）评估结果的应用**

评估是手段不是目的，把评估的结果推广应用，产生经济和社会效益，才是评估的目的。

## 二、医学装备技术效率评估方法和相关因素分析

**（一）医学装备技术效率评估方法**

医学装备技术效率评估可用两种方法表达：

1. 功效（能力）利用率　医学装备工作时，其工作的功效，占其总功效的百分比。如某医院有一台 MRI，一天可检查 40 人次（Y），而实际只检查了 30 人次（$Y_1$），其功效利用率（$R_1$）为：

$$R_1 = (30/40) \times 100\% = 75\%$$

时段可由评定者根据医学装备不同情况选择，可以是时、分、秒、天、月、年等。但一般时段不宜太短。以年为例：

医学装备的年功率（能力）利用率 = 医学装备的年实际工作量 /（日最高工作量 × 全年开机天数）× 100%。

2. 单位时间功效（功能）　医学装备在单位时间（T）内可完成的工作量（S）。如某医院在急诊科装备一台 18 项 3 分类，每小时（T）可作 60 个样本（$S_1$）的全自动血细胞分类计数仪；医院又在检验中心装备了一台 18 项 3 分类，每小时（T）可作 120 个样本（S）的全自动血细胞分类计数仪。则可以认为门诊全自动血细胞分类计数仪的每小时的工作功效（能力）只为检验中心一台每小时功效的 50%，其计算为：

$$R_1/R_2 = \frac{S_1/T_1}{S_1/T_1} \times 100\% = \frac{600 \text{个样本} /1 \text{小时}}{120 \text{个样本} /1 \text{小时}} \times 100\% = 50\%$$

此种评估方法，在同种类医学装备同条件时评估中很有用，简单易行。

**（二）医学装备技术效率与其他因素的关系**

1. 与经济效益的关系　在相同条件下，医学装备的技术效率越高，其经济效益也越好。从表 7-4 中影响医院效益的三大影像装备的初始投资收回期，可以看出技术效率与回收期的关系。

表 7-4　MRI，CT 和 B 超成本回收期表

| 装备名称 | 购置经费（万元） | 年收入（万元） | 成本收回期 |
|---|---|---|---|
| MRI | 1400 | 700 元 / 人次 ×40 人次 / 天 ×20 天 / 月 ×12 月 / 年 =672 | 2 年多 |
| CT | 1000 | 300 元 / 人次 ×50 人次 / 天 ×20 天 / 月 ×12 月 / 年 =360 | 近 3 年 |
| B 超 | 40 | 30 元 / 人次 ×60 人次 / 天 ×20 天 / 月 ×12 月 / 年 =43 | 1 年 |

资料来源：世界医疗器械，2000（5）：96

从表 7-4 可以看出这三种医学装备初始投资成本回收是比较快的，特别是"B 超"不到一年就可收回初始投资成本。当然此表计算中只计算了初始投资成本。因此实际回收期要比表列时间长一些。若将其中 MRI 利用率提高 10%（44 人次 / 天）、其初始投资成本回收期就可提高为 21 个月。

2. 与社会对医学装备的知晓率和信任度的关系　现在医学装备发展极快，它们大都与现代新技术结合，存在适宜、适度、技术等问题，应用不当会给患者造成损伤或死亡。因此人们对它的认知有一个过程。如 1951 年 Leksell 教授首次提出"立体定向外科"概念，1967

年由 Leksell 教授与生物物理学家 Larsson 共同制出第一代伽马刀,1987 年通过 FDA 认证。1984 年第三代伽马刀问世,机械误差减少到 ±0.1mm。用于治疗神经外科疾病,是当今世界上治疗颅内肿瘤和血管畸形的新技术,手术无创,治疗时患者无痛苦、清醒,无开颅手术的并发症。但也是世界最昂贵的医学装备之一,治疗费用要 3 万元左右,若适应证选择不当将会给患者造成终生伤害甚至死亡。其真正得到社会信任约在 1997 年,当时全世界已装备 84 台,累计治疗患者 78 000 例。详细情况见表 7-5:

表 7-5　世界伽马刀使用情况表

| 年份 | 累计台数 | 年病例数 | 累计病例数 | 平均每台病例数 |
|------|----------|----------|------------|----------------|
| 1988 | 5 | 500 | 2190 | 100 |
| 1989 | 10 | 950 | 3140 | 95 |
| 1990 | 13 | 1570 | 4710 | 121 |
| 1991 | 22 | 2253 | 6963 | 103 |
| 1992 | 32 | 4341 | 11 304 | 136 |
| 1993 | 46 | 5437 | 16 741 | 118 |
| 1994 | 56 | 10 632 | 27 373 | 190 |
| 1995 | 70 | 13 727 | 41 100 | 196 |
| 1996 | 78 | 17 666 | 58 766 | 227 |
| 1997 | 84 | 19 234 | 78 000 | 229 |

资料来源:中国医院采购指南,1999 年

我国 1992 年开始装备,到 1994 年就达 13 台,后来由于国家卫生部等进行调控,直到 1999 年仍为 13 台,累计治疗患者 7000 例。

3. 与社会效益的关系　技术效率有时是与社会效益不一致的。有的医学装备在某个医院利用效率不高,但从诊治疾病来说是急需的。因此医院从其宗旨出发应该装备,如血气分析仪,可以准确反映患者呼吸功能,体内酸碱状态及机体代谢情况,对指导重危疾病的治疗,以及治疗后的效果起着重要作用。因此很多医院均有此项装备,以某市某医院血气分析仪为例,每天样本量并不大。见表 7-6。

表 7-6　某市某医院 1991—2000 年每月送检血气标本分布(例)

| | 1991 年 | 1992 年 | 1993 年 | 1994 年 | 1995 年 | 1996 年 | 1997 年 | 1998 年 | 1999 年 | 2000 年 | 合计 |
|------|---------|---------|---------|---------|---------|---------|---------|---------|---------|---------|------|
| 1 月 | 419 | 449 | 216 | 244 | 325 | 427 | 429 | 378 | 356 | 422 | 3665 |
| 2 月 | 261 | 401 | 347 | 282 | 314 | 343 | 303 | 340 | 375 | 345 | 3311 |
| 3 月 | 293 | 332 | 322 | 298 | 338 | 349 | 399 | 443 | 413 | 390 | 3577 |
| 4 月 | 261 | 257 | 454 | 282 | 376 | 366 | 423 | 387 | 409 | 348 | 3563 |
| 5 月 | 297 | 245 | 262 | 272 | 314 | 341 | 444 | 283 | 344 | 369 | 3171 |
| 6 月 | 245 | 287 | 215 | 236 | 264 | 323 | 280 | 400 | 342 | 276 | 2868 |
| 7 月 | 185 | 248 | 183 | 250 | 219 | 241 | 304 | 373 | 396 | 412 | 2811 |
| 8 月 | 223 | 188 | 207 | 255 | 239 | 229 | 307 | 356 | 340 | 327 | 2671 |

续表

|  | 1991 年 | 1992 年 | 1993 年 | 1994 年 | 1995 年 | 1996 年 | 1997 年 | 1998 年 | 1999 年 | 2000 年 | 合计 |
|---|---|---|---|---|---|---|---|---|---|---|---|
| 9 月 | 240 | 279 | 232 | 284 | 265 | 297 | 353 | 336 | 375 | 359 | 3020 |
| 10 月 | 245 | 249 | 257 | 317 | 226 | 413 | 301 | 372 | 325 | 367 | 3072 |
| 11 月 | 276 | 245 | 322 | 315 | 264 | 309 | 304 | 357 | 343 | 470 | 3205 |
| 12 月 | 245 | 268 | 316 | 428 | 390 | 618 | 569 | 399 | 402 | 400 | 4035 |
| 合计 | 3190 | 3448 | 3333 | 3463 | 3534 | 4256 | 4416 | 4424 | 4420 | 4485 | 38 969 |

资料来源：医疗装备 2002，No.4，P. 42

4. 社会经济承受力的关系　医学装备的技术效率受社会经济承受力的制约。随着改革开放，我国医院的医疗环境、医疗技术水平和装备水平均有很大改善，对健康保障能力大大加强。但医疗费用增长过高过快，1990 年到 1999 年间全国卫生总费用上涨了 5.6 倍。我国是一个发展中国家，人民生活刚进入小康水平，广大农民收入增加不快，要承受这样高的医疗费用相当困难，对收费高的大型医学装备检查（治疗）就更困难。这就制约了一些大型医学装备的技术效率。

## 三、医学装备技术评估案例分析

### （一）全国两种大型医学装备技术效率分析案例

表 7-7 和表 7-8 为北京某预防控制中心、北京某社会医学与卫生经济研究中心，对全国大型医学装备技术效率分析中有关 CT 和 MRI 的分析结果。

表 7-7　CT 的效率分析结果

| 省份 | 日满负荷工作能力（人次）A | 全年工作天数（天）B | 全年实际工作量（人次）C | 全年预计满负荷工作量（人次）D=A×B | 年能力利用率（%）E=C/D | 样本量（台） |
|---|---|---|---|---|---|---|
| 全国 | 52.19 | 323.97 | 6339.87 | 16 907.99 | 37.50 | 148 |
| A 省 | 56.44 | 285.22 | 6025.89 | 16 097.82 | 37.43 | 9 |
| B 省 | 45.5 | 234.4 | 3033.8 | 10 665.20 | 28.45 | 10 |
| C 省 | 53.22 | 318 | 5192.22 | 16 923.96 | 30.68 | 9 |
| D 省 | 64.88 | 337.94 | 7275.29 | 21 925.55 | 33.18 | 17 |
| E 省 | 47.56 | 318.89 | 5536.67 | 15 466.41 | 36.51 | 18 |
| F 省 | 50.67 | 314.67 | 7532.56 | 15 944.33 | 47.24 | 9 |
| G 省 | 50.56 | 324.69 | 6096.63 | 16 416.33 | 37.14 | 16 |
| H 省 | 49.53 | 351.96 | 7165.57 | 17 432.58 | 41.10 | 51 |
| I 省 | 56.67 | 296.78 | 4871.11 | 16 818.52 | 28.96 | 9 |

资料来源：医疗装备，2002，15（1）：17-18

从表 7-7 中可以看出全国 CT 的利用率不高，利用率不到 40%，利用率最高省份也不到 50%，说明全国 CT 总量配置过多，超过实际需求。

表 7-8 MRI 的效率分析结果

| 省份 | 日满负荷工作能力(人次)<br>A | 全年工作天数(天)<br>B | 全年实际工作量(人次)<br>C | 全年预计满负荷工作量(人次)<br>D=A×B | 年能力利用率(%)<br>E=C/D | 样本量(台) |
|---|---|---|---|---|---|---|
| 全国 | 22.98 | 255.20 | 2494.78 | 5864.50 | 42.54 | 52 |
| A 省 | 21.11 | 262.00 | 2577.00 | 5530.82 | 46.59 | 9 |
| B 省 | 26.67 | 235.50 | 1076.33 | 6280.79 | 17.14 | 3 |
| C 省 | 24.63 | 277.25 | 3446.75 | 6828.67 | 50.47 | 8 |
| D 省 | 13.50 | 258.00 | 2356.00 | 3483.00 | 67.64 | 2 |
| E 省 | 27.50 | 222.60 | 2983.40 | 6121.50 | 48.74 | 5 |
| F 省 | 16.33 | 300.83 | 1638.00 | 4912.55 | 33.34 | 12 |
| G 省 | 35.11 | 202.71 | 3549.75 | 7117.15 | 49.88 | 10 |
| H 省 | 13.33 | 180.00 | 1185.00 | 2399.40 | 49.39 | 3 |

资料来源:医疗装备,2002,15(1):17-18

从表 7-8 中可以看出全国 MRI 利用率不高。

总之,从以上资料看,CT、MRI 利用率均不高,均处于"吃不饱"状态。大型医用设备要注意调整布局,减少卫生资源浪费。同时可以看出利用率与经济承受力有关,经济不发达的地区利用率一般偏低。

## (二)中部某省大型医疗装备在各层级医院的技术效率评估案例

根据有关研究,中部某省五种乙类大型医用设备在省部级、市州级和区县级分布和使用情况如表 7-9 至表 7-11 所示。

表 7-9 中部某省各级医院 CT 单机工作量负荷情况

| 级别 | 调查医院数(个) | 年均工作量(天) | 运转状况* | | | |
|---|---|---|---|---|---|---|
| | | | 超负荷运转医院数(个) | 构成比(%) | 低负荷运转医院数(个) | 构成比(%) |
| 省部级 | 8 | 11 180 | 2 | 25.00 | 0 | 0.00 |
| 市州级 | 74 | 5461 | 6 | 8.11 | 15 | 20.27 |
| 区县级 | 103 | 3600 | 0 | 0.00 | 28 | 27.18 |
| 合计 | 185 | 4672 | 8 | 4.32 | 43 | 23.24 |

*注:专家建议的合理单机年检查人次中位数为9200,达到建议负荷量150%以上的为超负荷运转,低于建议负荷量20%的为低负荷运转

资料来源:根据李陕生,周幼幼,罗智敏《大型医用设备配置的合理性探讨》(公共卫生与预防医学杂志2006年17卷2期)资料整理

表 7-10　中部某省医院按级别分类 MRI 单机工作量负荷情况

| 级别 | 调查医院数<br>(个) | 年均工作量<br>(天) | 运转状况* | | | |
|---|---|---|---|---|---|---|
| | | | 超负荷运转医院<br>数(个) | 构成比<br>(%) | 低负荷运转医<br>院数(个) | 构成比<br>(%) |
| 省部级 | 4 | 7560 | 2 | 50.00 | 0 | 0.00 |
| 市州级 | 21 | 2031 | 0 | 0.00 | 6 | 28.57 |
| 区县级 | 9 | 1061 | 0 | 0.00 | 5 | 55.56 |
| 合计 | 34 | 2425 | 2 | 5.88 | 11 | 32.35 |

*注:专家建议的合理单机年检查人次中位数为 5197.5,达到建议负荷量 150% 以上的为超负荷运转,低于建议负荷量 20% 的为低负荷运转

资料来源:根据李陕生,周幼幼,罗智敏《大型医用设备配置的合理性探讨》(公共卫生与预防医学杂志 2006 年 17 卷 2 期)资料整理

表 7-11　中部某省医院按级别分类 DSA 单机工作量负荷情况

| 级别 | 调查医院数<br>(个) | 年均工作量<br>(天) | 运转状况* | | | |
|---|---|---|---|---|---|---|
| | | | 超负荷运转医院<br>数(个) | 构成比<br>(%) | 低负荷运转医<br>院数(个) | 构成比<br>(%) |
| 省部级 | 4 | 535 | 0 | 0 | 2 | 50.00 |
| 市州级 | 13 | 451 | 0 | 0 | 7 | 53.85 |
| 区县级 | 3 | 103 | 0 | 0 | 3 | 100.00 |
| 合计 | 20 | 416 | 0 | 0 | 12 | 60.00 |

*注:专家建议的合理单机年检查人次中位数为 2088,达到建议负荷量 150% 以上的为超负荷运转,低于建议负荷量 20% 的为低负荷运转

资料来源:根据李陕生,周幼幼,罗智敏《大型医用设备配置的合理性探讨》(公共卫生与预防医学杂志 2006 年 17 卷 2 期)资料整理

　　从表 7-9 至表 7-11 可看出,乙类大型设备在不同层级医院的技术效率呈递减趋势,省部级技术效率最高,市州级次之,区县级最低。随着设备的价值和专业程度的提高,乙类大型设备在各级医院的技术效率呈逐步减低的趋势。价值最高、专业性更强的 DSA 设备利用水平最低。各级医院 DSA 年均工作天数均低于专家建议天数,省部级医院 DSA 工作负荷低于建议负荷量的 20% 的医院达到了 50%,而区县级这一数据为 100%。说明区县级医院在购置大型设备的时候,并没有充分考虑本地对该设备的需求状况和本地医疗服务市场状况,在造成本院设备技术效率低下的同时也造成了该层级医院医疗装备资源配置效率低下。

### (三) 不同厂家生产的同类设备的技术效率评估案例

　　不同厂家生产的同类医学装备,其技术效率差别很大(表 7-12)。

表 7-12　全自动血细胞分类计数仪技术效率比较表

| 厂家 | 型号 | 功能 | 技术效率(个样本/小时) |
|------|------|------|------------------------|
| A | ADVIA60 | 18 项 3 分类 | 60 |
| B | AMS | | 60 |
| C | MCR060 | | 60 |
| D | FC717 | | 120 |

资料来源:临床检验及实验室设备,2000(下册)

从表 7-12 中非常容易地了解到全自动血细胞分析仪技术效率。医院可根据技术效率选择适合自己医院的型号。

# 第四节　医学装备经济效益评价

医学装备经济效益是医学装备配置效率和技术效率在机构经济运行中的体现。开展医学装备经济效益评估是医学装备管理及医院经济管理工作中的一项重要内容,也是医院总体经济效益评估的有机组成部分,是医院综合效益评估的一个子系统。

评估工作不但可以提高医院整体经济管理素质,加强经营管理,实现效益最大化,而且能够对医学装备的各方面进行有效分析,推动装备自身管理,挖掘装备潜力,提高医院的总体竞争力;同时,有利于医院开展新业务,新技术,推动科技进步;有利于装备资产的保值与增值;有利于进行宏观经济决策。

## 一、医学装备经济效益评估的准备工作

### (一) 建立完善的组织体系

进行医学装备的经济效益评估需要有专门的组织机构、技术手段和人员。由于目前我国医院成本核算工作已进行到了一定程度,效益评估所需要的机构、技术、人员可以纳入医院的评估体系之中。对于还没有开展成本核算工作的医院,则需要尽快转变观念,革新体制,保障优先建立成本核算和经济效益评估体系。

### (二) 选择恰当的经济效益评估对象

按照医院管理的具体需要,除对大型医用设备开展单机效益评估外,在对医学装备进行总体评估时可以按照生产要素、经济活动主体层次、成本核算特性单元来选择评估对象。医学装备的经费来源、成本消耗、服务效果、寿命周期都不尽相同,这样划分评估对象基本能够涵盖经济效益工作的各个方面。

### (三) 建立成本核算体系

医学装备的经济效益实际上体现了装备总收益与总投入之间的关系。目前,国内的医疗价格市场在政策性的要求下,相对统一,装备的总收益在管理水平不变的情况下,相对稳定。而其总体投入的成本核算能够直接影响经济效益产生的结果,直接反映出医院各项管理水平的高低。因此,开展经济效益评估工作,首先要以全面的成本核算体系做基础。同时,利用成本核算间的关系进行效益分析。例如:当平均成本等于边际成本时,经济效益最大。

## (四) 建立可靠的数据收集渠道

原始数据的收集是所有分析的基础。及时、准确、有效的数据收集可以保证评估结果的准确。在开展经济效益评估工作时,应该特别注意建立完善、可靠的数据收集渠道,并用计算机网络系统将流程固化下来,尽量减少人为因素的干扰,客观地进行评估。

## 二、医学装备经济效益评估内容

医学装备经济效益评估内容的核心是成本效益分析,因此,对医学装备的成本和装备相关的服务项目价格分析是评价经济效益的基本内容。

### (一) 医学装备成本核算

1. 医学装备成本概念和分类　医学装备成本是指医院为保证该装备进行正常诊疗服务所消耗的物化劳动和活劳动的总和,其成本内容如下:

固定资产折旧费和大修费(包括医学装备、房屋等);医用材料费(包括试剂、消耗材料等);业务费(水电费、印刷品费、医疗杂支费等);公务费(相关科室办公费等);劳务费(相关人员的各项支出,包括工资奖金、养老金、公积金、医疗保险中单位承担的部分及其他补贴等)。

根据研究的需要,按成本与所发生服务的关系,总成本 = 直接成本 + 间接成本。而按成本与工作量之间的关系,总成本 = 固定成本 + 变动成本。

直接成本:医学装备在医疗服务项目中耗用的可直接计入该项目的成本。包括装备本身及辅助设备折旧、所用房屋及其他固定资产折旧、劳务费、水电费、医用材料费、维修费等。

间接成本:为使用装备的部门提供服务而发生、并分摊到医疗服务项目或部门的费用。包括医院行政后勤部门的固定资产折旧、管理费、维修费等。按受益原则分摊到装备成本中。

固定成本:在一定时期和一定业务量范围内成本总额相对固定,不随工作量变化而变化的费用。包括固定资产折旧等。

变动成本:成本总额随工作量的变化而成正比例变化的费用。包括试剂费、卫生材料费等。

混合成本:即总额有变动,但其变化量与工作量的变化不成正比,如水电费等。将它作一定的分解后最终可分为固定成本或变动成本。

除以上成本分类外,以控制与否可划分为可控成本和不可控成本;以平均程度可分为总成本和单位成本……

ISO9000 提出了质量成本的概念,质量成本是为保证满意的质量所发生的费用,以及当没有获得满意的质量时所遭受的损失。质量成本包括四个方面:

检查成本(appraisal costs):通常包括检验人员的成本,装备成本及管理检查部门的间接成本。

预防成本(prevention costs):包括员工培训费用等。

失误成本(failure costs):它包括两部分。一是内部失误成本,即产品废弃、返工和与保修有关的费用;二是外部失误成本,指顾客不买产品所招致的损失。

实施成本(implementation costs):指建立一个质量系统的成本,包括人员成本、文件费用、文具费、印刷费、注册费和审计费等。

质量成本管理是指质量职能有关部门对质量成本进行预测、计划、分析、控制、报告和改善的一系列活动。国内一些医院将其经济管理体系和 ISO9000 国际质量成本管理体系进行整合的尝试正在进行之中。

为了使医学装备具有合理的成本，又保持在良好的服务状态，应确定装备的标准配置。装备标准配置是在保证装备能正常进行医疗服务的前提下，对人员数量及职称结构、房屋面积、家具被服、辅助设备等所提出的最经济有效的配置，它来源于对装备的现场调查和专家咨询。标准配置是进行标准成本核算的基础。表 7-13 列举了 20 世纪 90 年代一台 B 超的配置。

**表 7-13 B 超标准配置**

| 项目 | 标 准 配 置 |
|---|---|
| 主机配置 | B 超 1 台,30 万元 |
| 房屋配置 | 工作用房 20 平方米、辅助用房 50 平方米,合计 70 平方米 |
| 人员配置 | 高级职称 0.4 人、中级职称 1 人、初级职称 1 人、其他人员 0.4 人,合计 2.8 人 |
| 职称构成百分比 | 高级职称 14、中级职称 36、初级职称 36、其他人员 14,合计 100 |
| 家具配置 | 操作台 1、办公桌 4、更衣橱 4、资料橱 1、诊疗床 1、办公椅 4、转椅 1、候诊椅 12 |
| 被服配置 | 工作服 4、被单 2、枕套 2、枕芯 1、垫被 1、机套 1、拖鞋 7 |
| 辅助设备配置 | 恒湿机 1、稳压电源 1、UPS 1、空气净化器 1、吸尘器 1、* 照相机 1、* 录像机 1、* 监视器 1、* 视频打印机 1 |

注 1:空调按房屋面积 70 平方米配置
注 2:打"*"者为建议性配置
资料来源:卫生部、财政部"医院部分诊疗仪器设备标准配置的研究"课题资料

2. **医学装备成本核算方法** 医学装备的成本核算,实际上是对使用该装备进行医疗服务项目的成本核算,即核算装备的使用成本。

$$装备成本 = 直接成本 + 间接成本$$

(1) 直接成本计算:

主机折旧额 = 主机购置价 × 主机折旧率。

辅助设备折旧额 = $\sum$(专用辅助设备购置价 × 折旧率)+$\sum$(共用辅助设备购置价 × 折旧率 × 占用率)。

房屋折旧额 = (主机用房面积 × 每平方米造价 × 折旧率) + (辅助用房面积 × 每平方米造价 × 折旧率)。

其他固定资产折旧额 = (家具总值 + 被服总值)× 折旧率。

劳务费 = $\sum$(全院某职称年收入总额 ÷ 全院某职称人数)× 使用该装备的某职称人数。

医用材料费(含低值易耗品) = $\sum$(项目年总例数 × 每例消耗材料费)。

水费 = [全院水费 ÷(全院职工人数 + 实际开放床位数 – 行政后勤人数)]× 该装备配置人员数。

电费 = [(主机功率 × 年开机时数) + (专用辅助设备功率 × 年开机时数) + (共用辅助设备功率 × 年开机时数 × 占用率)]× 电价 + [全院照明电费 ÷(全院建筑面积 – 行

政后勤建筑面积)× 该装备用房面积]。

维修费 =(大修基金 ÷ 装备使用年限)+ 当年其他维修费用。

(2) 间接成本计算

行政后勤管理装备折旧额 = 装备总值 × 折旧率。

行政后勤管理用房折旧额 = 用房总面积 × 每平方米造价 × 折旧率。

行政后勤其他固定资产折旧额 = 其他固定资产总值 × 折旧率。

行政后勤部门各种维修的全年费用。

行政后勤部门全年管理费用。

(3) 间接成本的分摊:间接成本按受益原则分摊,谁受益多,谁分摊就多。具体分摊方式视医院经济管理需要,可按收入比例、占用面积比例、科室人数比例、床位数比例及诊疗次数比例等作为分摊依据。对于医学装备间接成本的分摊,以不含行政后勤人员的人数比例来计算:

装备间接成本分摊额 =[间接成本总额 ÷(全院职工人数 + 实际开放床位数 – 行政后勤人数)]× 该装备配置人员数。

(4) 项目单位成本计算:

医疗服务项目每例成本 =[(不含材料费的装备总成本 ÷ 装备全年使用时间)× 每例操作时间]+ 每例材料费。

**(二) 医学装备服务项目的价格**

我国医药卫生事业是政府实行一定福利政策的社会公益事业,医院被分为非营利性医院和营利性医院。非营利性医院执行政府指导价,其收费标准只能在指导价范围内浮动;而营利性医院实行市场调节价,即自主定价。

医院的服务项目可分为对外服务项目和内部服务项目,但以医学装备为基础的医疗服务项目主要是面向患者和社会提供的对外医疗服务,这一部分对外收入是构成医院经济收入的重要部分。

1. 医学装备服务项目的定价依据

(1) 医学装备的标准成本:医学装备的标准成本是根据专家咨询和专项调查的结果,对有关指标标化和量化后获得的。需要标化和量化的指标如下:主机折旧年限、大修基金提取率、各职称人员各项收入总和、装备单项服务的标准工作量及单项服务的占机时间(不含准备时间)等,再按照装备的标准配置核算出标准成本。装备的标准成本具有良好的客观性和代表性,可作为医院制定和调整收费标准的依据,是完善医疗服务价格政策的途径之一。装备标准成本的计算方法与前述成本的算法相同,只是不计入医用材料成本。由于非营利医院享受一定的政府财政补贴,因此制定收费标准时应从标准成本中扣除政府补贴部分。

(2) 医学装备的标准工作量:医学装备的工作量是政府物价部门和医院制定收费标准的重要考虑因素,必须确定科学的工作量。按照卫生部关于大型设备使用率的要求,每周工作时间为 30 小时(每周 5 个工作日,全年按 250 个工作日计算)。故可以根据装备的额定工作时间,以及某项医疗服务每一例的平均时间,核算出该项目的诊疗人次数,作为该医疗装备的标准工作量。

表 7-14 列出了 20 世纪 90 年代两种装备的标准成本、标准工作量及各项成本的构成比例。

表 7-14 项目标准成本、标准工作量及其构成

| 标准工作量（人次/年） | 标准项目成本（元） | 标准项目成本构成（%） | | | | | | | | |
|---|---|---|---|---|---|---|---|---|---|---|
| | | 主机折旧 | 其他固定资产折旧 | 劳务费 | 主机维修 | 其他维修 | 电费 | 材料费 | 间接成本 |
| B 超 10 000 | 16.43 | 36.51 | 3.84 | 29.94 | 9.13 | 1.89 | 0.73 | 3.96 | 14.00 |
| 血气分析 8750 | 67.82 | 5.74 | 0.77 | 6.27 | 1.15 | 0.27 | 0.12 | 82.50 | 3.18 |

资料来源：卫生部、财政部的"部分大型医疗设备标准成本"课题资料

从表 7-14 中可看出，不同类型装备的成本结构有较大区别，可分为以机器磨损为主的装备（如 B 超）和以材料消耗为主的装备（如血气分析仪），在确定收费标准时应考虑到这种区别。

（3）参照政府指导价：非营利性医院的收费标准执行政府指导价，同时享受免征税收的待遇。由于历史的原因，现行价格体系中，有的医学装备服务项目成本高于收费，有的是成本低于收费，但收费标准总体偏低。政府将在全国制定医疗服务项目的基准价，并对不同等级的医院、医生实行分级定价，优质优价。医院可根据医学装备的标准配置、标准成本、标准工作量核算出收费参考值，提供给政府物价部门，以期得到适应成本和市场的政府指导价。

2. 医学装备服务项目的定价　进行成本分析、制定商品价格所采用的成本 - 业务量 - 利润分析法（cost-volume-profit，简称 CVP 法），同样适用于医疗服务这一特殊商品的定价。本、量、利三者的关系可用下式表示：

$$Px-(a+bx)=W$$

式中：P 表示每一例服务的单价，x 表示服务例数，a 表示固定成本，b 表示每一例的变动成本，W 表示税前利润（税后利润才是净利润）。

从式中可看出：Px 为该服务项目的总收入，（a+bx）为该服务项目的总成本。在不考虑税收的情况下，当总收入等于总成本时，即是损益均衡点，也就是通常说的保本点，此时利润为零。在损益均衡点处的单价 P，即是该服务项目税前的保本单价。在上述公式中引入标准成本和标准工作量，再考虑国家的税收因素及合理的利润，不难制定出科学合理的收费标准。

从式中还可看出，在执行政府指导价的情况下，单价 P 恒定，要想使利润 W 升高，唯一的办法是降低成本；而在成本项目中，标准成本 a 基本上不可变，标准工作量 x 一般也不宜改变，故唯一的办法是降低变动成本 b。这就要求医院强化经济管理工作，在医院运作的各个环节加强成本控制。

## 三、医学装备经济效益评估方法

### （一）比较分析法

比较分析法也称比较评价法，它是通过技术、经济、业务工作指标的对比、分析，找出指标间的差异，查明影响原因和影响程度，寻找降低成本和提高经济效益的方法。比较分析法按照指标的性质，可以划分为绝对数比较和相对数比较两种方法。

1. 绝对数比较　绝对数比较由具有一定计量单位的数字构成。它表示一个工作时期，

一定规模的统计指标。在评估分析报告时,一般常用直方图或折线图来表示绝对数。例如:某医院上一年度装备维修合同总费用为295万元,本年度为382万元,比上一年度增长了87万元。管理者应在此比较基础上查明原因,进行进一步的评价,提出改进方案。

2. 相对数比较  为了审查评价指标之间的数量关系,就需要将有关指标加以比较。如:将不同科室使用相同装备单台件的有效使用率进行对比,来分析相同装备在不同使用环境下的赢利状况。

比较分析法是一种最常用、最简明的方法之一。

### (二) 比例分析法

比例分析法是一种特殊形式的比较分析法,它是计算评估指标间的相对数,并用以分析经济现象的方法。比例分析法主要有相关比例分析法和构成比例分析法。

1. 相关比例分析法  相关比例分析法是将两种性质不同但又相关的指标进行对比,计算出比例,用于反映生产经营、成本核算等情况的分析方法。例如:可以将装备的生产成果与操作员工数相比。即:装备生产率是装备总收入比操作人员数的结果。

2. 构成比例分析法  构成比例分析法是通过计算某一经济指标的各个组成部分占总体的比例,用以评价经济指标内在的经济结构是否合理的分析方法。例如:将各类医学装备的价值同医学装备总值进行比较,计算出各项构成比例,用以说明装备的资产结构是否合理。在使用构成比例分析法时,常用圆图来表示。

3. 因素分析法  在反映经济效益情况的若干指标中,有些指标往往由多种因素组成,即具有综合性,也就是说,这种指标本身是由两个或两个以上的因素构成的。当要分别分析各个因素对综合指标的影响时,就可用因素分析法。它是把某一综合指标分解为若干个因子,然后分别衡量它们对这一指标的影响程度的方法。例如:某一单机核算的装备每月的收入总额是由收费价格和装备使用次数构成的。可以用因素分析法来具体分析收费价格及装备使用次数对收入总额的分别影响程度。

### (三) 综合指标评估法

综合指标评估法是对医学装备经济效益进行评估的系统方法,它能够系统、全面和准确地反映装备效益的实际情况。

1. 选择评估项目指标  选择评估项目指标时,应根据分析目的和管理的要求而定,筛选出能够全面反映装备运行状况和效益的指标。根据效益等于投入减去支出,或者根据经济效益等于服务的数量、质量和价值量除以服务的总投入额的原则,从医院会计核算科目和其他部门的统计科目中寻找所要的指标,组成符合医院实际和管理需要的指标体系。在指标体系的确定中,筛选评价指标应以经营目标和评价目的为主要依据,力求少而精,少而准。首先,要注意选择代表性强、独立性强、准确性好的指标。其次,要尽量采用总量指标和直接调查的资料作为评价指标。同时,要注意选择一些有相互制约性的指标,以减少评估中的片面性。

2. 确定各指标的标准值  评估指标的标准值又称为标准参数,这一标准应是行业标准或医院内部标准,并以此作为医学装备经济运营和评估的准绳。一般各项标准的制订是医院根据自身管理需要参照历史数据后设定的。

3. 计算实有参数  通过对本单位装备的各项指标统计,计算出所需评估指标的实有数据。在实有数据的收集中,应当注意采集原始数据格式的统一要求。采集时要把好质量关。最后要进行实地抽样调查,核实填报数据的准确性。

4. 确定评估中各项指标的权重数 根据各效益评估指标的重要性和装备管理的需要,分别对各评估指标制定出权重数。其要点是:不论有多少种评估指标,权重的总分数为100,每项指标根据需要平均占有或从实际出发作出适当调整。计算权重的方法依据 20 世纪 70 年代美国 Saaty 提出的层次分析方法。具体做法是:用专家问卷调查方式,通过各项指标的两两对比,得出指标重要性的集中趋势,再按这种集中趋势,根据一定的方法计算权重。

5. 评估指标的指数化及其处理方法 综合经济效益评估方法是利用指数和权重两个常数对多个指标进行综合,成为一个代表效益好坏的评估值。为在综合计算中,将各个指标综合在一起,需要对不同单位的指标进行指数化处理。方法是:将各评估指标与其相对应的标准值相比(相除),使之变为相对数,即指数化。评估指标转化为评估指数,即离开了原指标的数据,不再代表原事物的量,成为经过处理后的评估值。在进行指标指数化时,对那些高而优的指标采用与标准值相除即可(例如:装备总值、收入总值),而对于那些低而优的指标在与标准值相除时,要将分子分母调换,统一处理为高而优,以解决反向指标的同向化问题。尤其值得注意的是,在指标指数化的过程中,往往会遇到一些指标为负数(装备安全扣分)或由于医院具有某一方面的优势(专科性医院),使反映它的指标值偏高,这就会给指标进行指数化处理带来困难。一是正负不能相比(相除,特别是分母为负数),二是用相当高的指标值与较低的标准值(如非本院的同行平均水平)相比,会因比值过高而湮没其他评估指标的作用。采用指数相减,差值排序赋值的方法,可取得较好的应用效果。具体办法是:先将指标值与标准值相减,得其差值。再按照差值的大小进行排序。以最后的排位顺序赋值:位置居中的赋值 1,位置居前的赋值 >1,位置居后的赋值 <1。其相邻位置赋值之差为该项指标权重除以评估装备的个数。

6. 评估指标的削减差异处理 医学装备在使用环境、服务对象等方面存在不同。从而使评估指标带有条件差异,削减指标中的条件差异因素,才能尽可能反映出装备经营状况和实际效益水平。削减差异的方法中,一是用相关性较强的变量,按投入产出方法,削减原始指标的差异;二是调整经济指标中的物价差异。

7. 计算出评估结果 将各项目的实有参数除以标准参数乘以该项目的权重后,将所有项目结果相加,即得出效益评估的总分数,总分数为 100 分。如高于或低于 100 分,则说明管理水平高于或低于评估标准。

# 第八章

# 医学装备的资产管理

## 第一节 设 备 管 理

医院设备的现代化程度是医疗、科研、教学工作的最基本要素,也是不断提高医学科学技术水平的基本条件。目前,临床学科的发展在很大程度上取决于仪器的发展,甚至起决定性作用。因此,医院医疗设备的建设管理已成为现代医院管理的一个重要领域。

### 一、医疗设备管理的定义

医院医疗设备管理是医院管理中的重要组成部分,现代医学技术的发展,新型医疗设备的大量普及,医疗设备管理已成为医院发展建设不可或缺的一部分。

医疗设备管理是把技术、财务、经济、管理综合在一起对医疗设备进行全面管理的学科。在现代医院管理新模式下医疗设备管理工作已不再是简单的供与修的技术工作。

### 二、医院设备管理的任务和内容

#### (一) 医疗设备管理的任务

1. 根据医疗科学需要及经济、实用的原则,正确地选购设备,为医院提供品种、性能、精度适当的技术装备。

2. 加强岗位责任制,负责建立健全管理制度,形成一个科学、先进的管理方法。

3. 提高在用设备利用率,保证供应和效益。

4. 提高设备的完好率,保证仪器设备始终最佳状态。

#### (二) 医疗设备管理的内容

1. 设备的物流管理　包括设备的选购、验收、安装、调试、使用、维修等管理。

2. 设备的价值管理　包括设备的资金来源、经费预算、财务管理、经济效益等。

### 三、医疗设备分类与编号

为了更好地掌握医院设备概况,编制设备计划,分门别类作好科学管理,有必要建立统一的医疗设备分类法。目前医疗设备分为三大类,即诊断设备类、治疗设备类及辅助设备类。

#### (一) 诊断设备类

1. X 射线诊断设备　此类设备包括从 5mA 到 1500mA 的各型专用的 X 线诊断机。

2. 超声诊断设备　目前常用的超声诊断设备为四种类型,即 A 型、B 型、M 型及超声多普勒检测仪。

3. 功能检查设备 主要分为生物电放大记录仪器及非生物量检测放大记录仪器两种。前者直接通过电极与生物体接触,如心电图机、脑电图机、肌电图机等;后者通过传感器的作用,如血压、血流、体温、脉搏、心音、呼吸、脉相等检测仪器在此基础上发展了多导生理记录仪、动态心电图机等。此外,呼吸功能测定仪、新陈代谢测定仪,测听仪等也都归入此类。

4. 内镜检查设备 主要包括光学纤维鼻咽镜、上颌窦镜、食管镜、支气管镜、纵隔镜、胃镜、十二指肠镜、胆道镜、宫腔镜、膀胱镜、结肠镜、关节镜和脑室镜等。

5. 核医学设备 可分为脏器功能、脏器显像、体液流向测定和体液定量以及体外测定体内微量物资等几个方面,主要有三种,即:

(1) 脏器功能测定仪器,如甲状腺功能测定仪、肾图仪、肺功能测定仪等。

(2) 核素闪烁扫描机(简称扫描机)。

(3) 伽马照相机和单光子发射断层扫描仪(SPECT)。

6. 实验室诊断设备 此类设备较多,可分为以下三种:

(1) 基本设备:如天平、显微镜、离心机、电冰箱、各种恒温箱、电导仪。

(2) 光电分析设备:包括光电比色剂、分光光度计、紫外分光光度计、双光束分光光度计、荧光分析仪、火焰光度计、原子吸收分光光度计和层析法分析设备。

(3) 自动化设备:可分为立式自动分析仪、离心式自动分析仪、连续流动式自动分析仪、免疫化学分析仪、血气分析仪、血细胞电子计数仪等六类,其特点是微量、快速、准确。

7. 五官科检查设备 属于眼、耳、鼻、喉科专用的诊断设备,如角膜显微镜及裂隙灯、眼压计、眼底照相机、前庭功能测定仪等。

8. 病理诊断设备 病理诊断多用观察形成,所以经常使用的仍是实验室诊断设备,但还有其专用设备,如切片机、染色机、细胞离心机、自动脱水机、自动磨刀机等。

### (二) 治疗设备类

1. 病房护理设备;

2. 手术设备;

3. 放射治疗设备 放射治疗是肿瘤治疗的主要手段之一,其设备包括:

(1) 深部 X 线治疗机:主要产生 X 线,所产生的 X 线能量较低,穿透力较差,皮肤表面剂量高,故适用于治疗较表浅的肿瘤如颈淋巴结转移、皮肤癌等,而对深部肿瘤的治疗效果不理想。

(2) $^{60}$钴治疗机:用放射性 $^{60}$钴作为放射源,产生 γ 射线,平均能量 1.25MV 为目前应用较多的放射治疗设备,其穿透力较深部 X 线强,且较稳定,质量可靠,价格较低,适合发展中国家的国情,适合于大部分肿瘤,但对某些较深部位的肿瘤剂量分布尚不够理想。

(3) 直线加速器:分感应加速器、直线加速器及回旋加速器等。目前应用较多的为电子直线加速器,既可产生 X 线,又可产生电子线,可满足临床需要,但设备较复杂,价格昂贵,要求较高。

(4) 近距离治疗设备:如 $^{192}$铱、$^{137}$铯后装治疗机,可进行腔内治疗及组织间照射等。

(5) 放射治疗的辅助设备:模拟定位机、TPS 等。模拟定位机是模拟各种治疗条件,精确定出所需照射的范围,并避开正常组织如脊髓等。TPS 为治疗计划系统,可以精确计算靶区的剂量分布及周围正常组织的受量,并进行治疗计划的优化,选择最优的治疗方案。

4. 核医学治疗设备;

5. 理化设备;

6. 激光设备;

7. 透析治疗设备;

8. 体温冷冻设备;

9. 急救设备;

10. 其他治疗设备。

### (三) 辅助设备类

1. 消毒灭菌设备;

2. 制冷设备;

3. 中心吸引及供氧系统;

4. 空调设备;

5. 制药机械设备;

6. 血库设备;

7. 医用数据处理设备;

8. 医用录像摄影设备等。

## 四、医疗设备的装备原则

医疗设备的装备要从实际出发,按照"能级"、"经济"、"实用"、"效率"的原则进行装备。其中经济原则和实用原则是必须遵守的。

### (一) 实用原则

实用原则是根据医院的任务、规模、人员技术水平和技术条件的现状,适当考虑将来的发展而定义仪器装备标准。从需要和可能出发,分轻重缓急,统筹规划,逐步充实配套设备。

从实用原则出发,应注意到以下几个方面的问题:

1. 优先考虑基本设备,其次考虑高精尖设备 基本设备是诊断和治疗大量使用的设备,也称常规设备。诊断设备和治疗设备中,优先考虑诊断设备。

2. 要立足于国产仪器装备,适当引进外国新设备 国产设备的质量性能符合目前的要求时,应首选国产设备,既节省资金,方便维修,同时又有利于我国医疗设备的发展。

3. 目前引进设备应以提高"技术精度"的关键性设备为主,不宜追求减少"劳动密度"的设备。"技术精度"指这种设备可以使医疗、教学、科研工作从质量上提高到另一个高度。从我国国情出发,提高"技术精度"是当务之急。

### (二) 经济原则

经济原则,是指按经济规律办事,讲究投资的经济效益和节约,降低成本,减轻患者经济负担。为实现经济原则,关键是实行计划管理,用计划来组织、领导、监督、调节设备物资的分配供应活动。遵循有计划、按比例发展的客观规律和价值规律,使人力、物力、财力得到充分的有效利用。

编制计划时,应当树立经济核算的意识。首先考虑医疗,教学和科研工作是否必需,对患者是否确有好处,医疗上能否取得效果,经济上能否取得投资效益。经济还含有节约的意义。应尽量发挥已有设备的作用,加强使用管理和维修管理,并延长其寿命。不能因管理不善造成浪费,加重患者负担。

在坚持经济原则的同时,还要把握好以下四点:

1. 注重完善基础设备,满足基本医疗需求,确保医疗工作正常开展 我国的医保体系是"低水平,广覆盖",因此,医疗单位要将基础设备的配备放在第一位,从数量、质量上满足医疗工作的需要。

2. 引进的设备必须具有先进性　这是引进医疗设备时重点考虑的方面。随着医学技术的快速发展,医疗设备更新换代也日益加快,因此引进的医疗设备所采用的技术必须代表当前该领域的发展潮流,并处于领先地位,否则可能会出现医疗设备刚引进就出现技术落后而淘汰的情况。

3. 着眼学科发展和科技进步　添置专科医疗设备,形成特色专科,以此发展学科和推动科技进步,更好地为患者服务。

4. 为科研提供支撑条件　为开展科研工作而添置的一些设备,例如实验室设备,这些设备在增强医院创新能力、开展先进技术、发展优势学科等方面起到巨大作用。

# 第二节　耗 材 管 理

## 一、医用耗材的定义及分类

### (一) 医用耗材的定义

医用耗材是指医院在开展医疗服务过程中经常使用的一次性卫生材料、人体置入物和消毒后可重复使用且易损耗的医疗器械,其品种型号繁多,应用量大,是医院开展日常医疗、护理工作的物质基础。

合格的医用耗材:产品的生产条件和技术参数应符合国内或国际的生产标准;性能稳定;安全可靠;产品在有效期内;性价比高。

### (二) 医用耗材的分类

医用耗材的分类包含高值耗材、低值耗材和其他一次性物品(表 8-1)。

表 8-1　医用耗材分类

| 类型 | 说　明 |
|------|--------|
| 一般类 | 常用的治疗和防护用品,如:一次性注射器、棉纱、导尿管、口罩等 |
| 低值类 | 能重复使用的器械,如:手术剪、血管钳、血压计、泡镊筒、音叉等 |
| 导管类 | 主要指心脏导管材,如:心脏介入引导管、支架、导丝等 |
| 介入类 | 主要指治疗肿瘤的介入材料 |
| 放射类 | MR、CT、PET 和常规 X 线检查所用的胶片、显影液等耗材 |
| 置入类 | 主要指骨科、眼科的置入性假体材料,如:人工骨头、人造晶体等 |
| 起搏类 | 专指心脏起搏器 |
| 氧合器 | 专指心脏体外循环手术所用的一次性氧合器等人工心肺耗材 |
| 透析类 | 专指肾透析所用的系列耗材 |
| 吻合类 | 主要指吻合器、缝合器等外科手术用高值耗材 |
| 内镜类 | 胃镜、胆道镜、肠镜等内镜及微创手术用器材 |
| 穿刺管 | 中心静脉导管、麻醉穿刺管等治疗用留置管 |

## 二、医用耗材管理的内容

医用耗材简洁物流程序:合格产品→医护人员→患者。即生产厂家生产的合格医用耗材,经医院医护人员的手,直接为患者服务。医用耗材管理流程如图 8-1。

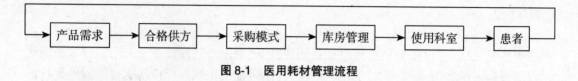

图 8-1 医用耗材管理流程

## (一)采购管理

医用耗材的采购具有一定随机性,临床科室使用的耗材是依据患者的病情需求随机提出的。这就要求医用耗材的管理部门掌握和积累耗材的需求信息和供方信息,逐步建立和完善医用耗材的信息管理系统和合格供方档案资料,为临床科室提供参考。

1. 合格供方 合格的供应商和合格的生产厂家提供的医用耗材是确保产品质量的前提。按照 ISO 9001 质量管理的要求,必须对供方进行评估,即"供方评估"。供方评估流程见图 8-2。

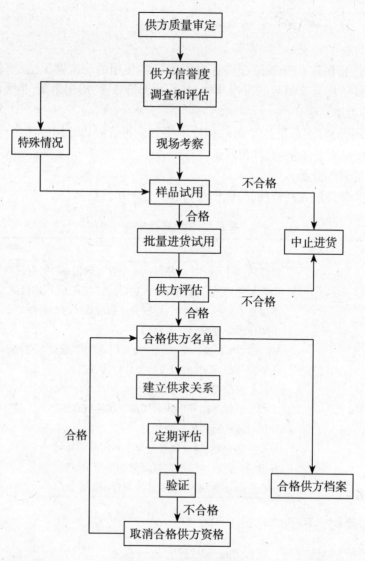

图 8-2 供方评估流程图

2. 购置模式　根据医用耗材的价值、数量和时效性决定耗材的采购模式。目前,医用耗材的购置模式主要有:招标采购、跟标采购、谈判采购、询价直接采购和展销会采购等。

(1) 招标采购模式分为公开招标和邀请招标:公开招标,是指招标单位以招标公告的方式邀请非特定法人或组织投标。邀请招标,是指招标单位以投标邀请书的方式邀请特定的法人或组织投标。招标的程序:招标→投标→开标→评标→中标等过程。最后,与中标单位签订合同,建立合作关系。

(2) 谈判采购:是邀请多家合格供方,进行竞价谈判的采购模式。适用于临床科室申购计划中数量不多,价值不高,需求不十分急迫的耗材产品。

(3) 询价直接采购:是指直接向合格供方提出购货要求,签订购置合同,建立合作关系的方法。适用于临床科室购置计划中工作急需的医用耗材或医疗设备零配件。

(4) 展销会采购:是指医疗器械展销会期间用户根据需求要选择产品,直接订购的方法。

### (二) 入库验收管理

医用耗材出入库管理是确保医用耗材质量的关键环节。管理人员要注重医用耗材的入库管理、出库管理和效期管理。

1. 入库管理　医用耗材到货后,库管人员必须根据合同和发票等单据对实物进行认真的查对和验收。查对产品名称、型号、规格、数量、生产单位、供货单位、消毒标志、有效期标识和相关证明文件等。对一次性耗材,如输液器、输血器和置入器材等三类器械,必须经抽样检验合格后方能下发科室使用,最大限度控制一次性医用耗材在使用过程中的潜在风险。

2. 出库管理　使用科室领取医用耗材时,库管人员根据发货单据,对所发物品进行认真的查对和清点,查对产品的名称、型号、规格、数量、生产单位、供货单位、消毒标志、有效期标识和相关证明文件等。

3. 效期管理　合格的医用耗材是生产厂家按规定标准和程序进行生产的,产品的消毒效果有规定期限。产品的效期管理是确保产品安全可靠的重要一关,库管人员必须认真作好产品的效期管理,对已到规定效期的产品必须及时进行换货或销毁处理。

### (三) 使用管理

医用耗材下发到使用科室后,库管人员必须跟踪使用管理和效期管理,及时了解医用耗材的使用效果,听取科室和患者的意见。同时,为防止一次性耗材的重复使用和环境污染,按管理规定的要求,对使用过后的一次性耗材,必须及时回收作消毒和废物处理或环保处理。

## 三、医用高值耗材的信息化管理

随着科技的发展,医用高值耗材的使用已经贯穿到医疗的各个环节,成为现代化医疗水平的标志。同时,由于其直接服务于患者,医院对高值耗材管理水平直接关系到患者的生命安全。

### (一) 信息化前的管理状况

传统的高值耗材管理采用一级库房管理结构。耗材的入库、采购、领用等各个环节均使用手工管理,科室领用耗材记入手工账本,通过库房直接发放,并通过成本核算对耗材的领用进行控制。这种简单的管理手段已不能满足管理要求,存在诸多隐患和管理漏洞。

1. 缺乏有效的效期及批号管理手段,安全性得不到保证　效期及批号是医用耗材安全监控的重要信息。由于品种众多和流通中的各种复杂情况,使得医院耗材安全监控工作困难,会发生高值耗材过期报废的情况。一旦将过期耗材给患者使用,会造成重大医疗事故,存在极大医疗风险。

2. 医用高值耗材使用后不能确定是否记账,造成浪费　医用高值耗材从库房出库到科室,缺乏相应的管理机制,不能与收费系统集成,无法将已使用的高值耗材及时计费,存在财务隐患。

3. 出库后基层科室管理不善,造成耗材浪费　缺乏对医用耗材有效的监管,仅凭借有限的核算机制管理,责任无法落实,使得耗材到科室后发生丢失、失效、破损等情况,造成大量损失。

4. 医用高值耗材信息链不完整　医用耗材是直接置入人体的医疗物资,特别是部分高值耗材,如起搏器、人工瓣膜等,其有效性直接关系到患者生命安全。如果出现耗材质量原因召回,只能手工从病历资料中查找,效率低且准确性差,不能适应现代化管理需要。

5. 采购流程松散,缺乏统一管理　由于缺乏统一的采购流程和有效的信息传递机制,采购通常以临床科室需求为主,难以做到计划和管理,导致采购过量造成浪费。

6. 存在先使用后入库的情况,在安全性方面存在隐患　由于采购工作不能做到预先、准确、及时,紧急情况下,为了不耽误治疗,耗材送到医院未进行审核、入库手续,就直接送到临床科室使用,在安全上存在极大隐患。

7. 库房盘点误差大　由于在流通领域存在许多管理缺陷,导致库房盘点时出现巨大的误差,给医院造成很大的经济损失。

8. 无法对历史数据分析利用　医用耗材的流通过程记录不仅具有物流管理和财务管理的意义,同时也是医院医疗服务信息的重要组成部分,由于缺乏有效的数据组织手段,大量有价值的历史数据无法分析使用。

## (二) 建立信息化管理体系

随着计算机网络技术、信息技术及数据库技术的发展,信息及时地传递与处理成为可能。医学装备管理信息化成为解决问题行之有效的方法。

1. 建立二级库存体系　将原有的一级库管理模式改为二级库管理模式,收回各科室自行管理的小库房,组建二级库房,由医院统一管理。在使用上,出库的同时确认收费,有效防止漏费发生。同时,严格限制由一级库直接出库到科室的品种及数量,保证耗材按规定的流程给患者使用,有效避免由于科室管理不善造成浪费。

2. 建立物价及耗材集成管理体系　建立物价和耗材管理流程及体系,建立耗材基础账页与物价及医保信息关联,由专人负责,及时维护更新,保证耗材使用时价格的准确性。

3. 建立系统的效期及批号管理体系　品种采购入库时,严格标记其效期及批号。使用该品种前,自动审核该批号及效期,过去品种不允许出库,保证患者的安全性。

4. 建立完善的采购管理体系　建立以当前整体库存为基础的库存预警系统,低于预警的耗材品种自动报警,经库房管理人员确定后,报采购主管审批,生产采购计划,由采购人员按审批后的电子单据采购。

5. 建立耗材监控体系　将耗材从采购、供货、入库、发放、收费、使用等一系列流程纳入系统的严密监控下,能够定位任意耗材当前的使用情况及历史信息。当发生产品召回情况时,能迅速定位耗材及使用耗材的患者信息,加强医疗安全性。

6. 建立严格的财务结账审批流程　通过信息化手段,系统能够精确计算某批次品种目前是否使用完毕,能够结账,从而完善财务管理系统,堵住结账漏洞。

7. 建立条码管理体系　使用条码技术,在耗材采购入库时将耗材与条码绑定,全程通过条码进行控制,在有效期、批次不同的情况下,避免误操作,提高安全性。

8. 建立完善核算体系　通过信息化流程,准确核算各个单位的耗材使用情况及成本,避免核算的盲目性。

**(三) 信息化管理的主要功能**

医用高值耗材的信息化管理主要功能包括:采购管理、库存管理、二级库存管理等。具体模块包括:高值易耗品管理、低值易耗品管理、普通物资管理、手术室管理、消毒供应中心管理等。

1. 采购管理系统

(1) 采购价格管理;

(2) 资金计划管理;

(3) 采购需求管理;

(4) 采购计划管理;

(5) 采购运输管理;

(6) 采购订单管理;

(7) 采购检验单管理;

(8) 采购入库管理;

(9) 采购退货管理;

(10) 采购付款管理;

(11) 报表查询。

2. 库存管理

(1) 基础数据;

(2) 入库管理;

(3) 出库管理;

(4) 盘点管理;

(5) 库存核算;

(6) 期末处理;

(7) 报表查询。

# 第三节　资 产 处 置

医院的固定资产,是医院开展医疗、科研、教学服务等各项工作的物质基础,是保障人民健康和发展卫生事业的重要条件,也是反映医院综合经济实力、总体规模大小以及医疗水平高低的重要标志之一。

## 一、资产处置的定义

资产处置,是指资产占用单位转移、变更和核销其占有、使用的资产部分或全部所有权、使用权,以及改变资产性质或用途的行为。资产处置的主要方式有:调拨、变卖、报废、报损等。

## 二、搭建资产处置平台

### (一) 建立资产处置平台的背景

1. 国家对事业单位国有资产处置的相关规定　为了维护国有资产的安全和完整,保障国家所有者权益,各事业单位应对于闲置资产、报废、淘汰资产及时予以处置。医疗资产虽有其特殊性,但其属性为国有资产,应作好国有资产妥善处置工作。

2. 医疗卫生事业单位国有资产处置的迫切需求　目前,绝大多数医疗卫生事业单位面临医疗资产有入口引进、无出口处置的尴尬境地。对于废旧、报废医疗资产的存放、管理感到十分窘迫与困惑。面对医疗器械陆续进入淘汰、报废高峰期,医疗资产处置存在实际操作困难,需要一个统一规范的平台帮助医疗卫生事业单位解决这个难题。

3.《卫生部部属(管)事业单位国有资产处置管理暂行办法》的具体要求　《卫生部部属(管)事业单位国有资产处置管理暂行办法》明确要求,"逐步建立资产整合、共享和循环利用机制。卫生部负责建立部属(管)单位资产处置平台。"因此,建立医疗卫生行业国有资产处置平台具有必要性,符合医疗资产处置所涉及的社会各方利益。

### (二) 建设资产处置平台的目标

1. 建设科学化、标准化、流程化的资产处置调剂平台　通过建设并使用资产处置平台,卫生部可以全面、动态地掌握卫生部部属(管)事业单位的资产管理情况,规范资产管理程序,提高资产管理规范化、信息化水平。平台建设将以科学化、标准化、流程化为目标。平台实际操作力争简单易行,提高资产处置效率,保障资产处置程序合法合规、风险可控,使各个单位的资产处置工作实现"省时、省力、省钱、风险可控、多增值"等良好的工作效果。

2. 减少国有资产流失,实现资源节约和市场价值最大化　资产处置平台将充分发挥各参与主体的优势,凭借专业的资产处置经验,组织安排预展、招商、毁形、拍卖、资产交割、结算等各项工作环节,统筹兼顾、整体把握,将报废国有资产的残值予以充分挖掘,达到避免国有资产损失、经济效益最大化的目标。并通过调剂、捐赠等处置方式,为国有资产的资源节约和再利用发挥积极作用。

3. 解决卫生部部属(管)使用单位的实际问题　通过资产处置平台的搭建,切实解决目前各单位医疗资产处置的难题,保障各单位设备更新换代所需的空间,满足各单位对于资产处置的迫切需求,为医疗卫生行业的发展作出贡献。

## 三、医疗装备处置方式

医疗装备作为医院医疗、科研、教学的重要物质基础,作好管理工作,是提高设备经济效益和社会效益的重要保证。医疗装备管理是一个系统工程,包括前期(计划、购置、资料建档、验收安装)、中期(使用、维修、计量)、后期(淘汰报废)等工作全过程,各个环节都必须有健全的管理制度,才能保证医疗装备发挥较高的效益。医院大多在管理设备的前期、中期环节中比较重视,但关于报废设备缺乏系统管理措施。

### (一) 无偿调拨(划转)

无偿调拨(划转)是指在不改变国有资产性质的前提下,以无偿转让的方式变更国有资产占有、使用权的行为。无偿调拨(划转)行为一般在同一资产隶属关系的单位中,划转双方协商一致的情况下进行。

无偿调拨(划转)的资产包括:长期闲置不用、低效运转、超标准配置的资产;因单位撤销、合并、分立而移交的资产;隶属关系改变,上划、下划的资产;其他需要调拨(划转)的资产。

**(二) 捐赠**

对外捐赠是指事业单位按照《中华人民共和国公益事业捐赠法》,自愿无偿地将有权处分的合法财产赠给合法的受赠人的行为。

一次性对外捐赠人民币原值 50 万元以上的资产,报卫生部审批。接受捐赠国有资产的单位,应及时办理入账手续,并报卫生部备案。

**(三) 出售、出让、转入和置换**

出售、出让、转入是指变更事业单位国有资产所有权或占有、使用权并取得相应收益的行为。

置换是指中央级事业单位与其他单位以非货币资产为主形式进行的交换。这种交换不涉及或只涉及少量的货币性资产。

**(四) 报废报损**

报废是指按有关规定或经有关部门、专家鉴定,对不能继续使用的资产,进行产权注销的处置行为。

报损是指由于发生呆账损失、非正常损失等原因,按有关规定对资产损失进行产权注销的资产处置行为。

## 四、医疗装备处置的审批流程

### (一) 报废、报损处置的审批流程

资产处置应当逐级申报,按以下权限分级审批:

1. 人民币原值 50 万元以下的固定资产报废、报损,由各单位自行审批,每季度报卫生部备案一次;其他处置形式报卫生部审批。

2. 人民币原值 50 万元至 800 万元(含 50 万元)的处置,经各相关职能部门审核后,由各单位提出申请,报卫生部审批,财政部备案。

3. 人民币原值 800 万元以上(含 800 万元)的资产的处置,报卫生部审核,财政部审批。

### (二) 调拨处置的审批流程

调拨应当按以下程序办理:

1. 部属事业单位之间、部属事业单位与卫生部之间以及部属事业单位对下属企业的国有资产无偿调拨 按现行规定限额 800 万元以下报卫生部审批。

2. 跨部门国有资产的无偿调拨 划出方与接收方协调一致,分别报主管部门审核同意后,由划出方主管部门报财政部审批,并附接收方主管部门同意无偿调拨的有关文件。

3. 跨级次国有资产的无偿调拨 中央级事业单位国有资产无偿调拨给地方的,应附升级主管部门和财政部门同意接收的相关文件,由中央级事业单位主管部门报财政部审批;地方单位国有资产无偿调拨给中央事业单位的,经地方单位同级财政部门审批后,办理国有资产无偿调拨手续。中央级事业单位应将接收资产的有关情况报主管部门备案。

4. 突发公共卫生事件和国家重大自然灾害等应急情况下的资产调拨 可先行调拨,后补办手续。

### (三) 其他处置事项的审批流程

1. 单位申报;

2. 卫生部审核或审批；

3. 财政部审批；

4. 评估备案；

5. 公开处置。

## 五、仪器设备报废处置的技术参考标准

1. 严重损坏无法修复，或基础元件严重损坏虽经修理无法达到原技术指标。

2. 严重污染环境，或不能安全运转，可能危害人身安全与健康，又无改造价值。

3. 零部件缺乏，或机型已淘汰，性能低劣又不能降级使用。

4. 电子、信息或通信类设备功能落后，随技术更新已淘汰。

5. 设备使用期超过折旧期，使用中损耗过高，效率低，经济效益差。

6. 维修费用过高（＞原值 50％ 以上），继续使用经济上不合算。

7. 设计不合理，工艺不过关，质量极差又无法改装利用。

8. 已超过使用年限但仍在用的设备，计量、质量检测不合格者。

9. 在使用年限内，计量、质量检测不合格，又不能修复者。

## 六、已报废报损设备的处置

### （一）医疗装备报废的原因

1. 更新换代性报废　常规医疗装备中，在使用率高，设计制造技术逐步完善的情况下，由于当时技术原因导致的结构不合理，性能已经达不到一定的技术指标，且由于配件原因无维修、改造的价值，从而导致的设备报废情况，归结为更新换代性报废。

2. 条件恶化性报废　由于环境达不到设备运行要求，导致设备不能正常工作或损坏；使用中不能严格按照使用操作规程操作或长期带故障工作，不能及时维修；设备不能进行定期的维护保养，使医疗设备过早老化，缩短了设备的使用寿命，甚至造成人为损坏。

3. 过渡性报废　由于采购制度贯彻不严格，导致出现故障后，因为配件不全，质量差，技术落后，售后服务跟不上等因素影响使用而导致的闲置报废。

4. 技术性报废　购进医疗设备后，由于无技术资料或电路图，缺乏必要的维修配件或资料，设备出现故障后，维修费用高昂，耽误临床科室使用，使得设备报废。

### （二）针对报废原因采取的措施

针对以上报废原因，应加强医疗设备的报废管理，减低不必要的人为报废因素，提高医疗设备的使用率，从而提高医疗单位设备投入的收益。

1. 建立完善的规章制度

（1）使用期满并丧失应有的效能、性能严重落后不能满足需求、由于各种原因造成的损坏且无法修理或无维修价值的医疗设备，可申请办理报废手续。

（2）医疗设备报废，先由使用科室提出书面申请，说明报废原因、数量、金额等相关信息，经过设备相关技术人员鉴定，然后汇总报主管领导批准后，方能办理报废。

（3）经批准报废的医疗设备必须送交设备科，进价万元以上的医疗设备必须上报国有资产管理局处理。

2. 报废医疗设备的回收利用管理　大型医疗设备由专人负责，及时将办理过报废手续的设备清理回收起来，建立报废医疗设备的账目。对上交的医疗设备要分类存放，妥善保

管,建立报废医疗设备回收清单。报废医疗设备由设备科集中处理,针对不同原因报废的医疗设备,采取不同的处理措施。

### (三) 案例

以北京大学人民医院设备报废为例,其设备报废流程包括审批、鉴定、审核、报废等过程。

1. 领取"北京大学人民医院报废设备仪器审批表",各科室根据设备报废情况,按设备价值不同,由设备专管员填写不同的审批表。

2. 工程师技术鉴定,出具"北京大学人民医院报废设备技术鉴定表"。

(1) 便携式设备由申请科室持报废审批表及待报废设备交仪器修理室工程师技术鉴定。

(2) 大型不便送检设备由仪器修理室工程师现场进行技术鉴定。

(3) 价值5万元以下设备需由设备处至少两名以上工程师进行技术鉴定。

(4) 价值5万元以上设备由设备处会同设备厂家工程师共同进行技术鉴定。

3. 报废设备仪器的审批

(1) 万元以下报废设备由设备处长审批;万元以上报废设备由设备处及主管院长审批。

(2) 5万~10万元报废设备需报北京大学医学部设备与实验仪器管理处审批。

(3) 10万~20万元报废设备需报北京大学医学部主管领导审批。

(4) 20万元以上报废设备需报卫生部主管部门审批。

4. 报废前准备工作

(1) 设备使用科室持经各级审批同意的"审批表"以及报废设备送设备处库房。

(2) 设备处库管人员在审批表上签署执行情况后,将单据复写联交还各科室。

(3) 设备待报废期间,科室凭"报废设备仪器技术鉴定表"到改革办备案。

5. 退库、销账

(1) 对于价值5万元以下设备,报废手续完成以后,由设备管理部门的库管人员去现场核对申报设备,记录、贴报废条后及时办理计算机销账手续。

(2) 对于价值5万元以上设备,院内报废手续完成以后,由设备管理部门的库管人员去现场核对申报设备,记录并贴"待报废条"后及时办理计算机销账手续。

6. 报废设备后期处置

(1) 根据报废设备情况报请上级领导,清理库存报废设备。

(2) 原则上3~6个月处理完毕。

(3) 特殊设备需专门机构负责处理。

从医疗设备报废管理可以看出,医疗设备管理的每个环节环环相扣。只有重视医疗设备的引进论证、正确操作、有计划地保养、及时维修,定期做好报废工作,才能深化医疗设备管理,促进工作,提高医院的经济效益和社会效益。

# 第九章

# 医学装备的信息管理

## 第一节 信息管理

### 一、概述

信息管理系统是 20 世纪 40 年代后期发展起来的。自 1946 年世界上第一台计算机出现起，几十年来信息管理工作发生了巨大的、革命性的变化。20 世纪 50 年代，信息管理工作主要侧重于人在管理中的作用，形成以行为管理为核心的信息管理阶段。20 世纪 60 年代，决策科学的兴起和迅速发展，信息在决策中的作用越来越突出，逐步形成决策管理为核心的管理阶段。20 世纪 70 年代以后，信息服务业和信息产业蓬勃发展，主要是开发利用丰富的信息资源，建立容量巨大的信息数据库，并开展国际性的联机检索，广泛地为各行各业服务。

在医院的现代化建设中，逐步建立了医院信息管理系统。它们是一个利用计算机和网络通信技术，对医院信息进行收集、处理、分析和应用的系统，它们为医院各部门提供患者医疗信息、行政管理信息、财务信息等，并且具有卫生统计、信息存储、信息处理和医院局域网与广域网之间数据通信能力，能够满足各方面的需求。自 20 世纪 90 年代医院信息管理系统开始全面得到应用以来，经过十几年的运行，已经逐步实现了全面数字化医院的建设阶段；从而进一步整合了各种数字化应用系统，诞生了包括医院建筑用电、医疗装备、移动设备在内的一体化解决方案。将医院不同的系统通过统一的数据中心和综合信息平台实现集成，以形成具有信息融合、资源共享、业务支撑和优化管理等综合功能的一体化集成系统。医院的整合平台构建完成后，将形成医院的数据中心，实现医院建筑设备和医疗设施的统一管理，实现医院管理信息和医疗业务信息的统一管理。

成熟的医院信息管理系统已经由传统的事物管理型转向决策管理型。它不仅仅是单纯的计算机信息管理网络系统，也是人机结合的辅助决策管理系统，是医院实施科学管理的重要支撑条件。它为医院管理层提供了医疗质量评价、医务人员工作效率、卫生资源使用效率、医疗活动运作成本核算等医院运营辅助决策的重要依据。它们不仅仅完成信息的收集、检索、汇总等初步处理过程，并打印出管理层需要的各种报表，而且能够完成信息的二次开发，即在各种信息收集的基础上，利用数据库技术，对信息进行深加工，作出对现在工作的评估和对未来工作的预测，大大提高了管理层的决策能力。信息管理系统已经成为医院管理的生命线。

### 二、医学装备信息的内容

医学装备是医院进行正常医疗活动的重要物质条件。各级卫生行政管理部门对医学装备都制定了完整的管理办法和管理制度,医学装备管理部门则按照这些管理办法和制度对医学装备进行管理。在医学装备管理的全过程中会接触和产生大量的信息,包括规划计划、选型论证、安装验收、使用保管、计量维修、档案资料、统计报表、检查考核、事故处理、调剂报废及经费管理、效益评估等等。这些信息都是医学装备管理工作中需要进行决策时的重要依据,也是对医学装备进行有效调控的基础数据。

根据卫生部颁布的管理办法和管理制度,医学装备的全过程管理分为前期管理、中期管理和后期管理三个阶段,每个阶段所包含的信息内容各有不同。

**(一)医学装备前期管理中的有关信息**

1. 计划信息　中长期规划、当前购置计划,财务预算计划、资金来源等。

2. 合同信息　合同号码、批准证号、装备名称、规格型号、生产厂家、数量价格、技术指标、功能特点、配件种类、消耗材料、化学试剂、资料图纸、订货日期、到货日期、电话传真等。

3. 管理信息　审批程序、审批权限、固定资产管理手续、财务手续等。

4. 进口信息　外商名称、注册证号、代理授权证书、招标程序、专家论证、外贸合同、付款方式、运输方式、运费保险等。

5. 到货信息　报关免税、商检索赔、单据验收、安装调试等。

**(二)医学装备中期管理中的有关信息**

1. 出入库信息　建账建卡、建数据库、使用分类代码等。

2. 使用信息　项目内容、使用制度、操作规程、使用部件、性能状态、开关时间、人次数量、标本数量等。

3. 档案信息　申购资料、订货卡片、合同发票、货单运单、进口批文、使用手册、维修手册、故障记录、维修记录、计量记录等。

4. 计量信息　人员状况、送检免检、强制检测等。

5. 维修信息　装备名称、损坏部位、调换零件、工时费用等。

6. 考核信息　计划执行、库房管理、档案资料、效益评估、维护保养、使用维修、调剂报废等。

7. 效益信息　诊疗人次、科研成果、培养人才、课题数量、教学任务、收入支出、开发服务等。

**(三)医学装备后期管理中的有关信息**

1. 调剂信息　条件标准、审批权限、调剂原则、保管维护等。

2. 报废信息　条件标准、审批权限、资产处置、财务处理等。

**(四)不同来源的医学装备信息**

1. 来自国家机关的信息　国家公布的各项方针政策、法律法规等,国家规定的特定产品目录、特定产品招标办法、《医疗器械管理条例》、《大型医用设备配置与应用管理办法》、大型医用设备管理品目、指导装备机型、进出口商品检验、海关报关免税的规定和政策等。

2. 来自医院内部的信息

(1)医院的等级、规模、发展规划、年度计划等;

（2）医院的医疗项目、科研项目、教育项目、增设项目、调整项目等；

（3）医院的经费来源、政府投资、自筹经费、使用情况等；

（4）医学装备使用科室的要求、用途、目的等；

（5）医学装备的安装环境、房屋水电、安全防护条件等；

3. 来自厂家的信息

（1）国内外厂家的基本状况：如厂名厂址、独资合资、工商执业证书、产品合格证书、在国内注册证书、代理授权证书、资信名誉、其他医院的评价等；

（2）装备质量的情况：如厂家技术力量、服务维修力量、装备的档次、精度、升级换代的情况等；

（3）技术信息：如装备新技术的应用、维修技术要求、操作使用程序、线路图、安装图以及更新换代技术进步的状况等。

4. 来自国内外的经济、技术信息

（1）世界经济的发展、国家经济的变化、国民经济总产值的增加或减少、国家地区卫生规划的调整等；

（2）医疗技术的新发展，包括新技术、新材料、新装备等。

## 三、医学装备信息的收集

### （一）厂商信息

收集来自国家和单位内部的医学装备信息比较容易。这里重点介绍收集生产医学装备厂家的信息和医学装备技术质量信息的方法：

1. 订阅　是收集市场信息的主要方法，除了我们日常见到的报刊外，现在有专门传递信息的各种报刊可以订阅。如科学器材导报、国外科学仪器及医疗器械等。

2. 交换　医院之间可以相互交换市场信息资料。

3. 索取　现在国内外已有很多生产厂商、公司、集团印制大量有关资料，如产品目录、厂商介绍等，可以向其索取，国际上有若干种可以赠阅的商业信息方面的报刊。

4. 网上查询

卫生部网址：www.moh.gov.cn

国家药品食品监督管理局网址：www.sda.gov.cn

国家中医药管理局网址：www.satcm.gov.cn

中国医疗器械信息网：www.cmdi.gov.cn

中国医学装备网：www.came-online.org

目前，由国家有关部委举办的全国医疗器械展览会暨技术交流会在国际、国内都很有影响。如：中国医疗器械工业公司举办的春、秋季全国医疗器械展览会、卫生部每年在北京举办的中国国际医学装备展览会暨技术交流会、解放军总后卫生部每年在北京举办的国际医疗仪器设备展览会。各省市也不断举办区域性医疗器械展览会。这些展览会对推动我国医疗科学技术的发展起到了重要的作用。加入 WTO 后，我国医疗器械的国际市场将会发生很大变化。因此，不失时机地收集国外产品的信息，以满足我国卫生事业发展的需要，是非常重要的。

### （二）市场信息

国外市场信息与国内市场信息是基本相同的，但也有其自身的特点：

1. 时效性短　国外厂家之间竞争激烈,各厂家都竞相将科技新成果应用于医学装备之中,以形成竞争优势。因此,样本、资料的内容很快就过时了,应及时、不断地收集,才能满足需要。

2. 系列化　国外厂家的样本、资料向世界各地方发送。有的大型厂家其样本、资料已经系列化,内容简洁,数据详尽。

3. 定期发送　国外很多厂家,只要你把单位或姓名列入其发送样本、资料的名单内,就会定期发送给你。一般每年需要确认一次,若未及时寄确认卡,可能停止发送。

### (三) 样本资料

国外医学装备除通过在我国举行的展览会、厂商设立的样品陈列室、考察国内已进口的设备或向国外派出考察团(组)外,均不能见到实样,主要是通过样本、资料了解情况。因此,收集样本、资料就成了进口医学装备首先要做的事情。如何收集,现介绍如下:

1. 国内收集

(1) 国内专业进出口公司:国内各专业公司都有资料齐全的样本资料室可供查阅,有多份时亦可向其索取。

(2) 国内科技情报研究所:这些情报研究所均有大量国外样本、资料供查阅(有的叫特种资料),有多份的亦可向其索取。

(3) 国内中外文报纸:国内的中外文报纸,近年来也刊登国外厂家广告。

(4) 利用外商来华参展的机会,直接向其索取。

(5) 查询国际贸易促进委员会网站。

2. 国外收集

(1) 利用国际联机情报检索系统。比如美国的 DIALOG 系统,是目前世界上最大的联机情报检索系统。DIALOG 拥有的经济数据库品种多、数量多。从 20 世纪 80 年代以来提供的面向经济的数据库以及非书目数据库类型包括书目数据库、名录与辞典式数据库、全文数据库以及非书目数据库等,服务范围包括自然科学、社会科学和人文科学等各个领域。

(2) 厂商目录:国外厂商定期编辑出版本厂的产品目录。有的代理商也定期编辑出版代理厂家目录,大都装订精美,内容齐全,免费提供。

(3) 国外产品介绍刊物:国外出版社专门定期编辑出版介绍各国厂商产品的刊物,定期免费赠送。主要有:

IHE (International Hospital Equipment)

CLI (Clinical Laboratory International)

Hospimedica (Hospital Medical)

APD (Asia Pacific Dental)

BPI (Biotech Products International)

IIC (International Instrumentation and Control) 等等。

(4) 采购指南:国外出版社编辑出版的厂商及产品介绍。一些商业性刊物一个年度编辑一期,随刊赠送。

(5) 期报刊广告:国外期刊、报纸均登载大量广告可以收集。

(6) 来华展览会:国外来华展览会除带来实物外,还带大量样本、资料可以索取。

(7) 向厂家索取:直接向厂家索取该厂产品样本、资料。

(8) 其他：还有其他各个方面可以收集国外样本、资料。

## 四、医学装备信息的整理及分类

医学装备信息的整理及分类是医学装备信息管理工作中非常重要的组成部分。收集来的大量资料，不分类或不及时分类，既不便利用，在一定时期后，这些样本、资料也会失去使用价值。国外产品换型很快，因此，国外资料更应及时收集、及时整理、分类利用。如何整理和分类，简要介绍如下：

### (一) 整理

1. 分检综合目录 一般国外厂家有定期综合目录。为了使用和分类方便，首先把此种目录与其他目录分开。

2. 按外文字母分堆分放 不管用什么分类方法，均可用此种办法。如英文可按 A、B、C⋯Y、Z，如在每堆内还要细分，可再按字母分堆。如 X 线机第一次可放在 X 字母堆内，如再细分，可以按归类字母先后把 X 线机细分，这种方法比较易分易记，不会分乱。

3. 加盖日期 有些资料有明显的日期，有的在背面边沿有印刷的简写日期。如 9/2001，表示 2001 年 9 月出版。有的无任何日期，为了日后利用时知道资料的时间，可以加盖收集日期。

4. 处理过期资料 应该不断去掉过期的资料或已被更新的旧资料。哪些该处理，哪些该保留，要根据使用者来定，不要"一刀切"。

### (二) 分类

国外信息分类应根据不同情况来定，特别要根据使用者的业务熟悉程度而定。如使用者很熟悉国外厂家产品内容，就可以按生产厂家来分。如使用者不熟悉业务，只有按仪器类别来分。如样本很多，最好按单位器材编号的分类目录来分。这样分类，查阅方便，现介绍如下：

1. 厂家分类 把收集到的目录，按厂家名称第一个外文字母排序，如 Beckman，Bio-Rad，Bruker，Bakre 就可以排在 B 类。Aloka 可以排在 A 类。如 B 类中还要细分，可再按第二字母排序，就是 Baker，Beckman，Bio-Rad，Bruker 排序。

2. 按产品分类 把收集到的资料按产品外文字母排列，如英文按 A、B、C⋯⋯分类。先分大类，再分细类，如把分光光度计分在 S 类。又把 UV-spectrophotometer，vis-UV spectrophotometer，IR-spectrophotometer 再根据其英文字母来分细类。

3. 按分类代码分 可按卫生部 1999 年颁布的《全国卫生系统医疗器械仪器设备(商品、物资)分类与代码》[ WS/T 118—1999 ]分类。使样本资料号与现有医疗器械、仪器设备分类代码一致，便于查阅。

### (三) 国外资料整理

国外样本、资料的利用与国内基本相同，但也有其特殊的使用方法，为了更好地利用国外样本、资料，现介绍如下：

1. 产品名称 一般样本、资料上均用外文名称，有的厂家有时把两个以上的外文名称字头相连拼成一个新字，作为产品名称，通常在外文字典中查不出，有些此类名称因沿用很久，少数外文字典也予以收入。利用时要特别注意。

2. 型号 国外样本、资料对产品型号的表示方法一般有以下几种方法：

(1) 用外文字母：国外产品型号仅用字母如 Kodak 厂的 Sajelight Lamp B 型。

（2）用数字：国外产品型号仅用数字作为型号如Corning厂的血气分析仪为Corning178型。

（3）外文字母＋数字：国外产品型号有用外文字母＋数字表示，如Radiometer厂的血气分析仪的型号用ABL-500。以上型号表示方法中一般外文字母顺序越靠后的表示产品越新，用数字表示型号的数字越大，表示产品越新。

3. 价格　国外产品报送价格，有时已包括必需配件在内，在比较价格时要特别注意。总之，要弄清价格包括什么内容。

4. 其他　在填报需要的国外产品时，不但要填名称，有的厂家要求填产品号（Code No.）、目录号（Cat.No.）、部件号（Part No.）等，这样不易误购。

## 五、医学装备信息管理系统

### （一）信息管理系统

信息管理系统是综合了经济管理理论、运筹学、统计学和计算机科学的系统性边缘科学，随着管理科学和技术科学的发展而形成。它有三个构成要素：系统的观点、数学的方法和计算机的应用，这也是管理现代化的标志。

医学装备信息管理系统与其他信息管理系统一样也是一个由人、计算机等组成的进行信息收集、传递、存储、加工和使用的系统，它将组织理论、会计学、统计学、数学模型及经济学等多种学科理论同时展示在计算机硬件和软件之中，建立起一个可以进行全面管理的、以计算机为基础的信息系统，它具有预测、控制和决策功能，将电子数据处理与经济管理模型结合起来，为各级领导提供辅助决策的依据。在下面的章节中我们将详细介绍一个医学装备计算机辅助管理软件系统。

### （二）医学装备信息系统

建立医学装备信息管理系统，就是要对所需要的信息进行一系列的加工活动。通常可以分为收集、传递、贮存、交换、处理、检索和转换等七个部分。

1. 信息的收集　是指原始信息的收集。它要求全面合理、详尽可靠，并要保持信息的连续性。收集信息一般采用两种方法：即具体的业务方法和系统方法。业务方法的程序是：摸清业务要求→明确调查目的→拟定调查内容→开展正式调查；系统方法的程序是：了解系统总目标→确定数据总模式→制定调查内容→开展正式调查→检查校验→进行结构安排→贮存入库。

2. 信息的贮存　经过加工整理后的信息，一部分经过使用后贮存于计算机内；一部分不经过使用直接贮存。信息贮存的目的是为了有效地加以利用，并有助于提高经济、技术和行政的管理水平。贮存的信息通常是最有价值的信息，它能起到咨询、参谋和顾问作用。

3. 信息的传递　信息传递的通路是由信源—信道—信宿三部分组成。信源是信息的出发者、传递的起点；信道是信息传递的通道，它包括信息传递的媒质和传递方法；信宿是信息传递的终点，作用是接收信息和利用信息。

4. 信息的交换　信息交换是人类知识积累的重要方法，人们通过信息交换而获得新的信息，使研究不断深入，认识不断深化，产生新的信息组合，进而形成新概念。

5. 信息的检索　信息检索就是利用手工或计算机，从资料、档案、图书或计算机数据库中，找出所需要的信息资料。

6. 信息的处理　对信息加工的过程称为信息处理。信息处理通常采用的是数字信号处理法。它是用计算机对数字或符号序列表示的信号进行处理，由预先编制的程序来实现。

7. 信息的转换 信息的转换是信息处理的高级形式。它将信息从一种形态转换为另一种形态。以自然界客观物质为信源产生的自然信息可以转换为以人脑为信源产生的语言、文字、图像、图表等人工信息形式,也可以转换为计算机的代码,以及广播、电视、电信的信号。而代码和信号又可以转换为语言、文字、图像和图表等等。

**(三) 信息管理系统现代化**

信息管理系统的技术是目前最现代化的技术,它包括信息资源管理手段的现代化和信息工作管理手段的现代化。

信息资源管理手段的现代化是指运用以计算机为中心的现代信息技术手段,实现信息采集、存储、处理、检索、传递与服务的现代化。除了计算机技术手段外,还包括光学技术、声像技术、通信技术与网络技术。

信息工作管理手段的现代化是指现代技术及其设备在信息管理过程中的应用,包括计划规划、协调控制、工作评价、人员分析、经费管理、经营决策等。

1. 信息管理系统的技术 硬件、软件和通信是信息管理系统技术中的主要元素。硬件是指包括计算机在内的电子设备和机械设备;软件是所有程序的集合。硬件和软件共同构成计算机系统。一台计算机与其他计算机之间相互传送数据和信息,称为通信。

计算机硬件是指输入、处理、存取及传送数据和信息的设备。包括中央处理器、输入设备、输出设备和外部储存设备等。

计算机软件是指所有程序的结合。软件又分为系统软件及应用软件两部分。系统软件是管理计算机和协作用户操作、提供方便的程序,它包括操作系统、各种语言的编译和诊断程序及其他服务程序等。应用软件是根据不同用户需要而编制的专用程序,如用于数据库管理的程序等。

计算机通信技术是指计算机在不同区域之间传送数据和信息。目前计算机通讯网络已经能够把不同类型、不同大小的计算机分层次组织起来,建立分布式计算机系统。大型机、中型机和微机分层次连接;数据库信息分层次管理;各层次资源共享。

2. 数据的存储与管理 信息管理系统是利用计算机的硬件和软件存储、处理和管理大量数据。

(1) 数据的概念:数据是由符号组成,它是记录、表示、描述实体的。实体的每种属性在信息系统中用一个数据项表示,数据项是数据存储的基本单元,每一组数据称作一条记录,而数据文件的组合称作数据库。

(2) 数据的物理模型和逻辑模型:数据模型主要是定义数据是如何组织和相互联系的,物理模型反映数据是如何有效地进行物理存储和抽取,逻辑模型是从用户的观点出发,从使用的角度来描写数据。

3. 文件系统和数据库系统 目前数据存储和管理的系统主要是以下两大类:

(1) 文件系统:在文件系统中数据是以文件的形式组织存储,数据文件通过高级语言编写的应用程序建立、修改和使用。数据文件分为顺序文件、索引文件和相对文件。

(2) 数据库系统:数据库是将大量关联数据动态地有组织地存储起来,由数据库管理系统统一管理,它提供了一种有效的共享数据的方法。数据库系统是一个很复杂的系统,它的结构分为用户级、概念级和物理级;它的逻辑模型分为层次型、网络型和相关型,目前常用的数据库就是相关型数据库。

4. 数据处理过程 用计算机进行数据处理的内容有:事物处理、产生报告、查询处理和人机交互等多种活动。事物处理是指信息最基本的处理,用计算机进行事物处理是为了加快速度、提高效率。事物处理的一般过程是输入数据、有效性检验、更新主文件。

报告查询是指提供信息的方式和查询计算机数据库。报告又分为常规报告和实时报告。

人机交互系统主要用于计划、分析、决策。用户提供数据,计算机按模型进行计算,取得结果。

### (四) 信息管理系统结构

按照不同的观点把大系统分为不同的小系统,就会得到不同的系统结构。信息管理系统可以分为以下四种结构:

1. 管理层次　管理分为三个层次:计划层、管理层、执行层。不同管理层次需要的信息不同。

2. 功能结构　一个企业的管理功能分为市场管理、生产管理和财务管理。信息管理系统也要分为三块。

3. 软件结构　信息管理系统是以数据库为核心的,管理人员使用数据库完成各种功能的管理。

4. 硬件结构　管理信息系统的硬件结构分为手工操作系统、机械操作系统和电子操作系统。电子系统包括电话、电传、传真、电视和计算机,其中计算机是系统的核心部分。

### (五) 信息管理系统开发

每一个信息管理系统都有一个生命周期,一般包括规划、设计、运行和维护几个阶段,然后又被新的信息管理系统代替。

1. 规划　实现一个新的信息管理系统需要大量的时间、资源和经费,因此必须进行充分的规划和论证。

2. 设计　在系统分析的基础上提出设计方案,确定系统的功能与目标。

3. 维护　信息系统的维护就是要减少各种错误,改善服务。包括日常维护、紧急维护和系统改进。

4. 评价　系统评价是信息管理系统的最后一个阶段,评价内容包括价值评价、技术评价、运行评价和经济评价。

# 第二节　医学装备分类与代码

## 一、概述

### (一) 标准及其意义

标准是衡量事物的准则,是人们在社会实践活动中为了使管理工作系统化、规范化和科学化而制定出的一种衡量事物的准则。标准是在人类的社会活动中逐步形成的,是为满足人们的需要而制定的,标准的种类在各行业中是不一样的。例如,为适应科学发展和合理组织生产的需要,在产品质量、品种规格、零部件通用等方面规定了技术标准。

"医学装备分类与代码"是中华人民共和国卫生行业标准,也是一个基础性的标准。其制定也有它产生和发展的过程,是在医学装备使用管理过程中逐渐形成的。医学装备种类繁多,必须有一个科学的分类与代码才能够满足科学化管理的需要。生产厂家在其产品种类逐渐增多时,总想将其划分成几类。经营部门在经营到成千上万种物品时,如果不分门别类地进行管理,也会产生极大的麻烦。对使用单位来说,在进行管理的过程中,如记账、入库、统计、清查等工作,更需要按照不同的类目进行管理。

在当前的科学管理中,计算机是必不可少的工具,没有一个科学的分类与代码,就无法完成信息交换和统计运算工作,信息交换也要有一个统一的标准。

因此,对于一件物品来说,无论是在生产领域、流通领域和使用单位,一定要有一个统一的分类与代码标准。

**(二) 物品分类编码标准**

物品分类编码标准是人们将社会上物品的名词、术语,包括范围、计算方法和计量单位,作出统一规定,按照科学的原则和方法进行分类,加以编码。经有关方面协商一致,由主管机关批准、发布,作为下属各单位在一定范围内进行信息交换时共同遵守的准则和依据。

我国的物品分类编码体系由四级组成,即:国家标准、行业(部门)标准、地方标准和企业(包括事业)标准。

1. 国家标准 是供全国范围内使用的标准,它是经中国标准化研究院技术审查,由国家技术质量监督局批准并发布的物品信息分类编码标准,即《全国工农业产品(商品、物资)分类与代码》[GB7635—87]。其使用范围有四个方面:

(1) 在全国范围内,特别是国家、部门、地方之间交换信息使用;

(2) 供国家主管部门收集和处理信息使用;

(3) 当国家标准能满足部门、地方和企业的使用要求时,部门、地方和企业可直接作为收集和处理信息使用;

(4) 行业(部门)、地方、企业标准可依据国家标准进行延拓、细化。

2. 行业(部门)标准 是在本行业(部门)内使用的标准,它是由国务院主管部门批准并发布的物品分类编码标准。行业标准必须与国家标准兼容,其使用范围是:

(1) 供某一行业(部门)范围内交换信息使用;

(2) 供行业综合部门收集和处理信息使用;

(3) 当行业(部门)标准能满足下属单位要求时,可直接作为下属单位收集和处理信息使用;

(4) 是制订企业标准的基础。

3. 地方标准 是指省、自治区、直辖市、计划单列城市和省辖市制订的标准,它是供某一地方使用的标准,是由地方人民政府的标准化行政部门批准并发布的标准。按照《中华人民共和国标准化法》规定:对没有国家和行业标准而又需要在省、自治区、直辖市范围内统一物品的管理,可以制定地方标准。而且还规定在国家标准或行业标准推行之后,该项地方标准即行废止。医学装备因其使用的普遍性等诸多原因,一般不搞地方标准。

我国在四级标准的基础上,如国家或行业标准又可根据使用中的不同要求分为强制性标准和推荐性标准。

**(三) 标准的法规性**

标准具有严肃的法规性,它是各项经济技术活动中的有关各方共同遵守的准则和依据。在信息交换时,必须统一执行与交换范围相适应的物品分类编码标准,以获得最好的经济效益。

国家标准的维护管理部门明确指出:当标准适合于下级管理部门需要时,下级部门应直接采用该标准;当不能完全满足需要时,允许下级管理部门制订使用自己的标准,但必须与相关的上级标准兼容,以保证信息交换的顺利进行。

### (四) 我国的物品分类编码标准

我国的物品分类编码标准起步较晚,到目前为止,还未达到统一。

国家统计局在 1952 年到 1983 年间先后三次编制过《工业产品目录》。1954 年有关单位制订了《国内贸易统一商品目录》。

1979 年 9 月国家科委管理现代化研究会正式提出编制我国的《工农业产品分类标准》,并委托有关单位开展国内外情况调查研究。1986 年 8 月提出了《工农业产品分类编码初步方案》。

1983 年国务院普查办公室要求有关部门和单位编制了《全国工业产品标准分类目录》,1984 年作了一次修改工作。

1984 年 6 月国家统计局向国务院的报告中提出制订工农业产品(商品、物资)分类标准。1984 年 11 月国务院明确指出编制《全国工农业产品(商品、物资)分类与代码》国家标准。

1987 年 9 月国务院批准了国家标准《全国工农业产品(商品、物资)分类与代码》[GB 7635—87],并发布执行。它是制订行业、地方和企业物品分类标准的基础。

1984 年,国家教委编制并发布在全国高等学校实行的《高等学校固定资产分类目录》,以后又进行了两次修改和补充,于 1990 年出版发行了《高等学校仪器设备分类编码手册》,1994 年 11 月第二次修订出版了《高等学校仪器设备分类编码手册》。

2000 年 4 月,财政部根据国家标准(GB/T 14885—94)固定资产分类与代码,摘编整理出了《预算单位固定资产分类与代码》,并以财清办字[2000]27 号文件发至全国各单位,按照该"分类与代码"进行清产核资工作。

1992 年至 1993 年按照国家技术质量监督局的意见由卫生部、总后卫生部、国家医药管理局和中医药管理局分别派出专家组在天津、北京召开会议,讨论决定以行业标准《全国卫生系统医疗器械、仪器设备(商品、物资)分类与代码》[WZB01—90]为蓝本,补充修订出新的医疗器械分类与代码标准。该修订稿通过了联合审定,并经中国标准化与信息分类研究所批准,于 1999 年 1 月由卫生部颁布。

## 二、医学装备分类与代码

### (一) 医学装备分类与代码

通常所说的物品分类与代码是由国家主管部门组织专门人员将生产部门的产品、商业流通领域中的商品和使用单位中所用的物资(即产品、商品、物资,统称之谓物品),按照科学方法进行统一分类,并分别给予不同的数字代码,形成一件物品一个数字代码,即一物一码,以满足主管部门对物品的统计、分析、信息交流和管理。

医学装备分类与代码是由国家卫生行政部门组织专门人员,将医疗卫生机构中使用的医疗、教学、科研和药品生产等方面的仪器设备、器械、耗材在国家物品分类与代码(GB 7635—87)的基础上,进行延拓、细化,编制出来的,并保持了与国标的兼容。

### (二) 医学装备分类与代码的产生

医学装备管理工作者在账、物、卡的管理工作中,均使用各种不同的分类代码,有根据自己的知识和经验自行编制的;有采用其他有关单位使用的分类代码;也有采用有关系统,如国家教委制订的代码等。分类代码的不统一,给卫生系统内、外的信息交换带来了很多困难。为此,卫生部《医学技术装备丛书》编委会于 1984 年依据《全国工农业产品(商品、物资)分类与代码》[ GB 7635—87 ]起草了医学装备分类代码初稿,得到了卫生部领导的高度重视。

1987 年卫生部计划财务司正式发文组织编写医学装备分类与代码,并委托原北京医科大学牵头,会同原山东医科大学、原上海医科大学、中国医科大学、原中山医科大学、白求恩医科大学、原同济医科大学、原华西医科大学、湖南医科大学、广州中医学院、北京中医学院、中国医学科学院、中国中医研究院、原中国预防医学科学院、北京生物制品研究所和中日友好医院的 25 位专家教授组成了编写组。在国家统计局、国家技术监督局和国家标准化与信息分类编码研究所的指导下,经过三年多的调查研究、资料收集与单位协商合作、多方征求意见,反复修改等大量的工作,于 1990 年编制出了《全国卫生系统医疗器械、仪器设备(商品、物资)分类与代码》[ WZB 01—90 ],于 1990 年 5 月由中华人民共和国卫生部和国家中医药管理局批准颁布试行。

**(三) 医学装备分类与代码标准的执行与修订**

《全国卫生系统医疗器械仪器设备(商品、物资)分类与代码》[ WZB 01—90 ](第一版),在全国卫生系统组织了多次宣传贯彻、培训和推广应用活动。

1999 年卫生部组织有关专家对收集到的意见和各方面的信息进行了修订。这次修订内容,还纳入了 1992—1993 年两部两局讨论统一审定的有关内容。经与国家标准化与信息分类编码研究所协商,定名为中华人民共和国行业标准《全国卫生行业医疗器械、仪器设备(商品、物资)分类与代码》[ WS/T 118—1999 ](第二版),1999 年 1 月 21 日由中华人民共和国卫生部颁布,1999 年 7 月 1 日实施,并由中国标准出版社出版,全国发行。2000 年 3 月卫生部规划财务司、卫生部《医学技术装备丛书》编辑委员会、中国医学装备协会组织编写了《汉英医学装备仪器分类词典》,作为与其配套使用的科学分类、释义的专科性工具书。

《全国卫生行业医疗器械、仪器设备(商品、物资)分类与代码》[ WS/T 118—1999 ](第二版)保持了与国家标准《全国工农业产品(商品、物资)分类与代码》[ GB 7635—87 ]的兼容性,是它的子标准。它是现阶段卫生行业的基础标准,是卫生行业技术信息交换的共同语言,是卫生行业进行的各种汇总统计和报表的依据。

随着医学科学技术的不断进步,新的医疗设备和器械不断推陈出新,第二版《分类与代码》已不能满足各级医疗机构和管理部门的工作需要,迫切需要对这一版本进行修订。卫生部卫生政策法规司于 2006 年 11 月将《分类与代码》的修订工作立项,并委托中国医学装备协会具体承办。

2007 年 7 月召开了第一次《分类与代码》修订工作会,卫生部政策法规司、规划财务司领导参加了会议,并就修订工作的意义和方法提出了明确的指导意见。

本次修订的 68 类 "医疗器械" 是从 6821 "医用电子生理参数检测仪器设备" 至 6860 "防疫、防护卫生装备及器具",其中含有 25 个中类、148 个小类、1541 条品目。修订 83 类 "计算机" 是从 8301 "数字电子计算机" 至 8381 "电子计算机配套设备",其中含有 12 个中类、13 个小类、150 条品目。修订 87 类 "实验室装备" 中的 8711 "光学仪器"、8716 "分析仪器" 和 8726 "实验仪器及装置",其中含有 3 个中类、31 个小类、576 条品目。准备进行修订的品目共为 2267 条。新增高值耗材类品目,将对近 600 条数据进行规范命名、分类、代码及排序设置。

2007 年 12 月至 2008 年 8 月,修订工作专家组对汇总初稿先后进行了八次审定,就专家提出的修订意见逐条进行了讨论,形成了一致意见。确定:增加新品目 762 条,合并 372

条功能相同、品名相近的同类品种,删除命名不规范、淘汰产品、零配件及低值医用耗材等品目788条,形成了《征求意见稿》。

2008年9月初,将征求意见稿在全国范围内进行函调,共收到有关政府职能部门和医疗机构的94条修改意见,修订工作专家组分别进行了认真讨论和修改,形成了《预审稿》和《征求意见汇总处理表》。

《预审稿》中将68类"医疗器械"改为从6821"医用电子生理参数检测仪器设备"至6851"介入诊断和治疗用材料",其中含有27个中类、133个小类、1880条品目。将83类"计算机"改为从8301"电子计算机"至8305"计算机软件",其中含有5个中类、20个小类、155条品目。将87类"实验室装备"修改为8711"光学仪器"、8712"分析仪器",其中含有2个中类、21个小类、766条品目。新增6850"骨科材料"和6851"介入诊断和治疗用材料"两个高值耗材类目,其中含有小类6种,136条品目。修订后的品目为2937条。

2008年12月对标准送审稿、编制说明以及征求意见汇总处理表,组织专家进行了初审,并上报卫生部政策法规司等待审批。

1994年中华人民共和国财政部、中国国家标准化管理委员会颁布了《固定资产分类与代码》国家标准。2009年对该标准进行了修订,门类由10个调整为6个;大类由70个调整为76个;代码层次由4层改为3层;中类和小类的代码长度由1位改为2位。

新版中用"70医疗器械"取代了1994年颁布的"固定资产分类与代码"中"45类医疗器械"。我们已经把这次修订的新版68类中前三段六位的目录提供给了中国国家标准化管理委员会,建议国标中的"70医疗器械"选用这个目录。

### 三、医学装备分类与代码的编制原则和方法

#### (一) 医学装备分类与代码的编制原则

医学装备分类与代码是卫生行业标准,是国家标准的子标准,其编制原则必须坚持统一化、规范化和科学化。

1. 必须坚持与国家标准《全国工农业产品(商品、物资)分类与代码》[GB 7635—87]整体原则的兼容性。

2. 以设备的自然属性为主,结合医学装备的具体情况和使用方向进行分类。

3. 结合全国卫生行业管理的需要和当前的实际管理水平。

4. 结合生产和流通领域的现行分类和个别惯用名称进行分类。

#### (二) 医学装备分类与代码的编制方法

1. 采用国家标准《全国工农业产品(商品、物资)分类与代码》[GB 7635—87]中的门类和四层八位分类与代码。

为了保持国家标准的完整性和系统性,也为了应用的方便,并保证与国家标准的兼容,全部采用了国家标准中的A、B、C、D、E、F、G、H、J、K、L、M、P、Q、R、S、T、U、V、W、X、Y、Z等23个门类及其名称。同时,也全部采用了01、02、03…92、99等共93个大类的代码及其名称。

(1) 四层八位分类与代码的含义:四层八位分类与代码,是将物品分成一、二、三、四,4个类目层,分别代表大类、中类、小类和品名类四个层次,再分别给每个层次以不同的数字代码,每层的数字代码均以两位阿拉伯数字表示,整体上说,就是四层八位的分类与代码。

一般表示方法是:

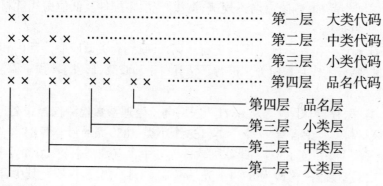

例如：

| 68 | | | 医疗器械 |
| 68 | 21 | | 医用电子仪器 |
| 68 | 21 | 10 | 心电诊断仪器 |
| 68 | 21 | 10 | 01 | 单道心电图机 |

（2）四层八位分类与代码的总容量

第一层可容纳代码：$01 \rightarrow 99$ 个代码；

第二层可容纳代码：$01 \rightarrow 99 \times 99 = 9801$ 个代码；

第三层可容纳代码：$01 \rightarrow 99 \times 99 \times 99 = 882\,090$ 个代码；

第四层可容纳代码：$01 \rightarrow 99 \times 99 \times 99 \times 99 = 87\,326\,910$ 个代码。

（3）采用四层八位分类与代码的依据：为了保持与国家标准的一致和兼容，在"国标"的基础上进行的延拓、细化和补充，可以满足物品分类与代码的需要；四层八位分类与代码的容量能够满足目前管理的需要；计算机处理方便；为采用"五层十位的分类与代码"或"六层十二位的分类与代码"奠定基础，这是行业标准的方向。因为，要管理到规格型号层，就需要用五层十位或六层十二位的分类与代码。

2. 在国家标准的第二、第三和第四层的一些类目上进行延拓、细化和补充。重点是"68"类和"87"类，而且将进口仪器设备也编入其中。其中"68"类共延拓、细化和补充了约3000余条，比较全面。

3. 保持分类代码的区间性，在各层，特别是品名层中，将品名相近的物品尽量集中到相邻代码中，以带"9"的代码，比如"09"，"19"，"29"……等相隔，这就是分类代码的区间性，便于区分和管理，也避免了从 $01 \rightarrow 99$ 之间的杂乱无章地排列。

4. 空类目编码的原因及处理办法，为了便于查找使用"国标"，在引用"国标"类目时，有引用到第一层的，有引用到第二、三层的，没有引用到第四层的，所以在其代码后面没有补零到第八位。用户使用到这些类目时，必须去查找"国标"中的具体分类代码。

5. 本着"68"类的补充，细化和延拓的原则，坚持医学装备大类的内含性。属于医学装备的类目均列在该类中，其他类目中有列类的，则坚持不列在"68"类。在遇到其他类目中没有列类的物品，又找不到更为合适的类目时，以用途为主考虑，暂列在"68"类，但在物品名称前一般加上了"医用"两个字，比如：684114 医用蒸馏、纯水设备；684116 一般医用化验器具，685480 医用凳、椅、台床；685614 医用推车等等。

6. 打破行业与管理单位的界限进行分类和命名，将物品补充、细化在"国标"的有关类目中，如：防疫车，救护车等医用车辆，也可放在"68"类中，但"国标"、"730115"专用汽车的说明中注明包括"装有专门设备,具有专门功能"的汽车。故将医用汽车归在"73"类目内。

7. 每层的代码是两位数字,一般是从"01"开始,按升序排列,最多编到"99",但第三层一般是从"10"开始,因为第三层的"01"——"09"是开列区,只有特殊类目才能用此代码。

每层中均留有一定的空码,这是为了保证标准的长期使用,并满足不断增加的类目;保证标准体系的科学性,并保持类目的分段性;为增加和调整类目使用。所以,每层的代码不一定是连续的。

每层中末位数是"9"的代码,不能随便占用,它是作为该层中的收容类目,作为分段使用的。

8. 收容类目及其代码

(1) 收容类目的含义:收容一般是收留的意思,就是将目前尚不明确的类目或者尚未列入的产品,暂时收留在一个特殊的位置,一旦有了明确的类目或者适当的机会,还可以重新给予分类代码,我们把具有这种特定位置的类目叫收容类目。各单位在使用本标准的过程中,遇到一些类目或物品需要列入本标准中,而又找不到合适的类目时,可暂放在这个收容类目中。

例如,"684030"是专用生化分析仪器,有的单位可能准备买或者已经买了 DNA 修复仪,按分类原则应该在"684030"分类代码中找出 DNA 修复仪的代码,但是在"684030"分类代码中又找不到其代码,此时用户可将其暂放在"68403099"分类代码中。这个"68403099"就可能是一码多物,这与标准的规定不相符。这要等到一定的时候,由主管部门决定单独给予分类代码或者等到修订标准时,再给它们一个合适的分类代码。

以上例子,说明了收容类目的意义以及设置它的必要性。

(2) 收容类目的代码有两类:各层中数字为"99"的代码;同一层内分成若干区间时,划分区间的代码是末位数字为"9"的代码,如"09","19","29"……等等。

(3) 各层中的区间性和收容类目问题:每层中不一定都有明显的区间性,也不一定都列出很多收容类目的。

9. 关于"开列区"问题

(1) "开列区"的含义:"开列区"是为了满足管理上的特殊需要,在分类与代码的特定区域,对物品按不同属性重新分类,而且是只能单独作为参考和统计的一个特殊类目。

在 730110—730117 类目中已将汽车按货车、越野汽车、自卸汽车、牵引汽车、专用汽车和轿车、客车等进行了分类。

如果从管理上的特殊需要,比如说,主管单位在分配汽油指标时,需要参考的一个指标就是使用汽油汽车的数量,如果只知道各单位汽车的总数,不知道使用汽油汽车的总数,只按照汽车总数去分配汽油指标,就不一定合理。如果再参考各单位使用汽油汽车的总数,在分配汽油时就会更合理些。因此,就需要将汽车再按照所用能源的不同,重新分类。

这种对汽车的重新分类,如不加特殊处理,则出现了重复分类和交叉分类的矛盾,给统计工作造成麻烦。因此,就需给这种重新分类一个特殊的区域,我们将其定名为"开列区"。

(2) "开列区"的位置:在第三层的"01"——"09"代码分段内,不能超越。在没有开列类目时,此段区域也不能被其他类目的代码占用。第三层的正常分类代码只能从"10"开始。"开列区"的代码前均应标记上"*"号,目的是使计算机能够辨别出是"开列区"的类目。

(3) "开列区"类目的使用规定:因为"开列区"类目之间没有严格的逻辑关系,所以"开列区"中类目之间不能进行汇总;"开列区"类目也不能与主分类区类目一起汇总,因为它与主分类区类目之间有交叉关系。

## 四、医学装备分类与代码的应用

医学装备分类与代码的应用,就是贯彻使用卫生行业标准《全国卫生行业医疗器械、仪器设备(商品、物资)分类与代码》[WS/T 118—1999]。

在现代化科学管理中,计算机广泛渗透到管理领域。为了便于各种各样的物品的自动收发、管理、统计等,迫切要求有一个科学的物资分类与代码,该标准的实施正是适应了这一现代化管理的要求。同时,对于生产领域,商业流通和使用单位来说,每个物品都有统一的分类代码,也更加利于彼此间信息的交换。在医学装备的应用管理中,有利于工作效率的提高。为提高医疗器械,仪器设备的管理水平,实现经济、技术信息的自动化管理开辟了广阔的应用前景。

[WS/T 118—1999]全国卫生行业标准的使用方法

**(一)查找物品名称在本标准内的分类代码,应分以下几个步骤**

1. 确定物品的规范化名称　如果不规范,就应先正其名,力争规范化。如果大致能知道它已有两个或若干个名称,一时又很难确定哪个是规范化的名称。先按较规范化的名称去查找,如果找不到其代码,就按另一个名称去查找。在查找时,一定要兼顾一下分类代码表中的说明,再按说明去查找其代码;

2. 确定物品所属的门类,找出所属大类　在看到一个规范化的装备名称后,应确定它应属的门类,比如:医院用的各种防疫车,救护车和胃肠检查车等,再确定它们属交通运输设备门类内的"73"大类公路运输设备及工矿车辆。

3. 查找中分类和组分类,确定所属类目的代码　在第四层组分类中再一次辨别确定所查物品的名称与标准中的名称的一致性和规范性,最后确定物品的分类与代码。

**(二)遇到物品名称与分类代码的名称不一致时的处理原则**

在遇到所用物品名称与分类代码中的名称不一致时,有三种处理情况。

1. 各单位使用物品的名称不规范时要服从标准中的名称　比如:"87111925"可见分光光度计,是按可见光、紫外光和红外光等波长范围来分的,没有按光电和微量来分,所以,就要查一下使用单位所指的光电和微量等分光光度计所用的波长范围是什么,如果是属可见光的范围,就应该列入可见分光光度计类目内,如果是紫外光或紫外可见光范围,就应列入到紫外可见分光光度计类目内。

2. 一物多名称问题　实际应用中在遇到一物多名称时,应按本标准中的名称对号入座给予分类代码。如有不同意见,可以逐级向维护管理组反映,并提出修改意见。

3. 标准中名称不规范　受水平限制或者别的原因,本标准中的品名可能有不规范的名称。如果使用中发现这类情况,可以将意见反映给卫生部规财司,但在没有修正以前,必须采用本标准中的名称,并按适当类目取其代码。

**(三)对于各单位使用的物品在本标准中确实找不到分类代码的可作如下处理**

1. 查阅"国标",从"国标"中找出应有的代码。

2. 尽量找合适类目的第四层"99"类,将其列入第四层"99"类目内,但要按照统一格式填表上报给卫生部规财司。例如,前面讲过,有的单位刚买进了"DNA修复仪",在"684030"专用生化分析仪器类目内找不到"DNA修复仪"的代码,就可将其列入"68403099"类目内,同时将其填表上报卫生部规财司。

3. 如果难以判断是哪一层的"99"类目时,可将所使用的物品填表报卫生部规财司,请求暂时给一个"99"代码;

4. 使用单位可在相应的类目上增加一个"99"类代码,在各层的空码中增加比较合理的分类代码,以满足需要,但均须在其代码前加"#"符号,以区别已有的代码。

**(四) 在编制标准的过程中,有些物品在"国标"的类目中并没有恰当的位置**

在进行补充,延拓和细化时,为了本部门使用的方便,我们将这些物品分别编制在"68"和"87"类目中,比如:实验室常用的各种震荡器、加热器、搅拌器、加样器、稀释器等等设备,没有明显可归入的类目,在"8726"实验仪器及装置类目下增设了"872618"类目——实验室辅助设备。又如:常用的动物实验和饲养设备,按用途分类,仍然在"8726"实验仪器及装置类目下增加一个"872623"动物实验饲养设备。这样,在第四层代码中,便可列入动物固定器,动物笼子、动物隔离器、超净生物层流架,鼠尾脉搏测定仪,等等。

### 五、医学装备分类与代码的维护管理

**(一) 维护管理的作用和地位**

行业标准的维护管理,就是对标准产生和执行过程中的技术文献以及重要资料的管理;并将有关内容和事项通知使用单位。维护管理就是通过一定的方法和手段去维护标准的完整性、系统性和法规性。

**(二) 维护管理组织的职责**

1. 负责对标准的解释,并承担维护管理任务;

2. 确定维护管理工作的内容和工作程序;

3. 建立标准内容的更改、删除和增添的申报制度;

4. 提供标准的文本和软盘;

5. 负责组织标准的修改工作,并定期向卫生部申报备案;

(1) 收集使用单位对标准中的意见和要求,为标准修订工作积累资料;

(2) 与有关单位或组织协商标准中内容的更改、删除和增添类目的代码;

(3) 定期将标准修改的内容通知有关单位或用户;

(4) 在标准贯彻实施过程中,可以补充附加使用说明;

(5) 提出标准复审和修订计划。

# 第三节　医学装备计算机管理系统

## 一、医学装备计算机管理系统的作用

医学装备计算机管理系统实际上是一种信息管理系统,它把和医学装备有关的信息存在计算机内,然后根据不同需要进行分析、查询、统计,打印账目及各种报表,从而起到辅助管理和辅助决策的作用。

使用医学装备计算机管理系统具有以下作用:

**(一) 可以提高医学装备的管理水平**

传统的医学装备管理是通过手工方式进行,因为条件的限制只能通过登记账、卡来收集医学装备的名称、规格、型号、价格、生产厂商等信息,从而完成入库、出库、使用乃至报

废的管理。这一简单的管理手段显然已不能适应科学技术的高度发展和管理工作的需要。引入计算机管理系统就可以实现医学装备管理的智能化,完成收集所有信息,包括名称、规格、型号、价格、生产厂商、使用科室等静态信息和使用率、综合效益等动态信息,并能够进行归类、统计、分析,完成医学装备的全过程管理,从而大大提高了管理水平。计算机管理系统对实现管理工作程序化、管理业务规范化、技术数据标准化、装备信息编码化、信息格式统一化等都能够起到巨大的促进作用。

**(二) 可以提高工作效率**

计算机处理信息速度快,以一个 500 张病床的中型医院为例,假如有医学装备 5000 台、件,那么统计、打印以使用部门为单位的分户报表 1 个小时之内就可完成,可以大大提高工作效率。

**(三) 可以辅助领导决策**

如某一科室申请购置心电图机,医学装备管理部门可以使用计算机立刻打印出全院拥有的心电图机分布清单,领导部门根据全院心电图机的数量、使用效率及分布情况决定是否购置新的设备。

**(四) 可以促进管理人员业务素质的提高**

计算机是一个现代化的辅助办公工具,它是依靠人来操作和管理的,由管理

人员提出任务和要求,并指挥它完成。如果管理人员不掌握计算机知识,就不可能发挥计算机的作用,所以设备管理人员必须尽快适应现代化管理的需要,在不断提高自身业务素质的基础上,努力学习计算机知识,在医学装备管理工作中充分发挥计算机的作用,以实现医学装备管理工作科学化、规范化、现代化。

## 二、我国医学装备计算机管理系统的历史与现状

20 世纪 80 年代初期微型计算机开始进入我国,随着关系型数据库技术的广泛应用,各种计算机管理系统软件迅猛发展,医学装备计算机管理系统工作也开始在各个医院、医科大学、科研院所应用起来。由于发展初期计算机人员匮乏,大多数管理人员对计算机参与管理的认识还很肤浅,所以应用开展工作并不顺利。尽管不少部门购置了微型计算机,但是基本上都是仅仅建立了医学装备数据库,而数据格式不规范,信息量也很小,完整的医学装备计算机管理系统软件还很少见。

在此情况下,卫生部为迅速提高医学装备的管理水平,先后多次研究、制定了标准化的数据格式和管理软件功能标准,同时决定在全国卫生部门使用统一的数据库格式和医学装备管理软件。1988 年 5 月在原上海医科大学对技术上比较成熟的六个医学装备管理软件进行了评选,与会专家一致推选中国中医研究院和湖南医科大学编制的两个软件作为卫生部推荐的优秀软件,在进一步完善后向全国推广。同年上述两个软件又分别通过了卫生部组织的计算机和医学装备管理两个方面专家的技术鉴定,并从 1989 年开始在全国推广使用。1992 年卫生部利用这两个软件采集了卫生部直属单位万元以上医学装备的技术数据,建立了相关的数据库,大大推动了医学装备计算机管理系统工作的开展。

到 1992 年全国大约有百家医疗机构使用了中国中医研究院编制的医学装备计算机管理系统软件。当时用户较多、功能较完善的还有北京化工大学、湖北中医学院等单位编制的医学装备计算机管理系统软件。除了这些相对完整的管理软件外,一些和医学装备管理有关的其他计算机软件也纷纷面市,如:CT 技术参数咨询软件、低值易耗物资管理软件等。

20 世纪 90 年代中期随着计算机技术的高速发展,其操作平台(磁盘操作系统 disk operation system,简称 DOS 系统)也发生了根本性的变革,Windows 系统完全取代了 DOS 系统。多任务、多媒体的工作方式使得计算机的操作者可以方便地开展各种工作,一些以前受技术限制不能完成的工作,如医学装备图片的检索也可以轻而易举地实现,大容量、高速度对各类信息系统的开发提供了强有力的支持。同时医学装备的管理要求也在不断地加强和提高,这使得原有的医学装备计算机管理系统软件已经落伍,必须开发新的版本以适应新的要求。

1997 年在卫生部计划财务司的领导下,由中国中医研究院牵头,中国医学科学院、北京大学医学部、北京市卫生局等单位参加共同研制开发医学装备计算机管理系统软件的新版本。经过两年的编制,1999 年初开始在部分单位试用,1999 年 10 月起在全国范围内推广使用。

这套医学装备计算机管理系统软件是以卫生部 1995 年发布的《医疗卫生机构仪器设备管理办法》作为中心设计思想,以医学装备的全过程管理作为设计基础,以《全国卫生行业医疗器械、仪器设备(商品、物资)分类与代码》[ WS/T 118—1999 ]作为标准化依据,以 Windows 系统作为操作方法的新型管理软件。

该软件已连续三年为卫生部采集了全国医疗机构的医学装备数据,并被全国近 500 家(包括各省市卫生厅局在内)的医疗机构使用。目前正在积极策划第三代医学装备计算机管理系统软件的开发。

随着计算机网络化技术的不断发展,大中型医院已经开始使用计算机网络管理医院的各项业务,医院网络管理信息系统包括挂号、收费、住院、病案、药房、财务等,医学装备计算机管理系统也是其中比较重要的组成部分。

从目前情况分析,在一些已经开展医学装备计算机管理系统的单位,管理软件的应用也并不理想。造成上述问题的主要原因:一是重视程度不够,二是条件限制,三是各种管理软件都存在一些不足。

随着我国医疗卫生事业的迅速发展,医学装备所占医院固定资产的比例越来越大,因此,必须重视医学装备管理部门的现代化管理水平的提高,必须重视计算机网络管理系统的建设,必须重视医学装备计算机管理系统的使用。

### 三、使用医学装备计算机管理系统的前期准备工作

#### (一) 原始数据的整理

医学装备的原始数据一般是以单据或账目的形式记载的,对这些原始数据要进行必要的整理,要做到数据准确、账卡相符、账物相符。同时原始数据要相对完整,一些需要计算机处理的关键项目如:分类代码、设备名称、原产国别、规格型号、购置金额、购入日期、使用科室等一定要收集齐全。原始数据的准确和完整是实现医学装备计算机管理系统的基础,如果上述工作做得好,往往可以起到事半功倍的作用。通常人们在评价一个医学装备计算机管理系统软件的优劣时,一是看软件的功能是否齐全,二就是要看软件所收集的数据是否准确和完整。由此可见原始数据整理的必要性和重要性。

#### (二) 人员培训

医学装备管理人员要进行必要的计算机知识培训,培训内容主要是计算机的基本知识、一般操作和 Windows 系统的使用。计算机基本知识是指计算机的原理和结构,管理人员可以根据工作需要作一般性了解。一般操作是指操作计算机和学会使用应用软件。Windows 系统的学习对管理人员来说很重要,它是掌握所有应用软件的基础,尽管内容很

多,但趣味性很强,学习时要多作练习。有条件的管理人员还可以学习一些相关的内容,如:数据库、电子表格等,这对使用医学装备计算机管理系统软件都会起到很好的帮助作用。

### (三) 设备配置

为开展医学装备计算机管理系统工作,有条件的管理部门应该配备专用计算机。本着从实际情况出发的原则,计算机的配置不一定要求很高,以能完成管理任务为标准,一般中低档配置即可。

### 四、医学装备计算机管理系统的内容

一个完整的的医学装备计算机管理系统软件要能够对医学装备的各类信息进行管理,包括静态管理和动态管理。

#### (一) 管理内容

医学装备的各种管理信息很多,归纳起来主要有以下内容:

1. 装备编号  医学装备在使用单位的编号,它作为关键字连接主数据库与其他相关数据库。关于仪器编号的格式卫生部有如下规定:仪器编号共计 10 位,用阿拉伯数字表示,第一位为 0 或非 0 说明使用单位的性质,0 代表医疗部门或一线部门,非 0 代表非一线部门,用以区分医疗、教学、科研、机关、后勤等不同部门。第二位至第七位每两位一节,分别代表使用单位的管理级别和从属关系。若使用单位只有一级管理,那么后两节用 00 替代。依此类推,最后三位为医学装备的购入流水号或其他自定义编号。

例 1:某医院内科一台设备　　　　　　装备编号　0010000001

例 2:某医院内科第二病房一台设备　　装备编号　0010200001

例 3:某医院计算中心一台设备　　　　装备编号　1100000010

2. 分类代码  医学装备的标准化代码,详见卫生部正式发布的《全国卫生行业医疗器械、仪器设备(商品、物资)分类与代码》([ WS/T118—1999 ])。

3. 装备名称  医学装备的名称,《全国卫生行业医疗器械、仪器设备(商品、物资)分类与代码》中的标准名称与习惯叫法有时会有不同,如:习惯所称 CT 的标准名称叫做:"X 线电子计算机断层扫描装置",在单位内部可以使用习惯叫法。

4. 型号  医学装备的型号。

5. 规格  医学装备的规格。

6. 价格  医学装备一次性的购入价格。

7. 国别  生产国的国别。

8. 厂家  生产制造机构的名称。

9. 购置日期  指交款日期。

10. 领用日期  出库日期或启用日期。

11. 使用部门  具体使用科室。

12. 保管人  一般医学装备是指具体领用的人员;10 万元以上大型精密设备,卫生部要求保管人为使用部门的负责人。

13. 用途  指医学装备的不同用途,应用于医疗、教学、科研或医疗教学共用等。

14. 购入途径  分国内购入和进口两种情况。

每一台医学装备的资料在输入计算机时都必须包含上述信息,缺一不可。此外还有一些信息则根据医学装备的不同或有或无。比如,对进口的医学装备还要包含:

英文名称　（进口设备的英文品名）;

外汇价格　（进口设备的外汇金额）;

进口合同号　（进出口公司与外商签订的合同号）;

贸易国别　（医学装备的经销国家、进口批文号　国家有关部门如机电审查办的进口许可证号等内容）。

根据医学装备管理级别的不同和效益管理的需要还要收集维修情况、计量情况、使用时间、收入消耗情况、注销日期等。

值得注意的是,上述信息在收集及进行计算机录入时一定要注意标准化,对已有国家统一行业标准的内容,如:设备名称、国名等,一定要遵照执行;对于暂时无国家统一行业标准的内容要注意自己保持一致;日期的格式一定要写为:世纪年代月份日,如:19890106、20011011。

## (二) 静态管理

对医学装备中那些相对不变的、处于静止状态的信息进行管理,实际上是一种常规的管理。从目前情况看,大多数医疗机构所进行的管理和医学装备计算机管理系统软件所提供的功能基本上都是静态的管理。

在计算机的静态管理中包括两个方面的工作,一是账目报表,二是统计分析。

1. 账目报表主要包括

(1) 总账:通过使用计算机中的数据库,列出医学装备卡片和流水账目,以替代医学装备总账,从安全性角度出发可采用计算机数据库和文字账目并存的方式。

(2) 分户账和分类账:按照使用单位列出医学装备清单,即分户账;按照医学装备名称分类列出清单,即分类账。

(3) 用途:按其主要用途列出清单,代替医疗、教学、科研不同领域的账目。

(4) 价格:按照价格顺序列出清单,代替三级管理的各级账目。

(5) 按照数据库中的其他信息,如国别、厂家、购置日期等检索出所需要的指标,列出医学装备的综合情况。

2. 统计分析包括

(1) 医学装备总数量、总金额,分别以使用部门和购入途径作为统计单位,统计出医学装备的数量和金额。

(2) 不同类别医学装备的数量和金额。

(3) 不同年代购置的医学装备数量和金额。

(4) 不同用途医学装备的数量和金额。

(5) 不同价格档次医学装备的数量和金额。

(6) 做出年度统计表、月报表。

(7) 按照数据库中的其他信息,如国别、厂家、购置日期等进行统计,并反映出医学装备的数量和金额。

根据上述统计数据可以绘制出图表。常用的图表主要为:饼形图、折线图、直方图、面积图等,它可以反映金额、数量和统计条件的关系。图表的纵坐标为数字,即金额、数量;横坐标为统计条件,如:使用部门、购置年代等。

## (三) 动态管理

动态管理是指医学装备从购置开始,直至报废的全过程管理。在《医学技术装备管理概论》对动态管理有如下论述："仪器设备管理包括其运动全过程,其中存在着两种运动形态:一是仪器设备的物质运动形态,即仪器设备的购置、使用、维修、改造、更新;一是仪器设备的价值运动形态,即包括仪器设备的最初投资维修费用支出、折旧、更新、改造资金支出等。这两种运动形态的管理再加上必须具备的管理条件,如经费、人才等,便构成了仪器设备管理的完整概念。"由于动态管理要收集的信息量大、范围广,对于传统的、手工模式的管理来说是非常困难的,引入计算机管理系统才使得动态管理成为可能。

在实际工作中我们常常对使用率、完好率等几个重要参数进行统计运算,其计算公式如下:

$$使用率 = \frac{全年实际工作时间}{全年额定工作时间} \times 100\%$$

$$完好率 = \frac{设备完好台件数}{总台件数} \times 100\%$$

$$某设备功能利用率 = \frac{功能\ A1+A2+\cdots+An\ 实际年工作时间}{功能\ A1+A2+\cdots+An\ 额定年工作时间} \times 100\%$$

$$总效能 = \frac{运转设备数}{仪器设备总数} \times 平均使用率$$

$$经济效益 = \frac{设备使用小时\ \times\ 收费标准(元\,/\,小时)}{仪器设备价值}$$

从上述公式中我们可以看到不少参数需要长期跟踪才能得到。如实际工作时间、使用小时等。在手工管理时从收集到计算都是比较困难的,而使用计算机管理系统就使得这一工作变得非常简单了。但是无论靠手工或者使用计算机都需要管理者不断地将数据录入计算机,以保证统计的准确性。

另外折旧率也是动态管理中一项重要的内容,它的几个常用计算公式如下:

平均年折旧法公式:

$$年折旧费 = \frac{(原价-预计残值)}{折旧年限} \times 100\%$$

工作量法:

第一步:

$$单位工作量折旧额 = \frac{(原值-预计残值)}{预计使用年限内完成的工作量}$$

第二步:某项固定资产年折旧额 = 该固定资产当年实际工作量 × 单位工作量折旧额

年数总和法公式:

$$某年折旧额 = \frac{(原值-预计残值)\times(使用年限-已使用年数)}{使用年限\ \times\ (使用年限\ +1)/2}$$

其中残值定义为:各类固定资产的净残值比例,在原价3%至5%的范围内。

(注:本文描述折旧率所引用的公式,来自中国医学科学院血液研究所周显男工程师)

### 五、医学装备计算机管理系统软件系统的设计

#### (一) 设计思想

1. 医学装备计算机管理系统实际上是规章制度和管理方法的程序化 "没有规矩不成方圆",所谓"规矩",就是规章制度,它是设计思想中的一个重要方面。卫生部、财政部和国家其他有关部门颁布过很多关于医学装备管理的规定,这些规定对软件系统是具有指导意义的。因此在设计医学装备计算机管理系统时要把这些规定融入进去,使得管理者在日常工作中能够按照有关规定管理医学装备。

2. 要考虑使用部门的具体要求 医学装备计算机管理系统的使用对象是医院和各级卫生行政管理部门,二者的管理要求是不同的。医院偏重于医学装备的全过程管理,而卫生行政管理部门则偏重于监控、配置等宏观管理。医学装备计算机管理系统则把二者的不同要求都包含在了程序中。

3. 要求信息标准化 医学装备计算机管理系统所收集到的信息要尽可能地实现标准化,有国家标准的一定要采用国家标准,比如医学装备名称、原产国别等;没有国家标准的要参照有关部门的规定自己设定标准。

4. 为使用者提供方便的操作方式 考虑到医院中管理部门使用人员的具体情况,在设计软件时尽可能采用简洁、清晰的操作方式,以便于管理人员掌握。

5. 为使用者提供安全保证 在发生病毒侵害或其他非常情况时,可引导使用者备份数据,以保证软件正常运行。

总之,医学装备计算机管理系统要把医学装备的管理理论、规章制度和使用单位的具体情况相结合,同时还要考虑到各种不同的要求,使软件做到使用范围广、应用方便。

#### (二) 主要功能

一个完整的医学装备计算机管理系统应有如下主要功能:

1. 数据录入功能 它包括主数据库、辅助数据库、相关数据库数据的录入,它是医学装备计算机管理系统的基础,同时也是关键部分。因为数据是否完整、准确,将直接关系到整个系统的可靠性。数据录入功能还应给用户提供更多辅助功能,如:编辑(剪贴、复制、拷贝、粘贴)、定位(指向数据库中任一条数据记录)、增加、删除、替换、保存等。考虑到在实际工作中用户经常一次性批量购入相同品种的医学装备,所以还要提供成批输入方式。

需要强调的是,在录入一些有国家标准或行业标准的数据内容时,如:设备名称等,系统必须设有标准字典库予以对照,并将相关标准代码强制录入,以保证数据的标准化。

2. 数据查询功能 它包括对主数据库、辅助数据库、相关数据库的查询,上述数据库中所有字段都可作为条件字段参加查询。查询时软件应给出数据库字段清单、关系符清单,数据内容清单。关系符清单应包括:等于、不等于、大于、大于等于、小于、小于等于、包含、模糊等内容。查询时可以选择单一条件或组合条件,组合条件之间用与(AND)、或(OR)、非(NOT)连接。

查询结果应有以下几种输出方式:打印报表、存储文件、生成上报文件。

3. 数据统计功能 统计条件的组成与查询部分一样,统计结果主要是医学装备的台件数、金额以及所占比例。较为常用的统计报表是计算各个使用单位的医学装备台件和金额的累计数,金额的单位分别为元或万元。统计结果可以是输出报表、存储文件、生成上报文件和绘制统计图。

4. 数据输出功能　主要分为报表输出和文件输出。报表又分为固定报表和随机报表两种形式。固定报表是指一些常用的报表如:医学装备的分户表、分类表和卫生行政管理部门要求上报的报表。随机报表是指使用者可以根据不同的需要任意定义报表的格式。文件输出是指将统计结果以标准文本或数据库的格式储存于计算机,以便数据传输、数据交换和数据上报。

5. 数据维护等其他功能

(1) 数据初始化:用户第一次使用系统时,清除原有的模拟数据。

(2) 数据维护:重新建立索引、真正删除记录、删除重复记录等。

(3) 数据备份:将有关数据库备份至指定存储器。

(4) 数据恢复:将备份数据库恢复至本系统。

(5) 数据导入:将其他管理软件数据转换至本系统。

(6) 数据导出:将本系统数据转换至其他管理软件。

(7) 数据升级:将本系统旧版本数据转换至当前版本。

## (三) 数据库设置

一台医学装备包含很多信息,如何将这些信息设置在不同的数据库中是整个系统的关键。表 9-1 是卫生部 1999 年版仪器设备管理系统数据库设置的具体实例。

表 9-1　医学装备数据库设置表

| 序号 | 数据库名称 | 主要字段名称 |
|---|---|---|
| 1 | 设备主机库 | 序号、仪器编号、分类号、仪器名称、型号、规格、价格、国别、国别码、厂家、出厂号、购置日期、领用日期、经费来源、现状、用途、管理级别、使用单位、保管人、附件金额、附件数量、注销日期、转入日期、维修情况、计量情况、效益统计、变更情况、课题号、购入途径、备注 |
| 2 | 设备进口库 | 仪器编号、英文品名、合同号、进口公司、贸易国别、外币单位、外币金额、外汇汇率、外币来源、批文号、免税号、关税 |
| 3 | 设备附件库 | 仪器编号、附件名称、规格型号、英文品名、附件合同号、进口公司、贸易国别、外币金额、单价、数量、进口日期 |
| 4 | 设备维修库 | 仪器编号、维修日期、维修内容、维修单位、更换部件、维修费用、维修情况 |
| 5 | 设备计量库 | 仪器编号、检测日期、检测内容、检测单位、检测结果、检测费用、备注 |
| 6 | 设备变更库 | 仪器编号、原仪器编号、变更日期、原使用单位、原保管人、经手人、备注 |
| 7 | 综合效益库 | 仪器编号、使用小时、房租、水电费、折旧费、工时费、样品数、占用费、其他费用、治疗人次、课题服务数、对外服务数、收费、登记时间、主要成果、存在问题、其他 |

从表 9-1 可以看到:

1. 每一台医学装备的信息中必须含有设备主机库所要求的字段内容,并在设备主机库中以一条记录的形式存储。医学装备若含有进口信息,则在设备进口库中以一条记录的形式存储。

2. 数据库 2 至数据库 7 中的字段内容可根据医学装备的不同进行调整。

3. 医学装备的附件信息、维修信息、计量信息、变更信息、综合效益信息可以有多条,在数据库 3 至数据库 7 中以 N(N≥1)条记录的形式存储。

主机数据库与其他数据库通过关键字"仪器编号"进行连接，"仪器编号"在各个数据库中必须保持统一。

### 六、介绍一个常用医学装备计算机管理系统软件

卫生部于 1999 年推出了"仪器设备管理软件"第 2 版，该软件具有使用范围广、操作简便、格式规范、容易掌握等特点，适合卫生系统的医疗、教学、科研及各级卫生行政管理部门使用。以下对该软件的结构和主要功能加以介绍。

软件的数据库部分由主数据库(主机库)、辅助数据库(进口库、附件库、维修库、计量库、用户库、变更库、综合效益库、图片信息库)、相关数据库(分类代码库、国别码库、使用单位代码库、保管人代码库)组成。主数据库与辅助数据库通过关键字"仪器编号"进行连接。软件的主要功能如下：

**(一)数据输入**

1. 主卡片输入　是指主机库信息输入，所有主机库信息(见表 9-1)分两页显示。为了方便使用者操作和保证数据的准确性软件设计了以下功能：

(1) 防重功能：为了保证"仪器编号"的唯一性，在输入时软件自动判断"仪器编号"是否唯一；若发生重复时，软件发出警告，并要求使用者修改，直至不重复为止。

(2) 自定义词组功能：考虑到一些字段内容较多，如：仪器名称、生产厂家，输入时不方便，但其自身又有一定规律，所以设置了自定义词组功能。词组为输入汉字的前四位汉语拼音字头，如：计算机的词组 JSJ、心电图机的词组 XDTJ。使用者只需在第一次输入时给予定义，以后再输入这种设备时只需键入汉语拼音字头即可自动填入汉字词组。

(3) 模糊提示功能：在按照《全国卫生行业医疗器械、仪器设备(商品、物资)分类与代码》输入设备代码时，使用者往往不能准确回答全部八位代码，该软件根据这一情况设计了模糊提示功能，使用时只要知道该设备所属大类，并键入大致的代码(即分类号的前几位代码)，就可弹出一个分类代码表，将所有同类设备代码列出，查到该种设备后，单击此条名称，其代码即可自动填入。

(4) 菜单提示功能：由于用途、现状、经费来源、管理级别采用国家或部门标准信息，所以在输入时软件自动给出下拉式菜单，使用者点击即可完成输入。

(5) 辅助工具：不论主数据库或辅助数据库都含有辅助工具，包括：记录移动(上移记录、下移记录、移到尾记录、移到首记录、快速定位、复位)、数据更新(增加、删除、恢复)、数据维护(批量更新、条件删除)、通用工具(计算器、万年历、时钟)、选项(只读、读写、唯一性、代码录入、字段录入方式)、编辑(恢复、剪贴、复制、粘贴)、系统(页面切换、退出)等功能。

同时软件还设置了一些开关键，用以打开进口库、维修库、变更库、计量库。

2. 辅助库输入　包括进口卡片输入、附件卡片输入、维修卡片输入、计量卡片输入、变更卡片输入、综合效益输入、图片信息输入、用户库输入，它们的界面风格与操作手法和主卡片输入大体一致，并包括辅助工具。在主机库中购入途径、有无附件、维修情况、计量情况、变更情况的不同选择决定其录入窗口是否被激活，其字段内容见表 9-1。

需要特别说明的是用户库输入。在实际工作中各个用户单位对管理软件都有自己的特殊需求，比如要求保存发票号码、支票号码等等，尽管管理软件可以提供很多个字段内容，但是无论如何都不可能做到包罗万象、面面俱到。那么如何解决这一问题呢？在这个管理软件中采用设立用户库的办法，由用户自己定义软件中没有的字段内容。对不同的医

学装备可以定义数条不同的用户信息内容,比如对心电图机,用户定义保存支票号码、运费等内容;对生化分析仪,用户则定义保存发票号码、经手人等内容,从而解决了用户需要,这是该软件中最有特色的一个功能。

3. 成批输入功能　在一次购入数件同种医学装备时,可以使用成批输入功能。其特点是无论有多少件同种医学装备,主要信息内容只输入一次即可,从而大大地方便了用户并提高了输入效率。

4. 录入维护功能　具有对主机库、辅助库、相关库进行重建索引、真正删除记录、重新编制序号、生成报废库及词组代码库等功能,同时可以对相关库的内容进行增加、修改、打印等。

**(二) 数据检索**

1. 任意项检索　对主机库所有内容进行检索。检索时要定义字段、比较符、条件值三项内容。这三项内容软件均以下拉菜单方式给出,用户只需用鼠标点击就可完成定义。其中"字段"即主机库的 30 个字段名称;"比较符"包括等于、大于、大于等于、小于、小于等于、空、非空、模糊查询、非模糊查询、子串查询、非子串查询等内容;"条件值"为数据库中的实际内容。如果需要进行复合条件查询,则还要定义与(AND)、或(OR)、非(NOT)等逻辑连接符,复合条件可由多个单一条件组成,只要总字节数不超过 256 个。查询结果既可以屏幕显示又可以保存生成文件,同时还可以打印成报表。

2. 多库检索　通过对主机库的内容进行检索,进而完成对进口库、附件库、维修库、计量库、综合效益库、变更库、用户库的检索。与任意项检索一样,首先定义字段、比较符、条件值等内容,在找到主机库内容后软件将把与其相关的上述辅助库内容同时列出供使用者浏览。

3. 检索窗 1、检索窗 2　是根据日常管理工作中出现的实际情况,软件将一些常用的条件以固定的格式列出,使用者只需用很简单的步骤就可以完成检索过程。同时检索结果也可以以屏幕显示、文件保存、报表打印方式输出,使用者可以自行定义报表的标题。

4. 辅助库检索　是指多库检索的逆向过程,通过对进口库、附件库、维修库、计量库、综合效益库、变更库、用户库等辅助库的检索查找与其相对应的主机库内容。

5. 相关数据库的检索　为方便使用《全国卫生行业医疗器械、仪器设备(商品、物资)分类与编码》,软件特别设置了代码检索功能,查找时使用者只要给出一些关键性的名称词汇,如:监护仪、心电图机等,并利用模糊查询或子串查询就可以将名称中含有这些词汇的内容和分类代码全部列出。

**(三) 数据输出**

1. 上报系统　用于下级部门向上级部门上报数据信息。它包括三种固定格式的数据报表、相关数据文件和任意条件数据文件。固定格式报表分别是:年度新增仪器上报表、年度仪器设备使用情况统计表、年度仪器设备调剂报废情况统计表。这三种报表每年需要上报一次。其中,年度仪器设备使用情况统计表、年度仪器设备调剂报废情况统计表的数据要使用主数据库、综合效益库和报废库,从报表中可以反映出使用部门的医学装备动态情况。此外,可以通过任意条件数据文件上报功能完成各种不同要求的数据上报。

对于各级卫生行政管理部门来讲,他们既可以利用该功能接收下属部门上报的数据,用以建立自己的管理数据库;同时又可以将接收到的数据汇总并上报上级有关单位。

2. 报表系统　为使用单位的日常管理工作提供了近 20 种报表,简单介绍如下:

(1) 设备分布调查表:反映任意条件下各使用单位占有设备金额、数量等情况。

(2) 设备分类统计表:任意条件下各使用单位不同类别(分类代码)设备清单。

(3) 设备分户统计表:任意条件下不同使用单位设备清单。

(4) 大型设备清单:设备单价为 50 万或 100 万元以上的设备清单。

(5) 自动报表生成器:可以任意生成不同格式的报表。

(6) 仪器设备卡片:以卡片格式反映设备的所有数据。

(7) 大型设备使用情况调查表:单价在 50 万元以上设备使用情况表,报表格式为卫生部设定。

(8) 报废仪器报表:报废仪器设备清单。

(9) 固定格式报表:用于仪器设备的全过程管理,包括:设备购置报告表、设备购置论证表、进口仪器审批表、设备安装验收表、调剂报废仪器审批表、专款设备使用调查表、科学仪器调查表等,以上报表格式为卫生部及国家有关部门设定。

(10) 辅助库打印:附件清单、维修情况清单、计量情况清单。

**(四) 数据统计**

1. 统计窗一 以简单直观的条目化方式,将日常管理工作中的实例一一列出,使用时最多只需点击 2 次鼠标即可完成定义统计条件。统计条件可以是单一条件,也可以是复合条件。统计结果则是以使用部门为单位,分别列出所占有仪器设备的累计金额、总金额、累计台、件数和总台、件数。统计结果的输出方式是屏幕显示和报表打印。

其中统计单位(即使用部门)的设定,按照仪器编号的编制规则,可以使用三种情况进行统计,分别以一级单位、二级单位、三级单位作为统计单位。

2. 统计窗二 统计条件与统计单位的定义与统计窗一一致,可以显示并打印:金额分析表、用途情况表、年金额表、年代金额表、分户分析表、分类分析表等多种报表。

3. 统计图表 可以通过定义任意条件绘出金额统计图和年代统计图,图形包括直方图、饼图、折线图、面积图等几种形式。

4. 仪器综合评价 通过对主机库和维修库、计量库、综合效益库等辅助库的统计,能够反映出医学装备使用率、经济效益、治疗人次、完成科研成果、维修、计量、存在问题等综合情况,可以较全面地给出量化的统计。

**(五) 系统维护**

1. 数据库维护 具备数据库初始化和数据恢复两项功能,使用者在初次使用该系统时必须运行初始化功能将软件系统中模拟数据删除,同时若发生误操作录入时可以使用数据恢复功能。

2. 数据库维护工具箱 可以对软件中所有数据库进行增加、删除、备份、整理、恢复、初始化、重建索引、排序、格式转换等操作。其中格式转换功能可以将数据库(DBF)格式转换成标准文本(TXT)格式;而标准文本格式则可以用于不同管理软件的数据转换和数据的网上传递。

3. 数据库备份 对软件中的主数据库、辅助数据库、相关数据库进行备份。

4. 报废库管理 医学装备报废后自动从主数据库转至报废库,并对报废库进行查询、统计、打印报表等日常管理。

5. 数据库转换 将卫生部原医学装备管理系统的数据转换至本系统中。

6. 数据库接收 接收下级单位的上报数据。

### 七、卫生行业国有资产管理系统

#### （一）系统开发背景

2004 年 7 月,为了解决卫生部部属(管)单位资产管理不规范、资产信息不完整、统计上报困难等问题,卫生部规划司委托中国医学装备协会、北京中普友通软件技术有限公司开发了《医疗卫生行业全生命周期资产管理系统(单机版)》。2005 年 12 月该系统通过了由卫生部规划司组织的专家论证,并建议尽快推广应用。近年来,财政部、卫生部、国管局为加强国有资产管理,颁布了一些新的资产管理、处置办法,部属(管)单位在资产管理工作中也提出了更高的要求,如:流程化管理、网络化管理、全过程动态管理等等。在这样的背景下,卫生部规划司委托中国医学装备协会、北京中普友通软件技术有限公司在《医疗卫生行业全生命周期资产管理系统(单机版)》的基础上开发了《卫生行业国有资产管理系统(网络版)》。

#### （二）系统开发的政策依据

1. 财政部颁布

(1)《事业单位国有资产管理暂行办法》(财政部令[ 2006 ]第 36 号)

(2)《中央级事业单位国有资产管理暂行办法》(财教[ 2008 ]13 号)

(3)《中央级事业单位国有资产处置管理暂行办法》(财教[ 2008 ]495 号)

(4)《固定资产分类与代码》(财政部 1994 年颁布)

2. 国家发改委、财政部、卫生部联合颁布

《大型医用设备配置与使用管理办法》(卫规财发[ 2004 ]474 号)

3. 卫生部颁布

(1)《医疗卫生机构仪器设备管理办法》(卫生部 1995 年颁布)

(2)《卫生部部属(管)单位仪器设备管理制度》(卫生部 1995 年颁布)

(3)《全国卫生行业医疗器械、仪器设备(商品、物资)分类与代码》(卫生部 1999 年颁布)

(4)《医疗机构财务会计内部控制规定(试行)的通知》(卫生部 2006 年 227 号)

#### （三）系统开发的目的和功能

1. 提高国有资产管理水平

(1) 加强国有资产规范化管理:做到数据规范化、管理规范化、流程规范化、代码规范化。即规范的数据上报格式、规范的资产卡片信息,规范的申报审批流程及规范的固定资产分类与代码。

(2) 完成国有资产全过程动态管理:从资产的采购、验收、入库、到资产在单位内部的领用、转移、退库、价值变动等,再到资产的报废、赠送、调出等所有的资产动态情况都需要在软件中保留。国有资产的计量、维护、效率等日常使用情况也有详细、清晰的历史记录。同时,实现资产管理与预算管理、财务管理、价值管理、政府采购相结合,提高国有资产管理信息化水平。

(3) 实现国有资产网络化管理:不仅单位内部实现网络化信息共享,同时,卫生部和各部属单位间的信息传递也建立了良好的平台,比如:部属单位国有资产处置信息的上报和批复就可以在网上完成。

2. 系统主要模块 本系统是在《医疗卫生行业全生命周期资产管理系统》的基础上,

增加了《单位内部资产网络化管理系统》,实现了单位内部网络化申报审批流程。根据财政部国有资产管理要求,又增加了《卫生部资产处置网上申报审批系统》,三个系统组成《卫生行业国有资产管理系统(网络版)》。

本系统与原版本完全兼容,其中,《单位内部资产网络化管理系统》对单位内部工作流程规范化起到了推动作用;《卫生部资产处置网上申报审批系统》为卫生部和部属单位之间提供了一个便捷、直观的资产处置上报及审批平台。

《卫生部资产处置网上申报审批系统》提供了卫生部和部属单位之间的信息交互平台,单位可以在网上直接填报卫生部要求的各种报表,报表也可以从《单位内部资产网络化管理系统》中自动生成,卫生部通过该系统对申报内容给予批复。同样,在单位内部也实现了网络化管理,单位内部各相关管理部门和各资产使用科室,通过《单位内部资产网络化管理系统》可以浏览资产,提出各种申请。单位内部资产管理部门通过该系统完成网上审核,而资产的日常管理也由《单位内部资产网络化管理系统》完成。

3. 系统的功能优势

(1) 符合国家最新的国有资产管理要求。

(2) 采用最新修订的固定资产分类与代码和医疗仪器设备分类与代码(国标与行业标准)。

(3) 在日常数据维护的基础上,一键生成卫生部要求的《资产处置套表》和财政部、国管局等部门要求的年度《国有资产统计报表》。

(4) 可以为未使用《单位内部资产网络化管理系统》、不能从系统直接生成上报数据的用户提供数据上报的接口。

**(四) 专家论证意见**

从 2009 年 2 月份开始该系统在山东齐鲁医院、吉林大学第一医院、阜外医院等五家医院试运行。根据各医院的反馈意见,对系统又作了相应调整。2009 年 6 月,该系统成功通过了由卫生部规财司组织的专家论证会。专家组听取了汇报和演示,经质询、讨论,一致认为:

本系统灵活稳定,内容全面,完整地反映了国有资产的全过程管理,满足了各级各类医院和医疗卫生单位的需求,解决了规范化和灵活性的矛盾。系统的管理理念源于最新的国家政策和标准,具有权威性和推广的可行性,对国有资产管理还比较薄弱的卫生单位具有引导和规范的作用。系统符合国家及卫生行业资产管理要求,在本行业中属于国内领先。系统的应用将会大大提高工作效率和资产管理信息化水平,建议尽快推广应用。

# 第四节　医学装备信息化环境与交互集成

## 一、医学装备信息化的意义

医学装备信息化是指将现代信息、通信技术,自动化、智能化技术等先进的信息化手段应用于医学装备,极大地提高了医疗技术数字化、信息化水平。

医学装备信息化,首先是医学装备自身的数字化,然后是将装备信息集成到医疗卫生服务信息平台。

医学装备信息化必须具备:医学装备数字化、建立数字化平台、支持区域协同医疗的特征。

## （一）医学装备信息的作用

医学装备信息化是实现医疗数字化、信息化的必要因素。对推动医院数字化的发展，对于现代和未来医学模式，都将会产生革命性的影响。

医学装备信息是医学数字化的基础，对电子病历、健康档案的建立，对区域医疗、远程会诊工作有着重要的作用。信息集成实现了一个或者多个医院组织内部信息共享，对信息资源进行合理利用，医护人员之间的工作协调，对医疗卫生事业的发展起到极大的推动作用。在以下几个方面尤为体现：

1. **电子病历** 电子病历是利用计算机和网络技术实现收集、存储、处理、提取和展示的病历，包括了患者在医院接受检查和治疗过程中所产生的各种诊疗信息。医院的检查诊断是需要医学装备完成的，检查诊断信息在医学信息中有着重要的作用，信息量约占总信息量的70%，而且随着设备的广泛使用，医学装备信息占电子病历的信息的比例会更高。

2. **健康档案** 电子健康档案是居民健康管理过程的规范和科学记录，是以居民个人健康为核心，实现信息多渠道动态收集，满足居民自身需要和健康管理的信息资源。区域医疗是以电子健康档案为基础和前提的，理想的情况是实现从任意一家医疗机构可以调阅到某一个人所有的健康记录和诊疗信息，即能够调阅到与此人相关的所有信息。医学装备信息是健康档案的重要组成部分。

3. **区域医疗** 依靠信息化手段，将一个区域内所有医疗资源进行整合、加以利用、协同服务，从而达到医疗资源利用的合理化和最大化。区域间的医疗信息交互是区域医疗的基础。

4. **远程会诊** 远程会诊和远程诊断是远程医疗研究中应用得最广泛的技术。远程会诊是参加会诊的专家对患者的医学图像和初步的诊断结果进行交互式讨论，其目的是给远地医师提供参考意见，并提出治疗方案。

## （二）当前急需解决的问题

由于医学设备是由不同的厂商研发，所采用的系统程序，开发工具，算法各自不同，所以医疗数据的采集、存储和交换必须坚持统一的标准，力求全面而准确，确保数据的存储、整理、分析、提取、应用的一致性，尽可能采用国际或国家相关标准，如DICOM、HL7、W3C等，为实现医疗信息的共享打下基础。

1. **要实现医学装备的信息交互，首先要解决接口问题** 数字化医学装备信息交互集成使用统一的接口DICOM，即数字影像和通信标准。DICOM是digital imaging and communication in medicine的缩写，是美国放射学会（American College of Radiology，ACR）和美国国家电子制造商协会（National Electrical Manufacturers Association，NEMA）制定的用于医学数字影像存储和通信的标准。

DICOM是随着数字化医学影像设备的普及和医学信息系统，特别是PACS和远程医学系统的发展应运而生的。

DICOM的制定是医学影像通信标准化的一个重要里程碑。它涵盖了医学数字影像的采集、归档、通信、显示及查询等几乎所有信息交换的协议，定义了包含各种类型的医学影像及其相关的分析、报告等信息的对应集；结构化地定义了医疗设备制造厂商的兼容性声明（conformance statement）。

DICOM标准是医学影像信息系统的核心，主要涉及医学影像的存储和通信。从医疗设备的发展角度来看，DICOM是研究和开发具有网络连接功能，实现信息资源共享的新型医疗设备的技术基础。

DICOM 标准主要应用于以下几个方面：

（1）作为设备之间的接口：因为 DICOM 的良好互操作性，不同厂商生产的符合 DICOM 的医疗设备可以方便地进行互联。很多情况下，DICOM 被用于两台医疗设备之间的影像通信，也作为影像产生设备和影像处理工作站之间的通信接口。

（2）作为远程放射信息系统的影像通信标准：因为远程医疗一般是在不同单位之间进行，设备也分布在不同地区，所以一般情况下，进行远程医疗的设备多是不同厂家生产的。这样，这些设备必须遵守同一标准才能通信。目前，国际上的远程医疗系统基本上采用 DICOM 标准作为其影像通信的标准。

（3）作为 PACS 的通信标准：建立 DICOM 标准的目标之一就是为了方便 PACS 中各种设备之间的互联。在 DICOM 标准中，医学影像包含了诸如影像生产设备、影像的分析、医师的诊断报告、患者情况等许多信息，这些信息与影像的结合为在 PACS 中的医学影像的自动路由、影像分析和医师的诊断带来了方便。

（4）作为医学信息系统中的影像通信标准：由于 DICOM 标准的制定参考了其他医学信息系统中的相关标准，其中重要的一个就是 HIS/RIS 中的 HL7 标准，这样就保证了 PACS 的通信标准与 HIS/RIS 通信标准的相互兼容，也就可以将它们方便地集成在综合的医学信息系统中。

2. 实现数据传递需要有统一的格式，而统一的格式是由协议来规范的 HL7（health level seven）标准是医学信息系统所应用和执行的重要标准体系，是基于消息实现数据传递的标准规范，被广泛地应用于医学信息系统间建立接口通信和集成操作的执行方式。

HL7 是医疗卫生领域的国际性标准组织，该机构成立于 1987 年，是由美国国家标准局（American National Standard Institute, ANSI）授权的标准开发机构，致力于简化来自不同提供商的医学信息系统和软件的接口模块实现过程，力图减少或消除对定制化的系统接口的编程和维护需求，为临床患者诊疗过程的数据交换、管理和通信集成提供基于协议的实现机制。

通常所说的 HL7 是该标准组织发布的一种医疗健康信息传输与交换标准，也可称之为标准化的卫生消息传输协议。1987 年发布标准的初始版，即 HL7 标准 1.0 版，尔后在 1989 年和 1990 年相继发布了 2.0 版和 2.1 版。1994 年 6 月，HL7 组织被指定为 ANSI 的标准发展组织，同年 12 月 HL7 组织发布 HL7 标准 2.2 版，该版本于 1996 年 2 月由 ANSI 正式批准，成为 ANSI 标准体系的组成之一。此后，HL7 标准的 2.x 版本又陆续发布了多个版本。在 2.x 版本获得广泛应用之后，从 2000 年开始，HL7 标准组织开始了 HL7 标准 3.0 版本的讨论、制定和编撰工作，3.0 版本是一套与 2.x 版本不同且并行发展的标准体，目前仍处于发展和完善中。

HL7 标准 3.0 版采用了类似 DICOM 标准的面向对象的发展方式，并最大限度地减少了标准定义和规范内容的可选成分，其基本目标是建立一套定义明确和执行机制可验证的标准体系，并对医学信息系统产品的标准提供遵从能力的确认方式。相对于 2.x 版本序列，HL7 标准 3.0 版本提供了几点关键的改善机制：

（1）采用参考信息模型（reference information model, RIM）消息产生机制：RIM 定义了大量的应用于产生 HL7 消息（messages）的类（class）属性，以及对这些对象类关系的定义和规范。由于 RIM 的数据模型严格地限制了不明确性和可变性，这被作为 HL7 标准 3.0 版本应用的关键特征。

（2）支持 XML（extensible markup language）以加强和改善医学系统间的交互操作能力：HL7 标准 3.0 版本发展了一套 XML 兼容的临床文档体系规范，即病案体系架构（patient record architecture，PEA)，作为医疗文档的交换模型。应用 PRA，可以将 HL7 消息内容嵌入 XML，再经 XML 内容产生消息，并与其他 XML 兼容的医学系统间交换、处理消息和文档。

(3) 应用交互模型(interaction model，IM)获取信息流和定义软件应用角色：IM 包括了每一个医学软件应用所需要的触发事件、消息格式和数据元定义，可以用于产生可测试的标准，拟确定和认证系统的标准遵从性。

3. 现在越来越多的数据依靠网络进行传递，这同样需要使用传输协议进行规范　W3C 是 World Wide Web Consortium 的缩写，WEB 标准不是某一个标准，而是一系列标准的集合。网页主要由三部分组成：结果(Structure)、表现(Presentation)和行为(Behavior)。对应的标准也分为三方面：结构化标准语言主要包括 XHTML 和 XML，表现标准语言主要包括 CSS，行为标准主要包括对象模型(如 W3C DOM)、ECMAScript 等。这些标准大部分由 W3C 起草和发布，也有一些是其他标准组织制定的标准，比如 ECMA(European Computer Manufacturers Association) 的 ECMAScript 标准。

(1) 结构标准语言

1) XML：XML 是 Extensible Markup Language 的简写。和 XTML 一样，XML 同样来源于 SGML，但 XML 是一种能定义其他语言的语。XML 最初设计目的是弥补 HTML 的不足，以强大的扩展性满足网络信息发布的需要，后来逐渐用于网络数据的转换和描述。

2) XHTML：XHTML 是 Extensible HyperText Markup Language 可扩展标志语言的缩写。XML 虽然数据转换能力强大，完全可以替代 HTML，但是对成千上万已有的站点，直接采用 XML 还为时过早。

(2) 表现标准语言：CSS 是 Cascading Style Sheets 层叠样式表的缩写。W3C 创建 CSS 标准的目的是以 CSS 取代 HTML 表格式布局、帧和其他表现的语言。纯 CSS 布局与结构 XHTML 相结合能帮助设计师分离外观与结构，使站点的访问及维护更加容易。

(3) 行为标准：DOM 是 Document Object Model 文档对象模型的缩写。DOM 是一种与浏览器，平台，语言的接口，使得可以访问其页面其他的标准组件。

## 二、数字化医学装备技术与医学装备信息交互

### (一) 数字化医学装备的概念

数字化医学装备，也称医学装备数字化终端，是以嵌入或软件为核心的，基于现代化计算机技术的，用于直接接触患者进行诊断、治疗的设备。包括各类医学影像设备，常规检查设备，电生理设备，监护终端等，是整个数字化医院的基础，必须具备标准化的特点，这就涉及各种国际标准的建立，以及设备本身的标准化问题。

所谓数字化医学装备，即数据采集、处理、存储与传输等全过程均以计算机技术为基础，在计算机软件下工作的医学装备，是以数字电路、集成电路、芯片技术为基础的。

1. 数字电路　用数字信号完成对数字量进行算术运算和逻辑运算的电路成为数字电路，或数字系统。

2. 集成电路　集成电路是采用半导体制作工艺，在一块很小的单晶硅片上制作许多晶体管及电阻器、电容器等元器件，并按照多层布线或隧道布线的方法将元器件组合成完整的电子电路。并按功能结构、制作工艺、集成度高低、导电类型和用途等进行分类。

3. 芯片　芯片是内含集成电路的硅片，体积很小，常常是多级型计算机和其他各种装备的主要(重要)组成部分。

### (二) 数字化医学装备信息交互集成

面对数字化医院,远程会诊,区域协同医疗,以及基于全民健康的数字化平台的不断发展,提出了数字化医学装备信息交互集成的问题。如何实现数字化医学装备信息的交互集成,主要使用以下几个方法:

1. 标准数据接口　使用统一的接口 DICOM。DICOM 的应用对象是数字化的医学影像,规范的核心是"通信"。经过多年的发展,DICOM 已经被医学设备生产厂商和医学界广泛接受,在医学影像设备中得到普及。因为其良好的互操作性,不同厂商生产的符合 DICOM 的医疗设备可以方便地进行互联。

2. 数据传输协议　网络通信协议 HL7。HL7 汇集了不同厂商用来设计应用软件之间界面的格式,允许各个医疗机构在异构系统之间,进行数据交互。HL7 作为标准,是 OSI 应用层的协议,对于硬件、系统软件、数据库、应用软件,HL7 只负责应用层面的数据交换格式,并不涉及下面的通信协议。

3. 信息交互集成　IHE 在医疗环境中为信息系统的集成定义了一个共同发展的技术框架。它是基于现有的 DICOM 和 HL7 等互联标准的基础上,建立起来的一套规范的工作流集成模式。

### (三) 医学信息化平台与装备信息的结构

医学信息化平台是以数字化技术为特征的,保障医院各项业务所需信息以数字化形式采集、存储、传输和利用的基础。在当前医院建设中,信息化建设是最重要的内容之一。医院信息系统作为医院信息化建设的实施工程,已经成为现代医院运营的基础设施和技术支撑,成为医院管理和诊疗业务的核心工作平台。

医院信息系统(Hospital Information System, HIS)是指利用计算机软硬件技术、网络通信技术等现代化手段,对医院及其所属各部门的人流、物流、财流进行综合管理,对在医疗活动各阶段中产生的数据进行采集、存贮、处理、提取、传输、汇总、加工生产各种信息,从而为医院的整体运行提供全面的、自动化的管理及各种服务的信息系统。

一个完整的医院信息系统(HIS)包括面向管理信息的医院管理信息系统(Hospital Management Information System, HMIS)和面向诊疗信息的临床信息系统(Clinical Information System, CIS)。医学装备信息系统是临床信息系统的基础和主要组成部分。见图 9-1。

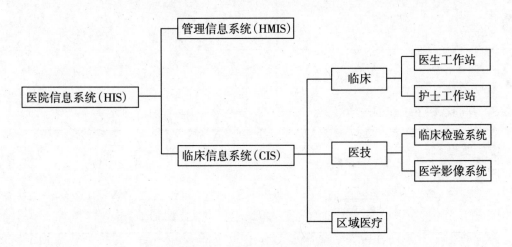

图 9-1　医院信息系统示意图

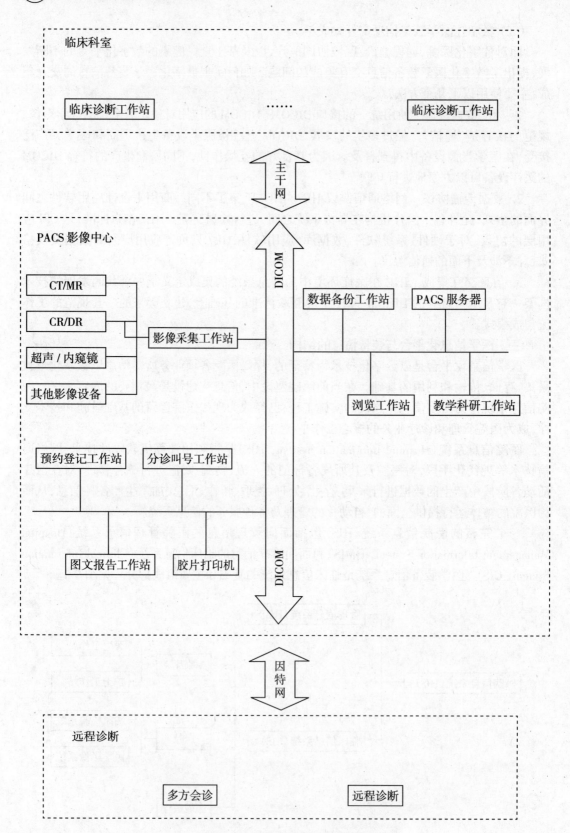

图 9-2 PACS 系统示意图

随着医药卫生体制改革的深入及医院服务模式的改变,医院信息系统已成为现代化医院的基础,对医院的进一步发展起到了至关重要的作用。其作用主要有:医院业务流程优化和重组;构建医院管理平台,提高医院核心竞争力;规范医疗行为,提高医疗质量;建立"以患者为中心"的医疗服务模式;建立以电子病历为基础的整体临床信息资源;在深化医疗卫生体制改革中的支撑作用。

### (四) 装备信息与装备信息平台建设

随着医药卫生体制改革的深入及医院服务模式的改变,医院信息系统已成为现代化医院的基础。医院信息系统已逐步实现从经济财务为主线的管理信息系统,向以患者为中心的临床信息系统拓展。在临床信息系统中,最具代表性的是医学影像系统(PACS)和检验信息系统(LIS)。

1. PACS 医学影像系统(PACS)是应用在医院影像科室的系统,主要的任务就是把患者检查过程中产生的各种医学影像(包括核磁、CT、超声、各种 X 线机等设备产生的图像)通过接口以数字化的方式大量保存,并在需要的时候通过一定授权很快调回使用,同时增加一些辅助诊断管理功能。见图 9-2。

医学影像系统(PACS)的工作流程是医学图像的获取、传输和存储过程。首先系统从各个医学设备中获取新产生的图像,经过软件转换为标准 DICOM 格式后,传输到图像服务器中存储,然后与检查信息系统结合,由诊断医师生成图文诊断报告,发送到相关科室。最后图像以选定的方式归档保存。

2. LIS 检验信息系统(LIS)主要是协助检验科完成日常检验工作。其主要任务是协助检验科对检验申请单及标本进行预处理,实现检验数据的自动采集或者直接录入、检验数据处理、检验报告的审核、检验报告的查询、打印等功能。其主要功能包括:检验仪器数据接口功能;业务处理功能;质量控制功能。

检验信息系统(LIS)的工作流程主要是在医师提出申请后,由护士采集患者的标本并对标本进行编号、条码化等处理,再送到检验科进行检验处理,检验报告单通过数据共享发送到医师处。见图 9-3。

不同的 HIS/PACS/LIS 等复杂系统的工作流和用户界面都不同,如何弥合医疗机构信息系统中不同标准规范造成的间隙,并提供互联集成方案,确保各个工作流程正常、顺畅,促进信息共享并协调工作,这个问题就摆在了面前。为了解决这个问题,RSNA(Radiological Society of North America 北美放射学会)和 HIMSS(Healthcare Information Management Systems Society 卫生保健信息管理系统学会)联合发起了 IHE(Integrating the Healthcare Enterprise 医学装备信息交互与集成)。IHE 并不是定义新的集成标准,而是着眼于现有的成熟标准(DICOM,HL7 等),是这些标准相互结合从而满足特定的临床需要。面对不同的系统,HL7 解决了在这些不同系统间制定统一的框架并在各个系统间实现数据的正确传递。IHE 解决医疗信息系统间缺乏统一的交互过程,通过 IHE 将这些独立的 HIS/PACS/LIS 集成起来,形成一个即插即用的医疗解决方案。

## 三、IHE

### (一) IHE 的概念

IHE(Integrating the Healthcare Enterprise)是一个国际流程规范——各国医疗信息化技术框架的总结。IHE 始于 1997 年,由 RSNA(Radiology Society of North America 北美放射学

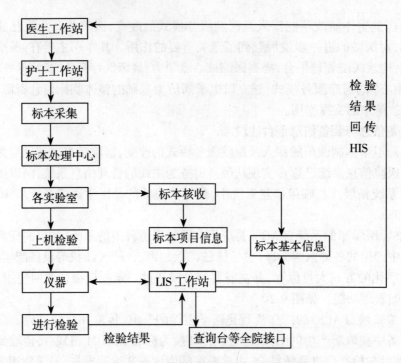

**图 9-3 检验信息系统（LIS）的工作流程**

会）和 HIMSS（Healthcare Information Management Systems Society 卫生保健信息管理系统学会）联合发起，旨在促进影像和信息系统更高水平的协同工作能力。

构成 IHE 最重要的基本元素是各个功能角色（actor）的定义。一个 Actor 是一个具有特定功能的执行器（Device），而各个 Actor 间遵循现有标准，依据特选途径（包括 Sequencing、Context 等），相互作用解决具体事务的过程则称为 Transaction（事务处理）。Actor 和 Transaction 两者结合构成了 IHE 规范的核心——集成环境（Integration Profile）。所以，Actor 和 Transaction 是描述 IHE 的统一术语。各个 Integration Profile 的集合构成了 IHE 的技术框架。IHE 不是标准，它是由不断扩充的各个 Integration Profile 搭建起来的开放的信息互动平台。IHE 为解决棘手的医疗工作信息流的问题绘制了蓝图。

**（二）IHE 的意义**

最佳医疗服务需要高效地获得相关的医疗信息。尽管拥有先进的技术，但是大多数医疗机构还没有充分发挥计算机系统的潜能，以便减少医疗错误，提高医疗服务效率和整体临床服务质量。要达到这些目的，就需要一个信息共享的框架，以便满足医疗服务人员和患者的需要，并得到提供系统的厂商的认可。现有的标准为这样一个框架提供了基础，但是仅有标准还不足以解决问题。任何一个标准内都会有裂缝，在这个标准内会有不同的选择，还有可能对同一个问题产生相互矛盾的解释。没有哪个标准能够完美地描绘复杂的、不断变化的医疗信息领域。直到今天为止，弥补各个标准和系统整合之间的裂缝仍然需要昂贵的、特殊的站点界面开发。要解决这个问题就需要一个过程，以便建立一个细致的框架来实施这些标准。IHE 提供的就是这样一个过程。

**（三）IHE 在医学装备信息化中的作用**

IHE 定义了很多 Technical Profile，每一个 Profile 描述了一个特定的医疗保健工作流程。如果说 HL7 和 DICOM 等标准解决的是各个不同厂商、不同产品之间的互联性问题，IHE 则解决了操作性的问题。

IHE 实际上是用工程语言描述了医疗工作流程，是在大量总结不同医院实际工作流程的基础上，进行总结和概括，是众多厂商和医院共同努力的结果。它解决了两个问题：

1. IHE 系统地用工程语言定义了若干医院常用的工作流程，医院只要确定其工作流程，厂商遵循该流程，其开发结果就应该能很好地符合医院的要求。

2. 符合 IHE 的厂商都应该参加过 IHE 测试。一般来说，如果通过了通信兼容测试（Connectathon），就不会出现协同工作的问题。

IHE 是长期大量时间和经验的积累，也是大量资金投入的结果。对于全球各个医疗机构，其基本的工作流程都具有一致性。目前我国医疗改革的趋势是区域协同，为了很好地达成这个目的，推广 IHE 具有很重要的意义。它能够帮助我们规范各个厂商的医疗信息化产品，使得我们在应用的时候不受到一个厂商或者两个厂商的局限。

IHE 是技术的积累，是一种集成的概要描述，而不是技术壁垒，也不是商业壁垒。我们应该在中国大力推广 IHE，它是医疗信息化的必经之路。

### （四）IHE 目标

IHE 是为了促进现代医疗机构信息系统的集成而创建的。它的基本目标是确保患者在被治疗和护理过程中医疗决策所需的全部正确的信息，并能被医护专业人员获得。

IHE 的创建既是一个过程，也是一个鼓励集成工作的论坛。它为已制定的消息标准的实施定义了一个技术框架，以达到特定的临床目标。它包括一个对框架实施的严格的测试流程。它还组织培训会议，在医疗专业人员的大型会议上展示此框架的益处，鼓励医疗机构和用户采用 IHE。

IHE 中应用的方法不是为了定义新的集成标准，而是为了支持现有标准的一种集成方式的使用，如 HL7、DICOM、IETF 和其他分别适用于各自领域的标准，在必要时定义了配置选择。当需要对现有标准阐明或扩展时，IHE 建议查阅相关标准的内容。

不同领域的 IHE 技术框架（医疗机构合作与患者诊疗信息共享、IT 基础架构、心血管病学、实验学、放射学等）定义了现有标准的特定实施，已达到促进医疗信息共享，支持优化患者诊疗的集成目标。IHE 技术框架每年进行一次扩展，经过一段时间的公众评论，并通过错误鉴别和更正定期地维护。

IHE 技术框架指定了医疗行业的一组功能组件，成为 IHE 角色（Actor），并根据一组一致的、基于标准的事务（transaction）确定了它们的交互。

IHE 的目标在于为医疗部门、企业、跨企业以及国家级的卫生保健体系提供卫生保健的协同工作方案，提高临床应用的效率和效力，改善系统协同工作流程，改善图像质量和一致性，改善数据的准确性和可用性，降低运作成本。通过 IHE Technical Framework 定义集成解决方案，用标准的解决方案替代私有的方案。IHE 所提倡的是基于卫生标准的集成。

### （五）IHE 国际组织结构（图 9-4）

组成：IHE 主要是由三个委员会组成并完成其使命的。IHE 计划委员会和技术委员会由有资质的相关厂商的代表组成，这些厂商的产品直接参与 IHE。任何一个有资质的人都可以加入委员会，但是需要对参加会议和完成指定工作作出严格的时间承诺。秘书和后勤服务由发起机构提供。每年，各个委员会的活动日程安排在网上公布，欢迎大家参加。

这三个委员会是：

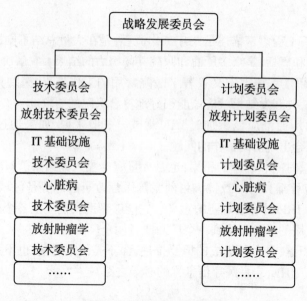

图 9-4　IHE 国际组织结构

(1) 战略发展委员会:由医疗卫生专家代表、各个卫生相关行业组织的代表组成。总体目标是,为在各个医疗保健企业之间应用基于标准的信息共享,促进 IHE 流程的发展。委员会成员通过以下方式发展 IHE 模式:①认识、确定医疗保健工作流的步骤;②推荐临床或者经营领域的优先次序;③确认在交叉领域内的集成需要和障碍;④确认关键资源并帮助 IHE 计划委员会进入关键领域。

(2) 技术委员会:把由计划委员会提出的概要思想进一步发展成为具体的 IHE 技术框架。在完成这些文档的同时,委员会委员为项目技术经理和参与的厂商之间提供联络,指导厂商如何参与示范。

(3) 计划委员会:负责为示范和相关的集成活动建立广泛的发展方向和范围。在批准和发布示范范围之外,该委员会也负责计划厂商研讨会以及其他活动。

各个委员会实行联合主席制,一般设主席和副主席若干名,定期改选。

最早只有放射技术委员会,后来随着发展,又发展出几个不同领域。按照需要新增了技术委员会和计划委员会,如心脏技术委员会、信息构架、眼科等。其组织结构相应扩展,但基本构成和关系不变。

目前,IHE 已经扩大到更大的地理范围和更多的国家。每个区域或者国家都有自己的 IHE 组织。目前,IHE 分为三个大的区域:北美、欧洲、亚洲大洋洲。每个区域分别包括了该区域的主要国家。在北美有美国和加拿大,在欧洲有英国、法国、德国等,在亚洲大洋洲有中国、日本和韩国。

## 四、IHE-C

### (一) 中国 IHE 概况

目前,国内各个区域、领域的不同专家从各自的角度都意识到 IHE 的重要性,都在积极开展活动,但存在行动力量分散的问题,还没有形成一个整体的活动。鉴于此,由中国医学装备协会、中国医疗器械行业协会、中国医院协会、中国生物医学工程学会、中华放射学会和中国标准化研究院联合共同倡议发起 IHE 中国活动,以期构建一个平台,推动国内的 IHE 活动。2010 年 1 月,IHE 国际正式认可 IHE-C 六个发起单位的成员组织身份。

### (二) 中国 IHE 的主要目标和任务

在中国目前的医改形势下,IHE 发挥着越来越重要的作用。医改中提到的区域医疗卫生信息系统及电子健康档案,它的核心都是信息的互通和共享,即信息在不同的机构、不同系统之间的互联。这种信息互联互通的互操作性,是由一系列的标准来保证的。IHE 是处于这一系列标准里最基础的标准。

IHE 在中国的推广,将有助于推进中国医疗改革,优化医院工作流程,实现医疗系统间的整合,消除壁垒,为广大患者提供最佳医疗服务。

## 五、IHE 测试

### (一) 国际测试的主要流程和内容

IHE Connectathon 是持续一周左右时间的连续性测试活动。其主要目的是测试市场上已有的医疗信息系统实现 IHE 定义的基于标准的互联互通能力。所有的角色可以在第三方测试自己的系统。该活动每年在北美、欧洲和亚洲举行一次。

任何一个企业都可以申请参加 Connectathon 测试。简单步骤如下:

1. 阅读技术框架,并确定要求参加测试的角色、模式;

2. 登录 Kudu 注册系统,注册一个或者多个参加 Connectathon 的系统,申明要求参加 Connectathon 的角色或者模式;

3. 下载 MESA 测试工具,先自行完成系统的初步测试,完成后该软件将自动形成一个测试报告,将该测试报告和 Log 及时发送;

4. IHE 将审核收到的报告以及 Log,进行详细审核。

(1) 通过审核确认通过自行测试的厂家将收到通知,可以参加 Connectathon 测试。

(2) IHE 将公布最终测试结果。

### (二) 国内测试步骤

IHE 测试是 IHE 组织针对医疗信息企业所作的系统互联测试。参加测试的厂商需要在正式测试前和 IHE 提供的标准测试工具 MESA 进行互联,取得 MESA 输出的日志信息,确认没有错误之后,将日志信息和测试申请提交给 IHE 组织,经过 IHE 组织鉴定确认有效之后才能参加正式测试。在 Profile 中有的 Actor 和 Transaction 是必需的,厂商必须实现所有必需的 Actor 和 Transaction 才能声明自己支持这个 Profile。有些 Actor 和 Transaction 是可选的,厂商可选择实现或不实现这些 Actor 和 Transaction,不实现这些 Actor 和 Transaction 不影响对 Profile 的支持。

厂商通过 MESA 的测试之后,才能参加 IHE Connectathon 正式测试。实际上 Connectathon 测试是一个相互验证的过程,不同厂商的系统需要进行彼此互联,所有的测试没有问题才算通过。为了减少错误,IHE 规定 Connectathon 测试中,每个厂商声明支持的每个 Profile 需要和至少三个其他厂商的系统通过互联测试才能认为有效,否则 IHE 不承认该系统支持 Profile。

在测试大会上,当厂商之间的互联成功之后,需要 IHE 组织制定的认证官员进行验证,一旦验证通过,结果将记录在 IHE 连接测试的网站上,厂商可以登录网站来查询自己和别的厂商的连接结果。

1. 自测 MESA 是 IHE 测试工具的缩写,该工具是由 ACC、HIMSS、RSNA 发起支持,由 Mallinckrodt Institute of Radiology 开发完成。在每一期 IHE 周期里,该机构开发一组工具,只供参加即将进行的 Connectathon 的公司使用。

在 Connectathon 之前,所有厂商都要预先运行一系列的软件测试。这些测试是作为资格测试设计的,而非完整测试,其目的是确保你提前准备过。

MESA 测试的一般模型可如下描述:

(1) 每个测试有一个号码和名称,覆盖了能直接在技术框架中找到的一个用例或者需求。

(2) 每一个模式(Profile)中的每一个角色(Actor)有一个或多个需要在 Connectathon 前完成的测试。这些需求已列在 TMS 网站系统上。

(3) 同一个模式(Profile)的同一个用例中,不同的角色(Actor)可以重用测试号码和名称。但是测试名称和号码不能跨模式(Profile)或跨领域重用。

(4) 每个厂商运行已有的测试。每个测试都有一个测试脚本或者其他生成结果日志、成功日志的机制。每个厂商都有责任捕获结果日志或成功日志,并将这个日志提交给项目经理。

(5) 每个厂商必须为所有列出的测试提交测试结果,必须"0 错误"完成或者成功通过所有测试。

2. 现场测试 测试使用 TMS 系统。TMS 系统是一个基于 WEB 的 Connectathon 注册和管理系统。测试活动过程中的大部分交流和管理过程都由该网站处理。TMS 主要功能包括:

(1) 为厂商创建登录账号;

(2) 添加厂商相关信息和联系方式;

(3) 注册一个或多个要进行 Connectathon 测试的系统;

(4) 为系统增加配置信息;

(5) 为系统添加 MESA 测试结果;

(6) 在 Connectathon 测试前找到测试伙伴;

(7) 寻找其他所有在测试时使用到的系统的配置信息;

(8) 找到网络配置信息;

(9) 在 Connectathon 测试前,检查你需要执行的测试;如果发现任何错误信息,反馈给项目主管。

# 第(十)章

# 医学装备的人力资源管理

人力资源就是在一定的时间和空间条件下,现实和潜在的劳动力的数量和质量的总和。人力资源管理,是指根据组织机构战略的要求,有计划地对人力资源进行合理的组织、调配和培训。同时通过对员工思想、心理和行为的引导、控制和协调,调动员工的积极性,发挥员工的潜能,达到人尽其才,事得其人,人事相宜,以实现组织目标的一种管理行为。简言之,人力资源管理就是一个人力资源的获取、整合、保持、激励、控制、调整及开发,以便实现最优组织绩效的全过程。

医学装备从引进到报废整个寿命周期都存在管理任务,它直接关系到医院的医疗质量、医疗安全,应该依赖全员(包括使用人员)全面地参与管理,特别是医学装备管理(医学工程)部门的一线人员更应担负起医学装备管理的责任。因此,管理好医学装备,人的因素还是第一位的,人力资源管理是不可或缺的。医学装备管理又具有两重性,既有行政管理职能,又有专业技术功能,其管理部门的性质是具有行政职能的专业技术部门,自然它的组织结构也应该与之相适应。目前从整体上看,国内许多医院仍偏重于行政管理职能,在体制、结构与功能上也不尽一致。

建设现代化医院,既需要高水平的管理和技术人才,同时也需要建立功能完善和相对规范的医学装备管理组织机构,而二者有机地结合更是现代管理学的要求。本章试图结合组织结构设置就医学装备人力资源管理进行探讨,以期达到提高人力资源管理水平、促进和完善医学装备管理的目的。

## 第一节 组 织 结 构

岗位分析及其评价是人力资源管理的基础工作,所以,建立科学的机构、岗位、编制和职能划分,合理地设计医学装备管理部门的组织结构,才能确立适宜的人员配备体系。

### 一、韦伯的理想组织结构形式

德国著名社会学家和哲学家马科斯·韦伯关于理想的组织结构的构想认为,管理的核心是组织活动应通过职务或职位来管理。要使行政组织发挥作用,管理应以知识为依据来控制,管理者应有胜任工作的能力,应该依据客观事实来领导。韦伯组织结构具有以下基本特征:

1. 把实现组织目标所进行的全部活动分解成各种具体的任务,分配给组织中的各个成员或各个职位,同时要对组织中各个成员或各个职位规定明确的职责,并赋予对等的权利。

2. 按照一定的权力等级将组织中的各种职务和职位形成责权分明,层层控制的指挥体系。在这个体系中,各级管理人员不仅要对上级负责,而且也要对自己的下级负责。下级必须接受上级的监督和控制,对上级的命令必须服从。

3. 通过正式考试或教育训练,公正地选拔组织成员,使之与相应的职务相称。组织内对职务的任免要讲究一定的程序。

4. 除了按规定必须通过选举产生的公职外,官员是上级委任而不是选举的。

5. 组织内部的管理人员不是他所管理单位的所有者,而只是其中的工作人员。

6. 组织中成员之间的关系是一种不受个人情感影响的关系,完全以理性准则为指导。

7. 实行管理人员专职化。组织内有明文规定的升迁制度,按照年资、工作成绩综合考虑,但是否升迁,完全由上级决定,下级没有发言权,以免破坏指挥体系。

8. 人员必须严格遵守组织中规定的规则和纪律。这些规则和纪律是不受个人情感影响而在任何情况下都适用的。

韦伯理想行政组织结构见图 10-1。

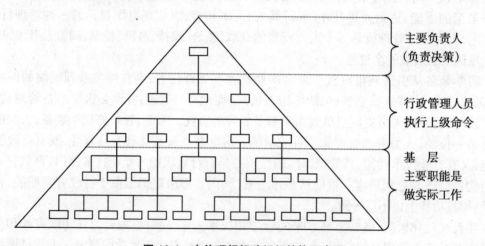

图 10-1 韦伯理想行政组织结构示意图

由于医院的性质决定了医学装备管理部门的组织结构应该趋向于传统型的组织结构,但同时要考虑信息化、网络化所带来的影响。医学装备管理部门因其专业特点,在医院中应该是相对独立的部门,医学装备管理部门的领导在医院管理层属于中层干部,但由于专业的特殊性又具备一定的决策权力。因此按照韦伯理想组织结构分析,一般比较理想的医学装备管理部门组织结构模型可见图 10-2。

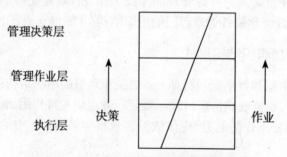

图 10-2 医学装备管理部门组织结构模型

## 二、组织结构设计

组织结构设计最终是以实现组织目标为目的的。当前国内医院中医学装备管理部门因所属医院的任务、性质、规模以及医院院长的价值偏好等不同,形式多样,承担的任务不同,其组织目标也不尽相同,因而很难有一个统一的模式。这里只以大型综合医院为背景谈一谈如何具体设计一个相对合理的医学装备管理部门的组织结构。

**(一) 组织结构设计原则**

组织结构设计有6个关键原则,即工作专门化、部门化、命令链、管理幅度、集权与分权、规范化。

1. 工作专门化 医学装备种类繁多,如在维修工作中实行专业化,有助于提高工作效率。但专业化分工太细或者专业化分工持续时间过长、人的非经济性因素的影响会超过其经济性影响的优势,表现为厌烦情绪、疲劳感、压力感、低生产率、低质量、缺勤率上升、流动率上升等。这提示我们应该适当调整专门化程度,比如说适当扩大专门化范围,如在维修专业组内实行一专多能,在库房管理各专业库定期轮换,在采购部门实行项目管理制度等,都有助于提高工作效率。

2. 部门化 在完成专门化分工后,就需要按照其类别对它们进行分组、以便使交叉工作能相互协调。部门化主要根据组织的职能和工作过程划分,综合使用。医学装备管理部门主要有采购供应、维修和管理三大职能,相应就要分成三个部门,但在采购整机过程中需要执行合同签订、报关、付款、验收、档案归集、信息录入等过程,因此在采购部门中集中了采购人员(不固定实施项目管理)、财务人员、档案管理(兼)、信息系统管理人员、实物会计(兼)等专业化的管理人员。这就是综合了职能工作过程进行分组的例子。

3. 命令链 在传统的组织结构设计时,命令链是组织设计的基石。命令链是一种不间断的权力路线,从组织最高层扩展到最基层,澄清谁向谁负责,清楚自己的直接上司是谁,自己的下属是谁。命令链的形成并有效运行需要解决两个重要问题,一是权威,二是命令的统一性。

(1) 权威:是指管理职位所固有的发布命令被执行的权力。为了使命令链有效运行,每个管理职位在命令链中都有自己的位置,每位管理者为完成自己的职责任务、都要被授予一定的权力。

(2) 命令统一性:有助于保持权威链条的连续性,它表示一个人应该对一个主管直接负责,如果命令统一性遇到破坏形成多头领导,就可能破坏命令链的连续性。

4. 随着生产力的发展和科技进步,特别是计算机技术的发展及给下属充分授权的潮流冲击,权威、命令的统一性等概念在组织结构设计中的分量正在降低。但医院作为一个传统行业,还是有别于生产企业,由于服务对象是患者,无法按常规计划安排工作,工作表现为突发性、实时性、随机性等特征。医学装备管理部门是为临床提供保障服务的,事件在24小时内都有可能发生,需要及时反应处理,而且由于涉及患者安全质量控制,计量监督等要强制执行,故保持命令链的连续性和有效性显得尤为重要。所以,医学装备管理部门的组织结构设计还是要更趋同于传统组织设计。但注意以下几点将是有益的:

(1) 权威由三部分组成:其一是授予权,即上级委任或聘任的职务权力;其二是专长权,即对专业知识的精通;其三是拥护权,即下属对本人的拥护程度。这三种权力合一才能产生权威,医学装备管理部门的管理人员要具备这样的特征。

（2）保持命令链的连续性也要注意决策和作业层的分离。特别是供应、采购部门这些管钱管物单位，必须在制度上予以制约，否则片面强调命令链的绝对统一，容易形成内部控制，最后导致职务腐败。

5. 管理幅度　即一个管理人员有几个直接下属，以一个人的精力和能力而言一般以8~10个为最佳。管理幅度窄可以对下属进行有效控制，但可能管理层级增加，管理效率降低，但管理幅度过宽又可能导致管理者精力分散、员工的绩效会受到不良影响。

由于存在工作的突发性、随机性，作为医院医学装备管理部门的组织结构应该适当增加管理幅度，减少管理层级，使之呈扁平结构。扁平型的组织结构可以缩短与临床的距离，增加处理问题的灵活性。

6. 集权与分权　作为医学装备管理部门各个职能单位应适当分权以提高一线的反应速度。例如一线维修人员应被授权设备故障的处理和一定金额的零配件购置；供应部门中心库房应分权给二级库房，以保证供应及时性并保持最低的库存量；采购部门对项目管理人员的分权等。

7. 规范化　规范政策和工作流程（police and procedure），至少每年更新确认一次，长期不变是不合理的。

（二）组织结构设计

20世纪70年代以后尤其是近十多年时间，随着医学装备的配备规模迅速扩大，质量不断提高，为了适应医学装备高速发展的形势和执行卫生行政管理部门的要求，大多数医院已经组建医学装备管理的专门机构或明确专人负责医学装备的管理工作。但机构的名称不尽相同，有设备处（科）、器械处（科）、器材处（科）、条件设备处（科）、药械处（科）和医学工程处（科）等。其职能也不尽相同，有的相对专业化，专门负责医学装备的管理；有的还承担后勤物资（如后勤设备、家具、文具等）的采购、供应和管理；有的则将医用耗材管理与供应分离出来；甚至有的还承担药品的采购任务。除此，有的医院是将采购与其他管理予以分离，成立采购中心或招标办公室，专门负责所有采购工作，林林总总。

现代医学装备管理机构与医院药学部门类似，具有双重性，既是医院职能管理部门，又是医院的专业技术部门。现代医学与医学工程结合越来越紧密，相互渗透，医学装备管理的专业性和技术性越来越凸显，所以医学装备管理部门还是以专门、专业为宜。这个部门，可叫做装备技术管理处（部、科）或医学工程处（部、科）。同时医院还应根据实际情况成立有医院领导、临床医学专家、医学工程专家、医学信息专家和医务处（部、科）护理部等参加的医学装备管理委员会（小组），负责对医院医学装备的规划、计划和重大决策进行论证、咨询、监督、检查、评估等工作。委员会主任由主管院长担任，委员会副主任由业务主管单位的领导担任。其办事机构设在医学装备管理部门。

下面是参照某大型综合性医院的经验而设计的医学装备管理部门组织结构，参见图10-3。承担医学装备管理的装备技术管理部或医学工程部可根据工作任务下设若干室（组）。

办公室：负责装备技术管理的计划安排、组织实施、检查评估、经费核算等工作。

采购供应室：负责装备包括零配件消耗器材的采购供应、进口申报、验收索赔、贮存发放等工作。

大型装备检修室：负责大型装备的安装调试、预防性维护保养（PM）、质量保证、检查修理、装备引进论证和技术评估等保障工作。

精密装备仪器检修室：与大型装备检修室的工作内容相同，区别在于分工负责精密装

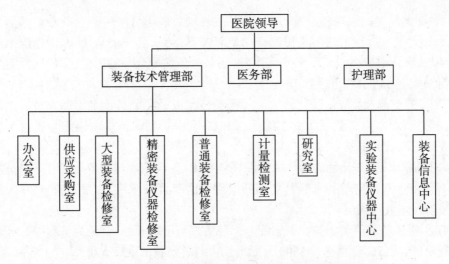

**图 10-3 装备技术管理部或医学工程部组织结构框图**

备仪器。

普通装备检修室：负责医院普通装备的安装调试、维护保养、检查修理、技术评估和机械零配件加工等维修保障工作。

计量检测室：负责医学装备的计量检测、质量监督管理等工作。

实验装备仪器中心：为了提高装备使用率，减少重复购置，对大中型实验（检测）装备仪器集中管理，专管共用，向全院各科室开放，为医疗、教学、科研服务。

装备信息中心：负责医学装备相关技术资料信息的收集处理，医学装备技术档案的贮存管理等工作。

研究室：负责医学装备、医学工程方面的科研和教学培训等工作。

装备技术管理部下属部门的设立，可以根据本医院实际情况，增添、合并、减少，其工作范围也可相应调整。

以上对装备检修的分组较细，采用的是分类检修管理法。它是用价值工程（value engineering 简称为 VE）的观点，根据装备在医院的应用范围、重要地位、贵重程度、购置金额以及使用率、创造效益等因素，将医院的装备按 A、B、C 进行分类，A 类定为重点装备即大型医用仪器设备；B 类为精密仪器设备；C 类为普通仪器设备。目的是突出重点，兼顾一般，分别规定不同的检修、维护保养的措施、方法和工作程序，分别安排零配件和消耗品的供应，分别保证装备的运行条件。坚持效益优先的原则，使有限的维修保障经费合理使用，以达到提高装备完好率和总体效益的目的。

## 三、人员配置

医学装备管理，专业性强，涉及面广，制约因素多，相互关系复杂。搞好医学装备的管理，人才队伍建设是关键。

### （一）合理编配人员数量

发达国家对医学装备技术管理人员非常重视，他们称之为临床工程师或医学物理师。一是在医院中编配比例高，有的高达 100∶25，即医护人员 100 人，医学装备技术管理人员 25 人；二是素质高，在美国许多临床医学工程师都具有医学和工程技术双学位，是跨学科人才,他们参加诊断、急救、医治的全过程,是医院规划发展不可缺少的参与者。虽然目前国内医学装备管理人员与发达国家相比概念上有差异,纳入范畴较窄,编配比例也无绝对的可比性,但从现代医院发展建设的实际出发,还是应该编配合理的比例,强化医学装备的管理。如何编配有几种方法可供参考。

1. 以医护技术人员数量按比例编配　医护技术人员与装备技术管理人员的比例以医院的规模等级按 100∶2 至 100∶3.5 编配,即 100 名医护技术人员可编配装备技术管理人员 2 至 3.5 名。

2. 以医院床位数按比例编配　以医院床位数编配,床位数与装备技术管理人员的比例为 30∶1 至 20∶1。即根据不同规模、不同级别的医院可以按每 20 张病床至 30 张病床编配 1 名装备技术管理人员。

3. 以医学装备总值金额按比例编配　以装备总值金额 8000 万元为基数编配 8 名装备技术管理人员,装备总值每递增 1500 万元增加 1 名装备技术管理人员。

由于认识程度不一,发展速度差异,建设规模不同,因此在人员配备上也难以整齐划一、强求一致。目的在于引起领导部门和医院管理者的足够重视,适应医学装备的快速发展,促进我国临床工程的进步。

**（二）恰当配置专业技术职务和学历**

装备技术管理工作面很宽,纵深很长,既需要有高级工程技术人员,又要有普通的技术工人,所以要求高、中、初比例可按 1.5∶3.5∶3 编配,也可参照本院医生高、中、初比例编配。在学历要求上应根据不同工作岗位区分层次,既应有高层次的研究生、本科生,也应有一定数量的大专生和中专生。

## 四、规章制度

建立健全医学装备管理的各项规章制度非常必要,它是组织管理的重要组成部分,是实现科学管理,清除工作中的混乱现象,使医院部门正常运转并取得预期效果的必要保证。有关医学装备管理的规章制度很多,因篇幅有限不可能一一列举和说明,仅就总的要求作一介绍。

1. 医学装备管理的各种规章制度都应用文字形式表述出来。它包括各种规划、职责、规范、准则、要求和办法及装备的操作规定和运行程序,各项工作的管理制度,各种形式的责任制度等。

2. 规章制度的制订要遵照国家和上级机关(如卫生部、国家药品食品监督管理局)有关政策法规(如《医疗卫生机构医学装备管理办法》、《医疗器械监督管理条例》)的要求并结合医院的实际情况进行,要做到领导和全体工作人员相结合,力求完整统一,简明扼要,通俗易懂,可操作性强。应具有严肃性、权威性和强制性,确保贯彻执行。

3. 规章制度应随着医学装备的更新,技术的发展,客观情况的变化,而进行修改和完善,并注意新旧制度执行中的连续性和衔接性。

## 五、管理的社会化

随着医疗机构后勤保障社会化的改革,医学装备技术管理的部分工作,如计量测试、装备维护保养和检修等,在有些单位和一些地区也进行了社会化的探索和尝试。其形式可分为以下几种:

1. 医院向生产厂家或维修公司购买某种大型、精密装备的保修,保修期长短双方商定,一般一年为一个周期。这种形式在大型综合医院比较常见,可以解决医院自修中遇到的配件供应和技术要求难题,保障临床科室诊疗的时限要求。

2. 医疗卫生机构后勤服务集团化,集团内部集中财力、物力、人力对所属单位进行装备技术管理服务,同时面向社会开展装备维修保障服务。

3. 地区性装备维修保障联合体。如在所属卫生行政管理部门领导下成立医学装备维修中心,把管辖范围的医学装备维修保障统筹安排,提供有偿的医学装备维护、保养和检修等服务。

4. 学术团体或行业协会牵头组织成立某些装备的维修联合体,互通信息,有偿调用零配件和维修服务,以及联合对医学装备技术管理。这对于规范行业行为,促进学科建设与发展,避免造成大的损失是有益的,不失为一种可取的方法。

5. 两个或两个以上医院自愿协议的双边或多边松散的协作体,有限协作进行某种或某些医学装备的维修保障。

理想的医学装备维修保障社会化起码可以部分解决大型医院自修时技术、配件瓶颈和时效性问题;可以解决小型医院"麻雀虽小,五脏俱全"的人力招聘、培养和浪费问题,可以促进管理的规范化;可以集中优势,整合、利用有限的维修资源。医学装备技术管理社会化的内容非常丰富。例如,大型诊断、治疗或特殊检验设备资源的社会化,可以提高资源的利用率,减少重复配置;可以提供高水平和规范化的诊疗,避免重复检查和改善参差不齐的诊疗状况;可以降低人力资源的投入等等。但是,医学装备技术管理的社会化涉及体制、编制和利益分配等深层次问题,既要积极探索,实践创新,又要慎重对待。

# 第二节 职务分析与职务说明书

## 一、职务分析的意义和作用

### (一) 职务分析的意义

中央深化卫生事业单位人事制度改革的实施意见精神要求卫生事业单位进行科学合理的岗位设置。这些年,随着医院人事制度和分配制度改革的不断深入,许多医院实行了评聘分开、绩效考核,试行了招聘方式录人和打破用人终身制的合同聘任制等人事改革举措。这对岗位设置提出了很高的要求。要求岗位设置要遵循按需设岗、因事设职、精简高效的原则,充分考虑社会的需求,单位的发展,人才结构和人才培养等多种因素。

职务分析就是对工作岗位的特征和任职要求进行界定和说明,它是人力资源管理工作的前提和基础。而由此形成的职务说明书正是员工管理、目标管理、职务评估、绩效考核、理顺管理流程的基础工具。虽然,在人力资源管理领域的研究中,有观点认为纯粹基于工作(职务分析)的模式注重"以规章制度为本",较少关注人,过于刚性,而提倡与"以人为本"的柔性模式结合起来使用。但是,职务分析还是为医院的人事制度改革,医学装备人力资源管理提供了现代、科学的管理手段,必将进一步推动医院人事制度改革的科学发展和医学装备管理的规范及进步。

### (二) 职务分析的作用

1. 职务分析在招聘工作中的作用 职务分析提供的信息包括:工作任务有哪些,以及具备什么样条件的人才能完成这些工作。

2. 职务分析在薪酬设计中的作用　薪酬通常与工作本身要求承担者所具备的技能、教育水平以及工作中可能出现危害人身安全因素等联系在一起的,而所有这些因素都必须通过工作分析才能确定。

3. 职务分析在绩效评价中的作用　工作绩效评价过程就是将员工的实际工作绩效同要求其达到的工作绩效标准进行对比的过程。

4. 职务分析在继续教育中的作用　利用职务分析的结果设计组织的培训计划和人力开发计划。职务分析以及作为职务分析结果的工作说明书显示了工作本身要求员工具备的能力,根据缺什么补什么的道理,自然形成了组织及个人的培训计划。

5. 职务分析可以消除工作死角　医学装备种类繁多、分工很难全部覆盖、通过职务分析可以明确工作范围。

## 二、职务分析的定义和内容

综合观点,职务分析被定义为应用系统的方法和程序收集与工作相关的信息,以确定工作职责、内容、评价标准、人员要求等因素的过程。具体说,职务分析是根据组织目标的需要,确定特定职位的具体特征、规范、要求和流程(即工作的任务和性质),以及确认具备哪些知识、技能和经验的人适合担任该职位。因此,职务分析的结果是编写职务说明书和职务规范的基础。

结合医学装备管理,职务分析的主要内容有以下几方面:

1. 工作活动和工作程序　首先,经常需要搜集的信息之一是:承担工作的人必须进行的与工作有关的活动,如采购、库房管理、维修等。

2. 工作中人的行为要求　如需要下到科室维修设备、需要搬运一定重量的设备等。

3. 工作中所使用的仪表、工具、测试仪器以及其他辅助工作用具　如注明需掌握示波器、相关专业的测试设备使用,计算机管理信息系统使用操作技能。

4. 工作绩效标准　例如工作的质量、数量或者工作的每一方面所耗费的时间等。这些信息要使我们清楚应当用什么样的标准来对从事这一工作的人进行评价。

5. 工作环境　包括工作的物理、社会环境。例如修理间有一定的噪声,使用烙铁会接触一定的有害气体,需要同科室的医生护士打交道等。

6. 资质要求　即工作本身对承担工作的人的知识或技能(教育水平、培训经历、工作经验等)和个人特性(才能、生理特征、人格品行、兴趣等)有何种要求。

7. 工作条件　包括工作时数、工资、奖金、福利、培训和晋升机会。

## 三、职务分析的步骤和方法

### (一) 职务分析的步骤

1. 成立职务分析小组。

2. 理清医学装备管理部门内部的集权与各级授权关系。

3. 将医院要求医学装备管理部门达到的总体目标层层分解,逐级落实职责和权限范围。

4. 编写"职务说明书",制定每个职务工作的要求和准则。

5. 设计好考核制度和奖惩制度,同时考虑到两者的结合。

## （二）职务分析的方法

职务分析的方法很多。如问卷法、访谈法、观察法、现场工作日志等等，可以根据实际情况结合使用。以下罗列几种，供参考。

1. 工作特点分析法 对职位的职务职责、种类和完成工作所需要的条件进行分析，作出明确的要求。特点分析应该依据历史资料、职务要求和组织目标三个方面进行。

2. 员工特点分析 运用专业的性格能力测试工具来考察并了解员工的素质能力和潜质。另外，对员工的知识结构层次和身体基本情况也要了如指掌，记录在案。

3. 问卷调查法 因为调查问卷的设计直接关系到问卷调查的成败，所以问卷设计可以邀请管理专家设计和制作。要拟订一套完整、科学和合理，既切实可行，又内容丰富的问卷，然后由员工进行填写，再由专家委员会进行信息分析处理后作出结论。

4. 职务工作日记法 由员工自己按事先由职务分析人员设计好的详细工作日志单记录每天工作和活动的内容。职务工作日记应该随时填写，最好记录10天左右，以保证所描述的原始工作信息真实、有效。

5. 关键事件描述法 尽量收集经常出现或重复的一些关键事件，并作出定性的描述。

6. 典型事件法 医学装备管理工作内容比较繁杂，应该挑选具有代表性的职位和典型的时间进行观察，以期提高职务分析的效率。

## 四、职务说明书

简言之，将职务分析的具体要求形成书面材料，这就是职务说明书。它不仅是招聘工作的依据，也是对员工的工作表现进行评价的标准，是进行员工培训、调配、晋升等工作的根据。

### （一）职务说明书的编写

编写职务说明书应该规范，如果不规范，起不到管理依据的作用。通常，规范的职务说明书起码应包含以下要点：

1. 表头内容 包括职务名称、级别、编号和归属部门。另外，也应注明拟写人、审核人（部门）和批准人（部门）。

2. 职责范围 描述特定职务承担的主要职责和能够影响的范围。

3. 权限范围 明确特定职位所具有的权限，包括对谁负责、管辖人员（即人事权）以及可以决定或处理事情的范围（即财、物权）。

4. 知识技能 描述特定职务所需的相关知识和学历要求、培训经历和相关工作经验。

5. 操作技能 根据特定职位的实际情况，提出任职人员需要具备的操作技能。

6. 协作关系 根据职位的地位和协作对象的数量，提出完成职位工作任务所需要的联系要求，描述相互关系的重要性和联系频度。

### （二）职务说明书举例

1. 某大型综合医院一般医疗设备维修工程师职务说明书：

岗位名称：一般医疗设备维修工程师。

岗位编号：******

审核部门：医学装备管理部门主管。

批准部门：主管医学装备管理副院长。

直接上级：医学装备维护、维修部门主管。

下属岗位：无。

岗位性质：负责非大型、精密医疗设备的维护、维修和报废鉴定工作。

管理权限：受部门主管的委托，具有对一般医疗设备维修、购置基本维修配件的建议权，行使一般医疗设备报废的鉴定权。

管理责任：对所分管的工作全面负责。

岗位设置目的：保障在用一般医疗设备的完好率达到98%。

岗位职责：

A. 负责分管仪器设备的维护、保养和维修。不断学习，提高技术业务水平，提高自修率；

B. 作好仪器设备的维修记录，建立维修档案；

C. 负责分管仪器设备的预防性维护、质量保证与控制工作；

D. 负责分管仪器设备维修合同的初审，提出建议；

E. 对科室申请的单次维修进行必要性和价格的论证；

F. 承担分管仪器设备的安装、验收及报废鉴定；

G. 配合新购仪器设备做好前期调研和工程技术论证，为购置提出建议；

H. 积极创造条件参与科研与教学工作，促进学科的发展。

任职条件：

A. 熟悉国家有关医疗设备使用管理规定；

B. 具备医疗设备的专业知识和维修技能；

C. 具有医学工程、电子、自动化等专业专科以上学历；

D. 具有一定的逻辑分析故障和实际动手解决故障的能力；

E. 能熟练使用计算机办公软件和专业软件；

F. 了解并能熟练使用相关检测设备；

G. 一年以上维修工作经验；

H. 具备正常人际沟通交际能力。

2. 美国Baylor医学院儿童医院医学工程部技术主管职务说明书，见表10-1。

表10-1　部门主管职务说明书

| 项　目 | 内容及描述 |
| --- | --- |
| 职务名称 | 技术主管 |
| 职务编号 | 2631 |
| 所属单位 | 医学工程部 |
| 直接上级 | 医学工程部副主任 |
| 考勤状态 | 打卡豁免 |
| 职务综合描述 | |
| 　职务设置目的 | 管理预防性维护、设备维修和其他部门内分派的工作；参与设备管理委员会会议，与其他部门的临床工程师一起论证设备的引进；确保分管区域内的医学装备在任何时候都能安全有效地使用；制定工作规范责任：作为医学工程部管理人员参与医学工程部工作规范讨论、决策 |
| 　决策权重 | 日常的决定权包括零配件费用、工作优先排序、工作计划单的制定及分派临时维修任务 |

续表

| 项　目 | 内容及描述 |
|---|---|
| 领导责任 | 领导的下级包括临床工程师、专业组组长、高级技师及 BMETI 等（注：BMETI 指儿童医院专设的技术等级、即生物医学设备一级技师） |
| 主要职责 | |
| 职责 A | 审阅每周由专业组组长上报的有关设备维修和维护的情况报告。审阅重大设备维修报告并在计算机管理信息系统中回顾该设备维修的历史资料。作出分析报告报送医学工程部副主任<br><div align="right">该项工作权重 25%</div> |
| 职责 B | 管理零配件订货、技术资料并追踪技术人员工作量情况，以确保制定的计划能顺利完成。与临床人员沟通了解一线工程技术人员工作情况并上报医学工程部副主任<br><div align="right">该项工作权重 20%</div> |
| 职责 C | 医学装备引进的技术评估，对新引进的设备进行实验测试，制定使用注意事项、使用规范等。计算设备维护可能发生的费用并报医学工程部副主任<br><div align="right">该项工作权重 20%</div> |
| 职责 D | 检查个人维修单书写规范；检查是否符合验收付款条件；检查用户和维修人员培训是否完成；维修费用谈判<br><div align="right">该项工作权重 5%</div> |
| 职责 E | 统计分析维修的工时费用和零备件费用报告医学工程部副主任，其他还有草拟有关制度、规范、费用预算等<br><div align="right">该项工作权重 5%</div> |
| 职责 F | 通过厂家或自行组织对员工进行技术培训，不定期参加学术活动<br><div align="right">该项工作权重 10%</div> |
| 职责 G | 每月回顾每周分派工作的完成情况，会议情况和数据分析报告并报医学工程部主任<br><div align="right">该项工作权重 10%</div> |
| 其他职责 | 及时完成报告的回复；保证新员工在到岗的 30 天以内接受医院上岗培训；保证新员工在到岗的 30 天以内接受医学工程部门上岗培训；每月一次的财务报表；如有必要修改职务说明书；准备汇总每年的资金预算；对患者和临床的投诉展开调查；其他 |
| 需要的知识和技能 | |
| 知识 | 较好医学工程实践经验、具备医学装备管理知识、临床环境人机界面的相关知识；能测试和标定医学装备；文案工作熟练 |
| 技能 | 具备对复杂项目的管理、协调能力；能与临床人员进行有效地沟通；准确地分析、解释数据并形成报告 |
| 受教育程度 | 硕士毕业并具备两年以上工作经验，学士毕业六年以上医学工程专业实践，临床工程师优先 |
| 工作环境 | 与纯粹的办公室环境不同，还包括可能接触高压、焊接时的有害气体、维修工作间环境和临床环境 |

# 第三节 绩效评价

绩效评价是人力资源管理的中心环节,是指运用评价指标、评价标准和评价方法对照工作岗位职务说明书和工作任务,对员工的业务能力、工作表现及工作态度等进行评价,并给予量化处理的过程。构建绩效评价体系需把握好几个基本原则:评价内容要创新;评价指标宜精简;评价标准要客观,不宜过高或过低;评价方法要科学;评价操作要简便。

## 一、绩效评价的目的和主要方法

### (一)绩效评价的目的

绩效评价是影响员工行为的重要因素,能够调动员工的积极性和创造性。通过绩效评估有助于医学装备管理部门的管理者作出晋升或绩效奖励的决策,可用于确定培训和开发需求。再就是,通过绩效评估以及向员工反馈结果,也为管理者及员工提供了改进的依据,进而可以通过制定措施来克服在工作绩效评价过程中所揭示出来的低效率行为;通过确定合适的方式,弥补员工当前不适应工作要求的能力和技能;让员工了解组织对自己的评价。所以,进行绩效评价,目的就在于更合理配备人力资源,持续改进工作,最终保障组织目标的实现。

### (二)绩效评价的主要方法

从人力资源管理的角度看,医院人力资源管理部门(或人事部门)只是绩效评价工作的组织部门,主要责任在于建立和维护一套好的绩效评价管理体系,医学装备管理部门管理者才是直接进行工作绩效评价的人。因此,要对部门内人员进行工作绩效评价,医学装备管理部门主管必须熟悉工作绩效评价技术,能够理解并设法避免在绩效评价过程中可能出现的问题,并且找到适合单位人群及行业特征的绩效评估办法(有条件的可以请专业的人力资源管理咨询机构进行),才能合理、公正地进行绩效评价工作。表 10-2 是表示绩效评价每一项功能的主要用途权重。

表 10-2 绩效评价的主要用途权重

| 用途 | 权重(分数) | 用途 | 权重(分数) |
|------|-----------|------|-----------|
| 工资 | 85.6 | 人力资源规划 | 43.1 |
| 绩效反馈 | 65.1 | 解聘 | 30.3 |
| 培训 | 64.3 | 研究 | 17.2 |
| 晋升 | 45.3 | | |

下面介绍几种常用的绩效评估办法:

1. 书面报告法 倾向于员工工作中的突出行为,而不是日常每天的业绩,以一篇短文的形式简单描述一下员工的优缺点、过去的绩效状况、潜能和改善建议。这是一种简便易行的绩效评估办法,但受评估者的主观影响较大。

2. 关键事件法 将绩效评估的注意力集中在那些有效从事一项工作与无效从事一项工作的关键行为上。当这种行为对部门的工作产生无论是积极还是消极的重大影响时,都把它记录下来,在考绩后期,评价者运用这些记录和其他资料对员工的绩效进行评估。

3. 评定量表法　这是一种最常用的方法,这种方法把一系列绩效因素罗列出来,如工作质量、合作精神、出勤率、工作主动性。评估者根据量表用递增或尺度对因素逐个进行评估。典型的量表为五点量表,例如"专业知识"这个要素,可能被评定为 1(专业知识了解很少)或 5(有丰富的专业知识背景)。量表法可能提供的信息不够全面。但在编制和实施中花费时间较少,而且可以进行定量分析和比较。

4. 行为定位评定量表(行为锚定法)　是量表法和关键事件法的结合产物。使用反映不同绩效水平的具体行为的例子来锚定每一个评价指标的标志,使用时先确定评价对象的典型行为,然后再确定其相应的分数,可以加总求和计算最后得分。这种方法比较精确客观,但是比较复杂。

5. 多人比较法　这种评估法又称对比评估法,是在与别人绩效水平进行对比过程中评估每个人的绩效水平。这种比较常常基于单一的标准,如总业绩。常用的有小组顺序排列法、个人排序法、配时比较法等。

## 二、绩效评价要素的基本特征

绩效评价所选择的要素有两种典型类型:与工作有关的因素和与个人特征相关的因素。与工作有关的因素是工作质量和工作数量,而与个人因素有关的因素是依赖性、积极性、适应能力和合作精神等个人特征。不同岗位不同工作决定了不同的绩效评价要素基本特征,比如以体力劳动为主的生产劳动者,要求有一定的组织纪律性、强壮的体魄、与体力劳动相应的文化程度,适应各类劳动特点的能力倾向,熟练的生产技能和适宜的生产效率;而以脑力劳动为主的生产劳动者,需要有严格的组织纪律性、健康的体质,相当层次的文化程度,掌握现代化科学知识和生产技能,反应灵敏,思维能力强,具有一定的创造性、满意的生产效率和工作质量等。

医院的医学装备管理部门的员工主要由中层管理人员、基层管理人员及工程技术人员组成,其中工程技术人员中又可分为革新创造性工程技术人员和现场服务型工程技术人员,各自的评价要素特征大体如下:

### (一) 中层管理人员评价要素特征

管理干部是决策层与执行层的中间环节,起着承上启下的作用。他们要组织员工实现决策层提出的组织目标,因而要求中层管理干部具有高度的责任感,良好的工作作风和协作精神,具有一定的组织能力,沟通能力和表达能力;具有相当的工程技术背景和管理知识背景。

### (二) 基层管理人员评价要素特征

实现组织目标的执行层和操作层,一般是单位的班组长及骨干。要求他们具有吃苦耐劳和牺牲精神;具有高效的办事能力,机敏的反应能力和动手能力。

### (三) 革新创造性型的工程技术人员评价要素特征

受到良好的正规教育,能运用现代科技知识保障工作,有所发明有所创造。他们对新知识、新事物有很高的敏感性、头脑灵活、思想新颖,具有较高的智力和创造力。他们从事的设备管理维修工作不仅仅满足于应付,而是发挥主观能动性开展创新性的工作。比如说自制、改装设备。国产零配件代用,设备功能开发拓展等。

### (四) 现场服务型工程技术人员评价要素特征

目前这类长期在现场从事安装,维修设备的工程师在医院医学装备管理部门为数最多。他们具有脚踏实地的工作精神和高度的责任感,具有丰富的经验和现代科学、工程学知识,他们观察事物细致,动手能力强。

表 10-3 列出以上两类四种人员评价要素的基本模式。

**表 10-3　四种人员评价要素的基本模式**

| 人员分类 | 智力结构 | 素质结构 | 能力结构 | 绩效结构 |
|---|---|---|---|---|
| 中层管理人员<br>（医学工程部主任） | 1. 本行业技术和管理知识<br>2. 知识面较宽<br>3. 综合分析能力 | 1. 组织观念<br>2. 决策意识<br>3. 责任心<br>4. 事业心 | 1. 处事能力<br>2. 控制驾驭能力<br>3. 及时发现问题能力<br>4. 灵活性<br>5. 信息沟通能力<br>6. 决策和辅助决策能力<br>7. 谈判能力<br>8. 社交能力 | 1. 经济效益<br>2. 工作效益 |
| 基层管理人员（室主任班组长、库管人员、采购人等） | 1. 工作经验<br>2. 现代科学知识<br>3. 综合分析能力 | 1. 法规意识<br>2. 群众观念<br>3. 组织纪律性<br>4. 责任心<br>5. 处事公道 | 1. 处事能力<br>2. 信息沟通能力<br>3. 鼓动表达能力<br>4. 辅助决策能力<br>5. 控制能力 | 1. 工作效率<br>2. 社会效益 |
| 革新创造型的工程技术人员 | 1. 知识面<br>2. 观察力<br>3. 思维能力<br>4. 探索能力 | 1. 成就感<br>2. 坚韧性<br>3. 协作性 | 1. 发现问题解决问题能力<br>2. 灵活性<br>3. 信息获得和加工能力<br>4. 创造能力<br>5. 动手能力 | 1. 技术成果<br>2. 社会经济效益 |
| 现场服务型工程技术人员 | 1. 专业知识<br>2. 工作经验<br>3. 观察力<br>4. 学习能力<br>5. 思维能力<br>6. 外语水平 | 1. 责任心<br>2. 服务性<br>3. 实干性<br>4. 主动性<br>5. 协作性 | 1. 发现问题解决问题能力<br>2. 动手能力<br>3. 协调沟通能力 | 工作成效 |

## 三、绩效评价标准模型及实例

在完成评价要素的基本特征提取后,就要对这些要素建立评价原则和尺度,设置评价标准要根据不同的职位合理设置,应具有完整性,协调性和比例性等特点。编制标准一般按以下程序进行:

1. 建立标准编制小组,提出工作计划。在单位主管领导带领下由具有一定现代科学知识和丰富实际经验的人事干部、管理人员以及有关部门负责人组成标准编制小组。

2. 编制标准草案。调查研究、进行试点预试验证,完成征求意见稿后广泛听取意见。

3. 标准送人事部门审定。

4. 标准编制的原则:先进合理原则、客观严谨的原则、公开使用的原则、协调统一的原则、适用通用的原则、适用及时的原则。

下面两个案例代表两种形式的人员功能评价标准:

案例一:中层管理人员的功能评价标准(表 10-4)

**表 10-4 中层管理人员的功能评价标准**

| 项目 | 内容 | 功能评价标准 | | | |
|------|------|------|------|------|------|
| | | 优 | 良 | 中 | 差 |
| **素质结构** | | | | | |
| 思想素质 | 理论联系实际 | 能够理论 | 能运用 | 有差距 | 轻视理论 |
| | 深入群众和现场 | 联系实际 | 能深入 | 不主动 | 或实践 |
| | 对人对己 | 主动深入 | 有自知之明 | 对人对己有偏见 | 不愿深入 |
| | 一分为二 | 严以律己 | 能正确待人 | | 自以为是 |
| 品德素质 | 团结协作 | 主动虚心好学 | 能够 | 勉强 | 骄傲自满 |
| | 谦虚求实 | 实干、主动 | 不能实干 | 随大流 | 欺上瞒下 |
| | 如实反映情况 | 积极、实事求是 | 一般 | 不够诚实 | 见风使舵 |
| 责任性 | 守职尽责 | 非常尽职 | 相当尽职 | 不太尽职 | 敷衍塞责 |
| | 敢挑重担 | 主动抢挑 | 秉意承担 | 勉强承担 | 推卸回避 |
| | 关心整体 | 主动关心 | 能关心 | 不太关心 | 漠不关心 |
| 劳动态度 | 劳动纪律 | 自觉维护 | 能 | 偶有违反 | 经常违反 |
| | 服从调配 | 愉快 | 遵守 | 讨价还价 | 强制 |
| **智体结构** | | | | | |
| 学识水平 | 理论修养 | 较深 | 较好 | 有一些 | 无 |
| | 专业知识 | 能适当发挥 | 能适当运用 | 尚能适应 | 不适当 |
| | 知识面 | 广博 | 较广 | 一般 | 狭 |
| 观察想象力 | 周密性 | 全面深入 | 较全面 | 有偏见 | 主观片面 |
| | 敏感性 | 反应灵敏 | 反应一般 | 反应迟钝 | 麻木不仁 |
| | 预见性 | 正常 | 较正确 | 有偏差 | 没有 |
| 判断分析力 | 辨别能力 | 精明 | 较精明 | 较模糊 | 模糊 |
| | 准确性 | 符合实际 | 基本符合实 | 有时脱离实际 | 脱离实际 |
| | 反应敏锐性 | 敏捷活跃 | 际较敏锐 | 较迟钝 | 迟钝 |
| 体质状况 | 坚持工作能力 | 出全勤 | 少缺勤 | 常缺勤 | 缺勤 |
| | 慢性疾病 | 能守职 | 能守职 | 有 | 多种 |
| | | 无 | 有症状 | | |
| **能力结构** | | | | | |
| 专业能力 | 本职经验 | 丰富 | 有经验 | 较少 | 无 |
| | 运用经验 | 善于 | 能 | 不熟练 | 不会 |
| | 善于总结 | 能 | 较能 | 一般不总结 | 不 |
| 处事能力 | 原则性 | 强 | 较强 | 较差 | 差 |
| | 灵活性 | 审时度势自如 | 较灵活 | 墨守陈规 | 死板 |
| 组织能力 | 归纳性 | 较强 | 有 | 较弱 | 差 |
| | 条理性 | 清楚 | 较清楚 | 较紊乱 | 紊乱 |
| | 用人 | 用人唯贤 | 较适应 | 时有不当 | 不当 |

续表

| 项目 | 内容 | 功能评价标准 | | | |
|---|---|---|---|---|---|
| | | 优 | 良 | 中 | 差 |
| **能力结构** | | | | | |
| 创造能力 | 创造性 | 善于创新常有新的点子和改革设想,并成为本部门或本单位创新实干家 | 尚能创新,但新的思想和见解不很多 | 趋向安于现状 | 因循守旧 |
| **绩效结构** | | | | | |
| 口头表达能力 | | 熟练、准确、生动 | 一般 | 较差 | 词不达意、干巴 |
| 效果 | 工作效率 | 高 | 较高 | 较低 | 低 |
| | 技术成果 | 多 | 较少 | 较少 | 无 |
| | 经济效果 | 好 | 较好 | 较差 | 差 |
| | 群众威信 | 强 | 较强 | 较差 | 差 |

案例二:现场服务型工程技术人员的功能评价标准(表 10-5)

**表 10-5　现场服务型工程技术人员的功能评价标准**

| 项目 | 功能评价标准 | | | |
|---|---|---|---|---|
| | 优 | 良 | 中 | 差 |
| **素质结构** | | | | |
| 工作责任心 | 尽心尽责、任劳任怨、敢于主动承担工作中的责任 | 工作尽责、能承担一定的责任 | 尚能负责、但不敢于承担责任 | 经常推卸责任 |
| 服务态度 | 当配角、主动上门服务热心帮助临床解决问题 | 服务态度较好、能及时为临床解决问题 | 职责内工作尚能应付、服务态度还过得去 | 经常与服务对象发生矛盾、服务意识不强 |
| 实干性 | 遇到难题从不轻易放过、想方设法自行解决、经常加班加点 | 一般情况下能自行解决问题 | 遇到困难有时会绕着走、经常把问题上交 | 能推就推、几乎没有解决过一个较难的问题 |
| 主动性 | 除了正常工作外、能经常下科室巡检、能及时发现和反馈问题、并提出解决方案 | 偶尔也会下科室走访、遇到重大维修事件能及时报告 | 仅完成了本职工作中的事后维修、基本上不主动下科室 | 有问题了推一推、动一动、不推不动 |
| 协作性 | 有很好的协作精神、临床有问题不管分内分外都能积极协调、不计个人得失 | 能积极考虑有组织的协作 | 能参加有组织的协作攻关 | 基本上是独来独往 |
| **能力结构** | | | | |
| 发现问题解决问题能力 | 能很快发现并决问题、从不耽误临床诊治 | 能及时发观解决问题 | 发现问题解决问题有时拖延、临床诊治工作人为耽误情况时有反映 | 效率低下、基本上不能及时发现问题、有情况时束手无策 |

续表

| 项目 | 功能评价标准 | | | |
|------|------|------|------|------|
| | 优 | 良 | 中 | 差 |
| **能力结构** | | | | |
| 动手能力 | 动手能力强、熟练地应用工具、测试仪器、对新引进仪器能很快上手 | 动手能力强、能使用一般测试仪器解决故障 | 动手能力有待提高、熟悉仪器周期长 | 稍复杂的设备就不知道怎么办、对医疗仪器有一定的畏惧心理 |
| **智力结构** | | | | |
| 协调沟通能力 | 能与同事及部门外人员进行有效沟通 | 能在部门内进行良好沟通、人际关系比较好 | 沟通能力欠缺、比较被动、能与大多数人一起工作 | 从不主动与人沟通、易与人冲突、时常引人生事、别人不愿与他共事 |
| | 善于合作和帮助别人、能建立一个和谐的工作学习环境 | 待人和谐、乐于助人 | | |
| 专业知识 | 具有大学本科以上或相当水平的专业理论和专业基础知识 | 具有大学水平或相当于大学水平的专业理论知识 | 具有大专水平或相当于大专水平的专业理论知识 | 具有中专或相当于中专专业水平、专业理论知识 |
| 工作经验 | 从事一线维修15年以上 | 从事一线维修11~15年 | 从事一线维修工作5~10年 | 从事一线维修工作5年以下 |
| 观察能力 | 善于细心观察发现一般不易发现或容易忽略的问题 | 善于观察发现维修工作中一般性疑难问题 | 尚能观察发现维修工作中存在的问题 | 对出现的问题(故障)熟视无睹、缺乏必要的观察力 |
| 学习能力 | 能较快地掌握系统知识、在无资料、无培训的情况下能很快地熟练维修设备 | 自学能力强、对新设备理解和掌握快 | 能自学、但对新知识的掌握常常一知半解,理解较慢 | 自学能力差、几乎不能获得新知识 |
| 思想能力 | 考虑问题很周密、精细、逻辑性强、使人信赖 | 考虑问题较细致周密、处理问题准确性高、使人信赖 | 考虑问题有时欠周到、日常工作中有时出错 | 考虑问题不细致、粗心大意、工作中常有差错 |
| 外语水平 | 能看懂一般的外文资料、并能较流畅地进行笔记和会话 | 借助字典能看懂一般外文资料 | 借助字典能勉强看懂专业外文资料 | 看不懂任何外文资料 |
| **绩效结构** | | | | |
| 工作质量 | 高效率地完成任务、工作量总保持前10%之内、无重复故障维修现象 | 按期完成任务;工作质量高于平均水平 | 工作质量处于平均水平、一般能完成任务 | 工作质量低劣、经常出现返修现象 |
| 工作效率 | 爱时惜时、响应时间短、解决问题及时准确 | 效率较高能及时解决临床反馈问题 | 有时需要催促、效率一般 | 办事拖拉、经常需要催促 |

# 第四节　人 员 培 训

人员培训就是人员的能力开发，属于人力资源开发范畴。一般来说，人员培训是指通过培训员工，使其在知识、技能、态度上不断提高，能够最大限度地匹配现任或预期的职务，进而提高员工现在和将来的工作绩效。现在讨论较多的岗位培训就是员工培训，但更为具体。如要界定，那么，人员培训可以说概念更为宽泛，包括了对单位员工进行的岗位培训、业余教育、脱产轮训以及个别深造（送大学进修或到国外学习）等。当然，对有职业标准要求的岗位所进行的职业培训也是人员培训范畴。

## 一、人员培训的必要性

长期以来，医院的医学装备管理人员的培训比较薄弱，究其原因，主要有几条。第一，医院属于行政事业单位，人事管理体制大体还是沿用机关传统人事管理模式而非人力资源管理模式。传统人事模式基本上只强调利用员工已有的技能，很少主动培训员工，即便有，也是短暂的、本专业的、迫不得已的。第二，医院管理层对医学装备管理的技术性、专业性以及在医院的诊疗活动中的重要性认识不足，总觉得医学装备的管理仅局限于采购和小修小补，谁都能做，忽视了医学装备管理人员的系统培训。第三，全国医学装备管理的从业人员虽然多达20余万，但人员专业背景或说"出生"构成复杂，有工程技术人员、有医、护、技、药人员，有工人，也有管理人员和医学工程学科良好专业背景人员等等，没有形成一个科学的职业体系。各医院组织结构也不尽相同，学科发展受到很大的限制，人员培训系统不完善。第四，相比医院一线的医技人员，医学装备管理人员的整体素质不高，机构欠完善，往往编制也不足，工作只满足于应付，对学科发展和部门或自己的职业规划没有或难有追求。

医学装备管理技术性很强是不争的事实。今天，医学装备的技术进步和更新换代尤为迅速，几乎每年都有新技术出现，平均两至三年就有新生代的医学装备问世。另外，随着社会发展，医疗消费观的确立以及医疗卫生体制改革的实施和深入，医院的医疗质量和医疗安全被提到空前的高度，而医学装备管理与医疗质量和医疗安全的联系越来越紧密，甚至在一定程度上起到决定性作用。所以，医学装备管理是集管理和技术于一体的系统管理工程。以满足医疗功能需求、合理配置，保障使用中医疗质量和医疗安全的医学装备全生命周期管理已成为发展趋势。这对医学装备管理人员提出了更高的标准，因此改变思维定势和知识结构，加强医学装备管理人员的培训显得更加紧迫和重要。只有加强人员培训，不断接受新知识，创新管理体制、模式和提高管理能力，才能适应工作和形势的需要。

目前，许多医院也不惜成本，采取派出进修、参加专题短训班和学术会议、鼓励资助员工完成业余教育、甚至派员出国接受厂家的专项学习或管理培训等，将医学装备管理人员纳入医学继续教育体系培训。但因培训机制欠完善、培训内容不够系统，缺少职业体系标准，故与人力资源管理的培训要求存在差距。

## 二、岗位培训

岗位培训是人员培训的最重要方式。在此以岗位培训介绍为例，为培训医学装备管理人员提供一个思路和参考。

## (一) 岗位培训对象

即将上岗或在岗的上至医学装备管理部门领导下至普通员工在内的全部人员。因为全员性的岗位培训可以极大地提高部门员工的整体素质水平,保证部门目标的实现,有效推动学科的发展。

## (二) 岗位培训制度

为保障培训工作的科学化,规范化和民主化所作的规定。其内容包括:要求各级管理人员必须制定计划、选择合适内容对所属员工进行培训;培训效果要作为考核管理人员的依据;以及要求健全各种科学的记录制度和报表制度等。

## (三) 岗位培训步骤

1. 分析培训需求　培训需求分析是整个人力资源培训与开发过程的起点,是对医学装备管理部门培训目的、培训人员、培训内容和培训目标等一系列问题的分析过程。培训需求分析需从部门、工作、个人三个方面进行。部门需求分析就是确定医学装备管理部门范围内的培训需求,以保证培训计划符合部门的整体目标与学科发展要求;工作需求分析就是分析使员工达到理想的工作绩效所必须掌握的技能和能力(可参考绩效评价结果);而个人需求分析则是将员工现有的水平与预期未来对员工技能的要求进行比照,发现两者之间是否存在差距,是否需要培训。

2. 制订培训计划　培训计划的制订既要根据培训的需求分析有针对性地进行,也要考虑医院的实际情况,力求做到以最小的成本实现最有效的培训。培训计划主要包括确定培训目标与内容、确定培训方式和时间、培训的成本分析等。

3. 组织实施培训　是对培训计划的执行,是整个培训流程中的关键环节。要保证培训实施的有效性和培训成果在工作中的转化,必须注意细节。如选择的课程应紧紧围绕医学装备管理部门的实际问题,选择的教材应具有符合自身情况的特色。实施培训时也要注意合理利用培训资源:一是内部资源,包括组织的领导、具备特殊知识和技能的员工;二是外部资源,是指专业培训人员、学校、学术团体、公开研讨会或学术讲座等。虽然外部资源可以比内部资源提供更新的观点,更开阔的视野,但还是应充分利用内部资源,尤其是那些在工作过程中表现优异的员工应充当培训教师,以其切身体验与其他员工分享经验与成果。这样可以提高培训者的业务水平、锻炼领导才能,增强团队精神,也可以对其他员工产生一种导向作用。

4. 培训评估　是整个培训管理流程的最后一个环节,是检查培训效果的重要途径和手段,它既是对整个培训活动实施效果的评价和总结,又可以为下一次的培训提供参考和借鉴。培训评估除了关注培训的系统性、内容、效果和培训者的态度、能力外,还应关注受训者是否对此培训感兴趣,是否能满足受训者的需要以及培训的形式是否丰富、多样。

## (四) 岗位培训内容

岗位培训并非是简单的操作技能训练,而是一种内容丰富、环环相扣的培训。简单说,岗位培训内容大致可分为知识培训、技能培训和素质培训三个层面。医学装备管理人员的培训内容应包括:

1. 思想政治素质教育　包括社会公德、医疗卫生系统职业道德规范,尤其是主人翁意识、爱岗敬业、奉献精神和服务意识的培训。由于医学装备管理部门在医院目前还不被看做"一线人员"、管理中蕴涵服务,如果没有爱岗敬业、个人奉献精神和较强的服务意识,很难期望员工能主动地出色地完成本职工作。

2. 医院文化的灌输　每所医院尤其是大型综合医院都有自己的特点和长处,经过岁月的积淀形成了自己的文化,医院也不遗余力地加以弘扬。医院文化往往被浓缩在医院的院训中,比如,严谨、奉献、团结、厚德载物、求精、勤奋等等。通过健康向上的医院文化的培训,能够帮助塑造员工优良的特质和形成正确的价值观。

3. 法规、规章制度宣传　国家政策法规和医院规章制度是工作必须遵循的准则。极端的例子是,设备的采购员如果不懂国家有关招投标法规,不了解《医疗器械监督管理条例》中关于医用设备的注册规定,就不能很好地完成设备购置任务;医用消耗材料采购员不清楚《一次性使用无菌医疗器械监督管理办法》的内容,就无法完成采购、验收任务。因而,不懂或不执行国家政策法规和医院规章制度一定会带来医疗质量、医疗安全和医患纠纷的巨大隐患。同时,作为管钱管物的部门也容易滋生部门和个人腐败,给国家、患者和个人造成无可挽回的损失。

4. 现代管理理论和管理模式培训　医学装备管理是系统管理工程,必须借助于现代管理理论按章管理,同时要借鉴和推广国外和国内优秀管理模式。只有这样,才能不断完善医学装备管理体制,提高管理质量。

5. 人际交往沟通、礼仪培训　医学装备管理涉及与方方面面打交道:上级主管、审批部门;海关、商检;招标、外贸代理;供货厂家、代理商以及医院内部的使用科室;因此对相关员工的人际交往沟通能力要求很高。培训不到位,医院内部可能激发矛盾,外部可能给医院或部门带来无可估量的损失。

6. 多专业基础理论培训　目前医学装备管理人员专业繁多,学历层次不同,水平参差不齐;医学装备管理的专业特点又属多学科交叉的综合学科。只具备某一专业的基础知识远远不能满足工作需要,多个专业基础理论的系统培训则显得尤为必要。如:电子学、光学、数字电路、系统和数字控制理论、传感器、分析化学、医用物理、医用仪器、物流、管理学、贸易学等等。

7. 岗位操作技能培训　医学装备管理部门岗位性质众多,每个岗位需要的操作技能不同。如维修工程师要具备"单元电路"知识积累、逻辑分析故障能力和动手维修能力,还要会使用测试仪器;计量员需要具备一定的医学设备知识以及组织、计划和统计能力;设备采购员则要掌握医学装备的发展状况和市场情况等等。操作技能培训应注重实用和针对性和岗位要求必须掌握的技术技能。

8. 新技术培训　医学装备的技术进步、新理论的应用日新月异,更新换代周期越来越短。引进新设备,无论是购置、验收、功能开发、应用推广,还是使用期的预防性维护保养和维修保障都依赖于对新技术的掌握。新技术培训和吸收程度将直接影响到医院和部门的工作质量。

9. 信息化技术培训　信息化在医院已成趋势,小到本部门专门的管理、实用软件的使用、维护,大到医院的信息系统(有的医院将其管理职能划归医学装备管理部门),要求医学装备管理部门的人员具备一定的甚至是专业级信息化技术水平。

10. 医学继续教育内容培训　医院的医学继续教育的主要内容是面向临床、医技,往往医学装备管理部门人员参与度不够。事实上,医学工程专业的最大特点就是医工结合。实际工作中,我们要对临床设备申请进行需求和配置的合理性论证,没有一定的临床知识、不了解临床的真实需求是难以胜任的。更为具体的例子是：不了解患者肺的顺应性差、气道不畅、部分肺泡不张的临床意义，就不能理解呼吸机为什么要设计压力支持模式；不了解常规血滤在清除中、大分子的同时也会造成患者电解质紊乱的临床意义，就不能明白具备血滤功能的透析机为什么要加装电子天平或采用联机血滤"ON LINE"技术进行补液，以平衡患者的电解质。所以，强化医学继续教育培训，增加临床知识，对医学装备管理人员有百利而无一害。

**（五）岗位培训应当注意的几个问题**

1. 要谨慎确定接受培训的员工。尤其是派出培训，除了参考绩效评价结果和考虑岗位需求外，还要倾向于那些"有潜力、忠诚度高"的员工，只有这样，培训才能得到高回报。

2. 国外有"换位代职"的培训项目。医学装备管理中的经济性，要求人员定期轮岗。另外中、初级技术人员，尤其负责医学装备检修的技术人员，也推荐定期轮换，目的是一专多能，成为医学装备的"全科医师"。因此，员工的岗位培训不能仅仅局限于目前所在岗位的培训内容，也要适当安排"换位代职"培训内容。

3. 对员工的培训要终身性，单凭学校正规教育所获得的知识和一两次的员工培训，难以应对社会的发展和满足工作的要求。应实行与岗位、职位变化结合的有计划的终身教育，不断补充新知识、新技术、新理论。

4. 对医学装备管理部门人员进行培训时，也要考虑定期培训医学装备的操作使用人员，使其对装备不仅会操作使用，而且能完成日常维护保养和排除一般故障，逐渐建立一支医学装备维修保障的兼职队伍。

5. 员工培训要订立制度，形成常态。但是岗位培训尤其是外部师资培训是有成本的，以医学装备管理部门目前在医院中的作用和地位，按章安排、实施培训并非易事。只有依靠医学装备管理部门集体努力，以良好的服务意识和出色的工作业绩，才能得到临床科室的理解和全院人员的信任，也才能获取领导的重视和支持。

## 三、职业培训和医学设备管理师

**（一）职业培训**

严格意义上，职业培训也属于岗位培训范畴，在这里权且将其定义为：对国家或行业具有资格认证要求和需要持证上岗的岗位进行的培训。职业培训相比岗位培训，针对的是一个职业或专业、具有职业标准、目标更明确、内容更标准化、培训师资更职业化。在医院这类培训很多，如职业医师培训、护士培训、CT操作技师培训等等。长此以往，医学装备管理因为没有被国家纳入职业大典，未能形成一个职业，也就谈不上有什么真正意义的职业培训。医学装备管理人员所谓的职业培训只是人员培训。

2006年9月21日，国家人力资源和社会保障部正式向社会发布了"医学设备管理师"这个新职业，结束了医学装备管理人员没有与工作对应职业的历史。尽管对"医学设备管理师"这个职业名称的科学性、职业等级和从业范围，尚存有异议，但是，毕竟医学装备管理人员有了自己的职业乃至职业标准，也将有自己的职业培训。目前，对于医学设备管理师的职业培训和职业上岗，有关部门正在规划之中，并且有了一定的进展，相信不久的将来会付诸实施并不断完善。

**（二）医学设备管理师**

1. 职业出台背景

（1）医疗卫生事业发展的需要：随着科学技术的迅速发展，医学设备和医疗诊治手段的发展日新月异，大量新技术、新设备进入医学领域，大大提高了医疗诊断的准确率，提高了医生的认知能力，医学设备对医疗卫生支撑和保证作用的程度日益提高。这就对医学设备的管理、应用和维修提出了更高的要求。因此，必须有一大批医学设备管理技术人员肩负起管理、应用和维修现代医学设备的重任。

（2）与国际接轨的需要：在欧美国家，医学设备管理技术人员与医务人员、护理人员共同维持着医院的高速有效运转。"美国临床工程学会"（ACCE）负责对各医疗机构的所有临床工程师和临床工程技师进行上岗资格认证。2005 年美国有临床工程师 3 千人，临床工程技师数万人。日本国会于 1987 年通过了"临床工程技师法"，开始健全临床技师国家考试制度，已有 1 万余人通过国家考试，获得了临床工程技师合格证。我国与发达国家存在着很大的差距。

（3）改变落后现状的需要：我国医学设备管理技术人员大都归属于辅助科室，有的属于后勤部门，有被弱化、边缘化的趋势。由于设备购置前缺乏充分的市场调查和科学的购置论证，难以准确地制定购置计划并进行科学的设备选型；由于不能定期进行预防性维修，使得设备故障率增高，设备管理技术人员维修强度加大，同时也降低了设备的使用效能；由于缺乏医学设备管理学的教育，使医护人员对所操作设备不能正确了解，不能正确使用，经常造成医学设备的违规操作，导致误诊、漏诊，甚至出现医疗事故，给患者造成危害；由于缺乏医学设备管理学教育和技术培训，设备管理技术人员的自身专业素质难以得到提高，给医学设备功能开发、技术保障、质量保障工作带来一定的困难。因而，根据我国的临床实际需要与医院生存发展的条件，迫切需要进一步加强我国医学设备管理技术人员的队伍建设。

（4）职业规范化的需要：根据《中国卫生统计提要》提供的数字，2005 年我国 1.3 万家综合医院中拥有医学设备管理技术人员约 21 万人。另外社会上还有从事医学设备安装、调试、维修的近万人。截至 2005 年，我国开办医学设备管理专业的高等院校已有 86 所。其中清华大学、浙江大学、第四军医大学等近 50 余所院校已经能够培养该专业的本科生、研究生，这些学生毕业后主要从事医学设备和医学工程科研工作；另外还有近 30 多所院校以培养技能型、实用型人才为目标，学生毕业后主要从事医学设备的安装、调试、维修以及售后服务等工作。如此众多的从业人员和为之服务的教育体系的建立，实际已经形成了一个职业，客观要求国家对这样一个实际存在的职业进行规范。

2. 职业定义　医学设备管理师是指从事医学设备选购、安装调试、维护修理等工作的人员。

3. 职业主要工作内容

（1）医学设备的选择与评估；

（2）医学设备的质量控制；

（3）为临床、教学、科研提供对医学设备调试、操作、应用等技术服务；

（4）在用医学设备的定期检验和故障设备的维修；

（5）培训医务人员安全、有效地使用医学设备；

（6）医学设备科技开发和临床、教学、科学研究；

（7）报废医学设备的技术鉴定和处置。

　　4. 国家职业技能标准　　目前医学设备管理师的国家职业技能标准已经由相关部门制定完成并上报,一旦得到上级管理部门批准,将正式向社会公布并实施。国家职业标准将包括职业定义、能力和文化要求、职业技能培训、职业技能等级以及职业技能等级的鉴定等内容。我们有理由期待,随着医学设备管理师国家职业技能标准的实行,医学装备管理职业和学科势必会更加规范并得到飞跃发展。

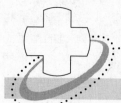

# 参考文献

［1］钱信忠.现代医院管理实务全书［M］.北京:中国统计出版社,1996

［2］郭子恒.医院管理学［M］.北京:人民卫生出版社,1983

［3］彭信芳.实用医院管理学［M］.武汉:华中师范大学出版社,1988

［4］陈洁.医学技术评估［M］.上海:上海医科大学出版社,1996

［5］刘海林.迎接21世纪的挑战［J］.世界医疗器械杂志,1996,2(1):30-32

［6］杨子彬.现代医疗器械的研究［J］.世界医疗器械杂志,1995,1(1):28-30,37

［7］潘广成.面向21世纪的中国医疗器械工业［J］.世界医疗器械杂志,2000(63):36-400

［8］周丹.医疗设备风险管理预防性维修制度［J］.世界医疗器械杂志,2000(61):54-56

［9］唐东生.医疗设备的购置评估［J］.世界医疗器械杂志,1998(38):52

［10］胡宗泰.今后十年医疗仪器技术发展趋势［J］.世界医疗器械杂志,1998(40):42,50

［11］王树仁.我国医疗器械工业科教发展战略简述［J］.世界医疗器械杂志,1997(17):44-45,69

［12］李建华.中国亟须发展医疗卫生第四支柱产业［J］.世界医疗器械杂志,2000(57):96-98

［13］雷海潮,毛阿燕.全国大型医用设备技术效率分析［J］.医学装备,2002(1):17-20

［14］孙志筠,何锦国.大型医用设备管理亟待加强［J］.中国卫生经济,1995,14(5):37-38

［15］Seymour Perry,Richard Hong,Mae Thamer. New technological approaches［J］. World Health,1997(5):22-23

［16］兰武,崔泽实.国际医学器材技术及其市场的发展特点［J］.中国医院管理,1997,17(10):59-61

［17］仲秋.欧盟各国费用控制及卫生改革(续)［J］.国外医学:卫生经济学分册,1997,14(4):156-163

［18］Bong-min Yang. Medical technology and inequity in health care: the case of Korea［J］. Health Policy and Planning,1993,8(4):385-393

［19］Battista RN,Banta HD,Jonnson E,et al. Lessons from the eight countries［J］. Health Policy,1994,30(1-3):397-421

［20］Battista RN,Jacob R,Hodge MJ. Health care technology in Canada［J］. Health Policy,1994,30(1-3):73-122

［21］方月明.日本磁共振仪(MRI)的现状和经济分析［J］.国外医学:卫生经济学分册,1994,11(2):79-81

［22］Gene H. Barnett. Evolution and organization of a regional Gamma knife center［J］. Stereotact Funct Neurosurg,1996,66(Suppl 1):365-369

［23］Anders Anell , Michael Willis. International comparison of health care systems using resource profiles［J］. Bulletin of WHO,2000,78(6):770-778

［24］雷海潮.胡善联.我国大型医用设备的配置现况和完善管理的探讨［J］.中国医院管理,1999,19(1):45-48

［25］雷海潮,金绍杰,胡善联,等.威海市大型医用设备的技术效率研究［J］.中国卫生经济研究,1999,18

(8):38-39

［26］雷海潮．胡善联．我国大型医用设备的管理和资源配置标准的方法学探讨［M］//国家卫生发展计划委员会．区域卫生规划论文集．北京:中国计划出版社,1999:331-349

［27］孙明玺．预测与评价［M］.杭州:浙江教育出版社,1986

［28］徐国祥．统计预测和决策［M］.上海:上海财经大学出版社,1998

［29］雷海潮,毛阿燕,王曼莉,等．用于 CT 配置数量预测的滞后计量模型研究［J］.中国卫生资源,2002,5(4):107-109

［30］毛阿燕．雷海潮．2005 年全省各省市区 CT 配置数量的预测研究［J］.中国卫生资源,2002,5(4):110-113

［31］李兵．医疗设备投资管理［M］.济南:山东科学技术出版社,1994

［32］陈裕泉．医疗仪器的可靠性技术［J］.中国医疗器械杂志,1991,15(1-6);1992,16(1-5)

［33］王宝华,宋远远．生物医学仪器故障诊断的科学方法［J］.中国医学器械杂志。1993,17(3-6)

［34］陈啸宏,刘益清．中国卫生年鉴［M］.北京:人民卫生出版社,1998,1999,2000,2001

［35］卜长生,朱宇红．医疗器械标准目录［M］.北京:中国标准出版社,1999

［36］虞松庭．生物医学工程的基础与临床［M］.天津:天津科学技术出版社,1988,1-9

［37］Nerem RM.Biomedical Engineering Research Stragies in the U.S.［J］,IEEE Eng. MED. Biol. Mag.,1992,12(2):54-59

［38］周丹．建立急救设备共用室的理论与实践［J］.中国医疗器械杂志,1997,21(6):351-354

［39］周丹,朱士俊．综合医院医学工程部的发展探讨［J］.中华医院管理杂志,2000,16(9):559-561

［40］曹德森,刘光荣．湿化器的性能与维护管理［J］.第四军医大学学报,2001,22(2):191-193

［41］American Society for Testing and Materials.ASTM 标准年鉴:医用装置标准［M］.奚廷斐,译.成都:成都科技大学出版社,1991

［42］王立吉．计量学基础［M］.2 版．北京:中国计量出版社,1997

［43］孙发勇．常用医疗器具原理与检定［M］.北京:中国计量出版社,1998

［44］中国计量测试学会计量名词专业委员会．JJF1001-1998.通用计量术语及定义［S］.北京:国家质量技术监督局,1998

［45］赵若江．对 ISO10012 "测量控制系统"新标准的理解［J］.北京:中国计量出版社,2001(11-12):72-73;2002(1-10):74-78

［46］JJF1059-1999 测量不确定度评定与表示［S］.北京:国家计量技术监督局 1999-01-11 发布

［47］封树民,唐学磊,赵庆国,等．转型时期高校国有资产管理的回顾与思考［J］.实验技术与管理,2000,17(2):106-109

［48］吴小奇．高等学校国有资产管理体制和管理模式选择［J］.实验技术与管理,2002,19(2):133-135,139

［49］罗晋伟．切实加强高校国有资产管理工作［J］.高校物资,1996(3):7-8

［50］何保利．如何做好高校国有资产管理工作［J］.高校物资,1996(3):9-10

［51］闻正东,李福钦．试论加强高校国有资产的管理［J］.高校物资,1996(3):11-12

［52］陈同熙．理顺体制　健全规章　把国有资产管好［J］.高校物资,1996(4):17-18

［53］郑媛媛,徐凌中,李延鹏．卫生服务的效率及其测量［J］.中华医院管理杂志,2000,17(5):272-275

［54］赵志强,钱桂生,种银保．血气分析仪使用情况分析［J］.医疗装备信息.2002(4):42-48

［55］吕军,陈洁,陈英耀．伽玛刀的医学技术评估［J］.中华医院管理杂志,1999,15(2):103-105

［56］医院诊断和治疗仪器使用规范及成本测算课题组．医院诊疗设备成本归集基本原则［J］.中国医院

管理,1997,17(5):53

[57] 魏颖,杜乐勋.卫生经济学与卫生经济管理[M].北京:人民卫生出版社,1998

[58] 李信春,王晓解.医院成本核算[M].北京:人民军医出版社,2000

[59] 王豫川.金融租赁导论[M].北京:北京大学出版社,1998

[60] 陈晓红,郭声琨.中小企业融资[M].北京:经济科学出版社,2000

[61] 卢继青.医院资金短缺的原因及管理策略[J].中国卫生事业管理,1999(03):132

[62] 沈扣林.医疗机构不宜走负债发展的路子[J].卫生经济研究,1998(10):26

[63] 陈杰.论医院资金运动的最优化[J].中国卫生经济,1999,18(11):48

[64] 崔健萱.医院贷款业务的账务处理[J].中国卫生经济,1999(06):38

[65] 张济琳.利用资本市场为卫生产业融资问题初探[J].中国卫生事业管理,2000,16(7):392-393

[66] 邹杰,冯福领,张红妹.中医医疗设备投入中存在的问题[J].中国卫生经济,1999,18(5):49-50

[67] 刘旭红.借用国外贷款管理与实务[M].北京:中国计划出版社,2001

[68] 杨爱香,张基温.经济信息开发与利用[J].科技情报开发与经济,2001,11(6):9-10

[69] 罗锐韧.哈佛管理全集[M].北京:企业管理出版社,1999

[70] 余凯成.人力资源开发与管理[M].北京:企业管理出版社,1997

[71] 苏金栋.采购管理内涵及相关概念研究述评[J].商场现代化,2008(6):91-92

[72] 陈主初.病理生理学[M].北京:人民卫生出版社,2001.

[73] 程绪鹏.军医大学大型科研设备管理绩效评估研究[J].第四军医大学学报,2004(5):1-2

[74] 种银保,唐超.论医疗设备全程效益管理[J].中国医疗设备,2008,23(2):85-86

[75] 陆庆平.企业绩效评价论[M].北京:中国财政经济出版社,2006:270

[76] 李朝鲜.社会经济统计学[M].北京:经济科学出版社,2002:293

[77] 田立启,张永征.医院管理会计[M].北京:中国财政经济出版社,2002:1

# 附录

# 法定计量单位

## 一、法定计量单位概述

计量法规定我国采用国际单位制。国际单位制计量单位和国家选定的其他计量单位,为国家法定计量单位。推行法定计量单位是国家的一项重要技术政策,对推动科学技术进步有着十分重要的作用。国际单位制是国际计量领域的共同语言,适用于天文、地理、数学、物理、化学、医学等所有学科的科研、教学、工程技术等各个领域。在医学交往中,它也是通用的国际医学计量语言和交流工具。

### (一) 法定计量单位构成

我国法定计量单位由国际单位制(International System of Unit 缩写为 SI)单位、国家选定的非国际单位制单位和由上述两种单位构成的组合形式的单位三部分构成:

1. 国际单位制(SI)单位　国际单位制(SI)单位构成:

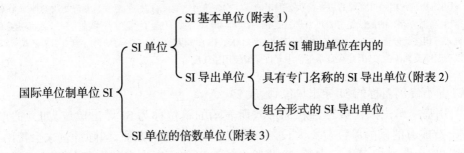

(1) 国际单位制(SI)基本单位(附表 1)

附表 1　国际单位制基本单位

| 序号 | 量的名称 | 单位名称 | 单位符号 | 单 位 定 义 |
|---|---|---|---|---|
| 1 | 长度 | 米 | m | 光在真空中于(1/299 792 458)s 的时间间隔内所经路径的长度 |
| 2 | 质量 | 千克(公斤) | kg | 千克是质量单位,等于国际千克原器的质量 |
| 3 | 时间 | 秒 | s | 1s 是与 $^{133}$ 铯原子基态的两个超精细能级间跃迁相对应的辐射的 9 192 631 770 个周期的持续时间 |

| 序号 | 量的名称 | 单位名称 | 单位符号 | 单 位 定 义 |
|---|---|---|---|---|
| 4 | 电流 | 安[培] | A | 在真空中,截面积可忽略的两根相距 1m 的无限长平行圆直导线内通以等量恒定电流时,若导线间相互作用力在每米长度上为 $2 \times 10^{-7}$N,则每根导线中的电流为 1A |
| 5 | 热力学温度 | 开[尔文] | K | 开尔文是热力学温度单位,等于水的三相点热力学温度的 1/273.16 |
| 6 | 物质的量 | 摩[尔] | mol | 摩尔是一系统的物质的量,该系统中所包含的基本单元数与 0.012kg $^{12}$C 的原子数目相等。在使用摩尔时应指明基本单元,可以是原子、分子、离子、电子或其他粒子,也可以是这些粒子的特定组合 |
| 7 | 发光强度 | 坎[德拉] | cd | 坎德拉是发射出频率为 $540 \times 10^{12}$Hz 单色辐射的光源在给定方向上的发光强度,且在此方向上的辐射强度为 (1/683)W·sr$^{-1}$ |

注:①在国际单位制中,选择彼此独立的 7 个量为基本量,这些基本量的单位称国际单位制(SI)基本单位

②表中[ ]内的字在不致混淆的情况下可省略, ( )内的字为前者的同义词

③在人民生活和贸易中,质量被习惯称为重量。规定在日常生活的一定范围内可以用重量表示质量的含义。但在物理学和其他学科以及技术领域里,表示重力时应避免使用重量这一术语,以免含混

④应注意,质量的单位是千克,而不是克。在 7 个基本单位中,只有质量单位目前仍以实物原器作为国际标准

⑤质量这个基本物理量使用在力学领域是适当的,但在化学领域中就不完全适当。化学反应是按一定个数的微粒进行的,因此要确定微观粒子(分子、原子、离子等)的数目比起其质量更有用。因此国际单位制把物质的量定义为基本量之一。1mol 中的基本单元数等于 $6.032 \times 10^{23}$ 个。已知氧的原子量,就可知道 1mol 氧分子的质量为 32g,1mol 水分子的质量为 18g。有了摩尔这个单位后,以前使用的"克分子"、"克原子"、"克当量"等单位一律废除

⑥利用纯物质各相间可复现的热平衡状态确定的温度称为热力学温度,这样的温度与测温物质的性质无关。热力学研究指出,自然界存在的最低温度为热力学温度的零点,称为绝对零度。热力学温度的单位为开尔文,规定水的液态、固态和气态三相彼此处于平衡共存状态时的温度为 273.16K。热力学温度适用于一切场合。但由于人们长久以来已经习惯用摄氏温度及其单位℃,因此在日常生活中允许保留使用摄氏度

### (2) 具有专门名称的 SI 导出单位(附表 2)

由 SI 基本单位以代数幂和积的形式所表示的单位称为 SI 导出单位,如力的单位为 kg·m/s$^2$,造成有的量的单位名称太长,读写不便。为了使用方便,国际计量大会曾给 19 个常用的导出单位规定了专门名称,这些单位的专门名称绝大多数以著名科学家的姓氏命名。在国际单位制中,曾有相当长的一段时期,把弧度和球面度称为 SI 辅助单位,1980 年国际计量委员会重新规定它们是具有专门名称的 SI 导出单位中的一部分,因此具有专门名称的 SI 导出单位现共有 21 个。

附表 2　国际单位制中具有专门名称的导出单位

| 序号 | 量的名称 | 单位名称 | 单位符号 |
|---|---|---|---|
| 1 | 平面角 | 弧度 | rad |
| 2 | 立体角 | 球面度 | sr |
| 3 | 频率 | 赫[兹] | Hz |

续表

| 序号 | 量的名称 | 单位名称 | 单位符号 |
|---|---|---|---|
| 4 | 力 | 牛[顿] | N |
| 5 | 压力,压强,应力 | 帕[斯卡] | Pa |
| 6 | 能[量],功,热量 | 焦[耳] | J |
| 7 | 功率,辐射通量 | 瓦[特] | W |
| 8 | 电荷[量] | 库[仑] | C |
| 9 | 电位,电压,电动势 | 伏[特] | V |
| 10 | 电容 | 法[拉] | F |
| 11 | 电阻 | 欧[姆] | Ω |
| 12 | 电导 | 西[门子] | S |
| 13 | 磁通[量] | 韦[伯] | Wb |
| 14 | 磁通[量]密度,磁感应强度 | 特[斯拉] | T |
| 15 | 电感 | 亨[利] | H |
| 16 | 摄氏温度 | 摄氏度 | ℃ |
| 17 | 光通量 | 流[明] | lm |
| 18 | [光]照度 | 勒[克斯] | lx |
| 19 | [放射性]活度 | 贝可[勒尔] | Bq |
| 20 | 吸收剂量 | 戈[瑞] | Gy |
| 21 | 剂量当量 | 希[沃特] | Sv |

注:①单位名称来源于人名时,符号的第一个字母大写,第二字母小写,但必须是正体。如N(牛顿)、Pa(帕斯卡)、Hz(赫兹)等,不能写成n、PA、HZ

②一个单位的名称不得分开,如温度为20℃即20摄氏度,不能说成摄氏20度

(3) 组合形式的SI导出单位

组合形式的SI导出单位是由SI单位的幂和积所构成的SI单位,如焦耳每千克(J/kg),每开尔文($K^{-1}$),千克二次方米($kg·m^2$)等。

(4) SI单位的倍数单位(附表3)

SI单位的倍数单位是由SI词头与SI单位构成。

SI词头共有20个,其中4个是十进位的,即百($10^2$)、十($10^1$)、分($10^{-1}$)、厘($10^{-2}$),这些词头通常加在长度、面积、体积单位之前,例如"分米"、"厘米"等,其他16个词头是千进位的。

附表3 SI词头

| 序号 | 表示的因素 | 词头名称 | 符号 | 备注 |
|---|---|---|---|---|
| 1 | $10^{24}$ | 尧[它] | Y | 大写 |
| 2 | $10^{21}$ | 泽[它] | Z | 大写 |
| 3 | $10^{18}$ | 艾[可萨] | E | 大写 |
| 4 | $10^{15}$ | 拍[它] | P | 大写 |

| 序号 | 表示的因素 | 词头名称 | 符号 | 备注 |
|---|---|---|---|---|
| 5 | $10^{12}$ | 太［拉］ | T | 大写 |
| 6 | $10^9$ | 吉［咖］ | G | 大写 |
| 7 | $10^6$ | 兆 | M | 大写 |
| 8 | $10^3$ | 千 | k | 非音译 |
| 9 | $10^2$ | 百 | h | 非音译 |
| 10 | $10^1$ | 十 | da | 非音译 |
| 11 | $10^{-1}$ | 分 | d | 非音译 |
| 12 | $10^{-2}$ | 厘 | c | 非音译 |
| 13 | $10^{-3}$ | 毫 | m | 非音译 |
| 14 | $10^{-6}$ | 微 | μ | 非音译 |
| 15 | $10^{-9}$ | 纳［诺］ | n | |
| 16 | $10^{-12}$ | 皮［可］ | p | |
| 17 | $10^{-15}$ | 飞［毋托］ | f | |
| 18 | $10^{-18}$ | 阿［托］ | a | |
| 19 | $10^{-21}$ | 仄［普托］ | z | |
| 20 | $10^{-24}$ | 幺［科托］ | y | |

注:① $10^6$ 以上的词头符号为大写,其余均为小写

② $10^{-8}$ 词头名称"埃"及其符号已废除不用。由 $10^{-1}$ 以下的词头构成的单位不再称为分数单位

③ 由 SI 单位之前加词头构成倍数单位,如千米(km)、微米(μm)、吉赫(GHz)、纳秒(ns)、兆牛(MN)等。但质量的单位 kg 前不能再加词头,而应由克(g)加词头构成倍数单位,如不能由词头千(k)加在千克(kg)之前成为千千克(kkg),而是由词头兆(M)加在克(g)的前面成为兆克(Mg)

④ 词头不得单独使用,也不能重叠使用,例如,不用 10μ 单独表示 10μm,也不能用毫微秒(mμs)表示纳秒(ns)

⑤ $10^4$ 称万, $10^8$ 称亿, $10^{12}$ 称万亿,这类数词的使用不受词头名称的影响,但不应与词头混淆

2. 国家选定的非国际单位制单位　我国的法定计量单位中,有 16 个非国际单位制计量单位。这 16 个单位都是国际上使用十分广泛或由于专门领域的需要选用的,可与 SI 单位并用(附表 4)。

附表 4　国家选定的非国际单位制单位

| 量的名称 | 单位名称 | 单位符号 | 与 SI 单位关系 |
|---|---|---|---|
| 时间 | 分 | min | 1min=60s |
| | ［小］时 | h | 1h=60min=3600s |
| | 天(日) | d | 1d=24h=86 400s |
| 平面角 | ［角］秒 | ″ | $1'' = (\pi/648\,000)\,\mathrm{rad}$ |
| | ［角］分 | ′ | $1' = 60'' = (\pi/10\,800)\,\mathrm{rad}$ |
| | 度 | ° | $1° = 60' = (\pi/180)\,\mathrm{rad}$ |
| 旋转速度 | 转每分 | r/min | $1\mathrm{r/min} = (1/60)\,\mathrm{s}^{-1}$ |

续表

| 量的名称 | 单位名称 | 单位符号 | 与 SI 单位关系 |
|---|---|---|---|
| 长度 | 海里 | n mile | 1n mile=1852m（只用于航海） |
| 速度 | 节 | kn | 1kn=1n mile/h=(1852/3600)m/s（只用于航海） |
| 质量 | 吨 | t | $1t=10^3kg$ |
| | 原子质量单位 | u | $1u \approx 1.660540 \times 10^{-27}kg$ |
| 体积 | 升 | l, L | $1L=10^{-3}m^3=1dm^3$ |
| 能 | 电子伏［特］ | eV | $1eV \approx 1.602177 \times 10^{-19}J$ |
| 级差 | 分贝 | dB | |
| 线密度 | 特［克斯］ | tex | 1tex=1g/km |
| 面积 | 公顷 | $hm^2$ | $1hm^2=10^4m^2$ |

注:①周、月、年(年的符号为 a)为一般常用时间单位,可以使用

②升的符号中小写字母 l 与大写字母 L 属同等地位,可任意使用,一般用大写字母 L

③r 为"转"的符号

④公里为千米的俗称,符号为 km,允许使用

⑤表中 1u 和 1eV 的数据是 1986 年新公布的

⑥土地面积的单位为公顷,是 1991 年新增补的。公顷的国际通用单位符号为 $hm^2$

⑦平面角单位度、分、秒的符号,在组合单位中和不处在数字后时应采用括号的形式。例如,不用°/s,而用(°)/s

3. 组合形式的单位　组合形式的单位是指两个或两个以上的国际单位制单位和国家选定的非国际单位制单位用乘、除的形式组合成新的单位,例如,电能单位千瓦小时(kW·h);浓度单位:毫摩尔每升(mmol/L);产量:吨每公顷(t/hm²)。

## (二) 应淘汰的测量单位与符号

应淘汰的测量单位与符号(附表 5)。

附表 5　应淘汰的测量单位名称与符号举例

| 量的名称 | 淘汰的单位名称 | 淘汰的单位符号 | 用法定计量单位<br>表示及换算关系 |
|---|---|---|---|
| 长度 | 公尺 | | m(米) |
| | 公分 | | cm(厘米) |
| | 毫微米 | mμm | nm(纳米) |
| | 英寸 | in | 25.4mm |
| 体积、容积 | 立升、公升 | cc, c.c | $1cm^3$(立方厘米) |
| | | | 1ml(毫升) |
| 压强、压力 | 标准大气压 | atm | 101.325kPa(千帕) |
| | 毫米汞柱 * | mmHg | 133.322Pa(帕) |
| 能［量］、功、热量 | 尔格 | erg | $10^{-7}J$(焦耳) |
| 功率 | 马力 | | 735.499W(瓦特) |
| 温度 | 开氏度 | °K | K(开尔文) |
| 磁感应强度 | 高斯 | Gs | $10^{-4}T$(特斯拉) |

续表

| 量的名称 | 淘汰的单位名称 | 淘汰的单位符号 | 用法定计量单位表示及换算关系 |
|---|---|---|---|
| 物质的量 | 克当量 | | mol（摩尔） |
| 力、重力 | 千克力 | kgf | 9.80665N（牛顿） |
| 时间 | | y,yr | a（年） |
| | | hr | h（小时） |
| | | sec | s（秒） |

 *注:1998年7月我国国家质量技术监督局和卫生部联合发出通知,在医疗卫生部门测量血压时可任意选用 mmHg（毫米汞柱）或 kPa（千帕斯卡）。1mmHg = 133.322Pa = 0.133322kPa,1kPa=7.5004mmHg

## 二、常用医学计量单位换算表（附表6）

附表6　常用医学计量单位换算表

| 名称 | 单位符号 | | 换算关系 | 换算举例 | 说明 |
|---|---|---|---|---|---|
| *压力（血压、氧分压、二氧化碳分压） | mmHg | kPa | （mmHg）×0.1333=（kPa） | 80mmHg 相当于 10.7kPa | |
| 压力 | $mmH_2O$ | Pa | （$mmH_2O$）×9.807=（Pa） | 90$mmH_2O$ 相当于 883Pa | |
| 温度 | ℉ | ℃ | （℉-32）×0.5556=（℃） | 101.3℉ 相当于 38.5℃ | |
| 葡萄糖（全血、脑脊液） | mg/dl | mmol/L | （mg/dl）×0.0555=（mmol/L） | 70mg/dl 相当于 3.89mmol/L | mg/dl 也有写成 mg% 或 mg/100ml |
| 尿素（全血） | mg/dl | mmol/L | （mg/dl）×0.1665=（mmol/L） | 19mg/dl 相当于 3.2mmol/L | |
| 尿素（尿） | g/24h | mmol/24h | （g/24h）×16.65=mmol/24h） | 21.5g/24h=358mmol/24h | mmol/24h 也有写成 mmol/d |
| 尿素氮（全血） | mg/dl | mmol/L | （mg/dl）×0.357=（mmol/L） | 20mg/dl 相当于 7.14mmol/L | |
| 非蛋白氮（全血） | mg/dl | mmol/L | （mg/dl）×0.7139=（mmol/L） | 20mg/dl 相当于 14.3mmol/L | mg/dl 也有写成 mg% 或 mg/100ml |
| 肌酐（全血） | mg/dl | μmol/L | （mg/dl）×88.40=（μmol/L） | 1mg/dl 相当于 88μmol/L | |
| 肌酐（尿） | mg/24h | mmol/24h | （mg/24h）×0.00884=（mmol/24h） | 700mg/24h 相当于 6.19mmol/24h | mmol/24h 也有写成 mmol/d |
| 氨（全血） | μg/dl | μmol/L | （μg/dl）×0.5872=（μmol/L） | 10μg/dl 相当于 5.9μmol/L | μg/dl 也有写成 μg% 或 μg/100ml |

续表

| 名称 | 单位符号 | | 换算关系 | 换算举例 | 说明 |
|---|---|---|---|---|---|
| 二氧化氮结合力（血浆） | Vol% | mmol/L | (Vol%)×0.449=(mmol/L) | 50Vol% 相当于 22.5mmol/L | Vol% 也有写成容积% |
| 钠（血清） | mg/dl | mmol/L | (mg/dl)×0.435=(mmol/L) | 310mg/dl 相当于 134.8 mmol/L | mg/dl 也有写成 mg% 或 mg/ 00ml |
| 钾（血清） | mg/dl | mmol/L | (mg/dl)×0.2558=(mmol/L) | 14mg/d L 相当于 3.58 mmol/L | |
| 钙（血清） | mg/dl | mmol/L | (mg/dl)×0.2495=(mmol/L) | 9mg/dl 相当于 2.25 mmol/L | |
| 无机磷（血清） | mg/dl | mmol/L | (mg/dl)×0.3229=(mmol/L) | 3mg/dl 相当于 0.97 mmol/L | |
| 碘（血清） | μg/dl | nmol/L | (μg/dl)×78.8=(nmol/L) | 4μg/dl 相当于 315nmol/L | μg/dl 也有写成 μg% 或 μg/100ml |
| 氯化物（血清、脑脊液） | mg/dl | mmol/L | (mg/dl)×0.2821=(mmol/L) | 355mg/ dl 相当于 100.1mmol/L | mg/dl 也有写成 mg% 或 mg/100mL |
| 胆红素（血清） | mg/dl | μmol/L | (mg/dl)×17.10=(μmol/L) | 0.9mg/dl 相当于 15.4μmol/L | |
| 胆固醇（血清） | mg/dl | mmol/L | (mg/dl)×0.0259=(mmol/L) | 110mg/dl 相当于 2.8mmol/L | |
| 甘油三酯（血清） | mg/dl | mmol/L | (mg/dl)×0.0113=(mmol/L) | 20mg/dl 相当于 0.23mmol/L | |
| 粪卟啉（尿） | μg/L | nmol/L | (μg/L)×1.527=(nmol/L) | 150μg/L 相当于 229nmol/L | |
| 尿胆原（尿） | mg/24h | μmol/24h | (mg/24h)×1.687=(μmol/24h) | 3.5mg/24 相当于 5.9μmol/24h | μmol/24h 也有写成 μmol/d |
| δ 氨基酮戊酸（尿） | mg/L | μmol/L | (mg/L)×7.626=(μmol/L) | 6mg/L 相当于 45.8μmol/L | |
| 酶活力 | IU | nmol/s | (IU)×16.67=(nmol/s) | 100 IU 相当于 1667nmol/s | |
| 照射量 | R（伦琴） | mC/kg（毫库/千克） | (R)×0.258=(mC/kg) | 90R=23.2mC/kg | |
| 吸收剂量 | Rad（拉德） | Gy（戈瑞） | (rad)×0.01=(Gy) | 870rad=8.7Gy | |
| 剂量当量 | Rem（雷姆） | Sv（希沃特） | (rem)×0.01=(Sv) | 460 rem=4.6Sv | |
| 放射性活度 | Ci（居里） | GBq（吉贝可） | (Ci)×37=(GBq) | 60Ci=2220GBq | |
| 热量 | kcal（千卡） | kJ | (kcal)×4.184=(kJ) | 770 kcal=3222kJ | Kcal 符号也就是临床常用的卡，是热化学卡 |

续表

| 名称 | 单位符号 | | 换算关系 | 换算举例 | 说明 |
|------|----------|--|----------|----------|------|
| 功 | kgfm（千克力米） | J | （kgfm）×9.807=（J） | 58kgfm=569J | Kgfm 的另一符号为 kpm |
| 功率 | kgfm/min（千克力米/分） | W | （kgfm/min）×0.1634=（W） | 92kgfm/min=15W | kgfm/min 的另一符号为 kpm/min |
| 功率 | kgfm/s（千克力米/秒） | W | （kgfm/s）×9.807=（W） | 15.3kgfm/s=150W | kgfm/s 的另一符号为 kpm/s |